HEYNE BÜCHER

Das Buch

Entsetzt beobachtet die junge Célie Laurent, wie 1793, auf dem Höhepunkt der Französischen Revolution, König Ludwig XVI. vom Revolutionsrat zum Tod durch Enthauptung verurteilt wird. Als Dienerin im Hause des reichen Kaufmanns Victor Bernave, dem Anführer einer patriotischen Verschwörergruppe, hilft sie mit bei einem ausgeklügelten Plan, mit dem die Freunde den König vor dem Schafott retten wollen. Der König soll gegen einen anderen Mann ausgetauscht und selbst ins rettende Ausland geschafft werden. Aber kurz vor dem Hinrichtungstermin wird Bernave hinterrücks erstochen. Die Tat geschah inmitten einer größeren Menschenansammlung, alle Anwesenden sind verdächtig. Wer von den Anwesenden war der Täter? Der Untersuchungsbeamte Menou von der Pariser Polizei muß all seinen Scharfsinn aufbieten, um die möglichen Motive herauszufinden. Während der Ermittlungen versucht Célie, die Verschwörer zusammenzuhalten und den König trotz allem zu retten, doch der Plan schlägt fehl, und die Anzeichen mehren sich, daß Bernave nicht der Ehrenmann war, für den man ihn bisher hielt. Hatte der Mord tatsächlich einen politischen Hintergrund?

Die Autorin

Anne Perry, 1938 in London geboren und in Neuseeland aufgewachsen, lebt und schreibt in Schottland. Bekannt wurde sie mit ihren historischen Kriminalromanen, die im spätviktorianischen London spielen.

ANNE PERRY

DIE RETTUNG DES KÖNIGS

Roman

Aus dem Englischen
von Susanne Keller

WILHELM HEYNE VERLAG
MÜNCHEN

HEYNE ALLGEMEINE REIHE
Nr. 01/13060

Titel der Originalausgabe
THE FRENCH REVOLUTION

Umwelthinweis:
Das Buch wurde auf
chlor- und säurefreiem Papier gedruckt.

Deutsche Erstausgabe 3/2000

Printed in Danmark 2000
Umschlaggestaltung: Nele Schütz Design, München
Satz: Pinkuin Satz und Datentechnik, Berlin
Druck und Bindung: Nørhaven, Viborg

ISBN 3-453-16127-0

http://www.heyne.de

Gewidmet
June Wyndham Davies,
die meine Träume
verwirklichen half

Erstes Kapitel

Célie Laurent stand im Dunkeln auf der für die Öffentlichkeit zugelassenen Galerie des Konvents. Seit drei Tagen, seit dem 14. Januar, debattierten die Abgeordneten bereits darüber, welches Urteil dem König verkündet werden sollte – Leben oder Tod. Heute abend mußten sie ihre Stimme abgeben und traten einer nach dem anderen aus dem Schatten hervor, um die Rednertribüne zu erklimmen und mit ihrem Votum Geschichte zu machen. Das Kerzenlicht beleuchtete ihre Gesichter, als sie sich, erschöpft von den stundenlangen Debatten, in dem randvoll gefüllten Raum umblickten. Einige Abgeordnete waren eingenickt. Andere hatten die Gelegenheit ergriffen, um rasch hinauszueilen und etwas zu essen, ehe sie mit ihrem Urteil an die Reihe kämen. Im Umkreis gab es zahlreiche Cafés, die in dieser Nacht der Nächte alle geöffnet blieben.

Célie beobachtete den Mann, der als erster die Tribüne betrat. Er sagte nur das eine Wort »Tod«, um gleich darauf die Stufen wieder hinunterzueilen und zu verschwinden. Sein Platz wurde von einem anderen Mann eingenommen, dessen Gesicht bleich und glänzend vor Schweiß war. Draußen herrschte tiefer Winter, aber das dichte Gedränge und die atemlose Spannung im Raum machten die Luft schwül und stickig. Der Mann auf der Rednertribüne zögerte ein paar Sekunden, ohne auf das ungeduldige Raunen der Männer zu achten, die Schulter an Schulter in den vorderen Reihen saßen.

»Tod!« rief er schließlich rauh und stieg hinunter. Er geriet auf der glatten Holzplanke ins Rutschen und hielt sich haltsuchend am Geländer fest, bis er unten angekommen war und wieder von den Schatten verschluckt wurde.

Célie verfolgte das Geschehen mit brennendem Interesse. Sie war keine Royalistin. Von Kindesbeinen an hatte sie vom Müßiggang und der Verschwendungssucht am Hof von Versailles gehört. Ihr Vater hatte mit Wut und Abscheu darüber gesprochen, ihre Mutter mit stiller Resignation, als könnte man sowieso nichts daran ändern. Es gab viele Inhalte der Revolution, an die Célie glaubte und die sie unterstützte. Schließlich waren es ihre Leute, die Arbeiter, die Handwerker, die Armen, die aus ihrer Generationen währenden Unterdrückung die Revolution ins Leben gerufen hatten.

Der Strom von Abgeordneten, die in den gelben Lichtschein des Kandelabers traten, brach nicht ab, und fast alle sagten sie nur das eine: »Tod.« Der Mann, der gerade die Tribüne erklomm, hatte das blutleere Gesicht eines Albinos. Seine Augen waren rot gerändert, seine Wimpern und Brauen nahezu unsichtbar. Es war Joseph Fouché, der Abgeordnete aus Nantes. Gestern hatte er noch gelobt, für das Leben des Königs zu kämpfen. Heute sagte er dasselbe kurze Wort wie die meisten: »Tod.«

Célie erschauerte. Die Abstimmung währte bereits Stunden. Nur eine Minderheit hatte sich für die Freilassung des Königs ausgesprochen oder dafür, die gesamte königliche Familie lebenslang einzusperren, bis der letzte von ihnen an Altersschwäche gestorben wäre.

Im Grunde brauchte sie gar nicht länger zu bleiben. Das Ergebnis stand bereits fest. Seit dem Sturm auf die Bastille vor dreieinhalb Jahren, im Jahr 1789, war eine Gewalttat auf die andere gefolgt. Inzwischen war Gewalt schon fast an der Tagesordnung. Die Straßen waren voll von Menschen, die Angst hatten und obendrein froren und hungrig waren. Die in Jahrhunderten der Ungerechtigkeit angestaute Wut war explodiert und hatte mit der Kraft einer Feuerwalze alles niedergefegt, was sich ihr in den Weg stellte. Hatte Marat das gemeint, als er sagte: »Ich bin der Zorn des Volkes«?

Der Gedanke an ihn ließ Célie innerlich frösteln. Sie hatte ihn nur einmal gesehen, aber sie kannte seine Macht. Jeder kannte sie. Er regierte die *Commune* und, was weit wichtiger war, den kupfergesichtigen, hohläugigen Mob aus den Gerbereien und Schlachthäusern des Faubourg Saint-Antoine, den anderen Vororten und der gesamten umliegenden Gegend.

Nun betrat der hünenhafte Danton die Tribüne, um seine Stimme abzugeben. Er war erst gestern aus dem Krieg in Belgien zurückgekehrt. Verschiedenerorts munkelte man, er wolle auf Gnade für den König plädieren. Würde er das tatsächlich wagen?

Verhaltenes Gemurmel wurde laut, Füße scharrten, Hälse reckten sich nach vorn.

Célie beobachtete, wie sich Danton mit seinem kräftigen, bulligen Körper und dem pockennarbigen Gesicht in den Lichtkreis bewegte. Hunderte von Augen ruhten auf ihm. Seine Vitalität war fast schon greifbar. Schlagartig verstummten das unruhige Hüsteln und Scharren.

Die Kerzen flackerten, ihr gelbes Licht verzerrte seine Züge grotesk.

»Tod«, verkündete er schlicht, sich dem Urteil der Mehrheit anschließend.

Ein Seufzer der Erleichterung schwappte gleich einer Woge durch den Raum. Jemand stieß einen kleinen Schrei aus. Einige Leute begannen sich zu bewegen, als wären sie plötzlich aus einem Bann erlöst. Nun war ein Punkt erreicht, von dem aus es kein Zurück mehr gab. Wenn Danton »Tod« sagte, mußte es richtig sein.

Er verließ das Podium und verschwand in der Menge. Ein anderer Mann nahm seinen Platz im Lichtkreis der Kerzen ein und sagte dasselbe Wort, doch mit größerer Zuversicht. Jetzt konnte es nur mehr ein Urteil geben.

Aber jeder einzelne der 721 Abgeordneten mußte sein Votum abgeben; die Vorstellung würde sich also bis in die frühen Morgenstunden hinziehen. Die Leute wurden bereits zappelig, fieberten dem Ende entgegen. Dies war nur noch ein Ritual. Die Kerzen im Kandelaber waren bereits zu Stümpfen hinuntergebrannt, und nach wie vor war unablässig das monotone Geräusch schleifender Schritte zu hören, die sich auf der einen Seite zur Tribüne hinauf-, und auf der andere Seite von der Tribüne hinunterbewegten. Als plötzlich das scharfe Klikken von Absätzen ertönte, kehrte Célies Aufmerksamkeit wieder zurück. Der Mann, der im Schein der Kerzen auf der Tribüne stand, war tadellos in allen Schattierungen von Grün in Gehrock, Weste und kunstvoll gefälteltem Halstuch gekleidet. Sein Haar im Stil des Ancien régime trug er in Locken gelegt und gepudert. Das schmale Gesicht mit der zierlichen Nase war hübsch, katzenartig. Er spähte mit kurzsichtigen Augen in den düsteren, unbeleuchteten Raum.

»Jeder der hier Anwesenden weiß, wie ungern ich lange Reden halte«, begann er. In der Tat war er für seine endlosen Reden bekannt, die präzise, beinahe schon pedantisch im Tonfall und so leise waren, daß die Zuhörer sich vorbeugen mußten, um ihn zu verstehen. Mitunter brach er seine Suada abrupt ab, als wäre er am Ende angelangt, doch das waren nur Kunstpausen.

Niemand lachte. Über Maximilien Robespierre lachte man nicht. Er hätte das als Blasphemie angesehen.

Wie immer redete er unablässig über Schlichtheit, über die Untaten der Aristokratie und über die Notwendigkeit einer gerechten, neuen Gesellschaft, die sich wieder auf Tugenden besinnen sollte, aber vor allem redete er über sich selbst. Und zu guter Letzt lief es doch nur wieder auf das eine hinaus: auf eine weitere Stimme, die den König der Guillotine auslieferte.

Célie sah keinen Grund, noch länger zu bleiben. Die

Sache war entschieden. Sie hatte alles erfahren, was notwendig war. Energisch begann sie sich durch die hinter ihr versammelte Menschenmenge zu schieben. Die Leute waren nervös und aufgeregt, standen in Grüppchen in den Gängen herum und blockierten die Türen nach draußen.

»Verzeihung«, murmelte sie, während sie sich mit den Ellbogen ihren Weg bahnte. »Entschuldigt, Bürger.«

Eisige Nachtluft schlug ihr entgegen; sie wickelte ihren Mantel fester um sich und raffte ihn unter dem Kinn zusammen, als sie, den Kopf gegen den Wind gebeugt, die Treppen hinunterstieg.

Ein dünner Mann mit hellem Haar stand im Schein der Laternen. Er krümmte fröstelnd die Schultern und verschlang die Hände ineinander.

»Ihr geht, Bürgerin?« fragte er mit neugierigem Blick. »Sind die da drinnen bereits fertig?«

»Nein«, erwiderte sie. »Aber an dem Urteil wird niemand mehr etwas ändern, also spielt es keine Rolle, ob ich bleibe oder gehe.«

»Gott …«, begann er, brach jedoch unvermittelt ab.

Sie wußte, er hatte ›Gott sei Dank‹ sagen wollen, sich jedoch gerade noch rechtzeitig daran erinnert, daß es keinen Gott mehr gab. Religion war antirevolutionär und somit ein Verbrechen. Niemand konnte genau sagen, wie viele Priester bei den Massakern letzten September ermordet worden waren.

»Guten Heimweg, Bürgerin«, verbesserte er sich verlegen.

Sie lächelte ihm zu und eilte die gepflasterte Straße hinunter. Etliche Geschäfte und Cafés waren noch geöffnet, und ihr Licht spiegelte sich glitzernd auf den nassen Pflastersteinen. Sie konnte ihren Weg gut erkennen. Das würde sehr viel schwieriger werden, sobald sie den Fluß in Richtung des Distrikts Les Cordeliers überquert hätte und sich ihrem Zuhause näherte.

Sie ging zügig voran, um rasch nach Hause zu kommen. Die Nachtluft war grimmig kalt, da half nur Bewegung, um das Blut in Fluß zu halten. Einmal trat sie über eine Pfütze und wäre auf den nassen Pflastersteinen beinahe ausgeglitten. Bald verließ sie die Rue Saint-Honoré und bog in eine schmalere, dunklere Straße ein, die zum Fluß führte. Trotz der stechenden, eisigen Luft konnte sie bereits die klamme Feuchtigkeit riechen, die vom Fluß aufstieg. Wenigstens würden entlang des Kais Fakkeln aufgestellt sein, die sich auf der schwarzen Oberfläche des Gewässers spiegelten und die Sicht erleichterten.

Die heutige Abstimmung war ihr am Herzen gelegen, keine Frage, schließlich war sie Französin, und dies war ihre Stadt, ihr Land. Doch in erster Linie war sie in den Konvent gegangen, weil Bernave sie dorthin geschickt hatte. Er wollte das Urteil erfahren, sobald es unwiderruflich feststand, und zwar sofort, nicht erst morgen früh. Sie kannte seine Beweggründe nicht, sie wußte nur, daß es für ihn ungemein wichtig war. Er hatte sie in letzter Zeit zu etlichen seltsamen, dringenden Botengängen ausgesandt; offensichtlich vertraute er ihr mehr, als man für gewöhnlich seinen Dienstboten traute, vor allem, wenn man sie erst wenige Monate kannte.

Sie war nun nahe am Fluß. Die Straße vor ihr verbreiterte sich, und sie konnte das Licht einer Binsenfackel erkennen, die in der Dunkelheit geschwenkt wurde und zuckende Flammenspuren in die Nacht schleuderte. Ein Mann brüllte jemandem, den Célie nicht sehen konnte, etwas zu.

»Schon das Neueste gehört, Bürger?«

Die Antwort ertönte vom unterhalb liegenden Ufer: »Ja. Der Konvent hat für die Hinrichtung des Königs gestimmt. Endlich Gleichheit!«

»Und Freiheit!« erwiderte der erste Mann lachend.

Célie überquerte die Straße zur Brücke. Der feine Nieselregen hatte aufgehört. Auf dem ölig schwarzen Wasser unter ihr spiegelte sich das Licht der Fackeln in langen, zitternden Goldbändern.

Sie erreichte den Quai de Conti auf der anderen Flußseite und eilte durch die nächtlichen Straßen auf den Boulevard Saint-Germain zu. Nun mußte sie ihren Schritt verlangsamen, sorgsamer auf den Weg achten. Sie war fast zu Hause, doch gab es hier keine Fackeln und kaum einen Lichtschimmer in den Fenstern.

Schließlich bog sie in den überwölbten Torweg ein und durchquerte den vertrauten Innenhof mit der Wasserpumpe. Die Küchentür war ihretwegen nicht zugesperrt worden; sie öffnete sie mühelos und ließ sie leise hinter sich einrasten. In der Dunkelheit tastete sie sich zum Tisch vor, fühlte nach der Kerze und zündete sie an. Der weiche Lichtschein fiel auf die hölzernen Ablagen, auf die an ihren Haken hängenden polierten Pfannen und auf die dunklen Umrisse des Herds. Es war heimelig warm, und in der Luft hing der schwache Duft getrockneter Kräuter.

Sie legte den nassen Mantel und den Schal ab, hängte sie über das Trockengestell, nahm dann die Kerze und ging auf Zehenspitzen zur Diele und weiter zur Tür von Bernaves Arbeitszimmer. Leise klopfte sie an, berührte mit den Knöcheln kaum das Holz.

Zunächst herrschte nur Stille, dann ertönten Schritte, und der Riegel wurde zurückgeschoben. Die Tür schwang auf.

»Komm herein«, forderte Bernave sie auf.

Sie gehorchte und schloß die Tür hinter sich. Im Zimmer war der Ofen entfacht, und vier Kerzen brannten. Auf dem Schreibtisch lag ein aufgeschlagenes Buch, als hätte Bernave vor ihrem Eintreten gelesen. Aufmerksam musterte er sie und las die Antwort offenbar in ihren Augen, denn er nickte nur leicht und preßte die Lippen zusammen. Vielleicht hatte er es ohnehin schon gewußt.

Ja, er hätte es wissen sollen, denn die Anzeichen waren deutlich genug gewesen.

»Sie haben für Tod gestimmt«, sagte sie. »Ich bin nicht bis zum Schluß geblieben, das war nicht mehr nötig. Nach Danton gab es an dem Urteil keinen Zweifel mehr.«

Bernave stand reglos da. Er war kein großer Mann, doch er strahlte eine enorme Energie aus, gepaart mit Intelligenz und Sicherheit.

»Auch die Girondisten haben für Tod gestimmt«, fügte sie hinzu, falls er doch noch einen Anflug von Zweifel haben sollte.

Sie alle hatten sich so viel von den Girondisten erhofft, als diese anfangs im Konvent an die Macht kamen. Sie schienen die edelsten republikanischen Ideale zu verkörpern. Ihre Reden waren wortgewaltig gewesen, doch als es daran ging, Gesetze zu verabschieden und die chaotische Situation unter Kontrolle zu bringen, hatten sie sich als unentschlossen, zanksüchtig, eigennützig und handlungsunfähig erwiesen. Die Enttäuschung darüber war so tief, daß es beinahe körperlich schmerzte.

»Ich habe schon seit langem aufgehört, von denen etwas zu erwarten.« In seiner Stimme schwang Bitterkeit mit und als er zu seinem Schreibtischstuhl zurückkehrte, nahm Célie ein leichtes Hängen seiner Schultern wahr, das ihr bisher noch nie aufgefallen war. »Sie werden ohnehin nicht mehr lange präsent sein. Wenn sie nicht etwas Mut aufbringen und vor allem eine Menge Verstand, sind ihre Tage gezählt.«

Sie fragte nicht, was mit ihnen geschehen würde; die Antwort kannte sie bereits.

»Wann wird die Hinrichtung stattfinden?« fragte er.

»Am einundzwanzigsten«, erwiderte sie. »Noch drei Tage Zeit.«

Er atmete ein paarmal tief durch.

»Ich möchte, daß du Georges Coigny eine Nachricht überbringst. Erzähl ihm, daß das Urteil feststeht und keine Änderung mehr zu erwarten ist. Er soll den ersten und den zweiten Unterschlupf überprüfen. Saint-Félix wird den dritten übernehmen. Hast du das verstanden?«

»Ja. Ich werde Georges Coigny sagen, er soll den ersten und den zweiten Unterschlupf sichern, und Saint-Félix übernimmt den dritten. Ich werde gleich morgen früh gehen.« Sie dachte an die dunklen, von Unrat übersäten Straßen und an den bitterkalten, beißenden Wind.

»Nein, heute abend«, erwiderte er ruhig. »Jetzt.«

Sie öffnete den Mund zum Protest, doch er kam ihr zuvor.

»Jetzt«, wiederholte er. »Zum Schlafen ist keine Zeit. Geh und berichte ihm, was sich im Konvent ereignet hat und was ich dir gesagt habe.« Ruhig sah er sie an. Er hatte ein eindrucksvolles Gesicht, schmal und kantig, ein Gesicht, das an Hunger und Tragödie gemahnte. Man hätte dunkle Augen darin erwartet, doch die seinen waren blaugrau und von tiefer Klarheit, als schimmerte seine Seele durch sie hindurch, sowohl in ihren lichten, als auch ihren dunklen Aspekten.

Es waren die Tage der Gleichheit. Sie wollte verstehen, weshalb er Saint-Félix, der offenbar sein Freund war, wegen aller möglichen Botengänge in die Kälte und die Dunkelheit hinausschickte. Oft kehrte Saint-Félix erschöpft nach Hause zurück, manchmal sogar verwundet, doch es hatte den Anschein, als ginge er gern und bereitwillig. Er erhob niemals Einwände dagegen. Aber warum ging Bernave nicht von Zeit zu Zeit selbst?

Bernave beobachtete sie. Ein Lächeln kräuselte seine Lippen.

»Du bist müde und frierst, Kind, nicht wahr?«

»Ja.« Ihre Antwort fiel vielleicht etwas heftiger aus, als sie es beabsichtigt hatte, doch es war die Wahrheit.

Ihre Beine schmerzten, und ihre Füße waren naß und taub vor Kälte.

Er lehnte sich ein wenig in seinem Stuhl zurück und begegnete unerschütterlich ihrem Blick. »Ist Amandine zu Bett gegangen?«

Mit dieser Frage hätte sie am allerwenigsten gerechnet. Denn was spielte das schon für eine Rolle?

»Pardon?«

Er hob den Blick zur Decke empor. »Ist Amandine zu Bett gegangen? Die Frage ist doch deutlich genug. Ich bin hungrig. Und ich nehme an, du bist es ebenfalls. Wie die meisten meiner Landsleute kann ich mit leerem Magen zwar arbeiten, aber nicht denken! Was wiederum bei den meisten meiner Landsleute ja leider nur zu deutlich zu beobachten ist!« Als er sie ansah, erhellte ein leises Lächeln seine Züge, doch es war voller Wehmut und schmerzlichem Wissen.

»Ich werde Euch etwas Brot und Käse holen, und vielleicht eine Zwiebel«, bot sie ihm an.

»Die einzige Frau in Paris, die nicht kochen kann!« sagte er seufzend, aber nicht unfreundlich. »Du hast deine Arbeit gut gemacht, Célie. Du verfügst über Intelligenz und Mut. Und im Moment, da es kaum etwas Anständiges zu essen gibt, dafür aber jede Menge Arbeit, die obendrein meist recht gefährlich ist, sind diese Tugenden für uns vielleicht mehr wert als alles andere. Was für eine Bemerkung in diesen Zeiten!« Einige Sekunden sah er sie prüfend an, als wollte er sich vergewissern, ob sie seine Worte richtig verstanden hatte, dann wandte er sich wieder seinem Buch zu. Die Geste war eindeutig, Célie konnte gehen.

Die Kerze in der Hand, begab sie sich in die Küche zurück. In einer abgeteilten Ecke des Raums befanden sich das Plätteisen und der Korb mit Nähnadeln, Schere, Zwirn und Stecknadeln; dies war Célies Arbeitsplatz, wo sie die Linnentücher ausbesserte oder gelegentlich ein Gewand nähte. Doch die eigentliche Küche war allein Amandines Territorium.

Sie stellte die Kerze ab, holte das Brot heraus – dieser Tage in Paris eine seltene Ware –, schnitt eine dicke Scheibe von einem der beiden Käsestücke ab und halbierte eine rote Zwiebel. Dann legte sie alles auf einen der Revolutionsteller mit den darauf abgebildeten republikanischen Symbolen. Heutzutage besaß jeder Haushalt diese Teller; es war politisch ratsam, ganz gleichgültig, welcher Richtung man anhing. Sie stellte den Teller auf ein Tablett, zusammen mit einem Messer, einem Glas, einer halben Flasche Rotwein und der Kerze, trug es zum Arbeitszimmer und klopfte mit dem Fuß gegen die Tür.

Nachdem Bernave ihr geöffnet hatte, ging sie mit dem Tablett zu seinem Schreibtisch und setzte es dort ab.

Er warf einen flüchtigen Blick darauf und lächelte kaum merklich. »Danke. Du hättest zwei Gläser bringen sollen.«

Sie war sich nicht sicher, ob das eine Einladung war zu bleiben oder aber ein Befehl, auf weitere Anweisungen zu warten.

»Was ist? Steh nicht so herum!« rief er unwirsch. »Hol dir ein Glas. Wir sind mit unserer Unterhaltung noch nicht fertig.«

Schweigend gehorchte sie und fand ihn bei ihrer Rückkehr mit einer Schreibfeder in der Hand vor, wenngleich das Blatt Papier vor ihm noch leer war.

»Schenk dir ein«, sagte er, ohne aufzublicken.

Nur allzu gern folgte sie der Aufforderung und nippte mit Genuß an dem Wein, spürte den reinen Geschmack auf der Zunge und das warme Gefühl, als er ihre Kehle hinunterrann. Sie blieb jedoch stehen, denn obwohl Bernave ihr Aufträge und Informationen anvertraute, wäre es ungehörig, wenn sie vergäße, daß er ihr

Dienstherr war und daß sie sich hier in seinem Haus, in seinem Zimmer befand.

Schließlich blickte er zu ihr auf. »Ich habe beschlossen, dir zu erklären, weshalb ich dich heute abend noch einmal losschicke.«

Sie schluckte.

»Setz dich.« Er deutete auf den Stuhl ihm gegenüber.

Sie gehorchte. Plötzlich hatte sie Angst. Ihre Kehle schnürte sich zusammen, ihr Herzschlag geriet ins Stolpern. Was würde er ihr anvertrauen? Mußte Georges fliehen, Paris verlassen, oder gar ganz aus Frankreich verschwinden? Oder wollte Bernave dem Land den Rücken kehren? Und wozu dienten die Unterschlupfe?

»Hast du eine Vorstellung davon, was geschehen wird, wenn wir den König hinrichten, Célie?« fragte er, sie aufmerksam musternd.

Sie wollte ihm eine intelligente Antwort geben, eine Antwort, die er respektieren würde. Aber warum stellte er ihr diese Frage? Um ihre Loyalität auf die Probe zu stellen? Oder wozu sonst?

»Wir werden eine Republik sein, ohne Aristokratie, ohne Kirche, ohne das Privileg der Geburt«, erwiderte sie schließlich mit einem winzigen, kaum hörbaren Unterton von Stolz in der Stimme. Denn sie dachte dabei an ihren Vater, der mit den Händen arbeitete und dessen kräftige, starke Finger immer schmutzig waren, ganz gleichgültig, wie fest er sie schrubbte.

»Ist das Privileg der Geburt so viel schlimmer als das Privileg der Stärke oder des Geldes oder der Klugheit?« fragte er. »Und wie steht es mit dem Privileg der Eroberung?«

»Ich verstehe nicht, was Sie meinen.«

»Ja, Kind, das sehe ich. Wir haben im Norden Krieg mit Belgien und im Osten mit Preußen und dem Kaiserreich Österreich; unsere Soldaten haben wenig zu essen und noch weniger Munition. Sogar hier, in Paris, leiden wir Not und sind voller Angst. Wie lange steht man heutzutage für einen Laib Brot an? Nein, du brauchst nicht zu antworten. Ich weiß es selbst. Und wenn wir den König hinrichten, wird es noch schlimmer werden, weil wir dann in einen Bürgerkrieg hineingeraten. In den Provinzen wird es Aufstände geben, da die übergeordnete Regierungsgewalt fehlt.«

Célie hätte gern einen Einwand vorgebracht, aber sie wußte zu wenig. Außerdem nahm sie an, daß Bernave recht hatte, da sie von anderen Leuten bereits Ähnliches gehört hatte, wenn es mal wieder kein Brot oder keine Seife oder keine Kerzen zu kaufen gab.

»Aber bestimmt wird irgendwann …«, begann sie, brach jedoch ab, als sie seine Miene sah.

Er beugte sich etwas nach vorn, und seine Stimme gewann an Dringlichkeit, als er fortfuhr: »Célie, all die Länder um uns herum werden von Königen regiert; nicht nur Österreich und Preußen, sondern auch England und Spanien! All die europäischen Königshäuser sind verbündet, ob aufgrund von Verwandtschaftsbeziehungen oder aufgrund gemeinsamer Interessen. Wenn wir unseren König wie einen gewöhnlichen Verbrecher köpfen und an seine Stelle den Pöbel von Marats *Commune* setzen, der sich wie eine Horde blutrünstiger Tiere verhält, wenn wir unser eigenes Volk nicht ernähren und kein Gesetz einführen können außer dem des Schinderkarrens und des Hackebeils, dann wird man uns als eine Nation ansehen, die dem Wahnsinn verfallen ist, als ein Geschwür, das man um jeden Preis herausschneiden muß, ehe es sein Gift verstreut und ganz Europa damit ansteckt!«

Seine Worte senkten sich mit bleierner Wucht in ihr Bewußtsein, unauslöschbar, weil sie der Wahrheit entsprachen.

»Wir bewegen uns auf Messers Schneide, Célie, mit Korruption auf der einen Seite und Anarchie auf der anderen. England wird den Tod des Königs als Vorwand benutzen. Als willkommenen Anlaß, um wieder mit den Säbeln zu rasseln«, fuhr Bernave fort. Seine Augen schimmerten klar und traurig im Kerzenlicht. »Du hast wirklich kaum eine Vorstellung davon, was wir uns heute abend angetan haben, nicht wahr? Du siehst nur das Volk, das sich gegen die Jahrhunderte der Unterdrückung und Ungerechtigkeit aufbäumt, und gegen eine moralisch verkommene Aristokratie, die in Palästen und Gärten Spiele veranstaltet und nur mit Putz und Tand beschäftigt ist, während die Armen hungern. Du denkst, der Zorn von Leuten wie Marat und seinen Anhängern wäre gerechtfertigt, und wenn endlich Gleichheit herrscht, würde alle Not ein Ende haben.«

»Der Zorn ist gerechtfertigt«, wisperte sie. Sie hatte nie daran gezweifelt. Ihr Volk war das Volk der Armen, der stimmlosen Arbeiter, die den Reichtum des Landes aufrechterhielten und so wenig davon ernteten.

Er lächelte, als habe ihn ihre Anwort für einen Moment aus seinen ernsten Gedanken gerissen. »Natürlich ist er das. Das ist auch gar nicht der springende Punkt.«

»Was ist dann der springende Punkt?«

»Der springende Punkt, meine Liebe, ist der, daß die jetzigen Machthaber keine Gleichheit zufriedenstellen wird, außer der endgültigen Gleichheit im Grabe. Danton war der letzte geistig gesunde Mann, der Wünsche und Bedürfnisse hatte wie jeder von uns: Land, Geld, Frauen, Besitz, Bewunderung!« Er ergriff sein Weinglas und drehte es zwischen den Fingern. »Das sind Dinge, die man erlangen und, mit etwas Glück, sogar festhalten kann. Es sind nachvollziehbare Wünsche. Halte irgendeinen beliebigen Mann auf der Straße an und frage ihn. Wenn er ehrlich ist, wird er zugeben, daß er diesselben Wünsche hat.« Er hielt inne und trank seinen Wein aus. »Dantons politische Ideen sind simpel: für jeden ein Dach über dem Kopf und ein Huhn im Kochtopf.

Gleichheit vor dem Gesetz. Weg mit den Privilegien für die Kirche, aber nicht die Zerstörung der Kirche selbst. Seine Frau ist religiös, wie die meisten Frauen in Frankreich. Darüber hinaus möchte er aber vor allem Stabilität, Raum für das Volk, um wieder zu einem anständigen Leben zurückzukehren. Das sind reale Vorstellungen.«

»Vielleicht wird er im Konvent Einfluß nehmen«, bemerkte sie hoffnungsvoll.

»Er liebt zu viele Dinge zu sehr«, erwiderte Bernave, seine Augen dunkel vor Erinnerungen. »Er möchte den Wein des Lebens in vollen Zügen genießen und sich an all den schönen Dingen erfreuen, die er aus Belgien geraubt hat, die Wagenladungen mit feinem Linnen, die unaufhörlich nach Paris rollen, die goldenen und silbernen Abendmahlskelche und Reliquienschreine und andere wichtige Güter unserer Zivilisation.« Seine Stimme triefte vor Sarkasmus. »Nun, wenigstens ist er Patriot. Einzig darauf bauen wir bei ihm, auch wenn er ansonsten ein Narr ist!«

»Gilt das nicht auch für Marat?« Die Worte rutschten ihr heraus, bevor sie sie in Gedanken abgewogen hatte.

Er stieß ein kurzes, knurrendes Gelächter aus. »Marat ist halb Schweizer, halb Sarde. Weshalb sollte er Frankreich lieben? Wer, meinst du, hat die Lieferung von Stiefeln, Mänteln und Munition, die für das Heer an der österreichischen Front bestimmt waren, an die *Commune* in Paris ›umgeleitet‹?«

»Umgeleitet?«

Er schnaubte verächtlich. »Gestohlen, wenn dir das lieber ist. Und dieser Idiot, Pache, hat weder die Macht noch den Verstand, es zu verhindern. Unsere Soldaten setzen auf den Schlachtfeldern ihr Leben dafür ein, uns vor einer Invasion zu bewahren, aber sie müssen frieren und sich mit wenigen Waffen und noch weniger Munition verteidigen, weil ihre Vorräte von Marats ›Volksarmee‹ beschlagnahmt wurden – damit wir uns hier, in Paris, gegenseitig bekämpfen können!«

Sie sagte nichts. Die Kälte und Dunkelheit der Nacht schienen sich von draußen in den Raum zu drängen, und das Kerzenlicht war zu schwach, um dagegen anzukämpfen. Einzig Bernaves Wille war stark genug, um ihr den Glauben an irgendeine Hoffnung zu geben. Aber was wollte er? Doch sicher nicht, daß der König mit einer Krone auf dem Kopf in den Louvre zurückkehrte! Frankreich hatte bereits alle möglichen Spielarten der Monarchie ausprobiert, und jedesmal hatte der König versagt, seine Versprechen nicht eingehalten, sich jeder für ihn günstigen Strömung unterworfen, gelogen und wieder gelogen.

»Marat verlangt es nach Ruhm«, fuhr Bernave nachdenklich fort, als redete er nicht nur zu ihr, sondern auch zu sich selbst. »Er will Rache für all die Jahre, in denen ihn die Académie Française beleidigt und ihm die Mitgliedschaft verweigert hat, und er will Ruhm, endlosen, grenzenlosen Ruhm. Er will seinen Namen unsterblich wissen und als der Mann in die Geschichte eingehen, der Europa, ja, die ganze Menschheit, von den Ketten der Sklaverei befreit hat.« Er drehte den Stiel seines Weinglases zwischen den Fingern. »Vor allem aber sehnt er sich nach Rache. Und nach Blut. Strömen von Blut.«

Fassungslos starrte sie ihn an. »Gibt es niemanden sonst?«

»Etwa Robespierre?« rief er bitter. »Er kommt am wenigsten in Frage. Die ›Tugend des Volkes‹! Was, um alles in der Weit, soll das sein? Denkst du denn, Robespierre selbst weiß, was das bedeutet, ganz zu schweigen von uns?«

»Vermutlich bedeutet es immer das, was es für ihn gerade bedeuten soll«, erwiderte sie.

Seine Augen blitzten anerkennend auf. »Du hast

recht. Heute ist es dies, morgen das, und nichts davon ist echt. Mit so einem Mann kann man nicht zusammenarbeiten. Man kann ihn nicht einschätzen oder bestechen oder für ein angestrebtes Ziel gemeinsame Sache mit ihm machen. Es ist unmöglich, mit ihm zu verhandeln.« Eine Weile schwieg er. Die feinen Falten in seinem Gesicht gruben sich tiefer ein, als hätte er zuviel Schmerz erfahren, zu viele sinnlose Schlachten ausgefochten. »Der König mag vielleicht nur eine Krämerseele haben, doch die Girondisten könnten einen Kramladen nicht einmal dann führen, wenn ihr Leben davon abhinge. Seltsam, wie Menschen sich so provinziell und gleichzeitig so inkompetent verhalten können.«

»Madame Roland schreibt wunderbare Briefe«, warf sie ein, da ihr das von vielen Seiten berichtet worden war. Außerdem wollte sie die einzige einflußreiche Frau, die sie kannte, verteidigen.

Er bedachte sie mit einem vernichtenden Blick. »Vielleicht für Menschen, die sich an Platitüden ergötzen können. ›Brief einer Römerin!‹ Wir waren einst die geistreichste Nation auf Erden … und sieh uns jetzt an! Es ist zum Weinen! Vielleicht ist das unsere schlimmste Strafe. Wir haben unseren Humor und unseren Witz verloren.«

Sie musterte ihn, wie er mit leicht nach vorn gekrümmten Schultern dasaß, die Arme steif auf den Schreibtisch gestemmt und seine eine Hand zur Faust geballt, so daß die Knöchel und die tiefen Narben weiß hervortraten. Er hatte nie erzählt, woher die Narben stammten.

»Sie waren alle viel zu sehr darauf bedacht, einen Sonnenplatz in der Geschichte einzunehmen, als daß sie sich die Tragweite ihrer Handlungen überlegt hätten«, sagte er mit einer Stimme, die rauh vor Verachtung war. »Möge Gott uns helfen, doch es gibt keine andere Lösung. Wir müssen den König retten, nicht für den

Thron, sondern um ihn nicht zum Märtyrer werden zu lassen. Man sollte ihn still außer Landes schaffen und ihm gestatten, sich in irgendeiner Kleinstadt in England oder Italien niederzulassen, wo er nichts weiter sein wird als ein fetter Mann mittleren Alters, der gern Gartenarbeit verrichtet und mit seinen Enkeln spielt.«

Ungläubig sah sie ihn an, aber noch während sich ihre Lippen zu Widerworten öffneten, verstand sie, daß diese Lösung mit all ihrer verzweifelten Logik und wahnwitzigen Gefahr einen Sinn ergab. Sie kannte die aufgebrachte Stimmung in den Straßen besser als Bernave, der nur selten das Haus verließ. Sie hatte Gerüchte über einen drohenden Krieg gehört und gefühlt, wie dessen tödlicher Hauch die Menschen lähmte. Sie konnte sich an die Panik erinnern, als die Grenzstädte gefallen waren.

»Was sollen wir tun?« wisperte sie, als könnte sie sogar in diesem stillen Zimmer mit dem flackernden Kerzenlicht belauscht werden.

»Wir werden den König auf seinem Weg zum Schafott befreien«, erwiderte er sanft. »Und ihn aus Frankreich herausbringen, irgendwohin, wo er in Sicherheit ist.«

»Das ist unmöglich!«

»Es ist nicht unmöglich, wenn jemand anderer bereit ist, seine Stelle einzunehmen. Die Leute müssen nur für wenige Momente fest daran glauben, es handle sich um den König. Mehr ist nicht nötig.«

»Aber sobald sie entdecken, daß er es nicht ist, werden sie den Stellvertreter töten!« wandte sie erbleichend ein. »Sie werden ihn in Stücke reißen!«

»Ich weiß.« Bernaves Stimme war gepreßt, als würde seine Brust schmerzen. »Und er weiß es ebenfalls. Doch er liebt Frankreich, er liebt sein Volk. Er weiß, was mit uns passieren wird, wenn wir den König töten – Bürgerkrieg, Hunger, Gewalt auf den Straßen, überall Angst und womöglich ausländische Soldaten in unseren Feldern und Dörfern und Häusern. All die Errungenschaften, um die wir gekämpft haben, die Freiheit und die Gerechtigkeit, würden unter einer anderen Monarchie, die nicht einmal unsere eigene wäre, zerstört werden. Der Mann wird es tun, Kind. Ich kenne ihn.« Er beugte sich über den Schreibtisch, seine Wange und eine Braue golden im Schein des Kerzenlichts. »Geh jetzt und sag Georges Coigny, er solle die erste und zweite geheime Unterkunft sichern. Was bedeutet schon ein wenig Wind und Regen? Ich muß Briefe schreiben. Uns bleiben nur noch drei Tage!«

Der eisige Nachtwind traf sie wie ein Schlag ins Gesicht, unter dessen Wucht sie sich krümmte und die Augen zusammenkniff. Sie zitterte nicht nur vor Kälte, sondern auch vor Angst und Aufregung. Plötzlich ergaben all die Botengänge, die Saint-Félix und sie für Bernave unternommen hatten, einen Sinn. Sie waren Teil einer verrückten Verschwörung, um den König zu befreien und zu verhindern, daß das Chaos auf ganz Frankreich übergreifen und den letzten Rest an Hoffnung und Menschlichkeit und des Traumes an eine neue, freie Gesellschaft zunichte machen würde.

Sie konnte nicht schnell gehen, denn sobald sie den Boulevard Saint-Germain verlassen hatte, war es zu dunkel, um etwas zu sehen. Vorsichtig bewegte sie sich durch die Gassen, die sie erst seit kurzer Zeit kannte, so daß sie aufpassen mußte, sich nicht zu verlaufen oder einen falschen Schritt zu tun. Der Wind zog mit messerscharfer Klinge durch den schmalen Tunnel aus Hausmauern, spürte jeden Spalt in ihrem Umhang und dem um ihren Kopf geschlungenen Schal auf.

Nun gelangte sie in die Cordeliers, wo Danton mit seiner Frau und seinen Söhnen lebte. Vielleicht war es dumm gewesen, alle Hoffnung auf ihn zu setzen, aber das hatten so viele getan, einstmals vielleicht sogar Bernave. Die Menschen liebten Danton. Er war ein geborener Führer, ein Mann mit einem ungeheuren Appetit auf Essen, Frauen, Spaß, Wein und Leben – gleichzeitig auch ein Mann, der sich leidenschaftlich für die Rechte der Armen einsetzte, für das einfache Volk in Stadt und Land, für jene, die hart für ihr Brot arbeiteten.

Jetzt war es zu spät. Sollte Danton jemals wirklich versucht haben, die Flut der Zerstörung einzudämmen, so hatte er gefehlt.

Sich vorsichtig an der Mauer entlangtastend, bog sie um die Ecke. Hier war es geschützter.

Marat war die eigentliche Macht hinter allem. Er lebte gleichfalls ganz in der Nähe, in der Rue de l'École de Médecine, und arbeitete jeden Tag an seiner Zeitung, die mit fetten Schlagzeilen nach Blut und Rache für die jahrhundertelange Unterdrückung schrie. Der Mob folgte ihm, saugte begierig jedes seiner Worte in sich ein, glaubte an ihn.

Er hatte mehrere Jahre zurückgezogen in Europa verbracht, verzehrt von seinem Verlangen nach Anerkennung in der akademischen Welt, die jeden seiner Versuche, sich darin einen Platz zu erobern, abwies. Bernave hatte ihr das einmal spätabends erzählt, als sie nach einem Botengang mit Nachrichten für ihn zurückgekehrt war. Mit einem gequälten, bitteren Lächeln hatte er ihr berichtet, wie sich Marat der Sache der Enteigneten angenommen, sein Buch ›Die Ketten der Sklaverei‹ geschrieben und so seine wahre Berufung gefunden hatte. Sein Zorn und der Geschmack der Macht hielten ihn nun am Leben, trotz der Krankheit, die seinen Körper zerfraß.

Als Célie den Boulevard Saint-Michel überquerte, wurde die Dunkelheit kurzzeitig vom Licht der Fackeln erhellt und die Stille von Männerstimmen durchbrochen, doch gleich darauf tauchte sie erneut in das Gewirr der Gassen ein. Sie blieb einen Moment stehen, bis sich ihre Augen wieder an die Dunkelheit gewöhnt hatten. Dies war ein perfekter Ort, um sich zu verstecken. Hier hatte Marat in Dachstuben und Kellern gehaust, sich manchmal tagelang in einem Schrank verkrochen – am Leben gehalten nur von ein wenig Wasser –, als er von der damaligen Regierung gejagt worden war. La Fayette hatte dreitausend Soldaten auf ihn gehetzt, damit sie ihn ausfindig machten und töteten – doch das war nicht gelungen.

Obgleich fast am Ziel angelangt, war sie sich plötzlich nicht mehr sicher, wie sie weitergehen mußte. Die Gebäude waren sehr alt, ihre Dächer hingen in der Mitte durch und knarrten. Wasser tröpfelte von den Dachgesimsen, aber der Regen hatte aufgehört. Die feuchte Kälte kroch in jede Ritze und in jeden Winkel.

Links. Sie mußte links gehen, in den Innenhof, dann über die schmale Stiege zur Haustür hinauf und weiter in das Dachgeschoß.

Überall vermeinte sie jetzt Bewegungen wahrzunehmen, als wären zahllose Leute wach und würden die Ohren spitzen. Wie lächerlich! Sie mußte ihre Gedanken besser im Zaum halten. Entschlossen ging sie weiter. Ihre Zähne klapperten. Aus Angst? Pah, natürlich nicht! Nur vor Kälte. Sie war schon häufig hier gewesen, hatte Lebensmittel, Kerzen, Brennmaterial oder Nachrichten überbracht. Georges hatte gerade kein Geld, er versteckte sich vor der Revolutionswache; außerdem waren Nahrungsmittel knapp, und man mußte manchmal stundenlang anstehen, um überhaupt etwas zu bekommen. Er konnte es sich nicht erlauben, sich so lange an einem Ort aufzuhalten. Die Leute redeten. Jedes kleine Viertel wachte eifersüchtig über seine mageren Bestände. Niemand hieß einen Fremden willkommen, es gab zu wenig, als daß man hätte teilen wollen. Jemand könnte ihn von einem Plakat wiedererkennen. Wenn man einen gesuchten Mann meldete, erhielt man eine ordentliche Belohnung. Und, mehr noch, sollte man einmal in Schwierigkeiten geraten, so konnte ein guter Ruf bei der *Commune* den Unterschied zwischen Freispruch und Guillotine bedeuten.

Behende huschte sie zum ersten Treppenabsatz hinauf, dann weiter zum zweiten. Sie hörte, wie sich die Holzplanken unter ihrem Gewicht mit leisem Quietschen bewegten. Nach einer kurzen Atempause stieg sie zum dritten Absatz empor. Die Stufen waren rutschig von Regen und Schlamm. Die Tür auf dem obersten Treppenabsatz war nicht abgeschlossen. Sie ließ sich nur schwer öffnen, doch Célie war mit ihren Eigenheiten vertraut und stieß sie mit einem kurzen Ruck gerade so weit auf, daß sie sich durch den Spalt hindurch in den Gang schieben konnte.

Drinnen war es völlig dunkel, aber sie kannte ihren Weg; zehn Schritte vorwärts, dann nach rechts bis zu einer anderen Tür. Diesmal machte sie nicht selbst auf, sondern klopfte leise an.

Die Tür wurde geöffnet, und Célie betrat einen Raum, nicht größer als eine geräumige Anrichte und erhellt von einer einzigen Kerze – aus Talg, nicht aus teurem Wachs. Vom Ofen ging kein Glutschimmer aus, keine Wärme. Er war wohl ausgegangen. Georges Coigny stand in der Mitte des Zimmers, seine von dunklen Wimpern gesäumten Augen weit aufgerissen und wachsam. Sobald er sie erkannte, wurden seine Züge weicher. Sein Lächeln kam wie immer unvermittelt und wirkte bezaubernd. Er lächelte jeden auf diese Art an; es war eine Gewohnheit, ein Teil seines Wesens.

»Komm rein!« drängte er und machte die Tür hinter ihr zu. Im Zimmer war es kalt. Es standen kaum Möbel darin, nur ein Tisch, ein Stuhl, ein kleiner Schrank und eine mit Stroh gefüllte Matratze auf dem Boden neben der Wand. Darauf lagen zwei, drei Decken, von denen er ihr, nachdem sie ihren nassen Umhang und Schal abgelegt hatte, eine reichte. Sie wickelte sich hinein und setzte sich auf den Stuhl.

Er blieb stehen und sah sie abwartend an.

Sie schüttelte heftig den Kopf. »Tod«, beantwortete sie in heiserem Ton seine stumme Frage. In seinem Gesicht las sie, daß er das zwar erwartet, aber insgeheim dennoch auf eine andere Entscheidung gehofft hatte. Da ihn ihr Kommen offenbar nicht erstaunte, hatte er wohl damit gerechnet, daß Bernave sie noch heute nacht zu ihm schicken würde.

Er blinzelte und wandte den Blick von ihr ab. Nachdem er ein paarmal tief durchgeatmet hatte, sah er sie wieder an.

»Auch Danton?«

Nur zu gern hätte sie ihm eine andere Antwort gegeben. Sie verspürte den jähen Wunsch, ihn vor der Wahrheit zu schützen, was völlig absurd war – gerade ihn, Georges Coigny! Er war nicht verwundbar, war kein ängstlicher Mensch. Er war sich in allem immer sehr sicher, besaß eine Art von innerem Glauben, den selbst das gegenwärtige Chaos nicht zu erschüttern vermochte.

Vehement unterdrückte sie deshalb diese Anwandlung.

»Ich bedaure ... er hat für Tod gestimmt, genau wie die anderen auch.«

Sein Blick wanderte zu dem nackten Fenster, auf dessen blanker Scheibe sich das Kerzenlicht scharf und gelb widerspiegelte. Schließlich sagte er leise, als spräche er zu sich selbst: »Er hat einmal gesagt, er würde sein Leben nicht für eine verlorene Sache opfern.« Als er sich ihr wieder zuwandte, sah sie die Niederlage und die Enttäuschung in seinem Gesicht. »Die Girondisten sind ja nicht einmal imstande, eine Abendgesellschaft zu organisieren, ganz zu schweigen einen effektiven Widerstand gegen Marat und die *Commune* und gegen all die anderen, die glauben, die Hinrichtung des Königs markiere den Beginn einer neuen Freiheit.«

Trotz der um sie gewickelten Decke erschauerte sie.

»Bernave sagt, du sollst den ersten und zweiten Unterschlupf überprüfen. Saint Félix wird zum dritten geschickt.«

Er setzte sich ihr gegenüber auf die Matratze – etwas linkisch, weil die Matratze so weit unten lag – und zog sich eine Decke über die Schultern. Obwohl er müde und angespannt wirkte, schien er nicht überrascht. Er hatte mit diesem Ergebnis gerechnet.

»Wir können es nicht allein tun«, fuhr sie behutsam fort. »Kennst du genügend Leute, die uns helfen?«

Er rieb sich die Augen. »Ich hoffe. Die Royalisten sind geschlagen und in alle Winde zerstreut. Wir haben die Kirche abgeschafft, und die Priester, die überleben konnten, verstecken sich ... wie viele von uns.«

Plötzlich wurde ihr bewußt, wie wenig sie ihn kannte. Er war Amandines Cousin; sehr viel mehr wußte sie nicht. Nie hatte er etwas über seine Vergangenheit erzählt, außer in Bruchstücken, wenn er hin und wieder Orte erwähnte, die er liebte, oder einen Landstrich mit himmelhohen Bäumen und einem stillen Fluß. Amandine war nicht vermögend. Sie arbeitete als Köchin für ihren Lebensunterhalt, aber dennoch strahlte sie eine gewisse Würde aus und verfügte über eine kultivierte Sprache und gute Manieren, die so natürlich waren, daß es schwer vorstellbar schien, sie könnten lediglich angelernt sein. Hatte auch er einst bessere Tage gesehen? Oder gehörten sie beide, Amandine und er, zu jenen Tausenden von verarmten Adeligen, denen durch die jahrhundertelange Erbaufteilung von Ländereien zwar Erbrechte geblieben waren, jedoch kein Geld, um ihre Anwesen zu unterhalten?

Sie betrachtete ihn, wie er ihr gegenüber auf der Matratze kauerte, und konnte sich keinen Reim auf ihn machen. Woran hatte er geglaubt, bevor die Revolution all die alten Werte, all die alten Sicherheiten hinweggefegt hatte? Schwer einzuschätzen, wie groß sein Mut war, wie tief verwurzelt seine Humanität. Bisher hatte sie nur seine höfliche, aber oberflächliche Freundlichkeit kennengelernt und seine Loyalität gegenüber Amandine.

»Woher kommst du?« fragte sie. »Wo hast du vor der Revolution gelebt?«

»Auvergne«, sagte er schlicht, doch seine Stimme war dunkel und schwer, als erfüllte ihn selbst dieses eine Wort mit Erinnerungen an etwas Geliebtes und Verlorenes.

»Wo hast du da gewohnt?« drängte es sie, weiterzufragen.

»In einem kleinen Schloß, eigentlich nichts weiter als ein befestigtes Haus.« Er sagte das beinahe entschuldigend, doch seine Augen waren weich, und in seiner Stimme schwang ein so tiefes Bedauern mit, daß ihr das Herz schwer wurde, als hätte sie selbst diesen Verlust erlitten.

»Das deines Vaters?« hakte sie nach, um sich ein Bild machen zu können. Ihr eigenes Elternhaus war ein Bauernhaus in der Seitenstraße eines Dorfes gewesen, ehrbar, ärmlich und von ähnlichen Häusern umgeben. Die Männer arbeiteten als Handwerker oder Bauern, die Frauen kochten und putzten und gebaren Kinder. Ein paar wenige lernten, wie sie, zu lesen und zu schreiben und fanden Stellungen, die sie in die Welt jenseits des Dorfes führten.

»Ja«, beantwortete er ihre Frage. »Bis zur Revolution. Sie warfen uns hinaus. Mein Vater ist kurz darauf gestorben.«

Sie konnte nachempfinden, wie er sich damals gefühlt hatte, hörte es aus seiner Stimme heraus und sah es in den Schatten, die seine Züge verdunkelten. Es wäre grausam, noch weiter in ihn zu dringen. Sie sollte lieber zu den Themen zurückkehren, die sie zusammengeführt hatten, und zum Grund ihres Kommens.

»Sie werden den König am einundzwanzigsten hinrichten. Am frühen Morgen.«

Einen kurzen Moment wirkte er fassungslos. »Drei Tage!«

Sie nickte.

Schweigend blickte er ins Leere.

»Wie werden wir vorgehen?« fragte sie.

Er hörte das ›wir‹, das selbstverständlich und voller Überzeugung über ihre Lippen gekommen war, und der Anflug eines Lächelns huschte über sein Gesicht. »Aus dem Temple könnten wir ihn niemals befreien«, antwortete er. »Unsere einzige Chance besteht darin, ihn auf dem Weg zum Place de la Révolution aus dem Wagen zu entführen.«

»Ich weiß. Bernave hat es mir erzählt. Jemand anderen an seine Stelle setzen, der die Menge eine angemessene Zeit zu täuschen vermag.« Ein kalter Schauer lief ihr über den Rücken, als sie an Bernaves Gesicht im Kerzenschein zurückdachte und daran, was diesem Stellvertreter drohte: nicht einfach nur der Tod, sondern ein Martyrium. Was für ein Mann war das, der so etwas freiwillig auf sich nahm? Sie wünschte, sie würde ihn kennen! Obwohl es ihr dann das Herz bräche. »Aber wie soll das vor sich gehen? Und was ist danach?«

Er atmete tief durch. »Die Straßen werden von Soldaten gesäumt sein, die auf alle möglichen Zwischenfälle gefaßt sind. Ganz Paris wird auf den Beinen sein, um das Ereignis mitzuerleben.« Ein schmerzlicher Ausdruck trat in seine Augen, die Erinnerung an etwas Vergangenes. »Wie oft sieht man schon einen König zu seiner Hinrichtung fahren?«

Ihr fiel nichts ein, was sie sagen könnte. Was fühlte er? Welche Empfindungen lebten in ihm, an die sie rühren oder die sie verstehen konnte? Was hatte er in den Wirren des Umbruchs verloren ... oder gefunden?

»Kanntest du ihn?« fragte sie.

Er senkte den Blick. »Nicht sehr gut.«

»Was ist er für ein Mensch?«

»Scheu, ganz normal, wie ein Schauspieler, der eine Rolle spielt, mit deren Text er nicht ganz vertraut ist.«

So eine Beschreibung hatte sie nicht erwartet. Das hörte sich nicht nach einem König an, und noch viel weniger nach einem Tyrannen.

Er hob den Kopf und kehrte wieder zu dem eigentlichen Thema zurück.

»Drei Tage? Schon um genügend Deckung für unser Manöver zu haben, benötigen wir eine Menge Leute, doch wir haben nur etwa ein Dutzend, dem wir vertrauen können. Zumindest hier, in Paris ...«

»Werden wir ihn nicht ganz aus Frankreich herausschaffen müssen?« fiel sie rasch ein. »Vielleicht nach Österreich? Oder nach England? Angeblich sind viele Aristokraten nach England geflohen. Nach Calais gelangt man schneller als zu jeder anderen Grenze.«

»Und wird am ehesten entdeckt«, fügte er hinzu. »Da werden sie zuerst suchen.«

»Spanien?« schlug sie vor. »Oder Italien?«

Er zögerte mit seiner Antwort. Im Zimmer war nichts zu hören, nur das monotone Pochen des Regenwassers, das von der Dachrinne heruntertropfte, und hin und wieder das leisen Knistern der von einem Luftzug erfaßten Kerzenflamme. Célie unterbrach sein Schweigen nicht.

»Vielleicht sollten wir darüber gar nicht Bescheid wissen«, sagte er schließlich. »Man wird das zu gegebener Zeit schon richtig entscheiden.« Ein kaum wahrnehmbares Lächeln spielte um seine Lippen. »Bernaves Geschäfte erstrecken sich über ganz Frankreich, er importiert Seide aus Italien, exportiert sie nach Spanien und verschifft Wolle und Leder nach England. Wenigstens noch so lange, bis wir uns auch mit diesen Ländern im Krieg befinden!«

Bernave hatte das ihr gegenüber nie erwähnt. Vielleicht traute er ihr nicht –, wahrscheinlicher war jedoch, daß er gedacht hatte, sie käme von selbst darauf.

Georges stand auf und wickelte fröstelnd die Decke um sich. »Ich würde dir ja gern heiße Schokolade anbieten, wenn ich welche hätte und der Ofen geheizt wäre. Doch da dem nicht so ist – wie wäre es mit einem Glas Wein?"

»Danke, gern«, sagte sie und sah ihm zu, wie er zum Schrank ging und eine Flasche und zwei Gläser herausholte. Er stellte Flasche und Gläser auf den Tisch, entkorkte die Flasche und schenkte ein, wobei er sorgsam darauf achtete, daß sie etwas mehr erhielt als er, dann reichte er ihr ein Glas.

»Danke.« Sie nahm einen Schluck. Der Wein war sehr herb, aber wenigstens linderte er die Kälte ein wenig, die sich in ihrem Inneren zu einem eisigen Klumpen verdichtet hatte. »Was ist mit den Royalisten?« fragte sie. »Gibt es unter ihnen denn niemanden mehr, dem wir vertrauen können?« Sie merkte selbst, wie fassungslos sie sich anhörte, obwohl sie das nicht beabsichtigt hatte. Auch ihm konnte das nicht entgangen sein.

Um seine Mundwinkel zuckte abermals ein winziges Lächeln, als er sich nun wieder auf die Matratze setzte und sein Glas mit beiden Händen umfaßte.

»Nein«, sagte er ruhig. »Sie wollen ihn zurück auf dem Thron haben, und wenn nicht ihn, dann wenigstens seinen Bruder, den Comte d'Artois. In jedem Fall brauchen sie einen Monarchen. Sie haben nichts, rein gar nichts gelernt. Sie betrachten die Geschichte wie eine Abfolge von Schauspielen, die auf der Weltbühne eines nach dem anderen vorgeführt werden – aber sie verstehen die Sprache des Dramaturgen nicht. Sie verstehen gar nichts.« In seiner Miene standen Verachtung und Ungeduld geschrieben, und Célie war sich nicht sicher, ob sie nicht auch Mitleid darin erkannte. Er trank einen langen Schluck aus seinem Glas und kniff bei dem strengen, fast sauren Geschmack des Weins die Lippen zusammen. »Die Ironie dabei ist, daß dem König wahrscheinlich gar nicht soviel an der Krone liegt. Er wäre weit glücklicher als einfacher Bauersmann gewesen, oder als Krämer in irgendeiner Kleinstadt. Denn im Grunde hat er das Naturell eines Kramladenbesitzers, gutmütig, etwas beschränkt, ziemlich humorlos, häuslich und eifrig darauf bedacht, alle Welt zufriedenzustellen.«

Das Gesicht halb abgewandt, starrte er auf den Boden, aber sie hörte die Traurigkeit in seiner Stimme.

»Er wäre ein ausgezeichneter Krämer gewesen«, fuhr er fort. »Seine Kunden hätten ihn gemocht. Er hätte den Dorfklatsch mit ihnen ausgetauscht, den Kindern Äpfeln geschenkt und wäre in Frieden und Wohlstand alt geworden. Unglückseligerweise hat er den Thron von Frankreich geerbt und nie eine Wahl gehabt. Und so wird er nun in drei Tagen sterben, es sei denn, wir können ihn retten – und damit uns selbst.«

Weder widersprach sie, noch hinterfragte sie sein Urteil. Ihre Gedanken waren ganz erfüllt von der Tragweite des geplanten Vorhabens.

Er blickte zu ihr auf. »Sag Bernave, daß ich die Unterschlupfe überprüfen werde. Ich habe mindestens zehn vertrauenswürdige Leute in Paris, die sich um die Kutsche zusammenrotten können. Unsere Kutschen und deren Lenker werden an den Verstecken und außerhalb von Paris bis zur festgesetzten Grenze bereitstehen. Aber er muß herausfinden, auf welchen Wegen man die Stadt am besten verlassen kann.«

»Ich werde es ihm sagen.« Sie stand auf, ließ die Dekke auf den Stuhl fallen und trank den letzten Schluck Wein aus.

Er erhob sich ebenfalls. »Sei vorsichtig«, sagte er leise, nahm ihren Umhang und Schal und ging damit zur Tür. »Ich wünschte, ich könnte dich zumindest bis zum Boulevard Saint-Germain begleiten.«

»Das geht nun mal nicht«, erwiderte sie, während sie sich von ihm den Umhang umlegen ließ.

»Paß gut auf dich auf«, wiederholte er mit drängender Sorge in der Stimme.

Sie wandte sich ab, wollte ihn nicht ansehen. »Ja, das werde ich.«

Seine Hand lag auf dem Türriegel. »Sag Bernave, daß wir Erfolg haben werden«, fügte er hinzu. »Wir müssen einfach. Denn wenn wir versagen, kann nur noch ein Wunder den Bürgerkrieg abwenden.«

»Glaubst du an Gott?« Kaum war ihr diese Frage entschlüpft, hätte sie sich am liebsten die Zunge abgebissen. Es war eine Frage, die man dieser Tage in Frankreich nicht stellte. Doch jetzt war es zu spät, die Worte waren draußen.

Er hob die Augenbrauen. »An Gott? Leider habe ich keine genaue Vorstellung davon, wer das ist.« In seinen Augen blitzte ein Funke von Belustigung auf. »Willst du dich nicht lieber darauf beschränken, mich zu fragen, ob ich an die Kirche glaube? Denn darauf kann ich dir mit einem aufrichtigen Nein antworten.«

»Dann findest du es gut, daß es sie nicht mehr gibt?« entgegnete sie.

Er strich sich die Haare aus der Stirn. »Es ist eine Katastrophe! Die Kirche stand für eine gewisse Art von Ordnung … sie war ein Sinnbild für …«

»Korruption«, fiel sie ihm ins Wort. »Weißt du, wieviel Land die Kirche besaß, bevor wir es uns zurückgeholt haben?«

»Ja«, erwiderte er mit ausdrucksloser Stimme. »Und wieviel Habgier und Laster und doppelte Moral, wie viele unverdiente Privilegien und wieviel verderblichen

Einfluß. Aber dennoch repräsentierte sie in gewisser Weise den Glauben an eine Macht, die größer ist als wir. Sie schenkte jenen Hoffnung, die keine andere Hoffnung hatten, und gab ihnen das Vertrauen an eine Gerechtigkeit jenseits der weltlichen Gerechtigkeit … die allzu oft nur eine Farce ist oder etwas noch Schlimmeres. Wenn wir alles sind, was es an Vollkommenheit gibt, wäre das recht kläglich, meinst du nicht?«

»So habe ich das noch gar nicht gesehen«, gab sie zu, erschüttert von der bloßen Vorstellung. »Selbst wenn die Besten von uns das Beste sind, was es gibt, reicht das nicht aus.«

Er grinste, so daß seine weißen Zähne im Kerzenlicht aufblitzten. »Aber wenn die Schlimmsten von uns das Schlimmste sind, was es gibt, würde das durchaus ausreichen, was? Die Hölle braucht nicht schrecklicher zu sein als der letzte September.«

»Nun … da wir Gott abgeschafft haben, sind Wunder nicht sehr wahrscheinlich«, entgegnete sie trocken, schlüpfte, noch ehe er etwas erwidern konnte, aus der Tür und stieg über die schmalen Außentreppen in die Nacht hinunter. Sie drehte sich nicht mehr nach dem Fenster um, in dem sich seine Silhouette im Schein der tropfenden Kerze abzeichnete.

Zweites Kapitel

Célie fuhr jählings aus dem Schlaf hoch. Ihr Kopf hämmerte, und trotz der Decken war sie starr vor Kälte. Draußen war es dunkel, aber das bedeutete lediglich, daß es noch vor sieben Uhr war. Amandine beugte sich über sie, eine Kerze in der Hand, ihr Gesicht war bleich vor Schreck und Schlafmangel, und ihr weiches Haar schimmerte wie ein Heiligenschein um ihren Kopf.

»Célie, wach auf! Du mußt mir helfen!« In ihrer Stimme lagen Angst und Zorn. »Bernave hat Saint-Félix wieder die ganze Nacht herumgeschickt. Er ist gerade zurückgekehrt, und man hat ihn erneut zusammengeschlagen, diesmal noch viel schlimmer als sonst! Trunkenbolde – Marats Männer – Marseiller, ich weiß nicht. Steh auf und hilf mir – bitte! Er blutet und ist fürchterlich zugerichtet. Manchmal könnte ich Bernave umbringen!«

»Sie werden den König hinrichten«, murmelte Célie, gegen ihre Mattigkeit ankämpfend. Sie war wie benommen vor Müdigkeit. Ihr Kopf schmerzte, und sie hatte das Gefühl, sich durch einen Nebel zu kämpfen.

»Ja, ich weiß«, hörte sie Amandines Stimme. »Saint-Félix hat es mir erzählt. In drei Tagen.«

Langsam setzte sich Célie auf. Es war bitterkalt. Im Zimmer gab es keinen Ofen, und die Luft fühlte sich wie Eis auf ihrer Haut an. Um diese Uhrzeit brannte normalerweise nirgendwo im Haus ein Feuer, außer in der Küche. Da Amandine die Köchin war, würde sie den Ofen unten in der Küche geheizt haben. Dank Bernaves Geld waren sie einer der wenigen Haushalte, die es sich leisten konnten zu heizen, zumindest von Zeit zu Zeit.

Sie griff nach ihrer Kleidung, streifte sie über und nestelte mit klammen Fingern an den Knöpfen. Amandine sah furchterregend aus. Unter ihren Augen lagen dunkle Schatten, und sie stand mit fest verschränkten Armen und hochgezogenen Schultern da. Ihre Anspannung war fast greifbar.

Célie befestigte ein Wolltuch über ihrer Bluse und dem grob gewebten, weiten Rock. Es war eine Art bäuerliche Tracht, doch so kleidete man sich in dieser Zeit der demonstrativen Gleichheit. Das Tuch diente der Wärme, nicht der Eitelkeit.

Amandine trat ungeduldig von einem Bein auf das andere. »Beeil dich, bitte! Seine Kleider sind zerfetzt und schmutzig und voller Blut, und er kann kaum sprechen. Du verstehst mehr von Heilkunst als ich.«

Das war richtig. Vor dem Aufstand der Marseiller, die im September durch die Stadt gestürmt waren, jegliche Normalität und Ordnung niedertrampelnd, hatte Amandine ein eigenes Haus besessen und bescheiden, aber recht bequem von ihrem privaten Einkommen gelebt. Sie hatte kein Geld verdienen müssen. Das Kochen hatte sie einzig deshalb gelernt, weil es ihr Freude machte.

Célies Vater war Hufschmied und Stellmacher in einer etwa dreißig Meilen von Paris entfernten Kleinstadt gewesen. Ihre Mutter hatte als Näherin gearbeitet. Für Célie bedeutete es einen Aufstieg auf der sozialen Leiter, als sie das Dienstmädchen einer so außergewöhnlichen und begabten Frau wie Madame de Staël wurde. Um dahin zu gelangen, hatte sie sich natürlich von allen Fertigkeiten ein wenig aneignen müssen: Nähen, Waschen, etwas Putzmacherei, wie man einen sauberen und gefälligen Brief schrieb, wie ein ordentlich gedeckter Tisch auszusehen hatte, etwas wissen über gute Weine und zumindest die Namen und Interessensgebiete der führenden zeitgenössischen Philosophen – wiewohl letzteres mehr zufällig geschah als durch Vorsatz. Es ließ sich nicht verhindern, daß man ein bestimmtes Maß von dem, was man aufschnappte, auch im Kopf behielt.

Und selbstverständlich war für ihre Arbeit auch ein wenig Krankenpflege und Arzneimittelkunde erforderlich gewesen. Ein Arzt wurde nie gerufen, es sei denn, es gab keine andere Wahl, und eine Operation war notwendig. In ein Krankenhaus begab man sich nur, wenn man auf einer Bahre hingetragen werden mußte.

Sie folgte Amandine nach unten in die Küche, wo ein halbes Dutzend Kerzen flackerte und ein Herdfeuer brannte, dessen Wärme ihr wohltuend entgegenschlug.

Saint-Félix saß auf einem der Holzstühle, die Arme verschränkt, die Beine ausgestreckt. Seine weichen Lederstiefel waren mit Schlamm und Abwasser aus den Rinnsteinen bespritzt, die entlang der kleineren Straßen verliefen. Sein Mantel war blutbefleckt und an der Schulter des rechten Ärmels zerrissen, als hätte jemand versucht, ihn ihm gewaltsam zu entreißen. Sein feingeformtes schmales Gesicht, das Antlitz eines Träumers, war unter den dunklen Schmutzflecken aschfahl, und seine Augen waren geschlossen, doch seiner angespannten Haltung nach zu urteilen, war er durchaus bei Bewußtsein.

Célie schloß die Tür hinter sich, um nicht von den neugierigen Lacoste-Kindern gestört zu werden, die vermutlich bereits wach waren und auf die Idee kommen könnten, Amandine um etwas heiße Schokolade oder irgendeinen Leckerbissen anzubetteln. Dann ging sie zu Saint-Félix hinüber und musterte ihn aufmerksam.

Er schlug die Augen auf: graugrün und klar wie das Meer.

Erschrocken sah er sie an und verschränkte die Arme über der Brust, aber sie wußte nicht zu sagen, ob einer instinktiven Körperabwehr zufolge oder um eine Wunde zu verbergen, oder einfach nur deshalb, weil ihm kalt war.

»Wo seid Ihr verletzt?« fragte sie ihn mit fester Stimme, wie sie es bei einem Kind getan hätte. Hinter sich spürte sie Amandine, die zusah und ungeduldig wartete. »Setz den Topf auf«, ordnete sie an, ohne sich umzublicken. »Mach etwas heiße Schokolade.«

»Ich habe Wein ...«

»Schokolade ist besser«, erwiderte Célie. »Und hol ein wenig Brot.« Sie hörte, wie Amandine geschäftig umhereilte, und wandte sich wieder Saint-Félix zu. »Ist das Euer Blut oder das eines anderen?« fragte sie.

Er blinzelte und betrachtete etwas verwundert seinen Mantelärmel. »Oh ... Das meiste stammt, glaube ich, nicht von mir. Ich bin in Ordnung, Célie. Nur ein Messerstich im Arm, nicht tief, und ein paar Prellungen.«

»Was ist passiert?« Sie wußte, er war auf der anderen Seite des Flusses gewesen, weit weg in den Elendsvierteln und Gerbereien des Faubourg Saint-Antoine, wohin Bernave ihn geschickt hatte. Es war sehr wahrscheinlich, daß Amandine nichts davon wußte, und das war auch besser so.

Er machte eine kleine abwehrende Geste, doch als er antwortete, zitterte seine Stimme: »Ich bin in einen von Marats Pöbelhaufen hineingeraten. Sie feierten das Urteil über den König und waren ein wenig betrunken. Es stand keine böse Absicht dahinter.« Seine Augen straften seine Worte Lügen. Eine Wildheit und eine schreckliche Einsamkeit lagen darin, als könnte er niemandem von dem Schmerz erzählen, den er tief in seinem Inneren verspürte.

»Ihr zieht jetzt besser den Mantel aus und laßt mich nachsehen.« Sie durfte sich nicht von ihm abweisen lassen. Er begann bereits unter den Folgen des Schocks zu zittern, und sie wußte nicht, wieviel Blut er verloren hatte oder wie tief die Wunde war. Vielleicht hatte er unter den Prellungen sogar einen Knochenbruch.

»Es ist nichts ... Ernstes«, stieß er zähneklappernd hervor.

»Gut! Dann könnt Ihr es mir ja zeigen.« Sie würde keinen Widerspruch dulden.

Langsam kam er der Aufforderung nach, löste seine verschränkten Arme und gestattete ihr, den Mantel aufzuknöpfen und ihn behutsam auszuziehen. Als sie ihm den blutbefleckten Ärmel abstreifen wollte, stöhnte er auf und zog scharf die Luft ein.

»Entschuldigt«, sagte sie leise.

Sie versuchte es noch einmal, und diesmal konzentrierte er sich darauf, die Schulter nicht zu bewegen, bis sie den Ärmel abgestreift hatte. Nun kam sein Hemd mit dem blutdurchtränkten Ärmel zum Vorschein, doch die Wunde selbst hatte sich bereits geschlossen und blutete nicht mehr. Soweit sie sehen konnte, handelte es sich um einen klar umgrenzten Schnitt, wie von einem Fleischer- oder Gerbermesser.

Amandine erschien mit einem dampfenden Becher heißer Schokolade, die dick und sahnig aussah. Offenbar hatte Amandine ihre besten Zutaten dafür benutzt, was Célie freilich nicht verwunderte. Niemand anderer hätte eine so gehaltvolle Schokolade bekommen, auch Bernave nicht. Im Moment war Amandine ohnedies so schlecht auf Bernave zu sprechen, daß er froh sein konnte, wenn er aus ihrer Hand eine Mahlzeit erhielt, die ihm keine Magenschmerzen verursachte.

»Stell sie auf den Tisch«, ordnete Célie an. »Sie ist noch zu heiß. Und hol mir heißes Wasser und ein sauberes Stück Stoff.«

»Ihr dürft das nicht mehr tun!« sagte Amandine mit zitternder Stimme zu Saint-Félix. »Es ist gemein von ihm, daß er Euch das zumutet. Ihr hättet getötet werden können! Und wofür? Für die paar kümmerlichen Louisdor?«

»Er konnte nicht wissen, daß es dazu kommt«, wandte Saint-Félix ein und schenkte ihr ein mattes Lächeln, das ihm ganz offensichtlich große Anstrengung bereitete.

»Unsinn!« widersprach sie, das Gesicht von Wut und Sorge umwölkt. »Jeder mit einem Funken Verstand hätte sich denken können, daß sich letzte Nacht der Pöbel auf den Straßen herumtreiben würde. Wohin hat er Euch überhaupt geschickt? Was gab es so Wichtiges zu erledigen, was nicht bis Tagesanbruch hätte warten können?«

»Hol mir das Wasser!« befahl Célie. »Streiten kannst du später.«

»Botengänge sind nachts sicherer«, erwiderte Saint-Félix ausweichend.

»Was Ihr nicht sagt!« rief Amandine sarkastisch, ehe sie sich umdrehte, um das bereits auf dem Herd stehende heiße Wasser umzugießen. »Ich brauche Euch nur anzusehen, um zu wissen, wie sicher es nachts draußen ist!«

»Der Überfall hat nicht mir persönlich gegolten«, erklärte er, ohne auf Célie zu achten, die ihm das Hemd öffnete und die purpurnen Flecken auf seinem Körper untersuchte, um zu erkennen, ob womöglich ein paar Rippen gebrochen waren. »Es ist nur aus Jux und Tollerei geschehen«, fuhr er fort. Ganz unübersehbar hatte er mehrere harte Fauststöße bekommen und war womöglich sogar zu Boden geschlagen und getreten worden.

Als Amandine mit der Wasserschüssel zurückkehrte und diese auf dem Tisch abstellte, standen ihr die Zweifel ins Gesicht geschrieben. Und auch die Qual, die sie seinetwegen erlitt, als spürte sie seine Schmerzen am eigenen Körper.

»Wirklich, es war reiner Zufall«, bemühte er sich, Amandine zu überzeugen. »Ich war einfach zur falschen Zeit am falschen Ort, und sie haben mein Verhalten falsch gedeutet. Die meisten waren betrunken. Arme Teufel! Sie hoffen schon so lange auf bessere Zeiten, und die Erfolge sind klein … und spärlich. Sie verstehen das alles nicht, und das ängstigt sie.« Seine Stimme war erschöpft, aber dennoch schwang nun ein jähes Gefühl darin, ein Gefühl von Mitleid und Glauben. »Wenn man Angst hat, macht man so leicht Fehler.«

In Amandines Augen spiegelte sich ihre Bewunderung für ihn, gleichzeitig aber auch ihr Unmut über seine Güte, die so selbstlos war, daß er sogar die eigenen Angreifer verteidigte.

»Sie haben die Hinrichtung des Königs gefeiert, ganz klar«, sagte sie. »Und wollten jeden zusammenschlagen, der wie ein Aristokrat aussieht, wie schlicht er auch gekleidet sein mag. Ist den Leuten denn niemals in den Sinn gekommen, daß Ihr an Euren Vorfahren genauso wenig ändern könnt wie sie an den ihren?«

»Das bezweifle ich«, erwiderte er und ächzte erneut, als Célie über den roten Striemen auf seiner Brust strich, wo ihn ein Stiefel getroffen hatte. »Haß kennt keine Vernunft, Amandine«, fuhr er mit sanfter Stimme fort, als würde allein schon der Klang ihres Namens seine Seele erfreuen und das Gefängnis seiner Einsamkeit ein klein wenig erhellen. Auch ohne sich umzudrehen, konnte sich Célie vorstellen, wie Amandines Augen nun, trotz aller Angst, aufleuchteten.

Célie ließ die beiden allein, da sie Wundsalbe und eine stärkende Heilkräutermischung holen wollte, die sie noch aus ihrer Zeit bei Madame de Staël besaß. Sie mußte versuchen, die Messerstichwunde zu reinigen, ohne daß sie erneut zu bluten begann. Die Wunde mußte unbedingt geschlossen bleiben, und da sie keine Möglichkeit hatte, sie zuzunähen, würde sie sich mit einem Verband aus Leinenstreifen behelfen. Zum Glück war die Wunde am Arm und nicht an der Brust. Alle Dinge, die sie benötigte, befanden sich in ihrer Kammer, verborgen vor den neugierigen Blicken und Fingern der restlichen Mitglieder des Haushalts.

Es dauerte einige Minuten, bis sie die beiden Stockwerke hinauf- und hinuntergelaufen war. Bei ihrer Rückkehr saßen Amandine und Saint-Félix einander gegenüber am Tisch und waren in ein ernstes Gespräch vertieft. Er hatte seinen Becher mit beiden Händen umfaßt, um die Finger daran zu wärmen, und nahm gelegentlich einen kleinen Schluck. Amandine sah ihn an, mit so viel Zärtlichkeit, daß ihr Gesicht ganz verklärt wirkte.

»Ich bin wirklich nur zufällig in Gefahr geraten«, wiederholte er, den Blick auf seine heiße Schokolade gesenkt. »Es war einfach Pech. Hätte ich den anderen Weg genommen, wäre ich ihnen nicht begegnet, und das alles wäre nie passiert.« Er schlug die Augen zu ihr auf. »Du darfst Bernave nicht die Schuld dafür geben.« Jetzt hörte er sich drängend an, und seine Haltung wurde angespannt. Es schien ihm sehr wichtig zu sein, daß sie das verstand.

»Das entschuldigt ihn nicht«, beharrte sie. Das Licht der Kerze fiel auf ihr Gesicht, und darin standen so große Sorge und Angst, daß es niemand entgehen konnte.

Doch während Célie in der Tür stand, fragte sie sich, ob auch Saint-Félix das bemerkte, oder ob er so von Idealen erfüllt war, daß er Amandine nur als Gesinnungsgenossin betrachtete, deren Leidenschaft nicht ihm, sondern den hehren Zielen der Revolution galt. Männer wie er waren mitunter blind gegenüber den normalen menschlichen Gefühlen anderer Leute, vor allem gegenüber den Gefühlen von Frauen.

Sie trat ein, ging zum Herd und nahm eine Pfanne vom Haken, um einen stärkenden Kräutersud zu brauen. Dann kehrte sie zu Saint-Félix zurück und reinigte die Wunde so behutsam und sorgfältig wie möglich von dem getrockneten Blut und Schmutz, strich etwas Salbe darüber und legte einen Verband an.

»Ihr müßt Euch weigern, so etwas noch einmal zu tun«, sagte Amandine unvermittelt, ihre Stimme heiser vor Angst um ihn. »Er kann das nicht von Euch verlangen! Soll er doch selbst seine Botschaften überbringen!«

Saint-Félix gab keine Antwort. Wahrscheinlich wagte er es nicht, Amandine anzuvertrauen, daß der Sinn all dieser Unternehmungen die Rettung des Königs war. Er wollte Amandine nicht in Gefahr bringen. Denn würde er geschnappt, könnte man sie kaum für etwas zur Rechenschaft ziehen, wovon sie nichts wußte. Vielleicht hatte er Bernave auch einfach sein Wort gegeben. Ahnte er, wieviel Célie wußte? Vermutlich nicht. Was würde er davon halten, daß Bernave einer Wäscherin und Näherin vertraute?

Andererseits, warum sollte er das nicht? Waren dies nicht die Tage der Gleichheit?

Gleichheit, das war eine neue, eine grandiose Idee. Doch über sie zu reden war eine Sache, sie zu praktizieren eine gänzlich andere. Die Gleichheit zwischen allen Menschen, Aristokrat und Arbeiter, Gelehrtem und Ungebildetem, beinhaltete bislang nicht die Gleichheit zwischen einem Mann und seiner Ehefrau, ganz zu schweigen von seiner Dienstmagd. Es hatte darüber bereits einige hitzige Debatten gegeben, und Célie hatte auf den Straßen Plakate und Pamphlete zu diesem Thema gesehen. Eine Frau namens Claire Lacombe hatte mit ihrer Forderung nach mehr Rechten beträchtlichen Aufruhr verursacht, wie auch eine andere Frau, eine Holländerin namens Etta Irgendwie. Eines Tages, wenn ruhigere Zeiten angebrochen wären, wollte Célie mehr darüber lernen! Madame de Staël hätte das nur gutgeheißen.

Das Wasser kochte. Sie nahm es vom Herd, goß es über die Kräuter und blieb, während die Kräuter ihre Wirkung entfalteten, wartend daneben stehen.

Weiterhin leise über Bernave schimpfend, stand Amandine vom Tisch auf, um für die Mitglieder des Haushalts das Frühstück zuzubereiten. Manchmal aßen alle Bewohner zusammen, da es sparsamer war, vor allem im Hinblick auf Brennmaterial.

Saint-Félix sah mit düsterer Miene zu Amandine hinüber. »Ich tue, was ich tun muß und was ich für richtig erachte«, murmelte er grimmig, den Blick nach innen gekehrt, als wolle er sich von der Welt abschotten.

Die Diskussion war beendet. Er hatte sich wieder in jenen unzugänglichen Bereich zurückgezogen, in dem seine Träume verborgen waren. Und seine Schmerzen.

Célie begriff, daß er an dasselbe glaubte wie Bernave, daß er über Paris hinaus nach Europa, in die Welt blickte und um die Gefahr eines Krieges, einer Invasion und sogar einer möglichen Niederlage wußte. Und das konnte er weder Amandine erklären noch irgend jemand anderem, der an die Revolution glaubte und aus diesem Glauben alle Kraft zog. Vielleicht hatte er auch Angst vor der Macht von Amandines Gefühlen. Er wollte Amandine vor sich selbst schützen und sie davor bewahren, daß sie sich von ihrem Zorn auf Bernave zu etwas Törichtem verleiten ließe.

Allerdings begriff Célie nicht, weshalb er die gefährlichsten Aufträge so klaglos hinnahm, oder weshalb Bernave alles ihm überließ, statt selbst einmal tätig zu werden. Es lag eine gewisse Ungerechtigkeit darin, die sie abstieß. Sie stellte sich Saint-Félix in den dunklen Gassen des Faubourg Saint-Antoine vor, wo sich die Schlachthäuser und Gerbereien befanden, wie er um die Ecke bog und ohne Vorwarnung mitten in den Mob geriet, eine betrunkene, tollwütige Meute, aufgepeitscht von dem Gedanken an eine Hinrichtung und dem Geschmack von Blut – dem Blut eines Königs. Sie hatten gewiß nicht überlegt, was sie taten, waren einzig von Haß geleitet und dem jählings in ihnen aufbrandenden, erregenden Wissen um ihre eigene Macht. Sie beherrschten Paris, durften tun, was immer sie wollten. Kein Gesetz konnte ihnen etwas anhaben. Gott war abgeschafft, die Kirche war abgeschafft ... wem sollten sie da noch Rechenschaft ablegen?

Sie goß den Kräutersud in eine Tasse und reichte sie Saint-Félix.

»Trinkt das, dann wird es Euch bald besser gehen«, versprach sie. »Ihr solltet jetzt ein, zwei Stunden schlafen.«

»Mindestens bis mittags«, beharrte Amandine.

In kleinen Schlucken trank er den Becher leer und stellte ihn auf dem Tisch ab. »Ich habe vorher noch ein paar Dinge zu erledigen«, erwiderte er. Mühsam erhob er sich und zuckte kurz zusammen, als sein Hemd, das er wieder übergestreift hatte, mit seiner Wunde in Berührung kam. Er drehte sich zu Célie um. »Danke. Du bist sehr freundlich.« Er lächelte erst ihr, dann Amandine zu und ging mit steifen Schritten aus der Küche hinaus und weiter zu seinem Zimmer.

Amandine starrte ihm nach. Ihr Gesicht hatte einen zärtlichen Ausdruck und war von einer Art von Schönheit erfüllt, die er, sollte er es bemerkt haben, sicher richtig verstand.

Célie machte sich daran, die Salbe und das benutzte Geschirr wegzuräumen. Um Amandines weichen Mund trat ein verächtlicher Zug. »Er tut das nur, weil es ihm Spaß macht. Er liebt den Geschmack der Macht und genießt es, mit anzusehen, wie Saint-Félix ihm gehorcht! Sobald er ein wenig Einfluß auf jemanden hat, nutzt er das aus, um seine grausamen Gelüste zu befriedigen. Er ist kein bißchen anders als die brutalsten Revolutionäre und genauso tyrannisch wie irgendein König!«

»Sei still!« zischte Célie, eher um Amandine als um Saint-Félix besorgt. »Bei deiner Herkunft könnte man eigentlich mehr Verstand erwarten.«

Das bedurfte keiner weiteren Erklärung. Amandine starrte sie an, die Augen weit aufgerissen, die Lippen zusammengepreßt. »Aber es stimmt«, beharrte sie heftig, diesmal jedoch mit gesenkter Stimme.

»Das weiß ich auch.« Célie legte sanft die Hand auf Amandines Arm und fügte mit weicherer Stimme hinzu: »Dennoch gibt es vieles, was besser ungesagt bleibt.«

Wie um dies noch zu verdeutlichen, wurde die Tür aufgestoßen, und Marie-Jeanne Lacoste stand auf der Schwelle, eine Kerze in der Hand und ihr Baby im Arm. Sie war Bernaves Tochter, doch sie hatte weder die gequälten, leidvollen Züge ihres Vaters noch dessen scharfsinnigen, forschenden Geist. Im Moment sah sie müde und verwirrt aus. Ihr glattes braunes Haar hing ihr strähnig in die Stirn, und in ihren Augen stand Furcht. Sie war an schlaflose Nächte und zeitiges Aufstehen gewöhnt, da sie vier Kinder hatte. Es war ein unentwegter Kampf, sie zu ernähren, anzuziehen und in diesen gewalttätigen und unsicheren Zeiten so gut wie möglich zu beschützen. Niemand konnte für die Zukunft planen, wenn alles völlig ungewiß war – außer daß es noch kälter und die Nahrungsmittel noch knapper sein würden.

»Hat jemand gehört, ob sie den König hinrichten werden?« fragte sie, von Célie zu Amandine und wieder zurück zu Célie blickend. Sie hatte keine Ahnung, daß Célie im Konvent gewesen war, sondern wollte nur wissen, ob jemand auf der Straße oder an der Tür irgendwelche Neuigkeiten erfahren hatte.

»Ja«, erwiderte Célie ruhig. »Man hat für Tod gestimmt. In drei Tagen.«

»Fernand hat also recht behalten«, sagte Marie-Jeanne mit unüberhörbarem Stolz auf den Scharfsinn ihres Ehemanns, Fernand. Sie drückte das schlafende Baby etwas fester an sich. »Das wird ihn freuen. Er fürchtete schon, sie könnten zuletzt doch noch die Nerven verlieren.«

»Marat hätte das kaum zugelassen«, entgegnete Célie

sarkastisch, während sie das restliche schmutzige Geschirr auf die Bank hinüberstellte. Es würde später mit dem anderen Frühstücksgeschirr gespült werden, wenn mehr Wasser heiß geworden war.

Der kleine Seitenhieb war an Marie-Jeanne verschwendet. »Fernand ist überzeugt, daß Marat der Retter Europas sein wird«, sagte sie und bückte sich, um auf dem Boden neben dem Herd Platz für das Baby zu schaffen. »Ich wünschte, er würde das nicht in Gegenwart meines Vaters sagen.« Sie sprach das Wort »Vater« beinahe ohne jedes Gefühl aus, als wäre es ein bloßer Titel. »Papa Lacoste ist natürlich nicht immer seiner Meinung«, fuhr sie fort, und diesmal schwang in ihrer Stimme eine seltsame Mischung aus Respekt und Abneigung mit.

»Du solltest ihn zu mehr Vorsicht mahnen«, warf Amandine ein. »Bürger Bernave hat vielleicht andere Empfindungen. Dieser Tage ist es ratsam, verschwiegen zu sein.«

»Genau das sage ich ihm auch immer«, stimmte Marie-Jeanne zu. Sie warf einen Blick auf das Baby, um zu sehen, ob es zufrieden war, und begann dann den Tisch mit dem irdenen Geschirr der Revolution zu decken. Es war mit politischen Symbolen bemalt: altrömische Liktorenbündel, rotweißblaue Kokarden, eine Kanone mit einem krähenden Hahn auf der Mündung. Sollte Marie-Jeanne das Geschirr häßlich oder lächerlich finden, so war sie taktvoll genug, dies für sich zu behalten.

Sie bemerkte die zusätzliche Kerze, die Célie angezündet hatte, um Saint-Félix' Arm besser sehen zu können. Da sie dies für eine unnötige Verschwendung hielt, drückte sie die Flamme kurzerhand mit Zeigefinger und Daumen aus. Schließlich war sie eine sparsame Hausfrau. Fernand war sich vielleicht gar nicht bewußt, was für ein Glück er mit ihr hatte. Sie war von freundlichem Wesen und sehr tatkräftig; nur aus Gemüse und Kräutern konnte sie eine annehmbare Mahlzeit für die ganze Familie zubereiten, wobei kein Gericht dem anderen glich. An Politik hatte sie kein Interesse, doch in der Küche zeigte sie Stil, Geschmack, Kreativität, sogar eine Art von Erfinderreichtum, den man als Esprit bezeichnen konnte. Wie bei den meisten normalen Frauen in Frankreich stand für sie die Familie im Mittelpunkt. Was sich im Schloß von Versailles, im Konvent oder auf dem Place de la Révolution abspielte, wo die Guillotine stand, war für sie nur insofern von Bedeutung, als es sich auf das Leben des Volkes auswirkte, vor allem auf ihr Zuhause am Boulevard Saint-Germain.

Célie hatte sich oft gefragt, ob Marie-Jeanne wie die meisten Frauen auch einem religiösen Glauben anhing, der in so vielen Familien untrennbar mit dem Alltagsleben verwoben war. Freilich würde Célie dieses Thema nie in Gegenwart von Marie-Jeannes Ehemann und Schwiegervater ansprechen, doch bei Bernave hätte sie keine Bedenken. Sie wußte, er war derselben Ansicht. Womöglich wußte Marie-Jeanne das gar nicht. Vielleicht war Célie die einzige, die das alte, vom vielen Blättern zerfledderte Brevier in Bernaves Schreibtisch gesehen hatte und der aufgefallen war, daß er den Namen Gottes niemals leichtfertig oder lästerlich gebrauchte.

»In wenigen Tagen wird alles vorbei sein«, sagte Amandine mit freudlosem Lächeln zu Marie-Jeanne. »Dann können wir wieder zum Alltagsleben zurückkehren.«

»Wir können nirgendwohin zurückkehren«, widersprach Célie. »Es bleibt uns nur übrig, vorwärts zu gehen, in eine ungewisse Zukunft ohne eine Kirche und ohne einen König hinein.«

Amandine warf ihr einen warnenden Blick zu.

Marie-Jeanne drehte sich zu Célie um und sah sie überrascht an. »Glaubst du denn nicht, daß es besser werden wird?«

Célie merkte, daß sie sich verplappert hatte. Sie mußte ihre Zunge besser im Zaum halten. Marie-Jeanne könnte, ohne sich etwas dabei zu denken, ihre Worte wiederholen.

Schwere Schritte näherten sich, und gleich darauf öffnete Monsieur Lacoste die Tür. Er war ein Mann weniger Worte und behielt seine Gefühle meist für sich. Anfang Fünfzig, wie er war, hatten sich die Narben des Lebens tief in sein Gesicht gegraben. Selbstmitleid war ihm fremd, doch direkt unter seiner gleichmütigen Oberfläche lauerte ein schwelender Zorn. Welches Leid und welche Ungerechtigkeit er auch immer erlebt haben mochte, er verbarg es tief in seinem Inneren und teilte es mit niemandem.

»Was treibt ihr hier so früh am Morgen?« fragte er. »Ist etwas passiert? Gibt es irgendwelche Neuigkeiten?«

»Nur das, was wir ohnehin erwartet haben«, erwiderte Marie-Jeanne beschwichtigend. »Sie werden den König hinrichten.«

»Das war ja wohl klar!« entgegnete er barsch. »Oder hat irgend jemand daran gezweifelt? Woher weißt du das eigentlich? Wer hat es dir erzählt?«

»Célie«, sagte sie.

Abrupt drehte er sich zu Célie um. »Und woher weißt du es?«

»Ich war draußen«, erklärte Célie. Sie konnte ihm die Wahrheit nicht sagen, doch die Lüge mußte glaubhaft klingen. Am besten machte sie nicht allzu viele Worte darum. »Die Leute auf der Straße haben es gesagt.«

Er kniff die Augen zusammen. »Was hattest du so zeitig draußen zu tun? Für Brot ist es zu früh!«

»Es war gestern abend. Ich habe für den Bürger Bernave einen Botengang gemacht«, erwiderte sie, um einen natürlichen Tonfall bemüht. Sie durfte sich nicht den Anschein geben, als wollte sie seiner Frage ausweichen.

»Ich verstehe nicht, weshalb er seine Geschäfte nicht wie jeder andere normale Mensch tagsüber erledigt!« knurrte er. »Er darf dich doch nicht zu jeder Tages- und Nachtzeit hinausschicken. Das ist nicht richtig. Dir könnte alles mögliche zustoßen.«

»Niemand sollte nachts hinausgeschickt werden!« warf Amandine mit kaum verhohlenem Zorn ein.

Monsieur Lacoste wandte seine Aufmerksamkeit wieder den jüngsten Neuigkeiten zu. »Also hat Marat doch gewonnen.« Seine Mundwinkel kräuselten sich ein wenig, aber in dem matten Kerzenlicht war es unmöglich festzustellen, ob das Genugtuung ausdrückte oder etwas anderes.

Niemand gab eine Antwort. Célie erinnerte sich an die wechselhaften Zeiten von einem Volkstribun zum nächsten, und wie sie auf jeden neuen Führer immer wieder all ihre Hoffnungen gesetzt hatten; zunächst auf Necker und Mirabeau, die so großartige Träume von Ordnung und finanzieller Stabilität hatten und fehlgeschlagen waren, dann auf La Fayette, dessen Worte von Ruhm und Freiheit kündeten und der im vergangenen August zu den Österreichern übergelaufen war. Jetzt hielten Brissot und die Girondisten die Macht in Händen, zumindest nominell; sie gebrauchten noch großartigere Worte mit einer Rhetorik, die der Ciceros und der alten Römer Konkurrenz machte – oder wenigstens glaubten sie das –, und mit entsprechenden Seitenhieben, die ihre internen Streitigkeiten verrieten. Denn sie waren untereinander so mit dem Gerangel um Posten beschäftigt, daß sie Marat gestattet hatten, alle zu übernehmen.

Lautlos betrat Madame Lacoste die Küche. Sie war eine schlanke Frau von durchschnittlicher Größe, aber eindrucksvollen Gesichtszügen: eine gerade Nase, gleichmäßige Brauen und beinahe schwarze Augen zeichneten sie aus. Ihr Gesicht war voller Leidenschaft und Kraft; nur in ganz seltenen Momenten, und dafür um so verblüffender spiegelte es auch eine tiefe Verletzlichkeit. Célie wußte kaum etwas über sie; sie sprach nur selten über sich, dafür sehr oft über ihre Vorstellungen und Ansichten. Anders als bei ihrem Ehemann oder Sohn waren diese Überlegungen nicht politischer, sondern moralischer Natur und befaßten sich mit allgemein menschlichen Fragen nach Recht und Unrecht, Ehre und Unehrenhaftigkeit. Sie hielt absolut nichts von einem durch das Gesetz vorgeschriebenen Tugendkatalog, wie ihn Robespierre predigte. Célie hoffte nur, Madame Lacostes Drang zur Selbsterhaltung würde ausgeprägt genug sein, um das für sich zu behalten. Zumindest war sie bisher vorsichtig genug gewesen, den Namen Gottes nicht auszusprechen.

»Ich nehme an, das Urteil ist gefällt«, sagte sie, von einem zum anderen blickend. Sie preßte die Lippen aufeinander. »Was habt ihr erwartet? Sie konnten jetzt kaum einen Rückzieher machen, oder? Das Äußerste wäre gewesen, die Sache zu vertagen und das Urteil dann in einer Woche oder einem Monat zu verkünden – als machte das einen Unterschied! Es wäre kein Akt der Barmherzigkeit gewesen, sondern nur die übliche Unfähigkeit, eine Entscheidung zu treffen.«

»Sie hätten den Mut verlieren können«, wandte ihr Gatte ein. »Und sich darauf einigen, ihn ins Gefängnis zu stecken.«

Das Kerzenlicht warf dunkle Schatten auf ihr Gesicht, in dem tiefe Verachtung zu lesen war.

»Es hätte weit mehr Mut erfordert, dem Volk mitzuteilen, daß gegen die Hinrichtung des Königs abgestimmt wurde, als das endgültige Wort zu sprechen und ihn zum Tode zu verurteilen«, bemerkte sie knapp. »Sie sind schon viel zu weit gegangen, um jetzt noch umzuschwenken.«

»Du verstehst nichts von Politik«, sagte ihr Gatte und

wandte sich von ihr ab. »Sie hat eine eigene, ihr innewohnende Dynamik.«

»Die Politik ist das Volk«, entgegnete sie. »Und die Menschen ändern sich innerlich nicht, nur weil sie auf einer Kanzel oder einer Tribüne stehen.«

Er fuhr zu ihr herum. »Vergleiche Politik nicht mit der Kirche! Diese Männer riskieren ihr Leben für die Freiheit des Volkes nicht deshalb, weil sie sich davon Geld oder Ländereien versprechen, oder für den Rest ihrer Tage ein behagliches Leben und danach einen Logenplatz im Himmel!«

»So dumm sind nicht einmal diese Leute«, erwiderte sie vernichtend. »Schließlich haben sie gerade die halbe Priesterschaft von Frankreich umgebracht!«

»Suzanne! Hüte deine Zunge!« warnte er, während er einen Schritt auf sie zuging und den Arm in einer merkwürdigen Geste hob, die halb wütend, halb abwehrend war. »Was immer du auch denkst, die Revolution ist eine Tatsache! Rede nicht über Dinge, von denen du nichts verstehst!«

»Hast du Angst, ich könnte ein Loblied auf die Kirche anstimmen?« fragte sie verächtlich. »Keine Bange, ich habe sie als genauso korrupt empfunden wie du – vielleicht sogar noch mehr als du.«

Er wirkte etwas überrascht, aber gleichzeitig erleichtert.

»Du hast nie erzählt ...«

»Es hat nichts mit Politik zu tun«, antwortete sie mit einem stillen Lächeln, als hätte sie gerade einen Witz gemacht, den nur sie verstand

»Es ist vorbei!« rief er, unvermittelt in eine enthusiastische Stimmung verfallend »Das ist der Beginn eines neuen Zeitalters! In wenigen Tagen wird Frankreich eine Republik sein! Das Volk wird regieren!« Lächelnd blickte er zu Marie-Jeanne hinüber, mit gelöstem Ausdruck und völlig verändert »Niemand muß mehr Angst haben! Deine Kinder werden in Freiheit aufwachsen und werden tun können, was immer sie wollen.« Er gestikulierte mit weit ausgestreckten Armen. »Keine Berufe mehr, die nur dem Adel offenstehen, keine Beförderungssperre mehr in der Armee, weil deine Familie kein eigenes Wappen hat. Als hätte das irgend etwas mit Mut zu tun oder der Fähigkeit zu kämpfen!« Er betrachtete das Baby, und seine Augen leuchteten und strahlten. »Bildung für alle, Gerechtigkeit in den Gerichtshöfen! Meinungsfreiheit und Glaubensfreiheit! Keine Kirche mehr, die uns ausbeutet! Heute ist ein großer Tag!«

Er wandte sich Amandine zu. »Hol eine Flasche unseres besten Weins, und dann laßt uns zusammen auf die Zukunft trinken! Ruf Fernand! Wir werden auf die Regierung des Volkes anstoßen!«

Schweigend warteten sie, bis Amandine mit dem Wein und in Begleitung von Fernand zurückgekehrt war.

»Vielleicht sollten wir auch meinen Vater holen?« schlug Marie-Jeanne etwas widerstrebend vor. »Und Bürger Saint-Félix?«

»Er ist zu Bett gegangen« erklärte Amandine spitz. »Er war die ganze Nacht unterwegs und ist schon wieder verletzt zurückgekommen – diesmal ist er übel zugerichtet worden,«

»Bernave!« stieß Lacoste empört hervor Er blickte durch das Fenster auf die Straße hinaus. »Es hat fast die ganze Nacht geregnet. Was, um alles in der Welt, hatte Bernave so Dringendes zu erledigen, das nicht bis zum Morgen hätte warten können?«

»Fragt Bernave!« Amandine spuckte den Namen förmlich aus. »Ich habe keine Ahnung, worum es geht.«

»Wird er wieder gesund werden?« erkundigte sich Madame.

»Seine Wunde wird heilen«, erwiderte Célie. »Aber er muß sich schonen.«

Lacoste nahm Amandine die Weinflasche ab, während Madame den Schrank öffnete, sechs Gläser herausholte und sie auf den Tisch stellte. Er schenkte den Wein ein und reichte die Gläser herum. »Auf die Volksregierung … endlich!« rief er, sein Glas erhebend.

»Auf die Volksregierung«, stimmten alle im Chor mit ein, ein jeder in einem anderen Tonfall und zweifellos mit anderen Gedanken. Madames Miene war undurchdringlich. Monsieur hob begeistert sein Glas zu einem neuen Toast.

Später am Morgen ließ Bernave erneut Célie zu sich rufen. Wie üblich saß er an seinem Schreibtisch. Die Nachtkerzen waren heruntergebrannt, und er hatte sie durch neue ersetzt. Die polierte Holzoberfläche des Schreibtischs war mit Zetteln, Wachs, Sand, zwei Tintenfässern und drei verschiedenen Schreibfedern übersät. Das Federmesser lag daneben, und auf einem Blatt Papier befanden sich Federkielspäne, die das Blatt mit Tintenklecksen gesprenkelt hatten.

In dem grauen Tageslicht wirkte Bernave noch ausgezehrter. Sein Gesicht war aschfahl. Die Linien von der Nase zum Mund waren tief gefurcht und seine Wangen stoppelig. Doch trotz seiner Erschöpfung wirkten seine Augen klar und sein Blick fest, und es war kein Anzeichen von Schwäche an ihm zu erkennen, kein Funke von Unentschlossenheit.

»Ich möchte, daß du für mich eine Nachricht überbringst«, sagte er. Eine Zeitlang musterte er sie eindringlich, schien sein Urteil über sie sorgfältig abzuwägen. »Ich werde nur ein paar unverfängliche Worte schreiben, da man dich erwischen und durchsuchen könnte. Den Rest mußt du dir merken. Kannst du das tun?«

»Ja«, antwortete sie prompt, obwohl es eher aus Trotz geschah denn aus innerer Überzeugung. Es gab nur noch den Weg nach vorn, und Bernave sollte keine

Zweifel bei ihr erkennen. Sie nahm ihm die Art und Weise, wie er Saint-Félix behandelte, bitter übel. Im Gegensatz zu Amandine und den anderen Hausbewohnern kannte sie zwar seine Beweggründe und teilte seine Überzeugung, doch das rechtfertigte in ihren Augen nicht die beinahe schon an Lust grenzende Grausamkeit, die er an den Tag legte, indem er Saint-Félix die häßlichste Arbeit und die gefährlichsten Botengänge übertrug, deren Risiken ihm durchaus bekannt waren.

Er betrachtete sie nun mit einer Art von Galgenhumor, als wäre er sich der Widersinnigkeit dieser Situation bewußt: er, der wohlhabende Kaufmann mittleren Alters, der mit seiner Dienstmagd und Waschfrau ein schreckliches Geheimnis teilt, das Frankreich die Rettung oder ihnen beiden den Tod bringen konnte. Hier in diesem Zimmer, mit den wandhohen Bücherregalen, in denen sich zu jedem nur erdenklichen Thema die Gedanken und Träume der Menschen aller Zeitalter befanden, schien der Erfolg nicht unmöglich zu sein. Und auch von Bernave ging eine ungeheure Zuversicht aus, die er offenbar in sich mobilisieren konnte und die auf sie übersprang, sobald sie mit ihm allein war. Ihr Blick fiel auf die Bücher über Religion, die zwischen den philosophischen Werken eingereiht waren. Waren sie so wertvoll, daß er sich nicht von ihnen trennen konnte? Oder hatte er einfach vergessen, daß er diese Bücher besaß?

»Suche Bürger Bressard auf«, sagte er nun so leise, daß sie sich anstrengen mußte, ihn zu verstehen. »Er ist der Geschäftsführer in meinem Büro am Quai Voltaire. Frag ihn nach Bürger Bombec, Bürger Chimay und Bürger Virieu. Wiederhol das!«

Sie wollte schon prostestieren, doch die Worte erstarben ihr auf den Lippen. Keinesfalls durfte sie ihm zeigen, daß sie Angst hatte.

»Hörst du mir zu, Célie?« fragte er scharf. »Wiederhol die Namen!«

»Bürger Bombec, Bürger Chimay und Bürger Virieu.«

Bernave nickte kaum merklich. »Sag jedem von ihnen, daß wir wie geplant vorgehen werden – kein Wort mehr. Vertraue niemandem, auch nicht Bressard. Ein Wort an falscher Stelle …« Er machte sich nicht die Mühe, den Satz zu beenden.

»Sind das die Kutschenlenker?« fragte sie. »Wie wollen sie aus der Stadt herauskommen? Sie werden Pässe benötigen … vor allem an diesem Tag.«

Interessiert sah er sie an, wurde sich ihrer Klugheit bewußt und vor allem der Sensibilität, die sie gegenüber der Sache zeigte. Sie hatte begriffen, welche Schrecken ihnen allen drohten, und sie machte sich Gedanken darüber. Ein anerkennender Ausdruck blitzte in seinen Augen auf. Es schien sogar so etwas wie Respekt dabeizusein, und das bedeutete Célie mehr, als sie sich eingestehen wollte. Aber besser, sie kümmerte sich nicht darum, was er über sie dachte. Es würde sie nur unnötig belasten und sie daran hindern, ihrem Zorn Luft zu machen.

»Ja, sie werden Pässe benötigen. Saint-Félix wird welche besorgen«, erwiderte er kühl. »Das ist nicht deine Sache.«

Sie nahm den Zettel entgegen, war aber noch nicht bereit, das Zimmer zu verlassen. »Ist das sehr gefährlich … die Pässe zu besorgen? Er wurde letzte Nacht verletzt. Er hätte getötet werden können!«

In seiner Miene spiegelten sich alle möglichen Empfindungen: Belustigung, Wut, Schmerz. »Das Leben ist gefährlich, Célie«, antwortete er. »Wir alle nehmen Risiken auf uns, um das zu erreichen, was wir wollen. Jetzt geh und überbring meine Nachricht.«

Es war eindeutig, daß sie damit entlassen war, und sie wagte nicht, ihn weiter zu bedrängen – andererseits wußte sie, daß er Saint-Félix abermals mit einem gefährlichen Auftrag betrauen würde, der Gefahr für Leib und Leben bedeuten konnte. Sie fühlte sich hilflos und verwirrt. Sicher, sie bewunderte Bernave, sie verstand sein Vorgehen und teilte seine Überzeugung. Dennoch verwünschte sie ihn für seine Grausamkeit gegenüber Saint-Félix. Warum nur wählte er ihn anscheinend ganz bewußt für die gefährlichsten Unternehmungen aus oder für solche, die demütigend und erniedrigend waren? Célie war sich sicher, daß Bernave daraus ein gewisses Vergnügen für sich zog. Sie verstand nicht, weshalb Saint-Félix das auf sich nahm. Viele dieser Botengänge hätte Bernave durchaus selbst erledigen können, und dennoch schien Saint-Félix niemals aufzubegehren oder Bernaves Verhalten in Frage zu stellen.

»Was gibt es noch?« fragte Bernave, da sie sich nicht von der Stelle rührte.

»Der Mann, der die Stelle des Königs einnehmen wird«, sagte sie leise, denn die Vorstellung, daß jemand bereit war, sich von einer aufgebrachten Menge umbringen zu lassen, ließ sie einfach nicht los. Welche Leidenschaft trieb jemanden zu solch einem Opfer? War es die Liebe zum König, der Glaube an die Monarchie, oder war es die Schreckensvision dessen, was aus Frankreich werden könnte, die ihn dazu beflügelten, sein eigenes Leben hinzugeben? Sie konnte es sich nicht erklären. Bernave hatte ihr nichts über ihn erzählt, außer, daß es ihn gab.

Die Andeutung eines Lächelns zuckte um Bernaves Mundwinkel.

»Ich habe dir doch gesagt, Célie – manchmal muß man für das, was man will, einen hohen Preis zahlen. Was ein Mensch zu zahlen bereit ist, läßt oft mehr Rückschlüsse auf seine innere Gesinnung zu, als das, was er will.«

»Ein Royalist?« Célie versuchte, ihn sich vorzustellen, einen Mann, der einen Mythos, eine Galionsfigur so glühend verehrte, daß ihm sein eigenes Leben nichts mehr bedeutete.

Bernave sah sie freundlich an. »Ja … aber mehr als das – ein Franzose.«

Auf diese Worte konnte sie nichts mehr erwidern. Sie waren endgültig, ließen keine weiteren Fragen zu.

»Noch etwas?« fragte er, als sie weiterhin stehenblieb.

Sie holte tief Luft. »Ich brauche etwas Geld«, sagte sie schließlich.

Er kniff die Augen zusammen. »Wofür?«

»Lebensmittel.«

»Ah … für Coigny. Selbstverständlich.« Ohne sein Tun irgendwie zu verschleiern, zog er eine Schublade auf, die obendrein, wie sie verblüfft feststellte, nicht abgeschlossen war, nahm eine Handvoll Münzen heraus und reichte sie ihr. Er hatte sich nie mit den zugewiesenen Lebensmittelkarten der frühen Revolution abgegeben, die sich binnen einer kurzen Zeitspanne dann sowieso als wertlos erwiesen.

»Danke.« Sie steckte das Geld ein und wandte sich zum Gehen.

»Sei vorsichtig, Célie«, mahnte er sie noch einmal, diesmal jedoch schärfer. »Sag nichts, ganz gleichgültig, wie man dich womöglich provoziert! Stell keine Fragen, und äußere keine Meinungen! Du bist eine Wäscherin. Du hast keine eigene Meinung! Hast du das verstanden?«

»Ja, Bürger«, erwiderte sie folgsam, die in ihr aufflammenden rebellischen Gefühle unterdrückend.

Célie eilte durch die grauen, zugigen Gassen zurück. Es war nicht weit, weniger als eine Meile, aber dennoch war sie völlig durchgefroren. Frauen hasteten mit gesenkten Köpfen an ihr vorbei, ihre Körbe halbleer nach ihrem täglichen stundenlangen Kampf um Nahrungsmittel.

Eine Karre holperte die Straße entlang, hoch beladen mit Brennholz, das gegen die Nässe mit einer Plane abgedeckt war. Sie kam an einer Gruppe Nationalgardisten vorbei, deren Uniformen zerlumpt waren, aber auf deren Hüten stolz die blauen, weißen und roten Kokarden prangten. Die meisten trugen Musketen mit sich, manche auch Säbel und Piken.

»Lauft, Bürgerin!« schrie einer der Soldaten ihr gutgelaunt nach. »Heim ans warme Feuer!«

Die anderen lachten.

Sie hätte die Männern gern darauf hingewiesen, daß sich dieser Tage nur wenige Menschen ein wärmendes Feuer leisten konnten, doch es wäre dumm gewesen, die Aufmerksamkeit dieser Leute auf sich zu ziehen, insbesondere durch Widerworte.

»Danke, Bürger!« rief sie zurück. »Haltet die Straßen für uns sicher!« Im Weitergehen schalt sie sich eine Heuchlerin, doch was hätte sie tun sollen?

Eine Ausgabe des ›Père Duchesne‹ von letzter Woche flatterte über das Pflaster in den Rinnstein. Auf der Vorderseite erkannte sie eine plumpe Zeichnung, und das Impressum war wie üblich vom Umriß eines freundlichen alten Mannes mit großer Nase und Pfeife im Mund eingerahmt.

Ein paar Schritte weiter vorn brach gerade ein lautstarker Streit zwischen zwei Frauen aus, die um einen Laib Brot kämpften. Ein halbes Dutzend Frauen standen dabei, die Mienen verdrossen und verängstigt. Célie kannte den Grund. Sie hatte dieselbe zermürbende Enttäuschung erlebt, wenn sie vergebens vor einer Bäckerei angestanden hatte und mit leeren Händen und hungrig nach Hause gegangen war. Wo blieb all das Getreide?

»Ihr habt mehr Brot bekommen!« schrie eine Frau in scharfem und anklagendem Ton.

»Lügnerin!« ertönte die Antwort. »Ich habe dasselbe wie Ihr bekommen! Wie jede von uns!«

»Nicht wie jede von uns … manche kriegen Brot und Zwiebeln und Käse!« rief eine andere Frau mit vor Haß verzerrtem Gesicht.

»Ja? Wo denn? Meldet das doch der *Commune!* Lebensmittel horten ist ein Verbrechen!«

Die Frau warf ihr einen bösen Blick zu. »Wenn ich wüßte, wer die Person ist, würde ich sie eigenhändig umbringen! Solche Subjekte sind Mörder ... jawohl, Mörder an uns und unseren Familien!«

Die Frau mit dem Laib Brot war außer sich. »Wen nennt Ihr hier Mörder, Miststück? Ich habe meinen Laib bekommen, genau wie du. Davon muß ich sechs Kinder ernähren! Und mein Mann steht im Kampf gegen die Österreicher, Gott beschütze ihn!« Sie spuckte auf das Kopfsteinpflaster und war sich offensichtlich überhaupt nicht gewahr, daß sie soeben einen Gott angerufen hatte, der offiziell nicht mehr existierte. »Knöpft Euch lieber das reiche Dreckspack aus Saint-Germain vor! Ich hab' gehört, die besitzen noch jede Menge!«

Einige Meter weiter schwenkte ein Nationalgardist drohend seine Muskete und gab einen Warnschuß in die Luft ab.

Die Frauen murrten und gingen widerstrebend auseinander.

Célie bog um die Ecke in Richtung des Quai Voltaire und beschleunigte ihren Schritt.

Drittes Kapitel

Joseph Briard stand am Fenster und blickte in den Regen hinaus, den der Wind in Böen gegen die Scheiben blies. Im Zimmer war es warm; er hatte nur noch für drei Tage Brennmaterial, aber das genügte. Danach würde er keines mehr brauchen. Und auch keinen Wein mehr, überlegte er weiter, während er versonnen sein Glas mit dem rubinrot funkelnden Wein betrachtete und dessen würziges Aroma in sich einsog. Es war Burgunder, einer der besten Jahrgänge.

Mit leisem Lächeln dachte er an vergangene Zeiten zurück. Er sah das Sonnenlicht auf wogenden Hügeln vor sich, roch die süßen Gräser und Kräuter des Südens, spürte die sanfte Brise des Meeres. Unwillkürlich kniff er die Augen zusammen, als würde ihn das gleißende blaue Meer blenden, als wäre die Erinnerung an die Tage seiner Jugend schärfer und realer als dieser graue Winter im Herzen von Paris.

Würde alles sinnlos sein, nichts weiter als eine großartige Geste? Oder war es möglich, daß ihnen Erfolg beschieden war? Er hatte alles getan, war Bernaves Anweisungen genau gefolgt. Dennoch gab es genügend Raum für Fehler, für unvorhergesehene Situationen, auf die sie nicht vorbereitet waren.

Und falls alles planmäßig lief … daran wollte er lieber nicht denken. Er hatte es sich einmal vor Augen geführt, es sich genau vorgestellt und dabei selbst die letzten Momente nicht ausgespart. Aber jetzt sollte er es besser aus seinen Gedanken verbannen. Das Fleisch war mitunter schwach und konnte aufbegehren, selbst wenn das Herz keinerlei Zweifel hegte.

Während er an seinem Wein nippte, überlegte er, daß

auch seine Lebensmittel – etwas Fleisch, Gemüse und ein Laib Brot – noch für zwei Tage ausreichten. Die Flasche Bordeaux würde er zurücklassen ... vielleicht für Bernave?

Jemand pochte zweimal scharf gegen die Tür, dann blieb es still.

Bernave. Er war gekommen, um ihm mitzuteilen, was er ohnehin bereits wußte.

Energisch schob er alle Bedenken beiseite, ging zur Tür und öffnete sie.

Bernave trat ein und schüttelte das Wasser von seinem Hut und den Schultern. Seine Stiefel hinterließen feuchte Abdrücke auf dem Boden. Er brauchte nichts zu sagen – alles, was unausgesprochen zwischen ihnen stand, lag in seinen Augen und im Ausdruck seines Mundes: die Hoffnung, die Angst und darüber hinaus das Mitgefühl.

Briard schluckte. Der Moment war gekommen.

Bernave schloß die Tür hinter sich.

»Trink mit mir ein Glas Burgunder«, bot Briard an. »Es ist der beste Jahrgang, den ich je gekostet habe.« Er wandte sich um und ging zu den Stühlen neben dem Kamin. Ohne auf Bernaves Antwort zu warten, schenkte er ein zweites Glas ein, ein wunderschönes Kristallglas mit eingravierten Lilien.

Bernave nahm das Glas entgegen. Das Kerzenlicht warf zuckende Lichter in den blutroten Wein.

»Lang lebe der König!« sagte er leise.

Briard merkte, wie sich seine Kehle zusammenschnürte. »Lang lebe der König!« wiederholte er rauh, ehe er den reinen, vollen Geschmack des Weines in sich aufnahm.

Bernave taxierte ihn, als wolle er sich ein Urteil über ihn bilden. Konnte Bernave ihn noch immer nicht einschätzen? fragte sich Briard. Spielte er gar mit dem Gedanken, sich gegen ihn zu entscheiden?

»Die Würfel sind gefallen«, sagte Bernave schließlich ruhig. »Die Vorbereitungen laufen. Hast du dich mit den Kutschern getroffen?«

»Ja.« Briard konnte sich lebhaft daran erinnern, wie er die Rolle des nervösen Händlers gespielt hatte, der so um seine Waren besorgt war, daß er mit den wertvollen Frachtgütern mitreisen wollte, ungeachtet aller persönlichen Gefahren oder Unannehmlichkeiten. Sein Wunsch hatte Belustigung und ein wenig Verachtung hervorgerufen, doch man hatte ihm geglaubt. »Ja, das habe ich«, wiederholte er und nahm einen Schluck Wein, um seine trockenen Lippen zu befeuchten. »Die Kleidungsstücke liegen dort drüben.« Er deutete auf die drei säuberlich zu Bündeln zusammengeschnürten Mäntel, die er bei seinen Gesprächen mit den drei verschiedenen Kutschern getragen hatte: ein dunkelgrüner Wollmantel von exquisitem Schnitt mit hohem Kragen und Messingknöpfen für den Kutscher gen Westen, Richtung Calais und Meer; ein blauer Mantel mit hellblauen Aufschlägen für den Kutscher gen Süden, Richtung Pyrenäen und Spanien; ein brauner Mantel mit dunkelbraunem Kragen, Manschetten und Revers für den Kutscher gen Südwesten, Richtung Italien. Es waren allesamt teure Mäntel, die sich ins Gedächtnis einprägten. Käme irgendein anderer Mann mit ähnlich weißem Haar und langer Nase zu diesen Kutschern, würden sie ihn sofort für Briard halten, diesen Verrückten, der zusammen mit seiner Fracht reisen wollte. Jedes Bündel war mit einem Schild versehen, auf dem die jeweils dafür vorgesehene Richtung angeben war, und jeweils ein Kleidungsstück würde in einem der drei Unterschlupfe bereit liegen, die entsprechend der drei verschiedenen Fluchtrouten, die der König nehmen könnte, gelegen waren. Erst im gegebenen Augenblick sollte entschieden werden, welche Route die beste war.

Bernave warf einen Blick auf die Bündel und machte ein zufriedenes Gesicht. Weiter äußerte er sich nicht zu diesem Thema – weder dankte er Briard, noch hinterfragte er dessen Entschlossenheit. Er sagte nur schlicht: »Es tut mir leid.« Dann schwieg er.

Der Regen prasselte gegen das Fenster, und die Holzscheite im Kamin fielen knisternd in sich zusammen. Briard beugte sich vor und legte einen Scheit nach. Den Bordeaux konnte seinethalben ruhig jemand erben, doch frieren wollte er nicht.

»An dem Urteil habe ich nie gezweifelt«, sagte er offen. »Sobald sie ihn vor Gericht gebracht hatten, war kein anderes Ergebnis mehr möglich. Nur zu gut kann ich mich noch an diese Schmierenkomödie erinnern. Der ach so tugendhafte kleine Robespierre mit seinen knallenden Absätzen, seiner grüngetönten Brille und seiner geckenhaften Kleidung. Er beansprucht für sich, Frankreichs größte Hoffnung zu sein, für eine Zukunft einzustehen, die frei von Gier, Korruption und Laster ist. Und vielleicht tut er das sogar! Warum nur hasse ich ihn so sehr?«

»Robespierre die Hoffnung Frankreichs? Da sei Gott vor!« rief Bernave leidenschaftlich aus. »Du haßt ihn wegen seiner Lügen über die Seele der Menschen! Weil er anständigen Männern die Träume stiehlt und sie in die Form seiner eigenen verkümmerten, verhungerten Schreckgespenster verbiegt. Weil er die menschliche Liebe und die normalen menschlichen Bedürfnisse als schmutzig und verdammenswert ansieht. Er hat zuviel Rousseau gelesen. Reine Liebende, die sich nie berühren, die in einem Zustand unentwegter Erwartung verbleiben und niemals etwas zum Abschluß bringen, als würde die Wirklichkeit sie verunreinigen … Das sind Philosophien des Unerfüllten, des Unerfüllbaren.«

Briard lächelte. Das Bild von Robespierre, diesem kleinen Pedanten, der nie eine Kränkung vergaß oder einen Gefallen verzieh, begann allmählich wieder zu verblassen.

»Du darfst ihm niemals einen Gefallen tun, Bernave«, sagte er. »Wenn er wegen irgend etwas in deiner Schuld steht, wird er dir das nicht verzeihen.«

Bernave verzog den Mund zu einer Grimasse. »Ich werde ihm keinen Gefallen tun, glaub mir! Eher würde ich mich mit Danton einlassen – oder sogar mit Marat.«

Briard war überrascht. Marats brutales Gesicht stieg vor ihm auf. »Würdest du das wirklich?«

»Ich glaube, Robespierres Haß auf Marat wird den Konvent sprengen«, sagte Bernave ruhig. »Obwohl ich bete, daß ich unrecht habe.«

»Und Danton? Haßt auch er Robespierre?« erkundigte sich Briard verdutzt, »Das ist mir nie aufgefallen!«

»Bisher noch nicht.« Bernave nahm einen Schluck Burgunder und schlürfte ihn mit Kennermiene. »Aber er wird ihn hassen. Robespierre wird ihm den Grund dafür liefern.«

»Jeder, der Saint-Just zuhört ...«

Bernave machte eine abwehrende Handbewegung. »Der Mann ist verrückt. Verrückter sogar als Hébert oder Couthon. Daß wir ihm überhaupt zuhören, zeigt nur allzu deutlich, was aus uns geworden ist. Was könnte man Schlimmeres sagen, um uns zu verdammen?« Plötzlich stand nackte Erschöpfung in seinem Gesicht, als wäre er des Kämpfens müde. »Und die Royalisten haben kein Gespür für die politische Realität. Entweder wollen oder können sie nicht einsehen, daß sich die Welt verändert hat. Sie spielen immer noch die Spiele von gestern – nach den Regeln von gestern. Die Verträge, die sie letztes Jahr hätten abschließen können, sind nicht mehr gültig. Wie immer geben sie zu wenig – und zu spät.« Seine Stimme war tonlos, verächtlich. »Sie hören nicht zu. Sie haben die Erschütterungen der letzten dreieinhalb Jahre miterlebt, und sie haben nichts gelernt.

Selbst im Schatten der Guillotine und angesichts von Marat, der die Straßen kontrolliert und den Konvent beherrscht, erkennen sie nicht, daß es kein Zurück mehr gibt. Die Vergangenheit ist tot. Das beste, was wir tun können – alles, was wir tun können –, ist, uns in die Zukunft hinüberzuretten.«

Die Wahrheit dieser Worte ließ Briard erschauern. Aber er mußte Bernave jetzt eine Frage stellen, obwohl er die Antwort eigentlich schon kannte. »Du hast es ihnen doch nicht erzählt?«

»Nein, natürlich nicht.« Weder Bernaves Augen, noch seiner Stimme war Ungeduld oder Kritik an der Frage zu entnehmen. »Ich kenne Versailles zu gut, als daß ich dem Wort eines Höflings trauen würde. Ich habe sie beim Sturm auf den Palast beobachtet, als der Mob bis an die Gittertore heranmarschierte, und sie hatten immer noch nicht begriffen, was los war. Der Hund, der mir damals folgte, hatte mehr Verstand!« Die Enttäuschung und Einsamkeit, die sich in seinen Zügen spiegelte, waren so beredt, wie es bei einem anderen Mann Tränen gewesen wären. »Und ein großzügigeres Wesen obendrein«, fügte er weich hinzu. »Ja, da ich gerade an ihn denke – er hatte auch mehr Sinn für das Absurde. Er war ein guter Hund.«

Briard gab keine Antwort. Das war nicht notwendig. Schweigend saßen sie am flackernden Kaminfeuer und tranken den Rest des Burgunders. Dann zog Bernave wieder seinen Mantel an und ging in den Regen hinaus. Alles war gesagt; jedes Wort mehr wäre überflüssig.

Célie ging durch die Hintertür ins Haus zurück. Amandine stand in der Küche.

Auf dem Tisch lag frisches Brot, und aus dem Suppentopf stieg würzig duftender Dampf empor.

Die Schöpfkelle in der Hand, fuhr Amandine beim Klang der sich öffnenden Tür herum. Ihre Augen leuchteten vor Erwartung. Als sie Célie gewahr wurde, bemühte sie sich, ihre Enttäuschung zu verbergen, und ihre Wangen verfärbten sich aus Scham über ihr Verhalten. Sie hatten in den beiden Jahren ihrer Freundschaft viele Gedanken und Gefühle geteilt, und Unfreundlichkeit oder Taktlosigkeit war Amandines Naturell fremd.

»Du mußt halb erfroren sein«, sagte sie mitfühlend. »Leg den nassen Mantel ab und wärm deine Füße. Möchtest du einen Teller Suppe? Sie ist schön heiß.«

»Ja, bitte«, erwiderte Célie, während sie den Mantel auszog. Ihre Stiefel waren so durchnäßt, daß sie kaum die Bänder lösen konnte, und der nasse Rocksaum schlug kalt wie Eis um ihre Knöchel. Saint-Félix war offenbar wieder unterwegs. Es konnte nur er sein, auf den Amandine so dringend gewartet hatte, doch das würde sie niemals zugeben.

»Hast du Georges gesehen?« fragte Amandine statt dessen. Auch um ihn sorgte sie sich – auf eine andere Art, aber nicht weniger aufrichtig. Georges und Amandine waren nicht nur Cousins, sondern seit ihrer Kindheit auch enge Freunde und Gefährten. »Wie geht es ihm?« fügte sie hinzu. Wie oft sie wachlag und sich Sorgen um ihn machte, konnte Célie nur vermuten, denn Amandine sprach nicht darüber. Zweimal hatte Amandine auch angeboten, Georges das Essen zu bringen, doch Célie hatte abgelehnt, da es für Georges zu gefährlich wäre. Je mehr Leute von den Anwohnern der schmalen Gasse dabei beobachtet würden, wie sie mit einem Korb die Stufen zur Dachkammer emporstiegen, desto größer war für Georges das Risiko, entdeckt zu werden. Abgesehen davon konnten sie es sich nicht erlauben, den Argwohn von Monsieur Lacoste oder Fernand zu erregen, beide glühende Anhänger der Revolution, die es schon aus Angst um die Sicherheit ihrer Familie als ihre Bürgerpflicht ansehen würden, eine gesuchte Person zu melden.

»Georges ist guter Dinge«, sagte Célie, ihre Stiefel abstreifend. Sie durfte nicht erzählen, wann oder weshalb sie ihn gesehen hatte; es würde Amandine nur unnötig beunruhigen. Ihre Angst um Saint-Félix war schlimm genug für sie.

Zweifelnd sah Amandine sie an, reichte ihr den Teller mit heißer Suppe und achtete darauf, daß Célie ihn mit ihren blaugefrorenen Fingern richtig zu fassen bekam.

»Wirklich, es geht ihm gut«, wiederholte Célie, während sie ihre Hände an dem heißen Teller wärmte. Sie konnte das ganz aufrichtig sagen, weil es der Wahrheit wenigstens teilweise entsprach. Wie Georges es schaffte, allein in dieser kalten Dachstube den Mut zu bewahren, wußte sie nicht. Es war ein Teil seines Wesens, eine tiefe Zuversicht, die scheinbar durch nichts zu erschüttern war, als würde er ein Geheimnis kennen, das niemand sonst kannte. Eben dieser Wesenszug war es, der Célie anzog und sie gleichzeitig erschreckte, weil er Georges unverletzbar zu machen schien. Er brauchte Célie zum Überbringen von Nahrung und Neuigkeiten, doch er würde niemals einen Menschen in Gefühlsdingen benötigen, außer vielleicht Amandine, und selbst sie nur deshalb, weil sie seiner Familie angehörte. Célie nahm einen Löffel Suppe. Sie war sehr heiß, und man schmeckte die Zwiebel darin.

Die Küchentür öffnete sich, und Madame Lacoste kam herein. Sie warf den beiden jungen Frauen einen kurzen Blick zu. Der Anblick von Célies nassem Rocksaum und ihren durchweichten Stiefeln auf dem Fußboden verriet ihr zweifellos, daß Célie draußen gewesen war. Doch was immer sie sich dabei denken mochte, sie enthielt sich eines Kommentars. Sie war eine stille Frau, erfüllt von einer Ruhe, die den Eindruck erweckte, daß sie mit sich und ihren Überzeugungen im reinen war, und dennoch war das nur eine Fassade, hinter der heftige Gefühle brodelten. Célie hatte Madame Lacoste manchmal dabei ertappt, wie in ihre Züge ein wilder Hunger trat, der so maßlos war, daß sie für einen Augenblick furchterregend und zugleich überwältigend schön wirkte. Sie hatte sich oft gefragt, wie Madame als junge Frau gewesen sein mochte, was das Leben für sie bereitgehalten, und vor allem, was sie zu einem mürrischen Mann wie Monsieur Lacoste hingezogen hatte.

Célie überlegte, ob sie ungefragt irgendeine Erklärung anbieten sollte, wo sie gewesen war.

Doch Madame lächelte ihr nur kurz zu und ging dann zum Wäscheschrank, um ein sauberes Leinentuch herauszuholen. Sie wollte die Küche gerade wieder verlassen, als die Hintertür geöffnet wurde und Bernave eintrat. Von seinem Mantel tropfte das Regenwasser auf den Steinboden. Er war sichtlich erschöpft; sein regennasses Gesicht wirkte im Schein der Kerze noch eingefallener und fast farblos.

Er stampfte ein paarmal mit den Füßen auf und schüttelte das Wasser ab.

Wegen Saint-Félix hegte Amandine zwar Groll gegen ihn, doch die tief in ihrem Wesen verwurzelte mütterliche Fürsorge war stärker. Noch ehe sie Zeit fand, sich ihrer Ressentiments gegen ihn zu vergegenwärtigen, nahm sie auch schon ein sauberes Handtuch vom Trokkengestell und ging damit auf ihn zu.

»Ihr seid völlig durchnäßt, Bürger. Gebt mir Euren Mantel. Hier, trocknet Euch.« Sie reichte ihm das Handtuch. »Ich werde etwas heiße Suppe holen. Habt Ihr heute schon etwas gegessen?«

»Nein … keine Zeit.« Er ließ sich von ihr den Mantel abnehmen, den sie an die Tür hängte, wo er abtropfen konnte, ohne in der ganzen Küche Lachen zu hinterlassen.

Célie spähte zu Madame hinüber und bemerkte zu ihrer Überraschung einen Ausdruck von Panik in ihrem

Gesicht. War es Sorge oder Angst? Und wenn, um wen? Um Bernave oder um ihre eigene Familie?

Bernave sah auf und begegnete Madames Blick. Eine Zeitlang schauten sie einander stumm an, bis sie dann leise und in beiläufigem Ton das Wort an ihn richtete:

»Euch ist sicher kalt, Bürger. Es ist ein Jammer, daß Eure Geschäfte es erfordern, an solch einem Tag nach draußen zu gehen.«

»Viele Dinge sind ein Jammer, Bürgerin«, erwiderte er, sie weiterhin unentwegt ansehend. »Man sollte besser nicht darüber nachdenken. Wir können uns nur mit den Gegebenheiten arrangieren.«

»Das weiß ich!« Ihre Stimme klang gebrochen und gequält, als hätten seine Worte an eine offene Wunde gerührt. Doch gleich darauf verbarg sie ihren Ausbruch wieder hinter einer sachlichen Oberfläche. Jedes Gefühl war verschwunden, wie weggefegt. »Wir können uns glücklich schätzen, daß wir ein Dach über dem Kopf und genug zu essen haben. Viele arme Teufel in Paris sind da weit schlechter dran.«

»Das ist richtig«, stimmte er ihr zu, ohne den Blick von ihr zu wenden.

Die Zeit schien stillzustehen, bis Madame Lacoste schließlich die Augen niederschlug und zur Tür ging. »Einen schönen Abend, Bürger. Ich hoffe, Ihr findet ein wenig Ruhe«, sagte sie leise und ging hinaus, ohne sich noch einmal umzudrehen.

Einige Sekunden blieb er reglos stehen, sein Gesichtsausdruck war im matten Kerzenlicht nicht zu erkennen. Es war unmöglich festzustellen, ob er tief bewegt oder nur von einem bitteren Sarkasmus erfüllt war, weil er wußte, was vor ihm lag und wie unendlich viel es bedeutete, nicht nur für ihn, sondern für ganz Frankreich. Die Zeit war knapp, doch Madame Lacoste wußte nichts davon, ahnte nichts. Sie hatte angenommen, er wäre wegen irgendwelcher Geschäfte unterwegs gewesen.

Schließlich seufzte Bernave und blickte zu Amandine hinüber.

Amandine verdrängte den Zorn, der wieder in ihr aufgewallt war, und setzte eine gleichmütige Miene auf.

»Bring die Suppe in mein Arbeitszimmer«, befahl er ihr. »Und du, Célie, kommst mit mir.« Er ging aus der Küche, und Célie folgte ihm gehorsam nach, obgleich sie sich nur ungern von ihrem halbvollen Suppenteller trennte.

Im Arbeitszimmer angekommen, zündete er fünf Kerzen an, die den Raum in ein weiches, rosiges Licht tauchten. Es war angenehm warm, da Amandine bereits vorgeheizt hatte. Als er sich vor den Ofen stellte, stieg Dampf aus seinen feuchten Kleidern auf.

»Hast du meine Nachricht überbracht?«

»Ja, an jeden persönlich.«

»Gut.« Er massierte seine kalten Hände, auf denen die Narben weiß hervorstachen. »Wie ging es Coigny gestern abend?«

Célie hatte Amandine nur das erzählt, was diese hören wollte. Bernave konnte sie die ganze Wahrheit sagen.

»Er fror und war hungrig«, antwortete sie. »Aber sein Mut ist ungebrochen.«

Er lächelte und musterte sie mit leiser Belustigung. »Du bewunderst ihn, Célie?« Es war eher eine Feststellung als eine Frage.

Célie ärgerte sich über diese Anmaßung. Sie wollte schon widersprechen, doch dann wurde ihr bewußt, daß dies eine Lüge wäre und Bernave das erkennen würde. Er schien fast in sie hineinsehen zu können.

»Ich bewundere seine tiefe Überzeugung«, verteidigte sie sich. »Und seine Intelligenz.«

»Ach ja?« erwiderte Bernave mit hochgezogenen Brauen. »Was hat er gesagt?«

Noch ehe sie darauf antworten konnte, klopfte

Amandine an die Tür, in der Hand ein Tablett mit zwei Suppenschüsseln. Sie stellte Bernaves Suppe auf dessen Schreibtisch und plazierte Célies Teller diskret an den Rand. Gleich darauf eilte sie wieder hinaus, nicht ohne die Tür geräuschvoll hinter sich ins Schloß fallen zu lassen.

»Nun denn«, sagte Bernave, während er zum Schreibtisch ging und Platz nahm. Er deutete auf Célies Teller. »Was stehst du da herum? Iß deine Suppe fertig. Und dann geh und tu, was immer du im Haus zu tun hast. Und noch etwas, Célie ...«

»Ja?«

»Danke.« Ein weiches Lächeln huschte über seine Lippen, und in seinen Augen lag beinahe etwas wie Zuneigung, als wäre sie nicht seine Dienstmagd, sondern eine Freundin.

Sie erwiderte seinen Blick einen Moment, aß ihre Suppe auf und ging.

Mit Hilfe von Marie-Jeanne machte sie sich anschließend über die Wäsche her. Die eine nahm die trockenen Leinentücher und Kleidungsstücke vom Trockengestell und faltete sie zusammen, während die andere die frischgewaschene Wäsche aufhängte.

»Der Zucker ist schon wieder teurer geworden«, bemerkte Marie-Jeanne. »Vor drei Jahren kostete er noch vierundzwanzig Sous – heute hat mir Bürgerin Benoit erzählt, daß sie jetzt achtundfünfzig verlangen! Kannst du dir das vorstellen? Sie hat ihn natürlich nicht gekauft.« Sie zog eine mitleidige Grimasse. »Ihr Mann wurde bei dem Sturm auf die Tuilerien verletzt. In die Schulter geschossen, glaube ich. Und kaum hatte er sich erholt, wurde er schon wieder eingezogen, um gegen die Preußen zu kämpfen. Vor zwei Wochen hat sie dann erfahren, daß er gefallen ist. Und ihr ältestes Kind ist schwer krank. Ach, die Arme weiß nicht, an wen sie sich wenden kann.« Sie zog aus einer Jacke die Ärmel heraus und strich sie auf dem Trockengestell glatt. »Ich habe ihr eine Tasse Zucker gegeben, aber das geht natürlich nicht immer.«

»Wir haben mehr als die meisten Menschen«, erwiderte Célie. »Bürger Bernave sorgt gut für uns.«

Marie-Jeannes Gesicht blieb ohne jeden Ausdruck. »Ja. Wir haben Glück.« Sie schüttelte ein kleines Hemd, um die Knitterfalten zu glätten. Ihre flinken Finger glitten zärtlich über das Hemd, als würde sie an das Kind denken, dem es gehörte.

Célie untersuchte die Laken. Einige waren ziemlich verschlissen. Sie würde sie zu Kissenbezügen verarbeiten müssen oder, falls es nötig sein sollte, zu Leibwäsche.

Marie-Jeanne runzelte die Stirn, als wollte sie ihre Bemerkung von vorhin erklären, fände aber nicht die richtigen Worte. Sie inspizierte gerade eine von Fernands Westen, als Saint-Félix durch die Hintertür hereinkam. Er war bis auf die Haut durchnäßt, sein Gesicht und seine Arme waren mit Schlamm bespritzt und die Haare klebten ihm strähnig am Kopf, da er offenbar seinen Hut verloren hatte.

»O gütiger Himmel!« Marie-Jeanne, ließ die Weste fallen und stürzte auf ihn zu. »Was ist geschehen? Ihr seht grauenvoll aus! Wohin hat er Euch diesmal geschickt? Nein – laßt Euch Zeit. Setz Euch, bevor Ihr umfallt.«

Erschrocken dachte Célie an Saint-Félix' Armwunde, doch jeder Zorn auf Bernave verblaßte bei der Erinnerung an sein zerquältes Gesicht.

Sie war froh, daß Amandine nicht hier war. Hoffentlich tauchte sie erst dann wieder auf, wenn Saint-Félix aufgewärmt und umgezogen war. Als erstes mußte sie nachsehen, welche Schrammen unter dem Schmutz und den durchweichten Kleidungsstücken verborgen waren. Sie setzte Wasser auf und stellte Essig zum Reinigen eventueller Wunden und Abschürfungen bereit sowie ein Glas Wein zur Stärkung. Währenddessen eilte Marie-Jeanne nach oben, um für Saint-Félix ein paar saubere, trockene Kleidungsstücke von Fernand zu holen.

Statt Marie-Jeanne kehrte Madame Lacoste mit den Kleidungsstücken zurück. Ihre Miene war düster und grimmig, ihre Augenbrauen finster gerunzelt, aber sie machte keine Bemerkung. Sie konnte weder die Dringlichkeit noch den Grund von Saint-Félix' Botengang kennen, doch was immer sie über Bernave dachte, sie war zu klug oder zu vorsichtig, es auszusprechen.

»Hier!« Sie hielt ihm Kniehosen, Strümpfe, Hemd und Wams entgegen und deutete mit dem Kinn auf seine schmutzige Kleidung. »Zieht das Zeug aus. Wir werden es nach draußen hängen, damit der Regen den schlimmsten Dreck herausspült.« Ihr Ton war sachlich und bestimmt, gestattete keine Widerrede.

Saint-Félix war ohnehin zu erschöpft, um lange herumzustreiten. Schweigend zog er sich aus und trocknete sich mit einem der frisch gewaschenen und zusammengefalteten Handtücher ab.

Zitternd vor Kälte und Schock stand er da, das Gesicht blaß und ausgemergelt und seine helle Haut von Schnittwunden und Blutergüssen übersät. Aus seinem Armverband sickerte Blut. Er wirkte müde und verängstigt.

Plötzlich ging die Küchentür auf, und Amandine kam herein. Sobald sie Saint-Félix entdeckte, wurde sie kreidebleich und preßte voll hilfloser Wut die Lippen zusammen. Doch sie verlor kein Wort über Bernave, denn die Erfahrung hatte sie gelehrt, daß dies die Sache nur verschlimmern würde. Zudem war sie im Moment viel zu aufgewühlt, um etwas sagen zu können.

Behutsam wickelte Célie den Verband ab und begutachtete die Stichwunde. Sie war tiefrot, wie von einem Schlag, doch die Blutung war nur leicht, und die Wundränder klafften nicht auseinander. Vermutlich waren der Schock und die Angst größer als der körperliche Schaden, den er erlitten hatte. Célie versuchte sich vorzustellen, was geschehen war. Saint-Félix könnte trotz der von ihm bevorzugten schlichten Kleidung für einen vornehmen Herrn gehalten worden sein. Womöglich hatte ihn jemand mit einem derben Ausdruck bedacht, ein Wort hatte das andere ergeben, und schließlich war das ganze in eine Rauferei ausgeartet. In diesen unruhigen Zeiten waren die Menschen leicht erregbar, und es kam rasch zu Feindseligkeiten, vor allem wenn Trunkenheit mit im Spiel war. Das Volk hatte zwar die Macht erlangt, für die es gekämpft und nach der es sich gesehnt hatte, doch die Menschen froren und hungerten und waren im Grunde genauso hilflos wie zuvor.

Weit mehr als das interessierte Célie freilich die Frage, ob Saint-Félix Bernaves Auftrag, wie immer dieser ausgesehen haben mochte, erfolgreich durchgeführt hatte. Da bis zur Hinrichtung nur mehr knappe drei Tage blieben, mußte der Botengang etwas mit der Befreiung des Königs zu tun gehabt haben, und das betraf sie alle.

»Hast du den Mann getroffen, zu dem dich Bürger Bernave geschickt hat?« fragte sie ihn, als sie ihm einen frischen Verband anlegte.

Madame stand mit dem Hemd in der Hand wartend daneben. Sie schoß Célie aus ihren schwarzen Augen einen warnenden Blick zu.

»Ja«, erwiderte Saint-Félix ruhig. »Er hat in das Geschäft eingewilligt.«

»Geschäfte!« stieß Amandine mit beißendem Hohn hervor. »Der König wird in drei Tagen hingerichtet, die Stadt befindet sich am Rande des Chaos, und Bernave schickt dich trotz deiner Verletzung Gott weiß wohin, damit du für ihn ein Geschäft tätigst!«

Madame wandte sich Amandine zu. »Der König wird

in zweieinhalb Tagen geköpft«, berichtigte sie. »Derlei Angelegenheiten erledigt man gern im Morgengrauen.« Ihrer Miene war nicht zu entnehmen, ob sie das für eine gute Sache hielt oder nicht. Célie spürte hinter ihrer gleichmütigen Fassade eine enorme Anspannung, fand aber keine Erklärung dafür.

»Mehr kann ich im Moment nicht tun«, sagte Célie zu Saint-Félix. Sie hatte die Blutung gestillt, und die Prellungen würden von selbst heilen.

Er nahm von Madame das Hemd entgegen, streifte es über und zog scharf die Luft ein, als der Stoff seinen Arm berührte. Dann ließ er sich von ihr das Wams geben und dankte ihr gleichzeitig, den Blick abwesend in die Ferne gerichtet. Vielleicht wurde er sogar noch hier, in der heimeligen, nach Kräutern duftenden Küche von Schreckensbildern heimgesucht, von Bildern der Gewalt, des Schmutzes und der Roheit, die er auf den Straßen erlebt hatte.

Amandine reichte ihm eine Suppentasse mit heißer Brühe. Ihre Hände zitterten ein wenig.

Er blickte zu ihr auf und lächelte sie an.

Die drei Frauen standen um ihn herum und sahen zu, wie er vorsichtig, um sich nicht zu verbrühen, die heiße Flüssigkeit trank.

Die Tür ging erneut auf, und Monsieur Lacoste marschierte herein. Seine Schuhe waren naß, und seine Haare klebten ihm feucht am Kopf.

»Ich konnte es nicht finden«, sagte er gereizt. Als sein Blick auf Saint-Félix fiel, runzelte er die Stirn, doch forderte er keine Erklärung. »Ich versuche es morgen noch einmal. Jetzt kann ich da oben nichts mehr sehen.«

»Was ist los?« erkundigte sich Madame. »Was suchst du?«

»Das Leck! Eine undichte Stelle im Dach!« erklärte er ungeduldig. »Irgendwo muß ein Ziegel zersprungen sein.«

Madame wirkte leicht irritiert. »Wo? Es regnet nirgendwo herein!«

»Es ist nur ein Spalt, aber bei diesem Wetter muß man rechtzeitig etwas unternehmen«, erwiderte er.

Madame nickte und reichte ihm ein Handtuch. Er rieb sich energisch trocken, gab ihr stumm das Handtuch zurück und ging wieder hinaus.

Nachdem Saint-Félix seine Brühe ausgetrunken hatte, stellte er die Suppentasse auf den Tisch zurück, warf ein gemurmeltes »Danke« in die Runde und wankte dann schwerfällig, ganz ohne seine gewohnte Anmut, aus der Küche. Die Frauen hörten, wie er die Holzstiegen zu Bernaves Arbeitszimmer emporhumpelte.

»Es ist ungeheuerlich!« stieß Amandine wütend hervor. »Warum läßt er das mit sich machen?« Grimmig blickte sie von Célie zu Madame Lacoste. »Warum weigert er sich nicht einfach? Wenn Bernave der Meinung ist, er müsse heute irgendwelche Geschäfte erledigen, dann soll er es doch selbst tun! Er sitzt hier warm und trocken in seinem Arbeitszimmer und schickt jemand anderen los, auch auf die Gefahr hin, daß dieser verprügelt oder gar getötet wird!«

Célie sparte sich den Hinweis darauf, daß Bernave ebenfalls draußen gewesen war. Da sie keine näheren Erklärungen abgeben konnte, war es das beste zu schweigen.

»Wir leben in merkwürdigen Zeiten«, sagte Madame ruhig, doch ihre Miene war umwölkt, und sie hielt den Nacken so steif, als hätte sie Schmerzen. »Keiner von uns weiß, was der andere tut, oder aus welchem Grund.«

Es war eine sonderbare Bemerkung, auf die weder Célie noch Amandine etwas zu sagen wußten. Sie wurden ohnehin einer Antwort enthoben, da nun Fernand auftauchte, nach wie vor mit seiner ledernen Arbeitsschürze bekleidet. Er nickte seiner Mutter kurz zu und blickte sich darauf suchend um. »Wo ist Marie-Jeanne?«

»Sie mußte Claire trösten«, berichtete Madame. »Claire hat sich mit Antoine wegen irgend etwas gezankt.«

»Dieser Bursche macht ständig Schwierigkeiten!« rief Fernand wütend. »Was ist nur los mit ihm?«

»Du warst genauso«, erwiderte Madame mit leisem Spott. »Ich kannte damals den Grund nicht, und ich weiß ihn auch heute nicht. Ich vermute mal, er fürchtet sich.«

»Wovor?« fragte er barsch. »Vor mir jedenfalls nicht!«

»Er weiß es selbst nicht«, entgegnete Madame unwirsch. »Ich nehme an, er fürchtet sich, weil sich alle fürchten. Sogar das Baby ist verängstigt.«

Seine Miene glättete sich.

»Mach dir keine Sorgen, Mama.« Er legte den Arm um ihre Schulter und drückte sie kurz und besänftigend an sich. »Alles wird gut. Wir müssen uns einfach nur die nächsten ein, zwei Monate ruhig und unauffällig verhalten, bis sich die Lage beruhigt hat. Es wird wieder Ordnung herrschen und genügend Lebensmittel geben. Man wird den Spekulanten den Garaus machen, und sobald das Getreide dem Volk zur Verfügung steht, wird alle Not ein Ende haben. Sei ganz unbesorgt.« Den Kopf schüttelnd, zwang er sich zu einem Lächeln. »Uns geht es ja nicht schlecht. Bernave mag Saint-Félix übel behandeln, doch wir können nicht klagen. Wir haben es wärmer als die meisten, und wir haben genug zu essen. Das Urteil ist gefällt. Der König wird hingerichtet, und das bedeutet das Ende der Konterrevolutionäre. Marat wird den Konvent beherrschen und dafür sorgen, daß die Dinge vorangehen. Bis zum Frühjahr werden wir alle ausreichend Nahrung haben, und es wird wieder Frieden einziehen.«

Sie tätschelte seine Hand, da sie sein aufrichtiges Bemühen, sie zu beruhigen, anerkannte, doch sie sagte nichts, sah nur abwesend ins Leere. Tief in ihrem Inneren waren eine Angst und ein Kummer verborgen, an die er nicht herankam.

Die beiden Haushalte speisten getrennt, wie sie es häufig zu tun pflegten, doch nachdem die Kinder zu Bett gegangen waren – früh am Abend, um es warm zu haben –, begaben sich die Erwachsenen in das vordere Zimmer des Hauses, wo der große Ofen eine behagliche Wärme verströmte, die es ermöglichte, ruhig dazusitzen. Sie brauchten nicht viel zu sehen, und so genügte eine Kerze. Trotz Bernaves ansehnlicher Geldmittel war es wichtig, sparsam zu wirtschaften. Seine eigenen Extravaganzen waren seine Angelegenheit.

Saint-Félix saß in einem der bequemen Sessel. Er wirkte noch immer mitgenommen und krümmte sich leicht zur Seite, um seinen Arm zu schützen. Sein Blick war völlig abwesend. Er hatte das Gesicht eines Träumers, erfüllt von Geheimnis und Schmerz. Jeder, der ihn ansah, mußte sofort erkennen, daß er in Gedanken ganz woanders weilte, fernab von diesem stillen Zimmer mit der einen Kerze, die in dem Luftstrom der schlecht schließenden Türen flackerte. Er schreckte auch nicht hoch, als die Stille gelegentlich von Rufen auf der Straße unterbrochen wurde oder als einzelne Grüppchen mit brennenden Fackeln, deren Licht gespenstisch durch die dunklen Fenster fiel, am Haus vorbeizogen.

Auch Fernand, der an der Wandkommode lehnte, schien tief in Gedanken versunken zu sein und starrte ins Leere. Wären seine Augen nicht weit offen gewesen, hätte man fast meinen können, er wäre eingeschlafen.

Marie-Jeanne strickte mit flinken Fingern und ohne hinzusehen an einem Kinderröckchen. Sie wirkte völlig entspannt; ihr Ausdruck war freundlich, von beinahe schon heiterer Gelassenheit. Sie war keine hübsche Frau, aber ein Typ, der mit den Jahren gewann –, im Alter würde sie womöglich richtig anziehend wirken.

Madame Lacoste nähte. Sie saß der Kerze am nächsten, um genügend Licht zum Säumen des Kissens zu haben, das sie aus einem zerschlissenen Laken gefertigt hatte. Auch ihr schien die Arbeit wie von selbst von der Hand zu gehen. In gleichmäßigen Abständen blitzte die silberne Nadel, ohne auch nur einmal ins Stocken zu geraten.

Monsieur Lacoste sah hin und wieder zu ihr hinüber. Ihr Anblick schien ihn zu erfreuen, denn seine verhärteten Züge glätteten sich zusehends. Célie entdeckte auf seiner einen Hand eine dreieckige Schnittwunde, die er sich wahrscheinlich bei der Arbeit mit dem Meißel zugezogen hatte. Jeder wußte, wie stolz er auf sein Handwerk war.

Célie und Amandine saßen in der Nähe der Tür. Im Zimmer war es vollkommen still, bis auf das gelegentliche Knistern der Kerzenflamme, das Klappern von Marie-Jeannes Nadeln und das schärfere, hellere Klicken, wenn Madames Nadel gegen ihren Fingerhut stieß.

»Man sagt, der Brotpreis wird wieder steigen«, bemerkte Marie-Jeanne. »Glaubt ihr, sie werden nach dem Tod des Königs das Korn freigeben, damit es dem Volk wieder besser geht?«

»Ich glaube nicht, daß es überhaupt Getreide gibt«, erwiderte Monsieur Lacoste. »Denn wäre dies der Fall, hätten sie es bereits freigegeben. Warum auch nicht? Der König hätte sie nicht daran hindern können.«

»Vielleicht werden sie es im Rahmen einer Feierlichkeit tun«, fuhr Marie-Jeanne hoffnungsvoll fort. »Ja, so wird es sein. Sie warten nur auf den richtigen Zeitpunkt!«

Monsieur Lacoste knurrte etwas Unverständliches.

Madame sah ihn fragend an.

Er gab keine Erklärung ab. Seine Miene war düster, von tiefer Enttäuschung geprägt.

»Es wird eine Zeitlang dauern«, sagte Madame schließlich sanft.

Er starrte sie an; im Halbdunkel waren seine Augen stechend schwarz. »Du bist zu geduldig. Du vergibst zu leicht. Sie hatten dreieinhalb Jahre Zeit, und nach wie vor gibt es weder Gerechtigkeit, noch ausreichend Nahrung. Wir haben auf die selbstgefällige Bande in Versailles vertraut, doch die Revolution hat all dem ein Ende bereitet,«

»Es wird Gerechtigkeit und Nahrung für alle geben«, sagte Fernand zu seinem Vater. »Marat wird dafür sorgen. Jetzt müssen sie sich erst einmal des Königs entledigen, dann sehen wir weiter. Schritt für Schritt.«

»Ich will nichts weiter als sichere Straßen und gefüllte Läden«, seufzte Marie-Jeanne. »Mir ist egal, ob das durch den König geschieht, durch Marat, durch die *Commune* oder durch sonstwen. Und ich glaube, die meisten Frauen in Frankreich denken ähnlich. Was nützt uns eine Revolution, wenn wir weiterhin frieren und hungern? Und uns obendrein vor unseren Nachbarn hüten müssen, die uns jederzeit wegen irgendeines erfundenen Vergehens bei der *Commune* anschwärzen und ins Gefängnis bringen können?«

Fernand wollte etwas erwidern, doch Monsieur Lacoste kam ihm zuvor: »Wir brauchen Robespierre. Er sollte an die Macht kommen. Er fordert nichts für sich selbst, weder Ruhm und Rache wie Marat, noch Geld und ein süßes Leben wie Danton, noch will er wie der König seine Zeit mit Spielchen in Versailles vergeuden. Ihm ist nicht einmal an persönlicher Macht gelegen. Es geht ihm einzig um das Wohlergehen des Volkes.« Während er sprach, sah er zu seiner Frau hinüber. Zwar stand er in einiger Entfernung von ihr, doch seine Haltung und seine Gesten vermittelten den Eindruck, als wollte er die räumliche Distanz überbrücken und seiner Frau schützend zur Seite stehen.

»Robespierre verkörpert die Schlichtheit«, fuhr er fort, seine Stimme rauh vor Schmerz. »In ihm ist nichts Schmutziges, nichts Perverses und Obszönes wie bei Hébert und so manch anderem. Man käme nie auf den Gedanken, daß er einmal Priester oder daß seine Frau Nonne gewesen ist.« Er zog eine angewiderte Grimasse. »Diese Kirche mit ihrer verdammten Scheinheiligkeit! Zum Glück hat die Revolution dem allen ein Ende bereitet.«

Bernave blickte auf und ergriff nun erstmals das Wort. »Nur ein Narr schafft die Sakramente Gottes ab, weil die Menschen sie mißbrauchen«, sagte er ruhig. »Wir Menschen werden immer Vergebung benötigen. Unsere seelische Gesundheit hängt davon ab. Sonst verfallen wir ganz dem Wahnsinn und der Selbstzerstörung.« Obwohl er leise redete, schwang Leidenschaft in seiner Stimme mit, die Lacoste offenbar nicht heraushörte oder mißverstand.

»Unsinn!« entgegnete er rauh. »Die Kirche hat uns ausgenutzt! Sie war ein Werkzeug, das von gierigen Menschen erschaffen wurde, um Macht über andere zu erlangen. Um anderen Menschen das Geld abzuknöpfen und ihnen Angst einzujagen, damit sie in Unterwürfigkeit verharren!« Er funkelte Bernave streitlustig an.

Ehe Bernave jedoch widersprechen konnte, drangen von der Straße aufgebrachte Stimmen zu ihnen herein. Instinktiv richteten sich alle Anwesenden auf und blickten zum regennassen Fenster hinüber.

»Sie sind hungrig, die armen Teufel«, bemerkte Monsieur Lacoste bitter. »Sie denken, wir horten Lebensmittel.«

Marie-Jeanne runzelte die Stirn. »Warum sollten sie das denken? Wir haben kaum mehr als alle anderen auch – gerade genug für heute und morgen.«

»Ich weiß es nicht«, erwiderte Monsieur Lacoste. »Gerüchte. Angst. Die Leute erzählen die seltsamsten Dinge, wenn sie verzweifelt sind.« Immer mehr Menschen versammelten sich auf der Straße. Ihre Stimmen waren laut und zornig.

Furchtsam sah Madame Lacoste zum Fenster. Als der Lärm anschwoll, blickte sie sich hilfesuchend nach ihrem Ehemann um.

Hinter den Fensterscheiben waren gut ein Dutzend Fackeln zu erkennen und etwa doppelt so viele Menschen. Sie standen sich in Grüppchen gegenüber und stritten; manche schwenkten Stöcke oder Säbel.

Marie-Jeanne ließ ihr Strickzeug auf den Schoß sinken, obwohl sie mitten in einer Reihe war.

Monsieur Lacoste ging zum Fenster und spähte durch die dunkle Scheibe auf die nächtliche Szene hinaus.

»Kein Grund zur Beunruhigung«, versicherte Bernave, ohne seinen Platz zu verlassen. »Nur die üblichen Händel.«

Wie um seine Worte zu verhöhnen, ertönte in etwa zwanzig Metern Entfernung ein Musketenschuß.

Saint-Félix schreckte kurz hoch, rührte sich jedoch nicht vom Fleck. Er war der einzige, der völlig passiv wirkte, als wäre die Bedrohung zu irreal, um den Panzer zu durchbrechen, hinter dem er sich und seinen geheimen, aber dennoch immer spürbaren Kummer verbarg.

Fernand stand auf und begann rastlos umherzugehen. Das Gebrüll steigerte sich von Minute zu Minute. Man konnte die Stimmen nicht unterscheiden oder die Worte verstehen, nur der rasende, ungebändigte Zorn war herauszuhören.

Ein Nationalgardist rannte am Fenster vorbei. Im Licht der Fackeln war seine Uniform deutlich zu erkennen, sogar die rotweißblaue Kokarde an seinem Hut.

Fernand öffnete die Tür zur Diele.

»Die Kinder werden sich fürchten«, sagte er zu Marie-Jeanne. »Du solltest zu ihnen gehen.«

Monsieur Lacoste warf ihm einen scharfen Blick zu, sagte aber nichts.

»Sie werden nicht zu uns hereinkommen«, beruhigte Bernave Marie-Jeanne.

»Die Leute sind nur aufgebracht wegen der Lebensmittelknappheit. Ihr Zorn gilt dem Konvent, nicht uns. Diese kleine Szene ist lediglich ein Vorgeschmack auf das, was noch kommen wird. Mit der Zeit werden wir uns daran gewöhnen.«

»Sagt so etwas nicht!« polterte Fernand los. »Ihr macht nur allen angst, und außerdem stimmt es nicht. Die Spekulanten haben diese Misere verursacht. Marat wird die Nahrung für das Volk zurückfordern. Er will Freiheit für uns! Und die kommt nicht von ungefähr. Wir müssen für unsere Freiheit kämpfen und dafür auch einige Beschwernisse in Kauf nehmen.«

»Zur Hölle mit Marat!« rief Monsieur Lacoste. »Er ist genauso ein Schurke wie all die anderen. Diese Menschen da draußen sind hungrig und verzweifelt. Sie glauben, wir haben Lebensmittel.«

Eine Gewehrsalve unterbrach sie jäh.

Marie-Jeanne kreischte auf und blickte sich panisch nach allen Seiten um.

Von oben schrie ein Kind: »Mama! Was ist los? Hier ist es ganz naß! Es regnet durch die Decke!«

Marie-Jeanne stürzte zur Tür.

Der Tumult schien sich auszuweiten; man konnte an die fünfzig Menschen erkennen, die sich gegenseitig schubsten und anrempelten. Einige Nationalgardisten waren darunter, doch die meisten waren normale Bürger.

Weitere Schüsse krachten. Eine Kugel pfiff dicht am Fenster vorbei und prallte etwa zehn Meter entfernt an der Steinmauer eines Gebäudes ab.

Jetzt sprangen alle im Zimmer von ihren Plätzen auf, selbst Bernave und Saint-Félix.

Lodernde Fackeln erhellten die Dunkelheit und hinterließen gespenstische Rauchspuren, als sie im Verlauf des immer heftiger werdenden Kampfes hin- und hergeschwenkt wurden.

Noch mehr Schüsse zerrissen die Nacht. Zwei Kugeln schlugen in unmittelbarer Nähe ein.

Erschrocken wandten sich alle dem Fenster zu.

Die Scheibe zerbarst mit lautem Klirren. Die Kerze erlosch. Weitere Schüsse folgten. Im Zimmer war es dunkel, so daß die Anwesenden einander nur mehr schemenhaft erkennen konnten. Jemand eilte zum Fenster, und als plötzlich die restlichen Glassplitter aus dem Rahmen herausfielen, wich er zurück und verbarg das Gesicht schützend in den Händen.

Oben weinte ein Kind.

Alle tappten wie blind durch den Raum; die kalte Nachtluft strömte herein und trug den Qualm der Fackeln mit sich, der in den Augen und im Hals brannte. Jemand hustete.

Im Vorraum flog mit lautem Knall die Haustür auf, und gleich darauf ertönte das Stampfen von Schritten.

Nun drängten sich etwa ein halbes Dutzend Menschen in das Zimmer, ihre Gesichter gelb und rot im Schein der Fackel, die jemand hinter ihnen trug. Es war Monsieur Lacoste, der offenbar nach draußen gerannt war, um nach dem Rechten zu sehen.

»Ihr hortet Lebensmittel!« brüllte einer der Eindringlinge.

Bernave stellte sich vor die Menge. »Nein, das tun wir nicht«, antwortete er fest. »Seht selbst nach. Die Küche befindet sich dort drüben.« Er deutete zur Küche hin. »Wir haben gerade genug für morgen, mehr nicht. Wir müssen vor den Läden anstehen wie jeder andere auch.«

»Lügner!« schrie eine Frau von der Diele aus. »Wir haben alles über euch erfahren.«

»Wen nennt Ihr einen Lügner?« fragte Monsieur Lacoste drohend. »Hütet Eure Zunge!« Er machte einen Schritt auf die Frau zu und schwenkte wild seine Fackel, so daß in einem Moment alles hell erleuchtet, im nächsten alles dunkel war. Célie stand wie versteinert da. Sie hatte keine Ahnung, wo die anderen Hausbewohner sich befanden –, sie wußte nur, daß Bernave an der Türschwelle stand und sich den Eindringlingen entgegenstellte, weil sie seine Stimme vernahm. Aber die anderen konnte sie in der Dunkelheit nicht sehen, auch Monsieur Lacoste nicht.

Wieder krachten Schüsse. Durch das zerbrochene Fenster klangen sie laut und erschreckend nah.

Marie-Jeanne schrie ihren Kindern vom unteren Stiegenabsatz aus zu: »Ich komme!«

Jemand stolperte und stieß einen leisen Fluch aus. Man konnte nicht ausmachen, wer es war, doch Célie vermeinte, Fernands Stimme zu erkennen.

Der Lärm auf der Straße entfernte sich allmählich. Die Leute hatten sich etwa zwanzig Meter weiter bewegt, in Richtung der Kirche Saint-Germain des Prés.

Das Grüppchen in der Diele begann wieder zu murren und zu schimpfen. Célie wartete auf ein Wort von Bernave, doch sie hörte nichts. Es war jetzt fast völlig dunkel. Die Fackel war verschwunden, und das schwache Licht von der Straße reichte nicht aus, die Finsternis zu erhellen. Die Eindringlinge redeten aufgeregt durcheinander.

»Wir haben nicht mehr Nahrungsmittel als Ihr!« ergriff nun Madame mit lauter Stimme das Wort. Es hörte sich an, als stünde sie dort, wo auch Bernave sein müßte. »Was wollt ihr?« fuhr sie fort. »Macht es euch Spaß, in die Häuser eurer Nachbarn einzubrechen, sie zu bestehlen und ihre Kinder zu Tode zu erschrecken? Haben wir dafür all das Blutvergießen und all die Not auf uns genommen? Haben wir uns deshalb von Gott und vom König befreit, um aller Moral ledig zu sein und uns wie wilde Tiere zu benehmen?«

Der Zorn und die beißende Verachtung in ihrer Stimme trieb die Eindringlinge in die Diele zurück.

Jemand ging draußen mit einer Fackel vorbei, deren Licht die Szenerie kurzzeitig beleuchtete. Ehe es wieder dunkel wurde, konnte Célie gerade noch sehen, wie sich Saint-Félix zu ihr umdrehte und Monsieur Lacoste im Gefolge von Fernand auf die Eindringlinge zuging, um sie aus dem Haus zu vertreiben.

Mit zitternder Hand tastete sich Célie zu dem Tisch, an dem Madame Lacoste vorhin genäht hatte, und stieß dabei gegen mehrere Stühle. Sie fühlte nach der Kerze und dem Zunder, zündete die Kerze an und legte die Hand schützend um die Flamme. Am ganzen Leib bebend, blickte sie sich im Zimmer um.

Marie-Jeanne war fort. Auf dem Fußboden vor dem Fenster lagen Glasscherben, und die Luft war trüb vom Rauch der Fackeln. Amandine stand mit aschfahlem Gesicht neben dem Fenster. Saint-Félix hielt sich in der Mitte des Zimmers auf, und Monsieur Lacoste lehnte an der Wand.

Fernand schloß gerade die Tür hinter dem letzten Eindringling und kehrte gleich darauf ins Zimmer zurück.

Madame stand neben der Türschwelle zur Diele. Sie wirkte wie versteinert, und ihre schwarzen Augen blickten ins Leere. Zu ihren Füßen und beinahe ihren Rocksaum berührend lag Bernave, das Gesicht nach unten gekehrt und die Rückseite seines Hemds hellrot von dem Blut, das aus der Wunde in seinem Herzen hervorquoll.

Viertes Kapitel

Fassungslos starrte Célie auf Bernave, ihr Magen verknotete sich, und ein Schauer des Entsetzens kroch wie lähmendes Gift über ihre Haut. Sie hörte Madame Lacoste aufkeuchen. Es war eher ein erstickter Schrei, als hätte ihr jemand die Luft abgeschnitten. Aus ihrem Gesicht und ihren Lippen war jegliche Farbe gewichen, und ihre Augen wirkten wie schwarze Löcher. Es war ein unheimlicher Anblick, als hätte sich ihr Gesicht in die Fratze des Todes verwandelt.

Saint-Félix sah verstört drein. Sein Mund stand offen, und seine weit aufgerissenen hellen Augen betonten die klare Linie seiner Brauen.

»Ist er …« Seine Stimme klang brüchig. »Ist er tot?«

Célie kniete neben Bernave nieder und befühlte seinen Hals und seine Lippen. Sie waren warm, doch es war kein Atem zu spüren. Célie wagte nicht zu sprechen, sie nickte nur. Die Anzeichen waren unverkennbar: Das Blut aus seiner tiefen Wunde hatte aufgehört, pumpend zu fließen. Célie blickte zu Amandine auf, die gleich neben ihr stand.

Amandine preßte die Hand vor den Mund, als wollte sie einen Aufschrei ersticken. Ihr Blick wanderte von der reglosen Gestalt auf dem Boden zu Saint-Félix und dann weiter durch das kaputte Fenster zur Straße hinaus, wo sich nurmehr eine Handvoll Menschen herumtrieben. Sie hatten aufgehört zu schreien, und ein, zwei Leute blickten in Richtung des Hauses.

»Wie konnte das geschehen?« fragte Fernand. Er folgte Amandines Blick. »Vielleicht hat einer dieser verdammten Idioten um sich geballert und ihn erwischt?«

»So muß es wohl gewesen sein«, bemerkte Monsieur Lacoste. Er ging zu Célie, nahm ihr die Kerze aus der zitternden Hand und hielt sie über Bernave. Schützend wölbte er die Hand um die Flamme, die in dem kalten Luftzug zu erlöschen drohte. »Hier, sieh selbst«, sagte er an Fernand gewandt.

Fernand schüttelte den Kopf. »Ich werde hinausgehen und ihnen sagen, was sie angerichtet haben. Sonst wird man womöglich uns die Schuld geben.«

Ohne auf eine Antwort zu warten, stapfte er hinaus. Gleich darauf sahen sie ihn auf der Straße und hörten, wie er die wenigen verbliebenen Männer anbrüllte.

Marie-Jeanne kam aus dem Kinderzimmer im ersten Stock zurück. Angesichts der zerbrochenen Fensterscheibe und der kalten, verqualmten Luft blieb sie zögernd auf der Schwelle stehen. Das Gesicht dunkel vor Zorn, wollte sie gerade etwas sagen, als sie die angespannte Stimmung bemerkte. Fragend blickte sie zu ihrer Schwiegermutter und weiter zu Célie, die noch immer neben Bernave kniete.

»Oh! Heilige Mutter Gottes!« erschrak sie. »Was ist passiert? Ist das mein Vater?« Langsam kam sie näher.

»Sieh nicht hin!«« rief Monsieur Lacoste rauh. »Er mußte nicht leiden. Es war sofort vorbei.«

Schwerfällig ließ sich Marie-Jeanne neben Célie auf die Knie sinken und streckte die Hand nach ihrem Vater aus.

Célie zog ihren Arm behutsam zurück. »Wir können nichts mehr tun«, sagte sie leise. »Die Aufrührer haben das Haus gestürmt. Sie dachten, wir hätten Lebensmittel. Fernand ist losgegangen, um die Nationalgarde zu holen.«

»Wozu?« schrie Marie-Jeanne außer sich. »Die können ihm nicht helfen! Hol einen Arzt! Doktor Martineaux wohnt nur drei Häuser weiter ... Los, geh schon!«

Célie schüttelte den Kopf. »Das ist sinnlos.« Mit sanfter Gewalt hielt sie Marie-Jeanne fest, damit diese in ihrer Panik nicht nach draußen stürmte. »Er ist tot.«

»Und wozu brauchen wir dann die Nationalgarde?« rief sie schrill. Sie war völlig benommen und verwirrt. »Ich will diese Leute nicht hier haben!«

»Wir brauchen sie, weil Bernave tot ist«, erklärte Monsieur Lacoste, während er zu ihr hinüberging. Er strahlte jenen feierlichen Ernst aus, wie er bei einem Todesfall in der Familie angemessen erscheint, nachdem der erste lähmende Schock überwunden ist. Behutsam faßte er Marie-Jeanne an Schulter und Ellbogen, um ihr aufzuhelfen. »Wir müssen alles unverändert lassen, sonst bombardieren sie uns später mit Fragen. Irgendein übereifriger Kerl könnte sogar auf die Idee kommen, uns zu beschuldigen. Schließlich war Bernave der Eigentümer dieses Hauses.«

»Was?« Verständnislos starrte sie ihn an.

Er verzog den Mund zu einem schiefen Lächeln. »Nun, als seine einzige Verwandte gehört es jetzt vermutlich dir.«

Sie schnappte nach Luft. »Die werden doch nicht annehmen ...«

»Nein, natürlich nicht!« lenkte er rasch ein. »Wir müssen uns nur an die Regeln halten, das ist alles. Die Sachlage muß klar sein.«

Sie widersprach ihm nicht länger, sondern verfiel in Schweigen. Ihr Gesicht war ein lebendiges Spiegelbild ihrer Gefühle, eine Mischung aus Hilflosigkeit und Wut. Immer wieder richtete sie ihren Blick auf die Gestalt, die dort reglos am Boden lag, um dann gleich wieder wegzusehen, als verstünde sie sich selbst nicht.

Célie sah Amandine an, aber die blickte zu Saint-Félix hinüber, der immer noch wie versteinert in der Mitte des Raumes stand. Er wirkte verwundert, als ob er nicht ganz begreifen könne, was geschehen war, und schien seine Augen nicht von Bernave abwenden zu können.

Amandine wäre wohl gern zu ihm hingegangen, doch alles an ihm – sein Gesichtsausdruck, seine Körperhaltung – ließ ihn seltsam entrückt erscheinen. Es war, als hielten ihn Empfindungen gefangen, die so übermächtig waren, daß er außer ihnen nichts und niemand mehr wahrnahmen. Selbst wenn sie ihn berührt hätte, er hätte es wohl kaum bemerkt.

Madame Lacoste schien immer noch wie gelähmt, ihr Gesicht war zur Maske erstarrt.

Draußen auf der Straße zogen Fackeln vorbei, und ihr scharfer, beißender Teergeruch stieg Célie in die Nase. Erneut wurde die Haustür aufgestoßen und fiel krachend gegen die Wand; im nächsten Moment betraten drei Nationalgardisten den Raum, gefolgt von Fernand. Zwei von ihnen blieben an der Tür stehen, während der dritte, ein schlanker Mann von gepflegtem Äußeren und aufrechtem Gang, auf Bernaves leblosen Körper zuging. Der Mann hatte blondes Haar, das ihm über die Augenbrauen fiel, und große, helle Augen, deren Farbe in dem flackernden Licht allerdings unmöglich zu bestimmen war.

Er blickte zunächst zu Bernave hinunter und dann von Bernave zum Fenster. Schließlich musterte er langsam die Gesichter der Anwesenden.

»Sie haben sich gewaltsam Zugang ins Haus verschafft«, erklärte Fernand und deutete zuerst auf die Straße und dann auf den Hausflur. »Sie dachten, wir hätten Lebensmittel. Aber das wißt Ihr wahrscheinlich bereits …«

»Menou«, stellte sich der Mann vor. »Ja, ich war dabei. Halb verhungert sind sie, diese armen Teufel. Stehlen bei jedem, von dem sie glauben, daß er Nahrungsmittel hortet. Angst schlägt um in Wut, Verzweiflung in Gewalt.« Seine Miene verdüsterte sich, als er wieder auf Bernave hinabsah. »Schlimme Sache.« Er wandte sich zum Fenster, und der beißende Rauch der Fackeln, den ein eisiger Luftzug hereintrug, veranlaßte ihn, leicht zu blinzeln.

Alle im Raum beobachteten ihn. Niemand wagte, sich zu dem schrecklichen Vorfall zu äußern.

Menou trat näher an den Toten heran und hockte sich neben ihn. Stirnrunzelnd betrachtete er die Wunde, bevor er den Leichnam behutsam umdrehte.

Célie vermied es, Bernaves Gesicht anzusehen. Er war so sehr lebendig gewesen, daß es ihr aufdringlich erschien, seinen Körper anzustarren, der nun ohne Leben schutzlos den Blicken ausgeliefert war.

Menou sah auf und blickte erwartungsvoll von einem zum anderen.

Saint-Félix sprach als erster:

»Es muß einer der Männer gewesen sein, die hier eingedrungen sind«, sagte er heiser. Seine Stimme klang seltsam tonlos. Célie ahnte, wie schockiert er sein mußte, auch wenn er, so wie Bernave ihn behandelt hatte, wohl kaum Trauer empfinden konnte. Möglicherweise hatte er ihn sogar gehaßt. Es wäre ihm jedenfalls nicht zu verdenken gewesen.

Marie-Jeanne ließ sich schwer auf einen der Stühle fallen, sichtlich den Tränen nahe. Ihr Gesicht war gerötet, und ihre Lippen bebten.

Fernand ging zu ihr und legte ihr seinen Arm um die Schultern.

»Er wird nichts gespürt haben«, sagte er ruhig. »Es ist ganz schnell gegangen.«

Sie begrub ihren Kopf an seiner Schulter und klammerte sich an ihn. Ihr Körper wurde von seltsam lautlosem Schluchzen geschüttelt.

Menou zögerte. Die Trauer, die Menschen in Paris oder irgendwo auf der Welt empfanden, war in diesem Moment wirklicher als alle politischen Überzeugungen und wichtiger als die Frage, wer der Revolution oder der Aristokratie die Treue hielt, oder wer für Aufruhr, das Hamstern von Vorräten oder Rücksichtslosigkeit verantwortlich war.

»Einer der Männer, die hier eingedrungen sind«, wiederholte Menou nachdenklich. »Hatten sie Pistolen bei sich? Hat jemand hier drin beobachtet, wie geschossen wurde?« Er sah in die Runde und studierte ihre Gesichter.

Monsieur Lacoste holte Luft, schien es sich dann aber anders zu überlegen und atmete wieder aus, ohne etwas zu sagen.

Menou wartete.

Es waren keine Schüsse gefallen, da war sich Célie ganz sicher. Und was noch schlimmer war: Bernave hatte der Menge im Hauseingang nicht den Rücken zugewandt, sondern hatte sich ihr gestellt. Es waren Eindringlinge, aufgebrachte und verzweifelte Leute, die sein Haus stürmen wollten. Niemals hätte er ihnen den Rücken zugekehrt und sich so ihrem Angriff ausgesetzt.

»Wie ist es mit Euch, Bürgerin?« fragte Menou ermunternd und sah dabei Madame an. »Ein Blitz? Ein Knall?«

»Nein …«, antwortete sie langsam. »Jedenfalls nicht hier im Haus …«

Menou blickte zu Saint-Félix.

»Ich habe nichts gesehen …«, gab er zu. »Es herrschte ein solches Durcheinander und Gebrüll …«

»Wurdet Ihr bedroht?« fragte Menou in gespannter Aufmerksamkeit, die Augen weit geöffnet.

»Ja«, bestätigte Saint-Félix. »Sie dachten, wir horten Nahrungsmittel.«

»Was nicht stimmt«, warf Fernand ein. »Wir haben nicht mehr als alle anderen auch.«

»Hatten sie Waffen bei sich?« Menou ließ nicht locker.

»Natürlich hatten sie Waffen!« entgegnete Monsieur Lacoste erbittert. »Schließlich haben sie Bürger Bernave getötet, oder etwa nicht?«

Menou rührte sich nicht von seinem Platz in der Mitte des Zimmers und runzelte die Stirn. »Bewaffnete Männer sind also ins Haus eingedrungen, in der Absicht, sich Lebensmittel anzueignen, die sie hier zu finden glaubten, und bedrohten Euch in diesem Zimmer …«

»Ja«, bestätigten Saint-Félix und Monsieur Lacoste gleichzeitig.

»Bürger Bernave ging auf sie zu und sagte … ja, was sagte er?« fragte Menou.

»Daß wir auch nichts zu essen hätten und daß sie wieder gehen sollten, etwas in der Art«, antwortete Fernand.

»Und – gingen sie?«

»Ihr wißt sehr gut, daß sie nicht gegangen sind!« gab Monsieur Lacoste unwirsch zurück.

Menou sah ihn prüfend an. »Aber er drehte ihnen den Rücken zu?« fragte er bedächtig mit eindringlich blikkenden, geweiteten Augen.

Célie zitterte. Die ganze Wärme war durch das zerschlagene Fenster aus dem Zimmer gezogen, doch ihr Frösteln rührte nicht von der plötzlichen Kälte, sondern von der Tatsache her, die ihr soeben schmerzhaft klar wurde. Sie wußte, in welche Richtung er sich gewandt hatte, und sie wußte auch, was das bedeutete.

»Das kann ich mir nicht vorstellen«, fuhr Menou langsam fort. »Ich kann mir nicht vorstellen, daß Bürger Bernave bewaffneten Männern, die sich gewaltsam Zugang zu seinem Haus verschaffen, den Rücken zukehren würde. Niemand an seiner Stelle hätte das getan!«

Amandine war starr vor Schreck. Sie war sichtlich zu der gleichen Erkenntnis gelangt wie Célie. Die scharfen Konturen und die Blässe ihres Gesichts im Kerzenlicht drückten es nur zu deutlich aus. Ihr Blick hing an Saint-Félix.

Nichts davon schien Madame noch zu berühren. Ihr Gesicht war abgezehrt und hohlwangig, ihre Augen düster. Célie hatte sie nie für eine Schönheit gehalten. Das war auch jetzt nicht der Fall: Ihren Augenbrauen fehlte der sanfte Schwung, ihre ganze Ausstrahlung war viel zu düster und zu streng, doch ihr Mund, in dessen Linien aller Schmerz der Welt seine Spuren hinterlassen zu haben schien, war ausdrucksstark und schön.

»Ihr könnt sicher meinem Gedankengang folgen«, bemerkte Menou gelassen. »Ich fürchte, die Schlußfolgerung ist unausweichlich. Bernave wurde von hinten getötet – von jemandem, der hinter ihm stand, dort, von wo er keine Gefahr erwartete …«

»Keiner von uns besitzt eine Pistole!« protestierte Fernand. »Das ist lächerlich!«

»Das mag schon sein«, nickte Menou mit zusammengekniffenen Lippen.

Ungläubig starrten sie ihn an.

»Es ist richtig, daß wir ursprünglich von einem Schuß ausgingen, schließlich sind tatsächlich Schüsse gefallen«, sagte Menou in das Schweigen hinein. »Aber es ist ebensogut möglich, daß ihm jemand ein Messer, ein kurzes Messer mit breiter Schneide, in den Rücken gerammt hat.«

Amandines Hände flogen zu ihrem Mund, als wolle sie sich selbst daran hindern, laut aufzuschreien.

Fernand nahm Marie-Jeanne noch fester in den Arm.

Wie in Trance ließ sich Saint-Félix langsam auf die Lehne eines Stuhls sinken. Die Stellung wirkte unbeholfen, ja linkisch – er saß nicht, aber er stand auch nicht. In seinem Gesicht, das Célie nur im Profil erkennen konnte, las sie einen merkwürdigen Ausdruck – leidenschaftliche Gefühle, die unmöglich zu deuten waren. Sie wirkten wie eine seltsame Mischung aus Erleichterung – und unendlicher Verlorenheit. Doch Célie konnte sich beim besten Willen keinen Reim darauf machen. Es war wohl ihrer Erschöpfung zuzuschreiben, dem Licht – und überhaupt sah sie wohl nur, was sie sehen wollte.

Madame Lacoste meldete sich zu Wort. Sie sprach mit erstaunlich fester Stimme, auch wenn sie so mühsam und gepreßt klang, als schnüre ihr etwas unerbittlich die Kehle zu.

»Ihr wollt damit sagen, daß einer von uns ihn ermordet hat!«

Menou hielt ihrem Blick unverwandt stand. »Ja, Bürgerin, genau das will ich damit sagen. Und ich beabsichtige herauszufinden, wer es war, denn Bürger Bernave war ein loyaler Anhänger der Revolution, ein Mann, der unermüdlich und in aller Stille für die Gerechtigkeit gearbeitet hat, ohne dafür Dank oder Belohnung zu erwarten. Sein Mord muß gesühnt werden.«

Niemand erwiderte etwas darauf. Célie betrachtete die Mienen der anderen. Was brachte ihn nur zu einer solchen Überzeugung? Das genaue Gegenteil war der Fall! Aber natürlich wußte niemand davon. Niemand hatte auch nur die leiseste Ahnung, daß er den König vor der Guillotine hatte retten wollen und daß ohne seine Kenntnisse, sein Geschick und seinen Mut der ganze Plan nun wie ein Kartenhaus in sich zusammenfallen würde. Er war über die Maßen vorsichtig vorgegangen, bis ins kleinste Detail planend, eben weil er nur zu gut gewußt hatte, was die Aufdeckung seiner Absichten bedeuten würde.

Fernands Überraschung war nicht zu übersehen, doch sie wich fast augenblicklich dem Ausdruck von Erleichterung, einer Art ahnungsvollem Erstaunen, als sähe er Bernave zum ersten Mal.

Célie wandte sich Monsieur Lacoste zu, der jedoch weiter vom Licht der Fackeln entfernt stand, so daß sie lediglich einen verschwommenen Eindruck seines Gesichts hatte, das im Dunkeln nur halb von der Seite zu erkennen war.

»So, war er das«, sagte er, nicht als Frage, sondern als gelte seine Bemerkung etwas völlig Nebensächlichem.

Saint-Félix setzte zu sprechen an, überlegte es sich dann aber anders.

Menou, dem nicht das Kleinste entging, warf ihm einen durchdringenden Blick zu. »Wolltet Ihr nicht etwas sagen, Bürger?«

»Nur, daß wir nichts von den Hintergründen dieser Tat wußten«, antwortete Saint-Félix ruhig. »Er war immer sehr verschwiegen. Wir hatten keine Ahnung, daß ihm jemand nach dem Leben trachten könnte.«

»Das hoffe ich für Euch.« Menou verlieh seinen Worten einen bedeutungsvollen Klang und betrachtete alle Anwesenden mit seinem klaren, hellen Blick. »Denn wenn es so wäre, müßten wir natürlich an Eurer Loyalität zweifeln.«

»Alle in diesem Haus sind glühende Anhänger der Revolution!« sagte Monsieur Lacoste heftig, und aus seiner Stimme klang deutlich mehr Wut als Furcht. »Ihr beleidigt uns, Bürger Menou. Nicht genug, daß Eure Männer die Menge auf der Straße nicht im Zaum halten können, daß Leute in dieses Haus stürmen und ...« Unvermittelt hielt er inne. Sein Gesicht war nicht zu erkennen.

»Ja, Bürger?« hakte Menou nach. »›Und unseren Wohltäter ermorden‹, wolltet Ihr wohl sagen ... doch dann fiel Euch ein, daß es ja einer von ihnen gewesen ist, daß es einer aus der Reihe dieser loyalen Revolutionäre war, der die Tat begangen hat.«

»Ich ...«, Lacoste wußte nicht, was er antworten sollte.

Nun war es Marie-Jeanne, die das Wort ergriff. »Er war nicht unser Wohltäter«, widersprach sie Menou. »Er war mein Vater, und dafür, daß er uns bei sich wohnen ließ, sorgten wir für ihn und kümmerten uns um das Haus. Ihr sprecht von ihm, als wäre er ein Fremder gewesen, aber das ist nicht wahr.«

Menou blickte sich bedächtig um. »Ein großes Haus.

Mit genug Raum für viele Menschen«, bemerkte er. Dann sah er wieder Marie-Jeanne an. »Wer wird es erben, Bürgerin? Gibt es noch andere Verwandte – habt Ihr noch Brüder?«

Unversehens wurde ihr die mißliche Lage bewußt, in der sie sich befand, und sie antwortete mit zitternder Stimme: »Nein.«

»Keinerlei Geschwister?«

»Nein. Ich war das einzige Kind, meine Mutter starb bei der Geburt.«

»Ein ansehnliches Erbe, Bürgerin. Ihr Vater muß ein sehr wohlhabender Mann gewesen sein.«

Der kritische Unterton in seinem Tonfall war nicht zu überhören, möglicherweise schwang sogar Mißgunst mit. In diesen Tagen war jede Art von Eigentum ein heikles Thema.

Unwillkürlich verkrampfte sich Marie-Jeanne, doch Madame Lacoste antwortete an ihrer Stelle, mit hocherhobenem Kopf und kerzengerader Haltung.

»Er arbeitete hart und sparte, um ein Haus zu kaufen, das vielen Menschen ein Dach über den Kopf gibt. Das war sein ganzes Streben. Ist es nicht genau die Haltung, die Ihr von einem guten Revolutionär erwarten würdet, Bürger Menou? Den Vertriebenen ein Zuhause zu schaffen, das sie ihm mit ihrer Hände Arbeit entlohnen, und ihnen so ihre Würde wiederzugeben?«

Menou wußte nicht, was er sagen sollte. Einen Moment lang war seine Verwirrung klar in seinen Augen zu erkennen, doch schon im nächsten Augenblick war der Ausdruck wieder verschwunden, sorgfältig verdeckt, als schäme er sich dafür.

»Ja, Bürgerin«, stimmte er ihr zu. »Er war ein guter Mann. Seien Sie versichert, ich werde dafür Sorge tragen, daß ihm Gerechtigkeit widerfährt. Sein Mörder wird auf der Guillotine enden, genau wie alle anderen Verräter des Volkes.«

Célie betrachtete ihn nachdenklich. Dachte er tatsächlich, daß hinter der Tat ein politisches Motiv lag? Möglicherweise war es so, aber aus völlig anderen Gründen als jenen, von denen er ausging. Fernand und Monsieur Lacoste waren überzeugte Verfechter der neuen politischen Ordnung und hätten es zweifellos nicht hingenommen, wenn sie geahnt hätten, daß er versuchte, das Leben des Königs zu retten. Sie hätten seine Beweggründe nicht verstanden. Marie-Jeanne kümmerte sich nicht um politische Motive, wäre aber in der Lage, zu töten, wenn es darum ginge, ihre Kinder vor Unheil zu bewahren. So fügsam und häuslich sie auch wirkte, Célie kannte sie gut genug, um ihr soviel zuzutrauen. Sie hatte erlebt, wie Marie-Jeanne mutig wie ein wildes Tier auf einen Soldaten losgestürzt war, der sich ihrer kleinen Tochter unsittlich genähert hatte. Sie hatte instinktiv reagiert, ohne auch nur den kleinsten Gedanken auf die Konsequenzen zu verschwenden, die ihr Handeln für sie selbst nach sich ziehen könnte. Völlig verblüfft, als hätte ein Schoßhündchen ihn in die Hand gebissen, hatte der Soldat sich zurückgezogen.

Saint-Félix räusperte sich und blickte Menou fragend an. »Welche Verdienste um die Revolution hat Bürger Bernave sich denn erworben? Wir wären sicher stolz auf ihn.«

»Ja, und mit gutem Grund«, bekräftigte Menou leidenschaftlich. »Er riskierte sein Leben für die *Commune,* indem er die Royalisten aushorchte. Denn bis zum heutigen Tag gibt es genügend Unbelehrbare, die nichts unversucht lassen, um den König wieder in sein Amt einzusetzen und damit alles bisher Erreichte zunichte zu machen. Man darf seine Feinde niemals unterschätzen! Je eher der König tot ist, desto besser.«

Alle murmelten Worte der Zustimmung. Niemand konnte sich leisten, einen solchen Satz unbeantwortet zu lassen. Nur Madame beschränkte sich darauf, kurz mit dem Kopf zu nicken.

Saint-Félix starrte auf einen fernen Punkt. Er sah erschöpft aus. Amandine, die ihn nicht aus den Augen ließ, bemühte sich, unbeteiligt zu wirken und ihre Gefühle vor Menou zu verbergen, aber Célie kannte sie gut genug, um ihre Angst unter der hauchdünnen Hülle scheinbarer Gelassenheit zu erkennen. Sie sah es an der Art, wie sie die Schultern verkrampfte, an ihren nur zur Hälfte in den Falten ihres Rocks versteckten, zu Fäusten geballten Händen, an der Anspannung der Nackenmuskeln, wo sie das Haar nicht schützend bedeckte. Ihre Angst galt Saint-Félix, nicht sich selbst.

Célie drängte es, das Schweigen zu durchbrechen.

»Wir danken Euch, daß Ihr uns das wissen ließt, Bürger Menou. Wir hatte ja keine Vorstellung, wie mutig er war. Um so mehr werden wir sein Andenken in Ehren halten und Euch nach Kräften dabei unterstützen, der Gerechtigkeit Genüge zu tun ... das heißt, alle bis auf einen, nehme ich an – wenn Ihr sicher seid, daß Eure Vermutung zutrifft ...«

Er stand reglos im von der Straße her einfallenden Licht; sein Gesicht war müde, die helle Bundhose seiner Uniform schmutzverkrustet.

»Ich bin mir sicher, Bürgerin. Es gibt keine andere Möglichkeit.« Er blickte von einem zum anderen. »Doch gibt es nichts mehr, das ich heute abend noch tun könnte.« Er holte Luft. »Außer natürlich das Haus nach der Mordwaffe zu durchsuchen.«

Falls er auf eine Reaktion gehofft hatte, so sah er sich enttäuscht. Niemand rührte sich.

»Selbstverständlich«, sagte Madame Lacoste mit unerschütterlicher Ruhe. »Wenn wir, sobald Ihr fertig seid, das Fenster mit Brettern vernageln dürften? Es ist bitterkalt hier drin.«

»Und das Loch im Dach reparieren«, fügte Monsieur

Lacoste hinzu. »Im Zimmer der Kinder dringt Regen durch die Decke.«

»Natürlich«, stimmte Menou zu. Zu seinen Männern gewandt signalisierte er, mit der Durchsuchung zu beginnen. »Und sucht gründlich!« ermahnte er sie. Mit den Händen zeigte er ihnen, wonach sie suchen sollten. »Ein Messer, ungefähr von dieser Länge, und so geformt, daß es eine Wunde wie von der Kugel einer Muskete hinterläßt. Es muß hier irgendwo sein – niemand hat das Haus verlassen.«

Sie blieben alle in dem Zimmer, wo sie das Ende der Durchsuchung abwarteten, nur Fernand war erlaubt worden, Bretter und Nägel aus der Werkstatt im Hof zu holen und die Fensteröffnung notdürftig zu verschließen. Menou begleitete ihn und kam wieder mit ihm ins Zimmer zurück. Monsieur Lacoste entzündete eine Laterne und machte sich auf den Weg zum Dach, um nach dem zerbrochenen Ziegel zu sehen und ihn zu ersetzen. Einer von Menous Männern ging mit ihm bis zum Dachbodenfenster, verzichtete aber darauf, ihm hinaus in den Regen auf den rutschigen Dachsims zu folgen.

Eine halbe Stunde nach Beginn der Suche kamen die übrigen Nationalgardisten mit der Meldung zurück, kein Messer gefunden zu haben außer dem, das Amandine in der Küche benutzte, das aber eine zu breite Klinge habe und ohnehin blitzblank sei. Sichtlich enttäuscht schienen sie den Tadel ihres Vorgesetzten zu erwarten.

Menous Mißbilligung war nur seinem Blick zu entnehmen, und er ließ die Sache für diesen Abend auf sich beruhen, jedoch nicht, ohne die Hausbewohner darauf hinzugewiesen zu haben, daß er Wachen auf der Straße postieren würde, und daß jeder Versuch, die Waffe aus dem Haus zu bringen, bemerkt würde. Wer sich dabei erwischen ließe, müsse augenblicklich mit seiner Verhaftung rechnen. Er mußte nicht eigens hinzufügen, daß so gut wie niemand, der verhaftet wurde, ohne Strafe davonkam, daß ihm in der Regel sogar die Todesstrafe drohte. Jedermann wußte das.

Als er gegangen war, sahen sie einander an.

»Wußtest du, daß er für die *Commune* als Spitzel gearbeitet hat?« wollte Monsieur Lacoste von Fernand wissen.

»Nein!« erwiderte Fernand und fuhr mit lauterer Stimme fort: »Ich dachte immer, er hätte nur Verachtung für solche Leute übrig.« Er wandte sich an Saint-Félix. »Wie steht es mit Euch? Wahrscheinlich lag darin der Grund für all die Botengänge, die er Euch hat erledigen lassen, zu Marat und all den anderen. Wer hat Euch dann aber immer so zugerichtet? Oder diente das nur dazu, Euren wahren Auftrag zu verschleiern?«

»Warum sollte das jemand tun?« überlegte Monsieur Lacoste. »Schließlich ist es kein Verbrechen, für die *Commune* zu arbeiten. Es ist vielmehr die Pflicht jedes aufrechten Bürgers. Nur ein Royalist, ein Gegner der Revolution, würde ein solches Handeln verurteilen.«

»Was spielt das jetzt noch für eine Rolle?« schnitt ihnen Madame Lacoste das Wort ab. »Er ist tot. Und Bürger Menou wird keine Ruhe geben, ehe er nicht herausgebracht hat, wer sein Mörder ist. Er scheint fest überzeugt davon, daß es einer von uns war.«

»Er hat kein Messer gefunden …«, bemerkte Monsieur Lacoste. »Und wie hätten wir ihn ohne Messer töten können?«

Sie sah ihn scharf an. »Das wird ihn kaum davon abhalten, seine Ermittlungen weiterzuführen. Morgen wird er wiederkommen, genau wie übermorgen und an jedem Tag danach, bis er einen Täter gefunden hat.«

Célie wußte, daß sie recht hatte. Wenn Menou dachte, daß Bernave ein treuer Anhänger der Revolution war, würde er nicht ruhen, ehe er nicht denjenigen gefaßt hatte, der für die Tat verantwortlich war. Und irgend etwas in seinem Gesicht und seinem Verhalten sagte ihr, daß er nicht zu der Sorte Mann gehörte, die sich mit einem ungelösten Rätsel zufrieden gab. Er würde seinen ganzen Ehrgeiz in die Lösung dieses Falles legen, bis er einen Sieg errungen hatte, um so mehr, als er vor seinen eigenen Männern gewiß nicht das Gesicht verlieren wollte.

»Wie kann es einer von uns gewesen sein?« fragte Marie-Jeanne, mit den Tränen kämpfend. »Das ist völlig ausgeschlossen. Warum sollten wir so etwas tun?«

Doch niemand antwortete – zu tief war jeder in seine eigenen Gedanken versunken.

»Das ist eine Frage, die wir lieber nicht stellen sollten«, antwortete Madame Lacoste schließlich. »Geh lieber nach oben und sieh nach den Kindern. Du kannst die Betten jetzt frisch beziehen, das Dach ist repariert. Morgen früh wirst du ihnen sagen müssen, was passiert ist. Célie wird mir zur Hand gehen.«

»Zur Hand gehen ...?«

»Nun, ich habe nicht die Absicht ... Bürger Bernave – so auf dem Boden liegen zu lassen!« Mit einemmal klang ihre Stimme brüchig, und es dauerte einen Moment, ehe sie sich wieder gefangen hatte.

»Es tut mir leid ...« Marie-Jeanne blieb stehen, unschlüssig, was sie tun sollte.

»Geh schon!« scheuchte Madame Lacoste sie mit einer energischen Handbewegung weiter. »Wir brauchen deine Hilfe nicht.« Zu ihrem Mann und Saint-Félix gewandt, sagte sie: »Wir kommen allein zurecht. Wenn ihr uns nur helft, ihn zu tragen. Dann könnt ihr gehen.«

Den schlaffen Körper in das Hinterzimmer zu schaffen, das zweifellos der kälteste Raum im ganzen Haus war, weil es seiner abgelegenen Lage wegen kaum benutzt wurde, war mühselig und schrecklich zugleich. Auf einer Bank an der Wand legten sie ihn auf den Rükken und beeilten sich, ein paar Schritte zurückzutreten. Mit aller Kraft rieb sich Monsieur Lacoste hastig die

Hände an den Oberschenkeln ab, um das Blut abzuwischen. Fernand schauderte. Sie fühlten sich unbehaglich und beklommen und wußten nicht, was sie noch sagen oder tun sollten.

Madame entließ sie brüsk, indem sie ihnen mit knappen Worten dankte, und während sie die Tür schloß, wandte sie sich Célie zu, die ihr gefolgt war.

»Hilf mir, ihn zu waschen und aufzubahren«, befahl sie. »Ein Mann seiner Stellung verdient eine ordentliche Bestattung.« Ihr schmerzlich verzogener Mund spiegelte innere Qualen wider, die jeden Moment die Oberfläche zu durchbrechen und ihre Selbstbeherrschung zu zerreißen drohten. »Jedenfalls war er ein Held der Revolution, und es wäre mehr als unklug, ihn nicht mit der entsprechenden Würde zu behandeln.« Ihre Stimme versagte, und Célie dachte, sie würde entweder zu lachen oder zu weinen beginnen, aber dann sah sie, wie es Madame Lacoste gelang, sich unter sichtlicher Anstrengung zu fassen, gleich darauf zeigte ihr Gesicht die gewohnten unbewegten Züge.

»Ich werde ein sauberes Leintuch holen«, schlug Célie mit ruhiger Stimme vor. »Ein gutes Laken können wir sicher entbehren. Abgesehen davon gehörten sie schließlich ihm.«

Eine Weile verrichteten sie schweigend ihre Arbeit. Es war ein eigenartiges Gefühl, denn wenn auch Bernaves Seele, sein Geist und sein Wesen die leblose Gestalt längst verlassen hatten, empfanden sie ihr Tun doch als unerlaubtes und zudringliches Zunahekommen. Nur eine Stunde zuvor war dies ein Mensch gewesen, der von Elan und Lebenswillen, Intelligenz und dem Bestreben, seine Ziele durchzusetzen, durchdrungen war, der geliebt oder gehaßt wurde, auf jeden Fall gefürchtet. Nie hätten sie es gewagt, ihn zu berühren. Ihrer aller Schicksal hatte vermutlich an seinem Mut und der Schärfe seines Verstandes gehangen. Jetzt lagen seine Hände erschlafft neben seinem Leib, und die Wärme verließ bereits seinen Körper. Jede Spur von Leben war aus ihm gewichen.

Verstohlen beobachtete Célie Madame Lacostes Gesicht und die sanften Bewegungen ihrer Hände, und sie fragte sich, ob die Ehrfurcht, die sich darin zeigte, Bernave selbst oder der Anwesenheit des Todes galt. Vielleicht war es auch eine Art unterdrückter Respekt vor dem Glauben. In den Tagen, bevor es strafbar wurde, religiös zu sein, hatte Célie sie noch nicht gekannt. Möglicherweise war sie früher gläubig gewesen, wie so viele Frauen.

Zunächst hatten sie das Blut abgewaschen. Menou hatte recht, die Wunde zeugte eindeutig von der Verletzung durch ein Messer – sie war länglich, nicht rund wie von einem Schuß.

»Ist es möglich, daß es einer von uns war?« Die Frage war Célie herausgerutscht, ehe sie sich eines Besseren besinnen konnte.

Madame sah sie an, der Blick ihrer schwarzen Augen ebenso tief wie unergründlich.

»Saint-Félix hegte keine besondere Sympathie für ihn«, sagte sie ruhig. »Und Amandine ging es ebenso, wegen ihrer Gefühle für Saint-Félix. Dann ist da noch die Frage, ob er wirklich ein Freund der *Commune* war, und wenn das der Fall sein sollte, wer davon wußte. Du vielleicht? Du hast oft genug Botengänge für ihn erledigt.«

»Ich …«, setzte Célie an. Sie hatte keine Ahnung, ob Madame eingeweiht war, geschweige denn, welcher Seite sie sich verbunden fühlte … vermutlich hielt sie in jedem Fall zu ihrem Mann. Mit einemmal schien jeder ein Verdächtiger. Es wäre eine Dummheit, irgend jemandem zu vertrauen, solange es nicht unbedingt notwendig war. Sie änderte ihre Meinung und sagte statt dessen: »Ich verstehe, was Ihr meint.«

Madame Lacoste zeigte beinahe so etwas wie ein Lächeln, und im Schein des Kerzenlichts konnte Célie die Tränen in ihren Augen erkennen. Allerdings konnte sie sich beim besten Willen nicht vorstellen, wem sie galten.

Fünftes Kapitel

Sobald im Haus Ruhe eingekehrt war – obwohl man unmöglich hätte sagen können, ob auch wirklich alle schliefen –, verließ Célie wieder das Bett und zog sich Bluse, Unterrock, ihren wärmsten Rock und zwei wollene Schaltücher an. Sie öffnete ihre Zimmertür, schloß sie so geräuschlos sie konnte und schlich auf Zehenspitzen zur Treppe.

Georges mußte unbedingt von Bernaves Tod erfahren. Die schreckliche Tat änderte alles. Bernave war der einzige, der das ganze Vorhaben gekannt hatte, alle konspirativen Orte, alle Einzelheiten, alle Beteiligten. Er war die treibende Kraft gewesen, der Kopf hinter dem Plan. Und er war der einzige, der über das nötige Geld verfügte.

Georges würde die Nachricht mit Entsetzen aufnehmen, gefangen und hilflos wie er war. Konnten sie die Sache noch retten? Oder bedeutete das die endgültige Niederlage?

Sie war gerade am ersten Treppenabsatz angekommen und wollte sich eben zum nächsten Stockwerk hinunterstehlen, als sie aus den Augenwinkeln eine Bewegung wahrnahm. Rasch drehte sie sich um.

Amandine stand auf der Türschwelle, ihr offenes blondes Haar lag wirr auf den Schultern, tiefe Ringe der Müdigkeit umgaben ihre Augen.

Célie ging zu ihr, schob sie sanft, aber bestimmt zurück in ihr Zimmer und schloß die Tür hinter sich.

»Ich muß zu Georges«, flüsterte sie. »Er muß erfahren, was passiert ist.«

»Du kannst das Haus nicht verlassen«, widersprach Amandine heftig und packte Célie so fest am Arm, als wolle sie sie mit Gewalt zurückhalten. »Menou läßt das Haus bewachen.«

»Ja, schon«, erwiderte Célie. »Aber ich weiß einen Weg. Mach dir keine Sorgen.«

»Was?« Amandine war starr vor Angst; ihre Stimme klang schrill. »Sei nur vorsichtig! Mußt du wirklich gehen? Kannst du nicht warten, bis das alles hier vorbei ist?«

Célie zögerte. Sie wußte um Amandines Sorge um sie, und sie wußte, wie sehr Amandine Georges liebte. Nur jetzt keine Lügen.

»Wann, glaubst du, wird das sein?« meinte sie ruhig. »Es kann Tage dauern – oder länger, bis Menou herausgefunden hat, was passiert ist. Und er wird erst gehen, wenn er den Täter gefaßt hat. So lange können wir nicht warten!«

»Es muß wohl ...« Amandine geriet ins Stocken. Eine einzelne dünne Kerze brannte auf einem Tisch neben dem Bett, wo sie Schattenbilder auf die zerwühlten Laken warf, und dennoch war die Angst in Amandines Augen deutlich zu erkennen. »Es muß wohl Fernand gewesen sein, der ihn getötet hat ... oder Monsieur Lacoste ... nehme ich an«, vollendete sie. Beide wußten, wieviel dabei ungesagt blieb: die plötzliche Gewalt, das Zerbrechen alter Denkweisen, die Menschen, die man zu kennen geglaubt hatte und die nun zu verängstigt waren, um loyal zu sein, und zu verwirrt, um zu ihrer wahren Überzeugung zu stehen.

»Georges muß Bescheid wissen«, wiederholte Célie. Wie sollte sie ihr auch erklären, daß es nicht einfach nur um Mord ging, so entsetzlich die Tat auch war, oder um den Tod eines einzelnen Menschen. Die Zukunft Frankreichs konnte auf dem Spiel stehen, wenn der König hingerichtet wurde und die Dinge ihren Lauf nahmen: Der Niedergang der Girondisten, eine Zunahme der Macht Marats und der *Commune,* noch mehr Chaos auf den

Straßen und noch weniger zu essen, Aufstände und, in nicht allzu weiter Ferne, etwas so Schreckliches wie Krieg.

»Ich werde auf der Hut sein«, flüsterte sie. »Bleib hier – wir dürfen die anderen nicht aufwecken.« Ohne Amandine Gelegenheit zu geben, weitere Einwände vorzubringen, wandte sie sich zur Tür, trat hinaus auf den Treppenabsatz und entschloß sich, wieder die Treppe hinaufzugehen, in Richtung Dachboden. Jeder Ausgang in den Hof und auf die Straße wurde schärfstens von Menous Männern bewacht, und man würde sie dort unweigerlich sofort aufhalten. Sie mußte sich aus der Tür eines anderen Hauses davonstehlen. Die einzige Möglichkeit, die ihr blieb, war, aus einem der Dachfenster zu klettern und in eines der anderen Nachbarhäuser von oben einzusteigen, vielleicht sogar in eines der auf der Rückseite des Hauses, an der Rue de Seine gelegenen Gebäude.

Ein schwieriges Unterfangen, das sich als viel gefährlicher erwies, als sie es sich vorgestellt hatte. Die Ziegel auf dem Dach waren vereist und schlüpfrig und ihre Hände so kalt, daß sie sie kaum noch fühlte. Abgesehen davon waren Röcke eindeutig das hinderlichste Kleidungsstück für fast jede Art von Unternehmung, mit Sicherheit aber für das Klettern auf steilen Dächern, selbst wenn die Schrägen in breiten Kehlen aufeinandertrafen. Nur ein fester, unerschütterlicher Wille verhalf ihr dazu, allen Widrigkeiten zum Trotz weiter vorzudringen. Zu ihrer großen Erleichterung stellte sie fest, daß sie gleich in das erste Dachfenster, das sie aufzudrücken versuchte, einsteigen konnte, und daß sich glücklicherweise niemand in dem dazugehörigen Zimmer befand.

Die Bewohner des Hauses schienen offenbar an nächtliche Geräusche und Aufruhr auf der Straße gewöhnt zu sein – vielleicht gab es ja auch Familienmitglieder, die ihre eigenen Gründe hatten, zur Schlafenszeit unterwegs zu sein –, denn niemand fühlte sich gestört, als sie auf Zehenspitzen die Treppen hinunterstieg. Ohne Zwischenfälle ertastete sie sich ihren Weg zur Haustür und konnte auf die Rue de Seine schlüpfen.

Sie eilte durch die Straßen, so rasch es die fast vollständige Dunkelheit zuließ. Der Weg war ihr so vertraut, daß sie ihn durch das bloße Zählen ihrer Schritte gefunden hätte.

An Georges' Tür angelangt, klopfte sie stürmisch und wartete mit heftig pochendem Herzen auf Antwort. Sie hatte das Gefühl, als warteten auf der anderen Seite Licht und Wärme auf sie, was natürlich völlig absurd war. Drinnen würde es kaum heller und wärmer sein als draußen auf der Straße.

Nichts geschah. Der Gedanke, daß er vielleicht nicht da sein könnte, ließ Panik in ihr aufsteigen. Sie klopfte wieder, so heftig diesmal, daß ihre Knöchel schmerzten.

Endlich hörte sie aus dem Zimmer ein Geräusch.

Ohne es zu merken, hatte sie die Hände zu Fäusten geballt, ihr Körper war starr vor Anspannung.

Die Tür öffnete sich, und sie hörte Georges' flüsternde Stimme: »Wer ist da?«

»Ich bin es, Célie!«

Seine Hand kam tastend aus der Dunkelheit, ergriff ihren Arm und zog sie ins Zimmer. Er schloß die Tür.

»Was um alles in der Welt tust du hier mitten in der Nacht?« verlangte er zu wissen.

Sie spürte die Wärme seines Körpers. Er hatte geschlafen und trug nichts als ein Hemd und hastig angelegte Kniehosen.

»Bernave ist tot«, antwortete sie und versuchte, sein Gesicht in dem stockfinsteren Zimmer auszumachen.

»Was sagst du da?«

»Bernave ist tot«, wiederholte sie. »Er wurde erstochen. Anfangs dachten wir, es sei ein Unglücksfall gewesen, aber jetzt wissen wir, daß es Mord war. Das ist das Schlimmste daran, beinahe jedenfalls. Das Allerschlimmste ist, daß es jemand von uns im Haus gewesen sein muß!«

Er schwieg, zu verstört, um irgend etwas sagen zu können.

»Georges!«

»Ja … ich habe dich verstanden.«

Er war ihr immer noch so nah, daß sie den Geruch seiner Haut und seine Körperwärme wahrnehmen konnte.

»Zieh dir etwas über«, flüsterte sie. »Sonst erfrierst du noch.«

Er rührte sich nicht. »Was ist passiert?«

»Zieh dich an! Dann erzähle ich dir alles.«

Endlich setzte er sich in Bewegung, seine Finger tasteten nach einer Kerze und zündeten sie an. Die Flamme erhellte schlagartig sein Gesicht und zeigte, wie tief die Nachricht ihn getroffen hatte. Mit fassungslosem Blick zog er sich ein zweites Hemd und ein Wams über. Noch nie hatte sie ihn so verstört gesehen. Selbst Anfang September, als die schreienden, betrunkenen Massen sie mitgerissen hatten und sie schließlich im Tumult getrennt worden waren, hatte ihn sein instinktives Selbstvertrauen nicht verlassen.

Sie hatte geglaubt, daß er immer so sein würde: sanft, verläßlich, seiner selbst sicher. Das war einer der Wesenszüge, die sie an ihm ebenso anziehend wie beunruhigend fand.

Nichts davon war nun zu erkennen. Er wirkte nicht weniger angsterfüllt als sie selbst. Die Hand, mit der er die Kerze hielt, zitterte, was natürlich auch an der Kälte liegen konnte.

Sie nahm ihm die Kerze aus den Fingern. Ihre Hand war sichtlich ruhiger. Aber sie hatte auch mehr Zeit gehabt, sich an die Ereignisse zu gewöhnen.

»Wie ist es passiert?« fragte er wieder.

Sie setzte sich. Der Ofen war erloschen, wie konnte es auch anders sein. Sie bemerkte, daß kaum noch Brennmaterial übrig war. Bald würde sie für Nachschub sorgen müssen. Allerdings konnte Bernave ihr nun kein Geld mehr geben, und sie selbst verfügte über keinerlei eigene Mittel.

Er hockte sich ihr gegenüber auf die Matratze und schlang die Arme um seinen Körper, als hätte er sich verletzt oder suchte Schutz vor der Kälte. Seine Augen hingen an ihrem Gesicht, während sie ihm in allen Einzelheiten alles erzählte, woran sie sich erinnerte, bis zu dem Augenblick, in dem Menou das Haus betreten hatte.

»Aber Bernave stand zu den Männern gewandt, die nach den Schüssen auf der Straße in das Haus eingedrungen waren. Ich habe ihn mit eigenen Augen gesehen, genau wie die anderen. Keiner hat es bestritten.«

Verständnislos sah er sie an und überlegte, worauf sie hinauswollte. Doch dann verstand er.

»Es war jemand aus dem Zimmer«, sagte er heiser. »Jemand, der hinter ihm stand.« Seine Miene war schmerzverzogen, als habe er einen Schlag erhalten, den er in dieser Wucht nie gefühlt oder erwartet hatte, ohne zu wissen, wie er darauf reagieren sollte.

Sie nickte. »Ja. Es scheint keine andere Möglichkeit zu geben. Wenn die Schüsse nicht schon draußen aufgehört, wenn Bernave sie nicht zurückgedrängt hätte, wenn die Leute dreister oder wütender gewesen wären und sich um ihn gedrängt hätten, wäre es nie herausgekommen. Niemand hätte sich etwas dabei gedacht.«

Mit ernstem Blick sah er sie an, seine Miene zutiefst bedrückt. »Weißt du, wer es war, Célie?«

Sie antwortete nicht sofort, sondern biß sich auf die Lippen. Wie gern hätte sie ihn vor diesem weiteren Schlag bewahrt, doch es war wichtig, daß er alles erfuhr. Am liebsten hätte sie die Hand nach ihm ausgestreckt, um ihn zu berühren und ihm auf diese Weise zu vermitteln, was sie mit Worten nicht zu sagen vermochte – sie wollte ihm Mut zusprechen, ihm irgendwie beistehen, aber es half alles nichts.

»Sag schon!« drängte er sie heftig. Ihr Gesicht war ein offenes Buch für ihn. »Wer war es?«

Sie schüttelte ein wenig den Kopf. »Darum geht es nicht. Ich weiß nicht, wer ihn getötet hat. Aber Menou meinte, er sei entschlossen, den Täter zu fassen, weil Bernave sich um die Revolution verdient gemacht habe.« Sie schluckte und leckte sich über die ausgetrockneten Lippen. »Er sagte, Bernave habe für die *Commune* als Spion gearbeitet, gegen die Royalisten, die immer noch versuchten, den König wieder auf den Thron zu setzen.«

Ungläubig starrte er sie an und begriff nur langsam die volle Bedeutung ihrer Worte.

Sehnsüchtig hoffte sie darauf, seine gewohnte Zuversicht zurückkehren zu sehen. Sie konnte ihn schon förmlich sagen hören, daß Menou auf keinen Fall etwas entdecken könne, das sie und ihren Plan in Gefahr bringen würde. Dann traf sie blitzartig die Erkenntnis, daß Menou vielleicht die Wahrheit gesagt hatte, und ihr Magen krampfte sich zu einem Eisklumpen zusammen. Natürlich würde Menou keinen Beweis dafür finden, daß Bernave in Wirklichkeit für die Rettung des Königs arbeitet hatte, um den Einmarsch fremder Truppen und einen Bürgerkrieg zu verhindern – weil es überhaupt keinen Beweis gab! Weder für Menou … noch für sie.

Wie sollte Georges unter diesen Umständen zu seinem Optimismus zurückfinden – in diesem Augenblick oder überhaupt jemals wieder? Sich ihrer Sache sicher zu sein, wäre von nun an völlig undenkbar … sogar Wahnsinn. Wer konnte noch sagen, was der Wahrheit entsprach und was nicht, abgesehen von der Tatsache, daß Bernave tot war – erstochen von jemand, der sich die ganze Zeit im Zimmer befunden hatte.

Sie beugte sich nach vorn und berührte seine Hand mit ihren Fingern, die steif vor Kälte waren. Wie gern würde sie ihm helfen, wenn sie nur wüßte, was sie sagen oder tun könnte. Ein einziger Stoß mit einem Messer … und nichts war mehr wie zuvor. Ihre ganzen Anstrengungen, ihre Hoffnungen, alles umsonst. In einem plötzlich aufsteigenden Gefühl des Mitleids mit ihm drückte sie seine Hand, um ihm Trost zu geben.

Dann zog sie ihre Hand wieder zurück. Es gab noch so vieles, das sie besprechen mußten, und die Kälte kroch ihr immer tiefer in die Glieder. Als sie über die Dächer geklettert und in das fremde Haus eingestiegen war, hatte sie vor lauter Angst keinen Gedanken darauf verschwendet, ob sie fror oder nicht, doch nun spürte sie die Kälte um so stärker. Sie schien jede einzelne Zelle ihres Körpers durchzogen zu haben, und Célie begann zu zittern.

Georges stand immer noch zu sehr unter dem Eindruck der Schreckensnachrichten, als daß irgend etwas anderes außer dem blanken Entsetzen, das ihn erfüllte, in sein Bewußtsein gedrungen wäre. Er unternahm erst gar nicht den Versuch, die Bestürzung, die unverhüllt aus seinen Augen sprach, mit Galgenhumor oder gespielter Tapferkeit zu verbergen.

»Könnte Bernave für die *Commune* gearbeitet haben?« fragte er und studierte Célies Gesicht, als hoffte er, darin die Antwort zu finden. »Wäre es möglich? Aber weshalb haben sie uns dann nicht längst verhaftet?«

»Vielleicht warten sie, bis wir handeln«, schlug sie vor. »Vielleicht beobachten sie uns so lange, bis wir versuchen, den König zu retten, damit sie uns dann alle auf einen Schlag festnehmen können und niemand anders mehr Gelegenheit hat, an unsere Stelle zu treten.«

Er antwortete nicht, aber sie konnte sehen, daß er diese Möglichkeit für denkbar hielt.

»Es gibt keinen Weg, die anderen, Bernaves Leute, zu

warnen«, fuhr sie fort. »Wir wissen nicht einmal, wer sie sind. Er hat das immer für sich behalten.«

Vergeblich versuchte Georges zu lachen. »Wir können ja nicht einmal sagen, ob sie nicht bereits in irgendeiner Arrestzelle sitzen.«

Instinktiv setzte sie an, ihn zu bitten, er solle solche Dinge nicht einmal denken, gab es aber seufzend wieder auf. Es war sinnlos. Es war dumm. Sie benahm sich wie ein kleines Kind, das erwartete, daß er sie vor der Wahrheit in Schutz nahm.

»Ich frage mich, ob unser Plan noch gelingen kann«, antwortete sie statt dessen. »Ich weiß nicht einmal, in welchem Stadium wir uns befinden ...«

Diesmal lächelte Georges tatsächlich, auch wenn er nur den Schatten seines gewohnten Lächelns zustandebrachte.

»Was ist dieser Menou für ein Mensch?« wollte er wissen.

»Ein Revolutionär«, erwiderte sie. »Er wird nicht lokkerlassen, ehe er nicht jemanden verhaftet hat.« Sie sah Menous ruhiges, konzentriertes Gesicht vor sich und erinnerte sich an die Zähigkeit, die darin zu lesen war. »Er kann nicht anders. Er hat bereits klargestellt, daß die Sache für ihn von höchster Wichtigkeit ist. Seine Männer haben es gehört. Und wenn es wahr ist, daß Bernave für die *Commune* gearbeitet hat, werden sie ihn ohne Zweifel rächen wollen. Wahrscheinlich wird sich sogar Marat persönlich dafür einsetzen.« Der bloße Gedanke ließ Übelkeit in ihr aufsteigen. Sie schob ihn weg. »Ich ... ich kann es einfach nicht glauben! Nicht Bernave! Er war bestimmt nicht ...« Unvermittelt brach sie ab. Was wußte sie eigentlich über ihn? Bis vor vier Monaten hatte sie nicht einmal seinen Namen gekannt, hatte ihn niemals außerhalb des Hauses am Boulevard Saint-Germain gesehen. Mit Ausnahme von Georges, Saint-Félix, den Lacostes und natürlich von Amandine kannte sie niemanden, der mit ihm befreundet war. Sie wußte nichts von Bernave außer den – möglicherweise ganz bewußt ausgewählten – Tatsachen, die er sie von sich aus hatte wissen lassen. Wieviel davon entsprach der Wahrheit?

Ohne sich wirklich dessen bewußt zu sein oder es in irgendeiner Weise begründen zu können, hatte sich in ihr die Überzeugung festgesetzt, daß es in seiner Vergangenheit einen unaussprechlichen Schmerz, eine tiefe Verletzung gegeben haben mußte, die ihm seine allerletzten Reserven an Mut oder Hoffnung abverlangt hatten, um weiterleben zu können. Vielleicht war das der Grund, aus dem er den Thomas à Kempis und all die anderen Bücher behalten hatte – in Erinnerung an einen Glauben aus vergangenen Tagen.

Womöglich hatte sie sich das nur eingebildet, hatte etwas in sein Gesicht hineingedeutet, das gar nicht da war. Am Ende war die Wirklichkeit, an die sie geglaubt hatte, nichts weiter als ein Trugbild.

»Was war Bernave nicht?« fragte Georges. Er sprach mit rauher Stimme, als sei sein Hals völlig ausgetrocknet.

»Ich weiß nicht«, antwortete sie achselzuckend und kehrte entschlossen in die Gegenwart und zu den unmittelbar drängenden Fragen zurück. »Ich wollte sagen – ›nicht so wie Marat oder die Kommunarden‹. Aber genau genommen weiß ich eigentlich so gut wie nichts.«

»Außer daß Menou nicht eher Ruhe gibt, als bis er herausgefunden hat, wer Bernaves Mörder ist«, ergänzte er an ihrer Stelle.

»Das bedeutet – ich muß dafür sorgen, daß er seinen Täter findet.« Die plötzliche Erkenntnis war ebenso erschreckend wie unausweichlich. »Er wird das Haus ständig beobachten lassen. Heute abend hat er in der Straße eine Wache aufgestellt.«

Georges erstarrte. Es war das erstemal, daß sie ein Zeichen körperlicher Furcht an ihm bemerkte. Bestimmt fühlte er sich hier wie in einer Falle. Jedes Geräusch, jeder Schritt auf der Treppe mußten ihn in Angst und Schrecken versetzen.

»Er hat mich nicht gesehen!« beeilte sie sich hinzuzufügen.

»Wie willst du das wissen?« Sein Blick streifte nur flüchtig ihr Gesicht, den Kopf hielt er in Richtung Tür gewandt – doch aus der dahinterliegenden Finsternis war kein Laut zu vernehmen.

»Weil ich das Haus nicht über den Boulevard Saint-Germain verlassen habe«, beruhigte sie ihn. »Ich habe die Hauptstraße erst wieder hinter der Kirche betreten.«

Verwirrt sah er sie an. »Wie sonst kannst du aus dem Haus gekommen sein? Es gibt keinen anderen Weg.«

»Doch.«

»Welchen?«

»Durch das Dachfenster hinaus und in ein anderes, das sich öffnen ließ, wieder hinein, dann die Treppe hinunter und hinaus auf die Rue de Seine, und von dort auf die Rue Jacob.«

Er riß die Augen auf. »Du bist über die Dächer geklettert? Das ist verrückt, Célie! Du hättest ausrutschen und zu Tode stürzen können! Oder wenn du verletzt gewesen wärst – niemand hätte dich gefunden! Du hättest erfrieren können dort oben – tu das nie wieder, hörst du mich?«

»Ja, natürlich höre ich dich. Und ich werde weiterhin tun, was ich für richtig halte.« Sie beugte sich vor, keinen Widerspruch duldend. »Georges, jemand, der bei uns im Haus lebt, hat Bernave getötet. Ich weiß nicht, warum, aber es gibt tausenderlei mögliche Gründe. Ich dachte, ich wüßte in etwa, woran wir alle glauben, aber vielleicht habe ich auch keine Ahnung! Womöglich ist einer von uns insgeheim ein Royalist.« Sie schenkte seinem ungläubigen Blick keine Beachtung. »Oder aber einige sind sich – so wie wir – der Gefahren bewußt, die

die Hinrichtung des Königs heraufbeschwören, und wenn sie herausbekommen haben, daß er in Wirklichkeit für die *Commune* gearbeitet hat ...« Sie ließ den Satz unvollendet. Die Schlußfolgerung war offenkundig.

Ein Windstoß fuhr über die Dächer und rüttelte am Fenster, durch dessen Ritzen die bitterkalte Zugluft ungehindert ins Zimmer drang.

»Saint-Félix«, stieß er überrascht hervor. »Er war der einzige, der wußte, was Bernave vorhatte ... Nicht wahr?«

»Ich glaube schon«, stimmte sie zu. »Außerdem haben Fernand und Monsieur Lacoste nicht das Geringste für den Adel übrig, geschweige denn für den König.«

»Mir geht es nicht anders«, sagte Georges mit leiser Stimme, in der jedoch Bedauern mitschwang, eine Traurigkeit, für die er weder einen Namen noch eine Erklärung fand. Sie erinnerte sich an die Ländereien, von deren Verlust er mit sichtlichem Schmerz gesprochen hatte. Das alles gehörte der alten Welt an, die für immer untergegangen war. »Allerdings bin ich der Meinung, daß seine Hinrichtung alles noch viel schlimmer machen wird.«

»Bürger Lacoste ist ein Anhänger Robespierres«, überlegte sie laut, während sie Georges' Gesicht beobachtete und sich wünschte, das, was ihn bewegte, besser zu verstehen, und sich zugleich davor fürchtete. »Aber er hätte nichts dagegen einzuwenden, daß die Royalisten bespitzelt werden. Und Fernand steht zur *Commune* und Marat. Er ist der festen Überzeugung, daß sie unser aller Erretter sein werden.«

»Gott bewahre!« murmelte er. »Und sag jetzt nicht, ich solle nicht von Gott sprechen! Darauf kommt es nun auch schon nicht mehr an.« Die kurze Andeutung eines Lächelns verschwand so schnell, wie sie gekommen war. »Wie steht es mit Madame Lacoste?«

Sie versuchte sich zu erinnern, ob sie von Madame

Lacoste je eine Äußerung hinsichtlich ihrer politischen Überzeugung gehört oder bei ihr eine irgendwie geartete Reaktion auf Siege oder Niederlagen für eine der gegnerischen Seiten beobachtet hatte, doch sie konnte sich kein klares Bild vor Augen rufen – sie entsann sich keiner anderen Regung als Mitleid oder Entsetzen. Es waren die Einzelschicksale, die Madame Lacoste wichtig waren, nicht politische Ziele oder irgendwelche Bewegungen. In manchen Augenblicken war ihr der Kummer über einen in der Vergangenheit erlittenen Verlust anzumerken gewesen, aber die Fähigkeit zu Wut oder auch nur Erstaunen schien sie verlassen zu haben. Seit langer Zeit nahm sie die Dinge, wie sie kamen.

»Das kann ich mir nicht vorstellen …«, antwortete sie vorsichtig.

»Was weißt du über sie?« drängte er.

»Was ich wirklich über sie weiß? So gut wie nichts, fürchte ich. Ich weiß nur, wie sie reagierte, als sie sah, daß Bernave tot war. Sie und Marie-Jeanne waren die einzigen, die Schmerz und Trauer empfanden. Wie … auch ich.« Der Ehrlichkeit halber mußte sie das zugeben. »Ich mochte ihn eigentlich, trotz der Art, wie er Saint-Félix behandelte.«

»Saint-Félix?«

»Ja … er benützte ihn immer für die schlimmsten Botengänge, lauter unangenehme und gefährliche Aufträge. Ich glaube nicht, daß ich an seiner Stelle gegangen wäre, jedenfalls nicht zu den Zeiten und an die Orte, zu denen er ihn schickte.«

»Und welcher Art waren diese Aufträge?«

»Er sollte Nachrichten überbringen« – Erst in diesem Moment ging ihr die Bedeutung ihrer Worte auf – »an Männer in den Sektionen … und in der *Commune*. Männer, die sich an dem Plan, den König außer Landes zu bringen, beteiligten. Marats Leute … oder solche, die sich dafür ausgaben.« Sie sah die Angst in seinen Augen aufblitzen und fühlte einen dumpfen Druck in ihrer Magengrube. »Mehr als einmal wurde er dabei zusammengeschlagen.« Ihre Stimme wurde immer leiser, bis sie fast flüsterte. »Das letztemal fiel er dem herumziehenden Pöbel in die Hände und wurde ernsthaft verletzt. Er bekam eine üble Schnittwunde ab. Jemand muß ihn mit einem Messer oder dergleichen erwischt haben.«

»Wann?«

»Am Tag, an dem Bernave ermordet wurde. Ob er vielleicht herausfand, daß Bernave für beide Seiten spionierte … oder für die falsche Seite?«

»Aber wissen wir, welche Seite in seinen Augen die falsche war?« gab Georges zu bedenken. »Was weißt du sonst noch über Saint-Félix, außer daß Bernave ihm offensichtlich vertraute? Wer ist er? Woher kommt er? Woher kannte ihn Bernave?«

Dieses Mal nahm sie sich mit ihrer Antwort einige Augenblicke Zeit, während sie wiederum ihr Erinnerungsvermögen durchforschte – wobei sie versuchte, Tatsachen von bloßen Eindrücken zu trennen und sich nicht nur von Amandines Empfindungen leiten zu lassen. Daß sie erbärmlich fror, war ihr kaum bewußt. Ihr Körper krampfte sich vor Kälte zusammen, ihre Finger waren völlig gefühllos.

»Er kam einige Zeit nach Amandine und mir, gegen Ende Oktober«, erwiderte sie nachdenklich. »Ich denke, daß Bernave ihn da bereits kannte, aber es schien, als hätten sie sich über viele Jahre hinweg nicht gesehen. Ich könnte schwören, daß ihn Saint-Félix' Erscheinen überraschte. Es war ihm deutlich anzusehen. Irgend etwas an Saint-Félix versetzte ihn in Erstaunen, aber er sagte nie, was es war, und ich konnte mir nie einen Reim darauf machen. Saint-Félix' Frau war gestorben. Ich glaube, ihr Name war Laura. Ihr Tod schien ihn sehr mitgenommen zu haben, obwohl ich den Eindruck hatte, daß es schon eine Weile zurücklag. Ein Jahr vielleicht.

Er wirkte immer noch völlig gebrochen. Ich habe keine Ahnung, ob er sein Zuhause verloren, ob die Revolution ihn verjagt hat oder welches sonst die Gründe für sein Auftauchen waren.«

Fieberhaft versuchte sie sich die flüchtigen Momente in Erinnerung zu rufen, in denen er sich unbeobachtet gefühlt hatte. Sie hatte unendliche Einsamkeit in seinem Blick gespürt, als ob die Vergangenheit sich seiner bemächtigt und als ob der Schmerz, der ihn erfüllte, ihn nun vollends überwältigt hätte. Es war ihr ins Herz gedrungen, ihn so zu sehen, um seinetwillen und um Amandines willen, denn es hatte den Anschein, daß diese Gefühle allen verschlossen blieben.

»Wo kam er her?« wollte Georges wissen. »Wo war sein Zuhause?«

»Ich weiß es nicht. Er spricht fast nie darüber. Vielleicht ist die Erinnerung daran zu schmerzhaft, zu eng mit seiner Frau verbunden. Mir kam es so vor, als habe er einfach nicht länger an dem Ort bleiben wollen, an dem sie zusammen glücklich waren. Ich glaube, ich kann ihn verstehen.« Sie versuchte sich vorzustellen, wie es war, jemanden aus tiefstem Herzen zu lieben und mit diesem Menschen Jahre zu verbringen, in denen man alle wirklich wichtigen Dinge im Leben teilte, gute und böse Tage, Lachen und Weinen, alles Schöne und allen Schmerz. Und dann die unerträgliche Einsamkeit, wenn der andere nicht mehr da war ... möglicherweise auf immer, wenn es tatsächlich keinen Himmel geben sollte. Vielleicht konnte man es dann nicht ertragen, weiter an diesem Ort zu bleiben. Es war besser, ihn ungetrübt und auf ewig mit der geliebten Person verbunden in Erinnerung zu behalten, unbefleckt von allem, was danach geschah.

Womöglich war es das, was Saint-Félix bewegte. Während sie darüber nachdachte, sah sie sein Gesicht mit all seiner Traurigkeit und den schwer zu fassenden

Empfindungen vor sich, die niemand in dem Haus am Boulevard Saint-Germain zu verstehen vermochte. Nicht einmal Amandine, die ihm am nächsten kam, gelang es, an sein Innerstes zu rühren. Saint-Félix hütete ein Geheimnis in seinem Herzen, eine Erinnerung oder einen Traum, die er keinem preisgab. Selbst wenn er lachte, wenn es fast den Anschein hatte, daß er die Gedanken eines anderen teilte oder anderen gestattete, zumindest einen kleinen Teil seines Wesens zu verstehen – das Rätselhafte in seinem Blick blieb stets gegenwärtig.

Georges wartete darauf, daß sie fortfuhr. Er saß da und beobachtete sie, seine Stellung eine Art Spiegelbild ihrer eigenen gekrümmten Haltung, mit ebenso vor Kälte zusammengekrampften Händen, unter seiner Decke zusammengekauert wie sie unter ihrem Umhang.

»Ich weiß nicht«, sagte sie schließlich. »Etwas in seinem Inneren hält er fest verschlossen, als wolle er es vor der Außenwelt schützen.«

»Das hilft uns kaum weiter«, stellte er düster fest. »Dafür kann es tausend mögliche Gründe geben.«

Sie hatte Angst, daß Saint-Félix Bernave getötet haben könnte, nicht aus irgendwelchen politischen Motiven, sondern weil er ihn wegen der Gefahr und Erniedrigung haßte, denen Bernave ihn ausgesetzt hatte.

»Was« – verlangte Georges zu wissen, – »was war es, was dir gerade durch den Kopf ging?«

Es hatte keinen Zweck, ihm etwas vorzumachen. »Könnte es sein, daß die Wut darüber, wie Bernave ihn behandelte, zu einer solchen Untat geführt hat?« fragte sie leise.

»Warum hat er es sich überhaupt gefallen lassen?« entgegnete er.

»Ich weiß es nicht! Jeder andere hätte sich längst geweigert, doch er dachte gar nicht daran. Was immer Bernave ihm auftrug, ob draußen Eiseskälte herrschte, ob es regnete oder ob es mitten in der Nacht war, er hat sich nie widersetzt. Nicht einmal beklagt hat er sich. Ich weiß nicht, warum.«

»Weil er mit der gleichen Überzeugung für die Sache arbeitete wie Bernave selbst«, antwortete Georges tonlos.

Sie sprach nicht aus, welche andere Möglichkeit ihr eben mit ebenso unvermittelter wie brutaler Deutlichkeit eingefallen war.

Er sagte es an ihrer Stelle, ganz so, als hätte er ihre Gedanken gelesen. »Oder Bernave hatte ihn aus irgendeinem Grund in der Hand und konnte ihn zwingen zu tun, was immer er von ihm verlangte, ohne daß es Saint-Félix möglich gewesen wäre, sich zu weigern.« Im Kerzenlicht suchte er ihre Augen, um zu sehen, wie sie darüber dachte.

Wieder peitschte der Wind gegen das Fensterglas und ließ Schneeregen dagegenprasseln.

»Ja, das wäre auch möglich«, räumte sie ein. »Ich ... ich kann mir nur nicht vorstellen, daß Saint-Félix imstande ist, einen Mord zu begehen. Er scheint so ...«, sie sah zu Boden. »Amandine liebt ihn. Wenn er jemanden töten würde, dann ... aus einem besseren Grund, und nicht einfach, um nicht länger erpreßt zu werden.« Sie sah auf, wieder voller Zuversicht. »Hätte Bernave ihn zu etwas gezwungen, das er nicht für richtig hielt, hätte er sich ihm doch sofort widersetzt, und nicht erst Monate später.«

Georges stützte den Kopf in seine Hände und rieb sich mit langsamen Bewegungen die Augen.

»Gott! Was für ein Durcheinander! Ich habe Bernave vollkommen vertraut. Nie habe ich an ihm gezweifelt. Es mag widersinnig erscheinen, aber es gab so viel anderes, das bedacht werden mußte.«

»Daran hat sich nichts geändert«, antwortete sie. »Doch mit Bernaves Tod haben wir die einzige Person verloren, die den ganzen Plan und alle Beteiligten kannte.«

Entschlossen sah er sie an. »Bist du bereit, ohne ihn weiterzumachen ... wenn wir können?«

»Ohne Bernave?« Sie überdachte die vielen Dinge, die sie dafür herausfinden müßten: Wer war der Mann, der die Stelle des Königs einnehmen wollte; wie konnten sie mit ihm in Verbindung treten; wer außer ihnen wußte Einzelheiten und konnte sie womöglich verraten? Welche Teile des Plans würden sie aus Gründen der Sicherheit ändern müssen, und blieb ihnen überhaupt noch genügend Zeit?

Seine dunklen Augen blickten sie forschend an. »Wenn wir es nicht tun, wird der König sterben, und sein Tod wird uns in ein noch schlimmeres Chaos stürzen als bisher ... und er wird zum Krieg führen. Das Risiko wird jetzt allerdings größer sein. Wir müssen alle Einzelheiten verändern, von denen Bernave wußte, für den Fall, daß Menou recht hat und daß die *Commune* bereits informiert wurde.«

Mit einemmal wurde ihr das ganze Ausmaß ihres Vorhabens bewußt, und die Vorstellung der möglichen Folgen traf sie mit voller Wucht. »Sie werden damit rechnen, daß jemand versuchen wird, den König zu retten! Sie werden die Wachen verdoppeln ... und auf uns warten!«

»Genau. Wir müssen einen früheren Zeitpunkt wählen als ursprünglich vorgesehen. Ich habe Bernave nie gesagt, wo die Unterschlupfe sind, die ich gefunden habe. Er hat auch nie danach gefragt. Mit Ausnahme des Verstecks im Faubourg St. Antoine, denn dorthin hat er Saint-Félix geschickt. Wir müssen ein neues ausfindig machen.«

»Er kannte die Kutscher!« warf sie rasch ein. »Ich habe ihnen Nachrichten überbracht! Bombec, Chimay und Virieu.«

Georges schwieg eine Weile.

»Was hast du?«

»Wir können sie nicht austauschen. Nur sie kennen den Mann, der die Stelle des Königs einnehmen soll, nur sie werden seine Kleider wiedererkennen, die dann der König tragen wird, und so annehmen, daß es sich um dieselbe Person handelt.«

Sie beugte sich zu ihm. »Das bedeutet, daß sie nicht in den Plan eingeweiht sind! Sie wissen nicht, worum es wirklich geht! Bernave hätte es ihnen nicht gesagt – egal, auf welcher Seite er stand. Wir können die Kutscher behalten. Wir müssen nur neue Verstecke finden.«

Die Andeutung eines Lächelns zeigte sich auf seinem Gesicht – nicht auf seinen Lippen, aber in seinen Augen.

»Dann machst du also weiter, nicht wahr?«

»Wir haben keine andere Wahl«, erwiderte sie und schluckte heftig. »Bernave ist tot, aber alles andere bleibt unverändert. Wenn wir nicht weitermachen, werden die Dinge ihren Lauf nehmen – der Krieg und alles andere.«

Mit einer in dem flackernden Kerzenlicht fast unmerklichen Bewegung seines dunklen Schopfes stimmte er ihr zu. »Wir brauchen Saint-Félix. Er weiß über die Fluchtwege jenseits der Stadtgrenzen Bescheid, und er hat die Pässe. Du wirst mit ihm sprechen müssen, damit wir wissen, ob er weiter zur Verfügung steht.«

»Was … was, wenn er derjenige ist, der Bernave ermordet hat?« Ihre Stimme konnte den Widerwillen, mit dem sie sich zu diesen Worten zwang, nicht verbergen.

»Wenn er es war, dann deshalb, weil Menou recht hat und weil Bernave uns an die *Commune* verraten hat«, antwortete Georges. »Saint-Félix wird auf unserer Seite sein. Wir müssen nur alle Pläne ändern, von denen Bernave wußte.«

»Und wenn es Fernand war, oder Monsieur Lacoste?« fragte sie. »Weil sie erfahren hatten, daß er den König retten wollte? Bei aller Loyalität hätten sie ihn nicht der *Commune* übergeben, denn wenn sie ihn dort angezeigt hätten, wäre er auf der Guillotine hingerichtet worden, und sie hätten sein Haus beschlagnahmt, ebenso wie sein Geschäft. Alle hätten sie dann ohne einen Sou auf der Straße gestanden.«

Er zögerte keinen Moment. »Also ändern wir alle Details, die Bernave geplant hatte, und machen weiter ... wenn Saint-Félix uns hilft.«

»Ich werde mit ihm sprechen«, versprach sie und fürchtete sich bereits davor. Ihr wurde klar, wie wenig sie Saint-Félix kannte; sie hatte nicht die leiseste Vorstellung, wie er reagieren würde oder mit welchen Argumenten sie ihn zum Weitermachen bewegen konnte. Aber hatte er nicht schon so viel Qual und Elend durchgestanden, und hatte er nicht sogar Bernaves Schikanen auf sich genommen? Sicher war er mit ganzem Herzen bei der Sache. Vielleicht war er sogar besser mit dem Plan vertraut als sie? Auf jeden Fall war er schon länger darin eingeweiht. »Ja, ganz gewiß werde ich das«, wiederholte sie in entschiedenerem Ton. Sie stand auf, entschlossen, es unverzüglich hinter sich zu bringen.

Er streckte die Hand aus und hielt sie am Handgelenk fest. »Da ist noch etwas anderes, das du tun mußt – und zwar noch heute nacht!« sagte er eindringlich.

Mitten in der Bewegung ließ sie sich wieder auf den Stuhl sinken und wartete.

»Du mußt alle Papiere von Bernave durchsehen, ehe Menou es tut. Vernichte alles, was uns verraten könnte – oder was uns vielleicht verdächtig macht. Mit Sicherheit wird er morgen früh alles durchsuchen lassen. Er muß nach Motiven für den Mord suchen, und dabei kann er Geld und Geschäft nicht außer acht lassen. Ich nehme an, daß Marie-Jeanne alles erben wird. Selbst wenn es sonst niemand tut, Marie-Jeanne wird auf jeden Fall seine Unterlagen durchsehen. Wenn sie etwas findet, das ihr verdächtig vorkommt oder dessen Inhalt sie nicht versteht, wird sie es möglicherweise Menou zeigen. Du mußt dich also unbedingt noch heute nacht umsehen. Präge dir ein, so viel du kannst: Die Routen, die er nach Spanien, England oder Italien ausgesucht hat, wo die Pferde gewechselt werden, Ländereien oder Anwesen, die ihm gehörten, alles, das irgendwie mit dem Plan zu tun haben oder uns von Nutzen sein könnte. Du darfst nichts vernichten, was sie erwarten vorzufinden, es sei denn, es brächte uns in ernsthafte Gefahr. Nimm auf keinen Fall etwas davon an dich. Du könntest durchsucht werden, und sie dürfen unter keinen Umständen etwas bei dir finden. Abgesehen davon nehmen sie dich dann wegen Diebstahls fest.« Er hielt immer noch ihr Handgelenk umfaßt. Unwillkürlich ballte sie ihre Hand zur Faust. »Gib auf dich acht, Célie!«

»Das werde ich.« Die Dringlichkeit seiner Stimme wärmte sie stärker als Weinbrand und beschleunigte ihren Puls. Sie stand auf und fühlte, wie er seinen Griff lockerte und ihre Hand freigab.

Er erhob sich ebenfalls, ganz so, als befänden sie sich in einem der vornehmen Salons, wie sie während der Anfänge der Revolution und der Zeit davor üblich gewesen waren, um sich voneinander zu verabschieden.

»Ich ... ich wünschte so sehr, ich könnte dir helfen!« sagte er, dicht vor ihr stehend. Die Schärfe seiner Stimme und der Schmerz in seinem Gesicht, der trotz des unruhigen Kerzenlichts zu erkennen war, drückten die Wut und Machtlosigkeit des in seinem Versteck gefangenen Flüchtigen aus.

»Ich werde vorsichtig sein«, versprach sie. »Du hättest ohnehin keine Möglichkeit, ins Haus zu gelangen. Und wenn es einer von uns gewesen sein sollte, müssen wir um so unauffälliger vorgehen. Ich verschwinde jetzt. Es gibt eine Menge zu erledigen, ehe die anderen aufwachen.«

»Wie willst du wieder ins Haus hineinkommen?« fragte er und umfaßte erneut ihren Arm.

»Ich weiß es noch nicht«, gab sie zu. So weit hatte sie noch nicht gedacht. Sie konnte wohl kaum in irgendein Haus einbrechen, um wieder den Weg über die Dächer zu nehmen. »Ich … nun, mir wird schon etwas einfallen.« Dennoch bewegte sie sich nicht von der Stelle, weil sie sich nur allzu lebhaft vorstellen konnte, daß sie gezwungen sein könnte, die Nacht draußen zu verbringen.

»Ich werde mit dir kommen.« Das war eine Feststellung, und der Griff, mit dem er ihren Arm festhielt, war zu stark, um sich einfach loszumachen.

»Was soll das nützen?« wollte sie wissen. »Du kommst genausowenig hinein, und du könntest gesehen werden!«

»Ich werde dir helfen, von der Rue de Seine aus auf ein Dach zu kommen. Ich kenne einen Weg. Geh einfach ruhig neben mir her und sag kein Wort. Und tu so etwas nie wieder.« Er blies die Kerze aus und kniff den Docht zusammen, dann öffnete er die Tür, nahm sie bei der Hand und führte sie die enge, in völliger Dunkelheit liegende Stiege hinunter, über die sie auf die eisige Straße gelangten.

Mit vorsichtigen Schritten tasteten sie sich über das Kopfsteinpflaster; die Steine unter ihren Füßen waren uneben und schlüpfrig. Mit tief gesenkten Köpfen versuchten sie, sich gegen den Schneeregen zu schützen, der ihnen in heftigen Böen entgegenschlug. Ein gutes Stück oberhalb der Kirche überquerten sie den Boulevard Saint-Germain und bogen in die stillere Rue de Seine ein. Es waren kaum noch Menschen unterwegs, nur in der Ferne waren im Lichtschein ihrer Fackeln ein halbes Dutzend Soldaten zu erkennen, die in Richtung Rue Dauphine marschierten.

Als sie vor dem zweiten Haus der Rue de Seine angelangt waren, das in etwa auf gleicher Höhe mit Bernaves

Haus liegen mußte, blieb Georges stehen und bedeutete ihr mit einer Handbewegung, es ihm gleich zu tun.

»Hier ist eine Stelle, an der wir hochklettern können«, flüsterte er. »Ich gehe vor, dann ziehe ich dich hoch. Vom zweiten Stockwerk aus kann ich dich auf die Dachkehle zwischen den Häusern heben. Von da aus mußt du dir deinen Weg zu deinem Fenster allein suchen. Sei vorsichtig! Weißt du, welches Fenster das richtige ist?«

Sie war sich ganz und gar nicht sicher, ob sie ihr Fenster wiederfinden würde, aber das mußte er nicht unbedingt erfahren. Sie hätte eine Kerze brennen lassen sollen, aber daran hatte sie nicht gedacht.

»Ja«, log sie und bemühte sich, zuversichtlich zu erscheinen. Er würde sie sicher für dumm halten, wenn sie ihm die Wahrheit sagte. »Danke.«

Er begann den Aufstieg und reichte ihr dann die Hand, die sie so fest umklammerte, wie sie konnte. Mit vor Kälte beinahe gefühllosen Händen kletterte sie über rutschige Fenstersimse und eine zur Regenrinne führende Leiter die Hauswand empor, bis sie auf seiner Höhe war. Das letzte Stück stemmte er sie hoch, und sie konnte die Dachziegel unter ihren Knien spüren.

»Danke«, sagte sie nochmals und biß die Zähne zusammen. »Und nun geh, ehe dich noch jemand sieht!«

»Gib gut auf dich acht«, bat er sie wieder, und im nächsten Augenblick hatte ihn auch schon die tiefe Dunkelheit verschluckt, während sie allein zwischen den Dächern zurückblieb. Düster ragten die Firste zu beiden Seiten gegen den Himmel auf, der die Giebelverzierungen in scharfem Kontrast hervortreten ließ und ihnen eine seltsame Schönheit verlieh.

Sechstes Kapitel

Es gelang ihr, das richtige Fenster zu finden, auch wenn es ewig zu dauern schien. Der Riegel war noch offen, und als sie endlich zurück in ihr Zimmer schlüpfte, spürte sie neben ihrer Erleichterung eine solche Erschöpfung, daß ihre Beine wie Espenlaub zitterten und sie sich auf das Bett setzen mußte. Wenigstens war es warm hier, bei weitem wärmer als auf Georges' eiskaltem Dachboden. Ob es auch weiterhin dabei bliebe, nun, da Bernave tot war?

Ein scheußlich selbstsüchtiger Gedanke, aber es war ihr unmöglich, ihn zu verdrängen.

Sie entledigte sich ihrer durchweichten Stiefel und warf den nassen Umhang ab, bemerkte, daß auch ihr Rock durchnäßt war, und tauschte ihn gegen einen trokkenen. Dann brachte sie ihr Haar in Ordnung, versteckte die feuchten Strähnen und schlich die Treppe hinunter zu Saint-Félix' Zimmer. Sollte sie klopfen und in Kauf nehmen, daß jemand im Haus sie hörte, oder alle Umgangsformen außer acht lassen und einfach hineingehen? Aber Privatsphäre war im Moment etwas, auf das wohl kaum Rücksicht genommen werden konnte, wenn alles andere auf dem Spiel stand.

Sie öffnete die Tür und trat ins Zimmer. Drinnen herrschte vollkommene Dunkelheit. Nicht der kleinste Lichtschimmer drang durch das Fenster, das auf die Dächer hinausging und einen mit bleiernen Wolken verhangenen Winterhimmel erkennen ließ. Bis auf den Wind und den Regen war alles ruhig.

»Bürger Saint-Félix«, sagte sie leise.

Stille. Sie konnte nicht einmal seinen Atem hören. Er mußte doch hier sein!

»Bürger Saint-Félix!« wiederholte sie mit lauterer Stimme.

»Was ist?« Seine Antwort kam aus der Dunkelheit, und sie hörte den Schreck in seiner Stimme. »Célie?«

Sie blieb stehen und lehnte sich gegen die geschlossene Tür. Wenn sie auf ihn zuging, würde sie womöglich über irgendwelche Dinge stolpern. Da es immer Amandine war, die ihm seine frische Wäsche brachte, war sie noch nie in seinem Zimmer gewesen.

»Ja«, sagte sie und atmete tief durch, um ihr wild klopfendes Herz zur Ruhe zu zwingen. »Ich muß mit Euch sprechen. Bernaves Tod verändert so vieles. Wir müssen alles ... neu überdenken.«

Aus dem Dunkeln konnte sie hören, wie er sich bewegte. Sie zitterte. Bestimmt fror er. Ob er nach seinen Kleidern suchte? Kurz darauf vernahm sie das kratzende Geräusch eines Zunders, und eine Flamme flackerte auf. Sie beobachtete, wie seine kräftigen, feingliedrigen Hände eine Kerze anzündeten, und als die Flamme brannte, konnte sie sein Gesicht mit den graugrünen Augen und dem dichten braunen Haarschopf darüber erkennen. Das gelbe Licht ließ ihn hohlwangig wirken und verlieh ihm eine eigenartige Schönheit.

»Was ist es, worüber du mit mir sprechen willst?« fragte er. Er war nicht verärgert, aber es ging eine gewisse Distanz von ihm aus, die ihr das unmißverständliche Gefühl gab, daß sie störte.

Ärgerlich merkte sie, daß sie verlegen wurde. Die Sache gestaltete sich schwieriger, als sie es sich vorgestellt hatte.

»Ich war bei Georges Coigny ...«

»Wann?« unterbrach er sie und blickte gleich darauf zur Seite. »Es spielt ohnehin keine Rolle mehr. Bernave ist tot. Ich wünschte, wir könnten es ihm sagen, aber Menou wird nicht zulassen, daß einer von uns das Haus verläßt, bis er den Mörder gefunden und verhaftet hat.« Seine Stimme klang gepreßt. »Ich nehme an, er wird es … von irgend jemandem erfahren …«

»Ich war gerade eben bei ihm!« sagte sie in schärferem Tonfall als beabsichtigt.

Sein Kopf flog herum, und er starrte sie ungläubig an. »Was meinst du mit ›gerade eben‹? Jetzt? Du kannst unmöglich …«

»Ich bin über die Dächer geklettert«, war ihre lapidare Antwort. Es klang, als wäre sie verrückt geworden, dabei war es nichts als die schlichte Wahrheit. »Auf der Straße hätten sie mich aufgehalten. Ich mußte es ihm unbedingt sagen.«

Er betrachtete sie genauer, seine Augen zu schmalen Schlitzen zusammengezogen. An seinem Gesichtsausdruck sah sie, wie er allmählich begriff, daß nichts von dem, was sie jemals gesagt oder was er von ihr wahrgenommen hatte, ihm etwas über ihre wahre Person verraten hatte.

Einen Moment kam es ihr vor, als wäre sie nackt. Ein Gefühl der Scham, das ihr nur allzu vertraut war, überflutete sie, um gleich darauf in dumpfen, quälenden Schmerz überzugehen. Doch das zählte jetzt nicht. Sie mußte ihm von dem berichten, was Georges gesagt hatte, mußte ihn überreden, weiterzumachen und die Lükken zu schließen, die durch die notwendigen Änderungen in den Plan gerissen wurden.

»Ich bin nicht sicher, ob die Sache das Risiko wert war«, seufzte er. Seine Stimme klang tonlos, ohne eine Spur von Hoffnung. Sie versuchte, sein Gesicht genauer zu erkennen. Das Kerzenlicht verlieh seinen Zügen etwas Dramatisches: die tiefen Linien zwischen Mund und Nase, die sanft geschwungenen Wangenknochen, die feinen Brauen, die leichte Bewegung der Augenlider. Sie sah in ein Gesicht voller Tragik, zu verletzlich, um weiteren Schmerz zu ertragen.

Er war so ganz anders als Georges, den sie bis zum

heutigen Abend immer nur voller Zuversicht und Lebensmut erlebt hatte.

»Er weiß nicht, wie es weitergehen soll«, sagte sie leise.

»Hast du ihm nichts von Menous Behauptung erzählt, Bernave habe für die *Commune* spioniert?«

»Natürlich habe ich es ihm erzählt! Aber das heißt noch lange nicht, daß es auch wahr ist, und es ändert nichts an dem, was über uns hereinbrechen wird, wenn wir den König hinrichten. Es bedeutet nur, daß wir alles von neuem planen, andere Leute und andere Orte finden müssen ...«

Er beugte sich zu ihr. »Wenn es wahr ist, Célie, heißt das, daß es ziemlich wahrscheinlich ist, daß Bernave uns an Marat und die *Commune* verraten hat! Hast du nicht gehört, wie Menou sagte, er sei ein loyaler Sohn der Revolution gewesen?«

»Und warum sind wir dann nicht alle verhaftet worden?« entgegnete sie. »Vielleicht ist ja Marat der Betrogene! Natürlich müssen wir alles ändern, von dem wir wissen – für alle Fälle –, aber wir können es immer noch schaffen, wenn wir nur wollen. Bis auf den Unterschlupf in Saint-Antoine kannte Bernave keines der Verstecke. Er wußte nicht, wer die Leute sind, die die Kutsche stürmen sollen, also konnte er auch niemanden von ihnen verraten ...«

»Aber er wußte, was wir vorhatten!« sagte er heftig. »Marat wird auf der Lauer liegen und nur darauf warten, uns auf frischer Tat zu ertappen. Er wird auf der Hut sein.«

»Er wird so oder so auf der Hut sein. Es ist doch zu erwarten, daß jemand versuchen wird, die Hinrichtung zu verhindern, und seien es nur die Royalisten. Ist es nicht einen Versuch wert?« Sie merkte, wie ihre Stimme lauter wurde und trotz der sachlichen Worte ihre innere Beteiligung verriet – das starke Gefühl von Schuld und das Bedürfnis, sie wiedergutzumachen, ihre Wut und Verwirrung über Bernave und der Wunsch, das Vertrauen, das Georges in sie gesetzt hatte, als er sie bat, Saint-Félix an seiner Statt zu überreden, nicht zu enttäuschen. Das Wohl aller, das Wohl von ganz Frankreich stand auf dem Spiel, auch wenn die meisten Bürger vielleicht nur einen Bruchteil davon begriffen. Aber vor allem stand ihr eigenes Seelenheil auf dem Spiel. »Was sollten wir sonst tun? Einfach alles geschehen lassen? Dann hat Bernaves Mörder uns alle geschlagen – mit einem Streich!«

Bewegungslos stand er da. Die Kerze flackerte und warf ihr Licht auf seine hellen, blaugrünen Augen, doch Célie war es unmöglich zu erraten, was er dachte.

»Ich glaube nicht, daß Bernave uns verraten hat«, meinte er schließlich. »Ich kannte ihn seit langem. Es gab vieles an ihm, was ich nie verstanden habe. Vielleicht täusche ich mich in meiner Überzeugung, daß er kein Verräter ist, aber das Risiko gehe ich ein. Wie du schon sagtest, die einzige Alternative ist, sich einfach geschlagen zu geben, ohne es zu versuchen.« Er schüttelte kaum merklich den Kopf. »Aber ich weiß so gut wie nichts über Georges Coigny, außer daß er Amandines Cousin ist. Und das ist wohl kaum genug, um ihm unser Leben anzuvertrauen.«

Fieberhaft überlegte sie, was sie ihm von Georges erzählen konnte, um ihn davon zu überzeugen, mit wieviel Mut und Hingabe er ihr gemeinsames Ziel verfolgte, und mit welcher Zähigkeit er alles in die Tat umsetzte, was er sich vorgenommen hatte. Aber was wußte sie wirklich? Während sie nach den richtigen Worten suchte, stiegen Erinnerungen in ihr auf, und sie dachte an die Wut und die Aufregungen des blutigen Septembers und an das, was sie damals bewegt hatte.

Saint-Félix wartete, und eine Spur von Neugier blitzte in seinen Augen auf.

»Er besaß Bernaves Vertrauen, und er hat uns noch nie im Stich gelassen«, sagte sie laut. »Das ist alles, was Ihr wissen müßt. Selbst wenn ich Euch seine Lebensgeschichte erzählen könnte, würde Euch das doch nicht mehr sagen. Er könnte ja auch ein zweiter La Fayette sein, nicht wahr? Im allerletzten Moment die Seite wechseln. Oder er könnte für das, woran er glaubt, sterben, wie weiß der Himmel wie viele andere – sich lieber dem Schafott stellen, als seiner Überzeugung abzuschwören.«

Saint-Félix schluckte. Sie konnte sehen, wie sich sein Adamsapfel ruckartig bewegte. Irgend etwas Quälendes hatte ihn durchzuckt, doch sie würde nie erfahren, was es gewesen war. In diesen Tagen gab es niemanden, der nicht etwas Kostbares zurückgelassen oder einen geliebten Menschen verloren hatte und Schmerz mit sich trug. Célie fragte nicht weiter.

»Und du?« drängte er. »Was treibt dich so stark an, daß du mitten in der Nacht über die Dächer steigst, um Coigny zu sagen, daß Bernave tot ist? Und wieso liegt dir so viel daran, mich zu überzeugen? Ist es wegen Coigny? Liebst du ihn?«

Seine Worte ärgerten sie maßlos. Was er sagte, war anmaßend und völlig aus der Luft gegriffen. Wut stieg in ihr hoch, und sie konnte fühlen, wie ihr Gesicht brannte. Gebe Gott, daß es im Kerzenlicht nicht zu sehen war!

»Nein, ich liebe ihn nicht«, gab sie gereizt zurück. »Geht Ihr etwa in den Faubourg Saint-Antoine, laßt Euch übel zurichten und mit dem Messer verletzen und überbringt Nachrichten zu jeder Tages- und Nachtzeit, egal wie kalt es ist oder wie erschöpft Ihr seid, weil Ihr jemanden liebt? Oder tut Ihr das alles, weil Ihr an die Sache des französischen Volkes glaubt und uns davor bewahren wollt, in Chaos, Hunger und Krieg zu stürzen?«

»Nicht so laut«, mahnte er in eisigem Ton. »Oder

willst du, daß Bürger Lacoste hereinkommt, um sich zu erkundigen, was zum Teufel wir hier tun?«

Vor Wut zitterte sie am ganzen Körper. Daß er recht hatte, machte es nicht besser. Sie hatte alle Vorsicht außer acht gelassen.

»Ihr habt meine Frage nicht beantwortet«, zischte sie. »Seid Ihr so arrogant zu denken, daß nur Ihr fähig seid, jenseits von Liebe und Haß etwas Größeres zu vollbringen? Ich sehe nur zu deutlich, wie die Länder um uns herum reagieren werden, wenn wir den König hinrichten lassen. Alle sind Monarchien. Alle sind miteinander verwandt, durch Blutsbande wie durch ihre Interessen. Sie werden sich auf uns stürzen wie auf etwas, das Seuchen überträgt, um sich selbst zu retten. Man muß nicht dem Adel angehören, um das verhindern zu wollen.«

»Woher hast du das alles?« Er hob leicht die Augenbrauen. »Du klingst wie Bernave. Ich kann förmlich hören, wie er genau die gleichen Worte benutzt.«

»Aber ihm habt Ihr geglaubt?« Es lag ihr daran, ihn zu provozieren, ärgerlich und verletzt, wie sie war. »Warum nicht mir?«

Er zögerte. In seinen Augen und an der Bewegung seines Mundes konnte sie seine Unschlüssigkeit erkennen. Bestimmt wollte er niemanden verletzen. Wie oft hatte sie diese Zurückhaltung, diese Nachsicht mit anderen an ihm beobachtet, die Art, wie er dem Trotz der Kinder, der Voreingenommenheit von Madame Lacoste und Fernand, Marie-Jeannes Naivität oder Bernaves erbarmungsloser Härte begegnet war. Bei früheren Gelegenheiten hatte sie ihn dafür bewundert, weil sie darin den Zauber eines tiefen Verständnisses sah. Doch nun, da seine Haltung ihre Überredungsversuche zunichte zu machen drohte, empfand sie sie nur noch als herablassend. Wobei sie sich bewußt war, daß sie zweierlei Maß anlegte, was sie nur noch wütender machte.

»Dies ist wohl kaum der Moment zum Austausch von Artigkeiten«, fauchte sie. »Was wir brauchen, ist Aufrichtigkeit, oder nicht nur der König, sondern wir alle landen auf dem Schafott!«

Er zuckte unmerklich mit den Schultern – die anmutige Bewegung eines Gentleman, der sich in das Unvermeidliche fügt. »Du bist eine Wäscherin, sicherlich sehr couragiert, mit Vorstellungskraft begabt und Bernave treu ergeben, aber doch ein natürliches Geschöpf der Revolution. Das hier ist der Kampf von Leuten deines Standes gegen jahrhundertelange Unterdrückung. Die Gerechtigkeit, nach der ihr gehungert habt und für die ihr gestorben seid, ist endlich zum Greifen nah. Ich soll dir also glauben, daß dir deine Ergebenheit Bernave oder Georges Coigny gegenüber so wichtig ist, daß du dich gegen alles wendest, was dich dein Volk und dein Leben gelehrt haben, nur um dich auf Gedeih und Verderb auf eine Sache einzulassen, die so wenig Aussicht auf Erfolg, dafür aber ein um so höheres Risiko beinhaltet? Warum solltest du das tun? Aus Liebe wozu oder zu wem?«

Wie konnte sie ihm anders antworten als mit der Wahrheit? Wenn sie sich und ihre Wunden weiter zu schützen versuchte, würde er ihr keinen Glauben schenken. Sie spürte, wie die Verletzung wieder aufbrach, aber es war sowieso ein Trugschluß, anzunehmen, daß sie sich jemals schließen würde.

»Vor Beginn der Revolution war ich Kammerzofe bei Madame de Staël«, begann sie. Sie mußte ihm wohl oder übel alles erzählen, sonst ergab ihre Geschichte keinen Sinn.

Seine Augen weiteten sich ein wenig. Es überraschte sie nicht. Madame war der Typ Frau, den Saint-Félix – wie so viele andere – zutiefst bewunderte. Hätte sie Zeit gehabt, sie hätte die Augen geschlossen und die Bilder jener wunderbaren Zeit vor fünf oder sechs Jahren heraufbeschworen, die auch noch anhielt, als die Bastille bereits gefallen war und die Hoffnungen so unbeschwert in den Himmel wuchsen, daß man das Gefühl hatte, die Luft sei mit Wein angefüllt. Abend für Abend hatten sich in Madames Salon die bedeutendsten Persönlichkeiten Frankreichs versammelt. Von dem Wunsch beflügelt, Europa mit einer neuen, von Gerechtigkeit und Freiheit geprägten sozialen Ordnung zu revolutionieren, hatten sie endlose, wundervolle, geistreiche Gespräche geführt. Alle Register ihrer Gelehrsamkeit wurden dabei gezogen und jedes erdenkliche Thema behandelt, begleitet von Witz, Esprit und Gelächter. Angestrengt versuchte sie, sich den Klang des Lachens, der das Haus erfüllt hatte, ins Gedächtnis zurückzurufen.

Dann waren die Träume von einem zivilisierten und friedlichen Umbruch nach und nach zerplatzt. Ständig wechselnden Ministern war es nicht gelungen, Kontrolle über die Wirtschaft zu erlangen, den Würgegriff zu lockern, in dem die Kirche Ländereien und Vermögen hielt, oder das ebenso korrupte wie chaotische Steuersystem zu reformieren. Necker, Mirabeau, La Fayette – alle hatten sie Versprechungen gemacht, die sie nicht halten konnten.

Der König beteuerte jedem, mit dem er sprach, endlich handeln zu wollen, um dann die Entscheidung so lange hinauszuzögern, bis der geeignete Moment vorbei war und härtere, radikalere Forderungen gestellt wurden, die er, befremdet und halsstarrig, ablehnte.

Am Ende wurden alle von persönlicher Gewinnsucht und Machtstreben gespalten, und sinnlose Wortgefechte lähmten jene Männer, in deren Macht es vielleicht gestanden hätte, die großartige, von hohen Idealen geleitete Revolution zu vollenden, von der die Philosophen vor nicht allzu langer Zeit mit so großer Hoffnung gesprochen hatten.

Célies Mann Charles war am Fieber gestorben und hatte sie allein mit ihrem geliebten Baby zurückgelassen. Bei dem Gedanken an ihr Kind krampfte sich ihr Magen zusammen, und sie haßte Saint-Félix dafür, das alles noch einmal durchleben zu müssen.

»Mein Mann ist gestorben.« Mit diesem einen Satz war alles gesagt. Die Überraschung und Betroffenheit, die sie eine kurze Weile empfunden hatte, waren schon lange verflogen, auch wenn sein Tod kaum mehr als ein Jahr zurücklag. Doch die kurze Illusion von Liebe hatte sich bereits eine Zeitlang davor verflüchtigt, und Charles und sie hatten sich nicht mehr viel zu sagen gehabt. Sie hatte ihn bedauert, als die Krankheit ihn niederwarf, und es tat ihr leid um sein vergeudetes junges Leben, aber sie trauerte nicht, weil er nicht mehr bei ihr war.

Sie hob den Kopf und sah in seinen Augen einen Blick von einer solchen Trostlosigkeit, daß, hätte sie je Zweifel gehabt, daß der Grund für seine tiefe Schwermut die Trauer um seine verstorbene Frau war, dieser Moment auch die letzte Unsicherheit darüber zerstreut hätte.

Schnell sah sie weg. Diese Art Schmerz konnte man weder teilen, noch sollte er fremden Blicken ausgesetzt sein. Es war, als kehrte man sein Innerstes nach außen, wäre schutzlos allem ausgeliefert.

»Doch das war es nicht, was mir wirklich zu schaffen machte.« Sie mußte das Ganze erklären, was immer er von ihr denken würde. »Es war der Tod meines Sohnes … meines Babys. Die meiste Zeit konnte ich mich selbst um ihn kümmern. Madame war sehr großzügig in dieser Beziehung. Aber manchmal ging es einfach nicht. Einmal ließ ich ihn bei Amandine. Warum, spielt dabei keine Rolle.« Die Erinnerung war so quälend, daß sie diesen Teil der Geschichte rasch hinter sich bringen wollte und schnell, ohne sich in Einzelheiten zu verlieren, in ihrem Bericht fortfuhr.

Er unterbrach sie nicht, doch sie fühlte, wie der Blick seiner klaren Augen unbeirrt auf ihrem Gesicht ruhte und sie aus der Fassung zu bringen drohte – als ob er bereits wüßte, wie beschämend die Ereignisse waren, von denen sie gleich erzählen würde.

Nur mühsam lösten sich die Worte aus ihrem Mund, als säßen sie in ihrer Kehle fest. »Während er bei Amandine war ... starb er. Wir wissen nicht, woran. Fragt nicht weiter.« Warum sollte er? Doch sie wollte es gar nicht erst so weit kommen lassen. »Damals wünschte ich, ich könnte ebenfalls sterben.« Sie mußte schnell zu dem Punkt gelangen, auf den es ankam, der erklärte, warum ihr Rettung des Königs so wichtig war und warum sie alles tun würde, um Georges Coigny zu helfen – wenn es sein mußte, sogar um den Preis ihres eigenen Lebens.

Er sah sie noch immer unverwandt an.

»Zunächst hatte ich mich damit abgefunden.« Sie schluckte. Ihr Mund war trocken, ihre Kehle wie zugeschnürt. »Dann sagte mir Thérèse, die als Wäscherin bei Madame arbeitete, daß Pierre sterben mußte, weil Amandine ihn sich selbst überlassen hatte, um mit ihrem Liebhaber zusammen zu sein. Bestimmt hatte er geschrien, doch sie konnte es nicht hören und ließ zu, daß er mutterseelenallein nach Luft rang und erstickte. Die Vorstellung war ... einfach unerträglich.« Selbst in diesem Moment konnte sie nicht in Worte fassen, was ihr damals durch den Kopf gegangen war.

»Zweifellos«, sagte er leise. Mit einemmal wirkte er ganz anders. Eine Sanftheit ging von ihm aus, die sie nie zuvor bei ihm bemerkt hatte. Trauer um einen geliebten Menschen war ihm nicht fremd, er wußte um den schmerzlichen Verlust, der sich anfühlte, als würde man in der Mitte durchgerissen. Verstand er ihren Haß auf Amandine? Was würde er empfinden, wenn er den Rest erfuhr? Verachtung? Aber könnte sie auch nur annähernd so stark sein wie die Verachtung, die sie für sich selbst empfand?

Doch sie mußte die Geschichte ganz erzählen, sonst ergab sie keinen Sinn.

»Sie sagte mir, ihr Liebhaber sei Georges Coigny ...«

»Ihr eigener Cousin?« fragte er überrascht, in jenem scharfen Tonfall der Ungläubigkeit, der bereits eine erste Andeutung von Abscheu zeigte.

»Das wußte ich damals nicht.« Was für eine schwache Rechtfertigung. Hastig fuhr sie fort: »Ich glaubte Thérèse, der Wäscherin. Und haßte alle beide. Ich konnte an nichts anderes denken als an Pierre.« Seltsam, wie gut es tat, seinen Namen auszusprechen, und wie schmerzlich zugleich es war. »Unentwegt grübelte ich über seinen Tod nach. Es füllte mein gesamtes Denken aus, Tag wie Nacht. Ich träumte davon, ihn wieder in meinen Armen zu halten ...« Tränen liefen ihre Wangen hinunter und erstickten ihre Stimme.

Sie spürte, wie sich seine Hand um ihre schloß. Es war eine freundliche Geste, doch er hielt sie so fest umklammert, daß es beinahe weh tat. Das Gefühl der Trauer war in ihm ebenso stark wie in ihr und verband sie miteinander.

Mit dem Unterschied, daß sie ihren eigenen Weg gefunden hatte, mit der Trauer umzugehen. Selbst in dem unsteten, spärlichen Licht der Kerze vermied sie es, ihn anzusehen, während sie den Faden wieder aufnahm.

»Ich suchte einen Weg, um Rache zu nehmen«, flüsterte sie. »Beide sollten für Pierres Tod büßen. Ich wartete, bis ich wußte, daß sie zusammen waren, und dann gab ich weiter, was Georges gegen die Revolution geäußert hatte. Ich meldete es der Nationalgarde und sagte ihnen, wo sie ihn finden könnten ... bei Amandine, so daß beide verhaftet würden.«

Sie hörte, wie er scharf die Luft einzog, doch er sagte nichts.

»Es war Anfang September«, fuhr sie leise fort. Jeder wußte von den Massakern dieses blutigen Monats. »Die Menschen versuchten, aus Paris zu fliehen. Leute jeder Herkunft und jeden Glaubens wurden gejagt. Wir hatten schreckliche Angst, daß die Österreicher in die Stadt einmarschieren könnten. Einer von Madames Liebhabern wurde von der Nationalgarde gesucht. Er hielt sich in ihrem Haus versteckt.« Seltsamerweise machte ihr die Erinnerung an jene Ereignisse nichts aus, trotz all der Schuld, die sie sich in ihrer Folge aufladen sollte. Der Gedanke daran, wie Madame mit ihrem gewohnten Charme bemüht gewesen war, den Gardisten die Durchsuchung ihres Hauses auszureden, hatte geradezu etwas Befreiendes.

»Was geschah dann?« fragte Saint-Félix nach, und seine Worte unterbrachen die Bilder, die vor ihrem inneren Auge erschienen waren.

»Die Nationalgarde kam ins Haus«, antwortete sie. »Es waren grobe, zornige Kerle, die es nicht erwarten konnten, jemanden festzunehmen, voller Feindseligkeit gegen Madames Vermögen und die Art, wie sie sich gab, ihre Haltung und ihre Anmut. Sie sprach mit ihnen wie mit ihresgleichen, als hätten sie ebensoviel Geist und Bildung wie sie. Ihr galt die Bewunderung der größten Männer Europas. Philosophen und Künstler einer außergewöhnlichen Generation hatten ihr zu Füßen gelegen, und jetzt sah sie den Gardisten lächelnd ins Gesicht und schmeichelte ihnen auf so subtile Weise, daß sie dessen nicht einmal gewahr wurden. Sie dachten einfach, sie stünde ihnen mit Wohlwollen, ja mit Sympathie gegenüber. Mit dem Ergebnis, daß sie das Haus wirklich nicht durchsuchten – jedenfalls nicht richtig.«

»Sie fanden ihn also nicht?«

»Nein. Er konnte fliehen.«

»Und du?«

»Mir war auf einmal bewußt geworden, wie wundervoll es war, mutig zu sein, wieviel besser es war, jemanden zu retten als ihn zu zerstören. Mehr als alles andere auf der Welt wollte ich so sein wie sie – mutig, charmant, intelligent und aufrecht. Und ich haßte mich für das, was ich getan hatte.« Es bestand kein Zweifel daran, daß sie die Wahrheit sagte. Aus ihren nüchternen Worten sprach schonungslose Aufrichtigkeit, ihre Stimme zitterte. »Doch konnte ich natürlich nicht zurücknehmen, was ich über Georges gesagt hatte. Niemand hätte mir geglaubt. Alles was ich noch tun konnte war, sie zu warnen – beide zu warnen.«

»Und das hast du auch getan!«

»Ja … aber das bedeutete, daß ich ihnen auch sagen mußte, warum Georges gesucht wurde – weil ich ihn denunziert hatte.« Dieses Wort auszusprechen, war schrecklich, doch nachdem es einmal heraus war, brauchte sie es nicht mehr zu wiederholen. Der Wahrheit war Genüge getan. Sie war jenem Teil ihrer selbst treu geblieben, der zu ihrer Vergangenheit gehörte und sie stets begleiten würde.

Saint-Félix wartete, was sie noch zu sagen hatte.

»Ich brauchte Georges. Die Septembermorde hatten begonnen. Die Massen begannen, uns zu bedrängen. Madame konnte fliehen und nahm mich mit. Sie ging in die Schweiz – aber vermutlich ist Euch das bekannt? Wir verließen gerade mit der Kutsche Paris, als sie mir erzählte, daß Georges und Amandine Cousins und seit ihrer Kindheit eng befreundet wären und nicht etwa ein Liebespaar seien. Thérèse hatte die Geschichte aus Eifersucht erfunden. Georges … Georges ist ein wirklich gutaussehender Mann, und er hat Charme.« Warum fiel es ihr so schwer, das zu sagen, sogar jetzt? Sie wußte, daß er längst nicht der oberflächliche und sorglose Mensch war, für den sie ihn immer gehalten hatte.

»Und Thérèse wollte ihn vernichten, weil er sie zurückgewiesen hatte?« wollte Saint-Félix wissen.

»Ja. Und ich habe es für sie in die Tat umgesetzt.« Ihre Stimme klang bitter vor Selbstekel. »So kommt es, daß Georges jetzt auf der Flucht ist und sich auf einem Dachboden verstecken muß. Er kann sich nur nachts nach draußen wagen, weil jeder Nationalgardist sein Gesicht kennt und weil auf ihn als Antirevolutionär ein Kopfgeld ausgesetzt wurde – und alles ist meine Schuld.«

Saint-Félix' Mund verzog sich zu einem höhnischen Lächeln. »Er will dem König das Leben retten, Célie ... das ist so ziemlich das Antirevolutionärste, was ich mir vorstellen kann!«

Sie blickte jäh auf und starrte ihn an. »Deshalb will er ihn noch lange nicht wieder auf dem Thron sehen!« widersprach sie heftig. »Genausowenig wie ich! Er ist nur weitsichtig genug zu erkennen, daß sich ganz Europa gegen uns stellen wird, wenn wir ihn hinrichten lassen. Die Errungenschaften, die wir erkämpft haben und für die so viele gestorben sind, werden die einmarschierenden fremden Truppen hinwegfegen. Allesamt vertreten sie Monarchien und werden dafür sorgen, daß unser Land wieder dem Regime anheimfällt, daß wir gerade abgeschüttelt haben ... nur daß es noch schlimmer wird, weil uns dann nicht mal Franzosen regieren werden!«

»Und du willst Georges Coigny deine Schuld zurückzahlen?«

»Ja.« Mit diesem einen Wort war alles gesagt. Darauf lief alles hinaus: Wiedergutzumachen, was sie Georges angetan hatte, und so mutig und großherzig und aufrichtig zu handeln wie Madame de Staël, nicht wie Célie Laurent, die Rache nehmen wollte für etwas, das überhaupt nicht geschehen war, und die zuließ, daß ihre Trauer nicht nur ihre Fähigkeit zum Mitleiden und Mitfühlen zerstört hatte, sondern auch ihr Gefühl dafür, was richtig war und was falsch.

»Jetzt verstehe ich«, sagte Saint-Félix leise. »Und ich werde dir vertrauen. Dennoch, was auch immer wir zu tun beschließen – wir zwei allein werden in weniger als zwei Tagen kaum etwas ausrichten können.«

»Es gibt niemanden außer uns!«

»Amandine könnte uns helfen«, erwiderte er.

»Ihr solltet sie nicht in Gefahr ...«, begann sie.

»Wir alle bringen uns in Gefahr«, schnitt er ihr das Wort ab. »Aber ich dachte an keine besonders riskanten Aufträge. Nur – wenn überhaupt jemand das Haus verlassen darf, dann sind das Amandine und du. Menou wird nichts dagegen haben, wenn ihr euch um Brot anstellt. Hattest du das nicht bedacht? Du kannst nicht an zwei Orten gleichzeitig sein.«

Nein, das hatte sie für einen Moment nicht bedacht.

»Es bleibt viel zu tun«, fuhr er fort. »Nehmen wir an, Coigny kümmert sich um die beiden nächstgelegenen Unterschlupfe, die er erreichen könnte, und um die Leute, die sich um die Kutsche drängen sollen, dann müssen wir immer noch ein neues Versteck im Faubourg Saint-Antoine finden, sowie alle drei Kutscher überprüfen, die von den Unterschlupfen aus Richtung Meer oder an die italienische oder spanische Grenze fahren sollen. Auch des Kapitäns von Bernaves Schiff in Calais müssen wir uns versichern.« Er runzelte die Stirn. »Dieser Punkt gefällt mir am allerwenigsten.«

»Er hatte die Kutscher nicht eingeweiht«, wiederholte sie, was sie ihm bereits zu Beginn versichert hatte. »Sie wissen nicht genug, um uns zu verraten. Alles hängt davon ab, daß der König eines der Verstecke erreicht und die Kleider wechselt. Habt Ihr die Pässe, mit denen er die Stadt verlassen kann?«

»Ja.« Er verzog sein Gesicht und bewegte vorsichtig seine Schulter, als er sich an die Verletzung erinnerte, die er sich bei diesem Auftrag zugegezogen hatte. Dann riß er erschrocken die Augen auf. »Nein! Ich habe sie

Bernave gegeben!« Seine Stimme klang gepreßt. »Sie müssen bei seinen Papieren sein!«

»Die wollte ich ohnehin gleich durchsehen«, antwortete sie. »Ich werde die Pässe schon finden. Aber was ist mit dem Mann, der den Platz des Königs einnehmen soll? Kennt Ihr ihn?«

»Nein. Nur Bernave wußte, wer es ist.«

Sie schwieg. Fieberhaft versuchte sie sich zu erinnern, ob Bernave irgend etwas gesagt hatte, das einen Hinweis auf die Person des Mannes geben konnte oder wie er zu finden war. Ihnen blieb so wenig Zeit. Sie wußte nicht einmal, wo sie anfangen sollten, wie sie jemand anders ausfindig machen könnten. Wem war überhaupt zu trauen?

Saint-Félix richtete sich auf. »Laß mich wissen, was du herausfindest«, sagte er leise. »Andernfalls müssen wir ... eben jemand anderen suchen.« Seine tonlose Stimme verriet keine Hoffnung.

Dem war nichts mehr hinzuzufügen. Sie war zum Umfallen müde, und ihr Kopf hämmerte so stark, daß ihr schwindlig wurde. Trotzdem mußte sie jetzt Bernaves Schreibtisch und Unterlagen durchsuchen, bevor Menou zurückkam.

Ohne ein weiteres Wort verließ sie das Zimmer und ertastete sich im Licht der Kerze, die Saint-Félix ihr gegeben hatte, den Weg zurück zur Treppe. Die Kerze spendete nur einen kleinen Lichtkranz, über den hinaus sie nichts erkennen konnte. Im Haus herrschte völlige Finsternis. Draußen peitschte in unregelmäßigen Abständen der Regen gegen das Haus, und das Dachgestühl ächzte unter den Windböen.

Sie fragte sich, ob noch jemand im Haus wach war. Das Durchsehen von Bernaves Papieren würde kaum ein Geräusch verursachen, doch sie brauchte auf jeden Fall Licht. Was, wenn jemand anderes die gleiche Idee gehabt hätte und sie hier finden würde? Sie hätte keinerlei Erklärung für ihr Verhalten. Alle würden denken, daß sie etwas stehlen wolle, oder, schlimmer noch, daß sie ihn womöglich getötet habe, wegen irgend etwas, das sich in diesem Raum befand und das sie jetzt an sich bringen wollte.

Hatte sie Glück, warf man sie dann nur aus dem Haus – kam es zum Äußersten, würde man sie Menou übergeben, was Verurteilung und Hinrichtung bedeuten konnte.

Wer außer ihr wäre interessiert daran, mitten in der Nacht Bernaves Arbeitszimmer zu durchsuchen? Monsieur Lacoste oder Fernand möglicherweise, falls sie befürchteten, daß sich royalistische Schriften bei den Unterlagen Bernaves befänden, die seinem Ansehen schaden und seinen Besitz in Gefahr bringen könnten, der nun an Marie-Jeanne fiele, auch wenn sie überhaupt kein Interesse dafür zeigte.

Célie konnte nicht riskieren, in Bernaves Zimmer ertappt zu werden. Der Preis war einfach zu hoch. Aber wen konnte sie um Hilfe bitten? Wer würde ihr zu dieser nächtlichen Stunde helfen?

Madame Lacoste! Ihr könnte sie ohne weiteres klarmachen, wie wichtig es war, Bernaves Unterlagen durchzusehen, ehe Menou es tat, und möglichst alles daraus zu entfernen, das das Erbe Marie-Jeannes gefährden oder der Nationalgarde und den begierigen Augen der *Commune* Dinge offenbaren konnten, die persönlich und intim waren, wie private Briefe oder Dokumente, die die Familie betrafen.

Und dann mußte man natürlich auch an das Geld denken. Wer wußte schon, ob die Nationalgarde jeden Sou, den sie fand, nicht antasten würde?

Auf Zehenspitzen begann sie die Treppe hinaufzusteigen; die Wände fingen das flackernde Licht der Kerze auf.

Und wenn sie an der Schlafzimmertür der Lacostes

klopfte, und Monsieur statt Madame öffnete? Was sollte sie ihm sagen? Würde er darauf bestehen, sie zu begleiten?

Sie blieb stehen. Vielleicht wäre es ja besser, Marie-Jeanne zu wecken ... Schließlich war Bernave ihr Vater gewesen, und es war ihr Erbe.

Doch ihr Instinkt zog sie zu Madame Lacostes Tür. In Gedanken sah sie Madames schmale Hände, wie sie behutsam Bernaves Körper berührt hatten, und ihr von düsteren Schatten umwölktes Gesicht. Sie wäre bestimmt daran interessiert, Bernaves Ansehen zu schützen und eine würdige Erinnerung an ihn zu gewährleisten, wie sie auch alles tun würde, um das Haus zu bewahren. Und sie besaß genügend Selbstbeherrschung, um sich nicht versehentlich zu verraten, wenn sie Menou gegenübertrat.

Célie zitterte vor Kälte, während sie weiter die Stufen erklomm.

Dabei erinnerte sie sich auch an die Gefühle, die Marie-Jeanne offenbart hatte, als sie von ihrem Vater sprach. In ihren Worten hatte Feindseligkeit gelegen, keine Zärtlichkeit, kein Gedanke an vergangene liebevolle Augenblicke oder die Unschuld ferner Tage. Ihr lag nichts daran, seine Geheimnisse oder Besitztümer vor dem Zugriff der Garde zu bewahren.

Jetzt war sie am obersten Treppenabsatz angelangt und stand vor den Schlafzimmertüren.

Kein Laut war zu hören.

Sie hob die Hand, um an die Tür der Lacostes zu klopfen, während ihr das Herz bis zum Hals schlug.

Doch ehe ihre Knöchel das Holz berührt hatten, öffnete sich die Tür, und Madame erschien. Ihr Gesicht wirkte abgezehrt, ihr langes, schwarzes Haar fiel offen auf ihre Schultern. Sie trat auf den Flur und schloß die Tür hinter sich, bevor sie zu reden begann.

»Was ist?« flüsterte sie.

»Am Morgen werden Menou und seine Männer zurückkommen«, erwiderte Célie leise. »Sie werden Bürger Bernaves Zimmer durchsuchen, seine Unterlagen, seinen Schreibtisch. Wir sollten ihnen zuvorkommen, um sicherzugehen, daß sie nichts finden, was sie nichts angeht.« Reichte das als Erklärung aus? Würde Madame mehr dahinter vermuten? Alle im Haus wußten, daß Célie Botengänge für Bernave erledigt hatte. Was würde Madame tun, wenn sie eine Ahnung davon bekam, daß er in strafbare Aktivitäten verwickelt gewesen war, die sie alle auf das Schafott bringen konnte?

Nichts!

Worauf es ihr vor allem ankam, war zweifellos das Haus nicht zu verlieren. Käme die Nationalgarde Bernaves tatsächlichen Plänen auf die Schliche, würde man sie alle völlig mittellos auf die Straße setzen.

»Möglicherweise gibt es da geschäftliche Dinge, die eher … privater Natur sind«, fügte Célie mit unsicherer Stimme hinzu.

Madame nahm ihr die Kerze aus der Hand. »Du hast recht«, stimmte sie zu. »Warum bin ich nicht selbst darauf gekommen? Mach schnell, ehe wir noch alle aufwekken.« Sie ging bereits die Treppe hinunter und überließ es Célie, ihr zu folgen. »Obwohl ich bezweifle, daß heute nacht überhaupt jemand Schlaf findet.«

Auf leisen Sohlen stahlen sie sich hintereinander die letzte Etage hinunter und gingen vorsichtig über knarrende Dielenbretter den Flur entlang zu Bernaves Tür.

»Warte«, befahl Madame, gab Célie die Kerze, ging ins Zimmer und schloß die Tür hinter sich. Gleich darauf war sie zurück und ließ Célie eintreten. Es dauerte einen Augenblick, bis Célie bemerkte, daß sie die Vorhänge zugezogen hatte. Eine gute Idee. Célie hatte nicht daran gedacht, daß das Licht von draußen zu sehen gewesen wäre. Bestimmt hätten sich Menous Männer, die auf der Straße postiert waren, gefragt, was sie hier beide in den frühen Morgenstunden machten, obwohl sie doch eigentlich schockiert und verängstigt sein müßten. Wie sollten sie dafür eine einleuchtende Erklärung finden? Was auch immer sie sagen könnten, es würde nur unnötig Verdacht erregen.

Instinktiv stellte sie die Kerze auf den Boden, so daß die Flamme noch zusätzlich von dem mächtigen Schreibpult geschützt wurde, das vor dem Fenster stand. Auch wenn es reichlich unbequem sein würde, die Unterlagen gebückt oder am Boden hockend durchzugehen – es war auf jeden Fall sicherer. Auf diese Weise dürfte von draußen allenfalls noch ein schwacher Schimmer, aber keine sich hinter den Fenstern bewegende Schatten zu erkennen sein.

Madame deutete mit einem kurzen Nicken an, daß sie verstanden hatte. Sie öffnete die erste Schublade des Schreibtisches und zog sie ganz heraus, um sie neben Célie auf dem Boden abzusetzen. Vorsichtig hob sie den Inhalt heraus, legte den Packen umgedreht auf den Boden und tat jedes Blatt, nachdem sie es gelesen hatte, eines nach dem anderen sorgfältig zurück. Soweit Célie von der Seite erkennen konnte, handelte es sich bei den meisten um Rechnungen, Quittungen über Wolle, Leder und Seide, und Frachtpapiere.

Sie war sich unschlüssig, ob diese Informationen für sie nützlich sein könnten. Waren das Namen oder Anschriften, die sie sich merken sollte, waren das die Routen der Fluchtwege?

Das verhärmte Gesicht über die Papiere gebeugt, vertiefte sich Madame in die Lektüre von Adressen und Geldbeträgen, nahm ein Blatt nach dem anderen auf und legte es wieder zur Seite.

Sollte Célie sich einen eigenen Stapel vornehmen, oder besser Madame über die Schulter sehen? Was wußte Madame Lacoste von Bernave? Wem fühlte sie sich verpflichtet? Oder hatte sein Tod sie von Verpflichtungen entbunden, jetzt, da es ihn nicht mehr verletzen konnte?

Doch sein Vermögen gehörte nun Marie-Jeanne, und seine Geschäfte mußten weitergeführt werden, um ihre Familie zu ernähren, zu der doch wohl auch Fernands Eltern und all jene Hausangestellten, die sie behalten wollten, zu zählen waren.

Madames Miene verriet außer höchster Aufmerksamkeit keinerlei Gefühlsregung.

Célie stand auf, ging durch das Dämmerlicht zu Bernaves Pult und zog den nächsten Schubkasten heraus. Sie nahm ihn mit zurück ins Licht und begann, die Unterlagen auf die gleiche Weise wie Madame durchzukämmen. Auch bei ihr fanden sich Zahlungsbelege, allerdings betrafen sie hauptsächlich den Haushalt und waren von eher geringem Interesse. Das unterste Bündel enthielt Aufstellungen von Ausgaben, denen jeweils gewissenhaft die zugehörigen Quittungen zugeordnet waren. Das nächste war weniger ordentlich und ohne Gegenbelege. Die oberste Schicht bestand nur noch aus völlig ungeordneten Papieren. Célie begriff, daß Bernave mit der Zeit sowohl zu ihr als auch zu Amandine Vertrauen gefaßt und sich irgendwann nicht mehr die Mühe gemacht hatte, ihre Ausgaben zu kontrollieren. Ehe sie wußte, wie ihr geschah, überkam Célie eine heftige Woge des Bedauerns, und Tränen brannten in ihren Augen. Wie albern von ihr! Sie hatte gewußt, daß Bernave ihr vertraute. Warum sollte es plötzlich so weh tun, den handfesten Beweis dafür vor Augen zu haben?

Madames Blick ruhte auf ihr.

Blinzelnd drehte sie den Kopf zur Seite und wandte sich wieder den Papieren zu, die sie durchblätterte, während sie spürte, wie ihr Tränen über das Gesicht liefen.

»Hier drin scheinen nur Rechnungen und Quittungen zu sein«, flüsterte Célie. »Was habt Ihr?« Sie mußte es wissen. Sie würde wohl kein zweites Mal Gelegenheit haben, Bernaves Unterlagen zu inspizieren. Es war eine Gratwanderung zwischen der Notwendigkeit, alles über die Papiere herauszubekommen, und der Gefahr, bei Madame unnötig Argwohn zu wecken …

»Nur die Routen, die die Stoffe von und nach Paris nehmen«, antwortete Madame. »Ich kann nichts Verfängliches daran finden.«

Célie streckte die Hand aus. »Darf ich es mir ansehen?« Ihre Hand zitterte fast unmerklich. Sie bemerkte es, konnte es aber nicht verhindern.

Madame reichte ihr das Bündel Papiere.

Célie nahm es und las mit klopfendem Herzen, so schnell sie konnte. Welche Routen hatte er nur gewählt? Sie kannte die Namen der drei Kutscher: Am besten hielt sie nach ihnen Ausschau. Es war doch anzunehmen, daß sie immer dieselbe Strecke fuhren? Ob darunter Rechnungen von Poststellen, Wirtshäusern und Pferdeställen waren? Und wenn, würde Menou dann nicht die gleichen Schlüsse ziehen?

Wäre es nicht besser, die Routen zu ändern?

Nein. Chimay, Bombec und Virieu waren die Kutscher, die den Mann kannten, der sich für den König ausgeben würde; nur sie hatten dessen Kleider gesehen und würde sie wiedererkennen.

Sie saßen mit ihrem konspirativen Vorhaben fest, ihre eigene Vorausschau und Sorgfalt hatten ihnen diese Falle gebaut.

Madame beobachtete sie. In dem gespenstischen, von unten scheinenden Kerzenlicht war es unmöglich, ihren Gesichtsausdruck zu deuten.

»Nichts weiter als Rechnungen für den Transport von Waren, Handelsstraßen und so weiter«, sagte Célie und bemühte sich, ihrem Tonfall das richtige Maß Besorgnis zu verleihen. »Vielleicht …« Sie schluckte. »Vielleicht sollten wir einen Teil davon vernichten, damit sie nicht zuviel wissen. Immerhin geht es um ... sehr einträgliche Geschäfte ...«

Madame überlegte kurz. »Kannst du dir merken, was darinsteht, für den Fall, daß wir es noch mal brauchen?«

Das lief viel besser, als Célie zu hoffen gewagt hatte – sie brauchte es nicht einmal von sich aus vorzuschlagen. »Oh, sicher ... Ich nehme einfach bei jeder Route einige Papiere heraus.« Und ehe es sich Madame anders überlegen konnte, hatte sie alle Schriftstücke aussortiert, auf denen sie den Namen einer der Kutscher entdeckte. Sie riß sie in kleine Fetzen und warf sie in den Ofen. Als sie auf die letzte Glut trafen, flackerten kleine Flämmchen auf.

Und schon im nächsten Moment fragte sich Célie, ob sie nicht erst recht Verdacht erregen würde, wenn die Aufzeichnungen in den Unterlagen fehlten! Möglicherweise interessierten sich die Nationalgardisten überhaupt nicht für das Wie und Wo von Bernaves Geschäften, und nur die Tatsache, daß diese Angaben fehlten, würde ihre Aufmerksamkeit darauf lenken. Und sie war verantwortlich dafür. Wie dumm von ihr!

Sie mußte jetzt ganz klar denken ... sich konzentrieren. Logisch vorgehen. Wonach würde Menou suchen? Welche Schlüsse würde er aus dem ziehen, was er hier vorfand?

Madame hatte sich die nächste Schublade vorgenommen. Sie schien Verträge und andere juristische Dokumente zu enthalten, die mit dem Ankauf des Hauses zu tun hatten. Madame Lacoste zog ein halbes Dutzend davon heraus und riß sie mit entschlossener Bewegung durch. Ihre starken Hände arbeiteten rasch und verrieten fast so etwas wie Zorn. Noch bevor sie die Papiere in die Flammen warf, waren sie bereits bis zur völligen Unlesbarkeit zerfetzt.

»Was stand darin?« Die Worte waren heraus, ehe Célie es verhindern konnte.

»Dinge, die Menou nichts angehen«, erwiderte Madame ohne aufzusehen. »Beeil dich. Man kann nie wissen, ob nicht jemand im Haus wach wird, und dann Licht sieht oder Stimmen hört.« Ein kurzer Moment grimmiger Belustigung huschte über ihre Lippen. »Es könnte sogar sein, daß jemand auf die gleiche Idee kommt wie wir, obwohl ich es bezweifle. Marie-Jeanne ist vollkommen erschöpft. Sie glaubt, daß sie ihren Vater nicht liebte, aber manchmal bringt ein Verlust Dinge in uns zum Vorschein, von denen wir nichts wußten – oder wissen wollten.« Mitleid schwang in ihrer Stimme mit, doch Célie glaubte, auch Verärgerung herauszuhören.

Bereitwillig wandte sie ihre Aufmerksamkeit wieder den übrigen Unterlagen zu. Was sie brauchte, waren die Pässe, und irgendeinen Hinweis darauf, wie sie den Mann finden konnten, der bereit war, anstelle des Königs zu sterben. Ohne ihn würde der ganze Plan fehlschlagen. Ohne die Pässe mußte er ebenfalls scheitern. Wenn sich nicht alle einzelnen Teile zusammenfügten, würde das zerbrechliche Gebäude ihres Vorhabens in sich zusammenfallen.

Sie hielt Briefe von Freunden in den Händen, manche von ihnen schon mehrere Jahre alt, aus allen Teilen Frankreichs. Die Zeit war zu knapp, um alle zu lesen. Sie warf auf jeden einen kurzen Blick, versuchte, sich einen Eindruck von dem Inhalt zu verschaffen, prüfte das Datum und legte ihn weg.

»Was hast du da?« verlangte Madame zu wissen.

»Briefe«, antwortete Célie. »Ich will nur sehen …, ob es darin um … persönliche Dinge geht.«

Madame zögerte und warf ihr in dem unruhigen Licht der Kerze einen nachdenklichen Blick zu. Durch den Spalt unter der Tür drang Zugluft und brachte die Kerze zum Flackern.

»Verbrenn alle«, befahl sie. »Menou wird nie erfahren, daß es sie jemals gegeben hat. Er wird sie nicht vermissen. Danach machen wir den Ofen sauber und entzünden ein neues Feuer. Wir können nicht riskieren, daß sie Asche von verbranntem Papier finden.«

Mit einem Anflug schlechten Gewissens merkte Célie, daß sie auch daran nicht gedacht hatte. Es wäre ein Fehler, Menou zu unterschätzen – oder sonst jemanden.

Wo konnte Bernave nur die Pässe aufbewahrt haben? Hatte er sie an einer Stelle versteckt, an der niemand suchen würde? Oder hatte er sie irgendwo offen hingelegt, wo jeder sie sehen konnte und für einen ganz alltäglichen Bestandteil seiner Geschäfte und Reiseunterlagen halten mußte? Schließlich war es sein Beruf, Handel mit dem Ausland zu betreiben. Es wäre also ganz selbstverständlich, daß er über Pässe verfügte, die es seinen Beauftragten erlaubten, zu kommen und zu gehen, wie es für ihn nötig war.

Célie tippte auf ein offenes Versteck. Bernave war ein kluger Mann gewesen. Er war in allem, was er tat, überaus umsichtig und überlegt vorgegangen.

»Was glaubt Ihr, wo er die laufenden Aufträge notiert hat?« fragte sie. »Sie sind wichtig für uns. Wenn Menou die Aufzeichnungen darüber mitnimmt, werden wir sie nicht ausführen können.«

Madame erhob keine Einwände, sondern öffnete statt dessen die übrigen Schubfächer und reichte eines davon an Célie weiter. Wieder gingen sie jedes einzelne Papier durch. Madame legte alle Dokumente beiseite, die offenbar mit Bernaves Besitztümern zu tun hatten, Belege über Kauf und Eigentum. All das gehörte nun Marie-Jeanne.

Célie blätterte durch endlos erscheinende Aufträge für Wolle, Seide, Leder, sogar Anfragen nach Baumwolle aus Ägypten. Sie fand alle möglichen Aufzeichnungen über Einkauf und Verkauf und über die Ausgaben für das Lagern, Weben, Färben und den Transport von Stoffen. Hier und da entdeckte sie versprengte Notizen über Reiserouten, bevorzugte Strecken und Bemerkungen über die Zuverlässigkeit von verschiedenen Kutschern.

Und da waren sie: Pässe für Bürger Louis Bombec, mit der Erlaubnis, Paris am 21. Januar 1793 zu verlassen, für Bürger Claude Virieu, Bürger Albert Chimay und Bürger Joseph Briard. Ein vierter Kutscher? Oder der *König?*

Madame war in Briefe vertieft, die Augen fest auf die Blätter geheftet, aber sie würde auch die kleinste Bewegung aus den Augenwinkeln registrieren. Es würde ihr nicht entgehen, wenn Célie versuchte, vier Bogen Papier in ihre Tasche gleiten zu lassen.

Statt dessen legte sie die Pässe zu den übrigen Stapeln auf den Boden, ein wenig schief, damit sie sie später leicht herausziehen konnte. Dann nahm sie den nächsten Stapel in Angriff. Er enthielt weitere Geschäftsbriefe, Preise für Wolle aus Schottland, Seide aus Mailand, Angebote und Gegenangebote, die alle den Handel mit Stoffen betrafen.

»Diese Papiere hier scheinen mir völlig harmlos zu sein«, sagte sie leise zu Madame. »Was ist mit den Briefen? Könnten sie jemanden in Schwierigkeiten bringen, oder sogar in die Untersuchung verwickeln?«

Madame überlegte.

Célie mußte sie dazu bringen, aufzustehen und irgend etwas im Ofen zu verbrennen, damit sie kurz den kleinen Lichtkreis verließ, den die Kerze warf. Dann würde sie Célie wenigstens für einen Augenblick den Rücken zuwenden – vielleicht auch etwas länger, wenn sie dafür sorgte, daß die Asche ganz zerfiel.

»Auch wenn es bloß persönliche Briefe sind«, fuhr sie fort, »wäre es doch möglich, daß es Bürger Bernave nicht recht gewesen wäre, wenn sie der Nationalgarde in die Hände fielen. Ich jedenfalls würde es nicht wollen.«

»Du hast recht«, entschied Madame schnell. »Wir verbrennen sie. All diese Briefe waren nur für Bernave bestimmt und nicht für Menou oder einen seiner ungehobelten Männer. Komm, gib sie mir rüber.« Sie streckte ihre Hände aus.

So hatte Célie sich das nicht vorgestellt. Denk nach, schnell, ermahnte sie sich.

»Unter diesen Papieren ist nichts Privates, oder wenigstens kann ich nichts finden. Es sind alles Informationen, die Marie-Jeanne brauchen könnte. Und wir sollten Menou nicht mißtrauisch machen. Er wird sich fragen, warum so wenig da ist. Verbrennt die Briefe aus Eurem Stapel, und ich gehe diesen noch einmal durch, nur um sicherzugehen.«

Madame erhob sich und ging wieder zum Ofen.

Célie zog die Pässe heraus und stopfte sie in ihre Rocktasche, während sie mit den übrigen Seiten raschelte, um das Knistern zu überdecken. Päckchenweise legte sie sie in die Schublade zurück, wobei sie sich, um keinen Verdacht zu erregen, bemühte, die ursprüngliche Reihenfolge und Ordnung in etwa wiederherzustellen.

Madame zerstocherte die Asche und legte ein kleines Holzscheit obenauf, damit es so aussah, als wäre das Feuer allmählich von selbst heruntergebrannt. Wer würde unter diesen Umständen in Bernaves Arbeitszimmer Feuer machen?

Prüfend sah sie sich um. »Haben wir noch etwas übersehen?«

»Die religiösen Bücher vielleicht?« schlug Célie vor. Die Vorstellung, sie zu vernichten, war schrecklich. Sie waren wunderschön, nicht nur die illustrierten Textseiten, sondern auch ihre Einbände. Das alte Leder war durch den vielen Gebrauch samtweich geworden, die goldgeprägte Beschriftung glänzte, wenn Licht darauf fiel. Jemand hatte seine Gedanken mit Leib und Seele niedergeschrieben, ein anderer hatte sie gedruckt und gebunden und sie damit gegenständlich, greifbar gemacht. Und Bernave hatte sie über alles geschätzt, sonst wäre er nicht das Risiko eingegangen, sie diesen zerstörerischen, atheistischen Tagen zum Trotz zu behalten. Sie waren ein Rettungsanker, der ihn mit einer anderen Zeit verband, ein Teil von ihm, von dem er sich nicht hatte trennen wollen.

»Laß sie«, antwortete Madame mit rauher Stimme. »Soll Menou sich dabei denken, was er will. Niemand in diesem Haus hat ihn seiner Bücher wegen ermordet.«

Plötzlich schien es, als wäre alles Licht und sogar das letzte bißchen Wärme des Ofens aus dem Zimmer gewichen.

Célie erwiderte nichts darauf, sondern sah nur zu, wie Madame die Kerze ausblies und nach dem Türgriff tastete. Sie würden ihren Weg zurück ins Bett im Dunkeln suchen müssen. Keine der beiden verspürte das Bedürfnis, ihr nächtliches Tun vor irgend jemandem zu rechtfertigen. Wer würde es schon verstehen?

Siebentes Kapitel

Menou kam mit dem ersten Tageslicht. Entgegen ihren sonstigen Gewohnheiten traf er alle Bewohner des Hauses am Boulevard Saint-Germain gemeinsam in der Küche an. Es war der wärmste Raum im Haus, und es schien, als suche jeder die Gesellschaft der anderen, wenn auch aus unterschiedlichen Gründen. Auf einem breiten Lehnstuhl saß Marie-Jeanne und stillte das Baby. Claire hockte neben ihr und sah ihr zu. In einer Ecke kauerten die zwei Jungen und waren einträchtig mit einem Spiel beschäftigt, bei dem sie Stöckchen auf einen Haufen warfen und dann versuchten, die Hölzer einzeln herauszuziehen, ohne daß der Rest des Gebildes einstürzte.

Die übrigen Erwachsenen saßen um den Küchentisch, aßen langsam Brot vom Vortag und tranken Schokolade dazu. Vermutlich gingen allen – zumindest teilweise – die gleichen Gedanken durch den Kopf, doch keiner sprach auch nur ein Wort. Wovon sollten sie leben, nun, da Bernave tot war? Wie sehr waren Bernaves Geschäfte von dessen Geschick abhängig gewesen? Würde es ihnen gelingen, sie ohne ihn weiterzuführen?

Monsieur Lacoste war der geborene *Communard*. Er war ein einfacher Bürger, ein Schlosser und Metallhandwerker, ein Mann ohne jede Privilegien, dem die Revolution zum erstenmal die Möglichkeit gegeben hatte, seine und die Zukunft seiner Familie selbst zu bestimmen, sein Schicksal in die eigenen Hände zu nehmen. Er trug genügend unterdrückte Wut in sich, um das Verlangen nach Zerstörung zu verstehen. Doch selbst ihm war Marat zu radikal. Der enthaltsame Robespierre, der nicht müde wurde, seine eigene Tugendhaftigkeit anzupreisen, war mehr nach seinem Geschmack.

Fernand glaubte an die *Commune*, auch wenn er nur wenig davon verstand. Zumindest nahm Célie das an! Möglicherweise schätzte sie ihn ja auch falsch ein. Er war Möbeltischler und arbeitete gelegentlich, wenn nur wenig zu tun war, als Zimmerer. Sicher war er ein redlicher Handwerker, der davon träumte, eine eigene Tischlerei zu eröffnen und eines Tages Helfer einzustellen, doch so etwas war in diesen Zeiten undenkbar. Er wollte Frieden und war bereit, dafür zu kämpfen. Wie sein Vater sehnte er sich nach mehr Gerechtigkeit, besseren Möglichkeiten, sich weiterzuentwickeln – und nach Meinungsfreiheit.

Célie machte sich ebenfalls Sorgen, nicht nur um die anderen am Tisch, sondern zu einem gut Teil auch um sich selbst. Hatte sie noch einen Arbeitgeber? Würden die Lacostes sie behalten wollen – wenn sie sie denn brauchten? Hielten sie es überhaupt für richtig, Hauspersonal zu haben, oder kam ihnen das in den Tagen der Gleichheit politisch unkorrekt oder sogar gefährlich vor? Célie jedenfalls war es viel lieber, in einem politisch zweifelhaften Arbeitsverhältnis, aber im Warmen und Trockenen zu leben, als gleich zu sein und dafür hungernd auf der Straße zu sitzen; und sie wußte nur zu gut, daß die meisten Franzosen genauso dachten, aber keine andere Wahl hatten.

Doch davon abgesehen – verfügte die Familie denn noch über Geld?

Und falls sie mittellos wären, wie sollte Célie dann für Georges sorgen? Wo sollte sie zu suchen beginnen, wenn sie sich nach einer neuen Stelle umsehen mußte? War es ein Zeichen von Gefühlskälte, so bald über die praktischen Dinge des Lebens nachzudenken?

Was sie jedoch am meisten beschäftigte, waren zwei Fragen: Auf wessen Seite hatte Bernave gestanden, und wer hatte ihn ermordet? Jemand, der hier am Tisch saß, hatte das Messer in der Hand gehalten und zugestochen, jemand, der nun gemeinsam mit ihnen am Frühstückstisch saß und an seiner Schokolade nippte, um den Geschmack von altbackenem Brot zu überdecken. Warum?

Als Menou vom Hof her durch die Hintertür hereinkam, erstarrten alle in ihrer Bewegung und sahen ihn an, die Becher auf halbem Weg zum Mund, das Brot in der Hand.

»Guten Morgen, Bürgerinnen und Bürger«, sagte er und schloß die Tür hinter sich. »Ich bedaure es, Eure Mahlzeit zu stören, aber gewisse Dinge können nicht warten.« Obwohl er bereits in der Küche gewesen war, als er das Messer gesucht hatte, sah er sich neugierig um. Sein Blick fiel auf den Herd, auf dem in einem Topf die restliche Schokolade simmerte.

Célie spürte, wie die Furcht ihr in die Glieder kroch und sie zu lähmen drohte. Jetzt hing viel davon ab, wie sie sich ihm gegenüber verhielten. Sie fühlte, wie bedrohlich Menous Anwesenheit auf alle wirkte.

»Euch … ist sicher kalt, Bürger«, hörte sie ihre Stimme ein wenig heiser in das Schweigen hinein sagen. »Können wir Euch etwas Schokolade anbieten?«

Von der Seite konnte sie erkennen, wie Monsieur Lacoste erstarrte. Niemand konnte es sich in diesen Tagen leisten, seine knappen Lebensmittel mit anderen zu teilen. Sie ließ sich nicht davon beirren. Wer konnte sich sicher genug fühlen, um nicht mit der Nationalgarde zu teilen? Aber es war nicht der Moment, ihn daran zu erinnern. Vielleicht konnte sie es später erklären – allerdings fühlte sie sich nie sehr behaglich in Monsieur Lacostes Gesellschaft. Sie konnte seine Ansichten nicht teilen, vor allem was Robespierre betraf, und sie fürchtete, daß ihm das während einer längeren Unterhaltung nicht verborgen bleiben würde. Instinktiv empfand sie Robespierres Sittenstrenge als sehr viel beängstigender als Marats blindwütiges Gehabe.

»Gern«, nahm Menou an.

Saint-Félix rückte etwas zur Seite, damit er sich setzen konnte.

Célie ging zum Herd und nahm im Vorbeigehen einen sauberen Becher vom Regal des Küchenschranks. Sie goß den Rest Schokolade in den Becher und brachte ihn zum Tisch.

Menou nahm ihn mit einer Geste des Dankes in Empfang. »Ich darf wohl nicht annehmen, daß jemand das Messer gefunden hat, mit dem Bürger Bernave umgebracht wurde?« fragte er und blickte in die Runde, die Augenbrauen fragend hochgezogen.

»Nein«, erwiderte Madame Lacoste mit einem Anflug von Erstaunen, als überrasche sie die Frage.

Er kostete von der Schokolade. »Ich hatte es auch nicht erwartet«, nickte er langsam. »Nun ja, dann werden wir eben weitersuchen. Es muß ja irgendwo sein, nicht wahr?«

Niemand antwortete.

»Das beste wird sein ...«, sagte er, als spräche er mit sich selbst, »... jeder berichtet mir in allen Einzelheiten, woran er sich erinnert.« Er nahm noch einen Schluck. »Sehr gut.« Die Spur eines Lächelns flog über sein Gesicht. »Ausgezeichnet. Ich schätze Frauen, die es verstehen, auch aus einfachen Dingen etwas zu machen.«

Amandine schluckte. »Danke ...«

Er sah sie an. »Was ist mit Euch, Bürgerin? Werdet Ihr verlegen, wenn man Euch ein verdientes Kompliment macht? Oder ist es die Trauer um Euren Lohnherrn? War er gut zu Euch?«

Amandine traf dieser Vorstoß völlig unvorbereitet. Célie sah ihr ihre Verunsicherung an. Sie dachte an Saint-Félix und daran, was sie sagen könnte, um ihn zu schützen, ohne sich allzu weit von der Wahrheit zu entfernen. Schließlich war Bernave von einem der Zuhörenden getötet worden, und sie wollte zweifellos, daß jemand anderer der Tat beschuldigt wurde.

Menou wartete, seine leuchtend graublauen Augen gespannt auf Amandine gerichtet. Im Tageslicht fielen Célie seine dunklen Wimpern auf. Wäre er nicht der, der er war, sie hätte ihn gutaussehend gefunden.

»Ja ... er hat mich immer ... gut behandelt«, sagte Amandine umständlich. »Allerdings hatte ich kaum Kontakt mit ihm. Er ... hat mich in Ruhe meine Arbeit machen lassen. Er war nicht kleinlich. Er ... vertraute mir.« Sie merkte, daß sie viel mehr antwortete, als er gefragt hatte, und brach ab.

Ihre Wangen röteten sich leicht vor Verlegenheit.

Menou wandte sich an Célie. »Und hat er Euch ebenfalls gut behandelt, Bürgerin Laurent?«

Monsieur Lacoste beobachtete sie und wartete, was sie sagen würde. Natürlich hatte er mitbekommen, wie oft sie zu jeder Tages- und Nachtzeit, bei Regen und Kälte mit Aufträgen außer Haus geschickt worden war. Ihre Aufträge hatten sie zwar nicht an so gefährliche und üble Orte geführt wie Saint-Félix, aber wußte er das? Würde er Menou davon erzählen? Sie mußte mit ihrer Aussage nah genug bei der Wahrheit bleiben. Wenn sie sich verdächtig machte, wäre alles zunichte.

»Ja, ich denke schon«, erwiderte sie und hielt Menous prüfendem Blick stand. Er war sichtlich ein intelligenter Mann, was sie beunruhigend fand. Sie zwang sich zu einer Art Lächeln. »Er konnte recht großzügig sein. An manchen Tagen schickte er mich allerdings mit Botengängen bei Wind und Wetter hinaus. Ich nehme an, daß es notwendig war, oder daß er es zumindest dafür hielt.«

»Ah ja? Was für Botengänge, Bürgerin?«

Um den Tisch war vollkommene Stille eingekehrt. Alle Augen ruhten auf ihr. Saint-Félix ließ seine Schokolade kalt werden. Amandine zerkrümelte Brot zwischen ihren Fingern, ohne es zu merken.

»Manchmal waren Briefe zu überbringen«, antwortete Célie und bemühte sich, ihrer Stimme einen unbeschwerten Klang zu geben, als ob ihr das alles nebensächlich erschiene und sie nicht jede Silbe sorgsam abwägen müsse. »Und dann war da natürlich die Nationalversammlung, zu der er mich hin und wieder schickte, damit er über alles genau auf dem laufenden blieb. Er wollte gern wissen, was in den Debatten gesagt wurde.«

»Warum ging er nicht selbst?« wollte Menou wissen und schloß seine kalten Hände um seinen Becher. Es waren schöne, schlanke Hände mit sauberen Fingernägeln. Unwillkürlich mußte sie an Robespierres Hände und seine zerbissenen Nägel denken, mit denen er während seiner Reden gestikulierte, und ein kalter Schauer überlief sie.

»Ich habe ihn nicht danach gefragt«, gab sie zurück.

Eine Spur von Belustigung huschte über Menous Gesicht und verschwand wieder.

»Und über das, was Ihr gesehen und gehört hattet, habt Ihr ihm dann Bericht erstattet, Bürgerin?«

»So gut ich konnte.« Es wäre ein Fehler, wenn sie allzu gescheit oder zu gut über politische Dinge informiert erschiene. Am Ende käme er noch auf die Idee, ihr ein eigenes Motiv zu unterschieben.

»Wie interessant.« Er betrachtete sie. »Nicht viele Männer würden in diesen turbulenten Zeiten eine Wäscherin zum Konvent schicken, um sich über Regierungsangelegenheiten zu orientieren. Er muß eine außerordentlich hohe Meinung von Euch gehabt haben.« Sein Blick unterzog sie vom Kopf bis zu den Händen einer eingehenden Prüfung, mehr konnte er von ihr nicht sehen. »Ihr kanntet ihn schon länger?«

Sie wand sich innerlich bei der Vorstellung, welche

Gedanken ihm gerade durch den Kopf gingen, und spürte, wie ihr die Hitze ins Gesicht stieg, was um so lächerlicher war, als es überhaupt keinen Grund dafür gab. Es gab nichts, was sie sich vorzuwerfen hätte, jedenfalls nicht in der Weise, die er womöglich vermutete.

»Erst seit Mitte September«, erwiderte sie so gelassen wie möglich.

»Damals kamen Célie und Amandine zu uns«, bestätigte Madame Lacoste. Ihr Gesicht war immer noch bleich, mit tiefen Ringen unter den Augen und eingefallenen Wangen, als hätte sie kein Auge zugetan, aber ihr Blick war vollkommen ruhig und ohne eine Spur von Angst.

»Ihr kamt zusammen hierher?« fragte Menou und schaute von Célie zu Amandine und wieder zurück. »Seid Ihr Schwestern?«

»Nein«, stellte Célie richtig. »Amandine kam zuerst. Sie war so nett, mich zu empfehlen. Ich wurde einige Tage später eingestellt.«

Mit ihren blondgelockten Haaren und ihrem zarten Teint war Amandine die hübschere von beiden. Die meisten Männer wären dieser Ansicht gewesen. Célie war dunkler und eigenwilliger, ihre Gestalt etwas kräftiger.

»Ich verstehe.« Menous Miene drückte das Gegenteil aus. »Und Euch obliegt also die Pflege und das Flicken der Wäsche … und das Beobachten des politischen Geschehens …« In seinen Worten, die er in der Luft hängen ließ, schwang ein unerwarteter Humor mit.

»Ich habe getan …«, setzte Célie an und unterbrach sich. »Ich habe getan, was im Haushalt zu tun war«, korrigierte sie, was sie ursprünglich hatte sagen wollen. »Und wenn die Zeit es zuließ, überbrachte ich auch Briefe und machte Botengänge. Bei Bürger Bernave hatten wir immer genug zu essen und ein warmes Zuhause. So weit ich das sagen kann, war er ein begeisterter Anhänger der Revolution und wollte Freiheit und Gleichheit für jedermann.«

Menou wandte sich Monsieur Lacoste zu, dessen zutiefst verächtlicher Gesichtsausdruck geradezu nach einer Erklärung verlangte.

Als er sich bewußt wurde, daß man ihn beobachtete, versuchte er mit sichtlicher Anstrengung, den Ausdruck des Ingrimms in seinen Zügen abzuschwächen. Bedächtig wählte er seine Worte.

»Das ist das, was er immer gesagt hat«, gab er, an Menou gewandt, zu. »Schöne Worte kosten nichts. Möglich, daß Ihr recht habt und daß er für die *Commune* gearbeitet hat. Nur benommen hat er sich nicht immer so.«

»Ihr mochtet ihn wohl nicht besonders, Bürger?« fragte Menou.

»Wir gehörten zu derselben Familie«, antwortete Lacoste, als wäre damit alles gesagt.

»Ah, ja«, nickte Menou. »Euer Sohn ist mit seiner Tochter verheiratet.« Er sah zu Marie-Jeanne hinüber. »Das seid Ihr, Bürgerin ...«

Marie-Jeanne nickte.

Er blickte zu Fernand. »Und Ihr, Bürger, wie dachtet Ihr über Bernave?«

»Ich wußte nicht, daß er für die *Commune* arbeitete«, erwiderte Fernand. »Er äußerte sich immer sehr zurückhaltend über diese Dinge, aber es überrascht mich nicht. Er war ein Mann von tiefen Überzeugungen, und wie Célie schon sagte, er trat für Gerechtigkeit für alle ein.«

Menou lächelte. Sollte sich herausstellen, daß Bernave ein Verräter der Revolution gewesen war, würden sie das Haus verlieren, und jeder in diesem Raum war sich dessen bewußt – genau wie Menou.

»Ganz recht.« Seine Augen ruhten immer noch auf Fernand. »Erzählt mir von gestern abend, Bürger. Was genau ist passiert ... soweit Ihr Euch erinnern könnt?«

»Ich … ich weiß nicht mehr als das, was ich Euch gestern sagte.«

»Mag sein. Helft mir auf die Sprünge …« Menou fixierte ihn mit aufmerksamen, klugen Augen und wartete.

Fernand fühlte sich sichtlich unbehaglich, aber er gehorchte.

»Wir saßen alle zusammen im vorderen Salon …«

»Von der Straße her drang Lärm herein«, half ihm Menou. »Dann habt Ihr die Menschenmenge bemerkt und festgestellt, daß es draußen zu Krawallen kam …«

»Natürlich. Das war ja wohl kaum zu überhören«, bestätigte Fernand ironisch. »Da draußen drängten sich wenigstens zwanzig Leute, die laut schrien, und dann fielen Schüsse …«

»Ja, richtig … Schüsse.« Menou wandte sich an Marie-Jeanne. »Erinnert Ihr Euch daran, Schüsse gehört zu haben?«

Menou blickte wieder zu Fernand.

»Hat irgend jemand den Raum verlassen?«

»Nicht daß ich wüßte.«

Menou sah mit hochgezogenen Augenbrauen Célie an. Wer immer aus dem Zimmer gegangen wäre, hätte dicht an ihr vorbeigehen müssen.

»Ich habe ihn verlassen«, sagte Marie-Jeanne leise. »Ich ging nach oben zu meinen Kindern, um sie zu beruhigen.«

Menous Blick wanderte von Claire, die ihn mit weit aufgerissenen Augen anstarrte, hinüber zu den beiden Jungen, die ihr Spiel vergessen hatten.

»Selbstverständlich«, stimmte er zu. »Noch jemand?«

Dieses Mal war Célie geradezu erleichtert, etwas beisteuern zu können. »Nein, wir anderen blieben alle, wo wir waren.« Sie fühlte Madame Lacostes Augen auf sich ruhen. Wovor hatte sie Angst? Wußte sie, wer von ihnen Bernave getötet hatte? Was würde sie tun, um denjenigen zu schützen, wie weit könnte sie gehen? Oder glaubte sie, daß es Saint-Félix gewesen war? Das schien durchaus möglich, denn es war die einzige Antwort, mit der sie hätte leben können.

»In welcher Reihenfolge geschah das alles genau?« Menou wandte sich Amandine zu. »Ihr, Bürgerin. Erzählt es mir bitte noch einmal.«

Amandine erschrak. Es dauerte eine ganze Weile, ehe sie antwortete. Er ließ sie nicht aus den Augen, betrachtete ihre glatten Hände, ihre makellose, helle Haut. Sie hatte etwas Zerbrechliches, Zartes an sich. Es fiel nicht schwer, sie sich als Frau aus gutem Hause und von vornehmer Herkunft vorzustellen, die eine schlimme Zeit durchmachen mußte. War es das, was er in ihr sah? Mißbilligte er es? Sie hatte nichts von der bodenständigen Marie-Jeanne an sich, die mit Leib und Seele Hausfrau war.

Wer war Menou? Woher kam er? Die ständig wechselnden Geschicke der Politik hatte alle Arten von Menschen zusammengewürfelt. Wer gestern noch Minister und Regierender war, saß heute im Gefängnis und endete morgen auf dem Schafott. Die Diener von gestern waren heute die Herren. Célie musterte ihn genauer. Er trug die Uniform der Revolutionäre, aber das taten Tausende von Menschen aus tausenderlei Gründen: aus Begeisterung, Überzeugung, Machtgier oder Überlebenswillen. Menou konnte alles mögliche sein. Seine Sprache war die eines Durchschnittsbürgers. Vor der Revolution war er vielleicht Lakai, Schneider oder irgendein Handwerker gewesen. Oder der dritte oder vierte Sohn eines Aristokraten mit der natürlichen Gabe, sich die Redeweise des einfachen Mannes anzueignen – und genügend politischem Idealismus oder Opportunismus, sich der neuen Ordnung zu unterwerfen.

Er könnte jedoch genausogut Anwalt, Geldverleiher oder Dieb gewesen sein.

Sein Äußeres war sehr gepflegt. Er konnte einen Haarschnitt gebrauchen, doch seine Kleidung saß gut, und seine Hände waren sauber. Auch seine Stiefel waren von guter Qualität. Als er die Küche betreten hatte, war ihr das sofort aufgefallen. Ließ sich das auf seine Herkunft oder eine günstige Gelegenheit zurückführen?

»Ein Schuß durchschlug das Fenster, und die Kerze ging aus«, berichtete Amandine zögernd und drehte sich zu Menou. »Dann hörten wir an der Haustür ein Geräusch, und sie brachen ins Haus ein und verlangten Lebensmittel. Sie dachten, wir hamstern – aber das stimmt nicht. Wirklich nicht! Bürger Bernave ging zu ihnen.« Ein Schauer überlief sie bei der Erinnerung daran. »Er sagte ihnen, daß wir nichts hätten ...«

»Und glaubten sie ihm?« wollte Menou wissen.

»Nein, natürlich nicht! Sie hatten ja wohl auch nicht erwartet, daß er es zugeben würde, nicht wahr?«

Menou lächelte. Célie bemerkte es mit Erstaunen. Ihrer Erfahrung nach konnten Revolutionäre keiner Sache etwas Komisches abgewinnen, und schon gar nicht, wenn es auch nur im entferntesten ein schlechtes Licht auf sie werfen würde. Das gehörte zu den Dingen, die ihr am meisten angst machten. Es verlieh ihnen etwas Unmenschliches, als stünden sie außerhalb des normalen Lebens. Robespierre lachte nie.

»Was geschah dann?« erkundigte sich Menou leise, fuhr aber fort, ehe sie antworten konnte: »Bürger Bernave trat den Eindringlingen entgegen. Was taten die anderen Männer, die sich ebenfalls im Zimmer aufhielten – die Bürger Lacoste und Saint-Félix zum Beispiel? Eilten sie zu seiner Unterstützung herbei?«

Amandine war ratlos. »Ich ... ich glaube schon. Ich weiß nicht mehr.« Sie starrte vor sich hin, als wäre außer ihr und Menou niemand im Raum. Ihre Haltung war unnatürlich starr. Célie wußte, daß sie sich fieberhaft zu erinnern versuchte, wo Saint-Félix gewesen war.

Célie konnte es ebensowenig sagen. Ihre Aufmerksamkeit hatte Bernave und der wütenden Horde im Hauseingang gegolten. Die anderen hatte sie nur vage wahrgenommen.

Menou wandte sich an sie.

»Und Ihr, Ihr verfügt doch über eine so scharfe Beobachtungsgabe, Bürgerin Laurent. Was könnt Ihr mir sagen? Wo stand Bürger Saint-Félix?«

Er hatte nicht gesessen, das stimmte, aber woher wollte Menou das wissen? Nur weil er ein Revolutionär war, durfte sie ihn dennoch nicht unterschätzen. Deswegen konnte er trotzdem schlau und bestimmt fähig sein, sie alle an ihren eigenen Maßstäben zu messen und ihre Schwächen und Überzeugungen zu erkennen.

»Ich weiß es nicht«, antwortete sie. Es hatte keinen Zweck, Marie-Jeannes Unwissenheit nachzuahmen. Menou hatte bemerkt, daß sie ein scharfes Auge hatte, und würde ihr kaum abnehmen, daß sie in Panik geraten war – außerdem hatte sie auch keine Kinder, die sie beschützen mußte … nicht mehr. Pierre war unerreichbar, und sie konnte nichts mehr für ihn tun. »Bürger Saint-Félix saß in dem Sessel gegenüber, als der Schuß das Fenster zerschlug …« Ihre Stimme klang ein wenig heiser, etwas preßte ihr die Kehle zu, als die Vergangenheit und ungeweinte Tränen sie einzuholen drohten.

Menou interessierte sich nur für das Hier und Jetzt.

»Und dann?« drängte er. »Als die Leute von der Straße Euch bedrohten, machte er sich da nicht auf, Bernave beizustehen?« Er beobachtete ihr Gesicht. So unschuldig die Frage klang, so unausweichlich waren die Schlußfolgerungen, die man aus ihrer Beantwortung ziehen konnte.

Sollte sie lügen und Saint-Félix zum Feigling stempeln – oder das wiedergeben, was sie für die Wahrheit hielt, und erklären, daß er an einer Stelle gestanden hatte, von der er ohne weiteres Bernave hätte töten können?

Menou wartete.

Sie fühlte, wie eine Gänsehaut über ihren Körper kroch. Seine Augen schienen sie zu durchbohren.

Madame Lacoste antwortete an ihrer Stelle.

»Es herrschte ein unglaublicher Lärm und ein schreckliches Durcheinander. Der Qualm der Fackeln drang von der Straße her herein und brannte uns allen in den Augen. Wir konnten kaum etwas erkennen. Ich sah nur die Männer im Eingang: von ihnen ging die Bedrohung aus, nicht von uns im Zimmer. Ich nehme an, Bürgerin Laurent erging es nicht anders.«

»Ich verstehe«, meinte Menou stirnrunzelnd. Er wandte sich von Célie und Madame Lacoste ab und richtete das Wort an Saint-Félix. »Wo wart Ihr, als der Tumult auf der Straße losbrach?«

Saint-Félix reagierte verstört, so als hätte er nicht erwartet, angesprochen zu werden.

»Ich ... ich saß auf dem anderen Sessel, gegenüber von Bürger Bernave. Ich glaube, daß ich dann aufstand. Aber ich weiß es nicht mehr genau. Wir alle waren voller Angst und Schrecken, weil die wütende Menge so nah bei uns war.«

Menou nickte. »Erzählt mir ganz genau, woran Ihr Euch noch erinnern könnt.«

Célie blickte sich um. Alle sahen Saint-Félix an. Monsieur Lacostes Miene war finster und sorgenvoll. Fernand schien mehr um Marie-Jeanne besorgt zu sein. Er rückte näher an sie heran, als wolle er sie schützen. So unauffällig die Bewegung war, so deutlich drückte sie seine Gefühle aus. Die Kinder waren mucksmäuschenstill – ohne es zu verstehen, spürten sie das Bedrohliche der Situation.

Amandine saß da wie versteinert, ihre Hände so fest zu Fäusten geballt, daß die Knöchel weiß hervortraten. Nur gut, daß sich Menou Saint-Félix zugewandt hatte, sonst wäre ihm das bestimmt aufgefallen. Alles in Célie drängte danach, sie zu schützen, sie zu warnen; Amandines Gesicht und Körper waren auf dem besten Weg, sie zu verraten. Doch was sie jetzt auch sagen würde, es konnte die Lage nur noch schlimmer machen. Sie merkte, wie sich ihre Nägel in ihre Handflächen gruben. Nicht auszudenken, was aus ihrem Plan würde, wenn sie Saint-Félix verhafteten!

Auch Madame Lacostes Blick lag auf Saint-Félix, ihre Miene war düster, der Ausdruck ihrer dunklen Augen rätselhaft.

»Bürger …«, hakte Menou nach.

»Ich versuche, mich so genau wie möglich zu erinnern«, entschuldigte Saint-Félix sein Schweigen. Célie hörte die Anspannung in seiner Stimme, die höher und schriller klang als sonst. Aber das konnte Menou nicht wissen. Der Unterschied war kaum wahrnehmbar, und seine Art, sich auszudrücken, hörte sich geschliffen an wie immer.

»Alles ging sehr schnell«, fuhr er fort. »Leute riefen und schrien, liefen hin und her, Schüsse fielen. Das Fenster zersplitterte. Die Kerze ging aus. Überall hing der Rauch der Fackeln. Man konnte fast nichts erkennen. Die Leute von der Straße drangen ins Haus ein. Sie waren wütend und bedrohten uns. Sie wollten etwas zu essen. Bürger Bernave trat ihnen entgegen und rief ihnen zu, daß wir nicht mehr hätten als unsere eigenen täglichen Zuteilungen. Sie glaubten ihm nicht. Die Situation spitzte sich zu.«

»Drängten sich die Leute an ihm vorbei?« fragte Menou.

Es wurde totenstill. Jeder wußte, wieviel von der Antwort abhing.

Célie versuchte dagegen anzukämpfen, aber dann mußte sie einfach zu Amandine hinübersehen. Ihr Gesicht war äußerst angespannt, aber ohne die Angst, die ihr sicherlich anzumerken gewesen wäre, wenn sie

Saint-Félix für schuldig gehalten hätte. In ihren Augen war er unfähig zu einer solchen Tat, gleichgültig, wie sehr man ihn provozierte.

Célie war ganz übel vor Mitgefühl. Gebe Gott, daß Amandine recht hatte … in ihrer aller Interesse.

»Nein«, sagte Saint-Félix endlich. »Ich habe nichts dergleichen bemerkt.«

»Und seid Ihr Bürger Bernave zu Hilfe geeilt?« fragte Menou. »Niemand hier scheint sich da so recht sicher zu sein.«

Wieder ein leichtes Zögern, als ihm deutlich wurde, was die eine oder andere Antwort bedeutete. »Ja.«

»Natürlich«, pflichtete Menou ihm bei. »Jeder hätte das getan. Und Bürger Lacoste? Und Fernand Lacoste?«

»Alles war ein einziges Durcheinander … und es war stockfinster. Ich glaube schon, ja.«

Menou sah zu den beiden Männern hinüber.

Sie nickten.

Menou überlegte eine Weile, ehe er wieder das Wort ergriff. Alle sahen ihn an, eingeschlossen in ihre Ängste – die Angst um sich selbst und um einander.

»Es scheint, als könne jeder von Euch der Täter sein«, stellte er schließlich fest. »Ich werde natürlich weiter nach dem Messer suchen lassen.« Er stellte seinen leeren Becher ab. »Vielleicht wißt Ihr ja alle, was geschehen ist, und verschweigt die Wahrheit vor mir aus Gründen, die nur Ihr kennt.«

Amandine zog heftig den Atem ein, sagte aber nichts.

»Ja, Bürgerin?« fragte Menou sofort.

»Ich dachte, ich müsse niesen«, log Amandine rasch.

Menou ließ sich nicht anmerken, ob er ihr glaubte oder nicht. Er stand auf und begann durch die Küche zu schlendern. Nacheinander fixierte er jeden genau, an dem er vorbeikam oder den er über den Tisch hinweg sah.

Die Stimmung wurde zunehmend unbehaglicher. Zu guter Letzt durchbrach Menou das Schweigen:

»Bürger Bernave schickte Euch also zum Konvent, wo Ihr die Debatten verfolgen solltet«, sagte er zu Célie.

»Ja«, bestätigte sie.

»Und dann ließ er Euch Bericht erstatten?«

»Ja.« In ihr wuchs der Verdacht, daß er sie in irgendeinen Hinterhalt locken wollte, doch sie konnte nicht sagen, in welchen. Wie nur sollte sie ihm ausweichen? Sie wußte, daß Amandine sie beobachtete, und fühlte nicht nur Saint-Félix' Anspannung, sondern auch Amandines Angst um ihn.

Menou runzelte die Stirn. »Aber in welchen Angelegenheiten schickte er dann Bürger Saint-Félix? Es müssen sehr gefährliche Aufträge gewesen sein, nicht wahr? Aufträge, die er Euch nicht zumuten konnte.«

»Darüber sprach er mit mir nicht.« Was mehr als zutreffend war.

Menou wandte sich zu Saint-Félix um, die Augen groß und erwartungsvoll.

Niemand rührte sich.

Saint-Félix schwieg und wich Menous Blick aus.

»Ich weiß nicht, worum es dabei immer ging«, warf Lacoste ein. »Es ging mich auch nichts an. Aber wenn Saint-Félix von diesen Gängen zurückkehrte, war er oft genug verletzt und von oben bis unten mit Schlamm und Blut bedeckt.« In seiner Stimme lag ein trotziger Tonfall, als wüßte er genau, was seine Worte bedeuteten.

Menou schaute die anderen an, um zu sehen, ob sie dem zustimmten oder widersprechen wollten. Aus allen Mienen las er die Bestätigung, bereitwillig bei Fernand, zögernd bei Marie-Jeanne, und angsterfüllt bei Amandine. So beherrscht sich Madame Lacoste gab, Célie erkannte dennoch für einen winzigen Moment leidenschaftliche Abneigung gegen Saint-Félix, die im nächsten Augenblick schon wieder perfekt hinter einer Maske verschwunden war, als habe es sich nur um eine durch das Licht verursachte Täuschung gehandelt.

Ruckartig fuhr Menou zu Saint-Félix herum.

»Wie kam es, Bürger, daß Ihr Euch eine solche Behandlung habt gefallen lassen? Sprang Bernave wirklich derart rücksichtslos mit Euch um? Habt Ihr ihn nicht dafür gehaßt?«

Um ein Haar hätte Amandine etwas gesagt, doch gerade noch rechtzeitig war ihr eingefallen, daß sie dadurch alles nur schlimmer machen würde. Flehentlich sah sie Saint-Félix an, als wollte sie ihn drängen, sich zu verteidigen.

»Nein, ich haßte ihn nicht, Bürger«, erwiderte Saint-Félix. »Er tat, was er für richtig hielt, und verlangte dasselbe von anderen, weil er an seine Sache glaubte. Für eine solche Haltung haßt man niemanden, sondern bewundert ihn.«

Menous leicht gekräuselte Stirn drückte Verwunderung aus.

»Wenn er so fest von seiner Sache überzeugt war, warum erledigte er diese gefahrvollen und unangenehmen Aufträge nicht selbst?« fragte er mit unschuldiger Miene. »Das klingt ganz so, als habe er sich mit der Überzeugung begnügt, während Ihr die Opfer brachtet.«

»Ich nahm an, daß er selbst ähnlich gefährliche Gänge machte«, entgegnete Saint-Félix. »Er ging oft außer Haus.«

Gut gekontert, dachte Célie ebenso überrascht wie erleichtert. Vielleicht wußte Saint-Félix sich ja doch zu wehren. Nachdem Bernave ihm vertraut hatte, mußte er besondere Talente und innere Qualitäten besitzen.

Menou sah Marie-Jeanne an.

»Das stimmt«, nickte sie.

Auch Madame Lacoste bestätigte seine Aussage.

»Und trug er ebenfalls Verletzungen davon?« Menou ließ nicht locker.

Alle schwiegen.

Amandine holte tief Luft. Sie war leichenblaß.

»Ja.«

»Aber niemals ernsthafte!« warf Célie ein. Gütiger Himmel, was, wenn sie seine Leiche untersuchten und feststellten, daß sie nicht die Spur einer Verletzung aufwies! Was dachte sich Amandine nur dabei? »Meist kam er schmutzig, durchgefroren und erschöpft nach Hause«, fügte sie hinzu.

»Ihr wißt darüber Bescheid?« wandte sich Menou an sie.

»Ja, sicher«, sagte sie und bemühte sich, überzeugend zu klingen. »Soweit ich weiß, schickte er Bürger Saint-Félix mit seinen Informationen über die Pläne der Königstreuen zur *Commune,* auch wenn er mir das natürlich nicht direkt erzählt hat. Er selbst ging zu den Royalisten, was selbstverständlich um einiges gefährlicher war – denn wenn sie erfahren hätten, was er in Wirklichkeit wollte, wäre er überhaupt nicht mehr zurückgekommen!«

»Das ist richtig«, pflichtete Saint-Félix bei, mit einemmal sehr viel sicherer, als habe er jetzt begriffen, daß Célies Gedankenführung ihn retten könne.

Menou reagierte blitzschnell, die funkelnden Augen zu schmalen Schlitzen zusammengezogen. »Woher wußtet Ihr das? Hatte er sich Euch anvertraut? Glaubtet Ihr, was er Euch erzählte?«

Saint-Félix zögerte. Es war riskant, das zu behaupten, zumal Célie sich nahezu sicher war, daß Bernave nicht für die *Commune* gearbeitet hatte. Zumindest war kein diesbezügliches Wort über seine Lippen gekommen. Möglicherweise wußte das Menou. Alles hing davon ab, welcher Seite Bernave wirklich angehört hatte. Saint-Félix konnte sich auf diese Weise in noch größere Schwierigkeiten bringen.

Und Saint-Félix – welcher Sache fühlte er sich verpflichtet? Dem König natürlich – einer vagen Verbundenheit mit der Asche des untergegangenen Zeitalters der Tyrannen und der Verschwendung folgend. Es lag einfach nicht in seinem Wesen, Sympathie für die gewalttätige und vulgäre *Commune* zu empfinden.

Menou lächelte. »Ihr habt die Nachrichten, die er Euch anvertraute, gelesen?« riet er und musterte Saint-Félix neugierig.

Saint-Félix antwortete nicht sofort.

Célie fragte sich, ob er sie tatsächlich gelesen hatte. War er vielleicht der einzige, der wußte, was Bernave wirklich gewollt hatte? Und hatte er ihn deswegen getötet? Nicht etwa, weil er schlecht behandelt worden war, sondern weil er herausgefunden hatte, daß Bernave den Plan, den König zu retten und damit Frankreich davor zu bewahren, in seinem eigenen Blut zu ertrinken, verraten wollte.

Célie erschrak vor ihren eigenen Gedanken. Sie hatte ernsthaft in Erwägung gezogen, daß er der Täter war! Ein abscheulicher Gedanke! Die Vorstellung war einfach absurd ... nicht Saint-Félix, der Mann, der so schnell vergab, der Angst und Gefahr so gelassen und tapfer ertrug. Er war viel zu einfühlsam, zu demütig, zu sehr Aristokrat, zu sanft und zu wenig haßerfüllt, um Revolutionär zu sein, zu zartfühlend für beides.

Und doch konnte sie einen Rest Mißtrauen nicht abschütteln.

»Ob Ihr sie gelesen habt?« wiederholte Menou.

»Nein«, erwiderte Saint-Félix. »Bernave informierte mich über den Inhalt, und ich glaubte ihm.«

Menou lächelte wieder. »Ich verstehe.« Sein Tonfall war völlig neutral und verriet weder Zustimmung noch Zweifel. »Draußen warten einige meiner Männer. Wir werden uns weiter nach dem Messer umsehen. Es muß irgendwo in diesem Haus sein. Ihr werdet hier bleiben, während wir suchen. Das versteht Ihr doch sicher?« Das war keine Bitte, sondern ein Befehl. Irgend etwas in ihm hielt an der Höflichkeit eines vergangenen Zeitalters fest. Das Ancien régime konnte ihm also nicht völlig verhaßt sein. Ob er wollte oder nicht, er konnte dem alten System seine Bewunderung nicht ganz versagen, und sei es nur um seiner Umgangsformen willen.

Menou ging zur Hintertür und bedeutete einem halben Dutzend Gardisten, hereinzukommen.

»Habt ihr den Schuppen und die Werkstatt durchsucht?« fragte er.

»Ja, Bürger«, antwortete der Sergeant und schüttelte bedauernd den Kopf. »Nichts.«

»Bist du sicher?« beharrte Menou.

»Ganz sicher. Wir haben alles durchsucht, was aus Metall und Holz ist. Kein Messer.«

»Dann durchsuch mit deinen Männern das Haus«, wies Menou ihn an. »Laßt nichts aus. Lavalle, du bleibst hier und achtest darauf, daß niemand die Küche verläßt.« Er verließ hinter den anderen die Küche.

Amandine bat um die Erlaubnis, den Tisch abzuräumen und weiter ihrer Arbeit nachgehen zu dürfen, und es wurde ihr gewährt.

Célie wollte wissen, ob das auch für sie gelte, und ihre Frage wurde ebenfalls bejaht.

»Darf ich dann das Haus verlassen und mich um Brot anstellen?« fügte sie hinzu. »Wenn ich jetzt nicht gehe, werde ich keines mehr bekommen.«

Der Gardist wehrte ab. »Sagt uns, wer Bernave ermordet hat, Bürgerin, und Ihr dürft gehen.«

»Ich weiß es nicht«, gab sie zurück. »Wenn ich es wüßte, hätte ich es Euch bereits gesagt.«

Verächtlich verzog Lavalle das Gesicht.

»Vielleicht! Vielleicht war es aber auch Euer Liebhaber? Oder sogar Ihr selbst, was? Er wollte sich an Euch vergreifen, aber Ihr wolltet keinen alten Mann …«

»Er war weder alt, noch hat er jemals anderen Gewalt angetan!« wies ihn Madame Lacoste zurecht. »Haltet Eure Zunge im Zaum, junger Mann, oder ich werde es

Bürger Menou melden. Ihr sprecht von einem Helden der Revolution!«

Der Mann lief dunkelrot an, erwiderte aber nichts. Er warf ihr einen wütenden Blick zu und wandte sich ab.

»Geht an Eure Arbeit!« fuhr er Célie an. »Kümmert Euch um das Essen oder die Wäsche, oder was auch immer Eure Aufgabe ist!«

Zu gern hätte Célie ihm geantwortet, daß es ihre Aufgabe war, einzukaufen, doch sie wußte, daß sie sich ohnehin schon zu weit vorgewagt hatte. Statt dessen half sie Amandine, den Tisch abzudecken und bat dann um die Erlaubnis, an der Pumpe im Hof Wasser zu holen. Er beobachtete sie von der Türschwelle aus, ohne die anderen im Raum aus den Augen zu lassen.

Sie kam wieder herein und schüttete die Hälfte des Wassers in die Spülschüssel.

»Glaubst du, sie werden das Messer finden?« flüsterte Amandine. »Und wenn sie es finden, was beweist das schon!« Es war mehr eine Beschwörung als eine Feststellung.

Célie wußte, was in ihr vorging. Sie konnte sie nur zu gut verstehen. Deutlich ließen sich Zweifel von Amandines Gesicht ablesen, während sie sich über das Gemüse beugte und mechanisch Angefaultes von noch Brauchbarem trennte, ohne mit den Gedanken bei der Sache zu sein. Am Ende machte sie sich wohl mit dem Undenkbaren vertraut – daß Saint-Félix Bernave getötet hatte, weil er von dessen Verrat wußte – und bereitete sich darauf vor, ihn zu verteidigen.

»Wahrscheinlich hast du recht«, stimmte Célie ihr zu. »Es sei denn, sie finden es an einer Stelle, zu der nur eine Person Zugang hat.«

»Woran denkst du?«

»Nun ja, oben bei den Lacostes zum Beispiel, oder in den Kinderzimmern. Jeder, der nicht zur Familie gehört, wäre dort sofort aufgefallen.«

»Wenn Madame hier ist, wenn sie die Küche durchsuchen, merkt sie womöglich, wie wenig Lebensmittel wir noch haben«, meinte Amandine nervös. »Was hast du gestern Georges mitgenommen?«

»Schokolade. Ich habe Brot und Zwiebeln gekauft. Oh ... und Käse habe ich ihm auch gebracht, vorgestern.«

»Verdammt«, stöhnte Amandine leise. »Die Schokolade wird sie wohl kaum vermissen. Ich glaube nicht, daß sie wußte, wieviel noch in der Dose war, aber sie weiß von dem Käse. Den sollte es heute geben. Sie wird mir nicht glauben, wenn ich ihr sage, daß er nicht mehr genießbar war und daß ich ihn weggeworfen habe.«

»Bestimmt nicht«, bestätigte Célie. »Niemand wirft Käse einfach weg. Selbst wenn er schon ranzig gewesen wäre, hätten wir ihn noch gegessen.«

»Nicht reden!« rief der Gardist. »Macht Eure Arbeit!«

Gehorsam beugte sich Amandine über die Schüssel, während Célie die Becher spülte und wegstellte. Außer dem Klappern des Geschirrs und dem quietschenden Geräusch des Geschirrtuchs, wenn Célie die glatten Oberflächen zu kräftig polierte, war kein Laut zu hören.

Menou kam zurück. Es war ihm anzusehen, daß die Suche nach dem Messer erfolglos geblieben war. Er begann, die Küche zu inspizieren, ließ es sich nicht nehmen, höchstpersönlich jeden Schrank, jeden Mehlbehälter, jeden Sack, jede Schachtel und jede Dose zu untersuchen, seine Hand durch die wenigen getrockneten Erbsen und Linsen, die ihnen noch blieben, gleiten zu lassen, das Schokoladenpulver und den Kaffee auf Teller zu schütten, unter die Käsehaube zu schauen und in jeden Topf zu sehen.

Nirgendwo fand er etwas von Interesse, auch keine versteckten Nahrungsmittel.

Dann nahm er sich Célies Waschmittel vor.

»Viel Seife habt Ihr nicht«, bemerkte er. »Und keine Stärke mehr?«

»Die letzte habe ich vorgestern aufgebraucht«, antwortete sie. »Stärke ist schwer zu bekommen.« Tatsächlich hatte sie sie gegen Kaffee für Georges eingetauscht.

Mit wütendem Gesicht kehrte Menou an den Küchentisch zurück.

»Einer von Euch hat Bürger Bernave ermordet.« Langsam schaute er von einem zum anderen. Marie-Jeanne hatte immer noch das Baby auf dem Schoß, das inzwischen eingeschlafen war. Madame Lacoste beobachtete ihn mit nachdenklichem, düsterem Ausdruck. Fernand trommelte leise mit den Fingern auf der Tischplatte. Monsieur Lacoste rutschte unruhig auf seinem Stuhl hin und her und biß sich auf die Lippen. Saint-Félix verharrte völlig reglos mit hängenden Schultern. Er wirkte wie jemand, den Kummer und Qual so niederdrückten, daß er darunter zu zerbrechen drohte.

Fernand ballte die Hände zu Fäusten, die Schultern hölzern nach oben gezogen.

Menou baute sich vor ihm auf.

»Ihr habt nicht das Recht, so etwas zu behaupten!« erwiderte Madame Lacoste endlich in eisigem Ton. Sie hielt sich kerzengerade und strahlte eine Würde aus, die sich nicht auf Stellung oder Einfluß gründete, sondern auf nichts anderes als ihren Glauben an sich selbst. Sie war die Frau eines Mannes, der sein Geld mit seiner Hände Arbeit verdiente, doch wie sie Menou in ihrer Küche entgegentrat, hätte sie genausogut ältestem Adel entstammen können.

In seinen Augen flackerte Bewunderung auf, vermutlich gegen seinen Willen, aber unübersehbar.

»Wir schätzten Bürger Bernave sehr«, fuhr sie mit ernster Stimme fort. »Und aus diesem Grunde trauern wir um seinen Tod. Er gehörte zu unserer Familie und war ein aufrechter Kämpfer für die Freiheit und den Wohlstand ganz Frankreichs, der nicht müde wurde, für dauerhafte Gerechtigkeit einzutreten.«

»Gilt das für alle, Madame …?« Er bemerkte seinen Versprecher und korrigierte sich hastig: »… Bürgerin?«

»Ich weiß nicht, wie es mit Bürger Saint-Félix steht«, antwortete sie und vermied es, in seine Richtung zu sehen. »Er hatte es nicht leicht bei Bernave.«

»Den Eindruck habe ich auch«, nickte Menou. »So scheint es in der Tat gewesen zu sein.« Er straffte die Schultern. »Denkt daran: ihr steht unter Beobachtung! Die Revolution schuldet Bürger Bernave Genugtuung … und er wird sie bekommen!« Mit diesen Worten ging er zum Hinterausgang, öffnete die Tür, ging hinaus und schlug sie mit einem Knall hinter sich zu.

Marie-Jeanne stand auf. Vom langen Sitzen waren ihre Glieder steif geworden. Das Baby auf ihrem Arm schlief tief und fest. Sie ging an ihnen vorbei ins Nebenzimmer.

Fernand warf Saint-Félix, dessen Gesicht kalkweiß geworden war, einen scharfen Blick zu; dann drehte er sich um und folgte seiner Frau.

Amandine starrte Célie an.

Madame Lacoste schwieg, doch in ihren Augen schimmerten Tränen.

Achtes Kapitel

Nachdem Menou endlich das Haus verlassen hatte, war es höchste Zeit, daß Célie und Amandine, mit der Saint-Félix gesprochen hatte, sich daran machten, den Plan weiter in die Tat umzusetzen. Es war schon der 19. In zwei Tagen um diese Zeit würde der König bereits tot sein, und die Leute, die an dem Spektakel teilgenommen hätten, wären längst wieder zu Hause und bereiteten das Mittagessen vor.

Am liebsten hätte Célie Amandine vorgeschlagen, einkaufen zu gehen, um sie irgendwo allein sprechen zu können – und sei es im Hof – und ihr genauere Anweisungen zu geben, was sie sagen und in Erfahrung bringen sollte. Doch Amandine war das ranghöhere Dienstmädchen im Haus, und jedermann hätte dann den Eindruck gehabt, Célie mache ihr Vorschriften. Ein solches Verhalten würde unweigerlich Verärgerung hervorrufen, und sehr wahrscheinlich auch Verdacht erregen. Sie mußte auf der Hut sein.

Fernand, wieder in die Küche zurückgekehrt, starrte auf die Tür, durch die Menou das Haus verlassen hatte.

»Und wie sollen wir unserer Arbeit nachgehen, wenn er uns mit den ganzen Wachen, die er überall postiert hat, im Haus gefangen hält? Was denkt er, wie wir hier drin auch nur einen Sou verdienen können?«

»Gar nichts denkt er!« platzte Monsieur Lacoste heraus. »Warum sollte er sich darüber den Kopf zerbrechen? Was ihm am Herzen liegt, ist seine eigene Arbeit, nicht unsere. Immerhin gibt es so viele Bettler in Paris, daß ein paar mehr oder weniger wohl kaum ins Gewicht fallen.«

Madame blickte auf. »Es ist noch nicht einmal zwölf Stunden her, daß Bürger Bernave in diesem Haus getötet wurde. Was erwartet ihr? Sie haben das Messer noch nicht gefunden. Menou wird allenfalls den Frauen gestatten, das Haus zu verlassen, um einkaufen zu gehen, und auch das wohl nur, wenn er sie vorher durchsucht hat. Ich glaube nicht, daß er uns Frauen als Täter in Betracht zieht, zumindest nicht ernsthaft.« Sie warf Saint-Félix einen kurzen Blick zu und wandte sich an ihren Mann und ihren Sohn. Mühsam, mit vor Anspannung und Erschöpfung steifen Gliedern erhob sie sich. »Die Zeit wird schneller vergehen, wenn ihr euch beschäftigt. Marie-Jeanne hat genug mit den Kindern zu tun. Ich kümmere mich weiter um Bernaves Papiere. Wir können es uns nicht leisten, das Geschäft ruhen zu lassen. Es garantiert uns ein Dach über dem Kopf und ernährt uns.«

»Danke«, sagte Marie-Jeanne leise. »Ich habe keine Zeit für diese Dinge, und ich möchte sie auch nicht tun.« Ihre Stimme klang seltsam reserviert, als fühle sie sich Bernave gegenüber für ihr Wohlergehen zu Dank verpflichtet, obwohl es sie störte, wenn nicht sogar verbitterte; nur um ihrer Familie willen konnte sie nicht darauf verzichten. Sie drückte das Baby etwas fester an sich und legte ihre andere Hand auf den Kopf des dreijährigen Kindes, das neben ihr stand.

Madame quittierte den Dank mit einem Kopfnicken und sah ihren Mann an.

»Es gibt alle möglichen Dinge, die du erledigen könntest. Die Klinke an der Kinderzimmertür ist kaputt ... seit mindestens einem Monat. Und der Pumpenschwengel klemmt immer wieder. Außerdem habe ich mindestens drei Schränke, deren Türen quietschen ...«

»Ja, richtig. Ich weiß schon.« Er räusperte sich. »Bisher war einfach immer zu viel zu tun. Erst kommt das Geldverdienen, dann die eigenen Angelegenheiten.« Zu Fernand gewandt, meinte er: »Und du könntest an der Kommode für Claire weiterarbeiten. Seit vergangenem

August schiebst du das vor dir her. Amandine sagt übrigens, daß einige Deckel nicht richtig schließen, und irgendwo muß auch ein Loch sein, durch das die Mäuse hereinkommen.«

»Mäuse kommen durch Türen«, erwiderte Fernand, »besonders, wenn sie sperrangelweit offenstehen!« Doch der gutmütige Ton in seiner Stimme zeigte, daß er es nicht böse meinte. Mit einem leichten Achselzucken verließ er die Küche in Richtung Werkstatt.

Monsieur Lacoste warf Madame einen Blick zu, in dem eine Zärtlichkeit lag, die Célie nie zuvor beobachtet hatte. Eine Mischung aus Freude und dem Gefühl von Einsamkeit durchflutete sie, als sie begriff, daß diese Zugewandtheit oft zu spüren gewesen war – sie hatte sie nur nie wahrgenommen.

Als Monsieur Lacoste die Küche verließ, erhob sie sich.

»Wegen Menou sind wir heute sehr viel später mit dem Einkaufen dran als sonst. Wenn es Euch recht ist, sollten Amandine und ich besser beide gehen. Nur wenn wir beide anstehen, bekommen wir vielleicht noch etwas. Was sowieso schwierig sein wird.«

Madame dachte nicht lange darüber nach. »Sicher. Ich bin in Bernaves Arbeitszimmer. Ihr braucht bestimmt Geld?«

»Ja, danke«, sagte Célie erleichtert und ging mit ihr, gefolgt von Marie-Jeanne, aus dem Zimmer. Amandine und Saint-Félix blieben als letzte zurück.

Als sie mit dem Haushaltsgeld wiederkam, händigte sie die Hälfte Amandine aus.

Amandine nahm es an sich. »Ich werde nach Brot und Käse Ausschau halten, und natürlich nach Fleisch, falls es welches gibt.«

Célie hob zweifelnd die Augenbrauen. »Um diese Uhrzeit? Wenn um diese Zeit noch welches übrig ist, dann ist daran etwas faul.« Sie senkte ihre Stimme, bis sie beinahe flüsterte. »Wo gehst du noch hin?« Sie sah zu Saint-Félix hinüber, der mit einem fast unmerklichen Nicken antwortete.

Amandine schaute ihn ebenfalls an, dann wandte sie sich wieder Célie zu. »Zum Kapitän von Bernaves Schiff. Er hat eine Wohnung auf der Île de la Cité. Ich weiß, wo ich ihn finde. Um diese Zeit müßte ich ihn antreffen. Sicher weiß er noch nicht einmal, daß Bernave tot ist.« Sie preßte die Lippen aufeinander. »Ich werde es ihm sagen müssen.«

»Behalte ihn im Auge«, schärfte ihr Célie ein. »Beobachte genau sein Gesicht, wenn du es ihm berichtest. Und entscheide dann, ob du ihm erzählst, was Menou gesagt hat, oder nicht. Wenn ich nur mehr wüßte!«

»Wir alle wüßten gern mehr«, antwortete Saint-Félix schroff. Wie er sein Gewicht von einem Bein auf das andere verlagerte, war sein Körper ein Spiegelbild der Beklommenheit und Hilflosigkeit, unter der er litt. Alles, was ihm zu tun blieb, war Anweisungen zu erteilen und zu warten. Er beherrschte nicht einmal ein Handwerk, mit dem er seine Hände hätte beschäftigen können. »Wohin gehst du?« fragte er Célie barsch.

»In den Faubourg Saint-Antoine«, erwiderte sie. »Ich will feststellen, ob der Unterschlupf noch sicher ist.«

»Wie willst du das anstellen?« verlangte er zu wissen.

»Ich weiß es nicht! Mich umsehen, zuhören, Leute fragen.« Während sie noch sprach, überlegte sie. »Ich könnte so tun, als wollte ich das Haus kaufen. Das gäbe mir Gelegenheit, alle möglichen Fragen zu stellen.«

»Aber ...«, begann Amandine, brach aber ab.

»Dafür brauche ich überhaupt kein Geld«, erklärte Célie, um Amandines Einwand vorwegzunehmen. »Ich sehe mir es gründlich an, und dann lehne ich ab oder sage, daß ich es mir überlegen werde.«

»Was ich sagen wollte, war, daß der Faubourg Saint-

Antoine so eine unsichere Gegend ist!« Amandines angsterfüllte Stimme klang ein wenig schrill. Sie dachte daran, was Saint-Félix zugestoßen war.

»Ich weiß, aber es wird schon nichts passieren.« Célie wollte nicht darüber nachdenken. Sie wollte sich auch nicht auf den Weg dorthin machen, aber wenn sie nicht ginge, hieße es, das ganze Vorhaben fallenzulassen. Amandine konnte sie nicht schicken. Ihr Gesicht, ihr Haar, ihr Auftreten und ihre leise Art zu reden würden sie weit größerer Gefahr aussetzen als Célie, was selbst Amandine in ihrer Unbefangenheit klar sein mußte. Saint-Félix durfte das Haus nicht verlassen, so daß niemand anderes übrigblieb. Bei Tageslicht war der weite Weg auch für Georges viel zu riskant. Sie hatte nicht die Absicht, sich noch auf irgendwelche Erklärungen oder Diskussionen einzulassen. »Ich werde dort nicht anders aussehen als alle anderen.«

»Wie willst du erklären, woher du das viele Geld hast, um ein Haus zu kaufen?« Amandine war alles andere als überzeugt.

Célie überlegte einen Moment. »Mein Mann! Ich sage einfach, daß er Soldat an der österreichischen Front war und gefallen ist. Es sind weiß Gott genug dort gestorben! Und sterben immer noch …«

»Und viele andere werden folgen«, ergänzte Amandine düster. »Nur daß noch eine spanische Front und Seeschlachten hinzukommen werden, wenn Spanien und England uns ebenfalls den Krieg erklären.« Das Gesicht totenbleich, den Blick starr und unbeweglich in die Ferne gerichtet, war ihr die unaussprechliche Furcht, die sie empfand, deutlich anzumerken. Mit einemmal wußte auch Célie, weshalb sie selbst so überzeugt von Bernaves Plan zur Rettung des Königs war und weshalb sie kein persönliches Risiko oder die Rücksicht auf irgend jemanden gelten lassen konnte, wenn dadurch ihre Chance auf Erfolg geschmälert wurde.

Sie lächelte Amandine zu. »Mir wird schon nichts geschehen. Es kümmert mich nicht, ob sie mich für betrunken oder verrückt halten, weil ich auf etwas aus bin, das ich mir gar nicht leisten kann. Ich werde einfach erst zum Schluß nach dem Preis fragen.« Sie versuchte, zuversichtlich zu klingen, und gab sich einen inneren Ruck. »Außerdem wissen wir überhaupt nichts über das Haus. Vielleicht ist es ja völlig heruntergekommen und für eine Soldatenwitwe durchaus erschwinglich! Es soll anständige Pensionen für Kriegsverletzte geben ... und für die Alten.«

»Das ist die Theorie!« bemerkte Saint-Félix gallig. »In der Praxis ist davon noch nicht viel zu sehen! Fragt nur einen der Kriegskrüppel ... an ihnen herrscht wahrlich kein Mangel. Und wenn Pache weiterhin alle Waffen in Paris hortet, anstatt sie an die Front zu schicken, werden es bald noch viel mehr sein!«

Die Mutlosigkeit in seiner Stimme ließ sie für einen Moment verstummen. In der Küche war es vollkommen still. In den oberen Stockwerken ging jemand herum, und die Bodendielen knarrten. Eines der Kinder rief etwas.

Draußen auf dem Hof waren Schritte zu hören.

»Ich gehe«, sagte Amandine rasch. »Sie dürfen uns nicht erwischen, wie wir die Köpfe zusammenstecken. Wir können gar nicht vorsichtig genug sein.« Sie nahm ihren Mantel vom Haken, zog ihn an und griff nach einem Korb, damit sie das Wenige heimtragen konnte, was Célie und sie ergattern würden. Noch einmal sah sie sich nach Célie und Saint-Félix um, lächelte tapfer und öffnete genau in dem Moment die Tür, in dem Fernand mit Werkzeugen bepackt hereinkam.

»Ich muß auch los«, stimmte Célie zu und ging zum Garderobenhaken. Sie schlang sich ihr Umschlagtuch noch fester um den Körper und schlüpfte dann in ihren Mantel.

Sollte sie versuchen, den weiten Weg zu Fuß zu bewältigen? Und in Kauf nehmen, daß sie dann später gefragt wurde, was sie so lange aufgehalten hatte? Oder war es besser, ein paar Sous für eine öffentliche Kutsche zu opfern und mühsam zu erklären, wo das Geld geblieben war?

Gründe für eine Verspätung zu finden, war sehr viel einfacher. In den Schlangen vor den Läden kam man nur langsam voran. Und nur zu oft geschah es, daß man endlich am Ende angekommen war und feststellen mußte, daß die Frau vor einem gerade das, was man brauchte, vor der Nase weggeschnappt hatte. Eine solche Erklärung war völlig glaubwürdig, während Madame Lacoste – wie jede Frau – auf den Sou genau wußte, was Lebensmittel kosteten.

Widerstrebend senkte sie den Kopf und machte sich schnellen Schrittes auf den Weg. Der Regen hatte aufgehört, doch der schneidende Wind war eiskalt und wehte ihr vom Fluß her hart ins Gesicht.

Sie hastete über den Pont Neuf, überquerte die Spitze der Île de la Cité und dann die andere Hälfte der Seine. Hier auf den Steinen kauerten meist die öffentlichen Wäscherinnen, um bei Wind und Wetter ihre Wäsche zu waschen, sofern es ihnen gelungen war, Seife, Stärke und Wäscheblau zu bekommen. Sie blickte von der Brücke herunter und konnte niemanden entdecken – die Rationierungen hinterließen überall ihre Spuren.

Die Bäume am Ufer waren kahl, die Äste zeichneten sich dünn und schwarz von dem klaren Himmel ab. Zu ihrer Linken lag die Kirche Saint-Germain l'Auxerrois.

Dahinter konnte sie die prächtige Fassade des Louvre-Palastes erkennen.

Ob Georges dort früher, vor der Revolution, ein und aus gegangen war? Während sie bei Madame de Staël lernte, eine gute Kammerzofe zu sein, nicht nur gut, sondern perfekt zu nähen, diskret zu sein und die Geheimnisse aus dem politischen Salon und dem Schlafzimmer der faszinierendsten Frau von Paris zu bewahren, die mit Charme, Witz und Geist ganz Frankreich verzauberte, besuchten die jungen Männer aus bestem Hause die *masques* in Versailles und tanzten in Gewändern, an denen Näherinnen oft einen Monat arbeiteten, die Nacht durch. Ohne mit der Wimper zu zucken verspielten sie das Jahresgehalt eines Dienstmädchens beim Pferderennen oder Kartenspiel.

Sie wußte nicht, ob Saint-Felix an diesen Ausschweifungen Anteil gehabt hatte. Sie sprachen nicht über die Zeit vor der Erstürmung der Bastille. Das war eine andere Welt, die für immer untergegangen war. Warum erwähnte er diese Zeit nie? Weil er nicht dazugehört hatte, oder weil es jetzt keine Rolle mehr spielte? Oder weil er sich dafür schämte? Ihm erging es wie vielen anderen auch: Nicht nur die Welt hatte sich verändert, auch er war nicht mehr derselbe. Oder lag es daran, daß er die Erinnerung an das, was er verloren hatte, nicht ertragen konnte – wie jemand, der den Namen eines Verstorbenen niemals erwähnt, weil er sich mit dem Verlust nicht abfinden kann?

Oder war es für ihn zu gefährlich? Vielleicht dachte er auch, daß sie diese Zeit nur als Bedienstete, als eine Art Möbelstück miterlebt hatte und seine Gefühle unmöglich verstehen konnte?

Sie merkte, daß sie immer schneller ging; damit sie warm blieb und kostbare Zeit sparte, sagte sie sich. Aber sie wußte, daß es daran lag, daß sie ärgerlich und gekränkt war.

Georges wachte früh auf. Er fror. Einen kurzen Moment blieb er noch liegen, dann traf ihn die Erinnerung an Bernaves Tod und dessen möglichen Verrat wie eine eisige, mörderische Welle.

Er zitterte unter den Decken. Die Strohmatratze war

hart und das Zimmer bitterkalt. Innen am Fenster zeigten sich bestimmt Eisblumen. Das hieß, wenn es nicht regnete.

Draußen war es noch dunkel, doch er konnte das Geräusch der Räder auf dem Pflaster hören. Es wurde Zeit aufzustehen, je früher vor Anbruch des Tages, desto besser. Er mußte alle warnen, die Bernave eventuell verraten hatte, wenn sie nicht bereits verhaftet worden waren. Außerdem hatte er Célie zugesagt, die Verstecke in Saint-Sulspice und Saint-Honoré, die er leicht erreichen konnte, zu überprüfen. Den Unterschlupf in Saint-Antoine, dem Vorort, der am weitesten entfernt und am gefährlichsten war, hatte er ihr überlassen.

Mit einer entschlossenen Bewegung schlug er die Decken zur Seite und wurde augenblicklich von beißender Kälte getroffen, die durch sein Hemd drang. Er haßte es, darin zu schlafen, aber er verfügte nicht über den Luxus eines zweiten Hemdes für die Nacht, und wenn er es auszog, würde er vor lauter Frieren überhaupt kein Auge zutun.

Schnell zündete er eine Kerze an. Vom Abend zuvor war noch ein wenig Wasser übrig, und er wusch sich das Gesicht. Beim Rasieren schnitt er sich leicht. Inzwischen sollte er sich an das kalte Wasser gewöhnt haben. Seit fünf Monaten war er jetzt auf der Flucht und hielt sich in ständig wechselnden Verstecken auf. Es brachte nichts ein, an Diener zu denken, die Krüge mit dampfendheißem Wasser gebracht hatten, an frisches, nach Wind und Sonne duftendes Leinen oder an Ausritte auf rassigen Pferden. Man konnte die Vergangenheit nicht festhalten.

Er zog ein Wams und eine wollene Hose an, darüber einen hochgeschlossenen Mantel, die wärmsten Kleidungsstücke, die er besaß. Hastig aß er die Hälfte des restlichen Brotes und trank einen kleinen Schluck Wein. Kaffee wäre ihm lieber gewesen, aber der Ofen war schon vor vielen Stunden ausgegangen.

Zuerst wollte er Maurice Doué aufsuchen. Er war derjenige, der die Männer und Frauen gefunden hatte, die sich aus der allgemeinen Menschenmenge lösen und sich um die Kalesche des Königs auf dem Weg zur Hinrichtung drängen sollten. Sie hatten die Aufgabe, davon abzulenken, daß ein anderer den Platz des Königs einnahm. Maurice zu warnen war noch dringlicher, als die Unterschlupfe zu sichern. Doué sollte dann selbst beurteilen, ob er seine Leute durch andere ersetzen mußte, für den Fall, daß einer von ihnen denunziert worden wäre. Was allerdings kaum nötig sein würde. Er hatte Bernave nichts weiter gesagt, als daß die Leute gefunden seien.

Es blieb die Frage, wieviel Saint-Félix wußte und was davon er Bernave erzählt hatte. Vielleicht war es doch besser die Leute auszuwechseln, obwohl es keine völlige Sicherheit gab. Niemand konnte sagen, ob er in der nächsten Woche noch frei und am Leben war, geschweige denn im nächsten Jahr.

Er blies die Kerze aus, drückte den Docht zusammen und öffnete die Tür. In der Nacht hatte es offenbar geregnet, die Stufen waren schlüpfrig, weil das Dach undicht war. Er zog die Tür, die an einer Stelle verzogen war, mit einem kräftigen Ruck hinter sich zu und schlich sich leise die Treppe hinunter.

Draußen kroch von Osten her das erste fahle Licht des anbrechenden Tages über die Stadt, doch noch konnte er nicht viel mehr als die Silhouetten der Gebäude erkennen. Die Kälte kroch ihm in die Glieder und machte sie gefühllos.

Er mußte fast zwei Stunden herumlaufen, warten, sich durchfragen und weiterlaufen, ehe er Doué auf der anderen Seite des Flusses in der Nähe der Place de la Bastille entdeckte. Da war er bereits erschöpft, völlig durchgefroren und ausgehungert.

Sie trafen einander im Hof eines Hufschmieds, in einem kleinen Schuppen, der dank des angrenzenden

Schmiedefeuers wunderbar warm war, auch wenn kaum Licht hereindrang und es nach den Ausdünstungen und dem Mist der Pferde roch.

Doué war wie er auf der Flucht und zog durch die Gassen von Dachboden zu Dachboden und Keller zu Keller, seinen Verfolgern oder Denunzianten immer einen Schritt voraus. Georges entdeckte ihn mit gezücktem Messer, entschlossen, ums Überleben zu kämpfen, wenn es sein mußte. Er entspannte sich erst, als Georges seinen Hut abnahm und er im fahlen Winterlicht sein Gesicht erkannte.

»Oh … Ihr seid es! Was gibt's?« fragte Doué und ließ das Messer sinken. Er hielt ihm eine halbvolle Flasche Wein hin. Eine wahrhaft großzügige Geste.

Georges nahm sie entgegen, trank zwei kleine Schlukke und fühlte, wie die Flüssigkeit sich in seinem Magen mit wohltuender Wärme ausbreitete. Doch die Zeit drängte, und so reichte er ihm die Flasche dankend zurück. »Gestern Abend wurde Victor Bernave getötet.« Im grauen Tageslicht, das durch die halboffene Tür fiel, beobachtete er, wie Doués Gesicht ernst wurde.

Doué nahm die Flasche und stellte sie ab. Wein war viel zu kostbar, um leichtfertig verschwendet zu werden. Seine Überraschung war nicht zu übersehen.

»Ein Unfall?«

»Nein.«

»Doch nicht die Guillotine?« Es war mehr eine Feststellung als eine Frage. »Du meinst doch Victor Bernave?«

»Ja … warum? Wieso glaubst du nicht, daß er hingerichtet wurde?«

»Weiß nicht. Unwahrscheinlich. Weswegen?«

Das war nicht die Antwort, die Georges hören wollte. Er verzichtete darauf, zu bemerken, daß derzeit wenig dazugehörte, um auf dem Schafott zu enden. »Wieso unwahrscheinlich?« fragte er schroff.

»Zu vorsichtig«, erwiderte Doué. Das dämmrige Licht des Schuppens verbarg seinen Gesichtsausdruck. »War ein gewiefter Bursche. Warum erzählt Ihr mir das?«

Es gab keine andere Antwort als die Wahrheit.

»Weil er der Kopf hinter unserem Plan war.«

Doués Augen verengten sich zu kleinen Schlitzen. »Bernave? Victor Bernave soll die Rettung des Königs geplant haben?«

Eine eisige Hand klammerte sich um Georges' Magen. »Das sagte ich doch.«

»Aber erst jetzt sagt Ihr mir das! Warum, verdammt, erst jetzt?« platzte Doué heraus. »Hergott noch mal! Wieviel wußte er von uns – von unseren Leuten?«

»Von mir nichts, aber ich weiß nicht, was ihm andere gesagt haben. Ihr müßt alle warnen ...«

»Darauf könnt Ihr Euch verdammt noch mal verlassen!« fluchte Doué und ballte die Fäuste als Ausdruck seiner Hilflosigkeit. »Da stecken wir ja schön in der Klemme! Die Österreicher und Preußen strömen über die Grenzen. Im Nationalkonvent herrscht Chaos. Die *Commune* tut, was immer Marat ihr befiehlt, und die Puritaner schließen sich Robespierre an – Gott steh ihnen bei! Die wenigen vernünftigen Männer in der Mitte tanzen ausschließlich nach Dantons Pfeife. Und die Girondisten? Sind mit nichts anderem beschäftigt, als sich wie ein Haufen junger Katzen zu balgen – und genauso überflüssig. Sie sind nicht in der Lage, die einfachste Entscheidung zu treffen.« Seine Stimme bebte vor Wut. »Wenn die zusammenhocken, können sie sich nicht mal darauf einigen, welcher Tag ist. Und wenn Marat hereinkäme und einmal ›Buh!‹ machte, gäben alle Fersengeld. Würden wahrscheinlich auf dem Weg nach draußen übereinanderfallen und in der Tür stecken bleiben.«

Georges mußte lachen, aber es war ein bitteres Lachen, denn es steckte zuviel Wahrheit in Doués Worten. Er rückte näher an das Schmiedefeuer heran. Allmählich wurde ihm wärmer, und erst jetzt merkte er, wie durchgefroren er gewesen war.

»Das ist wahr. Und nun hacken wir noch dem König den Kopf ab und legen uns so mit den letzten europäischen Ländern an, mit denen wir noch nicht im Krieg sind.«

Doué sah ihn gespannt an. »Also machen wir mit unserem Plan weiter?«

»Ja. Versucht, neue Leute zu finden – und warnt die anderen. Vielleicht sollten sie Paris verlassen, wenn sie können ... zumindest für eine Weile.«

»Gott stehe ihnen bei, wenn es stimmt, daß Bernave für die *Commune* gearbeitet hat!«

»Hat er?«

»Um die Wahrheit zu sagen, ich bin mir nicht sicher«, antwortete Doué. »Vadier hat mir einiges über die *Commune* erzählt, was mit Pache und Waffen zu tun hatte, und er sagte auch etwas über den Grafen von Artois und angebliche Pläne, den König zu retten.« Er nahm einen raschen Schluck aus der Flasche. »Ich glaubte ihm nicht. Erklärte ihm, das sei nichts als Gewäsch. Aber er meinte, daß er es aus zuverlässiger Quelle wüßte, von einem, der die Königstreuen für die *Commune* bespitzelte. Ich fragte ihn, wer das sei. Aber er sagte, er wüßte es nicht. Es könnte Bernave gewesen sein – oder fünfzig andere.«

Georges schwieg. In ihm wuchs die Angst, und er stellte mit Verblüffung fest, daß er sich auch gekränkt und hintergangen fühlte. Er hatte Bernave vertraut. So entsetzt er gewesen war, als er von Célie hörte, in welcher Weise er Saint-Félix ausgenutzt hatte, so sicher war er sich doch immer noch seiner Unbestechlichkeit, der Ehrlichkeit seiner Absichten. Es hatte den Anschein gehabt, als teile er Georges' eigene Sicht der Dinge, als betrachte er die Welt genauso klar und nüchtern. Wenn er aus Vorsicht lieber Saint-Félix' Haut riskierte als seine eigene, oder wenn er einer alten Fehde wegen die Situation zur Rache an ihm nutzte, so waren das Abgründe in Bernaves Charakter, die Georges zutiefst mißbilligte. Aber seinen festen Glauben an seine politische Geradlinigkeit hatten sie nicht erschüttern können.

»Vielleicht fütterte er die *Commune* ja auch mit lauter dummem Zeug«, fuhr Doué fort. »Artois konnte das schließlich egal sein! Wenn die *Commune* ihn zu fassen bekäme, würden sie ihm so oder so den Kopf abschlagen.« Er gönnte sich noch einen langen Zug aus der Flasche.

Das stimmte. Dennoch empfand Georges die innere Kälte, die immer tiefer kroch, viel lähmender als die äußere, die seine Hände und Füße gefühllos machte und ihn trotz der Nähe zum Feuer erschauern ließ.

»Könntet Ihr es herausfinden?«

»Ob es Bernave war?« Doué hob die Augenbrauen. »Schon möglich, aber es würde sicher Verdacht erregen, und gewiß nicht vor morgen abend – danach ist es ohnehin zu spät, unsere Pläne zu ändern. Wer hat ihn denn nun umgebracht?«

»Ich weiß nicht. Einer von der Nationalgarde, ein Kerl namens Menou, stellt gerade Ermittlungen an.«

Doué hob ruckartig den Kopf und sah Georges verblüfft an. »Wer hat Euch über Bernaves Tod informiert?«

»Es ist besser, wenn Ihr es nicht wißt«, erwiderte Georges leise. »Jemand mit genügend Mut und Einfallsreichtum, um sich ungesehen aus dem Haus zu stehlen und uns in unserem Vorhaben zu unterstützen. Könnt Ihr neue Leute für die Menschenmenge organisieren?«

»Wenn es sein muß, ja. Vielleicht ersetze ich ein oder zwei von ihnen, oder sage ihnen einfach, daß sie in Gefahr sind und eine Weile Paris verlassen sollten – oder wenigstens von da verschwinden, wo sie gerade sind.«

Er verzog das Gesicht, als wäre der letzte Schluck Wein sauer gewesen. »Die meisten von ihnen haben ohnehin nichts mehr zu verlieren. Ihnen ist alles genommen worden, was sie einmal hatten … ihr Zuhause, ihre Familie. Sie werden Euch nicht enttäuschen.«

Georges nickte. »Ich dachte nur, Ihr solltet es erfahren.«

Doué nickte ebenfalls und antwortete mit einem kurzen Achselzucken. Er bot ihm abermals die Weinflasche an.

Georges nahm sie, trank noch einen kleinen Schluck und gab sie zurück. »Danke. Ich muß weiter. Lebt wohl.«

Adieu.« Doué sah ihm nach.

Georges' Weg führte ihn wieder nach Westen in Richtung Rue Saint-Honoré, unmittelbar am Louvre vorbei. Er würdigte den wuchtigen, prachtvollen Bau von zeitloser Eleganz kaum eines Blickes. Noch vor einigen Jahren wäre seine Familie hier willkommen gewesen, hätte sie Paris als Wohnsitz gewählt und es nicht vorgezogen, an der Loire zu leben. Wie sehr er das vermißte – nicht die alten Zeiten in Paris oder Versailles, die Parks, die Bälle und Maskenspiele, die Nachmittage beim Pferderennen oder das endlose Geplauder an den Abenden, sondern das Schloß am Fluß, das Abendlicht auf den Bäumen, den weiten Himmel und den Gesang der Vögel. Der Schmerz über den Verlust dieser Welt saß immer noch tief.

Wäre der Besitz einfach an jemand übergegangen, der das Anwesen ebenso geliebt hätte wie er, es gehegt und gepflegt hätte, vielleicht wäre es ihm dann leichter gefallen, sich damit abzufinden. Doch so hatte er mitansehen müssen, wie eine Horde von Hohlköpfen, die nur Haß auf fremdes Hab und Gut und dessen Eigentümer kannten, Jahrhunderte von Schönheit niedertrampelten und zerstörten. Es war eine völlig sinnlose Tat, die nur aus blinder Wut geschah und die alle zu Verlierern machte. Ganz Frankreich wurde von einer Woge der Zerstörungslust überrollt, und wenn es nicht bald gelang, sie einzudämmen, blieb nichts mehr übrig. Alles Schöne, die Verkörperung alter Werte würden darin untergehen. Nur eine Generation weiter, und es gäbe niemanden mehr, der sich daran erinnerte.

Er schob den Gedanken an seine Verluste beiseite. Es war nicht der Moment, sich der Trauer hinzugeben. Auf der Rue Saint-Honoré hielt er sich rechts, wo er in die Rue Cambon einbiegen mußte. Hinter ihm lag er Place de la Révolution mit den starren, hochaufragenden Pfosten der Guillotine, gnädig verdeckt von den Gebäuden entlang der Rue de Rivoli, doch es gelang ihm nie ganz, sie aus seinem Bewußtsein zu verbannen. Wohin er sich auch wandte, das Schafott stand immer vor seinem inneren Auge. Dieses Viertel war eine vornehme Gegend, weit weg von den Armenvierteln und elenden Gassen, in denen die Enteigneten und Verfolgten Zuflucht fanden. Die Nationalgarde hatte hier mit Sicherheit eine große Anzahl Spitzel, doch es war ein Ding der Unmöglichkeit, jede einzelne Gasse zu durchsuchen, und am Tag, an dem der König hingerichtet werden sollte, würde es auf den Straßen von Menschen nur so wimmeln – alle würden sich zusammendrängen und aneinander vorbeischieben, um sich nur ja nichts entgehen zu lassen. Sie hatten den Fluchtweg sorgfältig geplant und so kurz gehalten wie möglich. Unmittelbar zur Rechten standen die Stallungen, wohin sie den kleinen zweirädrigen Wagen bringen und verstecken wollten, während sich der König auf den Dachboden stahl und die Kleider eines Kaufmanns anlegte, um das Gebäude auf der anderen Seite zu verlassen und seinen Weg fortzusetzen.

Es war ein langer Fußmarsch durch die Kälte. Er dachte an Célie, die den weiten Weg zum Faubourg Saint-Antoine zurücklegen mußte. Wenn sie zurück war, würden ihre Beine weit mehr schmerzen als seine. Und wie wollte sie Madame Lacoste ihre lange Abwesenheit erklären?

Doch er konnte es nicht riskieren, diesen Gang selbst zu machen. Bei Tageslicht war es zu weit und zu gefährlich. Die Gefahr war groß, daß ihn jemand auf den Wandzetteln erkannte, die ihn als Feind der Revolution anprangerten, oder auf einer Zeichnung in Blättern wie dem *Père Duchesne* oder dem *L'Ami du Peuple.* Er hatte ein oder zwei davon zu Gesicht bekommen. Obwohl es nur grobe Bleistiftzeichnungen waren, hatten sie unverkennbar mit wenigen Strichen seine Stirn, die Linien von Wange und Nase und sogar die Art, wie sein Haar wuchs, getroffen.

In der Hoffnung, unbemerkt zu bleiben, hatte er sich zunächst nur auf den belebten Straßen bewegt, doch nun mußte er sich in die Rue Cambon wagen.

Vor den Geschäften standen die Leute in Schlangen nach allen möglichen Waren an, vor allem aber warteten sie darauf, Brot, Kaffee, Kerzen, Seife und Zucker kaufen zu können. Manche warteten stumm, mit gedrückten, verschlossenen Mienen, andere schimpften und suchten Streit, machten ihrem Ärger bei der kleinsten Gelegenheit Luft.

Er ging die Straße in – wie er hoffte – unauffälligem Tempo entlang und vermied es, den Leuten in die Augen zu sehen. Er wollte einen Mann namens Romeuf aufsuchen, dem ein kleiner Pferdestall gehörte, den er von seinem Bruder geerbt hatte, der an der österreichischen Front gefallenen war. Romeuf hatte nichts für die Girondisten übrig, verachtete ihre Dummheit, ihre Feigheit und das private Machtstreben ihrer Mitglieder, das ihre Gruppe spaltete und es ihnen unmöglich machte, die *Commune* unter Kontrolle zu halten. Er hatte sich gegen Paches Beschluß aufgelehnt, die Verteilung von Stiefeln und Waffen an die Armee der *Commune* zu übertragen, und sich mit seinem Wagemut Marats persönlichen Zorn zugezogen. Eine ganz erhebliche Menge einfacher Bürger hatte sich seinem Protest angeschlossen. Er war kein Anhänger der Krone, aber Vaterlandsliebe bedeutete für ihn mehr als die kurzzeitige Befriedigung des Machthungers einer Region um jeden Preis. Er hatte seinem Bruder nahegestanden und war stolz auf ihn gewesen. In seinen Augen hatte er sein Leben sinnlos geopfert, das er nicht etwa infolge einer militärischen Niederlage verloren hatte, sondern weil er erst an die Front geschickt und dann von der *Commune* aller Verpflegung und Ausrüstung beraubt worden war.

Georges hatte ihn Bernave gegenüber nie erwähnt. Er gab nie irgend etwas weiter, was andere nicht unbedingt wissen mußten. Und doch – Bernave konnte Romeufs Namen und seine Verbindungen mit der royalistischen Sache aus einer anderen Quelle erfahren haben. Hatte er ihn an die *Commune* verraten? Das wenigste, das Georges tun konnte war, ihn zu warnen.

Er trat auf die Straße, um einer Gruppe Frauen auszuweichen, die auf dem Gehsteig in eine hitzige Unterhaltung vertieft waren, schlug jedoch den Bogen nicht weit genug, streifte versehentlich einen abgestellten Korb und stieß ihn um.

Die Besitzerin des Korbes fing an, ihn zu beschimpfen.

Er wandte sich ihr zu, um sich zu entschuldigen. »Verzeiht, Bürgerin.«

Sie war eine spitzgesichtige Frau von fast fünfzig in graubraunen Kleidern, die traurig um ihre dürre Gestalt hingen. Mißtrauisch kniff sie die Augen zusammen. »Euch kenne ich doch … Euch habe ich doch schon mal gesehen!« Es klang fast wie eine Anklage.

Nur deswegen in Panik zu geraten, war lächerlich. Es gab sicherlich hundert einleuchtende Erklärungen. Er schluckte.

»Wahrscheinlich. Ich komme öfter hierher. Guten Tag, Bürgerin.« Er wandte sich zum Gehen.

»Einen Moment!« schrie sie kampflustig mit schriller Stimme.

Sollte er stehenbleiben oder weitergehen, als hätte er nichts gehört? Nein, das sähe so aus, als liefe er davon. Andererseits – warum sollte er ihretwegen antworten? Sie war eine Fremde, der er nichts schuldig war.

»Was wollt Ihr, Bürgerin?« Sicher war es richtig, sie nach Möglichkeit zu besänftigen. Auf ein paar Meter mehr oder weniger kam es ohnehin nicht an. Sein Herz klopfte heftig, und er fing an zu schwitzen.

»Ihr kommt mir irgendwie bekannt vor.« Die Frau beäugte ihn neugierig. »Das Gesicht hab' ich schon mal auf 'nem Wandzettel oder so gesehen.«

»Wette, der wird gesucht«, sagte die Frau neben ihr in bissigem Tonfall und starrte Georges an. »Denkt, weil wir nichts haben, kann er kommen, in unseren Häusern rumlungern und uns unser Brot wegessen. Von wegen!« Angriffslustig schob sie ihr Kinn nach vorn. »Wir sind genauso für die Revolution wie jeder andere! Wie jeder von diesen feinen Dichtern und Anwälten in den Cordeliers! Eure Tage sind gezählt, jawohl! Jetzt sind wir dran, versteht ihr? Marat ist auf unsrer Seite. Das hier ist unsere Revolution, daß Ihr das ja nicht vergeßt!«

Drohend rückte das Grüppchen näher, die Arme in die Seiten gestemmt, die Gesichter entschlossen.

»Das weiß ich nur zu gut«, bestätigte er und zwang sich zu einem Lächeln. Er hoffte, daß es nicht so kläglich ausfiel, wie er sich fühlte. »Bürger Marat gewinnt von Tag zu Tag mehr Macht. Und eines Tages wird nur noch das Volk selbst regieren.« Er bezweifelte, daß Marat das noch erleben würde, aber das verschwieg er.

Immerhin erntete er lautstarke Zustimmung.

Mit einem zaghaften Lächeln wandte er sich erneut zum Gehen.

»Coigny!« rief eine der Frauen. »Ich wußte, ich hab' diesen Galgenvogel schon mal irgendwo gesehen! Der wird gesucht! Schnappt ihn euch!«

Er nahm die Beine in die Hand und rannte, so schnell er konnte, verfolgt vom Gejohle und Geschrei der Frauen, von denen mindestens zwei nach der Nationalgarde riefen. In großem Bogen umlief er die Ecke der Rue Cambon und flüchtete sich in eine Seitengasse. Er kletterte eine Mauer hoch, schwang sich über den Rand und landete auf der anderen Seite im Hof eines Steinmetz. Hinter sich hörte er Leute durch die Gasse laufen.

Die Verfolger saßen ihm im Nacken. Er rannte weiter, wich den umherstehenden Steinen aus und versetzte einem Mann mit Hammer und Meißel in der Hand einen beträchtlichen Schrecken. Ohne ein Wort zu sagen, ging er an ihm vorbei und trat durch das Tor auf die Seitenstraße. Links oder rechts? In Richtung Rue des Capucines gab es ein dichtes Netz aus engen Passagen. Er war einmal mit Romeuf dort gewesen. Keinesfalls durfte er die Orientierung verlieren und mußte darauf achten, da herauszukommen, wo er hineingegangen war.

Er drehte sich auf dem Absatz herum und begann wieder zu laufen. Erneut vernahm er hinter sich schnelle Schritte. Ob sie ihm galten oder nicht, wußte er nicht, und er hatte auch keine Zeit, sich umzudrehen und es herauszufinden. Er rettete sich in einen schmalen Hauseingang und stürmte eine Steintreppe hoch. Mit der Schulter rammte er gegen die Tür am Ende der Stufen und stieß sie auf. Ein halbes Dutzend Leute saß in dem Zimmer.

»Entschuldigt!« rief er und turnte über sie hinweg, taumelte gegen eine Wand, gewann sein Gleichgewicht wieder und stürzte eine weitere Treppe hinauf. Wenn es ihm gelänge, über das Dach zu fliehen, konnte er herunterklettern, wo er wollte, auf der Rue des Capucines oder der Place Vendôme. Allerdings mußte er entkommen, ehe der ganze Wohnblock umstellt war und er in der Falle saß.

Oben angekommen, blieb er stehen und horchte nach unten – niemand schien ihm zu folgen. Doch er durfte sich nicht in Sicherheit wiegen.

Über eine letzte Treppe erreichte er den Dachboden und ein Fenster. Verdammt! Diese Seite führte zur Rue Cambon hinaus. Er war sich nicht einmal sicher, daß man ihn nicht gesehen hatte. Die Straße war voller Menschen. Selbst in diesem kurzen Moment entdeckte er auf Anhieb eine Reihe rotweißblauer Kokarden.

Er trat so hastig zurück, daß er beinahe hintenüberfiel, riß die Tür auf der anderen Seite des Dachbodens auf und lief dort zum Fenster. Dem Himmel sei Dank! Es ging auf ein Labyrinth ineinander verwinkelter Dächer hinaus. Ihm blieb keine Zeit für lange Überlegungen; er öffnete einen Fensterflügel und kletterte hinaus. Die Dachziegel waren naß, und er rutschte ein ganzes Stück abwärts, ehe es ihm gelang, Halt zu finden und sich vorsichtig seitwärts nach Osten in Richtung der Gerbereien zu bewegen.

Er hielt sich am Dach fest und blickte über die Silhouette aus Gauben und Giebeln, als der erste Schuß krachte. Die Kugel traf einen Ziegel, prallte mit einem gellenden Pfeifton ab und schlug in die Mulde zwischen den Dächern.

Als wäre ihm der Teufel persönlich auf den Fersen, robbte er sich weiter zum Dachfirst hinauf. Er spürte eine Kraft in sich, von der er nie geglaubt hätte, daß er sie besaß. Seine Finger erreichten die Firstziegel, und er zog sich gerade hoch, als ein zweiter Schuß den Kamin traf und ein dritter eine Platte auf der Gaube zu seiner Linken zerbersten ließ.

Er rollte sich über den First, verlor den Halt und schlitterte auf der anderen Seite die Schräge hinab, bis er heftig aufprallend auf Rücken und Schulter in der

Dachkehle landete. Ohne auch nur einen Gedanken an irgendwelche Schrammen zu verschwenden, rappelte er sich mühsam auf und lief, so schnell er konnte, in gebückter Haltung zu der Stelle, an der die nächsten zwei Dachkehlen aufeinandertrafen. Er entschied sich für die breitere und beeilte sich, sie zu durchqueren.

Es fielen immer noch Schüsse, aber sie schienen weiter entfernt. Nach einer weiteren Ecke entdeckte er ein Fallrohr. Daran konnte er bis zum nächsten Fenstervorsprung herunterrutschen, von wo aus er sich auf eine drei Meter tiefer gelegene Steintreppe fallen ließ, die in einen Hof führte.

Der Aufprall ging ihm durch Mark und Bein. Wohin jetzt? Seine Hände waren aufgeschürft und bluteten. Seine Hose war völlig vom Regen durchnäßt. Er hatte nur eine vage Vorstellung davon, wo er sich befand oder wie weit entfernt er von den Frauen war, die Alarm geschlagen hatten. Sein Herz schlug so heftig, daß er das Gefühl hatte, am ganzen Leib zu zittern. Er schnappte nach Luft. Mit Entsetzen stellte er fest, daß alle Kraft aus seinen Beinen verschwunden war.

Bei dem Gedanken daran, daß er Célies Ausflug über die Dächer so leicht genommen hatte, überkam ihn jähes Schuldgefühl. Er hatte sich zwar Sorgen gemacht, aber ihm war nicht bewußt gewesen, welchen Gefahren sie sich um seinetwillen aussetzte.

Doch natürlich tat sie das nicht für ihn, sondern für die Sache, an die sie glaubte, und weil sie sich dafür verantwortlich fühlte, daß er auf der Flucht war. Was sie tat, würde sie für jeden tun.

Zu seinem Erstaunen empfand er darüber großes Bedauern.

Er hatte genug Zeit gehabt, sich wieder zu fangen. Jetzt mußte er weiter. Irgend jemand konnte ihn sehen und sich fragen, was er hier wollte.

An einem Brunnen in der Mitte des Hofes vorbei trat

er durch einen Torbogen auf die dahinterliegende Straße. Gott sei Dank! Es war die Rue des Capucines. Gegenüber lag die Werkstatt eines Korbmachers, neben die sich ein Harnischmacher, ein Sattler, ein Messerschmied und ein Knopfmacher reihten. Davor stand ein Mann und verkaufte eine politische Flugschrift.

Zur anderen Seite fanden sich die Werkstatt eines Lederzurichters, ein Lebensmittelladen und, ein Stück weiter die Straße hinauf, ein Töpfergeschäft. Vor dem Lebensmittelhändler hatte sich eine Schlange gebildet, von der er sich besser fernhielt. Rasch schlug er die andere Richtung ein, überquerte die Fahrbahn und ging zurück in Richtung Rue Saint-Honoré.

Um die große Straße zu meiden, bewegte er sich durch Nebengassen und Seitenpassagen vorwärts. Die Angst hatte von seinem Körper Besitz ergriffen und machte jeden seiner steifen Schritte mühsam und beschwerlich. Immer wenn er jemanden rufen hörte oder eine Menschenansammlung sah, zuckte er zusammen, doch versuchte er, sich nichts anmerken zu lassen.

Die Frauen in der Rue Cambon waren sicher längst in ihrer Schlange vorgerückt. Sie würden ihre Plätze nicht freiwillig verlassen. Den Hungrigen ging das Essen über alles. In einer halben oder einer Stunde hatten bestimmt andere ihren Platz eingenommen, dann konnte er in die Rue Cambon zurückkehren, vorsichtshalber vielleicht von der anderen Seite her.

Es war fast zehn, als er endlich Romeuf fand, der im Hinterzimmer seines kleinen Ladens Kerzen zog. Die stickige Luft war von Talggeruch geschwängert, aber immerhin strömte der Kessel wohlige Wärme aus. Überall um sie herum hingen blasse, tropfende Kerzenklumpen.

Georges berichtete ihm von Bernaves Tod. So erschrocken Romeuf auch war, es änderte nichts an seinem festen Entschluß, seinen Teil zu dem Vorhaben beizutragen, wenn auch mit geringfügigen Änderungen. Er war immer noch bereit, eine Droschke zu besorgen, allerdings würde er eine andere als die vorgesehene suchen. Und sie waren sich einig, daß der Stall seines Bruders nach wie vor der beste Ort für den Kleiderwechsel war.

»Es würde mich nicht wundern«, sagte er mit Bitterkeit in der Stimme. »Ich habe Gerüchte gehört. Aber was macht eine Enttäuschung mehr oder weniger schon aus?« Im Wiederschein des Lichts leuchtete sein Gesicht in gespenstischem Gelb. »Vor nicht allzu langer Zeit glaubte ich noch an La Fayette – und dann lief er zu den Österreichern über! Früher hoffte ich sogar darauf, daß man den König dazu bewegen könnte, mit einem Parlament zu regieren, wie es der englische König tut.« Er redete, ohne seine Arbeit zu unterbrechen. »Ich dachte, wir könnten Reformen durchführen, uns des Hofs in Versailles entledigen, der in Saus und Braus lebte, die absurden Privilegien der Aristokratie abschaffen und den Würgegriff der Kirche abschütteln, die uns den letzten Sou aus der Tasche zog. Wie habe ich von dem Tag geträumt, an dem wir ein Steuerwesen ohne Korruption und eine Rechtsprechung haben, die keine Entscheidungen mehr verschleppt! Frankreich ist doch das Land der Aufklärung, es ist so reich an Geist und Fantasie, Kunst, Wissenschaft, Literatur, Musik und Theater. Es verdient eine gerechte Regierung, die sich für das Wohl ihrer Bürger einsetzt.«

Georges erwiderte nichts. Romeufs Worten war nichts hinzuzufügen. Es hatte so viele hoffnungsvolle Momente gegeben, so viele Schritte in die richtige Richtung: die feierliche Beseitigung der feudalen Standesrechte durch die Nationalversammlung im August 1789, die Erklärung der Menschen- und Bürgerrechte, die Verstaatlichung der Kirchengüter. Im darauffolgenden Jahr waren alle geistlichen Orden aufgelöst worden, mit

Ausnahme derer, die erzieherisch arbeiteten oder wohltätige Dienste leisteten. Schließlich wurde der Erbadel abgeschafft und der Klerus per Dekret gezwungen, den Eid auf die Zivilverfassung zu leisten.

1791 war der König nach Varennes geflohen, jedoch aufgehalten und mit Waffengewalt zurückgebracht worden. Im September hatte er die Verfassung anerkannt.

Von da an ging alles schief. Der König brach sein Wort und legte sein Veto gegen die Entscheidungen über die Föderierten und die eidverweigernden Priester ein.

1792 wurde die Situation noch brenzliger. Im März ersetzte man das alte Kabinett durch girondistische Minister. Im April kam es zur Kriegserklärung. Im Juni entließ der König das neue Kabinett wieder.

Im Juli waren die schrecklichen Marseiller in Paris einmarschiert. Bis auf eine hatten alle Pariser Sektionen für die Absetzung des Königs gestimmt. Eine aufständische Gegenstadtverwaltung, die *Commune*, war gegründet worden. Im August stürmte das Volk die Tuilerien, und der König wurde aller Ämter enthoben, während man die Minister allesamt wieder einsetzte.

Im selben Monat war La Fayette nach Österreich geflohen, und der Herzog von Braunschweig mit seinen Truppen in Frankreich einmarschiert. Longwy war an die Preußen gefallen. Verdun hatte sich ergeben.

Und dann war es September geworden … ein blutgetränkter, alptraumhafter September, den keiner jemals vergessen und wohl auch nicht vergeben würde.

Am 20., dem Tag der Schlacht bei Valmy, war die Nationalversammlung zusammengetreten. Einen Tag später schaffte man die Monarchie ab.

Und jetzt, in zwei Tagen sollte der König geköpft und Frankreich in ein neues Zeitalter aus Chaos und ungewisser Zukunft gestürzt werden.

Natur und Gewalt hatten Georges nichts gelassen als eine Cousine, die er von Herzen liebte. Die sanfte, schöne Welt, in der er großgeworden war, gab es nicht mehr. Alles, was ihm von der Unschuld und dem Glanz der vergangenen Tage geblieben war, verkörperte sich in Amandine.

Er wechselte noch einige Worte mit Romeuf, dann dankte er ihm und verließ ihn. Bevor er wieder auf die Gasse trat, schlug er den Kragen so weit wie möglich nach oben und zog den Hut tief ins Gesicht.

Der Hunger nagte an ihm, aber er hatte nur noch wenige Sous übrig. Schlagartig wurde ihm klar, wie sehr er sich seit September auf Célie verlassen hatte. Eine zutiefst beunruhigende Erkenntnis. Unbewußt beschleunigte er seinen Schritt, während er seinen Weg zur Île de la Cité zurückverfolgte, ohne recht zu wissen, wohin er sich wenden sollte. Konnte er es wagen, in sein Dachzimmer in den Cordeliers zurückzukehren? Oder hielt inzwischen das gesamte Viertel Ausschau nach ihm?

Doch er hatte keine andere Wahl. Und vorher mußte er nach dem Versteck in Saint-Sulspice sehen.

Unvermittelt begann er zu lachen, kein heiteres, sondern ein schon hysterisches Lachen, das er kaum zügeln konnte. Welch beschränkter Sicht der eigenen Bedeutung er aufgesessen war! Wie dumm er war! Die *Commune* stand über allem. In zwei Tagen würde sie den König von Frankreich wie einen gewöhnlichen Kriminellen auf dem Schafott hinrichten. Man rüstete sich, es auf dem Schlachtfeld mit ganz Europa aufzunehmen … womöglich ein aussichtsloses Unterfangen, aber das schien die Machthaber in der *Commune* nicht zu stören. Was also bedeutete ihnen da schon ein unbedeutender Widersacher? Den Spaß an der Jagd vielleicht, mehr doch wohl kaum, und im nächsten Moment war er bereits vergessen.

Acht Sous hatte er noch in der Tasche. Wenn er noch irgendwo ein Brot ergattern konnte, würde ihn das Pfund etwa drei Sous kosten, aber es war ohnehin schon viel zu spät dafür. Und sich in eine Schlange einzureihen, kam nicht in Frage. Allein der Gedanke daran schlug ihm mehr auf den Magen als der Hunger selbst.

Er ging in ein Café und setzte sich in eine Ecke. Für vier Sous bestellte er einen Teller Eintopf mit einer Scheibe Brot und war dankbar für die Wärme.

Während er aß, achtete er darauf, daß niemand auf ihn aufmerksam wurde. Danach machte er sich im Regen auf den Weg nach Saint-Sulspice. Auf der Suche nach Alphonse Le Bon durchstreifte er Gassen, stieg Steinstufen hinauf und hinunter und durchquerte einen verlassenen Garten. Einen Monat zuvor hatten sie sich an dem Tag, an dem man zu den Zeiten, als Religion noch nicht verboten war, Weihnachten gefeiert hatte, ein halbes Hühnchen und eine Flasche ausgezeichneten Wein geteilt.

Der Regen wurde stärker. Hatte es überhaupt noch einen Sinn, daß sie peinlich genau jedes Detail des Plans überprüften, all die weiten Wege zurücklegten, neue Leute und einen neuen Wagen besorgten, Bernaves Zimmer nach den Pässen durchsuchten? Ohne den Mann, der in der Kutsche den Platz des Königs einnehmen und für ihn sterben sollte, wenn die Obrigkeit den Austausch bemerkt hatte, war das ganze Vorhaben zum Scheitern verurteilt. Nur Bernave hatte gewußt, wer er war – wenn er überhaupt existierte. Es blieb ihnen kaum noch Zeit, einen Ersatz für ihn zu finden.

Er fand Le Bon im Hof hinter einem Friseurladen. Mit einem Bündel alter Zeitungen und Flugblätter beladen, machte er einen überraschend gutgelaunten Eindruck.

»Der Kopf ist noch dran, wie ich sehe«, bemerkte Le Bon lächelnd. Er war dünn, hatte blonde Haare, eine wohlgeformte Nase und war wohl so um die dreißig. Er musterte Georges von oben bis unten, wie um dessen neue Kleider zu bewundern. »Du siehst durchnäßt aus. Wenn du willst, könnte ich vielleicht ein neues Paar Stiefel für dich auftreiben. Die *Commune* schwimmt nur so in Stiefeln, die eigentlich für die Armee bestimmt waren – die armen Schweine! Aber davon hast du ja sicher gehört! Ich habe keine Ahnung, wie sie barfuß gegen die Spanier kämpfen wollen!«

»Ja, danke«, sagte Georges, obwohl es völlig ungewiß war, ob sie beide noch so lange leben oder sich jemals wiedersehen würden.

Le Bon zuckte mit den Schultern und ließ um ein Haar sein Papierbündel fallen. »Ich frage mich, warum ich mich noch in Paris aufhalte, abgesehen davon, daß ich ganz wild auf Neuigkeiten bin und hier der Ort ist, an dem alles passiert. Der Mittelpunkt der Welt – zumindest im Augenblick. Weiß der Himmel, wo ich nächstes Jahr sein werde. Wahrscheinlich in Sack und Asche. ›Stadt des Blutes, der Lust und der Lügen‹ – nannte Madame Roland Paris nicht so? Jedenfalls so ähnlich. Ich muß wohl verrückt sein.« Er lächelte übermütig, aber hinter der heiteren Maske erkannte Georges bittere Erfahrungen und tiefe Verzweiflung.

Er mußte daran denken, wie gut er sich mit Le Bon verstanden hatte, wie sie zusammen über albernes Zeug gelacht hatten, als ob alles andere nicht zählte. Eine Zeitlang war es ihnen gelungen, so zu tun, als existierten die Septembermorde nicht, als gäbe es keinen Krieg, Hunger und Chaos. Es war ein Akt äußerster Willenskraft gewesen, denn beide wußten nur zu gut, wie die Wirklichkeit aussah.

Unwillkürlich streckte er die Hände aus, um Le Bon die Hälfte der Zeitungen abzunehmen.

»Komm, ich helfe dir tragen«, sagte er. »Wo immer du auch hingehst, mir soll es recht sein.«

»Danke«, erwiderte Le Bon und reichte ihm ein Teil

des Bündels. »Was zum Teufel hast du mit deinen Händen angestellt?«

»Nichts Besonderes«, antwortete Georges achselzukkend.

Le Bon lächelte und ging nicht weiter darauf ein. Er deutete auf das Papier. »Wenn man es fest genug einrollt, gibt es gar kein so schlechtes Brennmaterial ab. So ist es wenigstens noch für etwas gut. Hast du jemals erlebt, daß Leute ein derartiges Gefasel von sich geben?« Sie gingen durch den Torbogen auf die Gasse hinaus. »Die Girondisten produzieren so viel heiße Luft, daß man ganz Frankreich damit heizen könnte, wenn sie nur richtig zu steuern wäre!«

»Wer alle Girondisten gleichzeitig in eine Richtung lenken will, kann genausogut versuchen, das Rote Meer zu teilen«, bemerkte Georges bitter.

Le Bon lachte auf. Im ersten Moment schien er ehrlich amüsiert, doch der hohle Nachklang war nicht zu überhören. »Es ist zum Verzweifeln«, sagte er. »Ich kenne da einen, guter Mann, nicht überragend helle, ein ganz einfacher, aber anständiger Kerl – kam neulich von der österreichischen Front zurück. Hat einen Arm verloren. Und kein Hahn kräht danach. Sagt, da draußen herrscht das reine Chaos.«

Sie überquerten einen kleinen Hof und betraten durch einen weiteren Torweg eine andere Gasse.

»Keine Waffen«, fuhr Le Bon fort. »Kaum Munition, dauernd schlechte Verpflegung. Mäntel, die nicht mal einen Hund warm halten würden.« Er sah Georges von der Seite an. »Was ist mit uns passiert, Georges? Wir hatten so große Träume ... aber wir haben nichts davon erreicht. In gewissem Sinn ist alles nur noch schlimmer geworden. Früher wußte ich wenigstens noch, wer meine Feinde waren. Jetzt weiß ich nicht einmal mehr das.«

Georges rückte das Papierbündel zurecht. Es war schwer und rutschig. Er hatte nicht die leiseste Ahnung, wohin sie gingen. Zwar mochte er Le Bon, aber die Umstände waren nicht danach, sich eine nette Zeit mit Freunden zu machen.

»Mir geht es genauso«, stimmte er zu und folgte ihm über einen Rinnstein, in dem das Wasser in reißenden Strudeln vorbeifloß, in den Schutz eines leeren, verwinkelten Schuppens.

Le Bon ließ das Papier fallen und forderte Georges auf, Platz zu nehmen. Ein alter Ofen in der Ecke sorgte für ein bißchen Wärme.

»Ist leider nicht für lange«, sagte er bedauernd. »Der Besitzer ist weg, so daß ich ein paar Tage bleiben darf. Aber bis dahin kann sowieso alles wieder anders sein.« Er betrachtete Georges genauer und versuchte, im Halbdunkel in seinem Gesicht zu lesen. »Was ist los mit dir? Du siehst zum Fürchten aus!«

»Victor Bernave wurde letzte Nacht ermordet«, antwortete Georges. »Ich muß herausfinden, ob Saint-Sulspice noch als Unterschlupf taugt.«

»Ermordet?« rief Le Bon ungläubig aus. »Weißt du, von wem?«

»Nein, ich weiß weder von wem ... noch warum. Was ist mit dem Haus in Saint-Sulspice? Wer sonst weiß davon?«

»Niemand. Alles hören, nichts sagen, heißt die Devise.« Le Bon begann die feuchten Blätter zu strammen Rollen zu drehen und band sie mit einigen Stücken Schnur, die er aus seinen Taschen angelte, fest zusammen. »Scheinheiliger Teufel, dieser Bernave. Hatte ihn immer für schlau gehalten, aber offensichtlich war er doch nicht schlau genug. Hat immer alle gegeneinander ausgespielt – einmal zu viel, wie es aussieht.«

»Alle gegeneinander ausgespielt ...«, wiederholte Georges. »Wen? Die Anhänger der Krone gegen die *Commune?* Danton gegen Robespierre? Die Girondisten untereinander?«

Le Bon grinste und sah von seinem Papier auf. »Wahrscheinlich von allem etwas, aber vor allem wohl die Royalisten gegen die *Commune.* Bei ihm wußte die Rechte nie, was die Linke tat. Schade ... ich meine, daß er tot ist. War ein interessanter Mann. Er hatte Sinn für Humor, für das Absurde, und das hob ihn angenehm von anderen Zeitgenossen ab.«

»Er wurde in seinem eigenen Hausflur erstochen.« Georges beobachtete Le Bon und begann ebenfalls, Papierrollen zu drehen.

Le Bon reagierte überrascht. »Wie kommt es dann, daß du nicht weißt, wer der Täter ist? Private Motive kann man doch sicher ausschließen? Ich kann mir Bernave wirklich nicht als untreuen Liebhaber vorstellen! Obwohl alles schon mal vorgekommen ist. Wenn so ein Krötengesicht wie Marat eine Maitresse haben kann, dann wohl jeder.«

»Ich glaube es auch nicht.« Georges band seine fertige Rolle so fest zusammen, wie er konnte. Er wünschte, Le Bon legte eine davon in den Ofen – er war halb erfroren –, aber sie waren wohl zu kostbar, um sie gleich zu verfeuern. »Politische Motive sind wahrscheinlicher. Irgend jemand dachte, er stünde auf der falschen Seite.«

»Eigenartig, daß du das jetzt erwähnst«, erwiderte Le Bon nachdenklich. »Weißt du, du bist nicht der einzige, der sich in letzter Zeit nach ihm erkundigt hat.«

Abrupt unterbrach Georges das Bündeln, seine Hände waren in der Bewegung erstarrt. »Wer war das? Einer von der *Commune* oder ein Königstreuer?«

Le Bon wurde neugierig. »Es liegt dir ja ziemlich am Herzen zu erfahren, wer ihn auf dem Gewissen hat. Wieso war er dir so wichtig?«

»Er war der Kopf hinter dem einzigen Plan, der immerhin den Hauch einer Chance auf Erfolg hatte – Todeshauch trifft jetzt eher zu. Und es stimmt, ich wüßte gern, wer der Täter ist. Noch lieber aber wüßte ich, auf wessen Seite er stand ... ob er auf beiden Hochzeiten tanzte oder abwarten wollte, wer als Sieger hervorgeht ... oder einfach immer dem diente, der ihn besser entlohnte.«

Le Bon warf ihm einen ernsten Blick zu. »Ich finde, darauf sollten wir uns etwas Wärme gönnen«, bemerkte er, öffnete die Ofentür, stopfte das zuletzt gedrehte Bündel hinein und schlug die Luke wieder zu. Er hockte sich auf die Fersen und sah Georges nachdenklich an. »Du glaubst, er könnte den Plan an die *Commune* verraten haben?«

Glaubte er das tatsächlich? Nein ... aber die Furcht blieb. Er konnte es nicht völlig ausschließen. Möglicherweise waren seine Zweifel ja auch nur ein Zeichen dafür, daß seine Vorstellungskraft nur widerstrebend akzeptieren wollte, was geschehen war. Er konnte immer noch nicht ganz glauben, daß Bernave nicht mehr lebte.

»Ich weiß es einfach nicht«, gab er zu, während er die Handflächen aneinanderrieb, um die Durchblutung in Gang zu halten. »Ich dachte, ich wüßte, woran ich mit ihm war. Aber jetzt habe ich so viel über ihn erfahren, was ich nicht wußte ... und nichts Gutes. Wer war übrigens der andere, der nach ihm gefragt hat?«

»Ich kann es dir nicht sagen, weil ich es nicht weiß. Irgend jemand hat Erkundigungen einziehen lassen, und zwar ganz diskret. Aber von dem bißchen nach zu schließen, das ich mitbekommen habe, hatte derjenige nichts Gutes im Sinn. Wer immer es war, er war kein Freund.«

Georges schwieg. Fieberhaft dachte er nach. Wer hatte Bernave noch in Verdacht? Welche Seite? Was wußten sie eigentlich wirklich über Saint-Félix? Konnte es sein, daß er ein überzeugter Anhänger der Krone war und irgendwann bemerkt hatte, daß Bernave ihn gegen seine eigenen Interessen einsetzte? Das wäre ein furchtbarer Verrat – versetzt mit einer Prise bitterer Ironie.

Wie schrecklich würde das Amandine treffen! Er wollte gar nicht daran denken. Célie hatte erzählt, wie gern sie Saint-Félix hatte und wie sehr sie ihn bewunderte.

Er konnte es niemandem verdenken, einen Mann zu töten, der einem so übel mitgespielt hatte. Aber ihn im Schutz der Dunkelheit in dessen eigenem Haus zu erstechen, war schon eine sehr kaltblütige Tat, die auch von Gleichgültigkeit den anderen gegenüber zeugte. Dafür hatte er kein Verständnis.

»Du weißt wohl nicht, was dieser Unbekannte herausgefunden hat?« fragte er laut.

Le Bon schüttelte den Kopf. »Tut mir leid. Ich habe nie mehr als ein paar Fetzen mitbekommen, hier und da mal ein Wort oder zwei.« Er zog eine Grimasse. »Ich stehe in letzter Zeit ziemlich viel an Straßenecken und lungere tagelang in Gassen herum, wie es mir normalerweise nie einfallen würde. Ich bin zum Lauscher und Zuschauer geworden, weil ich nicht weiß, was ich mit mir anfangen soll.«

»Wer weiß das schon?« seufzte Georges in einer Anwandlung von Resignation. »Bei jedem Schritt, den ich mache, rutscht der Boden unter mir weg.«

»Da ist noch etwas, das Bernave betrifft«, sagte Le Bon leise. »Ich weiß nicht, ob es stimmt, aber ich habe von einem Plan der Königstreuen gehört, den König aus dem Temple zu befreien.«

Georges sah überrascht auf. Was für eine verrückte Idee. Der Temple war mehr eine Festung denn ein Gefängnis, Tag und Nacht bewacht und völlig uneinnehmbar.

»Sogar Royalisten sollten genügend Verstand haben zu erkennen, daß das reiner Wahnsinn ist!« Heiße Angst durchfuhr ihn wie ein Messer. »Offensichtlich ist es nicht geglückt – aber die bloße Tatsache, daß es jemand versucht hat, wird Marat, die *Commune* und alle anderen alarmiert haben!«

Le Bon streckte die Hand aus und legte sie auf Georges' feuchten Ärmel. »Sei unbesorgt! Sie haben es nicht versucht. Der Plan wurde vereitelt, ehe er zur Durchführung kam. Ich weiß nicht, wie es passierte, aber ich weiß, wer ihn durchkreuzt hat ...«

Georges schluckte. »Wer?«

»Victor Bernave ...« Ein kleines Schmunzeln hellte Le Bons Miene auf. »Keine Ahnung, was er damit bezweckte: dem König einen Strich durch die Rechnung zu machen, die Royalisten daran zu hindern, den König wieder auf den Thron zu setzen, oder sie alle zusammen davor zu bewahren, ein Vorhaben durchzuführen, das nicht die kleinste Aussicht auf Erfolg hatte, das allenfalls nur Marat und die *Commune* gewarnt und damit unsere Chancen völlig zunichte gemacht hätte.«

Georges schüttelte entgeistert den Kopf. Immer, wenn er glaubte, etwas endlich mit Bestimmtheit zu wissen, zerplatzte diese Gewißheit wie eine Seifenblase.

»Iß ein Stück Brot«, schlug Le Bon vor. »Wenigstens etwas, das noch so ist wie früher. Wir müssen immer noch essen.«

Georges zögerte. In diesen Tagen brachte man den anderen nicht um seine spärlichen Lebensmittel.

»Stell dich nicht so an!« drängte ihn Le Bon. »Ich habe auch noch eine ganz ordentliche Flasche Bordeaux. Der arme Teufel, dem sie gehörte, braucht sie nicht mehr. Du kannst mich morgen aushalten ... falls es ein Morgen gibt.« Ohne Georges' Antwort abzuwarten, erhob er sich und ging zu einem im Dunkeln liegenden Mauervorsprung, von dem er eine staubbedeckte Flasche und einen in ein sauberes Tuch gewickelten Laib Brot herunternahm. Er holte auch noch ein ansehnliches Stück Käse hervor, teilte alles gewissenhaft auf und bot Georges die Hälfte davon an.

»Machen wir trotzdem weiter?« fragte Le Bon nach einer Weile.

»Ja«, antwortete Georges mit vollem Mund. »Wir werden den Plan nur etwas abändern. Den Ort und die Leute.« Er verzog sein Gesicht zu einem schiefen Grinsen. »An der Zeit ist nicht zu rütteln.«

Le Bon lachte kurz auf. »Brauchst du meine Hilfe noch?«

»Ja.« Er sah Le Bon an. »Ein verschwiegenes Plätzchen, an dem ein Gentleman sich umziehen kann, bevor er in aller Eile und Heimlichkeit Paris verlassen muß.«

Le Bon lächelte mit nach unten gezogenen Mundwinkeln.

»Nicht in Richtung Varennes, nehme ich an?«

»Nein, nicht nach Varennes«, bestätigte Georges leise und erinnerte sich an den gescheiterten Fluchtversuch der königlichen Familie. Sie hatten fast die österreichische Grenze erreicht, als man sie einholte und zurückbrachte.

Le Bon sah Georges fest in die Augen. »Wir haben keine besonders große Aussicht auf Erfolg, stimmt's? Ganz abgesehen davon, daß Bernave ...«

»Ich weiß«, schnitt Georges ihm das Wort ab – er wollte den Satz nicht zuende hören. »Aber hast du eine bessere Idee?«

»Nein – jedenfalls nicht in diesem Tollhaus von einem Land. Sehr viel schlimmer kann es nicht mehr kommen.« Feierlich hielt er die Flasche hoch. »Was soll's! Trinken wir darauf, mit Pauken und Trompeten unterzugehen – die letzte Musik vor der endgültigen Stille! Wer will schon in solchen Zeiten überleben?«

Neuntes Kapitel

Auf Zehenspitzen schlich Célie die Stufen zum Dachzimmer hoch. Sie kam nur ungern bei Tageslicht hierher – zu leicht konnte sie gesehen werden und Argwohn erregen. Irgendjemand würde wissen, daß sie nicht hier wohnte, und sich fragen, was sie hier wollte.

Oben angelangt, klopfte sie sachte an die Tür. Doch nichts rührte sich, und sie spürte Enttäuschung in sich aufsteigen. Wie töricht von ihr! Schließlich hatte sie gewußt, daß Georges ebenfalls unterwegs sein würde. Es war gerade erst Mittag. Und es war sicherlich dumm, sich Sorgen zu machen. Um nicht gesehen und erkannt zu werden, würde er bestimmt die großen Straßen meiden. Es war klüger, sich Zeit und ein paar Umwege in Kauf zu nehmen. Wie unsinnig, daß sie hier stand und daß ihr das Herz bis zum Halse schlug.

Die Tür öffnete sich, und Georges' vertrautes Profil erschien im bleichen Tageslicht.

»Oh! D-d-du bist da«, stammelte sie.

»Célie! Komm rein.« Er trat einen Schritt zurück, um sie eintreten zu lassen.

Sie folgte seiner Aufforderung und schloß die Tür hinter sich. Irgendwie mußte sie erklären, warum sie hier war.

»Ich dachte, daß du vielleicht noch nicht zurück bist.«

Er sah sie besorgt an. »Geht es dir gut?«

Hier oben herrschte Eiseskälte. Wahrscheinlich war er gerade erst gekommen. Der Herd war kalt. Sie hätte Brennmaterial mitbringen sollen, aber sie hatte schon das Brot, die Zwiebeln und den Käse zu tragen gehabt. Und ihr wäre auch keine Zeit geblieben, welches zu besorgen.

»Ja. Natürlich geht es mir gut«, beteuerte sie. Sie reichte ihm die Lebensmittel. Er nahm sie entgegen und dankte ihr. Sie beeilte sich, ihm die Neuigkeiten zu übermitteln, wegen der sie gekommen war. Das Austauschen von ›danke‹ und ›bitte‹ für jede kleine Gefälligkeit, wie das Überbringen von Brot, machte sie jedesmal verlegen. Daran erinnert zu werden, wie abhängig er von ihr war, empfanden beide als gleich schmerzlich.

»Ich habe die Pässe gefunden«, berichtete sie ihm. »Sie sind auf verschiedene Namen ausgestellt, vermutlich, um für alle Möglichkeiten gerüstet zu sein. Ich habe sie Saint-Félix gegeben, für den Fall, daß sie mich beim Kommen und Gehen durchsuchen.«

»Gut.« Irgendwie schien ihn die Nachricht zu beruhigen – sie konnte sehen, wie sich seine Schultern entspannten. Gegen das Licht erkannte sie von seinem Gesicht nur die Umrisse. »Hast du auch irgendwelche Papiere vernichtet? Was hast du noch bei ihm gefunden?«

Sie atmete tief ein und zögerte einen Moment, unsicher, ob sie das Richtige getan hatte oder nicht. »Wir haben eine ganze Reihe von Unterlagen verbrannt …«

»Wir?« fragte er mit schneidender Stimme, während sich sein Körper wieder anspannte.

»Madame und ich. Ich fürchtete, daß jemand aus anderen Gründen auf die gleiche Idee kommen und mich erwischen könnte – dann wäre alles aus gewesen. Sie hätten gedacht, daß ich etwas stehlen wolle …«

»Schon gut, ich verstehe«, unterbrach er sie. Mit aufmerksamem Blick versuchte er, in ihrem Gesicht zu lesen. Sie fühlte sich unbehaglich, und doch – Gleichgültigkeit hätte sie weit mehr irritiert.

»Solange ich in ihrer Begleitung war, konnte niemand Verdacht …«

»Ich verstehe«, wiederholte er. Ihr entging nicht, wie nervös seine Stimme klang.

»Wir haben alles verbrannt, von dem wir dachten, daß

es unnötig Neid oder Neugier erregen könnte, und nur das aufgehoben, was für die Fortführung der Geschäfte wichtig ist.« Sie erwiderte seinen Blick. »Das heißt, wir mußten auch einen Teil der aufgezeichneten Handelsrouten zurücklassen, bis auf die, deren Kutscher wir kennen. Auch alle Aufzeichnungen zu dem Haus in Saint-Antoine sind vernichtet … das übrigens noch sicher zu sein scheint, soweit ich das feststellen konnte.«

»Warst du heute morgen dort?«

»Ja …«

Seine Stimme wurde leise. »Du mußt erschöpft sein … nach der letzten Nacht. Hast du überhaupt geschlafen? Oder etwas gegessen?«

»Wahrscheinlich ebenso viel wie du«, gab sie ungerührt zurück. »Dafür hatte ich es wärmer. Das haben wir alles Bernave zu verdanken! Wer weiß, wie lange es ohne ihn so bleiben wird. Ich glaube nicht, daß Marie-Jeanne sich für Tuchhandel interessiert. Einstweilen kümmert sich Madame um die Geschäftspapiere.«

»Weiß sie, was du vernichtet hast?« wollte er wissen. »Setz dich. Ich wünschte, ich könnte dir etwas anbieten. Möchtest du einen Schluck Wein? Er ist nichts Besonderes, könnte aber schlechter sein.«

Nur zu gern hätte sie etwas Wein gehabt, aber sie durfte ihn nicht um das Wenige bringen, das er hatte. Für sie war es ein leichtes, mehr zu besorgen, und wenn sie zurückkam, würde Amandines heiße Suppe auf dem Herd warten.

»Nein, danke. Ich habe unterwegs einen Kaffee getrunken.« Was gelogen war. Von dem Geld hatte sie Brot für ihn gekauft, aber das brauchte er nicht zu wissen. Es wäre ihm sicher unangenehm gewesen und hätte ihm ein schlechtes Gewissen bereitet.

Er drängte sie nicht weiter. Sie hoffte nur, daß er sie nicht durchschaut hatte.

»Gestern nacht bin ich zu Saint-Félix gegangen«, sagte sie schnell, um die Stille zu brechen. »Wir haben uns eine Weile unterhalten.« Ihr wurde ganz heiß bei dem Gedanken an das, was sie ihm offenbart hatte, aber ihr war keine andere Wahl geblieben, um ihn von ihrer Vertrauenswürdigkeit zu überzeugen. »Er versprach zu tun, was in seiner Macht liegt, aber bevor Menou es ihm erlaubt, kann er natürlich nicht aus dem Haus, und dann wird es für uns zu spät sein.« Mit einemmal merkte sie, wie müde sie war und ließ sich auf den Stuhl sinken. Den Wein abzulehnen, war dumm gewesen, aber jetzt würde sie nicht mehr darauf zurückkommen.

Die Arme um die Knie geschlungen, kauerte er ihr gegenüber auf der unbequemen Strohmatratze. Auch er sah verfroren und erschöpft aus. In dem grauen Licht, das von einer Seite auf sein Gesicht fiel, waren die feinen Linien um Mund und Augen zu erkennen.

Sie brauchte den Wein nicht.

»Er bestand darauf, auch Amandine an der Sache zu beteiligen. Das war seine Bedingung«, fuhr sie fort. »Ich wünschte, es ginge auch anders …« Sie sah, wie es in seinem Gesicht zuckte und kannte ihn gut genug, um zu wissen, wie wenig es ihm behagte, Amandine möglichen Gefahren auszusetzen. Obwohl es ihr nicht anders erging, stach ihr ein Gefühl der Verlorenheit wie ein Stich ins Herz, wenn sie sah, daß er um sie nicht ebenso unmittelbar und instinktiv besorgt war. »Sie hat sich auf die Suche nach dem Kapitän gemacht, um die Überfahrt zu sichern«, erklärte sie rasch. »Das heißt, wenn sie überhaupt nach England flüchten. Ich halte das für keine gute Idee. Es ist zu naheliegend, weil es der kürzeste Weg ist.«

»Ich weiß«, meinte er leise. »Es bleibt auch nur als letzter Ausweg. Was hat er gesagt?«

»Ich weiß es noch nicht. Ich war noch nicht zu Hause. Was ist mit den anderen Verstecken … Saint-Honoré und Saint-Sulspice?«

»Sie scheinen sicher zu sein.«

»Und die Leute, die sich um die Kutsche drängen sollen?«

Er antwortete mit einem leichten Nicken. »Darum kümmert man sich, mach dir keine Sorgen.« Er beugte sich leicht zu ihr. »Wir müssen noch mit den anderen Kutschern sprechen. Das werde ich dir oder Amandine überlassen müssen.« Er ließ unerwähnt, daß man ihn in der Umgebung der Kaufleute, wo sich diese Kutscher für gewöhnlich aufhielten, sofort erkennen würde. Sie wußte es, und es erinnerte sie einmal mehr an die Situation, in der er sich befand.

Da war aber noch etwas ganz anderes, das ihr am Herzen lag.

»Ohne den Mann, der die Stelle des Königs einnimmt, sind alle anderen Vorkehrungen völlig zwecklos.« Sie ließ ihn nicht aus den Augen, während sie sprach, weniger, um sich durch seine Antwort ein besseres Urteil bilden zu können, sondern vielmehr, um jedes Fünkchen Hoffnung aufzufangen, das womöglich jenseits ihres eingeschränkten Blickfeldes noch existierte. Ihm hatte immer eine Art innere Zuversicht und Vertrauen innegewohnt. Deswegen hatte er stets so etwas wie Licht oder Wärme ausgestrahlt, und sie sehnte sich jetzt danach, ein wenig davon aufzufangen.

Er blickte zu Boden. »Das ist mir klar. Ich weiß weder, wen Bernave im Sinn hatte, noch wo ich anfangen soll, nach ihm zu suchen; und ich wage es auch nicht, zu fragen. Er kann überall und nirgends sein.« Mit einem kleinen Lächeln, das sich über die eigene Hilflosigkeit lustig zu machen schien, suchte er ihre Augen. »Wenn wir anfangen, nach ihm zu forschen und Fragen zu stellen, werden wir nur die Aufmerksamkeit auf ihn lenken … und selbst wenn wir ihn dann finden, bringen wir den Plan dadurch zu Fall.« Er biß sich auf die Unterlippe. »Aber mach dir keine Sorgen, Célie. Ich werde schon einen Ersatz finden.«

»In eineinhalb Tagen?«

»Danach hat sich die Sache wohl von selbst erledigt!« Auf seinem Gesicht zeigte sich kurz ein Lächeln, das sofort wieder verschwand. »Célie ... ich habe da noch etwas anderes in Erfahrung gebracht.«

»Was?«

Seine Stimme ließ keinen Zweifel daran, daß es sich dabei um nichts Gutes handeln konnte.

»Die Royalisten wollten den König aus dem Temple befreien ...«

»Was für ein Unsinn! So ein Plan ist undurchführbar! Dort wimmelt es nur so von Wachen. Sie werden ihm danach allenfalls Gesellschaft leisten.« Das Schicksal der Königstreuen kümmerte sie nicht im mindesten, aber die Vorstellung, daß die *Commune* und der Konvent dann im höchsten Maße alarmiert wären, erschien ihr als der reine Alptraum. »Georges ...«

»Sie haben es erst gar nicht versucht!« kam er ihr zuvor. »Ihr Plan wurde verraten, ehe sie ihn umsetzen konnten.«

»Gott sei Dank!« stieß sie erleichtert hervor.

»Von Bernave«, fügte er hinzu.

»Bernave?« Seine Stimme hätte sie warnen sollen, aber sie war wie vor den Kopf geschlagen. »Bernave soll sie verraten haben? Bist du sicher?«

»Ich denke schon.«

»Aber ... das gibt überhaupt keinen ...«, sie brach ab.

Auf überaus perfide Weise ergab es sehr wohl einen Sinn.

»Eben hast du noch Gott gedankt, als du hörtest, daß sie es nicht versucht haben«, bemerkte er mit schiefem Lächeln.

»Ja ... aber ...« Doch dann verstand sie. »Du meinst, daß er den Plan möglicherweise verraten hat, weil er wußte, daß er aussichtslos war und unsere Sache nur erschweren würde?«

»Das ist immerhin denkbar. Wir werden es nie mit Sicherheit wissen. Es gibt niemanden, den wir fragen könnten.«

Sie wußte nicht, was sie sagen sollte.

Stirnrunzelnd schaute er hoch. »Bernave erwähnte einmal einen Teilhaber, der ihm in den Anfangszeiten auf die Beine geholfen hat. Ich weiß allerdings nicht, wie lange das zurückliegt.«

Überrascht sah sie ihn an. Sie konnte sich nicht erinnern, daß Bernave jemals von ihm gesprochen hätte. »Wer? Wie war sein Name?«

»Joseph Renoir«, antwortete er. »Ich habe keine Ahnung, ob es uns hilft, wenn wir ihn finden – doch man weiß nie.«

»Immerhin könnte er mehr über Bernave wissen als wir«, überlegte sie. »Vielleicht kann er uns etwas darüber sagen, auf welcher Seite Bernave in Wirklichkeit stand. Möglicherweise hat sich Bernave ihm anvertraut. Am Ende hilft er uns sogar!«

»Ich weiß nicht«, sagte er zweifelnd. »Wir tappen völlig im dunkeln, was Bernaves Überzeugungen angeht, geschweige denn die von Renoir.«

Mit einemmal wurde Célie bewußt, wie kalt ihr war. Selbst hier im Zimmer war die Luft feucht und kroch ihr bis tief in die Glieder. Sie hatte vollkommen vergessen, daß Bernave ebensogut auf der feindlichen Seite gestanden haben konnte. Vermutlich wollte sie es insgeheim nicht wahrhaben. Ebensowenig wollte sie glauben, daß Saint-Félix, aus welchem Grund auch immer, ihn getötet hatte, nicht einmal wenn er sie alle an die *Commune* verraten hätte. Sie hoffte, daß Bernave der loyale Mensch gewesen war, als der er ihr vorgekommen war, und daß Monsieur Lacoste oder Fernand möglicherweise den Befreiungsplan entdeckt hatten und … und was? Ihn getötet hatten, um das Vorhaben zu vereiteln? Das war zumindest wahrscheinlicher, als daß sie die *Com-*

mune informiert und damit riskiert hätten, sich um Haus, Hof und Geschäft zu bringen.

Wenn das zutraf, wer wäre der nächste? Saint-Félix? Amandine? Sie selbst! Jeder im Haus wußte, daß sie für Bernave Botengänge erledigt hatte. Vielleicht dachten sie aber auch, daß sie nichts als eine Wäscherin war. Ein einfaches Ding, dem sie nicht zutrauten, etwas von dem zu verstehen, womit Bernave sie beauftragt hatte.

Ob sie über Amandine genauso dachten? Bei Saint-Félix lagen die Dinge sicher anders. Oder sie nahmen an, daß der Plan ohne Bernave sowieso aufgegeben würde.

»Ich werde zu Renoir gehen«, sagte sie mit Entschlossenheit. »Wo kann ich ihn finden?«

»Im Klub der Jakobiner. Angeblich hält er sich an den meisten Abenden da auf. Jetzt, so kurz vor der Hinrichtung, ist er mit Sicherheit dort.«

»Ist er ein Revolutionär?« Sie versuchte ihrer Stimme nicht anmerken zu lassen, daß sie Angst hatte. Sie haßte den Jakobinerklub und alle seine Mitglieder. Was als Treffpunkt für Abgeordnete aus den Provinzen begonnen hatte, wo diese ihre Abende in der Gesellschaft Gleichgesinnter verbringen konnten und wo sich Fremde und Idealisten mit gemeinsamen Träumen zusammenfanden, dort trafen sich nun die Männer, die sie am meisten fürchtete: Robespierre, Hébert, Couthon und ein Dutzend Verbündeter, die an deren Lippen hingen und ihnen in Wort und Tat bedingungslos folgten. »Warum hält er sich ausgerechnet dort auf?« fragte sie laut.

Georges lachte auf. »Weil das genau der richtige Platz ist, um seine Ohren aufzusperren und zu erfahren, was aller Wahrscheinlichkeit nach als nächstes passieren wird. Im Jakobinerklub wird entschieden, was man später im Konvent verkündet. Es ist der ideale Tummelplatz für Spitzel, Idealisten, Geisteskranke oder Leute, die einfach in Erfahrung bringen müssen, auf welche politische Seite sie sich zu schlagen haben, wenn sie überleben wollen.«

Die Verbitterung in seiner Stimme war unüberhörbar, und sie widersprach nicht.

»Schau ihn dir an und hör zu, was er zu sagen hat, Célie«, schärfte er ihr mit unvermittelter Ernsthaftigkeit ein. »Erzähl ihm nichts, außer daß Bernave tot ist ... was er wahrscheinlich ohnehin schon wissen wird. Sei auf der Hut!«

»Das werde ich.«

Wie am Abend zuvor, umfaßte er plötzlich mit sanftem, aber festem Griff ihr Handgelenk. »Es ist mir ernst! Wir wissen weder, wer Bernave ermordet hat, noch warum. Fest steht nur, daß es jemand war, der hinter ihm stand. Jemand, der das Messer bereits in der Hand hatte, Célie! Es war kein Kampf, kein Unfall und kein Fall von Notwehr. Irgend jemand hat sich das Gedränge zunutze gemacht, um Bernave die Klinge in den Rücken zu stoßen.«

»Ich weiß«, flüsterte sie heiser und merkte, daß ihr Mund wie ausgetrocknet war. Wie gern hätte sie ihn berührt, um seine Wärme und Stärke zu spüren, aber das wäre ihr albern und als Zeichen von Schwäche erschienen. Außerdem würde er einen ganz falschen Eindruck von ihr bekommen. Es war nur die Angst und der Gedanke an das, was im Hausflur geschehen war und jederzeit wieder geschehen konnte ...

Sie war müde und fror, nichts sonst. Es würde bald vergehen, und dann würde sie froh sein, daß sie diesem närrischen Impuls nicht leichtfertig nachgegeben hatte.

»Ich werde vorsichtig sein.« Sie entzog ihm ihre Hand und stand auf. Vom stundenlangen Herumlaufen im Regen schmerzten ihre Beine, ihre Füße waren naß und wund, und der steifgefrorene Rock schlug ihr gegen die Knie. »Ich gehe jetzt nach Hause und spreche mit Amandine und Saint-Félix. Heute abend werde ich dann versuchen, Renoir im Jakobinerklub zu treffen.«

»Tut mir leid«, sagt er leise und erhob sich ebenfalls.

»Was tut dir leid?« Ihr Ton fiel schärfer aus, als sie beabsichtigt hatte. »Ich bin genauso von der Sache überzeugt wie du! Es ist nicht so, daß ich das alles für dich tue, sondern weil ich es für richtig halte.«

Er rührte sich nicht. »Ich weiß. Ich wollte nur sagen, daß eigentlich ich gehen sollte.«

»Du kannst aber nicht!« Jetzt klang ihre Stimme wirklich kalt und verletzt. »Du würdest dich in große Gefahr bringen, und wir beide kennen die Ursache.« Kaum, daß sie die Worte ausgesprochen hatte, bereute sie es bereits, aber sie waren gesagt, und sie konnte sie nicht mehr zurücknehmen. Was konnte sie tun, um ihre Wirkung zu mildern?

Sie war schon an der Tür. Noch einen Augenblick, und es würde zu spät sein. Sie sah ihn an. Er stand mit dem Rücken zum Fenster gewandt. Sein Gesicht war nur von der Seite zu sehen. Draußen hatte es wieder zu regnen begonnen; das Wasser rann an den Fenstern herunter und verwischte die Umrisse der gegenüberliegenden Dächer.

»Ich werde aufpassen«, versprach sie. So naß und kalt es auch draußen war, immerhin war sie gleich auf dem Weg zurück zu Bernaves Haus, das nun Marie-Jeanne gehörte, und dort würde es warm sein. Heute abend bekäme sie eine warme Mahlzeit. Er mußte hier in der Kälte zurückbleiben. Sie schenkte ihm ein Lächeln. »Ich werde schon etwas herausfinden, und dann laß ich es dich wissen. Vielleicht wird doch noch alles gut.« Und ehe er ihr sagen konnte, daß das unmöglich wäre, öffnete sie die Tür und betrat den schmalen Treppenabsatz. Sie schloß die Tür hinter sich, damit er nicht zusah, wie sie sich die Treppe hinunterstahl – sie wollte sich nicht von ihm beobachtet fühlen.

Auf dem Boulevard Saint-Germain wechselte sie ein paar Worte mit dem im Hof postierten Gardisten, ehe sie durch die Hintertür die Küche betrat, wo sie Amandine allein vorfand. Die anderen im Haus hatten vermutlich schon gegessen. Sie händigte Amandine die Einkäufe aus, die sie für den Haushalt besorgt hatte und die als Alibi für ihre Abwesenheit dienten.

»Hast du den Kapitän gefunden?« fragte sie gedämpft.

Ohne sich zu ihr umzudrehen, antwortete Amandine: »Ja. Ich glaube, von ihm sind keine Schwierigkeiten zu erwarten. Ich wünschte, ich könnte es besser beurteilen. Er schien nichts von irgendwelchen außergewöhnlichen Überfahrten zu wissen, jedenfalls hat er mir gegenüber nichts davon erwähnt. Ich glaube nicht, daß er etwas wußte. Bernave hatte ihm nur gesagt, daß er am 21. eine Fracht für einen Wollhändler übernehmen soll.«

»Bernave traute ihm nicht«, stellte Célie fest. »Ich glaube fast, er hat niemandem getraut. Diesen Eindruck hatte ich jedenfalls in Saint Antoine.«

Nun wandte sich Amandine doch zu ihr um. »Meinst du wirklich, daß es noch zu schaffen ist?« fragte sie mit sorgenvollem, prüfendem Blick. »Haben sie schon jemanden, der …?«

»Nein … noch nicht. Aber Georges wird sich umsehen. Er sagt, daß er einen Mann findet.«

»Du siehst völlig durchgefroren aus … und müde. Möchtest du etwas essen? Das würde dir gut tun.«

»Ja, gern.« Célie dachte an den kalten Dachboden und den Wein, den sie abgelehnt hatte.

Amandine wandte sich wieder dem Topf auf dem Herd zu, dessen Inhalt sie energisch umrührte, ehe sie eine Suppenschale vom Bord nahm und mit der Schöpfkelle eine großzügige Portion mit etlichen Fleischstükken und Kartoffeln hineinfüllte. »Wie geht es ihm?«

Sie mußte nicht näher erläutern, wen sie meinte.

»Es ist sehr kalt dort oben, aber es geht ihm gut.« Sie nahm die Schale und trug sie zum Tisch, wo sie sich setzte und zu essen begann.

Amandine setzte schweigend ihre Arbeit fort. Célie hatte die Schale gerade zur Hälfte geleert, als Menou durch den Hintereingang kam,

»Ah ... da seid Ihr ja wieder, Bürgerin.« Er betonte den Satz übertrieben, als wolle er ihm eine tiefere Bedeutung verleihen.

»Ja«, erwiderte sie ausdrucklos. »Zum größten Teil die reine Zeitverschwendung, aber man muß sein Glück versuchen. Ein paar Kerzen habe ich ergattert, ein paar Zwiebeln und etwas Seife. Habt Ihr schon gegessen, Bürger?«

Sein Gesichtsausdruck entspannte sich. Die Frage kam sichtlich unerwartet. »Nein, noch nicht.«

»Dann eßt doch etwas von uns«, bot sie an. »Amandine ist eine gute Köchin, die auch aus wenig etwas zu zaubern versteht.«

»Ihr seid sehr freundlich«, nahm er an und setzte sich. Mit aufeinandergepreßten Lippen holte Amandine ihm eine Schale, setzte ihm eine weniger üppige Portion vor und legte ihm eine Scheibe Brot dazu.

Er dankte ihr, den Blick immer noch auf Célie geheftet, als warte er weiter auf eine Erklärung.

»Ihr seid die Soldaten der Revolution«, sagte sie, seinen Blick erwidernd. »Ihr sorgt dafür, daß es in der Stadt friedlich bleibt, und Ihr werdet uns auch beschützen, wenn die fremden Truppen hier einfallen ...«

»Fremde Truppen!« Seine Hand flog hoch, und er verschüttete etwas von seinem Eintopf.

Fernand, die Jacke als Schutz gegen den Regen über den Kopf gezogen, war währenddessen durch die Hintertür eingetreten. Er hatte Célies letzte Worte mitgehört und blieb stehen.

Trotz ihres heftig klopfenden Herzens gelang es ihr, ihre Hand vollkommen ruhig zu halten.

»Nun, ich denke, daß das unabwendbar eintreten wird, wenn wir morgen den König hinrichten«, erklärte sie. »Schließlich sind alle unsere Nachbarländer Monarchien. Sie werden kaum abwarten wollen, bis sich unsere Ideen auch bei ihnen verbreiten, nicht wahr?«

»Woher habt Ihr das?« verlangte Menou zu wissen, die hellen graublauen Augen weit aufgerissen.

»Von niemand. Das ist doch ganz offensichtlich. Findet Ihr etwa nicht?«

Der Gedanke war ihm ganz offenbar noch nicht gekommen.

Sie lächelte ihn an. »Also ist es doch ganz selbstverständlich, daß wir Euch zu essen geben ... jeder würde das tun, nicht wahr?«

Amandines Eintopf war vorzüglich, doch allmählich schien er Menou nicht mehr so recht zu schmecken.

»Blödsinn!« schimpfte Fernand aufgebracht, zerrte seine Jacke gerade und stampfte mit seinen nassen Füßen auf dem Boden herum. »Hier wird niemand einfallen. Natürlich nicht! Das ist doch nichts als dummes Geschwätz. Du solltest weniger auf den Klatsch beim Schlangestehen hören. Ich hätte dich für klüger gehalten.« Er durchquerte die Küche in Richtung Flur und knallte die Tür hinter sich zu.

Menou betrachtete Célie aufmerksam. »Und – habt Ihr das beim Schlangestehen gehört, Bürgerin?«

»Nein.« Sie schüttelte den Kopf. »Dazu gehört doch nichts weiter als gesunder Menschenverstand. Monarchen können es sich nicht leisten, daß solches Gedankengut um sich greift, andernfalls drohen sie ebenfalls unterzugehen und mit dem Hals unter dem Beil des Henkers zu enden, oder was immer in anderen Ländern üblich ist. Wenn ich König wäre, würde ich jedenfalls etwas dagegen tun, Ihr nicht?«

Wortlos starrte er sie an.

»Oder Kardinal«, ergänzte sie und führte einen weiteren Löffel Eintopf zum Mund.

»Eurer Meinung nach hätten wir dann auch Rom gegen uns, nicht wahr?« fragte er.

»Nachdem wir die Kirche abgeschafft und den größten Teil der Priester umgebracht haben, würde es mich überraschen, wenn es nicht so wäre«, gab sie zurück und schob ein Stück Brot in den Mund.

»Und das haltet Ihr für einen Fehler, Bürgerin?« fragte er leise.

»Im Gegenteil. Ich halte es für eine großartige Idee, daß wir uns der Kirche entledigt haben.« Selbst in diesen Tagen des Elends unterschied sie deutlich zwischen Gott und der Kirche. »Wir hätten schon vor Jahren alle kirchlichen Ländereien und Besitztümer enteignen und sie dem Volk zurückgeben sollen.«

Seine Miene war nun gelöster, und er wischte sich den Mund sorgfältig mit einer Serviette ab, die ihm Amandine gegeben hatte.

»Wer hat Bürger Bernave ermordet, Bürgerin?« fragte er.

Sie hätte auf die Frage gefaßt sein müssen, aber sie wurde von seinem Vorstoß völlig überrascht. Einen Moment verharrte sie bewegungslos, ehe sie antwortete.

»Ich habe nicht die leiseste Vorstellung, außer daß es so aussieht, als sei es jemand von uns gewesen.« Sie schaute ihn an, während sie sprach.

»Habt Ihr das Messer gesehen?«

»O nein.« Das war die volle Wahrheit.

»Was hatte Bürger Lacoste an?«

»Was er anhatte?«

»Habt Ihr mich nicht verstanden, Bürgerin?«

»Kniehosen und eine braune Jacke, glaube ich. Dasselbe, was er immer trägt.«

»Mit großen Taschen?«

»Eine ganz normale Jacke. Ja, ich glaube, sie hat recht große Taschen.«

»Ich habe sie gesehen. Groß genug, um ein Messer darin zu verstecken.«

»Möglicherweise.« Sie versuchte sich zu erinnern, ob ihr am vergangenen Abend ungewöhnliche Wölbungen oder Ausbeulungen aufgefallen waren und runzelte die Stirn. »Ich glaube nicht, daß er ein Messer bei sich trug. Warum sollte er? Er konnte ja schließlich nicht wissen, daß es ausgerechnet an dem Abend auf der Straße zu Krawallen kommen würde.«

»Doch«, gab er knapp zurück.

Sie schrak zusammen.

»Wollt Ihr damit sagen, der Aufruhr wurde absichtlich angezettelt?«

»Irgend jemand in dem Raum hatte eine lange, scharfe Klinge bei sich«, sagte er schroff.

»Meint Ihr?« Von einem Moment auf den anderen wurde ihr klar, daß das allem Anschein nach nicht zutreffen konnte. Ein Messer wäre viel zu leicht aufgefallen ... Saint-Félix hatte übrigens einen Mantel mit kleinen Taschen angehabt, in denen eine offene Klinge schlecht zu verbergen gewesen wäre. Es erschien ihr sehr viel wahrscheinlicher, daß der Mörder die Waffe in der Kommodenschublade oder dem kleinen Schrank neben der Tür aufbewahrt hatte.

Menou hatte offensichtlich ihr Mienenspiel beobachtet. Er beugte sich vor, die Augen groß und erwartungsvoll.

»Was war es, was Euch gerade durch den Kopf ging, Bürgerin? Woran habt Ihr Euch erinnert?«

Sollte sie lügen?

Amandine stand, den Schöpflöffel in der Hand, immer noch wie angewurzelt an derselben Stelle. Ihre Angst erzeugte in dem Raum eine Spannung gleich der aufgeladenen Atmosphäre vor einem Gewitter.

Was würde geschehen, wenn Célie eine Antwort gab, die Menou ihr nicht glaubte? Er würde denken, daß sie jemanden zu decken versuchte. Ihre Sympathie für Amandine war ihm nicht verborgen geblieben. Er wußte, daß sie als Freundinnen hierhergekommen waren. Und wieviel Amandine an Saint-Félix lag, konnte ein Blinder erkennen. Sicher würde er vermuten, daß sie Saint-Félix schützte. Nein, sie durfte auf keinen Fall lügen.

»Mir ist gerade eingefallen, daß sich das Messer wahrscheinlich bereits in dem Raum befand«, antwortete sie mit nahezu vollkommener Selbstbeherrschung, während sie den Blick seiner hellen Augen erwiderte. »In einer der Kommodenschubladen oder in dem Schrank neben der Tür. Es wäre viel sicherer gewesen, es dort für alle Fälle zu deponieren, als es mit sich herumzutragen, wo es jederzeit in der Kleidung hätte auffallen können. Auch die Möglichkeit, sich versehentlich zu verletzen, wäre damit ausgeschlossen gewesen.«

Menou nickte bedächtig und seufzte leise. »Wirklich, sehr scharfsinnig, Bürgerin. Ich wußte, daß Ihr eine gute Beobachterin seid, aber was Ihr da sagt, ist über die Maßen gescheit. Langsam beginne ich zu verstehen, warum Bürger Bernave gerade Euch mit Botengängen beauftragt und zum Konvent geschickt hat, um ihm Bericht zu erstatten. Als Wäscherin ist Euer Talent vergeudet. Sagt mir … wie ist es dem Täter gelungen, das Messer hinterher aus dem Raum zu schmuggeln, und wo hat er es versteckt?«

Sie mußte sich ihre Worte sehr sorgfältig überlegen. Menou würde auch den kleinsten Fehler aufspüren. Sie konnte Amandine hinter sich spüren, wie eine zum Zerreißen gespannte Schnur.

»Ich weiß es nicht. Ich könnte mir denken, daß der Mörder es in der Dunkelheit und dem ganzen Durcheinander zunächst außer Sichtweite gebracht hat, vielleicht dahin, wo er es hergeholt hatte. Danach versteckte er es … ich kann mir nicht vorstellen, wo. So gut kenne ich mich hier im Haus nicht aus.«

»Ihr seid die Wäscherin!«

»Eben«, bestätigte sie. »Ich arbeite in der Küche oder in der Wäschekammer. Ich war noch nie in den Zimmern der Lacostes. Dafür gibt es keinen Grund.«

»Wollt Ihr damit andeuten, daß Bürger Bernave von jemandem aus der Familie Lacoste erstochen wurde?«

»Nein«, antwortete sie geduldig. »Ich wollte damit sagen, daß ich mich nicht überall auskenne. Jeder von uns hätte anschließend nach oben auf sein Zimmer gehen können, oder auf den Dachboden oder sonstwohin. Genausogut kann das Messer in Bernaves Räumen sein.«

»Oder im Zimmer von Bürger Saint-Félix?« Er ließ sie nicht aus den Augen.

»Ja, warum nicht. Ich weiß nicht, wo das Messer ist.«

»Aber Ihr würdet es mir sagen, wenn Ihr es wüßtet?«

»Selbstverständlich«, entgegnete sie höflich. Sie log, und sie wußte, daß er das wußte. Keinen Moment hatte sie angenommen, daß er ihr glauben würde.

»Seit wann kannten sich Bürger Bernave und Saint-Félix?« fragte er, abrupt das Thema wechselnd.

»Das hat er mir nie gesagt.« Das entsprach immerhin der Wahrheit.

»Beide stammen aus der gleichen Stadt, hatten sich aber vor langer Zeit aus den Augen verloren.« Er verlagerte leicht sein Gewicht und beugte sich noch näher zu ihr. »Ich möchte wissen, was Bürger Bernave Euch erzählt hat! Warum nahm er einen Mann in seinem Haus auf, den er jahrelang nicht gesehen hatte? Er stand nicht gerade in dem Ruf, zu spontaner Nächstenliebe zu neigen.«

»Ich weiß es nicht.« Dieses Mal konnte sie ohne nachzudenken antworten. »Davon hat er nie gesprochen.«

Menou lächelte. »Und Ihr habt keine eigenen Beobachtungen angestellt? Die überaus aufmerksame Bürgerin, die er damit betraut hat, die großen politischen Debatten über die Zukunft der Revolution zu verfolgen und ihn über deren Bedeutung in Kenntnis zu setzen!« Sein Tonfall wurde schärfer, und um seine Mundwinkel begann es leicht zu zucken. »Ich kann mir nicht helfen, aber Eure Loyalität scheint mir ein wenig deplaziert. Dieser Mann hatte eine hohe Meinung von Euch, Ihr hattet sein Vertrauen! Dieser Mann wurde ermordet, erstochen, inmitten seiner Familie, in seinem eigenen Haus … in dem Ihr zufälligerweise immer noch wohnen dürft!«

Seine Worte verletzten Célie. Sie wußte, daß es genau das war, was er beabsichtigte, aber sie konnte sich nicht dagegen wehren.

»Bürger Menou, ich weiß nicht, wer ihn getötet hat! Sicher, ich habe ein wenig von der Beziehung zwischen ihm und Saint-Félix mitbekommen. Und gewann auch den Eindruck, daß sich die beiden schon seit langem kannten, aber daß sich in dieser Zeit viel verändert hatte.«

»Zum Beispiel?« drängte er.

Sie mußte ihre Worte sehr behutsam wählen. Er durfte sie nicht der Lüge verdächtigen, geschweige denn überführen.

Mit einiger Anstrengung bemühte sie sich, ihre Stimme gleichmütig klingen zu lassen und Zorn und Angst daraus zu verbannen.

»Ich weiß nicht. Wenn sie darüber gesprochen haben sollten, so taten sie es nicht in meiner Anwesenheit. Ich habe nur ihre Diskussionen über die gegenwärtige Lage mitangehört, über die Revolution und was wohl die Zukunft brächte, die Gefahr eines Krieges auf allen Seiten, wenn wir den König guillotinierten.« Sie sah, wie Menou zusammenzuckte. »Ich gebe nur wieder, was sie gesagt haben, Bürger.«

»Wollt Ihr damit ausdrücken, daß Bernave gegen die Hinrichtung des Königs war, Bürgerin?« Seine Brauen schossen in die Höhe, und er sah ihr fest in die Augen,

Sie erkannte die Falle, die er für Saint-Félix ausgelegt hatte. »Er sprach von den Gefahren«, antwortete sie, sich arglos gebend, und erwiderte seinen Blick, wenn auch mit sanfterem Ausdruck. »Ich bin sicher, Bürger Marat ist sich ihrer ebenso bewußt. Schließlich ist er schon viel in der Welt herumgekommen, soweit ich gehört habe. Er hat sogar eine Weile in England gelebt und wird deshalb die Folgen besser einschätzen können als irgend jemand anders.«

»Aber natürlich kann er das!« bekräftigte Menou eine Spur zu hastig. Einen winzigen Moment lang sah sie Angst in seinen Augen aufflackern. »Was ist mit Saint-Félix? Was sagte er dazu?«

»Ich kam und ging. Alles, was ich ihn sagen hörte, war, daß er es ebenfalls für gefährlich hielt.« Je weniger sie sich selbst damit in Verbindung brachte, desto besser. Vor allem aber durfte Menou nicht auf die Idee kommen, daß Bernave Saint-Félix oder sonst jemanden für seine Zwecke mißbraucht und hintergangen hatte.

»Das war alles?« fragte Menou ungläubig.

Sie schenkte ihm ein flüchtiges Lächeln. »Er gab sich zurückhaltend«, erklärte sie. »Vielleicht vertraute er mir nicht in dem Maße wie Bürger Bernave mir vertraute – oder zu vertrauen schien.«

»Oder zu vertrauen schien …«, wiederholte er. »Ja … ich verstehe, worauf Ihr hinauswollt, Bürgerin. Wie ich schon sagte, Ihr seid überaus scharfsinnig. Ich zöge es bei weitem vor, Euer Freund als Euer Feind zu sein.«

»Solange Ihr für das Wohle Frankreichs eintretet, wird es so sein«, erwiderte sie salbungsvoll. Um gleich darauf hinzuzufügen: »Ich meine natürlich, im Sinne der Revolution.«

Ein Anflug von Belustigung huschte über sein Gesicht. »Natürlich.« Er erhob sich. »Ich danke Euch für das Essen. Und jetzt zeigt mir die Schublade, in der Eurer Meinung nach das Messer versteckt gewesen sein könnte, und den Schrank. Was bewahrt Ihr für gewöhnlich dort auf?«

Célie lief es heiß und kalt den Rücken hinunter. Ihr Mund fühlte sich an wie ausgedörrt. »Wäsche«, antwortete sie. Was blieb ihr anderes übrig, als die Wahrheit zu sagen. Andernfalls würde er es von jemand anderem erfahren. »Und Kerzen.«

»Wirklich erstaunlich«, bemerkte er mit leichtem Kopfschütteln. »Und niemand hat dort ein Messer gesehen! Nicht einmal Ihr, als Ihr saubere Wäsche hineingelegt habt.«

Ihr fiel ein halbes Dutzend Begründungen gleichzeitig ein, aber sie entschloß sich, sie lieber für sich zu behalten. Genau das war es, worauf er nur wartete: daß sie sich in Erklärungen verrannte und Fehler beging. Wortlos ging sie mit ihm in das Zimmer im vorderen Teil des Hauses und zeigte ihm den Schrank und die Schublade.

Menou ging zu dem Schrank und öffnete ihn. Behutsam schob er die Kerzen zur Seite, leckte kurz an seinem Finger, fuhr damit über das Holz und hielt ihn hoch. Auf seinem Finger klebten braune Spuren von getrocknetem Blut.

»Danke«, meinte er nachdenklich. »Ich glaube, das erklärt eine ganze Menge. Keine zerschnittenen Taschen, keine Notwendigkeit, erst umständlich ein Messer zu besorgen. Eine perfekte Gelegenheit, die perfekt genutzt wurde ... nun ja, beinahe perfekt. Jetzt ist es nur noch eine Frage des Motivs ...« Er sah ihr direkt ins Gesicht. »Nicht wahr?«

»Ja, vermutlich.«

»Und das werde ich finden, Bürgerin, das verspreche ich Euch. Bürger Bernaves Mörder wird nicht ungestraft davonkommen. Ich bin der Lösung schon nahe, ganz nahe.«

Darauf gab es nur eine mögliche Erwiderung. »Gut.«

Célie verbrachte den Rest des Nachmittages zu Hause. Es gab Wäsche zu waschen, und es wäre aufgefallen, wenn sie ihre Pflichten vernachlässigt hätte. Monsieur Lacoste war immer noch mit verschiedenen Aufgaben im Haus beschäftigt, kleinere Reparaturen, die schon seit Wochen, wenn nicht Monaten auf Erledigung warteten. Fernand verbrachte die meiste Zeit des Tages in seinem Schuppen auf der anderen Seite des Hofs.

Madame saß in Bernaves Arbeitszimmer und studierte alte Rechnungen und Geschäftsbücher, um sich mit den täglichen Erfordernissen des Tuchhandels vertraut zu machen. Irgend jemand mußte das Geschäft weiterführen, wenn sie auch in Zukunft davon leben wollten, und es hatte den Anschein, als habe sie vor – aus Neigung oder Pflichtgefühl –, diese Aufgabe zu übernehmen.

Marie-Jeanne tat, was sie immer tat: Sie betreute, tröstete und unterrichtete ihre Kinder.

Nur Saint-Félix durchstreifte ruhelos das Haus, tatenlos und unfähig, sich zu entspannen, während ihm alle Arten von Gedanken durch den Kopf schossen, er in einem Moment Hoffnung zu schöpfen schien, im nächsten an allem verzweifeln wollte.

Es war kurz nach fünf und gerade erst dunkel geworden, als Amandine, Célie und Saint-Félix endlich Gelegenheit hatten, ungestört miteinander zu reden. Sie trafen sich in Saint-Félix' Zimmer, auf das Célie frische Wäsche gebracht hatte. Amandine gelang es, sich während der kurzen Mußestunde, bevor sie das Abendessen zubereiten mußte, ungesehen ebenfalls dorthin zu stehlen. Sie zog die Tür hinter sich zu und blickte Saint-Félix mit großen, fragenden Augen an.

»Wir wissen also, daß alle drei Verstecke sicher sind«, stellte Saint-Félix leise fest. »Was ist mit dem Kapitän?«

Amandine wiederholte, was sie Célie erzählt hatte.

»Gut«, nickte er. Im Kerzenschein sah er nicht ganz so müde aus, und auch seine Haltung schien weniger angsterfüllt und verkrampft. Das weiche Licht verlieh seinem Gesicht etwas Farbe. »Morgen müssen wir mit allen Kutschenführern sprechen.« Er sah Célie an. »Was ist mit den Leuten für die Menschenmenge? Was hat Coigny gesagt?«

»Er wird genügend Leute zusammenbekommen, das ist es nicht ...«

»Aber?« hakte er schnell nach.

»Aber wir wissen immer noch nicht, wer in der Kutsche den Platz des Königs einnehmen soll. Wer immer diese Aufgabe übernimmt, wird sie nicht überleben, egal, ob der Plan glückt oder nicht. Und Bernave wußte als einziger, wer sich dafür opfern wollte.«

»Jedenfalls hat er das behauptet«, bemerkte Amandine ruhig, aber aus ihrer Stimme klangen Bitterkeit, Zorn und Mißtrauen. Célie wurde schlagartig bewußt, wie sehr Amandine Bernave verachtet haben mußte.

Saint-Félix legte seine Hand auf Amandines Arm und umschloß ihn sanft.

»Bernave hätte uns niemals verraten«, sagte er zu ihr. »Er war ein eigenartiger Mensch, hatte seine grausamen Momente und zeigte manchmal eine Kälte, die mir unverständlich geblieben ist. Auch verfügte er über mehr Selbstbeherrschung als irgendjemand, den ich kenne. Aber vor allem war er seinen Überzeugungen treu. Dieser Mann besaß eine Stärke, die einem angst machen konnte.« Während er sprach, kehrte nicht nur die vertraute Furcht in Gesicht und Augen zurück, sondern auch eine innere Qual, die er gar nicht erst zu verbergen versuchte. »Doch man konnte ihm sein Leben anvertrauen und sicher sein, nicht enttäuscht zu werden.«

Amandine sah ihn entgeistert an. Unverhohlen zeigte sie ihre Verwirrung, ihre Ungläubigkeit. Sie setzte zum Sprechen an, atmete jedoch wieder aus, ohne etwas zu sagen.

Célie fühlte sich für einen Moment erleichtert. Wenn ausgerechnet Saint-Félix so etwas sagte – und bei der Inbrunst, mit der er gesprochen hatte, war es ihm ganz offensichtlich ernst damit – dann stimmte es womöglich. Und wenn es so war, dann hatte Bernave sie nicht verraten, und es bestand immer noch Hoffnung auf Erfolg. Aber es hieß auch, daß Saint-Félix keinen Verrat entdeckt und Bernave folglich nicht getötet hatte.

Doch wenn er es nicht gewesen war, blieben nur noch Fernand oder Monsieur Lacoste als mögliche Täter. Und sie konnten so etwas nur getan haben, weil sie irgendwie von dem Plan erfahren hatten. Mit einer heftigen Bewegung beugte sie sich vor.

»Wenn Bernave wirklich auf unserer Seite war, muß ihn einer der Lacostes getötet haben.« Sie sah von Saint-Félix zu Amandine. »Und der einzige denkbare Grund dafür ist, daß sie von der geplanten Rettung des Königs wußten! Der *Commune* konnten sie es nicht melden, um das Haus und vielleicht auch das Geschäft zu retten, aber sie konnten ihn ermorden, um ihn von dem Vorhaben abzuhalten. Vielleicht waren es sogar Madame oder Marie-Jeanne – möglich ist alles!«

»Das stimmt«, sagte Saint-Félix so leise, daß Célie ihn kaum hörte. Er nahm seine Hand von Amandines Arm. »Wir müssen tatsächlich mit äußerster Vorsicht vorgehen. Wir haben uns nicht nur vor Menou in acht zu nehmen, sondern auch vor allen anderen hier im Haus. Seid ständig auf der Hut.« Zuerst wandte er sich an Amandine: »Überlege dir jedes Wort, das du sagst.« Dann schaute er Célie an: »Was bleibt uns noch zu tun?«

»Georges sprach von einem Teilhaber, der Bernave bei der Geschäftsgründung geholfen hat, einem Mann namens Renoir. Ich werde versuchen, ihn zu finden. Möglicherweise kann er uns mehr über Bernave und seine politischen Überzeugungen erzählen. Oder er ist sogar an dem Plan beteiligt.«

Amandine riß die Augen auf. »Wo? Wo willst du ihn denn finden? Und wozu? Was kann er uns schon sagen, was uns wirklich weiterhelfen würde? Du kannst nicht allein gehen!«

»Im Jakobinerklub«, antwortete Célie. »Georges meinte, er sei dort oft anzutreffen, vor allem jetzt, so kurz vor der Hinrichtung.«

»Sei vorsichtig!« warnte sie Amandine. »Wer weiß, ob du ihm trauen kannst.«

Saint-Félix nickte zustimmend und suchte Célies Blick.

»Aber er könnte doch an unserem Plan beteiligt sein«, wiederholte Célie. »Wir wissen immer noch nicht, wer an die Stelle des Königs treten sollte – und wenn es nun Renoir ist? Es muß jemand gewesen sein, dem Bernave blind vertraute. Warum sollte es nicht Renoir selbst sein? Er hat vermutlich das richtige Alter, wenn sie zusammen mit Geschäften angefangen haben. Wenn nicht, werden wir jemand suchen müssen, der – auch wenn der Plan gelingt – bereit ist, dem sicheren Tod entgegenzusehen.«

Amandine erschauerte. »Dieser andere, dieser Renoir … meinst du, er weiß das?« In ihrer Stimme lag heftiges, fast verzweifeltes Mitgefühl.

»Ich weiß es nicht, aber wir sollten auf jeden Fall mit ihm sprechen.« Sie ließ unerwähnt, daß sie es Georges versprochen hatte, weil er Bernave weniger zu trauen schien als Saint-Félix. Er wußte, daß auch die Royalisten den König hatten retten wollen und verraten worden waren. Saint-Félix und Amandine mußten das nicht unbedingt erfahren.

»Das ist nicht ungefährlich«, sagte Amandine bedrückt.

»Ich weiß. Aber die Sache ist es wert. Es ist gut möglich, daß Bernave ihm vertraut hat. Immerhin traf das in geschäftlichen Dingen zu. Vielleicht galt das ja auch für andere Angelegenheiten.«

»Wie wirst du aus dem Haus kommen?« wollte Saint-Félix wissen. »Was willst du Menou sagen ... oder Madame Lacoste? Sie wird dich fragen, wohin du gehst.«

»Das weiß ich noch nicht, aber ich werde mir etwas einfallen lassen.« Sie stand auf. »Wir müssen uns jetzt trennen. Wenn sie uns hier erwischen, werden sie sich fragen, was wir miteinander zu bereden haben. Und so lange dauert es schließlich auch nicht, die Wäsche wegzuräumen!«

Rasch erhob sich auch Amandine, strich ihren Rock glatt, ging zur Tür, sah vorsichtig hinaus und bedeutete Célie, ihr zu folgen. Sie ließen Saint-Félix allein in seinem Zimmer zurück und gingen auf Zehenspitzen die Treppe hinunter. Amandine wandte sich noch einmal um, aber die Tür war bereits geschlossen.

Célie war kaum gegangen, als Georges sich über die Lebensmittel hermachte. Er hatte gar nicht gemerkt, wie ausgehungert und durchgefroren er war. Über solche Dinge dachte man besser nicht nach. Tatsächlich war er sehr viel beunruhigter, als er Célie gegenüber gezeigt hatte. Sie verließ sich auf seinen Optimismus, seine Zuversicht, daß irgendwie alles gut werden würde. Und er brachte es nicht über sich, sie zu enttäuschen. Zu sehr war sie von Schuld geplagt, seit sie ihn bei der Nationalgarde angezeigt hatte, weil sie der Meinung gewesen war, daß er mitverantwortlich wäre für den Tod ihres Babys.

Er aß das Brot und eine rohe Zwiebel und trank fast ein ganzes Glas Wein dazu. Da er aus der Flasche trank, konnte er die Menge nur schätzen. Er war froh, daß

Célie den Wein abgelehnt hatte – denn es reichte kaum noch für ihn. Ob sie wirklich keinen gewollt hatte? Wahrscheinlich doch. In Gedanken konnte er ihr Gesicht noch deutlich vor sich sehen, das so entsetzlich müde ausgesehen hatte, mit tiefen Schatten um die Augen und vor Kälte und Angst bleicher Haut.

Es war sehr selbstlos von ihr gewesen, den Wein abzulehnen. Er bezweifelte sogar, daß sie wirklich Kaffee getrunken hatte. Dennoch – nicht ihm zuliebe hatte sie verzichtet, sondern aus Schuldgefühl. Das erfüllte ihn mit einem eigentümlichen Gefühl von Einsamkeit, und er war überrascht, wie sehr es ihn verletzte. Er fühlte sich zurückgewiesen. Ihr Verhalten ihm gegenüber war einzig und allein einem dummen Zufall zu verdanken. Wäre ein anderer an seiner Stelle, sie würde das gleiche tun. Er war das Symbol für ihr zerstörtes Selbstwertgefühl, und sie würde nicht ruhen, ehe sie ihren Fehler wiedergutgemacht hatte und sie wieder vor sich selbst bestehen konnte.

Was würde dann geschehen? Würde sie ihn nie mehr wiedersehen wollen, weil er sie an einen Teil ihrer selbst erinnerte, den sie hinter sich gelassen hatte?

Doch das lag noch in weiter Zukunft. Bis dahin gab es in viel zu kurzer Zeit noch viel zuviel zu tun. Er mußte jemanden finden, der bereit war, die Stelle des Königs einzunehmen, aber solange es noch hell war, wagte er sich nicht mehr nach draußen. Noch so einen Zwischenfall wie heute morgen konnte er nicht riskieren. Das nächstemal hätte er vielleicht weniger Glück.

Er stand auf, nur um sich gleich wieder zu setzen. Die Kälte zog ihm durch Mark und Bein, und das Zimmer war zu klein, um auf und ab zu laufen. Verdrossen schaute er durch das regennasse Fenster und betrachtete das Tageslicht auf dem grauen Dächermeer, als wolle er es durch bloße Willensanstrengung zum Verschwinden bringen.

Seiner Schätzung nach war es etwa Viertel vor vier, als er es nicht mehr aushielt und seinen Mantel anzog. Er stieg die Treppe hinunter und trat auf die Straße. Eiskalter Wind schnitt ihm wie mit Messern ins Gesicht, und er beugte sich vor, um sich dagegen zu schützen. Immerhin hatte er so den besten Grund, den Kragen hochzuschlagen und möglichst viel von seinem Gesicht zu verbergen. Auch bei größter Bescheidenheit durfte er kaum annehmen, daß man sein Gesicht so leicht vergaß.

An der nächsten Straßenecke verkaufte eine Frau dampfendheißen Kaffee. Sein köstliches Aroma war so verführerisch, daß er fast nicht widerstehen konnte. Er blieb stehen und atmete es tief ein. Einige wenige Sous waren alles, was er noch hatte, und ohne Bernave würde er kaum noch Geld bekommen.

Ihm kam ein neuer, erschreckender Gedanke. Was würde aus Célie werden, nun, da Bernave tot war? Würde sie weiterhin im Haus am Boulevard Saint-Germain bleiben können? War sie dort überhaupt sicher? Einer von den Hausbewohnern hatte Bernave getötet, und zwar sehr wahrscheinlich, weil der Mörder herausgefunden hatte, was der Hausherr vorhatte. Ein bitteres Lachen stieg in ihm hoch ... oder *geglaubt* hatte, es herausgefunden zu haben! Es wäre Ironie in höchster Vollendung, wenn Bernave als glühender Anhänger der *Commune* von einem anderen glühenden Anhänger ermordet worden wäre, der fälschlicherweise annahm, was Georges und Célie und Saint-Félix dachten ... daß er den König retten wollte! Einer jener Zeitgenossen, die vor lauter Begeisterung für den großen Traum nicht über den blinden revolutionären Idealismus hinaussehen konnten und den Blick für die Realität verloren hatte. Fernand, Monsieur Lacoste, vielleicht sogar eine der Frauen?

Seine Warnung an Célie hätte deutlicher ausfallen müssen, er hätte ihr nachdrücklicher vor Augen führen sollen, wie greifbar nah die Gefahr war. In gewisser

Weise war sie einem größeren Risiko ausgesetzt als er. Und wieder: welche Ironie!

Er griff in seine Tasche, angelte eine Münze heraus und gab sie der Frau. Dankbar nahm er den Kaffee entgegen. Er war heiß, stark und schmeckte herrlich; seine langsame, wohltuende Wärme wanderte allmählich durch die Kehle in seinen Magen.

Während er in kleinen Schlucken trank, dachte er angestrengt nach. Er kannte mindestens zwei Männer, die immerhin in Alter, Größe und Gesichtsfarbe so viel Ähnlichkeit mit dem König hatten, daß sie bei flüchtigem Hinsehen für ihn gehalten werden könnten. Einer war zu dünn, was aber mit ein paar Polstern unter der Jacke zu beheben wäre.

Immer noch waren recht viele Menschen auf den Straßen unterwegs, vor allem Frauen auf dem Weg nach Hause, nachdem sie sich nach Gemüse, Seife, Salz oder Brennstoff angestellt hatten. Er fragte sich, wie viele Stunden sie damit verschwendeten, mit Scharen anderer Leute auf eiskalten Straßen herumzustehen, in der Hoffnung, sich die elementaren Dinge des Alltags zu beschaffen, anstatt zu arbeiten, bei den Kindern zu sein, Kranke zu pflegen oder sonst etwas Nützliches zu tun. Sie waren müde und aufgebracht. Er hörte es an ihren Stimmen, wenn sie an ihm vorbeigingen, und sah es an der Art, wie sie mit halbleeren Körben vorbeihasteten. Es war viel versprochen und wenig gehalten worden. Sie hatten einen viel zu hohen Preis bezahlt, und viel zu wenig dafür bekommen. Wenn man den König hinrichtete, würde es sogar noch schlimmer werden.

Er trank seinen Kaffee aus, reichte der Frau die leere Tasse zurück und setzte seinen Weg fort. Der Mann, den er zuerst aufsuchen wollte, war Lazare Carichon. Er war ein kleinerer Abgeordneter der Girondisten gewesen, bis die Enttäuschung auch seine letzte Hoffnung auf politisch verantwortliches Handeln zunichte gemacht hatte. Carichon wußte um die Gefahren, alle etablierten Fundamente des Lebens hinwegzufegen und eine ganze Nation ins Ungewisse zu stürzen.

Um diese Zeit würde er ihn sicher zu Hause in der Rue des Écoles antreffen. Vielleicht könnte er ihn mit etwas Glück allein sprechen.

Er eilte durch das Gewirr kleiner Gassen im Süden von Saint-Germain, überquerte hinter dem Musée de Cluny hastig den Boulevard Saint-Michel, passierte gesenkten Kopfes die Rue Saint-Jacques und tauchte in das dichte Netz kleiner Straßen zwischen dem Boulevard Saint-Germain und der Rue des Écoles ein. Obwohl die Straßen bei der Kälte nur wenig belebt waren, fühlte er sich beobachtet. Es herrschte eine gespannte Atmosphäre, in der Angst lag und das vorweggenommene Wissen, daß etwas Unumkehrbares geschehen würde.

Wieder sah er Célie vor sich, wie sie verärgert mit verschlossenem Gesicht das Dachzimmer verlassen hatte. Er war überrascht gewesen, mit wieviel Intelligenz sie Fragen erfaßte, die über die Tragik von Einzelschicksalen hinausgingen. Und sie hatte weit bessere Nerven bewiesen, als er jemals gedacht hatte.

Noch vor wenigen Monaten wußte er nicht mehr über sie, als daß sie Madame de Staëls Kammerzofe gewesen war und daß Amandine sie mochte. Doch dann war ihr Baby gestorben, und die Dinge hatten ihren Lauf genommen.

Nun war sie entschlossen, ihr Leben zu riskieren, indem sie half, seinen und Bernaves Plan in die Tat umzusetzen; zusätzlich zu der Kälte und Gefahr, denen sie sich aussetzte, wenn sie ihn mit Nahrung, Brennstoff und Nachrichten versorgte. Sicher, inzwischen stand sie selbst hinter der Sache, doch das war nicht der Grund für ihre besondere Fürsorge, der er nicht nur Brot und Wein, sondern auch Zwiebeln und Kräuter verdankte, ja sogar Schokolade, wenn sie welche auftreiben konnte.

Sie stand für ihn an, schleppte schwer und kam lieber öfter, damit ihm immer frische Lebensmittel zur Verfügung standen.

Sie konnte einfach nicht vergessen, daß sie die Nationalgarde auf ihn gehetzt hatte, weil er ihrer Meinung nach am Tod ihres Kindes mitschuldig war. Der andere Grund, aus dem sie das alles für ihn tat, war, daß sie ihn für mutig und klug genug hielt, einen Weg zu finden, Frankreich vor dem drohenden Chaos zu bewahren. Es stand in ihrem Gesicht geschrieben und war aus allem, was sie sagte, herauszuhören. In ihren Augen war er jemand, der unverwundbar war, vor nichts zurückschreckte und immer zwischen richtig und falsch unterscheiden konnte.

Natürlich wußte er um die Wirkung seines Charmes. Wie konnte es auch anders sein. Es war ihm schon immer gelungen, mit seinem strahlenden Lächeln beinahe jedermann, ob Mann oder Frau, für sich zu gewinnen. Die Zuversicht, die er ausstrahlte, war seine beste Verteidigung, so wirkungsvoll, daß sie seine Schwächen sogar vor ihm selbst verbarg. Daß er sich stets unerschrokken gab, brachte ihn allerdings oft in die Lage, seinen Mut auch beweisen zu müssen.

Er wünschte, Célie sähe in ihm den, der er war, und nicht den Helden, den sie sich wünschte und brauchte.

Gegenüber Carichons Haus angekommen, überquerte er schnell die Straße und klopfte an.

Es dauerte einen Moment, ehe Carichon ihm öffnete. Er trug noch die etwas gekünstelt anmutende Garderobe der Girondisten: eine Jacke, die viel zu weit und zu lang war und in der ein übertrieben großes Halstuch steckte.

»Guten Abend, Bürger Carichon«, grüßte Georges leise.

Carichon erstarrte vor Schreck. »Coigny!« Er schluckte heftig. »Was tut Ihr hier auf der Straße? Kommt herein, ehe Euch jemand bemerkt!« Er trat einen Schritt zurück und hielt sich nur mit Mühe davon ab, Georges am Arm ins Haus zu ziehen. Sobald er die Schwelle überschritten hatte, schloß Carichon auch schon die Tür hinter ihm. »Worum geht es?« verlangte er zu wissen. »Was bringt Euch zu mir?«

Carichon war der Plan nur in groben Zügen bekannt, und unter anderen Umständen hätte Georges ihm kaum irgendwelche Details anvertraut, sondern nur das weitergegeben, was er unbedingt wissen mußte. Aber jetzt war Not am Mann, und Carichon besaß genügend Ähnlichkeit mit dem König, um für einen Moment voller Hektik und Verwirrung für diesen gehalten zu werden, wenn er gleich gekleidet war und sein Haar mit etwas Puder aufgehellt wurde. Er hatte die richtige Größe, eine ähnlich lange Nase, volle Wangen und ein Doppelkinn.

Georges hatte keine andere Wahl.

»Bernave ist tot«, sagte er mit gedämpfter Stimme.

Carichon starrte ihn mit weitaufgerissenen Augen an. »Was?«

»Bernave ist tot«, wiederholte Georges. »Er wurde gestern abend ermordet.«

»O Gott!« Carichon erbleichte. »Was wird aus dem Plan?«

Georges antwortete nicht sofort. Sollte er Carichon erzählen, daß Menou behauptet hatte, Bernave habe für die andere Seite gearbeitet?

Carichon sah ihn immer noch entgeistert an. »Wir müssen den König retten – das ist der einzige Weg, einen Krieg zu verhindern! Und es wird zum Krieg kommen! Alle Schönrednerei der Welt wird uns dann nichts nützen!« In seiner Stimme wuchs der Zorn, dem er mit heftigem Gestikulieren Ausdruck verlieh. »Wollen sie den Müttern der Toten, den Verwundeten, den Blinden und Obdachlosen vielleicht sagen, England hätte ja nicht gleich so empfindlich reagieren müssen, oder Spanien solle es nicht so persönlich nehmen, daß wir Ludwig XVI. auf das Schafott gebracht haben wie einen gewöhnlichen Verbrecher ... weil wir der Könige gerade mal überdrüssig sind!«

Seine Stimme klang heiser und brüchig. Selbst unter der übertrieben weiten Kleidung war nicht zu übersehen, wie angespannt er war. Instinktiv zog er sich weiter in den Raum zurück, der ihm als Arbeitszimmer, Küche und Eßzimmer diente. In einer Ecke des Zimmers stand ein Herd, in dem ein Feuer brannte und wohltuende Wärme verbreitete.

»Ich habe es weiß Gott versucht!« fuhr er fort. »Ich habe getan, was ich konnte, um die Girondisten dazu zu bewegen, ihre inneren Kämpfe außen vor zu lassen und sich für Frankreich einzusetzen, aber ihr persönlicher Ehrgeiz macht sie blind für alles andere, und auch das letzte bißchen Hoffnung zunichte. Paris versinkt im Chaos, und wir sitzen mittendrin und sind nicht mal in der Lage, uns den wirklich wichtigen Fragen zu widmen.«

»Wie recht Ihr habt«, stimmte Georges zu und näherte sich dem Herd.

»Ich wollte sie davon überzeugen, sich gegen den Konvent zu stellen«, sagte Carichon sowohl zu Georges wie auch zu sich selbst und lachte bitter auf. »Sie sollten aufhören, zu allem immer nur Ja und Amen zu sagen, und zur Abwechslung selbst die Führung übernehmen. Zum Teufel mit Marat und der *Commune* ... wir sind die Regierung! Frankreich ist alles andere als in der Lage, einen Krieg an allen Fronten zu führen. Wenn wir den König verschonen, könnten wir vielleicht sogar Frieden mit Österreich schließen.«

In hilflosem Ärger zuckte er die Schultern. »Statt dessen haben sie mir nur wie die Papageien ihre üblichen Worte an den Kopf geworfen: ›Wir müssen unseren Prinzipien treu bleiben, wir haben viel höhere Ideale als Marat und seine Anhänger.‹« Er senkte seine Stimme zum Flüsterton. Unter eng zusammengezogenen Brauen blickten seine Augen ernst und voller Furcht. »Wißt Ihr, daß der Mann geisteskrank ist, Coigny? Ihr hättet ihn erleben sollen, als er in die Gesellschaft hineinplatzte, die Talma letztes Jahr für General Dumouriez gegeben hat. Eine durch und durch kultivierte Feier.« Die Erinnerung an das Fest entlockte ihm ein kurzes Lächeln. »Wir lauschten Klavier und Harfe, tranken ein wenig Zuckerwasser und unterhielten uns aufs angenehmste. Und dann hörten wir mit einemmal draußen auf den Stufen ein schreckliches Getrampel, und herein stürzte Marat mit seinen Radaubrüdern.« Er zog scharf die Luft ein. »Er war unglaublich schmutzig! Wenn ich daran denke, wie er gestunken hat, wird mir jetzt noch übel.« Angewidert verzog er den Mund. »Er hatte eine dieser Carmagnole-Jacken an, wie die Marseiller sie tragen, eine schwarze Hose, keine Strümpfe, und Stiefel, die mit Kot unaussprechlicher Herkunft überzogen waren, und deren Dreck er überall auf dem Teppich verteilte.«

Georges setzte an, ihn zu unterbrechen. Er kannte die Geschichte.

Aber Carichon war nicht zu bremsen. »Am ganzen Körper gezuckt hat er, wie ein verwahrlostes Tier. Die Frauen waren starr vor Angst. Er starrte uns böse an und schüttelte die Fäuste, schimpfte uns Zuhälter, Huren und Konterrevolutionäre. Schließlich spuckte er sogar auf den Boden.« Seine Nasenflügel bebten. »Als er endlich gegangen war, mußten wir alle Fenster öffnen und mit einem Parfümflakon herumgehen.«

Der Geruch, den Marat verbreitete, war eine Folge seiner Krankheit und ihm kaum vorzuwerfen, aber Georges ging nicht weiter darauf ein. Er sah den Abscheu in Carichons Gesicht und die darunter schwelenden Gefühle, die von der allgegenwärtigen Gewalt, Ungewißheit und dem herrschenden Chaos bestimmt wurden. Angesichts der schieren Unfähigkeit der Gironde, ihrer mangelnden Triebkraft und fehlenden Courage, hatte die blanke Verzweiflung von ihm Besitz ergriffen.

»Ich weiß«, sagte Georges leise. »Ich habe davon gehört.«

»Was wird uns die Zukunft bringen?« fragte sich Carichon bitter. »Invasion, Bürgerkrieg und blutiges Chaos!«

Er war so aufgebracht, daß er am ganzen Körper zitterte. »Alles, was sie tun, ist völlig ohne Sinn und Verstand, hat nichts mit Menschen aus Fleisch und Blut, nichts mit dem wirklichen Leben zu tun. Gegenüber allem, was lebt und atmet, sind sie so weltfremd wie Rousseau. Auch er kannte nur Worte, geistreiches Gekritzel ohne jede Bedeutung auf Unmengen von Papier ...«

Georges traf seine Entscheidung, nicht aus Überzeugung, sondern um mit dem Mut der Verzweiflung das kleinere Übel zu wählen.

»Wir werden es dennoch versuchen. Mit einigen kleineren Änderungen, für den Fall, daß Bernaves Mörder etwas wußte. Man kann Leute austauschen, Orte wechseln ... Nur am Zeitpunkt läßt sich nicht rütteln.« Er beobachtete Carichons Gesichtsausdruck, damit ihm nicht die kleinste Spur von Scheinheiligkeit entging. Was er sah, war ein Funken Hoffnung, gepaart mit Furcht.

Carichon zögerte nur für den Bruchteil einer Sekunde. »Gut«, sagte er leise. »Gut. Das ist unsere einzige Chance.«

»Bernaves Ermordung hat jedoch eine Lücke gerissen, die wir noch nicht schließen konnten ...«

»Oh? Und welche ist das?« Carichons Miene war offen und erwartungsvoll – es war offensichtlich, daß er nicht ahnte, worauf Georges hinauswollte.

Nun mußte er die Karten auf den Tisch legen. »Bernave wußte als einziger, wer bereit war, in der Kutsche mit dem König den Platz zu tauschen.« Er führte den Satz nicht weiter aus und überließ es Carichon, ihn zu Ende zu denken.

Carichon blieb der Mund offen stehen. »Aber ohne ihn wird aus dem ganzen Plan nichts! Dann muß ein anderer gefunden werden!«

»Eben.«

»Und warum erzählt Ihr gerade mir das alles?« Dann verstand er. Alle Farbe wich aus seinem Gesicht, und instinktiv trat er einen Schritt zurück, stieß gegen den Tisch und mußte sich festhalten, um nicht zu fallen. »O nein! Das könnt Ihr nicht von mir verlangen! Sie würden mich …«, stammelte er und rang nach Luft. »Sie würden mich in Stücke reißen! Sie würden …« Außerstande, seinen Schrecken in Worte zu kleiden, stand er nur da und schüttelte keuchend den Kopf.

Georges ließ es dabei bewenden. Jemand, den er erst überreden mußte, konnten sie nicht gebrauchen. Er brauchte nur beobachten, welche Panik den Mann erfaßt hatte, um sich auszumalen, daß ihn, selbst wenn er sich einverstanden erklärte, im letzten Moment die Nerven im Stich lassen würden. Das Entsetzen, das ihm bei dem bloßen Gedanken ins Gesicht geschrieben stand, würde in der Menschenmenge sofort auffallen und den Plan schon zu diesem Zeitpunkt scheitern lassen.

Mit einem leichten Nicken berührte er Carichons Arm, wandte sich zur Tür und ging hinaus auf die Straße. Er hätte von Carichon nicht ein derart endgültiges Opfer erwarten sollen, und dennoch empfand er tiefe Enttäuschung. Bei Carichon hatte er sich die meisten Chancen ausgerechnet. Es gab nicht viele, die in Frage kamen, denn bevor er überhaupt jemanden damit konfrontieren konnte, mußte er ihn in den Plan einweihen.

Obwohl es inzwischen fast völlig dunkel geworden

war, drehte sich eine Frau, die sich gerade einen Kaffee kaufen wollte, nach ihm um und sah ihm hinterher. Sie war vermutlich höchstens 35 Jahre, doch Hunger und Furcht ließen sie älter wirken. Er mußte behutsamer vorgehen als am Morgen. Mit seinem ganzen Charme lächelte er ihr zu.

»Guten Abend, Bürgerin!«

Beschwichtigt lächelte sie zurück. »'n Abend, Bürger.«

Er eilte in Richtung Fluß. Die schnelle Gangart brachte seinen Kreislauf in Schwung und hielt ihn warm. Er mußte einfach jemanden finden, und zwar noch heute abend. Morgen konnte er sich nicht nach draußen wagen, und nach Sonnenuntergang wäre es zu spät.

Und wie ginge es weiter, wenn der König gerettet war – oder tot? Er konnte nicht erwarten, daß Célie ihn für immer und ewig unterstützte. Es würde sie Mühe genug kosten, sich selbst über Wasser zu halten. Wenn er nicht irgendeine Arbeit fand, mußte er verhungern oder erfrieren. Er wäre nicht der erste. Und wenn diese Zeit der Not und des Elends andauerte, würden es immer mehr werden. Er war jung und kräftig, doch was war mit den Kranken, Schwachen und Alten, eben die Menschen, die die Revolution angeblich hatte schützen wollen? Sollte das alles sein, was von den Träumen und Hoffnungen geblieben war: Mißtrauen, Angst, und das Schlimmste von allem – Armut?

Mittlerweile hatte er die Rue Saint-Antoine erreicht. Die Place de la Bastille war nur ein paar Schritte von ihm entfernt. Der Sturm auf die Bastille war zu einem makabren Scherz geraten: Sie hatten genau das Gefängnis von Paris eingenommen, dessen Insassen lediglich einige mittellose Gestalten waren, denen die Bastille eher Zufluchtsort als Kerker bedeutete. Völlig verwirrt waren sie hinaus ans Tageslicht gestolpert, hilflos – und obdachlos.

Gesenkten Kopfes überquerte er den Platz. Der schneidende Wind ließ seine gebückte Haltung ganz natürlich wirken. Niemand nahm Notiz von ihm. Er ging, so schnell er konnte – damit ihm nicht kalt wurde und weil ihm die Zeit davonlief.

Schließlich war er an seinem nächsten Ziel angelangt, einem Innenhof mit der Werkstatt eines Faßmachers. Er bog um die Ecke hinter eine schützende Mauer, blickte sich nach dem Mann um, den er suchte, und entdeckte ihn zwischen einigen Fässern, an denen er ein wenig unbeholfen arbeitete, als sei ihm handwerkliche Arbeit nicht in die Wiege gelegt worden. Auf den ersten Blick wirkte er wie ein gewöhnlicher Handwerker, doch selbst in seiner schäbigen, braunen Arbeitskleidung strahlte er Würde aus, und nachdem er ihn gesehen hatte, baute er sich mit geraden Schultern vor ihm auf. Seine Hände waren schmutzig, aber ohne Schwielen. Er hatte eine lange Nase, volle Wangen und war kaum mittelgroß, aber seine Augen leuchteten aufmerksam und sahen Georges mit offenem Blick an.

»Kann ich Euch helfen, Bürger?« fragte er.

»Möglicherweise«, erwiderte Georges mit gedämpfter Stimme.

Der Mann betrachtete ihn genauer. »Coigny …? Ihr seht ihm zumindest ähnlich!«

»Ich habe schon bessere Zeiten gesehen«, gab Georges ihm recht.

»Wer nicht?« lachte der Mann auf. »Und es wird immer schlimmer.«

Georges hob die Augenbrauen. »Meint Ihr?«

»Seid Ihr tatsächlich so naiv?« fragte der Mann gereizt zurück. »Natürlich wird es schlimmer! Wir werden den Krieg an allen Fronten nicht aufhalten können. Im Namen der Freiheit werden wir uns lediglich dieses armen Narren von einem König entledigen, und statt dessen wird uns eine Tyrannei aufgebürdet, die willkürlicher und brutaler ist als alles, was wir zuvor hatten. Es stimmt, daß es uns vorher nicht gut ging, das ganze Land litt unter der Korruption, aber diese Medizin ist schlimmer als die Krankheit.«

»Operation gelungen, Patient tot«, erwiderte Georges lakonisch.

»Ganz genau!« stimmte der Mann zu. »Was kann ich für Euch tun? Ihr müßt in einer wichtigen Angelegenheit gekommen sein, sonst wäret Ihr nicht hier.«

»Ihr habt gewisse Sympathien für die Royalisten …«

»Sympathien schon, aber das heißt nicht, daß ich den König wieder auf dem Thron sehen will – ich bin nur dagegen, daß er hingerichtet wird. Es wird uns in den Krieg stürzen, und diese Wahnsinnigen werden … an der Macht bleiben. Fast hätte ich gesagt, ›die Kontrolle behalten‹, aber niemand kontrolliert hier irgend etwas. Die Gironde könnte nicht einmal eine Abendgesellschaft organisieren, und die *Commune* will es gar nicht erst. Chaos ist ihr natürlicher Lebensraum.«

»Wäret Ihr bereit, etwas dagegen zu unternehmen?« fragte ihn Georges.

»Und was wäre das?« erwiderte der Mann bedächtig und blickte Georges aufmerksam an. »Ihr habt immer noch Hoffnung, man könne es verhindern? Ich weiß nicht, ob ich Euch beneiden oder bedauern soll, weil Ihr so naiv seid. Es ist zu spät. Ich würde etwas tun, wenn ich eine Aussicht auf Erfolg sähe. Aber die sehe ich nicht. Ich werde mein Leben nicht sinnlos opfern. So schlimm die Situation ist, bin ich doch lieber am Leben als tot.« Achselzuckend lächelte er traurig. »Das ist die Kehrseite des Atheismus: Er bringt wenig Märtyrer hervor. Wir können uns einfach nicht vorstellen, daß uns ein strahlendes Himmelreich erwartet, das uns für unsere irdischen Opfer entlohnt. Wenn das hier alles ist, sollten wir so lange wie möglich daran festhalten. Die wenigsten können den Gedanken an den eigenen Untergang ertragen. Wie merkwürdig: Auch wenn wir ein noch so kleines Rad sind, fällt uns doch die Vorstellung schwer, daß die Welt sich auch ohne uns weiterdreht.«

Georges versuchte keinen weiteren Vorstoß. Auch dieser Mann wäre keine Lösung, sondern nur ein Risiko. Er sagte ihm Lebewohl und trat wieder auf die Straße und in den Wind hinaus, der sich nun mit Schneeregen vermischte.

Bald wußte er nicht mehr, wie lange er unterwegs gewesen war, bei wie vielen Leute er es versucht hatte. Er hatte alle Straßen durchkämmt und all die alten Freunde aus vergangenen Tagen aufgesucht, denen er immer noch vertraute, Menschen, die aus den unterschiedlichsten Gründen auf der Flucht waren, von denen aber niemand den Mut hatte, sein Leben für das des Königs zu geben. Er mußte gar nicht erst fragen, um es zu wissen.

Als es Mitternacht wurde, hatte er immer noch einen weiten Weg nach Hause vor sich. Er war so müde, daß ihn jeder Knochen im Leib schmerzte, seine Kleider waren völlig durchnäßt, und seine Muskeln starr vor Kälte. Es gab keinen Ausweg mehr. Entweder sie mußten den Plan aufgeben, woran gar nicht zu denken war, oder er selbst mußte mit dem König tauschen. Zwar war er zu groß, zu jung und hatte eine ganz andere Gesichtsfarbe, aber vielleicht konnte man das kaschieren.

Wie ein Blitz durchfuhr ihn bei diesem Gedanken die Erkenntnis, wie unglaublich kostbar ihm sogar die Müdigkeit, die Angst und die Schmerzen waren, die das Leben zur Zeit für ihn bereithielt. Es gab noch so viel, das er zu sagen und zu tun hatte; es gab Menschen, die er nicht verlieren wollte … Amandine, Célie – besonders Célie.

Doch aufzugeben, wäre noch schlimmer. Was würde dann aus ihnen allen werden?

Zehntes Kapitel

Für alle Fälle hatte sich Célie eine Ausrede für Madame Lacoste und die Wache im Hof zurechtgelegt. Obwohl es ihr so albern und kindisch vorkam, daß es sie einige Überwindung kostete, war es doch die einzige Erklärung, die naheliegend und glaubwürdig genug war.

»Ein Liebhaber!« rief Amandine lächelnd aus.

Célie wurde rot, weil es sie daran erinnerte, daß sie – wie Amandine nur zu gut wußte – Georges und Amandine anfänglich für ein Liebespaar gehalten hatte. Ein Irrtum, der all die furchtbaren Dinge zur Folge hatte.

»Vielleicht läßt die Wache mich ja dann durch«, verteidigte sie sich verlegen. »Bitte hilf mir! Ich muß versuchen, diesen Renoir zu finden.«

»Es gibt wohl nur eine Möglichkeit: du mußt es ausprobieren«, erwiderte Amandine. »Andernfalls blieben dir als Ausrede nur politische Gründe, die der Gardist dir nicht abnehmen würde, oder Schwarzmarktgeschäfte, und die sind verboten.«

»Ich habe sowieso kein Geld«, stellte Célie bekümmert fest. »Zwar lag welches in Bernaves Schreibtisch, aber ich habe es nicht genommen.«

»Das Beste, was du tun konntest!« stimmte Amandine zu. »Wenn es die Gardisten nicht gestohlen haben, wird Menou genau wissen, wieviel es ist. Das Letzte, was uns beiden noch fehlt, ist, wegen Diebstahls auf die Straße gesetzt zu werden.« Sie griff in ihre Tasche und holte einen Louisdor hervor. »Ich wünschte, ich könnte dir mehr mitgeben, aber fast alles, was ich hatte, ist seit langem aufgebraucht. Mehr kann ich für Georges nicht tun. Du nimmst all die Gefahren auf dich …« In ihrem Gesicht war Bewunderung und Bedauern zu lesen. »Ich weiß es wirklich zu schätzen. Außer ihm habe ich keine Familie mehr. Aber selbst wenn wir nicht verwandt wären, würde er zu meinen liebsten Freunden zählen. Ich danke dir … und gib um Himmels willen auf dich acht!«

Célie versuchte ein kleines Lachen, um der Atmosphäre etwas von ihrer Spannung zu nehmen. »Das werde ich! Und jetzt laß mich den Gardisten fragen, ob er mir erlaubt, meinen Liebsten zu besuchen! Ich wünschte, ich verstünde mich besser aufs Kokettieren!«

»Mir geht es ebenso«, meinte Amandine bedauernd. »Übertreib es aber nicht … sonst wird er noch mißtrauisch.«

Statt einer Antwort rümpfte Célie nur schnippisch die Nase. Sie verbarg die Münze in ihrem Mieder zwischen ihren Brüsten und knöpfte die Bluse wieder zu. »Entfalte nur ja nicht zuviel von deinem Liebreiz!« warnte Amandine in einem Anflug ihres alten Übermuts. »Sonst bringst du dich noch in ernsthafte Schwierigkeiten!«

»Schlange!« gab Célie zurück. »Dafür darfst du dir jetzt überlegen, was du Madame sagst, falls sie wissen will, wo ich bin.« Und bevor Amandine noch etwas einwenden konnte, ging sie zur Hintertür, nahm ihren Mantel vom Haken und war hinaus.

Der wachhabende Gardist trat ihr sofort in den Weg.

»Wohin wollt Ihr?« verlangte er zu wissen. »Um diese Uhrzeit werdet Ihr wohl kaum noch Brot bekommen, Bürgerin.«

Sie lächelte ihn an und sah ihm tief in die Augen. »Ich weiß«, sagte sie leise. »Aber gerade jetzt könnte ich mich für ein, zwei Stunden aus Bürgerin Lacostes Augen stehlen. Ich … um die Wahrheit zu sagen, Bürger, ich habe einen Liebsten. Seit Bürger Bernave ermordet wurde, ist es mir verwehrt, ihn zu sehen.« Sie zuckte leicht mit den Schultern. »Ich möchte nur ein wenig mit ihm zusammensein … bitte!«

Er überlegte einen Augenblick. »Ich muß mich vergewissern, daß Ihr nichts Verbotenes bei Euch tragt. Bürger Menou würde es mir nie verzeihen, wenn ich es nicht täte.«

»Natürlich.« Mit etwas zittrigen Händen öffnete sie ihren Mantel, damit er sie durchsuchen konnte.

Seine Augen leuchteten auf, während er mit sichtlicher Anerkennung ihre Figur in Augenschein nahm. Er lächelte und hob die Hände.

Célie spürte, wie sie der Mut verließ. Das Gefühl des Ekels, das sie durchfuhr, war nebensächlich. Viel mehr noch fürchtete sie, daß es ihm irgendwie gelingen könnte, die Münze zu ertasten, und daß er fragen würde, was sie damit vorhabe, oder – schlimmer noch – sie ihr wegnehmen könnte. Sie zwang sich, zurückzulächeln. Das Lächeln mißlang jämmerlich. Er mußte bemerken, wie falsch es war.

Seine Hände berührten sie.

Am liebsten hätte sie ausgeholt und ihn geschlagen. Es kostete sie ihre ganze Kraft, sich zu beherrschen und ihn statt dessen zuckersüß anzulächeln. Sie mußte sich rasch etwas einfallen lassen, um ihn abzulenken.

»Bestimmt ist es schrecklich kalt, wenn man den ganzen Tag allein hier draußen steht, Bürger«, begann sie. Was erzählte sie nur für einen Unsinn!

»Hundekalt«, bestätigte er.

»Und eintönig«, fügte sie hinzu. Solange sie redete, würde er sich mehr auf ihre Worte als auf die Durchsuchung konzentrieren. »Seid Ihr schon immer Soldat gewesen?« Das war es – sie mußte ihn dazu bringen, von sich zu erzählen –, die meisten Leute redeten gern über sich selbst. »Ihr führt bestimmt ein hartes und gefahrvolles Leben. Wahrscheinlich wissen wir Euch Soldaten gar nicht genug zu schätzen – bis wir Euch brauchen.«

Er blickte sie an, als betrachte er sie mit einemmal mit ganz anderen Augen.

»Das ist allerdings wahr, Bürgerin. Kaum jemand

weiß, was er an uns hat.« Seine Hände klopften ihren Rock ab, ohne es allzu genau zu nehmen. Wonach er Ausschau hielt, war ein Messer, nicht Brot oder Käse.

»Woher kommt Ihr?« beeilte sie sich zu fragen.

»Faubourg Saint-Marcel«, gab er zur Antwort.

»Seid Ihr dort auch aufgewachsen?«

Erinnerungen erwachten in ihm, und seine Miene hellte sich etwas auf. »O nein, ich bin in Nemours geboren.«

»Ist es dort schön?«

»Schöner als in Paris!« bekräftigte er sehnsüchtig.

Sie holte tief Luft und stieß sie seufzend wieder aus. »Um so mehr sind wir in Eurer Schuld, wenn Ihr hier seid, um der Revolution zu dienen. Erzählt mir von Nemours. Ich bin noch nie dort gewesen.«

Und tatsächlich erzählte er. Zunächst stockend, doch die Erinnerung löste ihm die Zunge.

Während sie ihm zuhörte, setzte er seine Durchsuchung zwar gewissenhaft, doch so taktvoll fort, daß er nicht auf die Münze stieß. Seine Aufmerksamkeit war nicht auf derart kleine Gegenstände gerichtet.

Als er sie gehenließ, schenkte Célie ihm ein letztes Lächeln, das diesmal von Herzen kam. »Ich danke Euch, Bürger.« Dann eilte sie den Boulevard Saint-Germain hinunter. Es erwartete sie ein gutes Stück Weges: den langgestreckten Boulevard entlang, dann über den Fluß und durch die Rue Saint-Honoré, in der sich der Jakobinerklub befand. Ihr schneller Schritt hatte vielerlei Gründe. Zum einen drängte die Zeit – und die Kälte tat ein übriges, sie zur Eile anzutreiben –, aber ebensowenig wollte sie Aufmerksamkeit erregen, weil sie vielleicht den Eindruck machte, ziellos umherzustreifen.

Wie viele andere Gebäude in Paris war der Jakobinerklub ursprünglich im Besitz einer religiösen Ordensgemeinschaft gewesen. Seine Nutzung zu weltlichen Zwecken hatte als gesellschaftlicher Treffpunkt für Abgeordnete aus den Provinzen und andere ›Freunde der Revolution‹ begonnen. Dort hatten viele Männer und Frauen ebenso gesellige wie endlose Stunden damit verbracht, von ihren Idealen und Plänen für eine glanzvolle und tugendreiche Zukunft zu schwärmen. Robespierre, dem jeder Sinn für Sinnesfreuden oder Fleischeslust fehlte, war fast jeden Abend dort anzutreffen. Die Räume eigneten sich vorzüglich für ihren derzeitigen Zweck, und das Haus war ideal gelegen. Der Zimmermann Duplay, bei dem Robespierre Quartier bezogen hatte, wohnte um die Ecke, und der Place de la Révolution, auf dem die Guillotine ihre blutigen Dienste verrichtete, befand sich ebenfalls in nächster Nähe.

Der Klub, der zunächst bescheiden angefangen hatte, zählte mittlerweile mehr als dreihundert Mitglieder, die als Abgeordnete im Konvent saßen. Andere Mitglieder übten einflußreiche Positionen in der *Commune* aus oder kontrollierten den Pariser Pöbel. In letzter Zeit schossen Jakobinerklubs in ganz Frankreich wie Pilze aus dem Boden, und ihre Macht wuchs von Woche zu Woche, ihr Einfluß war immens. In den hier geführten Debatten wurden die Ideen geboren, die wenig später die Massen von den Grenzen nach Belgien und Deutschland bis an die Mittelmeerküste beflügeln sollten.

Bestimmte Bereiche des Klubs waren für alle Bürger zugänglich, die zuhören wollten, und Célie ging ohne weiteres als einfache Arbeiterin durch. Sie konnte auf diese Weise unauffällig in den großen Salon gelangen, gab sich dabei so respektvoll sie konnte und murmelte mit gesenktem Blick hier ein ›entschuldigt, Bürger‹, dort ein ›danke, Bürger‹, während sie sich ihren Weg bahnte.

Schließlich entdeckte sie einen jungen Mann mit freundlichem Gesicht in Wolljacke und Lederschürze und entschloß sich, ihn anzusprechen.

»Verzeiht, Bürger«, sagte sie höflich.

Er wandte sich zu ihr um. Beim Anblick ihrer klaren Augen und weichen Lippen glitt ein wohlwollendes Leuchten über sein Gesicht.

»Ja, Bürgerin?«

»Kennt Ihr den Abgeordneten Renoir, aus Compiègne?«

»Nicht persönlich, aber ich würde ihn erkennen, wenn ich ihn sehe«, gab er zur Antwort. »Ihr sucht ihn?«

»Ich habe eine Nachricht für ihn.« Wenn es irgend ging, versuchte Célie immer bei der Wahrheit zu bleiben. Es war zu schwierig, sich alle Lügen zu merken.

»Er wird wohl im Salon sein«, meinte er mit einem schiefen Lächeln. »Camille Desmoulins spricht gerade. In der Regel ist es ein Erlebnis, ihn reden zu hören.« Sein Blick verriet eine gewisse Zweideutigkeit, als stimmten seine Worte nicht mit seiner tatsächlichen Meinung überein und als wolle er sich hüten, diese zu äußern. Zur Zeit überlegte man sich gut, ob man sagen durfte, was man dachte.

Das Angebot, ihm zu folgen, nahm sie lächelnd an.

Im großen Salon herrschte bereits aufgeregtes Stimmengewirr, als sie sich hinter ihm durch die Menge drängelte. Mühsam eroberte sie sich einen Stehplatz, Schulter an Schulter mit anderen Zuschauern. Der holzgetäfelte Raum wirkte düster, und das graue Januarlicht, das durch die Fenster fiel, verlieh dem Kerzenschein eine gelbliche Farbe. Die dicht aneinander gedrängten Menschen im Raum waren die einzige Wärmequelle.

Ein junger Mann mit leidenschaftlichen Gesten und in der nachlässigen Kleidung eines Künstlers stand auf dem Podium und sprach. Die Worte flossen ihm mühelos von den Lippen, Worte voller hoher Ideale und Hoffnung auf eine grandiose Zukunft. Voll des Lobes für die Tugendhaftigkeit seiner Mitbürger, schien er davon überzeugt, daß alle Menschen von Grund auf rechtschaffen und redlich waren. Es war der Journalist Camille Desmoulins, ein Freund und glühender Anhänger Dantons.

Célie sah sich um und betrachtete die Gesichter der Umstehenden. Alles, was Camille sagte, hatte Célie schon tausendmal gehört und war bis ins letzte Detail vorhersagbar. Vielleicht ging es einigen der anderen Zuhörer genauso, aber trotzdem waren es Dinge, die sie hören wollten und denen sie ihre uneingeschränkte Zustimmung schenkten. Sie konnte sehen, wie Desmoulins' dunkle Augen leuchteten, als er sich mit hochroten Wangen im allgemeinen Beifall sonnte.

Solange ein Redner auf dem Podium stand, wagte sie nicht, sich nach Renoir zu erkundigen. Eine Unterbrechung würde sicher nicht gern gesehen, und sie konnte es sich nicht leisten, Unmut auf sich zu ziehen.

Auf Camille folgte ein nicht weniger enthusiastischer junger Mann. Er hatte noch nicht lange gesprochen, als Célie auffiel, daß er viel großspuriger auftrat und noch weniger Humor hatte als sein Vorredner. Aufmerksam studierte sie die Mienen der anderen. Alle schienen ihm gebannt zuzuhören; mit unbewegten und todernsten Gesichtern.

Möglicherweise hatte Bernave ja recht gehabt: Mit der Revolution war auch jeder Sinn für Humor verschwunden.

War Humorlosigkeit denn wirklich eine Voraussetzung für Rechtschaffenheit? War es tatsächlich nicht möglich, die sozialen Bedingungen zu verbessern und sich trotzdem den Blick für das Absurde im Leben zu erhalten und darüber lachen zu können?

Den Mienen der Leute um sie herum nach zu urteilen, offenbar nicht.

»Wer ist das?« fragte sie im Flüsterton den Mann, der sie hereingeführt hatte und der gleich neben ihr stand.

»Fabre d'Églantine«, antwortete er, ohne sich ihr zuzuwenden. »Ein bedeutender Dichter und Freund Dantons. Vor einiger Zeit ist ihm der Églantine-Preis verliehen worden.«

Célie hatte noch nie von dieser Auszeichnung gehört, war aber klug genug, das für sich zu behalten. Anscheinend hatte der Preisträger seinen Namen gleich mit den Lorbeeren gekrönt.

»Wirklich erstaunlich«, gab sie zurück, in der Sicherheit, daß er nicht erriet, wie sie es meinte: daß ein Mann von so mittelmäßigen geistigen Talenten überhaupt einen Preis gewinnen konnte.

Vor ihnen ermahnte sie eine Frau mittleren Alters, still zu sein, und widerstrebend gehorchte Célie. Jedes noch so langweilige Gespräch wäre interessanter gewesen als der aberwitzige und wirre Wortschwall, der vom Podium her zu ihnen drang. Wenn Danton tatsächlich mit diesem Mann befreundet sein sollte, entsprach das wohl mehr seiner bedingungslosen Anhänglichkeit als seinem Sinn für Politik oder literarischen Geschmack.

Wo könnte sie sonst nach Renoir suchen, falls sie ihn hier nicht fand? Die Zeit drängte. Bestimmt war es zu rechtfertigen, wenn sie sich weiter durchfragte. Schließlich war er Bernaves Geschäftspartner gewesen und hatte ein Recht, von dessen Tod zu erfahren. Daran konnte eigentlich niemand etwas Ungebührliches finden.

Fabre kam zum Ende seiner Rede, die mit stürmischem Applaus belohnt wurde, und an seine Stelle trat ein junger Redner mit sanft geschwungener, klassischer Nase und scharfgeschnittenen Lippen. Er wäre schön zu nennen gewesen, hätte er auch nur einen Funken Wärme oder Lebendigkeit gezeigt. Doch er starrte geradeaus mit der Leidenschaftslosigkeit einer Statue, die zwar perfekt modelliert war, aber nichts Menschliches an sich hatte.

»Das Schiff der Revolution kann nur in einem Meer aus Blut sicher seinen Hafen erreichen!« schrie er, wobei sein Gesichtsausdruck eigenartig unbeteiligt blieb. »Wir müssen nicht nur alle Verräter bestrafen, sondern dürfen auch jene nicht verschonen, die nicht mit Feuereifer bei der Sache sind. Es gibt nur zwei Sorten Bürger: gute und schlechte. Die Republik schuldet den guten ihren Schutz. Die schlechten verdienen nichts als den Tod!«

Célie beobachtete die Leute um sich herum, um zu sehen, wie sie wohl diese ungeheuerliche Aussage aufnahmen, entdeckte aber nur einen Mann, der zusammenzuckte und entsetzt die Augen aufriß. Sicher hatte er das gleiche mulmige Gefühl in der Magengegend wie sie. Unwillkürlich verkrampfte sie sich. Wie konnten all diese Menschen nur so ruhig dastehen und die hysterischen Worte des Mannes derart gleichgültig hinnehmen? Merkten sie denn nicht, wie bedrohlich seine Ansichten waren?

Allerdings war nur der Inhalt seiner Worte hysterisch. Der Redner selbst blieb kalt und ungerührt wie Marmor, während ihm die Worte über die Lippen flossen. Er sprach, ohne sich zu ereifern, mit den Armen zu fuchteln oder seine Tonlage zu verändern.

»Wir werden ein neues Frankreich bauen«, fuhr er fort. »Über allem werden die Tugenden stehen. Durch unsere Schlachten werden wir uns rechtfertigen, und unser Blut wird uns von Sünden reinwaschen. Alles Schwache wird ausgemerzt, und wir werden von den Toten als vollkommene, reine Macht auferstehen. Um dem Rest der Menschheit den Weg zu weisen.«

»Tugend ...« Ein alter Mann mit zerfurchtem Gesicht, der aussah, als verbrächte er seine Zeit bei Wind und Wetter im Freien, wiederholte das Wort verächtlich im Flüsterton.

Célie trat vorsichtig ein Stück zurück, bis sie neben ihm stand.

»Warum sagt Ihr das, Bürger?«, flüsterte sie.

»Wißt Ihr denn nicht, wer da spricht?« fragte er mit Bitterkeit in der Stimme.

»Nein. Wer ist das?«

»Louis Saint-Just«, klärte er sie mit leichtem Schaudern auf. »Alles, was ich als Tugend bezeichnen würde, kennt er so gut wie ich den König von Spanien. Erst hat er seiner eigenen Mutter ihren gesamten Schmuck gestohlen, und dann lief er davon, um dem Marquis de Sade zu huldigen. Und zu allem Überfluß hat er noch ein langes, pornografisches Gedicht geschrieben, bei dem sich sogar mir der Magen umgedreht hat, und ich bin nicht gerade prüde.«

»Aber vielleicht hat er sich ja gewandelt?« wandte sie ein, nicht weil sie das für möglich hielt, sondern um zu sehen, wie er darauf reagierte.

»Er hat einmal an Robespierre geschrieben: ›Ich kenne dich so gut, wie ich Gott kenne‹, was immer das heißen mag«, gab der Mann höhnisch zurück. Wären sie auf der Straße gewesen, er hätte auf den Boden gespuckt – daran hatte Célie keinen Zweifel.

»So, wie er redet, ist wohl kein Wandel zu verzeichnen«, sagte sie und bereute es sofort, als er sie plötzlich aufmerksam ansah. Genau davor hatte Bernave sie immer gewarnt. Sie mußte sich beeilen, Renoir zu finden.

Saint-Just war inzwischen dabei, seine Visionen für die Bürger der Zukunft darzulegen.

»Ab dem Alter von fünf Jahren werden alle Knaben dem Staat zugeführt, der sich ihrer annehmen wird«, schwadronierte er mit steinerner Unbeirrbarkeit, den Blick starr auf seine Zuhörer gerichtet. »In Bataillonen werden sie dann zu Soldaten herangezogen … oder zu Bauern.«

Célie fragte sich, was er wohl mit den Mädchen vorhatte, aber er erwähnte nichts davon. Wahrscheinlich fanden sie in seiner Welt keinen Platz.

»Jedermann wird schlichte Kleidung aus schlichtem Stoff tragen, gleichgültig ob Regierender, Arbeiter oder Soldat«, führte er traumverloren weiter aus. »Wir werden auf Strohmatten schlafen. Und wer sich nicht einfügen will, der wird aus der Stadt gejagt!«

Célie fand die Vorstellung gräßlich. Wenn das Freiheit bedeutete, war ihr das Sklaventum allemal lieber. Das ließ wenigstens Platz für ein bißchen Individualität, für etwas Farbe im Leben. Wie gern hätte sie das laut gesagt, um festzustellen, ob die anderen das Gleiche empfanden – ein Gefühl von Platzangst, die langsam in die Glieder kriechende Furcht, daß etwas Grauenvolles und Unausweichliches bevorstand. Aber sie wagte es nicht. Niemand der Umstehenden rührte sich oder äußerte etwas. Eine abweichende Meinung, jeder Zweifel galten als konterrevolutionär, und das war ein Verbrechen.

Bernave hatte die Gefahren dieser Art von Unterdrückung beim Namen genannt: Einförmigkeit, Farblosigkeit und Verlust von allem, was Wärme, Leidenschaft und Humor bedeutete und das Leben erst lebenswert machte. Sie sah ihn vor sich, wie sich bei seinen Worten die Macht der Gefühle in seiner Miene widerspiegelte, als durchlebe er gerade noch einmal einen unbeschreiblich kostbaren Moment, der seinem Leben einst besonderen Glanz und Wert verliehen hatte.

Während sie in Saint-Justs kaltes Gesicht blickte, wurde sie von der tiefen Einsicht überwältigt, wie wichtig es war, den König zu retten. Es traf vermutlich zu, daß er ein dummer, feister Despot war, noch dazu völlig unfähig, sein Land zu regieren, aber er war ein Mensch, er hatte Gefühle. Er liebte seine Frau und seine Kinder. Seine Schwächen, so sehr sie zu beklagen waren, schienen doch wenigstens allzu menschliche Schwächen zu sein.

War sie denn allein mit dem, was sie dachte? Oder empfanden alle diese Leute, wie sie dicht an dicht in ihren dampfenden Mänteln und regennassen Stiefeln um sie herumstanden, das gleiche unaussprechliche Entsetzen, das Saint-Justs Vision bei ihr auslöste? Das konnte doch unmöglich die Zukunft sein, die sie wollten? Oder von der sie dachten, daß sie sie wollten?

Madame de Staël fiel ihr ein. Sie erinnerte sich an ihren Witz und die vielen Gespräche, die endlosen, lebhaften Diskussionen, die mit ebenso viel Emphase wie Gelächter ganze Nächte hindurch geführt wurden. Es mochte wohl sein, daß sie dabei die Tausende von Menschen vergaßen, die nur wenige Straßen von ihren schönen Häusern entfernt an Kälte und Hunger litten. Aber sorgten sich Saint-Just und seinesgleichen denn mehr um die Bedürftigen?

Sie lenkte ihre Aufmerksamkeit zurück aufs Podium. Saint-Just sprach schon wieder von Blut. Er schien geradezu besessen von diesem Thema. Es war ekelerregend.

Doch der Abscheu, den sie empfand, rührte zum Teil daher, daß sie den Durst nach Rache furchtbarerweise nur zu gut verstand. Sie wäre jetzt nicht hier, hätte sie nicht Georges Coigny bei der Nationalgarde angezeigt, um Vergeltung für seine vermeintliche Schuld am Tod ihres Kindes zu üben. Nur zu gut konnte sie sich an ihre Gefühle damals erinnern, den rasenden Haß, der sie Tag und Nacht umtrieb, auch wenn ihr Körper und Geist noch so erschöpft waren. Es hatte nichts gegeben, was sie nicht getan hätte, wenn es nur dazu diente, Georges zu vernichten.

Heute schämte sie sich dessen mehr als je zuvor. So hatte sie nie sein wollen: zerstörerisch, verzehrt von Rachedurst und Wut, jemand, der alles schändete, was er nur anfaßte, und Unglück und Verderben um sich verbreitete, als trüge er die Pest in sich. Solche Menschen zogen nichts als Haß, Angst oder Mitleid auf sich ... aber niemals Liebe. Sie waren außerstande, zu geben oder etwas Gutes zu vollbringen.

Saint-Just schien all das zu verkörpern.

Sie beobachtete ihn, wie er endlich, begleitet von tosendem Applaus, seinen Platz am Rednerpult verließ. Nicht einmal jetzt lächelte er.

An seine Stelle trat die hünenhafte Gestalt Dantons, der das genaue Gegenteil seines Vorredners darstellte. Alles an ihm, seine weitausladenden Gesten, sein überschäumendes Temperament, sein Lachen, sein Appetit und die Schlichtheit seiner Wortwahl strahlte Wärme und Lebensfreude aus. Er war so bodenständig wie ein Bauerngarten und erreichte ohne Umwege die Herzen der Menschen.

Célie wäre gern hinausgegangen, um in den anderen Räumen nach Renoir zu suchen, aber sie konnte keinen Schritt tun, ohne jemandem auf die Füße zu treten. Wenn sie sich durch die Menge drängte, würde sie allgemeine Unruhe verursachen, und möglicherweise könnte sich später jemand an sie erinnern.

Also konnte sie sich auch genausogut entspannen und zuhören. Sie betrachtete Danton eingehend und fragte sich, was für ein Mensch er war, wie er wohl als Freund oder Ehemann sein mochte. Bernave hatte erwähnt, daß er seine Frau, eine hübsche, freundliche Gastwirtstochter und gläubige Katholikin, über alles liebte. So zärtlich hatte die Stimme Bernaves geklungen, als erinnere diese Frau ihn an jemand anderen. Danton hatte zwei Söhne. Das machte ihn glaubwürdig – er war jemand, der mitten im Leben stand und wußte, wovon er redete, ganz im Gegensatz zu Saint-Justs inhaltsleeren Träumen und Fabre d'Églantines schwülstiger Rhetorik.

Die Leute um sie herum wirkten nun ebenfalls gelöster; sicher weil hier ein Mann sprach, den sie verstanden. Die Atmosphäre wurde ungezwungener. Die Zuhörer trauten sich auf einmal, einander zustimmende Blicke zuzuwerfen und hier und da sogar zu lächeln. Jetzt fürchteten sie sich nicht länger vor den eigenen Gedanken.

Célie fragte sich im stillen, wie Danton wirklich über den König dachte. Hatte er versucht, ihn zu retten? Wäre er auch jetzt noch dazu bereit, sofern er dabei nicht den eigenen Kopf riskierte? Er verlor kein Wort über Blut und Tod, sondern widmete sich realen, vernünftigen Dingen: Lebensmittel, Stiefel und Waffen für das Heer in Belgien.

Irgendwo in der Menge fiel der Name Marat, und aufgebrachtes Gemurmel erhob sich, ohne daß man sagen konnte, gegen wen sich der Unmut richtete. Unruhe begann sich im Raum auszubreiten, die selbst Dantons kraftvolle Stimme nicht zu übertönen vermochte. Einige Leute traten voller Anspannung von einem Fuß auf den anderen, als wollten sie lieber losgehen und etwas unternehmen, als immer nur zuzuhören. Zwischen den dichtgedrängten Leibern wurde es heiß und stickig. Célie, völlig eingeklemmt, bekam kaum noch Luft.

Danton ergoß Spott und Hohn über die Unfähigkeit der girondistischen Regierung, die die Truppen hungrig, schlecht gekleidet und ohne Waffen an die Front geschickt hatte. Sein Zorn wuchs zusehends: das große, runde Gesicht war wutverzerrt. Er brüllte, eine Hand zu einer Faust von der Größe eines Schinkens geballt, als wolle er jemanden schütteln. Hätte er damit zum Schlag ausgeholt, er hätte einen Ochsen niederstrecken können.

Rings um Célie wurde aufgeregt geflüstert, vielleicht waren die Leute aber auch nicht einverstanden mit dem, was sie da zu hören bekamen. Begriffen sie überhaupt, daß Danton vom Krieg gegen Frankreich sprach, von einem bestialischen Krieg, in dem Soldaten ihr Leben ließen, in dem Belgier, Preußen und Österreicher ungehindert französischen Boden betraten und französische Städte besetzten? Machten sie sich überhaupt ein Bild von den Plünderungen, den abgebrannten Häusern, den Flüchtlingen, den Toten? Danton hatte es mit eigenen

Augen gesehen. Noch vor ein oder zwei Tagen war er mitten im Kriegsgeschehen in Belgien gewesen.

Und wenn sie den König hinrichteten, würde sich auch noch England auf sie stürzen, vermutlich unterstützt von spanischen Truppen an der Grenze im Süden – sahen sie das denn nicht?

Unbewußt ballte auch sie ihre Hände zu Fäusten.

Danton schloß seine Rede, und sie drehte sich um und versuchte, sich zur Tür vorzuarbeiten. Schweigend schob sie sich durch die Menge. Doch noch ehe sie den Ausgang erreichen konnte, war Robespierre, penibel gekleidet wie immer, ans Rednerpult getreten, und Célie saß wieder fest. Die allgemeine Unruhe und das Scharren der Füße hörte auf.

Leise begann Robespierre zu sprechen, und die Leute neben Célie beugten sich vor, um besser zu hören. Seine Stimme war heiser und gedämpft, als rede er mit ein paar Freunden in seinem Wohnzimmer und nicht vor einem großen Publikum. Doch seine Ausdrucksweise war hochtrabend und völlig unpersönlich. Unvorstellbar für sie, mit irgendjemand, den sie kannte, so umzugehen.

Sie beobachtete, wie er sich leicht über das Rednerpult beugte, seine grüngetönten Augengläser über die Stirn nach oben schob und sich im Raum umsah.

»Mein Freund Danton spricht von Nahrungsmitteln und Bekleidung für unsere Truppen in Belgien, und er tut recht daran, sich um sie zu sorgen, wie auch wir das tun«, eröffnete er seine Rede in gewohnt präziser Sprechweise. »Und ich möchte den sehen, der zu behaupten wagt, daß sein Interesse auch nur im geringsten oberflächlicher oder unwürdiger Natur wäre oder daß er von selbstsüchtigen Motiven, dem Wunsch nach persönlichem Gewinn, der Neigung, sich fleischlichen Genüssen oder der Freude an schönen Besitztümern hinzugeben, beeinflußt würde. Alle, die das sagen, sind

Lügner – und schlimmer, sie sind üble Verbrecher, deren ausgemachtes Ziel es ist, einen der standhaftesten Verbündeten der Revolution in Mißkredit zu bringen, einen der Architekten unserer großartigen, neuen Republik, die wir errichten werden ...« Er hielt blinzelnd inne, und alle atmeten auf, in der Annahme, er sei fertig.

Unvermittelt fuhr er jedoch fort und schloß seinen noch unvollendeten Satz. »... auf der Asche der Sünden der Vergangenheit, reingewaschen durch die Taufe des Blutes.«

Er holte Luft und schwenkte seine kleinen Hände mit den abgebissenen Nägeln. »Jene, die sagen, Danton zeche mit Gunstgewerblerinnen, Soldatenkokotten und ähnlichem lockerem Weibsvolk, die kennen ihn nicht, so wie ich ihn kenne.« Er stach mit dem Finger in die Luft. »Sollen sie sich doch namentlich vorstellen und hier, von diesem Podest aus, ihre infamen Anschuldigungen wiederholen, damit wir alle beurteilen können, was davon zu halten ist.« Wieder unterbrach er sich und ließ seinen Blick durch den Raum schweifen. Niemand bewegte sich – alle starrten wie gebannt in seine hypnotisierenden Augen. »Seht Ihr!« rief er triumphierend aus. »Nicht einer wagt es, solch verleumderische Äußerungen in meiner ... in unserer Gegenwart zu wiederholen!«

Stille. Man hätte eine Stecknadel zu Boden fallen hören können. Neben Célie rang ein alter Mann ächzend nach Atem.

»Doch wir dürfen nicht unser wahres Ziel aus den Augen verlieren, nämlich eine reine, neue Gesellschaft«, setzte er plötzlich seine Rede fort. »Gegründet auf die Tugend des Volkes, jener hart arbeitenden Männer und Frauen, die uns ihr Vertrauen geschenkt haben ...« Endlose, ineinander verschlungene Sätze ergossen sich aus seinem Mund, einer abstruser als der andere und so voller Kunstpausen, daß es unmöglich war, dem Inhalt zu folgen. In regelmäßigen Abständen flocht er die Wörter »Tugend«, »Blut«, »Reinheit« und »Hoffnung« ein.

In Célie wuchs das beklommene Gefühl, daß Robespierre bei allen Beteuerungen seiner Loyalität und Bewunderung mehr Argwohn gegenüber Dantons wahren Beweggründen erzeugt als erstickt hatte. War das Ungeschicklichkeit oder Absicht?

Endlich hatte er seine Rede beendet, und Célie wollte gehen. Ehe der nächste Redner an das Pult treten konnte, wandte sie sich an den Mann, der sie hereingeführt hatte.

»Habt Ihr Bürger Renoir irgendwo gesehen?« fragte sie ihn.

»Nein.« Er schüttelte den Kopf. »Nein, es sieht nicht so aus, als wäre er hier.«

»Dann werde ich in den anderen Räumen nach ihm suchen müssen. Wenn Ihr mir vielleicht sagen würdet, wo ich es sonst noch versuchen könnte, wäre ich Euch sehr verbunden.« Sie mußte ihn unbedingt finden. Vielleicht hatte er Bernave lange und gut genug gekannt, um zu wissen, auf welcher Seite er gestanden hatte. Sie hatten einander in Gelddingen und der Beurteilung von Geschäften vertraut, und möglicherweise hatte Bernave ihn ja auch in dieser Sache ins Vertrauen gezogen. Insgeheim hoffte sie sogar, daß Renoir vielleicht wußte, wer die Stelle des Königs einnehmen sollte … womöglich war er es selbst?

Der Mann neben ihr bahnte sich einen Weg nach draußen. Célie folgte ihm, sich mit Hilfe ihrer Ellbogen durchzwängend, und trat hinaus auf den Flur, wo es zwar kälter, die Luft aber sehr viel besser war.

»Ich muß zu Bürger Barbaroux«, entschuldigte er sich. »Aber versucht es doch einmal hier.« Er deutete in eine Richtung, und sie dankte ihm und wandte sich dorthin.

Einige Meter vor ihr stand dicht zusammengedrängt ein kleines Grüppchen von Männern, die mit so gedämpften Stimmen sprachen, daß sie sich anstrengen mußte, um etwas aufzuschnappen.

»Ich komme gerade aus dem Norden«, sagte einer von ihnen in eindringlichem Ton. »Die Nachrichten aus Österreich sind verheerend. Ich habe Soldaten gesehen, die in entsetzlichem Zustand waren, zerlumpt und in Stiefeln, die ihnen in Fetzen von den Füßen fielen. Man sagt, an allen Fronten herrsche das reine Chaos. Überall nichts als Schlamm. Niemand weiß, wie es weitergehen soll. Sie warten verzweifelt auf Order aus Paris und verstehen nicht, warum man sie im Stich läßt.«

Ein anderer lachte höhnisch auf, aber niemand erwiderte etwas. Es waren nichts als blanke Tatsachen, und denen war nichts hinzuzufügen.

»Was ist mit Danton?« fragte ein anderer. »Er war an der belgischen Front. Er weiß, wie es dort zugeht. Alle anderen machen sich nicht die leiseste Vorstellung. Könnten wir ihn nicht dazu bewegen, etwas zu unternehmen?«

»Von wegen Front!«, schnaubte der erste verächtlich. »Er war in Brüssel, wo er Paläste und Kirchen geplündert hat. Ganze Wagenladungen mit Tafelsilber, Gobelins und Leinen sind nach Paris unterwegs! Auf den österreichischen und preußischen Schlachtfeldern gibt es keine Beute zu machen. Wir verlieren! In Kürze werden Franz Josefs Soldaten und Minister hier eintreffen, um Frankreichs Gold und Silber nach Wien zu transportieren.«

Zwei Abgeordnete erschienen am anderen Ende des Ganges, und die Männer verfielen in jähes Schweigen.

Célie trat auf die Gruppe zu.

»Entschuldigt, Bürger.«

Alle drehten sich gleichzeitig zu ihr um, und die Verärgerung, die eben noch auf ihren Gesichtern gestanden hatte, war wie weggewischt. »Habt Ihr Euch verlaufen, Bürgerin?«

»In gewisser Weise.« Sie zwang sich zu einem Lächeln und hoffte, daß ihr ihre Nervosität nicht anzumerken war. »Ich bin auf der Suche nach Bürger Renoir, aus Compiègne. Ich habe ihm eine Nachricht zu überbringen.«

»Kennt Ihr ihn denn nicht?«

»Nein. Die Nachricht ist von jemand anderem ... der krank ist. Könnt Ihr mir sagen, wo ich ihn finden kann?«

»Wie sieht er denn aus?«

Sie konnte es nicht sagen. Mehr von Ahnung als Wissen geleitet, konnte sie nur raten. Wenn er tatsächlich der Mann sein sollte, den Bernave als Stellvertreter für den König vorgesehen hatte, würde diese Beschreibung zutreffen.

»Um die fünfzig vielleicht, eher klein, ein wenig ... füllig ...«

»Ja, dann weiß ich, wen Ihr meint.« Einer der Männer reckte den Hals. »Es ist mit Sicherheit nicht Charles Renoir, den Ihr sucht, denn der ist sehr groß. Ihr meint den anderen Renoir ...«

»Ja, Joseph Renoir«, bestätigte sie. »Ob Ihr mir wohl sagen könnt, wo er ist?«

Er zeigte um die Ecke herum auf eine Treppe, die in die oberen Stockwerke führte.

Oben angekommen, traf sie auf einen weiteren Kreis von Männern, die in ein Gespräch vertieft waren. »Ich bitte um Verzeihung – ich möchte zu Bürger Renoir.«

Einer der Männer drehte sich zu ihr um. »Was wollt Ihr von mir?«

»Bürger Joseph Renoir?« Ihr Herz sank. Er besaß so gut wie keine Ähnlichkeit mit den Bildern, die sie vom König gesehen hatte. Zwar war er breitschultrig und hatte einen eindrucksvollen Brustkorb, aber von Korpulenz konnte keine Rede sein, und seine Gesichtszüge waren grob und kräftig. Eine Verwechslung mit Louis Capet und dessen langer Nase und weichlichem Gesicht war völlig ausgeschlossen.

»Ja.« Er wandte sich um und kam auf sie zu. »Was kann ich für Euch tun, Bürgerin?«

»Kann ich mit Euch unter vier Augen sprechen? Was ich Euch zu überbringen habe, ist etwas delikater Natur.«

Er schrak sichtlich zusammen. »Es ist nichts Persönliches, Bürger!« versicherte sie ihm. »Es geht um geschäftliche Dinge, aber ich könnte mir vorstellen, daß Ihr es vorzieht, sie vertraulich zu behandeln. Ich arbeite für Bürger Bernave.«

»Oh! Ja, ich verstehe. Natürlich. Ich bin sicher, wir finden ein etwas ruhigeres Plätzchen.« Er entschuldigte sich bei den anderen und führte sie einen Gang entlang in einen Winkel, in dem niemand stand. »Also, worum geht es, Bürgerin?«

Soweit es das spärliche Licht, das die Fackeln an der Wand spendeten, erlaubte, betrachtete sie forschend sein Gesicht. Sie konnte kein Zeichen von Trauer oder Angst erkennen, aber er war sichtlich auf der Hut. Ja, er wirkte mißtrauisch. Ihrem Eindruck nach war seine Geduld begrenzt. Auf seiner linken Wange verlief eine Narbe, die nach einem Schnitt von einer Klinge aussah. Hatte er sich die auf dem Schlachtfeld oder bei einem Kampf auf der Straße zugezogen?

»Bürger Bernave ist tot.«

Seine Augen weiteten sich vor Überraschung. »Bernave tot? Das wußte ich nicht. Als ich das letztemal von ihm hörte, war er noch wohlauf. Das tut mir leid.«

Das war nicht die Reaktion, die sie erwartet hatte. Warum war er nicht geschockt oder entsetzt oder gar aufgeschreckt?

»Er wurde ermordet«, setzte sie brüsk hinzu.

Damit hatte er sichtlich nicht gerechnet. »Armer Bernave«, murmelte er und biß sich auf die Lippe. »Ich hätte es kommen sehen müssen.«

»Wieso?« In dem Moment, in dem sie das Wort ausgesprochen hatte, wußte sie, daß sie sich zu weit vorgewagt hatte. Schließlich hatte sie ihm gesagt, daß sie Bernaves Bedienstete war. Was ihr nicht das Recht gab, solche Fragen zu stellen. Vielleicht würde er ja annehmen, daß sie sich in einem Zustand von Schock und Angst befand? Sie mußte versuchen, sich verängstigter und verletzlicher zu geben.

Er schüttelte den Kopf. »Gefährliche Zeiten.«

Diese Antwort brachte sie nicht weiter. Sie blinzelte, als kämpfe sie mit Tränen.

»Am Ende werden wir noch alle getötet!« rief sie aus. »Bürger Bernave ist in seinem eigenen Haus erstochen worden! Von jemandem, der mit im Haus wohnt ...« Das müßte ihn doch eigentlich aus seiner philosophischen Stimmung aufrütteln!

Er hob die Augenbrauen. »Wirklich?« Aber noch immer zeigte er kein Anzeichen wahrer Bestürzung. »Armer Bernave.«

Sie starrte Renoir an und versuchte, ihn zu verstehen.

»Es tut mir leid, daß ich Euch solche Neuigkeiten überbringen muß, Bürger. Die Geschäftsunterlagen liegen bei uns. Ich weiß nicht, ob Ihr etwas davon benötigt, aber natürlich ist noch die Nationalgarde im Haus, die niemanden hinausläßt, solange nicht die Tatwaffe und der Mörder gefunden sind – außer Amandine, die Köchin, und mich, um die Einkäufe zu erledigen. Denn essen müssen wir ja schließlich.«

Dieses Mal betrachtete er sie etwas eingehender. In seinem Blick lag immer noch eine Spur von Erstaunen und vielleicht sogar so etwas wie Trauer.

»Armer Bernave«, wiederholte er. »Was für eine absurde Art, zu sterben.«

Sie hielt sich an dem einzigen roten Faden fest, von

dem sie dachte, daß er ihr Hiersein rechtfertigen könnte. »Madame Lacoste ordnet nun die Geschäftspapiere. Sein Anteil am Geschäft fällt jetzt an Marie-Jeanne.«

»Richtig – seine Tochter! Natürlich.« Er nickte, und das Licht der Fackel fiel auf sein Gesicht. »Aber das Geschäft gehört ihr nun ganz, nicht zum Teil. Ich bin schon seit über einem Jahr nicht mehr Teilhaber.«

Nun war es an ihr, überrascht zu sein. »Wirklich? Das ... das wußte ich nicht.« Sie überlegte fieberhaft. »Gibt es jemand anderen, dem ich Bescheid sagen sollte?«

Belustigt sah er sie an. »Nein. Nur ein Wahnsinniger würde es mit Bernave aufnehmen. Er brauchte auch niemanden mehr. Ein Verrückter, aber ausgesprochen geschäftstüchtig. Kannte sein Metier in- und auswendig.«

»Und Ihr ... hattet nichts dagegen?« Es war dreist von ihr, das zu fragen, doch sie bemühte sich, anteilnehmend zu klingen und sich ihre bittere Enttäuschung nicht anmerken zu lassen. Ihr wurde bewußt, wieviel sie sich von ihm erhofft hatte, und daß nichts davon eintreten würde. Es war nicht im Traum daran zu denken, daß er den König ersetzen könnte, und so wie die Dinge lagen, schien er mit Bernave gebrochen zu haben, ohne irgend etwas Hilfreiches zu wissen.

»Ich? Nein, gar nicht. Wir waren jahrelang gute Partner – seit er aus dem Gefängnis gekommen war. Er hatte einen scharfen Verstand und die guten Ideen, ich hatte das Geld und die Verbindungen.«

Sicher hatte sie ihn falsch verstanden. »Sagtet Ihr eben etwas von ›Gefängnis‹?«

Er betrachtete sie mit schiefem Lächeln. »Wußtet Ihr das nicht? Nun ja, das spielt nun wohl kaum noch eine Rolle. Es hat schon einmal jemand nach ihm gefragt. Ich dachte, inzwischen sei das allgemein bekannt. Ja, als ich ihn das erstemal traf, war er gerade seit ein paar Tagen auf freiem Fuß. Hatte nichts als die Kleider, die er am Leib trug, seinen Verstand und seine Courage. An Courage mangelte es ihm wahrhaftig nicht.«

Sie versuchte trotz des Knotens in ihrem Hals zu sprechen, während ihr Herz so heftig schlug, daß sie dachte, es könnte ihm nicht entgehen.

»Weshalb war er im Gefängnis?«

»Vergewaltigung. Fünfzehn Jahre ungefähr.«

Sie konnte es nicht fassen. Nicht Bernave! Das paßte überhaupt nicht zu dem Mann, den sie gekannt hatte. Es war schlicht unvorstellbar. Er mußte die Zweifel in ihrem Gesicht bemerkt haben.

»Er war schuldig. Hat es nie geleugnet.« Mit einem Ausdruck von Abscheu zuckte er leicht mit einer Schulter. »Ein vierzehn Jahre altes Mädchen. Soll eine Schönheit gewesen sein. Die Tochter eines wohlhabenden Mannes.« Mit leiser Stimme fuhr er fort, als rührte ihn ihr Schicksal immer noch. »Sie bekam ein Kind. Ihr Leben war damit ruiniert. An eine standesgemäße Heirat war danach nicht mehr zu denken. Die Familie war zutiefst beschämt, als sei die Tochter beschmutzt und als seien alle von der Schande gebrandmarkt. Ich weiß nicht, was aus ihr wurde. Irgendein Orden hat sie, glaube ich, aufgenommen.«

Sie konnte ihren Blick nicht von seinem Gesicht wenden. Einen Moment lang schien der Gang, auf dem sie standen, aufzuhören zu existieren. Alles reduzierte sich auf das, was im Licht der Fackel zu erkennen war. Die Tragödie und die Schuld, von der Renoir ihr berichtete, waren so schauderhaft, daß sie nicht einmal an Bernaves Namen denken konnte, ohne ohnmächtige Wut zu spüren. Alles, wofür sie ihn gehalten hatte, war falsch gewesen – eine Maske, hinter der sich das blanke Grauen verbarg.

»Bernave kam ins Gefängnis«, fuhr er fort. »Fünfzehn Jahre oder länger. Ich glaube, er wußte es selbst nicht mehr genau. Eine höllisch lange Zeit. Die meisten wären als gebrochene Menschen herausgekommen.«

Sie wollte etwas sagen, fand aber keine Worte, um der Verwirrung ihrer Gefühle Ausdruck zu verleihen. Und in Renoirs Gegenwart fühlte sie sich zusätzlich verwundbar. Wie hatte Bernave, der empfindsame, kluge, leidenschaftliche Mann, den sie gekannt hatte – und wieviel Leidenschaft hatte er gezeigt: für die Rettung des Königs, um Krieg und Chaos und Hunger zu verhindern, aber auch für seine Bücher und alles, was für Geist und Schönheit stand! – wie hatte solch ein Mann eine derartig bestialische, unglaublich selbstsüchtige Tat begehen können? Es war einfach undenkbar, daß ein Mann sich nicht darüber im klaren war, was er einem Mädchen damit antat.

Renoir blickte sie aufmerksam an. »Ihr wußtet es nicht? Das tut mir leid. Aber was spielt es jetzt noch für eine Rolle? Bernave ist tot. Damit ist es vorbei.«

Und ob es noch eine Rolle spielte! Und was für eine! Wer sagte, daß sich dadurch nicht alles änderte? Wenn Bernave zu solch einer Untat imstande gewesen war, dann war ihm alles zuzutrauen. Sie allesamt an die *Commune* zu verraten, war nichts im Vergleich zu dem, was er damals getan hatte. Und einen Verrat hätte er sogar noch mit seiner politischen Überzeugung begründen können.

Und da war noch etwas. Renoir hatte erwähnt, daß sich jemand nach Bernave erkundigt hatte. Wer? Sie beschlich die ebenso plötzliche wie schreckliche Ahnung, daß es Saint-Félix gewesen sein konnte. Sie hatten sich von früher her gekannt. Hatten sie sich damals, im Gefängnis, getroffen?

»Wer … wer war es, der sich ebenfalls dafür interessiert hat?« Ihre Stimme klang heiser.

Geringschätzig schob er seine Unterlippe vor. »Ich weiß es nicht. Der Betreffende hat sich nicht bei mir erkundigt. Das ist alles Vergangenheit und liegt viele Jahre zurück.«

»Und Euch hat es nie gestört?« fragte sie unwillkürlich.

Er lächelte mit schiefem, zu einer häßlichen und zugleich komischen Grimasse verzogenem Gesicht. »Ich nahm den Mann, wie er war, als ich ihn kennenlernte. Das war vor zehn oder zwölf Jahren. Er war intelligent und ehrgeizig. Ich hatte Geld und keine Ahnung, was ich damit tun könnte, um mehr daraus zu machen. Wir waren ein gutes Gespann, und – das sage ich ganz ehrlich – ich mochte ihn gut leiden. Was er früher getan hatte, ging mich nichts an. Mir gegenüber hat er sich immer anständig benommen.«

»Aber Ihr habt Euch aus dem Geschäft zurückgezogen«, sagte sie herausfordernd.

»Erst als er anfing, sich um Politik zu kümmern. Das hatte nichts mit Handel oder Geldverdienen zu tun. Wer klug ist, hat seine Ohren überall und versucht, über alles Bescheid zu wissen, aber sagt so wenig wie möglich.«

»Ist das der Grund, weshalb Ihr hier seid?« gab sie zurück. »Nur um zuzuhören?«

»Ja ... und um nichts zu sagen, es sei denn, um den richtigen Leuten nach dem Munde zu reden.«

»Dann solltet Ihr Euch schnellstens Robespierres Ansichten anschließen!«

»Das habe ich, Bürgerin«, erwiderte er leise und klang mit einemmal verbittert. »Und Ihr solltet besser nach Hause gehen und Euch um Eure Arbeit kümmern, anstatt andere Leute über Verstorbene auszufragen.«

Hitze stieg ihr ins Gesicht. Sie mußte weg hier. Im Jakobinerklub war es zum Ersticken. Dagegen waren sogar der Wind und der Regen draußen auf der Straße vorzuziehen. Sie mußte zu Georges, mußte ihm sagen, was sie erfahren hatte. Diese Neuigkeit konnte alles wieder über den Haufen werfen. Es gab niemanden, dem sie trauen durften.

»Danke ... Bürger«, sagte sie schroff. »Ihr wart sehr freundlich. Verzeiht, wenn ich unhöflich war.«

Mit einem Achselzucken signalisierte er, daß die Angelegenheit damit für ihn erledigt wäre und wandte sich genau in dem Moment zum Gehen, als eine Gruppe ernsthaft dreinschauender junger Männer, die alle gleichzeitig redeten, die Treppe heraufkam.

Die eisige Luft auf der Straße traf Célie wie eine Ohrfeige, brannte auf ihrer Haut und ließ sie nach Luft ringen. Sie zog ihr Umschlagtuch enger um Hals und Schultern und lief so schnell, wie es das rutschige Kopfsteinpflaster und das wenige Licht aus den Fenstern der Häuser und von den vereinzelten Fackeln anderer Passanten zuließ. Die Luft roch nach Rauch und Teer.

Rufe erklangen. Hier und da hörte sie das Krachen einer Muskete, wenn Nationalgardisten wieder einmal gegen gewalttätige Übergriffe im Osten der Stadt vorgehen mußten.

Sie erreichte den Fluß. Wie ein riesiges Band, gewoben aus undurchdringlicher Dunkelheit, lag er unter ihr, als sie den Pont Neuf überquerte. Man konnte das schmatzende, gurgelnde Geräusch des eiskalten Wassers an den Brückenpfeilern hören.

Etwa hundert Meter weiter ostwärts spiegelten sich Fackeln in tanzenden, roten Lichtpunkten auf dem gekräuselten Wasser.

Eine Dreiviertelstunde später tastete sie sich durch das stockfinstere Treppenhaus zu Georges' Dachzimmer und klopfte an die Tür.

Niemand antwortete. Schlief er? Eigentlich war es noch zu früh, aber wenn man in Kälte und Dunkelheit buchstäblich als Gefangener lebte, wäre es nicht verwunderlich. Sie hätte Kerzen und etwas zu essen mitbringen sollen, aber sie hatte es nicht gewagt. Kerzen waren leicht nachzuzählen. Madame Lacoste wußte mit Sicherheit genau, wie viele sie noch hatten. Außerdem wären sie auch bei einer oberflächlichen Untersuchung sofort gefunden worden.

Sie klopfte nochmals, diesmal energischer.

Immer noch keine Antwort.

Irgend etwas stimmte da nicht. Sie begann, mit der flachen Hand gegen die Tür zu schlagen.

Stille. Nicht das kleinste Geräusch.

Ihr Herz klopfte so wild, daß sie tief durchatmen mußte, um die Gewalt über sich zu erlangen, um nicht in Panik zu geraten. Wo konnte er nur sein? War er krank? Verletzt? War er weggegangen, und wenn ja, warum? Wo war er?

Bevor sie wußte, was sie tat, hämmerte sie wieder gegen die Tür. Hastig ließ sie ihre Hand fallen. Sie machte viel zuviel Lärm. Mit flauem Gefühl im Magen lehnte sie sich gegen die Wand.

Georges! Wo war er nur?

Hatte Bernave ihn tatsächlich denunziert? Waren sie gekommen und hatten ihn verhaftet? Würde sie es jemals erfahren? Er konnte überall sein! Vielleicht saß er schon in einem der Gefängnisse der *Commune* ... und morgen erwartete ihn die Guillotine. Er konnte tot sein, und sie würde niemals Gewißheit erlangen, hätte nie die kleinste Chance gehabt, ihm zu helfen!

Wohin konnte sie sich wenden? Wen konnte sie um Rat fragen?

Niemanden.

Sie fühlte, wie ihr heiße Tränen in die Augen schossen. Dieser Schmerz war mehr, als sie ertragen konnte. Was, wenn er tot war, wenn dieses Leben voller Mut, sein Lächeln, sein Witz und seine Zuversicht einfach so zerstört worden waren? Wie sollte sie das Amandine beibringen? Sie hatte schon so viel Angst um Saint-Félix gelitten, daß sie darunter womöglich endgültig zerbräche.

Georges hatte immer schon einen besonderen Platz in ihrem Herzen eingenommen. Er war das letzte Bindeglied zu einer wunderschönen, glücklichen Vergangenheit.

Und Célie – wie sollte sie selbst darüber hinwegkommen? Sie fühlte sich, als seien ihr Dunkelheit und Kälte bis ins innerste Mark gekrochen. In ihrem ganzen Leben hatte sie sich noch nicht so verlassen gefühlt. Wem sonst sollte sie jetzt von Bernave erzählen? Wer sonst würde sie verstehen, würde sich genauso erschüttert und verletzt fühlen wie sie? Wer sonst wäre dann noch für sie da?

Während sie zusammengekauert auf den Stufen saß, verlor sie jedes Gefühl für Zeit. Ihr Körper wurde immer steifer und ihre Hände und Füße immer gefühlloser, aber sie bemerkte es kaum. Alles, was sie empfinden konnte, war die schreckliche Leere in ihr, das Gefühl von Verlorenheit und die Sorge um Amandine. An sich selbst zu denken, wagte sie nicht.

Als sie das Geräusch nahender Schritte und das Knarren von Holz endlich wahrnahm, war es zu spät, um zu fliehen. Wer immer da heraufkam, war bereits auf demselben Treppenteil, auf dem sie saß. Sie kamen zurück! Die Nationalgarde – oder wer auch immer Georges verhaftet hatte. Sie kamen zurück, um nachzusehen, was oder wen sie noch aufspüren konnten.

Wenn sie sie dahin mitnahmen, wo Georges war, konnte sie ihm vielleicht noch irgendwie helfen!

Nein, was für ein unsinniger Gedanke. Es gab niemanden, der etwas gegen die *Commune* ausrichten konnte. Georges stand auf allen Fahndungslisten – woran sie schuld war.

Das war es! Sie brauchte ihnen nur zu sagen, daß sie gelogen hatte, und warum. Das war die einzige Möglichkeit, ihn zu retten und ihren furchtbaren Fehler wiedergutzumachen. Und dann würde man sie hinrichten lassen …

Mit zitternden Knien stand sie vorsichtig auf. Ihre

Füße waren in der verkrampften Stellung und vor Kälte völlig taub geworden. Alles, was sie tun konnte, war, nicht laut loszuweinen und sich aufrechtzuhalten.

Warum blieb es dunkel? Hatten sie denn keine Fackeln dabei?

Das Holz knarrte, sie waren nur noch ein oder zwei Meter entfernt ... Dann fühlte sie, daß jemand unmittelbar neben ihr stand.

Hatte man sie bemerkt?

Im nächsten Moment fiel jemand fast über sie. Ein Mann packte sie, hielt sie mit festem Griff und zog vor Überraschung scharf den Atem ein. Sie konnte ihn riechen, seine Haut, seine Wärme, spürte den Stoff seines Ärmels an ihrem Gesicht, seine rauhe Wange.

»Célie!«

»Georges?« Sie schnappte nach Luft und schluchzte vor Erleichterung und Freude auf. Tränen liefen ihr übers Gesicht. »Georges!« Freude mischte sich mit Zorn. »Wo bist du gewesen?« verlangte sie zu wissen, schluckte heftig und schniefte.

Er hielt sie immer noch fest, als ob sie fallen könnte, wenn er sie losließe. Hatte er die Tränen auf ihrem Gesicht entdeckt? Auf keinen Fall durfte sie sich anmerken lassen, was in ihr vorgegangen war. Sie würde sich in Grund und Boden schämen. Alles wäre dann verändert ...

»Komm rein«, flüsterte er, seine Lippen dicht an ihrem Ohr.

Mühsam gelang es ihr, die Fassung wiederzugewinnen. Glücklicherweise würde es im Zimmer so dunkel sein, daß er weder ihren Gesichtsausdruck sehen konnte, noch daß sie wie Espenlaub zitterte. »Ich muß dir unbedingt etwas sagen!«

»Was ist geschehen?« Er hielt inne, die Hand auf dem Türgriff, dumpfe Befürchtungen waren seiner Stimme anzuhören. »Hast du Renoir getroffen?« Obwohl er sich bemühte, ganz ruhig zu sprechen, konnte sie seine Nervosität fühlen, die Vorahnung von Gefahr und Bedrohung. Er stieß die Tür auf und führte sie ins Zimmer, dann schloß er die Tür hinter ihnen und tastete sich vor, um einen Kerzenstummel zu finden und ihn anzuzünden. Der Raum war eiskalt.

»Was ist los?« fragte er wieder. »Was ist passiert?«

»Ich habe mit Renoir gesprochen.« Sie versuchte, ihrer Stimme nichts anmerken zu lassen, aber die Tränen saßen ihr wie ein Kloß im Hals. Die Erleichterung, daß Georges wohlauf war, seine Stimme zu hören, ihn so nahe zu wissen, daß sie nur die Hand ausstrecken brauchte, um ihn zu berühren, den rauhen Stoff seiner Jacke und seine Wärme zu spüren, machte sie ganz benommen. Mit den Worten, die sie hervorstieß, machte sie allem Luft, was sich in ihr aufgestaut hatte: Angst, Enttäuschung, Wut und Unverständnis. »Renoir war nicht mehr sein Teilhaber. Er hat Bernave vor vielen Jahren kennengelernt. Damals stellte er Geld zur Verfügung, und Bernave hatte die Ideen. Aber dann löste er die Geschäftsbeziehungen, als Bernave anfing, sich zu sehr in die Politik einzumischen …«

»Moment mal!« Der Zunder hatte eine Flamme entzündet, die sich nun um den Docht schlängelte und stärker und heller brannte. Unter Georges Augen lagen tiefe Schatten, sein Kinn war mit Bartstoppeln übersät. »Nicht so schnell. Die Vergangenheit ist im Augenblick nicht von Interesse – wie steht es mit Renoir jetzt? Kann er uns weiterhelfen?«

»Und ob sie von Interesse ist! Von ihr … kann alles abhängen!«

Mit einemmal wurde ihm bewußt, wie aufgewühlt sie war. »Warum, Célie, was hat Renoir dir erzählt?« Er stellte den Kerzenhalter ab und ging zu ihr.

»Er sagte, daß seine erste Begegnung mit Bernave kurz nach dessen Entlassung aus dem Gefängnis stattfand … wo er wegen Vergewaltigung einer Vierzehnjährigen gesessen hatte.« Endlich war es heraus, und sie war nicht länger allein mit diesem furchtbaren Wissen. »Er hatte sie geschwängert. Ihre Familie verstieß sie. Er hat ihr ganzes Leben zerstört. Georges, wie konnte er nur … wie kann überhaupt jemand so etwas tun? Bernave war nicht … der Mann, für den ich ihn hielt! Ich weiß nicht das Geringste über ihn! Wie konnte ich nur tagaus, tagein mit ihm reden, ihm zuhören, Nachrichten für ihn überbringen und dabei nicht erkennen, was für ein Mensch er war?« Sie merkte, wie ihre Stimme immer brüchiger wurde, ganz zu versagen drohte.

Wie gern hätte sie Georges sagen hören, daß an all dem nichts Wahres sein könne, daß es gewiß eine Erklärung gebe, die alles wieder zurechtrücken würde. Sie fühlte sich wie ein Kind. Erwartungsvoll schaute sie ihn an, sah die Müdigkeit in seinem Gesicht, die Anspannung in seinen Gesichtszügen. Sie bemerkte es mit Schrecken. Alle Zuversicht und Sorglosigkeit war verschwunden. Er wirkte nicht weniger müde und verängstigt als alle anderen auch.

»Das ist noch nicht alles«, meinte sie bedrückt. »Renoir hat gesagt, daß sich noch jemand nach Bernave erkundigt hatte. Er wußte aber nicht, wer…«

Verzweifelt versuchte Georges, Sinn in die Sache zu bekommen.

»Du glaubst, es war Saint-Félix?«

Sie antwortete mit einem kaum merklichen Nicken, als könne sie den Tatsachen damit etwas von ihrer Härte nehmen.

»Erzähle Amandine nichts davon«, sagte er rasch. »Wenn du es irgendwie vermeiden kannst.«

Es war offensichtlich, wie nahe ihm das gehen würde. Amandine lag ihm sehr am Herzen. Was sie verletzte, traf auch ihn. Ein Blinder konnte das sehen.

Eine Woge heißer Eifersucht durchflutete sie. Niemand kümmerte sich um ihre eigenen verletzten Gefühle, um ihre Einsamkeit, niemand liebte sie so sehr, mit solcher Wärme und solch bedingungsloser Zärtlichkeit.

Dabei war es gerade seine Fürsorge für Amandine, was sie an ihm so besonders schätzte. Was wäre er ohne seine Fähigkeit, zu lieben. Würde sie es vorziehen, wenn er seine Gefühle an- und ausschalten könnte, wie es ihm gerade beliebte?

Sie versuchte, ihre eigenen Gefühle der Verlassenheit beiseite zu schieben.

»Nein, natürlich nicht«, antwortete sie. »Außerdem muß nicht notwendigerweise er es gewesen sein; jeder könnte sich nach ihm erkundigt haben.«

»Was hältst du davon?« fragte er ernst.

Sie wollte gerade das gleiche antworten wie am Tag zuvor, als sie innehielt. Überrascht stellte sie fest, daß er ihren Trost brauchte. Er hatte sich verändert, seit sie das letztemal hier zusammengesessen hatten. Aus irgendeinem Grund waren Hoffnung und Zuversicht von ihm gewichen. Dieser letzte Schlag schien beinahe zuviel für ihn zu sein. Es war das erstemal, daß sie ihn verwundbar erlebte – nicht körperlich, sondern aus Verwirrung und verletzten Gefühlen heraus, von denen er nicht wußte, wie er sie bewältigen sollte.

Sie wünschte sich nichts sehnlicher, als ihm etwas sagen zu können, das die Wahrheit war und ihm zumindest die Grundfesten seines verlorenen Glaubens wiedergeben könnte. Diese neue Situation machte sie noch einsamer als zuvor. Er war nicht mehr ihre Stütze, vermochte es nicht länger, ihr Mut zu machen. Nun war es an ihr, diese Rolle zu übernehmen.

»Ich könnte es verstehen, wenn jemand sich rächen wollte«, sagte sie und legte mehr Sicherheit und weit mehr Entschlossenheit in ihre Stimme, als sie empfand. »Hätte dieses Mädchen zu meiner Familie gehört, wäre es vielleicht meine Schwester gewesen, ich hätte Bernave ebenfalls umgebracht.«

»Das glaube ich dir aufs Wort«, erwiderte er und legte im selben Moment seine Hand auf ihre. Sie fühlte die sanfte Berührung seiner Finger, die genauso kalt waren wie ihre eigenen. »Es tut mir leid ... ich wollte dich nicht persönlich ...«, fügte er schnell hinzu.

»Ich weiß«, sagte sie. »Aber es stünde dir durchaus zu, es so zu meinen.« Noch nie zuvor hatte er ihre Rache für den Tod ihres Kindes erwähnt. Es war völlig gerechtfertigt, und doch war es ihm nur versehentlich herausgerutscht. Sie ging schnell darüber hinweg, das war jetzt kaum der richtige Moment dafür. Im Augenblick ging es um Amandine und Saint-Félix.

»Wenn Saint-Félix tatsächlich betroffen gewesen sein sollte, müssen wir ihm helfen ... ihn schützen, so gut wir können.«

Er schwieg.

»Ich weiß, es wäre ein schwerer Schlag für Amandine«, fuhr sie fort, sich ein wenig vorbeugend. »Aber wenn es sich so zugetragen hat, wird sie sicher Verständnis für sein Handeln aufbringen können. Bestimmt kann sie es dann mit dem Bild vereinbaren, das sie sich von ihm macht. Sie wird es schon irgendwie verstehen ...«

»Ich weiß ... ich weiß«, stimmte er zu. »Aber wie sollen wir ihn schützen?« Seine Miene verfinsterte sich. »Ich sage ›wir‹, ganz so, als ob ich irgend etwas tun könnte. Und was kannst du tun? Weißt du, was mit der Tatwaffe geschehen ist?«

»Nein. Aber im Haus gibt es bestimmt viele Möglichkeiten, sie zu verstecken. Überall sind lockere Bodendielen und kaputte Schränke. Wer immer es war, kann das Messer zunächst in der Nähe verborgen haben, um es dann später verschwinden zu lassen.«

»Oder er hat einen Weg aus dem Haus über die Dächer gefunden, wie du«, ergänzte er. »Wenn er den Mut dazu aufgebracht hat!« Bewunderung lag in seiner Stimme und zeichnete sich sogar auf seinem erschöpften Gesicht ab, soweit sie es im flackernden Kerzenlicht erkennen konnte. Eine Bewunderung, die völlig frei war von irgendwelcher Schmeichelei. Es tat Célie so gut, daß ihr plötzlich ganz warm wurde. Sie vergaß ihre schmerzenden Füße.

»Menou hat auch das Dach absuchen lassen«, antwortete sie nachdenklich. »Außerdem hat er seine Männer in der ganzen Nachbarschaft herumgeschickt. Aber die Tatsache, daß das Messer unauffindbar bleibt, ist nur die halbe Antwort.« Sie wünschte, sie müßte den Tatsachen nicht immerzu ins Auge blicken. »Menou wird nicht locker lassen. Was gäbe ich darum, wenn mir etwas einfiele, womit wir ihn uns vom Hals schaffen könnten, was ihn dazu bringen würde, den Fall ruhen zu lassen – oder eine andere Lösung zu finden ...« Sie führte den Gedanken nicht weiter aus, weil sie wußte, daß es zwecklos war. Menou würde nicht eher Ruhe geben, als bis er Bernaves Mörder der Tat überführt hatte.

Georges ging ebenfalls nicht näher darauf ein. Ihm war bewußt, daß Célie die Hartnäckigkeit Menous genauso einschätzte wie er.

»Sei vorsichtig«, sagte er leise. »Sicher beobachtet er dich. Nimm keine Lebensmittel mit. Bestimmt weiß Madame Lacoste ganz genau, was in der Speisekammer liegt. Ich komme schon irgendwie zurecht.«

»Dir bleiben nicht viele Möglichkeiten«, sagte sie trocken. »Oh!« Ihr fiel die Goldmünze ein, die sie sorgsam vor dem Nationalgardisten verborgen hatte. Bei dem Gedanken, daß sie sie die ganze Zeit über an ihrem Busen getragen hatte, wurde sie vor Verlegenheit ganz rot. Wie dumm von ihr!

»Was ist?« wollte er wissen.

Was blieb ihr anderes übrig, als die Wahrheit zu sagen, und das so beiläufig wie möglich? Sie räusperte sich. »Heute habe ich dir noch etwas mitgebracht. Es tut mir leid, aber ich mußte es irgendwie verstecken.«

»Haben sie dich denn nicht durchsucht?«

»Nicht richtig.« Ohne weitere Erklärung, und mit dem Gefühl, sich schrecklich zu blamieren, zog sie den Louisdor aus ihrem Mieder hervor. Sie bemühte sich, dabei so gelassen wie möglich zu erscheinen, aber vergeblich. Seinen Blick vermeidend, schob sie die Münze zu ihm hinüber. »Entschuldige«, sagte sie verlegen. »Das hatte ich ganz vergessen.«

Er nahm die Münze entgegen und konnte sein Lächeln kaum verbergen. Zum erstenmal, seit er zurückgekommen war und sie sein erschöpftes Gesicht gesehen hatte, wichen Anspannung und Sorge aus seinen Zügen.

»Danke«, sagte er. »Aber du solltest keine Risiken mehr eingehen.« Er legte das Geldstück auf den Tisch neben dem Herd. Das Zimmer war so klein, daß er dazu nicht einmal aufstehen mußte.

»Es ist kein Risiko«, entgegnete sie. »Aber ich werde achtgeben.« Sie bemerkte den skeptischen Ausdruck in seinem Gesicht. »Es ist wirklich nichts dabei. Amandine und ich essen einfach etwas weniger, das ist alles. Madame Lacoste ist nicht kleinlich, sie hält uns nicht kurz. Ich glaube, sie hat schreckliche Angst, daß entweder Fernand oder ihr Mann Bernave ermordet haben.«

»Warum?« überlegte er. »Natürlich, wenn sie wußten, daß Bernave vorhatte, den König vor der Hinrichtung zu retten, dann hatten alle ein Motiv. Und hätten sie ihn nur angezeigt, wäre das Haus konfisziert worden und sie hätten ihr Zuhause verloren. Doch wenn sie nichts davon wußten, ist Saint-Félix der einzige, der möglicherweise Grund hatte, ihn zu töten.« Seine innere Qual und die bittere Enttäuschung waren ihm in sein sorgenvolles Gesicht geschrieben. All seine Zuversicht, sein Lachen und seine Gelassenheit waren wie weggefegt und hatten ihn völlig schutzlos zurückgelassen. Sein Gesicht lag im Halbdunkel, die Kerze war fast heruntergebrannt, und Talg tropfte am Kerzenhalter herab. »Was ist mit dem König?« fragte er. »Sollen wir es dennoch versuchen?«

»Du meinst wegen Saint-Félix? Selbst wenn er Bernaves Mörder ist, heißt das noch lange nicht, daß er uns verraten würde. Er ist kein *Communard*.«

Georges runzelte die Stirn. »Ich könnte es ja verstehen … aber warum konnte er nicht noch einige Tage warten? Die Sache liegt fünfundzwanzig Jahre zurück – was für eine Rolle spielten da noch die paar Tage?«

»Vielleicht hatte er es ja gerade erst herausgefunden. Vielleicht …« Sie führte den Satz nicht zu Ende. Sie mußte ihm nicht auseinandersetzen, wozu Menschen im Aufruhr der Gefühle fähig waren.

Er fuhr sich mit der Hand durch die Haare und schob sie aus der Stirn.

»Wenn sie den König hinrichten, kann uns nur noch ein Wunder vor Krieg bewahren. Was sehr unwahrscheinlich ist, jetzt, da sie Gott abgeschafft haben. Ein Gutes hat es ja, daß die göttliche Instanz offiziell aufgehört hat, zu existieren … auf diese Weise kann sich Robespierre wenigstens nicht auf allerhöchste Zustimmung berufen, oder vom Willen Gottes sprechen. Außer der menschlichen Vernunft und dem menschlichen Handeln ist uns nichts geblieben. Was wir nicht selbst tun, wird gar nicht getan.«

Sie schloß die Augen. »Was für eine schreckliche Vorstellung!« Es war ihr ernst. Sie hatte das Gefühl, als täte sich vor ihr eine unendliche Leere auf, und nichts wäre mehr da, was sie davor bewahren könnte, von ihr verschluckt zu werden.

Dann fühlte sie, wie sich seine Hand, die inzwischen

wärmer war, über ihre legte. Er sagte nichts. Gemeinsam standen sie am Abgrund, aber sie waren nicht allein. Er neigte sich leicht nach vorn, und für einen kurzen Moment streiften seine Lippen ihre Wange.

Sie wich zurück, ehe der Moment sich ausdehnen konnte. »Ich werde versuchen, dir eine Kerze zu besorgen. Gute Nacht.«

»Gute Nacht, Célie«, flüsterte er.

Elftes Kapitel

Saint-Félix wurde das Warten als Gefangener im Haus am Boulevard Saint-Germain unerträglich. Er konnte weder etwas für sich selbst noch für die Rettung des Königs tun – ihm waren die Hände gebunden. Er hatte nicht einmal die Möglichkeit, sich im Haus nützlich zu machen, wie Fernand und Monsieur Lacoste das taten. Auch auf Lektüre, die ihm sonst als Zuflucht diente, konnte er sich nicht mehr konzentrieren.

Célie war losgegangen, um mit den letzten zwei Kutschenführern zu sprechen und natürlich, um die tägliche Brotration für den Haushalt und was sie sonst an Eßbarem auftreiben konnte zu besorgen. Ihr Gesicht war schmal geworden, ihr braunes Haar hing unordentlich herunter, und sie war so blaß, daß die Augen in tiefen Schatten lagen. Selbst ihre Lippen hatten jede Farbe verloren. Saint-Félix fühlte sich in Gegenwart der sanfteren Amandine sehr viel wohler. Doch es war etwas an ihr, das ihn auf schmerzliche Weise an Laura erinnerte, die er nie ganz aus seinem Bewußtsein verbannen konnte. Sie war der Mittelpunkt seines Lebens gewesen, sein ein und alles.

Nun war sie tot, und alle ihre gemeinsamen Jahre unrettbar und unwiederbringlich verloren. Das war es, was den größten Schmerz verursachte, die wahre Tragödie seines Lebens, neben der alles andere bedeutungslos erschien.

Saint-Félix sah aus dem Fenster seines Schlafzimmers. Unten vor dem Haus standen immer noch Soldaten, er konnte ihre blauen Uniformen und die Kokarden an ihren Hüten erkennen.

Mindestens zwei von ihnen trugen Musketen. Sie kamen und gingen. Es waren mal mehr, mal weniger, aber mindestens einer hielt immer Wache. Menou schien fest entschlossen, herauszufinden, wer Bernave ermordet hatte.

Saint-Félix war bewußt, daß er Menous Hauptverdächtiger war. Bei jeder erneuten Vernehmung ließ Menou das deutlicher durchblicken.

Wie es wohl war, auf der Guillotine zu sterben? Angeblich war es im Nu vorbei, und man spürte fast keinen Schmerz ... dafür war gar keine Zeit. Aber es war nicht der Tod selbst, den er fürchtete, es waren all die Dinge, die ihm vorausgingen ... Die Schmerzen, die Angst – und dann das erniedrigende Gefühl, die Kontrolle über seine Körperfunktionen zu verlieren. Bedeutete der Tod endgültige Vernichtung, schwarze, endlose Stille – endlich Frieden? Oder was sonst? Würde es ein Jüngstes Gericht geben, würde er all die feigen, eitlen und selbstsüchtigen Dinge, die er in seinem Leben begangen hatte, erneut durchleben, dazu verurteilt, sich selbst in abstoßender, jämmerlicher Nacktheit betrachten zu müssen? Das war die Finsternis, die er mehr fürchtete als alles andere.

Es klopfte. Gebe Gott, daß es nicht Amandine war. Er fühlte sich nicht in der Verfassung, freundlich zu sein, und sie verdiente es nicht, schlecht behandelt zu werden.

Es klopfte wieder.

»Herein.«

Es war Monsieur Lacoste.

»Ja?« fragte Saint-Félix brüsk.

Monsieur Lacoste wirkte nervös, seine Augen waren zu Schlitzen verengt, die Gesichtszüge vor Anspannung verzerrt. Er schob sich an Saint-Félix vorbei ins Zimmer und zog die Tür hinter sich zu.

»Menou war wieder da und hat seine Fragen gestellt.« Monsieur Lacoste sprach übertrieben leise, als fürchte er, daß jemand mithören könnte – sogar jemand aus dem Haus.

Saint-Félix' Magen zog sich zusammen. »Und er wird wiederkommen – so lange, bis er weiß, was vorgefallen ist«, erwiderte er. »Schließlich will die *Commune* Ergebnisse sehen.«

»Ich weiß!« Monsieur Lacoste zeigte seine Zustimmung mit kaum merklichem Nicken. »So schnell gibt er sich nicht geschlagen. Immerhin hängt sein Amt davon ab. Ich an seiner Stelle würde auch nicht vor Marat treten wollen und ihm sagen, daß jemand einen treuen Anhänger der Revolution ermordet hat, daß ich aber keine Ahnung hätte, wer es war – Ihr vielleicht?«

Saint-Félix schluckte. Sein Herz schlug ihm bis zum Hals und drohte ihm den Atem zu nehmen. Es kostete ihn alle Mühe, wieder gleichmäßiger zu atmen. Ihm war bewußt, daß Menou ihn genau beobachtete und worauf seine Fragen abzielten. War es das, worauf Monsieur Lacoste hinaus wollte?

»Aber mit der *Commune* hat das doch überhaupt nichts zu tun!« protestierte er.

»Richtig«, bestätigte Monsieur Lacoste mit hartem Lachen, das von aufwallendem Zorn erstickt wurde. »Aber wann hätte sich Marat je davon beeindrucken lassen?«

»Es gibt nichts, was wir tun könnten«, sagte Saint-Félix niedergeschlagen.

Monsieur Lacoste machte einen kleinen Schritt auf ihn zu. »Doch, Ihr könnt etwas tun. Bernave hat Euch schändlich behandelt, hat Euch zu allen Unzeiten hinausgejagt, bei Wind und Wetter. Er hat Eure Treue für seine Interessen ausgenutzt. Wir alle sind Zeugen. Niemand macht Euch einen Vorwurf.« Er hob die Hand, um Saint-Félix' Entgegnung abzuwehren. »Ich kann nicht sagen, ob Ihr ihn getötet habt oder nicht, und um die Wahrheit zu sagen, es ist mir auch egal. Aber ich weiß, was Menou denkt, und wenn Ihr es Euch nur eingesteht, wißt Ihr es ebenso gut.«

Monsieur Lacoste hatte vollkommen recht. Und in diesen Zeiten würde sich niemand die Mühe eines Strafverfahrens machen. Menous Täter würde für einen Tag ins Gefängnis geworfen, mit einem Dutzend anderer in einer Zelle zusammengepfercht; im Morgengrauen dann die kurze Fahrt auf dem Schinderkarren zur Guillotine, dem mächtigen Fallbeil mit der scharlachroten Schneide. Dann würde er den Kopf auf das blutige Gestell legen, und das letzte Geräusch, das er hören würde, wäre das Kreischen des fallenden Messers ... Was folgte darauf? Das Nichts? Oder was käme danach? Vielleicht verlöschte er ja nicht augenblicklich, sondern löste sich nur allmählich von seinem Körper, warf noch einen letzten Blick auf den eigenen Kopf in Sansons Korb, ehe die Seele, das Ich sich auf die langsame Reise begab ... wohin? In die Dunkelheit ... eine Dunkelheit, in der kein Licht der Welt mehr scheinen würde.

Er fühlte sich unglaublich elend.

Monsieur Lacoste starrte ihn unverwandt an. Sein Gesicht schien ganz nah.

»Ist Euch nicht wohl?« Seine Stimme schien eigenartigerweise von weither zu kommen. »Hört zu: Wenn Ihr Euch in Sicherheit bringen wollt, würde ich die Wache solange ablenken. Im Moment ist nur ein Gardist postiert ...«

Zum Nachdenken blieb keine Zeit. Er mußte eigentlich nicht erst von Monsieur Lacoste darauf hingewiesen werden. Unbewußt hatte er schon gestern diese Möglichkeit gesehen, doch er hatte sich einfach geweigert, sie zu erkennen.

»Ja ... ja, ich weiß«, antwortete er leise. »Danke.« Ihm kam in den Sinn, daß Lacoste mit diesem Angebot nicht nur Menou, sondern auch ihn selbst loswerden wollte. Vielleicht hielt Lacoste ihn ja für den Täter, oder er fürchtete, daß es Fernand gewesen sein könnte. Möglicherweise kannte einer von den Lacostes Bernaves Plan zur Rettung des Königs? Aber was spielte das jetzt noch für eine Rolle. Es konnte ohnehin nicht mehr gelingen. Dennoch war es wichtig, daß er die Passierscheine mitnahm, damit Menou sie nicht fand. Er würde schon einen Weg finden, sie Célie zukommen zu lassen. »Ja«, sagte er noch einmal. »Gebt mir nur einen Moment. Das Bild meiner Frau … ein paar Dinge, nicht viel …«

»Beeilt Euch!« drängte Monsieur Lacoste. »Wenn er zurückkommt, könnte es zu spät sein.«

»Ich weiß … nur eine Minute … eine einzige Minute.«

Monsieur Lacoste trat zurück und ging langsam hinaus.

Saint-Félix steckte Lauras Bild und die Pässe ein und folgte Monsieur Lacoste.

Georges erwachte mit vor Kälte starren Gliedern, graues Licht fiel durch das Fenster. Es war der letzte Tag im Leben des Königs. Morgen um diese Zeit würde er bereits tot sein, der Wille des Volkes mit all seinen Folgen unwiderrufbar vollstreckt. Ihnen blieben weniger als vierundzwanzig Stunden, um die letzten Vorkehrungen zu treffen.

Er drehte sich auf die andere Seite, zog die dünne Decke hoch und merkte, wie sehr er fror. Der Brennstoff war so gut wie aufgebraucht und reichte höchstens noch, um zwei oder drei Mahlzeiten zu kochen. Die Kerze gestern nacht war die letzte gewesen. Es war besser, aufzustehen. Wenn er sich bewegte, wurde ihm zumindest etwas wärmer.

Er dachte an Célie. Dann fiel ihm ein, was sie ihm vergangene Nacht von Bernave und dem Kind, an dem er sich vergangen hatte, erzählt hatte. Er fühlte sich so elend und kalt, daß ihn alle Glieder vor Anspannung schmerzten, als wäre er geprügelt worden. Seine Füße waren so gut wie taub. Bei allen Gedanken, die er sich um Bernave gemacht hatte – wer sein Mörder war und warum, auf wessen Seite er wirklich gestanden hatte, wen er verraten hatte oder nicht –, nicht in seinen wildesten Träumen wäre eine solche Tat ihm möglich erschienen.

Er erinnerte sich daran, wie er Bernave kennengelernt hatte. Es war ein erstickend heißer, windstiller Septembertag gewesen. Die Bataillone aus Marseille und Genua, rekrutiert aus Hafenarbeitern und Gefängnisinsassen, waren in Paris einmarschiert und allgegenwärtig. In allen Straßen drängte sich der Pöbel und verbreitete Angst und Schrecken. Célie hatte ihn denunziert, weil sie ihn für den Tod ihres Kindes verantwortlich gehalten hatte … und dann ihr Leben riskiert, um ihn noch rechtzeitig zu warnen.

Er ahnte, was der Grund zu diesem Sinneswandel gewesen war: Es hatte irgend etwas mit Madame de Staël zu tun. Auch sie gehörte mittlerweile der Vergangenheit an, wie all die alten Werte und Träume. Dahin – wie die kostbare, freundliche Welt seiner Heimat. Nie war ihm bewußt geworden, wie stark sie mit seiner Identität verwoben war, bis er sie verloren hatte. Die Erinnerung daran, wie all das verwüstet worden war, wie durch Ignoranz und Dummheit ein jahrhundertelang liebevoll gehegter und gepflegter Besitz zerstört wurde, war ihm unerträglich.

Der September mit seinem Terror und Wahnsinn hatte das tägliche Leben zur Hölle werden lassen, aber er reichte nicht an die Schändung seiner Heimat heran, des Ortes, der ihn geprägt und geformt hatte.

Am 29. August hatten dann die zahllosen Festnahmen begonnen, denen zumeist ganz normale Leute zum Opfer fielen: Ladenbesitzer, Händler, Handwerker, Mitglieder des Kleinbürgertums. Die Männer der Sektionsverwaltungen stürzten sich auf ihre eigenen Stadtviertel, wo sie nicht nur dort ansässige Bürger verhafteten, sondern auch nach Herzenslust plünderten. Viele alte Rechnungen wurden auf diese Weise beglichen. Sie hielten sich an alle, die Geld hatten, und natürlich – mit all der Wut, die sich gegen die Kirche aufgestaut hatte – an die Priester; Hunderte von Priestern.

Und dann, am frühen Morgen des 2. September, war die Nachricht gekommen, daß der Herzog zu Braunschweig die französischen Verteidigungslinien bei Verdun durchbrochen hatte und auf Paris zumarschierte. Die *Commune* hatte die Sturmglocken läuten lassen, und Gewehrsalven hatten noch zur allgemeinen Panik beigetragen. Überall in der Stadt waren Wandzettel aufgehängt worden, in denen es hieß: »Das Volk selbst muß Gerechtigkeit üben. Laßt uns, bevor wir an die Grenzen eilen, die schuldigen Bürger richten.«

Was danach folgte, sollte fortan jeden seiner wachen Gedanken bestimmen und seine Träume in Alpträume verwandeln. In den Straßen drängten sich erregte, erhitzte Menschenmassen. Georges war nur wenige hundert Meter von dem Abbaye-Gefängnis bei Saint-Germain des Prés entfernt gewesen. Eine Gruppe von Männern hatte jene Melodie angestimmt, die inzwischen eine furchterregendere Wirkung hatte als Worte. Schon ein paar Takte genügten, damit sich sein Magen zusammenzog. In Gedanken kehrte er ins Gefängnis Les Carmes zurück und erinnerte sich an den Geruch von Staub, verbrauchter Luft und Angstschweiß. Einer Flutwelle gleich waren sie eingefallen, laut grölend hatten sie die Zellentüren aufgebrochen, waren durch das ganze Gebäude gezogen und die schmale, geschwungene Treppe hinuntergestürmt, die in den Garten führte. Er sah die weißen Marmorstatuen auf den Gräbern. Selbst in der drückenden Hitze wirkten sie wie erkaltetes Fleisch.

Es war im Les Carmes, wo er Bernave zum erstenmal

gesehen hatte. Er mußte ebenfalls von den Massen mitgerissen worden sein, denn es war offensichtlich, daß auch er ein Häftling war. Er saß auf der Bank gegenüber, doch im Gegensatz zu den anderen neben ihm zeigte er keine Spur von Furcht. Aufrecht, die Hände an den Seiten, saß er da und starrte teilnahmslos auf einen Punkt in der Ferne, obwohl er nichts zu sehen schien. Er war vollkommen nach innen gekehrt.

Zwei Marseiller kamen und schleppten einen Priester mit sich fort. Einer der zurückbleibenden Geistlichen bekreuzigte sich mit zitternder Hand.

Kurz darauf wurde der nächste Priester weggeschafft.

Bernave hatte sich an Georges gewandt, dessen dichtes, schwarzes Haar keinen Tonsurschnitt aufwies.

»Seid Ihr katholisch?« hatte er gefragt.

Georges hatte erschrocken reagiert. »Nein«, antwortete er wahrheitsgemäß. Zwar war er als Katholik großgeworden, doch er hatte schon vor langem seinen Glauben verloren. »Es tut mir leid, ich kann Euch nicht helfen. Wenn Ihr die Absolution wollt oder jemanden zum Beten braucht, müßt Ihr Euch an einen von denen wenden.« Mit einer Handbewegung deutete er auf das gute Dutzend Priester, das noch seines Schicksals harrte.

»Dafür ist es ein bißchen spät«, hatte Bernave geantwortet. »Ich will nichts, als lebend hier herauskommen, und nicht für etwas hingerichtet werden, das ich nicht getan habe.« In seinem Tonfall hatte eine seltsame Verbitterung gelegen, als hätten seine Worte eine tiefere Bedeutung. »Ich werde mich dafür verbürgen, daß Ihr ein treuer Anhänger der Revolution seid, wenn Ihr das gleiche für mich tut.« Es war mehr eine Frage als eine Feststellung. Er sprach mit gedämpfter Stimme, obwohl die Priester, die ihre Augen fest geschlossen hatten und in Gebete vertieft waren, ihnen keinerlei Beachtung schenkten.

Georges hatte sofort begriffen. Er hatte keine Ahnung, wer Bernave war, und es war ihm auch völlig gleichgültig.

»Sicher. Mein Name ist Georges Coigny. Wie ist der Eure?«

»Victor Bernave.«

Hastig tauschten sie noch einige Informationen über ihre persönlichen Umstände aus, wobei sie sorgsam darauf achteten, daß niemand anderer im Raum es mitbekam. Wieder wurden Priester hinausgeführt. Keiner von ihnen kam zurück.

Schließlich war Bernave an der Reihe. Man brachte ihn nach draußen.

Georges blieb sitzen und wartete. Sein Mund war wie ausgedörrt, und er zitterte am ganzen Leib.

Dann kamen die Soldaten, um ihn zu holen. Man führte ihn in einen Flur, in dem ein feister Mann hinter einem Tisch saß, der Bauch wölbte sich vor der Tischkante. Seine aufgerollten Hemdsärmel gaben den Blick auf die blutverschmierten Unterarme frei.

»Wer seid Ihr?« verlangte er zu wissen.

»Ich heiße Georges Coigny«, gab Georges stockend an.

»Wovon lebt Ihr?«

»Ich arbeite für Bürger Bernave, für die *Commune*«, log er augenblicklich. Wenn Bernave hielt, was er versprach, käme er womöglich mit dem Leben davon. Wenn nicht, hatte er ohnehin nichts mehr zu verlieren.

»Und was tut Bürger Bernave?« fragte der Mann verächtlich.

»Er unterrichtet die *Commune* über die Aktionen ihrer Gegner, der Gegner des Volkes, der Revolution und der Freiheit, für die wir alle kämpfen«, verkündete Georges beherzt.

Der Mann musterte ihn mißtrauisch.

Georges wartete, während sein Herz so heftig in seiner Brust klopfte, daß er das Gefühl hatte, sein ganzer Körper geriete dabei ins Flattern.

Endlich schien es, als ginge sein Gegenüber darauf ein. »Das behauptet er jedenfalls. Sagt, er wäre ein Freund von Bürger Marat! Stimmt das?«

»Aber sicher«, log Georges wieder und verachtete sich dafür. Wie konnte man sich nur so bereitwillig zu einem Freund von Marat erklären?

Der Mann wandte sich an einen der Gardisten. »Führ ihn durch den Garten hinaus ... und laß ihn gehen. Es sieht so aus, als wäre er mit Bürger Marat befreundet. Bring ihn auf die Straße und laß ihn laufen – hast du mich verstanden?«

»Jawohl, Bürger!«

Wortlos folgte Georges ihm hinaus und die Stufen zum Garten hinunter. Der Anblick, der sich ihm dort bot, war unvorstellbar grauenvoll. Überall lagen aufeinander gehäuft leblose Körper, verstümmelt, zu Tode geschunden, Tote und Sterbende neben- und übereinander. Manche von ihnen waren regelrecht auseinandergerissen worden. Abgetrennte Gliedmaßen tränkten das Gras mit Blut. Eingeweide lagen auf der Treppe. In der Hitze sammelten sich bereits die Fliegen.

Benommen taumelte er durch das Grauen.

Draußen auf der Straße traf er auf Bernave, der ihn erwartete. Wie betäubt gingen die beiden in gemeinsam geteiltem namenlosem Entsetzen weiter. Nahe dem Fluß begegneten sie einem elegant gekleideten jungen Mann, die Jacke ein wenig unordentlich, das Haar wirr, das Halstuch nach links verschoben. Im schrägen Licht der Abenddämmerung sah er wie ein von einem Windstoß zerzauster Vogel aus. Neugierig beäugte er die beiden Männer, wie sie schweigend dahingingen, beide vor sich hinstarrend und doch auf seltsame Weise miteinander verbunden.

»Ist Euch etwas zugestoßen?« wunderte er sich. »Ihr

seid ja voller Blut!« Dann blickte er hoch zum Himmel hinter ihnen. »Was ist das?«

Bernave folgte seinem Blick, und als er sich umwandte, beleuchtete heller Schein einen Moment lang sein Profil und zeigte seine klaren, nahezu schillernden Augen. »Dieses Licht?« fragte er.

»Feuerwerk. Haben es wahrscheinlich entzündet, damit sie auch sehen, was sie tun.«

»Tun?« Der junge Mann hatte ein unschuldiges, ansprechendes Gesicht. Er mochte so um die vierundzwanzig sein. »Um diese Zeit? Sagt mir, seid Ihr sicher, daß es Euch gut geht? Ihr seht zum Fürchten aus!«

»Wo in Gottes Namen kommt Ihr jetzt her?« erkundigte sich Georges mit belegter Stimmte.

Der junge Mann errötete. »Ich? Ich war im Theater, und dann auf einer Feier. Warum?«

»Im Theater ...«, wiederholte Georges geistesabwesend, und etwas wie Hysterie stieg in ihm auf. Er fing an, haltlos zu lachen, und fühlte im nächsten Moment Bernaves Hand wie eine Schraubzwinge um seinen Arm. Das Lachen blieb ihm im Hals stecken, und der Schmerz ließ ihn zusammenzucken.

»Warum? Was tun sie denn?« Der junge Mann schien immer noch gänzlich arglos.

»Seht Ihr das?« Bernave zeigte nach unten. »Seht Ihr, was da durch den Rinnstein fließt?«

Der junge Mann beugte sich vornüber, sein Blick folgte Bernaves Finger.

»Sie töten alle Gefangenen«, sagte Bernave, und seine Stimme zitterte vor ohnmächtiger Wut und vor Grauen. »Was Ihr da seht, ist Blut. Die Rinnsteine von Paris fließen über von dem Blut gemordeter Menschen.«

An jenem Abend hatte die Freundschaft zwischen Georges und Bernave begonnen. Sie waren zurück zu Bernaves Haus am Boulevard Saint-Germain gegangen und hatten schweigend Wein getrunken, bis sie vom

Schlaf übermannt wurden. Am nächsten Tag hatten sie etwas zum Essen aufgetrieben und dann von Gott und der Welt geredet – solange es nur gute, schöne und normale Dinge waren, gleichgültig, wie lange sie zurücklagen oder wo sie sich zugetragen hatten. Nach und nach kamen sie auch auf anderes und sprachen vom Schmerz über den Verlust all dieser guten, schönen und normalen Dinge.

Georges hatte instinktiv von seiner Heimat und seinem Zuhause erzählt; Erinnerungen, die ihn ständig begleiteten. Beide betrauerten, daß niemand mehr so ohne weiteres Freundschaften schließen konnte, daß jeder jedem mißtraute und niemand mit Zuversicht in die Zukunft blickte. Bernave sprach davon, daß die beruhigende Gewißheit des Glaubens aus den Blicken und den Herzen verschwunden sei, wobei Georges zunächst angenommen hatte, er meine den Glauben anderer, doch Bernaves Melancholie deutete darauf hin, daß er von sich selbst sprach.

Schließlich hatten sie über den König gesprochen: Was für ein Hohlkopf er wäre und daß jene, die ihn vernichten wollten, ohne zu wissen, wer oder was seinen Platz einnehmen sollte, noch größere Hohlköpfe seien.

Sie hatten am Küchentisch gesessen, beschienen vom Sonnenlicht, das durch die großen Fenster fiel, als sie den Beschluß faßten, alles zu tun, um das Desaster, das sie für Frankreich vorhersahen, von ihrem Land abzuwenden.

Und nun hockte Georges im grauen Licht dieses Wintertages in dieser ärmlichen Kammer, zitternd und ausgelaugt, sein Vertrauen in die Zukunft erschüttert, und Bernave war tot, wen oder was auch immer er dargestellt hatte.

Er verließ das Haus, um ein letztes Mal zu überprüfen, ob am nächsten Morgen genügend Leute für die Erstürmung der Kutsche vorhanden wären. Außerdem mußte er irgendwie an die Passierscheine kommen. Célie hatte gesagt, sie habe sie Saint-Félix gegeben. Wenn er lange genug in der Nähe des Hauses wartete, käme sie bestimmt heraus – schließlich mußte sie sich um Brot anstellen. Dann konnte er sie fragen. Möglicherweise war das die letzte Gelegenheit, sie zu treffen. Er wollte sie unbedingt sehen. Die Deutlichkeit, mit der ihm das bewußt wurde, nahm ihm fast den Atem; er war überrascht, wieviel es für ihn bedeutete. Mit Célie zu sprechen war ihm das Risiko wert, bei Tageslicht loszugehen, auch wenn Menous Männer sich noch in den Straßen aufhielten. Er sprach es zwar nicht aus, nicht einmal vor sich selbst, doch da sie den Stellvertreter des Königs nicht gefunden hatten, würde es das letzte Mal sein. Dieses Wissen schmerzte mehr als alles, was die Menschenmenge ihm bei der Hinrichtung antun würde – sein Ende würde brutal und schrecklich sein, aber es wäre wohl schnell vorüber. Viel schlimmer empfand er es, daß er nie Gelegenheit haben würde, Célie all das zu sagen, was er ihr sagen wollte, sagen mußte. Sie hatten so viel Schweres zusammen erlebt, aber die schönen Dinge würden ihnen für immer verwehrt bleiben – Lachen, Zärtlichkeit, die Zeit, die kleinen Dinge kennenzulernen, die den anderen glücklich machten, Freud und Leid zu teilen, miteinander alt zu werden …

Und genau das war es, was er sich wünschte, Zeit mit Célie, um alles und jedes mit ihr zu teilen.

Er durfte einfach nicht daran denken. Wenn er es an sich heranließe, würde es ihn endgültig zerbrechen. Alle Gedanken daran verbannend, fiel er in einen schnelleren Schritt.

In der Rue de Seine angekommen, die ganz in der Nähe von Bernaves Haus auf den Boulevard Saint-Germain stieß, sah er einen Mann aus einem Seitenfenster klettern. Vorsichtig schaute er nach beiden Seiten, um sich zu versichern, daß er unbemerkt geblieben war, und eilte dann so schnell er konnte, ohne aber richtig zu rennen, ostwärts davon.

Einen kurzen Moment lang hatte Georges sein Gesicht sehen können: ein feingeschnittenes, empfindsames, intelligentes Gesicht. Weder sein Äußeres noch sein Verhalten wiesen auf einen einfachen Mann hin. Er besaß eine natürliche Eleganz, die durch seine einfache, braungraue Kleidung nicht gemindert wurde. Es mußte Saint-Félix sein. Georges verstand augenblicklich, weshalb Amandine sich zu ihm hingezogen fühlte.

Saint-Félix bog in die Rue de Tours ein, und Georges beschleunigte ebenfalls seinen Schritt, um ihn einzuholen. Was hatte ihn dazu gebracht, das Haus zu verlassen? Ihm mußte doch klar sein, daß seine Flucht wie ein Schuldeingeständnis wirkte.

In demselben Moment, in dem Saint-Félix um die Ecke verschwand, hörte Georges eine wütende Stimme. Kurz darauf fiel ein Schuß, der jedoch offensichtlich als Warnschuß abgefeuert worden war.

Saint-Félix lief zum Fluß, in Richtung der Île de la Cité. War er denn lebensmüde? Auf den offenen, kaum bebauten Flächen gab es keine Möglichkeit, sich zu verstecken. Er mußte in Panik geraten sein, um so einen sträflichen Fehler zu begehen. In den Cordeliers in der entgegengesetzten Richtung hätte er wenigstens eine gewisse Chance gehabt.

Georges konnte sehen, daß Saint-Félix jetzt in immer schnellerem Tempo rannte. Saint-Félix war Ende vierzig, etwa im selben Alter wie Bernave, und nach dem zu urteilen, was Célie ihm berichtet hatte, war er eher ein Studierter als ein Mann der Tat, und wohl kaum an körperliche Betätigung gewöhnt. Dieses Tempo würde er nicht lange durchhalten. Er lief die Rue Dauphine hinunter in Richtung Pont Neuf und Seine.

Die Rufe hinter ihnen wurden lauter, und immer mehr Leute schienen sich der Verfolgung anzuschließen.

Kurz vor dem Ende der Straße sprang Saint-Félix zwischen zwei Lastkarren über die Fahrbahn, was die Fahrer zu wilden Flüchen veranlaßte, und verschwand in einer Toreinfahrt.

Georges ging langsamer. Wenn er ihm folgte, würde er nur die Richtung verraten, in die Saint-Félix geflohen war. Rasch sah er sich um. Auf dem Bürgersteig hielten sich nur wenige Leute auf, die ihnen offensichtlich keine Beachtung schenkten.

Keuchend näherte sich ein Nationalgardist in zerrissener Uniform und hielt sich die Seite.

»Habt Ihr hier einen Mann in einem braunen Mantel vorbeirennen sehen, Bürger?« fragte er atemlos.

»Ja«, antwortete Georges ohne zu zögern. »Er lief zum Fluß hinunter, in Richtung Île de la Cité.«

Der Gardist hob zum Dank die Hand und beschleunigte wieder seinen Schritt. Über die Schulter rief er seinen Männern zu, daß sie ihm folgen sollten. Ein halbes Dutzend Gardisten fiel in Trab und verteilte sich auf beide Seiten der Straße.

Georges, der noch den Wein und das Brot bei sich trug, die er sich auf dem Weg zu Bernaves Haus gekauft hatte, wandte sich um, als wolle er wieder zurück zum Boulevard Saint-Germain. Er überquerte die Straße und ging auf die Rue Christine zu. In diese Richtung war Saint-Félix verschwunden. Wenn er weitergelaufen war, müßte er in der Nähe der Rue Seguier herauskommen. Wenn nicht, war er irgendwo untergetaucht. Vielleicht kannte er ja jemanden, der ihn bei sich verstecken würde. Nach Einbruch der Dunkelheit könnte er dann mit etwas Glück und Geschick sogar das Viertel verlassen.

Georges schlenderte langsam weiter. In der Straße war alles ruhig. Ein alter Mann stand in einem Toreingang. Eine Frau bot Kaffee zum Verkauf an, den Kopf in einen Schal gehüllt, der fast das ganze Gesicht verdeckte. Zwei Kinder stritten sich darum, wer beim Spiel gewonnen hatte. Ein junger Mann las in einem Exemplar der *L'Ami du Peuple.*

Georges wartete zehn Minuten und wollte gerade gehen, erleichtert, daß Saint-Félix offensichtlich einen Schlupfwinkel gefunden hatte, als er sah, wie er aus einer Gasse trat, sich verstohlen nach allen Seiten umsah und dann mit viel zu eiligem Schritt auf ihn zukam.

Der junge Mann mit der Zeitung blickte neugierig auf. Die beiden Kinder unterbrachen ihren Streit und starrten ihn an.

Georges trat einen Schritt vor. »Oh, da bist du ja!« rief er schnell entschlossen. »Ich dachte schon, ich hätte dich verpaßt!«

Saint-Félix blieb wie angewurzelt stehen – leichenblaß, mit vor Angst geweiteten Augen.

Georges steckte das Brot in seine Jackentasche, schlenderte die letzten Schritte auf ihn zu, ergriff seine Hand und legte ihm den Arm um die Schulter.

»Mein Freund, wie schön, dich zu sehen!« sagte er laut, um gleich darauf im Flüsterton hinzuzufügen: »Tut um Himmels willen so, als ob Ihr mich erkennt. Es ist Eure einzige Chance!«

»Hallo!« würgte Saint-Félix heraus. »Äh ... tut mir leid. Ich habe mich verlaufen. Wie geht es dir?« Er sah zum Fürchten aus; zitterte wie Espenlaub und schnappte immer noch röchelnd nach Luft.

»Ich bin seit September auf der Flucht«, sagte Georges leise. »In dieser Disziplin bin ich Euch Längen voraus. Kommt mit mir.« Er hakte Saint-Félix unter und zog ihn mit sich. »Wir müssen zurück in die Gassen der Cordeliers. Dort haben dreitausend Mann vergebens nach Marat gesucht. Vielleicht haben wir ja genausoviel Glück.«

Saint-Félix versuchte, mit ihm Schritt zu halten. »Warum?« verlangte er zu wissen. »Ihr kennt mich doch gar nicht. Was kümmert es Euch, ob man mich faßt oder nicht?«

»Saint-Félix«, erwiderte Georges, »sie suchen Euch wegen Mordes an Bernave …«

Saint-Félix entriß ihm seinen Arm und starrte ihn hohlwangig an. »Wer zum Teufel seid Ihr?«

»Georges Coigny, Amandines Cousin«, antwortete ihm Georges. »Und zieht um Himmels willen nicht alle Aufmerksamkeit auf uns! Richtet den Blick auf den Boden.«

Saint-Félix gehorchte, wenn auch mehr vor Schreck als aus Folgsamkeit. Nahezu im Gleichschritt überquerten sie rasch den Boulevard Saint-Germain und kamen in eine Gasse hinter der Rue Monsieur-le-Prince.

»Wir müssen uns in westlicher Richtung halten«, drängte Georges. »Andernfalls landen wir im Jardin du Luxembourg. Sie werden nicht nach zwei Männern Ausschau halten.«

»Warum tut Ihr das?« fragte Saint-Félix, bemühte sich aber, mit Georges Schritt zu halten und den Blick auf das unebene Pflaster zu heften.

Ein Karren polterte an ihnen vorbei, gefolgt von einer einsitzigen Kutsche auf hohen Rädern, die mit großer Geschwindigkeit vorbeiraste. Eine alte Frau fluchte, als sie von hochspritzendem Schlamm getroffen wurde. An der Ecke, um die Georges und Saint-Félix vor wenigen Minuten gebogen waren, hatte nun ein Nationalgardist Posten bezogen.

»Ihr dort drüben!« brüllte er. »Ihr in dem braunen Mantel!« An einen anderen gewandt, der außer Sichtweite war, rief er: »Michelet! Komm hierher!«

Wieder packte Georges Saint-Félix und zog ihn durch einen Torbogen in einen Hof.

»Wie sollen wir hier wieder herauskommen?« hielt ihm Saint-Félix mit angstgeweiteten Augen vor. »Wir sitzen fest!«

»Die Stufen hoch«, befahl Georges und deutete auf eine Steintreppe, die zu einer Tür im zweiten Stock führte. »Kommt schon – schnell!«

»Wohin denn?« fragte Saint-Félix verzweifelt. »Wir können doch da nicht rein.«

»Doch, können wir ... und jetzt kommt endlich!« Georges versetzte ihm einen ermutigenden Klaps auf den Rücken. »Lauft!«

Es blieb keine andere Wahl. Sie rannten los, wären um ein Haar gefallen und stolperten die Stufen hinauf. Georges schlug, immer noch die Weinflasche haltend, mit der freien Hand gegen die Tür und warf sich mit seinem ganzen Gewicht dagegen. Der Riegel gab nach, und beide stürzten in den Raum, den gerade eine hochgewachsene Frau in einem grauen Kleid vom Hinterzimmer her betrat.

»Wir wollen Euch nichts tun, Bürgerin«, sagte Georges und zwang sich zu einem strahlenden Lächeln. »Einige betrunkene Rohlinge haben meinen Freund hier angegriffen und setzten uns nach, als er sich wehrte. Flucht ist die beste Verteidigung.«

Die Frau betrachtete Saint-Félix' bleiches Gesicht mit dem feingeschwungenen Mund und erkannte seinen verstörtem Blick. Er hielt die Arme um den Oberkörper geschlungen, als wäre er verletzt. Daß er nur ein bißchen außer Atem war, mußte sie nicht unbedingt erfahren.

»Nehmt das!« drängte Georges und bot ihr den Wein an.

Die Frau schlug die Augen nieder und deutete mit einer vagen Bewegung auf das Hinterzimmer.

Georges nahm das als Einverständnis und stellte die Flasche auf den Tisch. Er riß Saint-Félix mit sich, vorbei an einem Tisch und zwei Stühlen, die Behaglichkeit vermittelten, in das Nebenzimmer und von dort eine Treppe hinauf, wo er ein Fenster aufstieß.

»Raus!« kommandierte er.

Saint-Félix drehte sich entgeistert zu ihm um. »Was?«

»Raus! Raus aufs Dach. Dort können sie uns nicht sehen. Und sie wissen nicht, wo wir wieder herunterkommen. Steht da nicht herum! Oder wollt Ihr erschossen werden?«

Von der Straße klangen Rufe herauf.

Saint-Félix kroch aus dem Fenster und schlitterte unbeholfen die Dachziegel hinunter. Er kam erst wieder auf die Füße, als er schon fast in der Dachrinne angekommen war. Dort richtete er sich auf, hangelte sich weiter und gewann mit jedem Schritt an Sicherheit.

Georges folgte ihm nach und fühlte, wie seine Füße auf den nassen Ziegeln den Halt verloren. Er versuchte, das Gleichgewicht wiederzugewinnen, und schlug sich den Ellbogen an.

Saint-Félix verschwand bereits um die Ecke, wo die Dächer der benachbarten Häuserreihe anstießen. Die Stimmen auf der Straße wurden immer lauter, und Schüsse krachten.

Georges glitt ebenfalls in die Rinne, kam auf allen vieren auf und kroch, so tief geduckt er konnte, vorwärts. An der Gabelung angekommen sah er Saint-Félix zusammengekauert in der Dachkehle sitzen, unschlüssig, für welche Richtung er sich entscheiden sollte.

Georges holte ihn ein. »Wir müssen weiter nach Westen«, sagte er rasch. »Auf keinen Fall dürfen wir zulassen, daß sie uns aus dem Schutz der kleinen Gassen auf die großen Straßen treiben.«

»Was können wir schon dagegen tun«, erwiderte Saint-Félix resigniert. »Wir können uns doch nicht ewig auf den Dächern herumtreiben! Das hier ist nur ein Häuserblock. Irgendwann müssen wir eine Straße überqueren, und dann haben sie uns.« Seine Augen waren immer noch angstgeweitet. Der Wind und die körperlichen Strapazen hatten Hitzeflecken auf seinem Gesicht hinterlassen. Georges konnte seine Angst fast riechen, und er verstand ihn gut. Wie oft war er in der gleichen Lage gewesen, hatte in wilder Flucht versucht, der Nationalgarde zu entkommen, die sich wie Hunde an seine Fersen geheftet hatte – und das an geschützteren Plätzen als diesem, Plätze, an denen er sich auskannte und wo er Freunde unter anderen Verfolgten hatte. Er verspürte plötzlich Mitleid mit Saint-Félix, dem Intellektuellen und Träumer, der ohne eigenes Zutun in einen dramatischen Strudel von Ereignissen geraten war – insbesondere, wenn er mit dem Mord an Bernave nichts zu tun hatte.

»Wohin jetzt?« keuchte Saint-Félix gehetzt. »Sie werden nicht lange brauchen, um herauszufinden, wo wir sind.« Seine Stimme bebte. Er rang nach Luft.

Georges deutete geradeaus. »Dort entlang, bis wir wieder einen Weg westwärts finden. Wir müssen uns in Richtung Saint-Sulpice halten – in dem Labyrinth von Gassen werden sie uns nie finden.«

»Aber warum? Warum tut Ihr das?« fragte Saint-Félix ungläubig. »Woher wollt Ihr wissen, daß nicht ich es war, der Bernave getötet hat? Ich bin zwar unschuldig, aber ich kann es nicht beweisen.«

»Es ist mir völlig gleichgültig, ob Ihr es wart oder nicht«, erwiderte Georges wahrheitsgemäß. »Aber das hier ist wohl kaum der Ort, um darüber zu diskutieren«, drängte er und schob den widerstrebenden Saint-Félix weiter. »Über Fragen der Gerechtigkeit können wir uns später unterhalten, falls es ein Später gibt. Und nun bewegt Euch!«

Saint-Félix gehorchte. Er schien wieder zu Atem gekommen zu sein und kroch mit beachtlicher Geschwindigkeit die Dachkehle entlang. Georges blieb dicht hinter ihm.

Nach etwa zwanzig Metern kamen sie an eine Luke, und Georges gelang es, sie aufzustoßen. Sie kletterten hinein und hatten das Fensterchen gerade hinter sich geschlossen, als sie das Poltern von Stiefeln auf den Dachziegeln hörten. Ganz in der Nähe ertönten Rufe. Ein Schuß krachte, eine Kugel schlug irgendwo ein.

Saint-Félix stockte der Atem vor Entsetzen, und auch Georges' Herz schlug ihm bis zum Hals. Den Entschluß, sich Saint-Félix anzuschließen, hatte er völlig unbedacht gefaßt, ohne abzuwägen, welche Folgen es für ihn hätte, wenn sie gefaßt würden. Das ging ihm erst jetzt langsam auf, wo es zu spät war.

Er schlich zu der Tür, die sich in dem Zimmer befand, und fragte sich einen Augenblick, was sie wohl dahinter erwartete. Saint-Félix stand schweratmend unmittelbar neben ihm. Wo auch immer die Tür hinführte, es gab kein Zurück. Der Weg über das Dach war abgeschnitten, und jeden Moment konnte ein Gardist durch die Luke sehen und sie entdecken.

Georges öffnete die Tür. Ein kleiner Raum führte zu einem weiteren Zimmer. Er ging hinein, und Saint-Félix folgte ihm auf dem Fuß.

»Schließt die Tür!« zischte Georges.

Gehorsam machte sich Saint-Félix an dem Riegel zu schaffen.

Von dem zweiten Zimmer aus gelangten sie auf eine Treppe, über die Stimmen von unten heraufdrangen: eine laute Männerstimme und gleich darauf das Lachen einer Frau.

Saint-Félix wich zurück.

»Los! Nach unten!« fauchte Georges. »Wir wollen niemand verletzen, aber wenn wir jemandem einen kleinen Schlag verpassen müssen, um ihn ruhig zu halten, dann ist das immer noch besser als das Schafott.«

Saint-Félix fluchte leise.

Doch dann gelang es ihnen, in aller Eile unbemerkt auf Zehenspitzen die Stufen hinunterzuschleichen und aus einem Fenster im ersten Stock auf einen Vorsprung zu klettern. Von dort hangelten sie sich mühsam in den

Hof hinunter, in dem Unmengen von Holz aufgetürmt waren, zum Teil zerkleinert, zum Teil noch in groben Klötzen. Das Holz bot hervorragende Deckung, um bis zum Hofeingang zu gelangen und zu sehen, ob die Luft rein war.

Georges wagte sich als erster vor und sah sich vorsichtig um. Ein Angstschauer jagte ihm über den Rükken, als er die weißblauen Gardistenuniformen am Ende der Straße erblickte. Hastig zog er sich zurück und wandte sich zu Saint-Félix um.

Sein Genosse war aschfahl im Gesicht.

»Zieht die Jacke aus!«

»Was?«

»Wir tauschen die Jacken!« Er fing an, seine eigene auszuziehen. »Macht schnell!«

Saint-Félix hatte verstanden. In seiner Hast riß er fast einen Ärmel ab, er setzte zum Sprechen an, überlegte es sich dann aber anders. Sein Blick hing wie gebannt an Georges' Gesicht.

Georges nahm die braune Jacke, zog sie an und reichte Saint-Félix seine eigene blaue.

»Ich danke Euch …« begann Saint-Félix.

Georges lächelte flüchtig. »Versteckt Euch hinter den Holzstapeln. Und wenn sie mich verfolgen, lauft Ihr über die Straße und geht in Richtung Saint-Sulpice. Dort seid Ihr auf dieser Seite des Flusses am sichersten aufgehoben. Viel Glück.« Bevor er sich noch eines Besseren besinnen konnte, stahl er sich hinaus und steuerte in schnellem Lauf das den Gardisten entgegengesetzte Ende der Straße an. Er hoffte, die Rue Mazarine überqueren zu können, von dort in die Rue de Seine zu kommen und zwischen den dichtgedrängten Gebäuden um die Kirche von Saint-Germain des Prés abtauchen zu können. Wenn es ihm in diesem Viertel gelang, seine Verfolger abzuhängen, konnte er sich selbst nach Saint-Sulpice durchschlagen.

Fast war er an der Ecke zur Rue Dauphine angekommen, als er den Schrei hörte. Er fing an zu rennen. Ein Schuß fiel, ein zweiter kam vom Flußufer her aus nördlicher Richtung. Nach dem Lärm der stampfenden Stiefel zu urteilen, die hinter ihm durch die Straße donnerten, mußte ihm eine ganze Hundertschaft auf den Fersen sein.

Er stürzte um die Ecke, wo er um ein Haar eine dicke Frau mit einem Korb voll Brot umrannte. Sie kreischte auf, taumelte gegen die Mauer, um ihm auszuweichen, und bedachte ihn mit wilden Beschimpfungen.

Ohne innezuhalten rief er eine Entschuldigung über die Schulter. In der Rue Dauphine herrschte lebhafter Verkehr: Lastkarren, Kutschen und eine hoffnungslos überfüllte öffentliche Droschke, die so überladen war, daß ein Fahrgast mit einem Bein noch auf dem Trittbrett stand. Es hatte wieder angefangen zu regnen, jedermann hatte es eilig und lief mit gesenktem Kopf und hochgeschlagenem Kragen. Das Kopfsteinpflaster war naß und rutschig.

Georges wischte zwischen einem Fuhrwerk mit Brennholz und dem zur Hälfte mit Korn beladenen Karren eines Müllers hindurch und konnte nur im allerletzten Moment einem Pferd ausweichen, das auf der Gegenfahrbahn stand. Stolpernd rettete er sich auf den Gehsteig. Unmittelbar vor ihm mündete eine schmale Straße. Er hastete hinein, inständig hoffend, daß es keine Sackgasse war.

Er hörte Rufe hinter sich. Wieder krachte ein Schuß.

Die Gasse endete an einer Mauer, in der ein Tor eingelassen war. Er warf sich mit aller Kraft dagegen, doch es gab nicht nach. Es war fest verschlossen.

Seine spontane Eingebung war es gewesen, die Gardisten von Saint-Félix' Fährte abzulenken. Doch wenn sie nun ihn faßten, würden sie rasch merken, daß es nicht Saint-Félix war, der ihnen ins Netz gegangen war.

Ihm wurde klar, wie aberwitzig diese Idee war. Wenn sie das Täuschungsmanöver durchschauten, würden sie ihn schon aus purer Wut festnehmen. Irgend jemand würde dann mit Sicherheit dahinterkommen, wer er war und daß er ebenfalls gesucht wurde, sogar noch dringender! Was war er nur für ein Narr!

Und nun stand er vor diesem verschlossenen Tor, und die Gardisten mußten jeden Moment hinter ihm auftauchen. Er konnte ihre wütenden Rufe auf der Rue Dauphine hören, dann die aufgebrachten, vor Aufregung schrillen Stimmen der Passanten.

Er mußte einen Ausweg finden, koste es, was es wolle. Er sah nach oben. War da irgend etwas, an dem er emporklettern konnte?

Nichts.

Und nach unten? Irgendein Keller? Vielleicht waren die Keller der Häuser ja miteinander verbunden. Die Stimmen kamen näher. Ihm blieb keine Wahl. Er nahm den nächstbesten Hofeingang, überquerte den kleinen Hinterhof und betrat durch die Hintertür eine steingeflieste Küche. Keiner der Bewohner war zu sehen. Es war Nachmittag – zu spät für das Mittagessen, zu früh für das Abendessen. Gehetzt blickte er sich um. Da war die Kellertür. Er öffnete sie, zog sie hinter sich zu und tastete sich an der Wand entlang die Stufen hinunter. Vorsichtig ließ er seine Finger über einen Mauervorsprung wandern und fand Kerze und Zunder. Mit zitternden Händen machte er Licht. Um ihn herum stapelten sich Vorräte. Wein, Wurzelgemüse, ein Sack mit Getreide und mehrere Bündel Brennholz. Der Keller hatte keinen zweiten Ausgang. Wenn sie ihn hier aufspürten, saß er in der Falle.

Er zitterte. Jeden Moment konnten Verfolger in die Küche eindringen. Vielleicht vermuteten sie, daß er wieder auf die Dächer geflüchtet war, doch einer würde bestimmt zur Sicherheit im Keller nachsehen. Ihm blieb nichts anderes übrig, als den Stier bei den Hörnern zu packen. Lieber im Angriff erliegen, als wie ein Tier eingekesselt zu werden.

Er bückte sich, stellte die Kerze auf den Mauervorsprung zurück, bat den Hausherrn in Abwesenheit um Verständnis und hievte eines der Holzbündel auf seinen Rücken. Mit krummem Buckel erklomm er die Stufen und stieß die Kellertür auf. Sein Herz machte einen Sprung. Einer der Gardisten stand mitten in der Küche. Beinahe hätte er das Holz auf seinem Rücken vor Schreck fallengelassen. Statt dessen rutschte es gefährlich zur Seite, und er bekam es gerade noch zu fassen, ehe es herabglitt.

»Ja, Hauptmann?« fragte er mit heiserer Stimme eilfertig.

»Sind hier irgendwelche Fremde vorbeigekommen?« verlangte der Gardist zu wissen. »Wir suchen einen Flüchtigen, der vor zwei Tagen einen guten Bürger und Revolutionär kaltblütig ermordet hat. Er lief in diese Richtung und war dann plötzlich verschwunden.«

»Wie sieht er denn aus?« fragte Georges in gebückter Haltung, den Kopf gesenkt. Das Holz war keine schlechte Tarnung – er wünschte nur, er trüge den Laib Brot nicht immer noch mit sich herum.

»Recht groß, größer als Ihr, würde ich sagen«, gab der Uniformierte zur Antwort. »Eher schlank, zwischen vierzig und fünfzig, helles Haar.«

»Nicht in der letzten halben Stunde«, antwortete Georges nachdenklich. »War gerade im Keller, um Holz zu holen. Mein Nachbar will mir welches abkaufen.« Er zögerte. Wie weit konnte er das Spiel treiben? Wenn er zu dick auftrug, wurde der Gardist vielleicht mißtrauisch, und alles wäre verloren; war er zu vorsichtig, brächte er sich um seine Chance, ihnen zu entkommen.

»Aber als ich unten war, hab' ich Geräusche gehört.« Er setzte alles auf eine Karte. »Dachte, jemand ist an der Tür, aber ich kann mich auch verhört haben.«

»An der Küchentür?« fragte der Gardist eilig.

»Kann schon sein ...«

Der Gardist drehte sich auf dem Absatz um und rannte zur Tür. »Hier herein!« rief er. »Sieht aus, als wäre er wieder aufs Dach! Behaltet die Straße im Auge! Ihr zwei – lauft zur Rue Mazarine und paßt dort auf! Ihr zur Rue Guenegaud! Vorwärts!« Er wandte sich wieder an Georges. »Wir gehen rauf aufs Dach.« Was eine Feststellung war und keine Bitte um Erlaubnis. »Danke Euch, Bürger.« Und damit eilte er zur anderen Tür und verließ den Raum.

»Viel Glück, Bürger!« rief Georges ihm nach und ging mit weichen Knien auf den Hof hinaus, vorbei an einem halben Dutzend Nationalgardisten.

Er lief, so schnell es die Last auf seinem Rücken erlaubte. Sobald er sich außer Sichtweite der Gardisten glaubte, warf er das Holz weg und rannte die Rue de Tours entlang, überquerte den Boulevard Saint-Germain und rettete sich in die erstbeste Gasse. Völlig außer Atem blieb er stehen. Sein Herz hämmerte so stark, daß es seinen ganzen Körper durchschüttelte und seine Beine ihn kaum noch aufrecht hielten.

Er stand immer noch an derselben Stelle, als er Saint-Félix zehn Meter weiter aus der Rue de Seine kommen sah. Zuerst erkannte er seine eigene blaue Jacke, dann erst Saint-Félix' Gesicht. Zwei Nationalgardisten standen in lässiger Haltung an der Ecke, die Musketen locker über der Schulter, nicht schußbereit. Sie hielten nach niemandem bestimmtem Ausschau und langweilten sich.

Georges erstarrte, die Hände so ineinander verkrampft, daß die Nägel in die Handflächen schnitten. Geht weiter, um Gottes willen, geht einfach, beschwor er lautlos Saint-Félix, der innehielt. »Nicht stehenbleiben ... Erweckt bloß nicht ihre Aufmerksamkeit ...«

In der Kniehose eines der Gardisten steckte ein Exemplar der *L'Ami du Peuple.* Er trug zwei verschiedene

Schuhe. Erwartungsvoll und verächtlich zugleich blickte er Saint-Félix an.

Saint-Félix blieb stehen.

»Geht weiter!« zischte Georges durch die Zähne.

Doch Saint-Félix stand da wie angewurzelt, als wäre er in Schreckstarre gefallen.

»Ihr seid fremd hier, Bürger?« erkundigte sich einer der Gardisten.

»Nein!« sagte Saint-Félix hastig. »Nein, nein, ich wohne hier.«

Gequält schloß Georges die Augen. Hätte er die Frage bejaht, wäre das eine Erklärung für das eigentümliche Verhalten gewesen, und sie hätten keinen Verdacht geschöpft!

»Seid Ihr sicher?« Der Gardist beugte sich vor und betrachtete ihn genauer. »Ich kenne Euch gar nicht! Ihr seht aus, als hättet Ihr Euch verlaufen!«

»Erzählt ihm irgend etwas!« murmelte Georges in hilfloser Verzweiflung. »Sagt ihm, Ihr seid krank! Egal, was, wenn es nur Eure Nervosität erklärt!«

»Habe ich Euer Gesicht nicht schon einmal gesehen?« fragte der zweite Gardist. »Wie ist Euer Name?«

»Saint ... Saint-Just«, stammelte Saint-Félix.

Als wittere er dessen Angst, betrachtete der erste Gardist Saint-Félix mit wachsendem Argwohn.

»Ach ja? Wo sind Eure Papiere, Bürger? Wo wohnt Ihr?«

Saint-Félix fuchtelte wild mit seinem Arm. »Dort hinten ... Nummer achtundvierzig!«

»Wo wollt Ihr hin?«

»Auf eine ... eine Tasse Kaffee ...«, antwortete Saint-Félix.

Eine Gruppe Nationalgardisten näherte sich von der Rue de Tours.

Ruckartig drehte Saint-Félix sich um, erblickte sie und fing an zu rennen.

Mit dem stummem Entsetzen der Vorahnung, als hätte er schon im voraus gewußt, was geschehen würde, sah Georges zu. Die Gardisten auf der Rue de Tours sahen Saint-Félix flüchten und riefen ihm hinterher. Der Soldat, der mit ihm gesprochen hatte, wandte sich um.

»Halt!« schrie er. »Ihr da! Bleibt stehen!«

Saint-Félix floh in die Gasse, wo er fast gegen Georges prallte. Er geriet ins Stolpern, fing sich wieder und rannte weiter.

Schüsse fielen.

In äußerster Panik schlitterte Saint-Félix mit rudernden Armen und fliegenden Beinen über das nasse Kopfsteinpflaster. Er lief immer weiter, ohne von seinem Kurs abzuweichen oder langsamer zu werden.

Eine Gewehrsalve krachte, und ein Kugelhagel schlug auf Mauern und Pflaster.

Saint-Félix taumelte nach vorn, geriet ins Rutschen und fiel mit dem Gesicht nach unten auf die Straße. Er bewegte sich noch ein wenig, dann blieb er reglos liegen.

Seine Verfolger scharten sich um den leblosen Körper, ohne Georges überhaupt zu bemerken. Einer kniete sich neben Saint-Félix und drehte ihn um.

»Tot«, seufzte er. »Ist er das?« Er blickte zu seinem Nebenmann auf.

Der betrachtete den Toten. »Ja doch. Obwohl ich hätte schwören können, daß er eine braune Jacke trug. Trotzdem ist es der Richtige. Ich kenne sein Gesicht.«

»Dann nehmt ihn mal mit. Bürger Menou wird höchst erfreut sein. Das ist doch der, der Bürger Bernave erstochen hat, oder?«

»Genau der! Erspart dem Henker die Arbeit.«

Georges zog sich in eine dunkle, geschützte Ecke zurück und wartete, bis sie Saint-Félix' Leiche weggetragen hatten. Erst als es in der Gasse ruhig geworden war, überquerte er tief bedrückt und vor Kälte zitternd den Boulevard Saint-Germain. Gesenkten Kopfes ging er durch den Regen zu Bernaves Haus.

Georges mußte über eine Stunde in der Kälte stehen und warten, bis auch der letzte von Menous Leuten abgezogen war. Danach war es ein Kinderspiel – ungehindert konnte er über den Hof die Küchentür ansteuern.

Doch was ihn dann erwartete, war alles andere als ein Kinderspiel. Er mußte Amandine sagen, daß Saint-Félix tot war. Der Schmerz würde sie fast umbringen, aber irgendwie mußte sie es durchstehen. Zum Glück würde Célie für sie da sein – würde ihr zur Seite stehen. Sie wußte, was es bedeutete, um einen Menschen zu trauern. Auch wenn es kein Trost war – nichts würde Amandine trösten können –, so wäre sie wenigstens nicht allein.

Er klopfte und drückte die Tür auf, ohne eine Antwort abzuwarten. Im ersten Moment dachte er, daß niemand in der Küche wäre, doch dann entdeckte er Célie in der Ecke am Herd, ein Plätteisen in der Hand. Sie stand mit dem Rücken zu ihm und tauschte gerade das kalte gegen ein heißes Eisen aus.

»Célie ...«, sagte er leise.

Sie drehte sich um. Als sie sah, wer hinter ihr stand, weiteten sich ihre Augen vor Schreck. Sie warf das Plätteisen achtlos auf den Herd und eilte ihm entgegen. »Du mußt fort von hier! Du wirst über das Dach fliehen müssen! Bist du verrückt geworden?«

Er hielt sie an den Armen fest. »Nein! Menous Männer sind gegangen.«

Entgeistert starrte sie ihn an, und dann bemerkte sie den Schock und den Schmerz in seinen Augen.

»Was ist geschehen?« Ihr stockte der Atem. »Saint-Félix ...«

»Ja. Es tut mir leid. Sie haben ihn ...«

Sie war kreidebleich geworden. »Welches Gefängnis?« Als ob das einen Unterschied machte.

»Keines«, erwiderte er. »Er lief weg. Da haben sie ihn erschossen. Es tut mir leid …« Es hatte keinen Sinn, Einzelheiten zu schildern, ihr zu sagen, daß Saint-Félix in Panik geraten war. »Ich habe getan, was ich konnte, aber es wimmelte nur so von Gardisten …« Warum erzählte er ihr das? Sie würde ihm keine Schuld am Tod von Saint-Félix geben. Er selbst fühlte sich schuldig. Er hatte das Gefühl, als habe er versagt, als hätte es ihm irgendwie gelingen müssen, Saint-Félix in Sicherheit zu bringen. Immerhin narrte er selbst die Schergen bereits seit über fünf Monaten!

»Er ist … tot?« Es kostete sie Überwindung, diese Worte zu sagen – sie hauchte sie nur und hoffte, er würde es verneinen.

»Ja. Es ging ganz schnell.«

Ihre Augen füllten sich mit Tränen.

Er zog sie an sich und nahm sie in die Arme. Fast konnte er fühlen, wie der Kummer von ihrem Körper Besitz ergriff. Es war, als hielte er auch Amandine in seinen Armen, samt all dem Schmerz und der Angst, die sie bedrückten.

Sie hielten einander immer noch umschlungen, als Amandine in die Küche trat. Sofort erkannt er den Schock in ihrem Gesicht, die Angst um ihn, das allmähliche Verstehen, daß er keine guten Nachrichten brachte.

Mühsam versuchte sie, etwas zu sagen, aber ihre Stimme versagte ihr den Dienst.

Georges ließ Célie los, und als sie spürte, wie er seine Arme fallen ließ, begriff sie, daß Amandine in der Küche war, und drehte sich zu ihr um. Ohne zu überlegen, ging sie zu ihr und nahm sie in den Arm – so, wie Georges es bei ihr getan hatte. »Sie haben ihn erschossen«, sagte sie nur. »Es ist vorbei. Er hat nichts gespürt. Wahrscheinlich hat er nicht einmal etwas davon mitbekommen.« Sie wußte nicht, ob das zutraf, aber sie sagte es, als sei sie sich ganz sicher.

Amandine sah Georges an.

Er nickte.

Amandine war leichenblaß, als wäre sie selbst schon tot. Sie sprach kein Wort. Der Verlust war so unaussprechlich groß und schmerzlich, daß sie nicht einmal weinen konnte. Kein Aufbegehren, keine Fragen, nur Verzweiflung.

Georges und Célie standen hilflos neben ihr, es gab keinen Trost, den sie ihr geben konnten, keine Erklärung, die etwas bedeutet hätte.

Zwölftes Kapitel

Sie standen immer noch zusammen in der Küche, als sie das Stampfen schwerer Stiefel im Hof aufschreckte. Célie fuhr herum, das Herz schlug ihr bis zum Hals. Das konnte nur die Nationalgarde sein. Bestimmt waren sie Georges gefolgt! Jede Sekunde zählte – zum Warten oder Nachdenken blieb keine Zeit.

Amandine sah aus, als verließen sie jeden Moment die Kräfte, als fiele sie in Ohnmacht, aber sie war die einzige, die helfen konnte. Am liebsten hätte Célie sich selbst darum gekümmert, Georges in Sicherheit zu bringen; aber Amandine schien zu durcheinander, um Menou oder seine Männer aufzuhalten.

»Nimm Georges mit!« befahl sie. »Geh mit ihm nach oben – irgendwohin – und versteck ihn!«

Amandine rührte sich nicht vom Fleck.

Célie schob sie zur Tür. »Geh schon! Ich halte solange Menou auf! Schnell!«

Amandine ging durch den Raum, als wate sie durch Wasser. Georges folgte ihr. Sie hatten kaum die Tür zum Treppenhaus hinter sich geschlossen, als Célie zur Hintertür ging und sie öffnete.

Vor ihr stand Menou.

Célies Herz schlug so heftig, daß sie fürchtete, ihre Nervosität nicht vor ihm verbergen zu können. Sie durfte sich nichts anmerken lassen. Er hatte so oft mit ihr gesprochen, daß er auch die kleinste Veränderung in ihrer Miene oder Stimme sofort bemerken würde.

»Ja ...« Sie räusperte sich. »Bürger Menou?« Sie bemühte sich vergebens, seinem Blick standzuhalten. Immerzu mußte sie daran denken, daß Georges irgendwo oben im Haus war und daß man Saint-Félix erschossen hatte. Unter keinen Umständen durfte sie Menous Argwohn wecken. Sie mußte sich so schnell wie möglich etwas einfallen lassen. »Ihr möchtet uns noch einmal sprechen? Ich glaube zwar nicht, daß ich Euch etwas Neues sagen kann, aber tretet doch bitte ein.« Sie wich einen Schritt zurück, um ihn hereinzulassen.

»Ich danke Euch«, sagte er, obwohl er sich auch Zugang zum Haus verschafft hätte, wenn er abgewiesen worden wäre – das wußten beide. Er war durchnäßt, Wasser tropfte von seinem Hut, Schultern und Rücken waren dunkel vom Regen. Seine Stiefel hinterließen feuchte Spuren auf dem Boden. Hinter ihm sah sie weitere Gardisten, die sich mit hochgeschlagenen Mantelkrägen gegen die Mauern drückten, um sich notdürftig vor dem Regen zu schützen – was sie jedoch nicht davon abhielt, sie genauestens zu beobachten.

»Wo ist Bürgerin Destez?« Menou sah sich in der Küche nach Amandine um.

»Ich weiß es nicht«, erwiderte Célie. »Ich war gerade dabei, einige Sachen zu plätten.« Sie deutete auf die zwei Plätteisen, eines auf dem Tisch, das andere auf dem Herd, und den zur Hälfte fertigen Stapel Wäsche. »Soll ich sie suchen«?

»Gleich. Ich würde ihr gern noch einige Fragen stellen, nur um sicherzugehen, daß ich auch genau verstanden habe, was passiert ist. Seid so gut, Bürgerin, und beschreibt mir noch einmal folgendes: In der Nacht, in der Bernave erstochen wurde und das Licht der Fackel vom Flur her kurz das Zimmer erleuchtete – wo genau habt Ihr Saint-Félix da stehen sehen, und wo stand Bernave?«

Célie versuchte sich zu erinnern. Nun, da Saint-Félix tot war, konnte die Wahrheit ihm nicht mehr schaden, und Menou würde sie endlich in Ruhe lassen. Doch diese Gedanken durfte sie sich auf keinen Fall anmerken lassen. Wenn Menou erriet, daß sie von Saint-Félix' Tod wußte, würde er sofort herausbringen, von wem sie es erfahren hatte. Georges zu schützen, war im Moment wichtiger als alles andere.

»Soweit ich mich erinnern kann, stand Saint-Félix ein paar Schritte von Bernave entfernt, in der Nähe des Fensters«, antwortete sie ihm und wünschte sich inständig, sie wüßte noch, was sie ihm bei der ersten Befragung gesagt hatte. In der Zwischenzeit hatten sich so viele Dinge ereignet, daß es ihr vorkam, als läge Bernaves Tod Wochen zurück und nicht drei Tage. Und sie durfte nicht so aussehen, als dächte sie angestrengt nach. Voller Sorge, aber aufrichtig – diesen Eindruck mußte sie auf ihn machen. Und wenn sie behauptete, nicht zu wissen, daß Saint-Félix nicht mehr im Haus war, wäre das wohl kaum glaubhaft. Es lag auf der Hand, daß alle im Haus davon wußten … und sich dementsprechend schuldbewußt verhalten würden. Sie durfte kein Wort mehr sagen, als unbedingt notwendig.

»Und in welche Richtung sah Bernave?« wollte Menou weiter wissen.

»Er stand mit dem Gesicht zu den Leuten im Hauseingang.« Diese Frage war leicht zu beantworten.

»Und er trat ihnen entgegen?«

Sie zwang sich, die Ereignisse jenes Abends zurückzurufen: den Lärm, die angsterfüllte Atmosphäre, das Krachen der Musketen, die zersplitternden Fenster, die eisige Luft, die plötzlich hereindrang, der beißende Geruch nach Rauch …

»Nein. Es war Madame Lacoste, die sich den Leuten stellte«, widersprach sie. »Ich konnte sie zwar nicht sehen, aber ich hörte ihre Stimme!«

»Und Bürger Saint-Félix?«

»Er stand neben ihr – Bürger Lacoste an seiner Seite.«

»Und wer zündete die Kerze an?«

»Ich.«

»Und was saht Ihr, als Ihr wieder Licht hattet?«

»Marie-Jeanne war nach oben zu den Kindern gegangen. Bürgerin Destez stand an der Wand am anderen Ende des Zimmers, Fernand hielt sich am Fenster, und Bürger Saint-Félix in der Mitte des Raums auf.«

Seine klaren Augen blickten sie unverwandt an. »Und Bürger Bernave?«

»Lag auf dem Boden, an derselben Stelle, an der Ihr ihn fandet.«

Er hob leicht die Augenbrauen. »Niemand eilte ihm zur Hilfe? Ihr wart Euch sofort sicher, daß er tot war?«

Sie mußte auf der Hut sein. Er würde sich nicht mit der einfachen Tatsache zufriedengeben, daß Saint-Félix der Täter gewesen war. Keinesfalls durfte er auf den Gedanken kommen, daß womöglich eine Verschwörung dahinter steckte.

»Ich ging zu ihm«, antwortete sie, »bückte mich zu ihm hinunter und befühlte seinen Hals. Er hatte keinen Puls mehr. Als uns bewußt wurde, was geschehen war, lief Monsieur Lacoste los, um Euch zu holen.«

»Und Saint-Félix?«

»Ich weiß es nicht. Ich kann mich nicht mehr erinnern. Ist das denn wichtig?«

»Wir haben immer noch kein Messer gefunden.«

Sie zuckte die Schultern. »Ich weiß auch nicht, wo es sein könnte.«

Er blickte sie eindringlich an. »Es gab Gerüchte, daß hier Lebensmittel gehortet würden, und zwar genau in diesem Haus. Wußtet Ihr davon?«

»Nein.«

»Jemand hat das Gerücht in Umlauf gebracht«, sagte er. »Irgendwer hat es behauptet. Es war kein Zufall, daß sie sich ausgerechnet dieses Haus ausgesucht haben – es war von vornherein so geplant.«

Célies Magen gefror zu einem Eisklumpen – ihr war flau und elend zumute. Ein solches Maß an Berechnung hätte sie Saint-Félix nie zugetraut. Mord aus einem Impuls, aus jäh aufwallendem Zorn heraus war so viel leichter zu verstehen.

»Es tut mir leid«, sagte er sanft, doch dann besann er sich mit hochrotem Kopf. »Danke, daß Ihr Euch die Zeit genommen habt. Wenn Ihr jetzt vielleicht Bürgerin Destez holen würdet.« Das war ein Befehl.

»Natürlich.« Ehe er vorschlagen konnte, sie zu begleiten, war sie schon zur Tür hinaus. Im Eilschritt lief sie die Treppe hoch. Wo mochte Amandine sein? Wohin hatte sie Georges gebracht? Hatte sie bei der Auswahl des Verstecks alle Gefahren bedacht? Oder saß er jetzt im Keller oder an einem ähnlichen Ort, der keine Fluchtmöglichkeit bot, wenn Menou ihn entdeckte?

Unsinn! Georges war geübt darin, sich zu verbergen. Eigenartig. Wie sehr hatte sie Madame de Staël bewundert, als sie unter Gefahr für ihr eigenes Leben ihren Geliebten vor der Nationalgarde versteckte. Dieses Erlebnis hatte damals den Sinneswandel in ihrem Kopf und Herzen bewirkt, der sie ihren Verrat an Georges mit anderen Augen sehen ließ. In jenem Moment war ihr bewußt geworden, daß auch sie diese Courage zeigen wollte. Ob Georges nun schuld war an Pierres Tod oder nicht – Rache zu nehmen erschien ihr mit einemmal sinnlos, kam ihr im Hinblick auf Madame de Staëls Handlungsweise plötzlich unsagbar schäbig vor.

Nun bot sich ihr die Gelegenheit, genau das gleiche zu tun – sofern sie es fertigbrachte. Würde sie den Willen und die Stärke aufbringen?

Sie rannte noch ein Stockwerk höher. Amandine würde ihn doch sicher eher nach oben als nach unten bringen? Andernfalls bliebe keinerlei Fluchtmöglichkeit, wenn Menou eine weitere Hausdurchsuchung anordnete.

Amandine kam ihr auf den Stufen entgegen. Sie sah

elend aus und klammerte sich am Geländer fest, als habe sie Angst zu fallen.

»Menou will mit dir sprechen«, sagte Célie atemlos. »Laß dir um Himmels willen nicht anmerken, daß du über Saint-Félix Bescheid weißt! Es gibt nichts mehr, womit du ihm helfen kannst. Wir müssen alles tun, damit wir Menou wieder aus dem Haus bekommen ...«

»Ich weiß«, gab Amandine mit tonloser Stimme zurück. In ihrem Gesicht spiegelte sich Verzweiflung.

Célie packte sie am Arm, so fest, daß Amandine unter normalen Umständen zusammengezuckt wäre. Auch wenn es grausam schien, sie mußte es ihr nochmals einschärfen. »Versuch, es dir nicht anmerken zu lassen! Er wird dich genau beobachten. Georges' Leben könnte davon abhängen. Sag ihm, daß du krank bist, sag ihm, was du willst, nur nicht die Wahrheit.«

Ohne sie anzusehen, wiederholte Amandine: »Ich weiß.« Sie klang, als sei jeder Lebenswille aus ihr gewichen.

Célie folgte ihr. Jetzt galt es, Menou mit allen Mitteln davon abzuhalten, Amandine allzu genau zu beobachten – und wenn sie dafür in Ohnmacht fallen oder einen Tobsuchtsanfall vortäuschen mußte!

Menou stand in der Küche und wartete auf sie. Er musterte Amandine mit unverhohlenem Interesse.

»Ihr seht blaß aus, Bürgerin. Bedrückt Euch etwas?«

Amandine zögerte, unsicher, ob sie die Wahrheit sagen oder lügen sollte. Doch selbst wenn sie hätte lügen wollen, sie war zu gebrochen, um sich etwas auszudenken.

»Wir alle sind bedrückt, Bürger«, beeilte sich Célie für sie zu antworten und zog einen Stuhl vom Küchentisch heran, damit Amandine sich setzen konnte. »In diesem Haus ist ein Mord geschehen, und wir wissen, daß einer von uns dafür verantwortlich ist. Als wäre das nicht genug, ist auch noch Bürger Saint-Félix verschwunden. Wir wissen zwar nicht warum, aber wir befürchten dennoch das Schlimmste. Wie sollen wir da nicht bedrückt sein, Bürger?«

Menou zeigte ein trostloses Lächeln. »Bürgerin Destez scheint es ganz besonders zuzusetzen«, bemerkte er spitz. »Ihr seid Bürger Saint-Félix sehr zugetan, nicht wahr?«

»Ich ... bewundere ihn sehr«, erwiderte Amandine, ohne ihn anzublicken. Sie war umsichtig genug, die Gegenwartsform zu benutzen.

»Tatsächlich? Und weswegen, Bürgerin?« Er setzte sich ihr gegenüber.

Dieses Mal sah sie ihn an, und in ihrem Blick flackerte Zorn auf. »Seiner Großmut wegen, Bürger Menou. Seiner Geduld, Toleranz und seiner Fähigkeit wegen, anderen zu vergeben, auch wenn sie sich in abscheulicher Weise gegen ihn vergangen haben.«

»Ihr spielt auf Bürger Bernave an?« fragte er, während sein Blick unverwandt auf ihrem Gesicht ruhte.

»Ich sprach von niemandem Bestimmten. Auch Fernand war manchmal sehr feindselig ihm gegenüber. Bürger Saint-Félix ist auch ihm mit Gleichmut begegnet.«

Menous Neugier schien geweckt. »Was, glaubt Ihr, war der Grund für so viel Nachsicht gegen Bernave? Würdet Ihr nicht eher jemanden bewundern, der seinem Peiniger die Stirn bietet, jemanden, der sich zu wehren weiß, anstatt sich herumstoßen zu lassen?« Zweifelnd sah er sie an. »Findet Ihr Mut nicht bewunderungswürdig?«

Trotzig reckte sie ihr Kinn nach vorn und erwiderte seinen Blick.

»Doch, ich bewundere mutige Menschen. Aber ich setze Mut nicht mit der Neigung gleich, bei jeder erstbesten Gelegenheit Händel vom Zaun zu brechen und persönliche Eitelkeit oder verletzte Gefühle über das Allgemeinwohl zu stellen.«

»Und diese Art von Mut besaß Saint-Félix?«

»Ja.« Die Bestimmtheit in Stimme und Gesichtsausdruck ließ keinen Platz für Zweifel. »Außerdem war er Gast in diesem Haus, und seine Umgangsformen verboten es ihm, die Hand gegen seinen Gastgeber zu erheben, auch wenn der ihn noch so schikaniert hätte.«

»Und Ihr bewundert gute Umgangsformen?«

»Allerdings.«

»Eine Eigenschaft, auf die die Revolution nicht allzu großen Wert legt.« Er sagte das völlig ausdrucklos, wie eine einfache Feststellung. Célie sah ihn an und fragte sich, ob er Amandine zu einer antirevolutionären Äußerung verleiten wollte, doch schien in seinem Tonfall ein Anflug von echtem Bedauern mitzuschwingen, als sehne sich ein Teil von ihm nach jenen Tagen zurück, in denen Höflichkeit noch als Tugend galt. Vielleicht hätte er es vorgezogen, einige Attribute aus jener untergegangenen Kultur mit in die neue hinüberzuretten, doch er war in seiner Zeit gefangen und machtlos.

Amandine antwortete nicht. Ihr war nicht nach Wortgefechten zumute. Der kurze Anflug von Zorn war so schnell erloschen, wie er aufgeflammt war.

Menou ging zu einer anderen Angriffstaktik über. Leicht über den Tisch gebeugt, fragte er: »Hättet Ihr gedacht, daß Saint-Félix weglaufen würde?«

Sie atmete scharf ein und wurde so leichenblaß, daß Célie fürchtete, sie könne jeden Moment das Bewußtsein verlieren. Eigentlich hatte Célie sich damit abgefunden, daß Saint-Félix Bernave getötet hatte, sogar daß er Grund dazu gehabt hatte oder zu haben meinte. Aber sie verübelte es Menou zutiefst, wie er Amandine quälte, was immer er damit beweisen wollte. Wenn sie nur gekonnt hätte, wenn ihr durch ihre Angst um Georges nicht die Hände gebunden gewesen wären, hätte sie sich auf ihn gestürzt.

»Nein …«, flüsterte Amandine.

»Ihr hättet ihm mehr Stehvermögen zugetraut?«

Nur mit äußerster Beherrschung gelang es Célie, sich nicht einzumischen. Jeder Einwurf ihrerseits hätte Menou am Ende noch argwöhnen lassen, Amandine sei an Saint-Félix' Flucht oder, schlimmer noch, am Mord selbst beteiligt gewesen.

Menou wartete.

Amandine schwieg.

Célie ertrug es nicht länger. »Wir halten ihn für unschuldig«, warf sie schroff ein. »Wir wissen nicht, wer Bernave ermordet hat.«

»Warum denkt Ihr, er sei unschuldig?« Menou sah zu ihr hinüber. »Unschuldiger als, sagen wir, Madame Lacoste? Oder Fernand?«

Dieses Mal war sie vorbereitet. »Weil er so eng mit Bernave zusammengearbeitet hat«, gab sie zurück. »Sie müssen einander sehr vertraut haben, um gemeinsam jene zu bekämpfen, die die Revolution wieder ungeschehen machen wollen. Außerdem ist Saint-Félix viel zu sanftmütig und hat mit denen, die ihn angreifen, stets Nachsicht geübt. Wir haben es immer wieder erlebt. Er ist kein jähzorniger Mensch.«

Menou wechselte die Strategie und wandte sich erneut an Amandine.

»Wo wart Ihr, nachdem Bernave erstochen worden war und Bürgerin Laurent die Kerze wieder angezündet hatte?«

»Ich lehnte an der Wand«, erwiderte Amandine.

»Dann stand Saint-Félix zwischen Euch und der Menge. Ihr müßt also genau in seine Richtung gesehen haben!«

Sie blickte auf, seinem Blick standhaltend. »Ja, das ist richtig. Er hatte kein Messer in der Hand.«

Menou lächelte traurig. »Ich dachte mir, daß Ihr das sagen würdet. Und ich wünschte, ich könnte glauben, daß Ihr der Wahrheit ebenso ergeben seid, wie Ihr Saint-

Félix die Treue haltet. Es ist nicht zu übersehen, daß Ihr ihn sehr mochtet, um so mehr bedaure ich, Euch mitteilen zu müssen, daß er tot ist.« Er sah bekümmert aus, sein Blick war überraschend sanft.

Amandine schluckte, die Hände in ihrem Schoß krampften sich zusammen. Einige Sekunden lang verharrte sie völlig reglos.

Célie setzte zum Sprechen an, doch Menou hob die Hand, die Innenfläche ihr zugewandt. Womit er ihr unmißverständlich bedeuten wollte, nicht zu unterbrechen. Wenn sie sich darüber hinwegsetzte, würde sie damit zeigen, daß sie Amandine nicht traute.

Mit einem tiefen Atemzug versuchte Amandine, ruhiger zu werden, und sah Menou an.

»Wie ist es passiert?«

Zum erstenmal schien es, als sei ihm nicht wohl in seiner Haut. In seinen Augen lag eine Andeutung echten Mitleids, und seine Stimme verriet keinerlei Befriedigung, keinen Stolz auf die vollbrachte Leistung.

»Wir folgten ihm, als er das Haus verließ, aber dann verloren wir eine Zeitlang seine Spur. Natürlich hielten wir weiterhin die Augen offen und entdeckten ihn später eher zufällig. Er geriet in Panik, und als ein Gardist auf dem Boulevard Saint-Germain ihn aufforderte stehenzubleiben, reagierte er nicht, und es wurde geschossen. Er war auf der Stelle tot.« Er senkte die Stimme. »Wenn es Euch ein Trost ist, Bürgerin, er wird kaum gelitten haben.«

Vergeblich versuchte sie, etwas zu sagen, vielleicht ihm zu danken, doch ihre Stimme versagte ihr den Dienst.

»Was erwartet Ihr dann noch von uns, Bürger Menou?« fiel Célie ein, ob Menou das nun paßte oder nicht. »Was kann es geben, das Ihr noch wissen müßtet?«

Menous Blick ruhte auf ihr. »Diese Frage solltet Ihr Euch selbst beantworten können. Ihr habt gehört, wie

Bürgerin Destez aussagte, daß sie, als Ihr die Kerze wieder angezündet hattet, Saint-Félix vor sich sah, und daß er kein Messer hatte. Entweder sie sagt die Unwahrheit, oder jemand hat ihm im Dunkeln das Messer aus der Hand genommen.«

»Oder jemand anders hat Bernave erstochen«, platzte Célie heraus, ohne sich über die Folgen Gedanken zu machen.

»Aber warum ist er dann fortgelaufen?« wandte Menou leise ein. »Seit wann flüchtet ein Unschuldiger, und das, bevor man ihn beschuldigt hat?«

Es gab nichts, das sie hätte antworten können, ohne alles noch schlimmer zu machen.

»Es bleiben also offene Fragen«, seufzte er und lehnte sich zurück. »Mir scheint, als müsse ich die anderen Mitglieder des Haushalts noch einmal befragen, wo genau sich jeder damals befand. Wenn Ihr sie bitte rufen würdet, Bürgerin.«

Konnte sie Amandine allein bei ihm zurücklassen? Wollte er sie noch etwas fragen? Doch wenn sie mit ihr zusammen Madame Lacoste holen ging, würde er vermuten, daß sie Angst hatte, Amandine könne noch andere Dinge preisgeben. Schweren Herzens entschied sie sich dagegen und ging hinaus.

Menou befragte jeden aus dem Haus nochmals. Mit Ausnahme von Fernand, der es vorzog stehenzubleiben, saßen alle um den Küchentisch.

»Célie hat uns erzählt, daß Ihr Bürger Saint-Félix erschossen habt«, sagte Madame Lacoste kühl zu Menou. »Was können wir dem noch hinzufügen?«

Eingehend betrachtete Célie Madames Gesicht mit den scharfgezogenen geraden Brauen und dunklen Augen. Ihre Lippen waren zu einem Strich zusammengepreßt. Falls sie ein Gefühl wie Bedauern oder Mitleid empfand, wußte sie es meisterlich zu verbergen. Doch sie hatte ihren Stolz. Niemals hätte sie vor der Nationalgarde Gefühle gezeigt oder ihren Befrager auch nur ahnen lassen, was in ihr vorging. Ob sie erleichtert war, weil nun der Verdacht von ihrer eigenen Familie genommen war? Es wäre nur allzu verständlich.

Verstohlen blickte sie Monsieur Lacoste an. Zu ihrer Verblüffung stellte sie fest, daß sein Gesicht Mitleid zum Ausdruck brachte und daß er Amandine mit einer Wärme ansah, die er selten zeigte – ganz so, als verstünde er hilflose Trauer.

Fernand war wütend. Er sträubte sich gegen Menous Anwesenheit und sah keinen Anlaß mehr, mit seiner Meinung hinter dem Berg zu halten.

Marie-Jeanne drückte das Baby gegen ihre Schulter und schaukelte es sanft, eine Bewegung, die ihr mittlerweile sicher in Fleisch und Blut übergegangen war. Die anderen Kinder waren irgendwo in den oberen Stockwerken.

Célie versuchte Georges aus ihren Gedanken zu verbannen, als wäre er meilenweit entfernt und in Sicherheit. Sie zwang sich, nicht daran zu denken, was passieren konnte, wenn er über das Dach floh, während sich unten auf der Straße die Soldaten drängten. Keinesfalls durfte sie sich etwas anmerken lassen, und sei es durch einen besorgten Blick oder auch nur die kleinste Veränderung ihres Gesichtsausdrucks.

Gelassen saß Menou auf seinem Stuhl, die Beine übereinandergeschlagen und die Fingerspitzen aneinandergelegt, während er von einem zum anderen blickte.

»Es scheint, als stehe dieser Fall kurz vor seinem Abschluß«, bemerkte er. »Einige wenige Einzelheiten verlangen noch nach Klärung, dann können wir die Akte schließen. Bürger Bernave kann dann in Frieden ruhen.«

»Die Toten sind tot!« versetzte Monsieur Lacoste scharf. »Wenn der Tod in Euren Augen Frieden bedeutet, dann sei es so. Für Bernave macht es keinen Unterschied.«

»Ihr habt wohl recht«, gab Menou zu. »Vielleicht sollte ich sagen, der Gerechtigkeit wird dann Genüge getan sein. Ist es Euch so lieber?« Die Frage war tatsächlich als solche gemeint, und er wartete auf eine Antwort.

Monsieur Lacoste zuckte die Schultern, doch für einen Moment leuchtete in seinen Augen ein Ausdruck von Genugtuung auf. »Um welche Einzelheiten geht es, Bürger? Bernave war ein Tyrann, der Bürger Saint-Félix' Gutmütigkeit für seine Zwecke ausgenutzt und ihn so lange bis an den Rand der Erschöpfung allen möglichen Gefahren ausgesetzt hat, bis Saint-Félix schließlich die Nerven verloren und zurückgeschlagen hat. Ihr seid zu dem gleichen Schluß gelangt. Saint-Félix wußte das und ist getürmt, was ihm kaum zu verdenken ist. Ihr habt ihn erschossen. Der arme Teufel ist tot. Wenn Ihr es als Gerechtigkeit betrachtet, bitte. Wo bleiben da die offenen Fragen?«

»Es sind nicht allzu viele«, räumte Menou ein. »Ich wüßte nur gern, wie genau er die Tat bewerkstelligt hat.«

»Warum? Was spielt das noch für eine Rolle?« fragte Lacoste herausfordernd. »Abgesehen davon, daß keiner von uns es weiß!«

»Wirklich nicht?« Menou zog die Augenbrauen hoch. »Wir werden ja sehen. Im Moment scheint es mir, als sei ihm jemand zur Hand gegangen, und sei es, daß man ihm nur das Messer reichte oder es anschließend versteckte.«

»Wie kommt Ihr darauf?« fragte Marie-Jeanne verblüfft in leicht schrillem Ton.

Menou ging nicht darauf ein. »Wir wollen die ganze Sache noch einmal betrachten und sie diesmal etwas genauer unter die Lupe nehmen.« Er sah Fernand an. »Seit wann wohnt Ihr in diesem Haus, Bürger?«

»Ungefähr zwölf Jahre«, antwortete Fernand. »Seit ich verheiratet bin.«

»Und Eure Eltern?« fragte Menou weiter.

»Sie kamen ein Jahr später zu uns.«

»Seid Ihr Miteigentümer des Hauses?«

Fernands Miene wurde feindselig, aber er konnte schlecht lügen. Wenn Menou wollte, wäre es für ihn ein leichtes, die Wahrheit herauszufinden. »Nein. Aber wir sorgen selbst für unseren Lebensunterhalt.« Es schien, als wolle er noch etwas hinzufügen, doch er verstummte.

Célie fragte sich, ob er wohl etwas über Eigentum und Gleichheit hatte sagen wollen und sich dann gehütet hatte, diesen Gedanken in Verbindung mit seinem Schwiegervater zu äußern. Bewegungslos stand er da, seine Lippen eine schmale Linie.

»Ja, natürlich«, pflichtete Menou ihm bei. »Ihr seid Zimmermann und Schreiner. Jetzt werdet Ihr und Eure Familie Euch noch einige Kenntnisse über die Ein- und Ausfuhr von Stoffen aneignen müssen. Eine ausgesprochen gewinnbringende Branche.«

Fernand schwieg. Célie hätte ihm gleich sagen können, daß sich Menou so schnell nicht geschlagen geben würde. Er hatte vor, sie so lange zu befragen, bis sie ihm erzählten, was er wissen wollte. Und es lag in seiner Macht, sie hier festzuhalten, bis die Wahrheit ans Licht kam.

Vielleicht konnte Georges inzwischen über die Dächer entkommen? Gebe Gott, daß es so war. Und wenn es gar keinen Gott gab? Sie wünschte so sehr, daß eine göttliche Instanz existierte – wohin sonst sollte man sich wenden, wenn man von ganzem Herzen sein Leben für etwas hinzugeben bereit war, wenn man nicht mehr weiter wußte und unterzugehen drohte? War das der Grund, aus dem Bernave an Gott geglaubt hatte? Wußte er um seelische Nöte, um das Verlangen, Vergebung erwarten zu dürfen, wenn die Reue groß genug und der Preis gezahlt war?

Aber hatte Amandine Georges denn überhaupt ins Dachgeschoß gebracht? Hatten die Kinder etwas davon bemerkt? Und was war mit den Männern auf der Straße? Draußen war es noch hell. Zu dieser Tageszeit, nachmittags, zwischen Mittagessen und Abendbrot, hielten sich bestimmt viele Leute in ihren Schlafzimmern auf, die sich meist im obersten Stockwerk befanden.

Menou stellte eine Frage nach der anderen, klopfte die Herzen der Anwesenden auf Liebe und Haß, Neid oder mögliche Begehrlichkeiten ab. Um plötzlich ohne jede Vorwarnung wieder auf die alte Frage zurückzukommen, wo sich jeder einzelne zum Zeitpunkt der Tat befunden hatte.

»Und nachdem die Fackeln verschwunden waren, Bürgerin«, sagte er, an Madame gerichtet, »habt Ihr bemerkt, daß jemand an Euch vorbeiging, sich zwischen Euch und Bürger Bernave bewegte?«

»Nicht daß ich wüßte«, erwiderte sie frostig.

Sie war die einzige in der Küche, die von den Vorgängen gänzlich unberührt schien. Falls Saint-Félix' Bluttat oder sein Tod sie in irgendeiner Weise bedrückte, besaß sie genügend Selbstbeherrschung, es vor Menou und den anderen zu verbergen.

»Und dann wart Ihr es, die sich den Eindringlingen entgegenstellte und ihnen so ins Gewissen redete, daß sie sich beschämt abwandten«, bemerkte er. »Ihr seid so zart wie ein junges Mädchen und wart unbewaffnet. Ihr seid außerordentlich mutig, Madame.«

Ein kleines Lächeln glitt über ihr Gesicht, halb grimmig, halb zustimmend.

»Wie galant, Bürger Menou. Mir scheint, unter all dem Blau und Weiß schlägt das Herz eines *Gentilhomme.* Faßt das bitte nicht als Beleidigung auf. Ein vornehmes Wesen als natürliche Gabe, meine ich natürlich, nicht durch Geburt.«

Er war geschmeichelt. Célie sah, wie er leicht errrötete, auch wenn er noch so dagegen ankämpfte. Offensichtlich ärgerte er sich über seine Dünnhäutigkeit, aber er brachte es nicht über sich, Madame in ihre Schranken zu verweisen. Verblüfft erkannte Célie, daß er Madame sogar bewunderte. Sie besaß eine natürliche Würde, eine Eigenschaft, die typisch war für die alte Oberschicht und die ihn wohl immer noch beeindruckte. Etwas, das für ihn kostbar war und alte Erinnerungen oder Sehnsüchte weckte.

Monsieur Lacoste war mit seiner Geduld am Ende.

»Mir erscheint das alles nur zu klar«, fuhr er barsch dazwischen. »Saint-Félix ertrug die ewigen Schikanen nicht länger und versteckte ein Messer im Vorderzimmer. So oft, wie er auf den Straßen unterwegs war, konnte er ohne weiteres erfahren haben, daß sich ein Aufruhr ankündigte. Schließlich sind Ausschreitungen zur Zeit an der Tagesordnung, schon wegen Seife oder Kerzen oder irgendeines Nahrungsmittels.« Seine Miene war hart und verschlossen. »Vielleicht hat er das Messer ja schon vorher an sich genommen, für den Fall, daß sich eine Gelegenheit bieten würde. Und als die Leute von der Straße das Haus stürmten, eilte er hinzu und erkannte in dem allgemeinen Durcheinander seine Chance. Er hat sie genutzt. Kein Wunder nach all der Quälerei!«

»Und danach – was tat er danach mit dem Messer?« fragte Menou.

»Ich weiß es nicht.« Monsieur Lacoste vermied es, Amandine anzusehen. »Vielleicht hat ihm ja jemand geholfen. Wir haben alle mitbekommen, wie Bernave ihn behandelt hat. Unsere Sympathien waren auf seiner Seite. Wie auch immer, Ihr werdet es nicht beweisen können. Und schließlich habt Ihr ja Saint-Félix, den armen Teufel. Der Gerechtigkeit ist Genüge getan, und Ihr könnt uns endlich in Frieden lassen!«

Menou seufzte. »Und wo ist das Messer jetzt? Saint-Félix trug es nicht bei sich.«

Célie holte Luft, um zu bemerken, daß er es irgendwo auf den Dächern weggeworfen haben könnte, doch eben als sie zu reden ansetzte, bemerkte sie ihren Fehler und kaschierte ihn mit einem Hüsteln.

Mit fragendem Blick sah Menou zu ihr hinüber. »Ihr wolltet etwas bemerken, Bürgerin?«

Sie mußte sich etwas einfallen lassen. Er wußte, daß sie etwas hatte sagen wollen.

»Und wenn er es doch bei sich hatte, als er von hier weglief?« schlug sie vor. »Vielleicht hat er es ja weggeworfen, während Ihr ihn verfolgtet?«

»Warum hätte er es mitnehmen sollen?« gab er zu bedenken. »Zur Verteidigung hätte es ihm kaum etwas genutzt, und auf der Flucht wäre es eher hinderlich gewesen. Wäre er gestolpert oder gar gefallen, hätte er sich selbst verletzen können. Außerdem hätte es ihn zusätzlich belastet, wenn er damit gefaßt worden wäre.« Er schüttelte den Kopf. »Nein. Ich glaube, daß es noch hier ist, irgendwo. Und ich würde es gern finden – damit der Fall in allen Einzelheiten geklärt werden kann. Vorher kann ich die Sache nicht ruhigen Gewissens abschließen.« Er stand auf. »Ich werde das Haus noch einmal durchsuchen.«

Der Augenblick war gekommen. Mit zitternden Knien erhob sich Célie ebenfalls. »Ich werde mit Euch kommen, Bürger. Ihr werdet Hilfe brauchen, und ich bin sicher, Ihr wollt die Schränke so zurücklassen, wie Ihr sie vorfindet. Ihr seid Soldat und kein Vandale.« Ohne seine Zustimmung abzuwarten, ging sie zur Tür. Ihre Hände waren so steif, daß sie Schwierigkeiten hatte, den Türriegel zu öffnen. Als es ihr schließlich gelang, trat sie hinaus und lauschte, ob Menou ihr folgte, doch sie hörte keine Schritte. Mit klopfendem Herzen und zugeschnürter Kehle blieb sie stehen. Wo konnte Georges sein? Wohin hatte Amandine ihn nur gebracht?

Vielleicht war es besser, wenn Amandine Menou begleitete? Sie wüßte wenigstens, an welchen Stellen sie ihn vorbeidirigieren mußte! In ihrer Unwissenheit würde Célie ihn womöglich geradewegs zu Georges führen!

Andererseits konnte ihre Ahnungslosigkeit sein bester Schutz sein! Menou war nicht dumm. Er würde jeden Versuch, ihn zu steuern, unweigerlich bemerken und in der Meinung, man wolle ihn in die Irre führen, genau das Gegenteil tun.

Wo war Menou? Warum war er ihr nicht gefolgt?

Sie drehte sich um. Die Küchentür stand noch offen. Tief durchatmend versuchte sie, sich zur Ruhe zu zwingen, damit ihre Hände zu flattern aufhörten und ihre Stimme sie nicht durch ihren schrillen Klang verriete.

Endlich kam Menou, ein kaum merkliches Lächeln um die Lippen. »Ihr werdet sicher verstehen, Bürgerin, daß ich ein paar meiner Leute in der Küche zurücklassen mußte, nur für den Fall, daß jemand sich versucht fühlen sollte, bestimmte Gegenstände fortzuschaffen. Es hat wohl wenig Sinn, das Haus zu durchsuchen, während mir jemand stets einen Schritt voraus ist und das Messer ständig seinen Platz wechselt.«

»Natürlich«, stimmte sie zu und bemühte sich ebenfalls um ein Lächeln, das allerdings mehr zu einer Grimasse geriet.

Sie begannen im Vorderzimmer, wo der Mord geschehen war. Schweigend wartete sie, während Menou den Schrank öffnete, in dem er die Blutspuren gefunden hatte. Bis auf Kerzen war er leer. Menou tastete den Innenraum hinter den Kerzen ab, sah in die Schubladen und pochte gegen das Holz, um sicherzugehen, daß kein doppelter Boden vorhanden war. Dann drehte er die Sessel um und fuhr mit den Händen in die Seitenritzen. Mit akribischer Gründlichkeit untersuchte er Madame Lacostes Nähtisch, um anschließend die Wände abzuklopfen, in der Hoffnung, eine hohle Stelle zu finden. Schließlich untersuchte er auf Knien jede einzelne Bodendiele, ließ auch die unter dem Teppich nicht aus und fand mehrere lose Bretter, unter denen sich jedoch nichts als Staub verbarg. Er ging rasch und effizient vor, als gehörten Durchsuchungen zu seinem täglich Brot. Für das Vorderzimmer und den angrenzenden Raum, der im Grund als Hausflur diente, benötigte er weniger als eine halbe Stunde.

»Laßt uns nun unser Glück in Bürgerin Destez' Zimmer versuchen«, schlug er vor. »Es befindet sich gleich hier, nicht wahr?«

»Ja.« In ihrer Brust wurde es eng, ihr Atem stockte. Amandine hatte Georges doch sicher nicht in ihrem Zimmer versteckt? Oder doch? Möglicherweise als doppeltes Täuschungsmanöver? Brachte sie im Moment überhaupt genug Geistesgegenwart auf, um sich so etwas auszudenken? Georges kannte sich hier im Haus nicht aus. Als Amandine und sie hierhergekommen waren, hatte er bereits in Verstecken gelebt.

Menou drückte die Tür auf.

Célie hielt den Atem an.

Das Zimmer war leer.

Menou ging mit der gleichen Gründlichkeit vor wie zuvor. Sie beobachtete ihn, während er das Bett durchsuchte und, sich über Matratze und Decke beugend, das Kissen hochhob. Dann hockte er sich vor Amandines Kommode und überprüfte ihren Inhalt, indem er ein Kleidungsstück nach dem anderen herausnahm und seine Hände über den Stoff gleiten ließ. Sie bemerkte die kaum wahrnehmbare Veränderung seines Gesichtsausdrucks, als die feinen Spitzen seine Haut berührten. Er hielt ein feminines, zartes und extravagantes Etwas in den Händen, ein Überbleibsel aus jenen Tagen, als sie noch eine Dame des niederen Adels war – als es den Adel noch gab. Die Vorstellung, daß das nicht länger als fünf Jahre zurücklag, schien schier unglaublich. Eine so kurze Zeitspanne, und schon war Amandines Welt eine völlig andere – nicht nur für sie, sondern auch für halb Frankreich – wenn das reichte. Nur für die Ärmsten aller Armen, die eigentlich von dem Umsturz hatten profitieren sollen, hatte sich nichts geändert. Sie froren und hungerten immer noch und hatten immer noch kein Dach über dem Kopf, ebensowenig wie Marats Horden im Faubourg Saint-Antoine und anderswo. Aberwitzigerweise gab es inzwischen noch mehr Bedürftige als zuvor.

Sie sah Menou zu, wie er alles wieder an seinen Platz legte. Aus seinem Gesichtsausdruck war nicht zu schließen, ob er enttäuscht war, in Amandines Wäsche nicht fündig geworden zu sein. Mit einem Schlag wäre der Fall abgeschlossen gewesen und sein Verdacht hinsichtlich Amandines Sympathien bestätigt worden.

Und doch hätte ihn der Beweis, daß sie versucht hatte, einen Mörder zu decken, zutiefst enttäuscht und verletzt – da war sich Célie sicher. Ob ihm der Gedanke gefallen hätte oder nicht – sofern er sich das überhaupt überlegt hätte –, er wäre um eine Illusion ärmer gewesen.

Er richtete sich auf. Ihre Blicke trafen sich, dann sah er weg. Zum erstenmal war sie es, die seinen Gefühlen zu nahe trat, und nicht umgekehrt.

»Und jetzt Saint-Félix' Zimmer«, dirigierte er sie weiter und verließ den Raum, ohne sich noch einmal umzusehen.

Sie ging an ihm vorbei und zeigte ihm den Weg. Zwar hütete sie sich zu zögern, doch in ihrem Kopf rasten die Gedanken nur so – wilde Fantasien machten sich breit. Was, wenn Amandine ihn dorthin gebracht hatte? Was für eine Ironie, wenn sie ganz unbewußt diese Verbindung gezogen hätte – sie war in Saint-Félix verliebt gewesen, und sie liebte Georges. Bei jemandem, der ganz betäubt war von Trauer und Schmerz, war so ein Schritt durchaus denkbar.

Menou blieb dicht hinter ihr. Nicht das kleinste Detail würde ihm entgehen. Er war unzufrieden. In diesem Haus verbarg sich ein Rätsel, das er noch nicht gelöst hatte, und das nagte an ihm.

Klopfenden Herzens öffnete Célie die Tür. Dann, als sie sah, daß niemand im Zimmer war, erwachte die Neugier in ihr. Sie war noch nie bei Tageslicht hier gewesen. Saint-Félix hatte die schmutzige Wäsche immer bei ihr abgeliefert, und Amandine hatte ihm die saubere zurückgebracht.

Das Zimmer war sehr ordentlich. Die wenigen Besitztümer waren sauber auf einem Regal aufgereiht: Bücher und eine kleine Uhr. Auf dem Boden lag eine Porträtminiatur, die eine Frau mit großen Augen und einem weichen Mund zeigte. Das dunkle Haar fiel ihr lose um den schlanken Nacken, als habe der Künstler sie überrascht.

Der Anblick dieser Frau tat Célie weh, und sie empfand eine Mischung aus Trauer und Unmut. Es mußte seine Frau sein, deren Tod ihn in eine so tiefe Einsamkeit gestürzt hatte, daß Amandine nicht an ihre Stelle treten konnte. Nun würde sie niemals erfahren, ob er sie jemals geliebt hätte – sie konnte nur davon träumen. Doch diese Frau, deren Gesichtszüge so markant und voller Leben schienen, war ebenfalls tot.

Sie betrachtete die Bücher. Auch Menou stand vor dem Regal und studierte die Titel. Da stand eine Ausgabe von Dantes Göttlicher Komödie, mehrere Gedichtbände, einiges von Voltaire, Cervantes Don Quijote, die Übersetzung eines Werks von Shakespeare. Kein Rousseau.

Menou schwieg. Er kehrte dem Regal den Rücken zu und widmete sich der Durchsuchung der Zimmereinrichtung: Bett, Kleidertruhe, Sessel, Toilettentisch, Wände.

Auf den ersten Blick war Célie der Raum mit den spärlichen Gegenständen, die Saint-Félix gehört hatten, unpersönlich erschienen. Doch während sie Menou zusah, änderte sie ihre Meinung. Gerade die Leere, das Fehlen materiellen Besitzes, die kahlen Flächen waren ein Teil von Saint-Félix und spiegelten das schwer Faßbare seines Wesens wider. Die Tatsache, daß er nur seine Bücher, eine Uhr und ein Bild mitgebracht hatte, offenbarte etwas über seine Träume.

Die Kleidung in der Truhe war gepflegt und peinlich sauber – nichts daran zeigte Spuren von Abnutzung oder Flicken. Die wenigen Kleidungsstücke waren alle von bester Qualität, wie Menou erkannte, während er sie nach dem Messer durchsah. Er schüttelte sie aus, legte sie wieder zusammen und spürte dabei das feine Gewebe der Stoffe aus Wolle und Baumwolle mit seinen ausgebleichten Farben. Bei flüchtiger Betrachtung konnte man sie für die Garderobe eines Handwerkers halten, nur waren sie sehr viel eleganter geschnitten – besser als Menous Uniform, und wärmer und bequemer waren sie obendrein ganz bestimmt.

Er fand weder das Messer, noch irgend etwas anderes, das im Zusammenhang mit Bernaves Tod oder seiner Arbeit für die *Commune* hätte stehen können. Er hatte lediglich etwas mehr über Saint-Félix' Vornehmheit und die Bescheidenheit seines Charakters in Erfahrung gebracht. Möglicherweise erriet er auch, welch innere Qual Saint-Félix in sich getragen hatte. Dies war das Zimmer eines Mannes, der alle Sehnsüchte und Leidenschaften hinter sich gelassen hatte, dem nur noch Erinnerungen geblieben waren.

Menou sprach kein Wort, als sie aus dem Zimmer gingen. Er sagte nichts, um seine Suche zu rechtfertigen oder sein Bedauern darüber auszudrücken, daß er nichts von Bedeutung gefunden hatte. Er steuerte einfach auf die nächste Tür zu.

»Wessen Zimmer ist das?« fragte er.

»Hier wohnen Fernand und Marie-Jeanne«, antwortete Célie. »Sie haben ein Schlaf- und ein Wohnzimmer. Außerdem gibt's hier oben noch eine kleine Küche. Und natürlich die Kinderzimmer.«

»Bürger Bernave war gut zu ihnen!« sagte er unwillkürlich.

»Ja«, bestätigte sie. »Ja, das war er.« Sie fragte sich, ob die beiden das auch zu schätzen wußten.

Während Menou die Räume gewissenhaft durchsuchte, unterhielt er sich mit den Kindern. Claire und Antoine verfolgten sein Tun mit großen Augen, doch Claude, der alt genug war, um die Störung durch einen Fremden zu erkennen, reagierte mit verhaltenem Mißfallen.

»Hier ist kein Messer«, sagte er vorwurfsvoll. »Eure Männer haben hier schon alles durchstöbert.«

Menou suchte ungerührt weiter. »Hattet ihr euren Großvater gern?« fragte er nebenher.

Überrascht sah Claude auf. »Natürlich.«

»Und Bürger Saint-Félix, mögt ihr ihn auch?«

»Ja. Er hat schrecklich viel Geduld. Er wird nie böse. Aber wir sehen ihn nicht sehr oft. Er ist immer viel unterwegs.«

»Genau wie Großvater«, fiel Claire ein. »Er hat immer nur gearbeitet.«

»Was hat er gearbeitet?«

»Weiß ich nicht. Mit Papieren.« Sie sah zu Célie hinüber. »Ich weiß es nicht«, sagte sie noch einmal.

»Wart ihr hier, als euer Großvater ermordet wurde?«

»Ja.«

»Wart ihr wach?«

»Ja. Auf der Straße war so viel Krach. Leute haben wieder miteinander gekämpft. Ich glaube, sie kamen zu uns ins Haus,«

»Hattet ihr Angst?«

»Ja.«

»Aber dann kam Mama hoch«, ergänzte Claude. »Als

sie kam, war Großvater noch am Leben. Ihr braucht hier nicht nach dem Messer zu suchen. Außer Mama war niemand hier. Das hätten wir gesehen.«

Menou lächelte ein freudloses Lächeln. Es war nicht ausgeschlossen, daß er den Kindern glaubte, doch das hinderte ihn nicht daran, in jeden Schrank und jede Kommode zu sehen und die Decken von den Betten zu ziehen.

Anschließend nahm er sich Monsieur und Madame Lacostes Räume im Stockwerk darüber vor.

Célie war ganz schwach vor Angst. Sie waren dabei, sich dem obersten Stockwerk unterm Dach zu nähern. Der einzige Raum dort oben war ihr eigener. Wenn Amandine Georges nach oben gebracht hatte, war es nur noch eine Frage von Minuten, bis Menou auf ihn stieß. Sie mußte sich irgend etwas einfallen lassen, um Menou abzulenken. Aber was? Er argwöhnte ohnehin schon, daß sie etwas vor ihm verbargen, um Amandine zu schützen.

Was würde Madame de Staël an ihrer Stelle tun? Sie hätte ihren Charme spielen lassen, Menou redegewandt mit Worten umgarnt, ihm schöne Augen gemacht.

Doch Madame war gebildet und weltklug, und in ganz Frankreich – vielleicht sogar Europa – gab es keine brillantere Unterhalterin! Sie hatte Literatur, Politik und Philosophie studiert und diskutierte mit den besten Köpfen ihrer Zeit! Célie war nur ihre Kammerzofe gewesen, und jetzt eine Wäscherin.

Und was ihr Geschick im Kokettieren anging, war sie ein hoffnungsloser Fall!

Hinter dieser Tür konnte Georges stehen. Sein Leben hing davon ab, was sie nun tat – oder nicht tat! Aber war er denn wirklich hinter dieser Tür? Oder war er in Célies Zimmer? Oder unten in Bernaves Räumen? Könnte sie doch nur Amandines Gedanken lesen, dann wüßte sie, was sie getan hatte!

»Was ist mit Euch, Bürgerin?« fragte Menou.

Sie lächelte ihn so liebenswürdig und offenherzig an, wie sie konnte.

»Ich glaube, ich habe Angst, daß Ihr das Messer findet«, log sie. »Und daß Ihr uns dann verdächtigt, einer von uns hätte es versteckt, um Saint-Félix zu helfen.« Sie holte tief Luft. »Findet Ihr es aber nicht, werdet Ihr weitersuchen, und wir werden vielleicht nie erfahren, was wirklich geschehen ist. Ich frage mich, ob ich es überhaupt wissen will.«

Er sah ihr aufmerksam in die Augen. Einen Moment lang schien es, als herrsche zwischen ihnen tiefes, vollkommenes Einverständnis.

»Das ist verständlich«, meinte er schließlich, dann wandte er sich um und öffnete die Tür zu Madame Lacostes Zimmer.

Célie stand hinter ihm, ihr Mund war wie ausgetrocknet, ihr Magen zu einem harten Knoten zusammengezogen.

Das Zimmer war verlassen. Ihr wurde beinahe übel vor Erleichterung, die wie eine Welle über ihr zusammenschlug und sie ganz schwindlig machte. Aber wo war er dann? Amandine konnte doch nicht so geistesabwesend oder leichtsinnig gewesen sein, ihn in Célies Zimmer zu bringen?

Oder hatte sie angenommen, daß er über die Dächer flüchten würde – wo es doch in allen Straßen von Menous Männern nur so wimmelte? Nach dem ganzen Tumult und den Schießereien würde ihn niemand in sein Haus lassen. Wer das tat, spielte mit seinem Leben, und jeder wußte es!

Was also würde Madame de Staël jetzt tun?

Dann hatte sie plötzlich eine Idee – sie mußte ihr Herz in beide Hände nehmen. Vielleicht war es Wahnsinn, aber sehr wahrscheinlich war es die einzige Chance.

»Bürger Menou …«

»Ja?«

»Wenn Ihr mich einen Augenblick entschuldigen würdet? Die Natur verlangt, daß ich Euch für einen Moment allein lasse …«

»Natürlich«, stimmte er zu, ohne aufzusehen. Er war gerade damit beschäftigt, den Schrank mit der Haushaltswäsche zu durchsuchen.

»Ich danke Euch.« Sie verließ das Zimmer, ehe er seine Meinung ändern und ihr folgen konnte. Ihm mußte bewußt sein, daß sie vielleicht nur das Messer in Sicherheit bringen wollte.

Dann hörte sie, wie er sich erhob. Er schickte sich an, sie zu begleiten! Die Knie wurden ihr weich. Sie mußte auf Anhieb erraten, wo Georges war – eine zweite Gelegenheit würde es nicht geben. Wohin hatte Amandine ihn gebracht? Es blieben nur noch zwei Möglichkeiten – ihr eigenes Zimmer oder das von Bernave. Aber welches? Sie mußte sich entscheiden! Jetzt war sie an der Treppe angekommen – nach oben oder nach unten?

Oben gab es keine Möglichkeit zur Verrichtung menschlicher Bedürfnisse.

Also nach unten. Sollte Georges in ihrem Zimmer sein, würde sie versuchen müssen, Menou davon zu überzeugen, daß es ihr Liebster war, den sie dort versteckte. Vielleicht würde er ihr glauben – vielleicht auch nicht.

Sie ging die Treppe hinunter. Menou folgte ihr. Es gab kein Zurück mehr. Sie merkte, daß sie kaum noch Luft bekam. War sie etwa dabei, Menou geradewegs zu Georges zu führen?

Zum Glück gehörte zu Bernaves Räumen ein abgeteilter Abort, sie mußte also keine besonderen Lügen erfinden. Sie ging über den Flur und machte vor der Tür halt. Dann wandte sie sich zu Menou um.

»Ich bitte Euch, mich dabei alleinzulassen, Bürger. Ihr könnt mich anschließend durchsuchen. Ich verspreche

Euch, daß ich kein Messer bei mir tragen werde. Ich weiß genauso wenig wie Ihr, wo es ist.«

Er nickte. »Ich hoffe, Ihr sagt die Wahrheit, Bürgerin. Es würde mir nicht das geringste Vergnügen bereiten, Euch dabei zu erwischen, wie Ihr Bürger Saint-Félix zu decken versucht ... oder Bürgerin Destez.«

Sie zwang sich zu einem Lächeln, dann drehte sie sich um und öffnete die Tür.

Sie trat ein und schloß die Tür hinter sich, bevor sie aufzusehen wagte. Georges entdeckte sie nicht sofort. Er hatte sich in den Schutz des Bücherregals zurückgezogen und sah sie mit bleichem, unbewegtem Gesicht und angstgeweiteten Augen an.

Schnell trat sie auf ihn zu.

»Menou wartet vor der Tür«, flüsterte sie. »Ich komme, um auszutreten. Wenn er diesen Raum durchsucht, kannst du dich nirgendwo verstecken. Unsere einzige Chance ist die Flucht nach vorn.« Sie ignorierte, daß er sie bestürzt anblickte und vor Schreck erstarrte. »Bernave hat seine Bücher immer selbst restauriert, wenn sie alt und brüchig wurden«, sagte sie rasch mit leiser, eindringlicher, wenn auch etwas zittriger Stimme. »Du mußt einige der Buchrücken einreißen, sie irgendwie beschädigen – und zwar schnell. Sein Flickwerkzeug findest du in seinem Schreibtisch, zweite Schublade von oben.« Instinktiv deutete sie in die Richtung. »Sie ist unverschlossen. Wenn wir kommen, bist du der Buchbinder. Ich habe dich rufen lassen, damit wir für die Bücher einen möglichst guten Preis erzielen. Du läßt dich nicht bei der Arbeit stören. Setze Bernaves Lupenbrille auf, wenn du sie finden kannst. Damit kannst du dich wenigstens ein bißchen tarnen.« Sie sah ihn prüfend an, um zu sehen, ob er alles verstanden hatte. Seine Zustimmung abzuwarten, blieb keine Zeit.

Er nickte und blickte sie starr an. Dann wurde ihm schlagartig bewußt, daß Menou jeden Moment die Tür öffnen konnte. Er stürzte zum Schreibtisch und zog die Schublade auf.

Célie ging zum Abort, erleichterte sich und kam wieder zurück. Georges hatte das Werkzeug auf dem Pult ausgebreitet und sich die Brille auf Nase gesetzt.

»Reiß ein paar Einbände entzwei«, flüsterte sie. »Aber nicht zu viele!« Damit verließ sie das Zimmer.

Menou stand vor der Tür.

»Danke«, sagte sie huldvoll.

»Es tut mir leid, Bürgerin«, entschuldigte er sich und machte sich daran, sie ebenso behutsam wie bedächtig abzutasten. Er war sichtlich erleichtert, nichts bei ihr zu finden.

Sie sah ihm gerade in die Augen. »Wünscht Ihr jetzt mein Zimmer zu durchsuchen?«

»Wenn ich mit den Räumen der Lacostes fertig bin, ja, allerdings.«

Er folgte ihr wieder nach oben, beendete die Durchsuchung bei den Lacostes und überprüfte anschließend Célies Zimmer, jedoch ohne ein Messer zu finden. Schließlich langten sie wieder bei Bernaves Räumen an.

»Dann muß es hier sein«, sagte er stirnrunzelnd. »Unser Mann ist recht kaltblütig, das muß ich schon sagen! Oder unsere Frau? Bernave erst umzubringen, und dann das Mordinstrument auch noch in seinem Zimmer zu verstecken!« Er öffnete die Tür und blieb unvermittelt stehen.

Georges sah vom Schreibtisch auf. In seiner Brille spiegelte sich das Licht der Lampe, die er entzündet hatte – er war kaum wiederzuerkennen. Um ihn herum waren verschiedene Bücher ausgebreitet, während neben ihm Messer, Leim, Papier und Stoff lagen.

»Wer seid Ihr?« verlangte Menou zu wissen.

»Guten Tag, Bürger«, erwiderte Georges. »Ich bin Bürger Abbas, Buchbinder und Restaurateur. Die Bürgerin hier bat mich, diese Bücher zu reparieren, damit sie beim Verkauf einen guten Preis erzielen. Soweit ich weiß, ist ihr Besitzer kürzlich verstorben, und seine Erben haben keinen Sinn für Bücher.«

»Seit wann seid Ihr hier?« Menou sah verblüfft aus. »Ich habe Euch nicht kommen sehen!«

»So wenig wie ich Euch«, antwortete Georges. »Ihr müßt bereits hiergewesen sein, als ich kam. Ich werde zwar nach Anzahl der Bücher und nicht nach Arbeitszeit bezahlt, aber ich denke, es werden so an die zwanzig Minuten sein.«

»Ich verstehe. Sind es denn viele Bücher, die der Ausbesserung bedürfen? Es wundert mich, daß Bernave es so weit kommen ließ. Er machte auf mich den Eindruck eines Mannes, der seine Bücher liebte und mit ihnen sehr pfleglich umging.«

»Das ist wahr«, stimmte Georges zu. »Aber die Bücher, die ein Sammler erwirbt, befinden sich in sehr unterschiedlichem Zustand, und manche müssen aufgefrischt werden.«

Bücher hatten nie zu Menous Besitzstand gehört.

»Ja ... da habt Ihr wahrscheinlich recht«, räumte er ein. »Nun, ich bedaure, Euch stören zu müssen, Bürger, aber ich habe die dienstliche Pflicht, diesen Raum zu durchsuchen.«

»Natürlich«, sagte Georges und senkte wieder den Kopf.

»Was diesen Schreibtisch einschließt!«

Gehorsam stand Georges auf und entfernte sich von seinem Platz. Menou begann die Schubfächer aufzuziehen und sie methodisch durchzusehen. Sein Gesicht wurde zunehmend düsterer, als grübelte er angestrengt über etwas nach.

Célie sah nicht zu Georges hinüber. Stille senkte sich auf das Zimmer herab. Célies Herz hämmerte in ihrer Brust, und obwohl sie kalte Schauer überliefen, brach ihr der Schweiß aus.

»Wo wohnt Ihr, Bürger Abbas?« erkundigte sich Menou. »Habt Ihr einen Laden?«

Georges antwortete fast ohne zu zögern. »Rue des Augustins. Ich hatte mal einen Laden, aber den kann ich mir in diesen Tagen nicht mehr leisten. Ich arbeite für andere.«

Menou war mit dem Schreibtisch fertig und widmete sich den Bücherregalen.

Das Lügengerüst, das sie gebaut hatten, war mehr als wackelig. Menou mußte nur seine Männer befragen, um herauszufinden, daß vor zwanzig Minuten niemand das Haus betreten hatte. Wäre er vor Menou gekommen, hätte Célie es erwähnt. Und wenn er einen der übrigen Hausbewohner fragte, wüßte selbst Amandine nichts zu antworten, was Célies Geschichte stützen könnte. Sie mußte ihn ablenken, bevor er Gelegenheit hatte, noch mißtrauischer zu werden. Aber wie? Was wäre Menou noch wichtiger als die Frage, wer Georges war und was er hier zu suchen hatte?

Das Messer. Aber sie hatte immer noch keine Idee, wo es versteckt sein könnte.

Sie mußte irgend etwas sagen – und zwar sofort!

»Bürger Menou – ich habe viel über diese Sache nachgedacht.«

»Das ist nur natürlich.« Er kehrte ihr immer noch den Rücken zu.

»Über die Nachrichten, die ich für Bernave zu überbringen hatte.«

Er fuhr damit fort, Bücher aus dem Regal zu nehmen und sie auf dem Boden zu stapeln, um dahinterschauen zu können. Dachte er, sie hätte das Messer eben dort versteckt?

»Ja«, sagte sie eine Idee zu laut. »Ja.« Sie mußte entschlossen klingen, nicht ängstlich. »Wenn Saint-Félix ihn umgebracht hat, muß er schon einen wirklich zwingenden Grund gehabt haben. Er war nicht dumm, und auf keinen von uns hat er jemals den Eindruck gemacht, als wäre er gewalttätig. So oft er auch provoziert wurde, er verlor nie die Beherrschung.«

Dieses Mal drehte sich Menou zu ihr um. »Worauf wollt Ihr hinaus, Bürgerin?«

Sie mußte ihren Faden weiterspinnen, und allmählich formte sich in ihrem Kopf eine Idee. Es war in höchstem Maße riskant, aber was in diesem Moment mehr zählte als Saint-Félix' oder Bernaves Ruf war die Tatsache, daß nur wenige Meter von ihr entfernt Georges mit geneigtem Kopf über den Büchern saß und so tat, als repariere er sie. Seine Hände waren an diese Arbeit nicht gewöhnt.

Sie atmete tief ein. »Ich will damit sagen, daß es nur eine Sache gibt, von der ich mir vorstellen kann, daß sie Saint-Félix zu solch einer Tat bewegen konnte – wenn er nämlich entdeckt hätte, daß Bernave nicht der Revolutionär war, für den er sich ausgab, daß er so etwas wie ein Doppelagent war und nicht für die *Commune*, sondern in Wirklichkeit für die Royalisten gearbeitet hat.«

Nun hatte sie Menous volle Aufmerksamkeit. »Wie kommt Ihr darauf?« fragte er gespannt.

»Saint-Félix schickte er immer zu Marat und zur *Commune*, doch er selbst ging nur zu den Royalisten. Ihre Namen vertraute er niemandem an. Nicht einmal aufgeschrieben hat er sie.« Er hatte sie aufgeschrieben, doch Célie war sich sicher, daß sie zusammen mit Madame Lacoste alles vernichtet hatte, was die Nationalgarde nichts anging. »Bürger Menou, Ihr müßt herausfinden, ob die Informationen, die er an die *Commune* weitergeleitet hat, auch von Nutzen waren!« beschwor sie ihn. »Hat man irgendwelche Verschwörungen aufgedeckt, ist irgendwer verhaftet worden? Vielleicht hat Bürger Saint-Félix ja festgestellt, daß Bernave ihn nur benutzte? Er war ein glühender Republikaner. Die Grundsätze der Revolution gingen ihm über alles. Er war für bedingungslose Freiheit und Brüderlichkeit. Lieber hätte er einen Mord begangen, als zuzulassen, daß der König oder der Comte d'Artois durch eine Verschwörung der Royalisten wieder in Amt und Würden kämen.« Sie gab ihrer Stimme einen schärferen, energischeren Ton. Schließlich hatte sie nichts mehr zu verlieren und legte alles in diesen verzweifelten Versuch. Dabei wagte sie es nicht, auch nur ungefähr in Georges' Richtung zu schauen.

Menou betrachtete sie eindringlich, von dem Messer war keine Rede mehr.

»Wenn der König wieder auf den Thron kommt«, fuhr sie fort, »verlieren wir alles, was wir durchgesetzt haben. Wir können ihm unmöglich noch trauen, das hat er uns in der Vergangenheit immer und immer wieder bewiesen. Er hört grundsätzlich nur auf den, mit dem er zuletzt gesprochen hat.«

Menou schwieg eine Weile.

Georges war nach wie vor damit beschäftigt, den Rücken des Buchs in seinen Händen anzuleimen.

Bedächtig ging Célie auf den Schreibtisch zu und öffnete die Schublade, in der Bernave das Geld aufbewahrt hatte. Es war noch da. Sie nahm einen Louisdor und eine Handvoll Sous heraus und wandte sich an Georges. »Ich danke Euch, Bürger Abbas, für Eure Arbeit. Ich glaube, es wäre besser, wenn Ihr ein andermal wiederkämt. Möglicherweise lassen wir den Rest neu binden, wenn wir einen Käufer gefunden haben. Einen guten Tag noch, Bürger.«

Georges starrte auf das Geld.

»Das ist doch der Lohn, auf den wir uns geeinigt hatten, oder?« fragte sie und schluckte unbehaglich.

»Ja doch, und danke auch.« Er räumte den Leim, die Messerchen und das Papier in Bernaves Kästchen zurück und stand auf. »Ihr wißt ja, wo Ihr mich findet.«

»Sicher. Guten Tag, Bürger.« Sie mußte so gelassen

bleiben wie möglich. Ihre Stimme mußte völlig normal klingen.

»Guten Tag.« Georges zögerte.

Sie sagte nichts.

Seine Augen ruhten noch einen Moment auf ihr, dann nahm Georges das Kästchen, verließ das Zimmer und schloß leise die Tür hinter sich.

Sie durfte sich nicht anmerken lassen, daß sie jeden Moment zu hören erwartete, wie die Wachen ihn aufhielten und ihn fragten, wer er sei. Sie mußte glauben, daß er einfach aus dem Haus treten und als freier Mann fortgehen könne. Jede andere Vorstellung wäre unerträglich gewesen. Sie mußte sich auf Menou konzentrieren, als gäbe es nichts Wichtigeres auf der Weit.

»Das würde vieles erklären«, sagte sie in beinahe gleichmütigem Ton. Vielleicht würde Menou das leichte Zittern in ihrer Stimme ja überhören.

»Es erklärt nicht, warum Saint-Félix es dann nicht einfach meldete, anstatt ihn zu ermorden«, bemerkte Menou scharf.

»Doch, das tut es«, erwiderte sie. »Wäre Bernave als Verräter zum Tod auf der Guillotine verurteilt worden, hätte er sein Eigentum an diesem Haus verwirkt, und wir alle hätten auf der Straße gestanden. Saint-Félix hätte uns so etwas nicht angetan, schon gar nicht Marie-Jeanne und den Kindern. Das war gegen seine Natur. Er hätte es als Verbrechen angesehen.«

Er sah sie mit ruhigem und nachdenklichem Blick an.

Sie wartete.

»Wißt Ihr, Bürgerin, ich denke, Ihr könntet recht haben«, sagte er endlich. »Es würde tatsächlich eine Menge erklären. Dennoch wünschte ich, Saint-Félix wäre nicht geflohen. Wenn er uns seine Gründe geschildert hätte, dann wäre vielleicht ...« Er unterbrach sich. »Nein, ich glaube nicht. Das Haus wäre so oder so verloren gewesen. Dieser Tage ist auf die Rechtsprechung kein Verlaß.« Leichte Röte stieg ihm ins Gesicht, als wüßte er, daß er sich vor anderen nicht zu einer solchen Bemerkung hätte hinreißen lassen dürfen.

»Ich kann gut verstehen, daß man Angst hat«, stimmte sie leise zu. »Das gilt für uns alle, wenn wir ehrlich sind. Wir leben in sehr unsicheren Zeiten.«

»Ich konnte das Messer nicht finden«, bemerkte er.

»Ich weiß. Aber wäre es denn so verwerflich, wenn Amandine ihm geholfen hätte?«

»Möglicherweise nicht.« Er seufzte. »Vielleicht spielt es ja auch gar keine große Rolle. Das Leben ist nun mal nicht immer so geordnet, und wahrscheinlich sollte ich nicht so vermessen sein, mir einzubilden, ich könnte allem auf die Spur kommen. Danke für Eure Hilfe, Bürgerin.«

»Gern geschehen, Bürger.«

Sie öffnete die Tür und hielt sie ihm auf. Dann folgte sie ihm mit weichen Knien und ausgedörrtem Mund die Treppe hinunter, vor Erleichterung ganz schwindlig.

Dreizehntes Kapitel

Célie begleitete Menou nach unten in die Küche, wo die übrigen Hausbewohner gerade damit begannen, ein spätes Abendessen einzunehmen. Unwillkürlich richteten sich alle Blicke fragend auf Menou.

»Nein«, sagte er schroff. »Ich habe das Messer nicht gefunden. Ich weiß nicht, wo es geblieben ist.«

»Na und – was spielt das noch für eine Rolle?« fragte Monsieur Lacoste und brach das Brot auf seinem Teller auseinander. Das war alles, was es an diesem Abend gab: Brot, ein paar Zwiebeln und etwas Käse. Amandine war viel zu sehr von Trauer und Schmerz überwältigt, als daß sie Lust gehabt hätte, sich an den Herd zu stellen, und sogar Marie-Jeanne war noch so aufgewühlt, daß an Kochen nicht zu denken war. Sie saß am Tisch, um sich herum ihre drei größeren Kinder, während das jüngste in dem Korb schlief, in dem früher das Brennholz aufbewahrt wurde; nun war er mit einer Decke ausgelegt worden und gab eine perfekte Wiege ab.

Ehe Menou etwas erwidern konnte, hörten sie ein Klopfen an der Hintertür. Er ging hin und öffnete sie energisch. Vor ihm stand ein älterer Mann. Er war nicht allzu groß, ein wenig korpulent. Sein weißes Haar hing strähnig um sein Gesicht, das sehr bleich war. Seiner Kleidung, die einmal teuer gewesen sein mußte, sah man ihren guten Schnitt an, doch der Zahn der Zeit und ständiges Tragen hatten nur verschlissenen Stoff übriggelassen.

Alle drehten sich um, weil sie sehen wollten, wer da gekommen war, vor allem die achtjährige Claire, deren Augen größer und größer wurden.

»Verzeiht«, wandte sich der Mann höflich an Menou. »Ist Bürgerin Laurent zu Hause?«

»Wer seid Ihr?« fragte Menou ein wenig schroff.

Ein Anflug von Belustigung glitt über das Gesicht des Mannes und verschwand so schnell, wie er gekommen war.

»Ich bin Bürger Lejeune, aber sie wird meinen Namen kaum kennen. Ist es gestattet, mir ihr zu sprechen?«

Menou war unschlüssig. Er hatte keinerlei Grund, es ihm zu verweigern, und nachdem Saint-Félix tot war, wohl auch keine amtliche Handhabe, doch er blieb mißtrauisch.

Célie konnte sich nicht vorstellen, wer der Mann war und was er mit ihr zu tun hatte, aber sie wollte ihn auf keinen Fall noch länger im Regen stehen lassen. Er sah müde aus, und sein Gesicht wirkte ausgezehrt, als sei er krank. Sie trat neben Menou.

»Kommt herein, Bürger«, bat sie den Fremden. »So könnt Ihr wenigstens im Warmen warten, bis Bürger Menou sich eine Meinung gebildet hat.«

»Gern, Bürgerin«, sagte er dankbar und ging mit verblüffender Selbstverständlichkeit an Menou vorbei. Auf den ersten Blick hatte er so bescheiden und demütig gewirkt. Seiner Kleidung nach zu schließen, konnte er einmal Kaufmann oder ein Anwalt gewesen sein, dem die Zeiten übel mitgespielt hatten und der nun gezwungen war, sich bettelnd durchs Leben zu schlagen. Trotzdem – wie er hier in der Küche stand und auf die Erlaubnis eines Nationalgardisten wartete, mit einer Wäscherin sprechen zu dürfen, strahlte er eine Würde aus, die ihn von den meisten Menschen unterschied. Sicher war er einst ein Mann von Stand gewesen, vielleicht sogar ein Aristokrat. Möglicherweise war er mit Bernave befreundet gewesen, auch wenn der Name Lejeune ihr nicht geläufig war. Sie konnte sich nicht erinnern, ihn jemals zuvor gehört zu haben.

»Ich bin Bürgerin Laurent«, sagte sie zu ihm. »Ihr seht ganz durchgefroren aus. Können wir Euch etwas anbieten? Wir haben allerdings nur Brot und Zwiebeln und etwas heißen Kaffee.«

»Danke, Bürgerin.« Er neigte den Kopf, und ihr fiel erneut auf, wie bleich er war. »Ich möchte Euch mein tief empfundenes Beileid zum Tod von Bürger Bernave aussprechen«, fuhr er fort. »Ich war über die Maßen betroffen, als ich auf der Straße zufällig davon hörte.«

Claire, die ihre Augen immer noch nicht von ihm wenden konnte, starrte ihn mit offenem Mund an.

»Was wollt Ihr von Bürgerin Laurent?« fragte Menou energisch. »In diesem Haus gibt es einen weiteren Todesfall zu beklagen, und es ist nicht der Moment, seine Bewohner mit Nichtigkeiten zu belästigen.«

»Noch ein Todesfall?« wiederholte Lejeune leise in fragendem Tonfall. »Es tut mir leid, das zu hören. Ich versichere Euch meines aufrichtigen Mitgefühls.«

Claire drängte sich enger an ihre Mutter.

Fernand sah sie an und blickte dann zu Lejeune.

Célie ging zum Herd, um Lejeune eine Tasse Kaffee einzuschenken. Wenn es auch ein dünnes Gebräu mit wenig Geschmack und Farbe war, so war es doch wenigstens heiß. Dann brachte sie ihm die Tasse.

Er nahm sie mit einem Lächeln entgegen und wärmte seine Hände daran. Célie bemerkte, daß sie blaugefroren waren. Dann wandte er sich wieder an Menou.

»Bürger Bernave ersuchte um die Dienste eines Schneiders, um einen Mantel für einen Herrn ändern zu lassen, der in Kürze Paris verläßt … auf der Suche nach einer neuen Heimat …«

»Ihr wolltet aber Bürgerin Laurent sprechen«, erinnerte ihn Menou.

»Und Ihr wißt, daß Bernave tot ist!« fügte Fernand hinzu.

»Bürgerin Laurent ist doch die Wäscherin, nicht wahr?« fragte Lejeune sanft. »Ich dachte, daß sie für diese Dinge zuständig ist.«

»Das mag wohl so sein«, räumte Menou ein. »Doch Ihr habt selbst gesagt, daß Bernave um die Arbeit gebeten hat, und die wird er nicht mehr benötigen.«

Verwundert begann nun auch Fernand den Mann mit zusammengekniffenen Augen eingehender zu betrachten.

»Der Mantel war nicht für ihn selbst«, beharrte Lejeune, dem sichtlich unbehaglich war, doch er schien entschlossen, sich nicht so leicht geschlagen zu geben. »Ich wüßte gern, ob der Betreffende diese Änderung noch wünscht.« Er war aschfahl im Gesicht und wirkte völlig erschöpft, als wäre er meilenweit durch die Kälte gelaufen und hätte kaum gegessen.

Vielleicht brauchte er ja den Auftrag. Célie fühlte Mitleid in sich aufsteigen. Wenn Bernave ihm die Arbeit angeboten hatte, sollte sie dafür sorgen, daß sein Wunsch respektiert wurde. Der Ärmste sah aus, als wüßte er bald nicht mehr aus noch ein. Doch wie konnte sie in Bernaves Namen handeln? Wenn sie nur wüßte, wovon er sprach, oder wer jener Mann war. Sie überlegte, ob Bernaves Papiere irgendeinen Hinweis enthalten hatten. Aber warum sollte es überhaupt eine Notiz geben, wenn es nur um eine Gefälligkeit für einen Freund ging?

»Wie heißt dieser Herr?« fragte sie.

Menou blickte erst zu ihr, dann zu Lejeune und wartete.

Lejeune zögerte. Seltsamerweise schien er nicht zu wissen, was er antworten sollte,

»Wie war sein Name?« fragte Fernand barsch. »Vielleicht findet sich ja etwas darüber in Bernaves Unterlagen.«

Lejeunes Hände umklammerten die Tasse so fest, daß die Knöchel weiß hervortraten.

»Ich habe alle Papiere durchgesehen«, fiel Madame Lacoste ein. »Es muß eine private Vereinbarung gewesen sein, ein Gefallen für einen Freund. Ein Vermerk über die Änderung eines Mantels und für wen sie bestimmt war, befand sich nicht dabei. Aber ich bin mir sicher, daß dieser Herr vorbeikommen wird, um danach zu fragen.« Sie wandte sich an Lejeune. »Nun, da Bernave tot ist, möchte er vielleicht erst eine angemessene Zeit verstreichen lassen.«

»Ich … ich dachte, daß die Sache von gewisser … Dringlichkeit sei«, meinte Lejeune zögernd. »Aber möglicherweise habe ich mich ja geirrt.« Beschwörend blickte er Célie an, als erwarte er, daß sie ihm zu Hilfe käme, aber sie wußte nicht, wie. Sie hatte kein Geld, um ihm eine andere Arbeit zu geben. Die Näharbeiten erledigte sie alle selbst, das gehörte zu ihren Aufgaben. Auch sonst konnte sich niemand im Haus einen Schneider leisten, selbst wenn ihn jemand benötigt hätte.

»Es … tut mir leid, Bürger …«

»Schon gut.« Er neigte leicht den Kopf – eine elegante, altmodische Geste. »Ich verstehe. Der Tod kommt nun einmal unerwartet, und Pläne ändern sich.« Er stellte die Tasse auf den Tisch und wandte sich, die Schultern resigniert nach vorn gebeugt, zum Gehen.

Die Worte ›Pläne ändern sich‹ hatten in Célies Ohren einen eigenartigen Klang. Er war ein älterer Herr, korpulent, nicht sehr groß. Bisher hatte sie vor allem auf seine Augen geachtet, nicht auf Nase, Mund oder seine kräftigen Kinnbacken. Ob er …?

»Bürger Lejeune!«

Langsam drehte er sich um.

Wie deutlich konnte sie werden? Georges hatte ihr gesagt, daß er einen Ersatz gefunden hätte, keinen guten zwar, aber besser als nichts. Doch der Mann, der vor ihr stand, war wie geschaffen für diese Aufgabe. Es ging um alles oder nichts. Sie schluckte, ihr Herz hämmerte.

»Bürger Bernave hat mir gegenüber tatsächlich etwas in der Art erwähnt. Könnte es sich«, sie atmete schwer, um einen Bürger namens Briard handeln?«

Überrascht wandten sich alle ihr zu, auch Menou, aber sie konnte kein Anzeichen dafür entdecken, daß der Name irgend jemandem geläufig war.

Lejeune sah sie eindringlich an, und seine blauen Augen wurden lebhaft und bekamen Glanz. »Ja, Bürgerin. Ich glaube, das ist sein Name. Ihr wißt nicht zufällig, ob Bürger Briard sich immer noch mit dem Gedanken trägt, die Stadt zu verlassen?«

»Doch«, sagte sie mit mehr Nachdruck, als sie wollte. »Ich ... denke schon.« Inständig hoffte sie, daß er verstünde, warum sie eine so vage Antwort gab. Sie durfte nicht den Eindruck erwecken, mehr zu wissen, als sie erklären konnte. Alle beobachteten sie, hörten, was sie sagte, und wogen ab, was sie wohl damit meinte.

»Du weißt, wer dieser Briard ist?« fragte Fernand stirnrunzelnd.

Sie saß in der Falle. Sagte sie ›nein‹, würden alle denken, daß sie log – schließlich hatte sie ja eben noch behauptet, sich an ihn zu erinnern. Bejahte sie die Frage, würden sie Einzelheiten erfahren wollen, und Célie wußte überhaupt nichts. Und wenn sie irgendeine Geschichte erfände, würde zumindest Madame sie durchschauen und sich ihre Gedanken machen.

Gespannt blickten sie alle an.

Auch Menous Aufmerksamkeit war geweckt.

»Ich ... ich habe gehört, wie Bürger Bernave ihn erwähnte«, sagte sie stockend. »Ich weiß nicht, worum es ging, ich erinnere mich nur, daß es ihm sehr wichtig schien.«

»Und woher weißt du, daß er immer noch vorhat, die Stadt zu verlassen?« hakte Fernand nach. Argwohn blitzte aus seinen Augen.

Célie betete, daß ihr irgendwer zu Hilfe käme und sie aus dieser Situation rettete! Doch Amandine saß mit aschfahlem Gesicht da, völlig in Trauer und Schmerz versunken und zu keinem klaren Gedanken fähig, geschweige denn zu einem rettenden Satz. Und Saint-Félix war tot.

Also mußte sie sich selbst helfen. Schließlich war es ihr ja auch gelungen, Georges Flucht zu ermöglichen. Vielleicht konnte sie es mittlerweile ja tatsächlich mit dem Charme, der Schlagfertigkeit und der Courage von Madame de Staël aufnehmen?

Sie wandte sich um und lächelte Fernand an. »Warum sollte er seine Pläne ändern, wenn er verreisen mußte? Alles, was ich weiß, ist, daß es Bürger Bernave wichtig schien. Und Bürger Bernave war nun einmal ein Mann, der allem, was der Revolution diente, treu ergeben war, der für die Gleichheit aller eintrat und dafür, daß jeder die Gelegenheit erhält, seiner Begabung entsprechend sein Leben zu verbessern. Er wollte, daß Hunger, Angst und alles unnötige Leid ein Ende haben. Das ist doch richtig, Bürger Menou?«

»Ja, das stimmt«, bestätigte Menou besänftigt, und seine Miene entspannte sich sichtlich. »Er war ein großer Mann. Wenn dieser Bürger Briard einer seiner Freunde war und er ihm einen Gefallen tun wollte, dann haben wir das zu respektieren. Ihr habt Euch richtig verhalten, Bürgerin. Ich beginne zu verstehen, weshalb er Euch in solchem Maße vertraut hat.«

Er hatte nicht die leiseste Ahnung von der Ironie der Situation. »Danke«, sagte sie artig. Zu Lejeune gewandt fuhr sie fort: »Ich will versuchen, mehr über den Mantel und … und Bürger Briard herauszufinden, und werde Euch Bescheid geben. Wo kann ich Euch erreichen?«

»Mal hier, mal dort«, antwortete er. »Mein Atelier habe ich aufgegeben. An der Ecke Rue Mazarine und Rue Dauphine steht immer eine Frau, die Kaffee feilbietet. Wenn Ihr dort eine Nachricht hinterlaßt, wird sie sie an mich weitergeben.«

»Das werde ich tun.«

Er lächelte und wandte sich zum Gehen.

»Bürger!«

»Ja?«

»Danke, ... daß Ihr gekommen seid.« Wie absurd. Er war bereit, sein Leben für sein Volk opfern, und das nicht einmal durch die Guillotine; höchstwahrscheinlich würde er vom wütenden Mob in der Luft zerrissen, und alles, was sie sagen konnte, war ›danke, daß Ihr gekommen seid‹, als hätte er nicht viel mehr als einen Höflichkeitsbesuch absolviert. Aber was konnte sie sonst sagen, vor all den anderen?

»Nicht der Rede wert«, entgegnete er leise und öffnete die Tür, um in den Hof und den Regen hinauszugehen. Einige Minuten später verließ auch Menou das Haus.

Sie widmeten sich wieder ihrem Essen. Fernand zeigte sich äußerst wortkarg und richtete kaum das Wort an jemanden. Monsieur Lacoste sprach über verschiedene Neuigkeiten, die er gehört hatte und darüber, welche Erleichterung es sei, daß sie endlich wieder kommen und gehen konnten, wie es ihnen gefiel.

»Es tut mir leid, daß Saint-Félix tot ist«, sagte er schließlich, und sein Tonfall gab keinen Anlaß, an der Aufrichtigkeit seiner Worte zu zweifeln.

Niemand erwiderte etwas.

Célie brannte darauf, in Saint-Félix' Zimmer zu gehen und nach den Pässen zu suchen. Sie hatte sie ihm zur Aufbewahrung gegeben, und ohne sie könnte der Plan nicht verwirklicht werden, auch wenn sie Briard oder Lejeune, oder wie auch immer sein richtiger Name lautete, gefunden hatten. Sie hatte Menou bei seiner Suche nach dem Messer nicht aus den Augen gelassen, ohne aber die Pässe zu bemerken. Vor allem in Saint-Félix' Zimmer hatte sie genau beobachtet, wie er Kommode, Bett und das Bücherregal durchsuchte. Doch Menou hatte nicht zwischen den Buchseiten nachgesehen, wo zwar kein Messer, aber sehr wohl ein Paß versteckt sein konnte.

Sie warf Amandine auf der anderen Seite des Tisches einen Blick zu. Wie ein Gespenst sah sie aus, als ob alle Lebensgeister – und mit ihnen jeder Lebensmut und jede Hoffnung – aus ihr entschwunden wären und nichts übrig gelassen hätten außer einer von bloßem Willen gesteuerten Hülle. Célie sehnte sich danach, sie zu trösten, doch was konnte sie schon sagen? Vielleicht könnte sie ihr ja später, wenn der morgige Tag überstanden war, erzählen, was Renoir ihr über Bernave berichtet hatte? Dann würde sie besser verstehen können, wie es kam, daß Saint-Félix Bernave ein Messer in den Rücken gestoßen hatte, der Rettung des Königs und allem, was auf dem Spiel stand, zum Trotz. Was er getan hatte, war weder ehrbar noch klug oder mutig ... aber es war begreiflich. Wenn jemand über großes Einfühlungsvermögen verfügte, dann war es Amandine. Sie würde es bald begreifen und ihm vergeben.

Célie konnte einfach nicht länger stillsitzen. Sie stand auf, entschuldigte sich und ging hinauf in Saint-Félix' Zimmer. Die Tür schloß sie hinter sich und überlegte, wo er die Pässe wohl versteckt haben konnte. Er mußte gewußt haben, wie wahrscheinlich es war, daß Menou ihn bald verhaften würde. Deswegen war er ja geflüchtet. Hatte er noch Zeit gehabt, an die Pässe zu denken? Hatte er noch einen klaren Kopf bewahren können, oder hatten nur noch Angst und Panik sein Denken bestimmt? Allerdings hätte Menou jederzeit seine Sachen durchsuchen können. Also hätte er die Pässe von Anfang an an einem sicheren Ort verwahrt.

Sie sah sich in dem kahlen Raum um. Er enthielt kaum etwas, was über seinen Bewohner Auskunft geben konnte. Sie erinnerte sich, daß sie das gedacht hatte, als Menou hier war. Außer Büchern und dem Bild gab es keine persönlichen Gegenstände.

Die einzige Möglichkeit, hier etwas zu verstecken, war unter der Matratze, unter der Truhe, zwischen oder in den Büchern. Den Boden unter der Truhe hatte Menou bereits abgetastet, ebenso ihre Seitenwände, und auch unter der Matratze und hinter dem Regal hatte er alles abgesucht. Das einzige, was er nicht getan hatte, war, die Bücher einzeln durchzublättern, weil dort kein Messer verborgen sein konnte.

Im Regal stand nur ein Dutzend Bücher. Sie war bei dem vorletzten angekommen, als sie ein Geräusch an der Tür hörte und erstarrte.

Es war Amandine, die sie mit vorwurfsvollem Blick ansah.

»Ich suche nach den Pässen«, flüsterte Célie heftig. »Ohne sie hat alles andere keinen Sinn!«

»Oh …« Amandines Schultern fielen herab. »Ich verstehe. Hast du sie gefunden?«

»Nein!« Sie schüttelte das Buch, das sie gerade in der Hand hielt. Nichts fiel heraus. Sie stellte es zurück und nahm das letzte, eine Dante-Übersetzung, und blätterte es durch. Dann faßte sie es an beiden Enden des Rükkens und schüttelte es. Nichts. Verzweiflung stieg in ihr auf. Er hatte sie mitgenommen! Er konnte ja nicht ahnen, daß er den Tod finden würde.

Langsam stiegen ihr die Tränen in die Augen.

»Sie sind nicht hier.« Sie schluckte, stellte das Buch zurück und wandte Amandine einen Moment den Rükken zu. Mit der Hand fuhr sie sich über die Augen. Amandine sollte nicht auch noch mitansehen, wie sie weinte. »Ich werde es Georges berichten müssen, Vielleicht weiß er, was zu tun ist. Ich bin völlig ratlos.«

»Ich werde Madame sagen, daß du noch etwas holen gegangen bist … Käse … oder etwas in der Art …«

»Danke.« Sie drehte sich wieder zu Amandine um und versuchte ein kleines Lächeln. »Danke. Ich werde versuchen, etwas Käse aufzutreiben … oder Seife … oder Zwiebeln … irgend etwas!«

Der Regen hatte aufgehört, doch der Wind hatte nichts an Schärfe verloren, und so war es das Natürlichste der Welt, mit gesenktem Kopf die Straße entlangzueilen, ohne nach links oder nach rechts zu blicken. Von ihrem Gesicht war so wenig zu sehen, daß niemand, der sie nicht wirklich gut kannte, gewußt hätte, wer sie war. Sie bog in eine Gasse ein. Jedermann beeilte sich weiterzukommen, denn es war kalt und wurde allmählich dunkel. Morgen früh würde der König sterben. Heute abend war jeder mit seinen eigenen Gedanken beschäftigt, manche voller Furcht, andere in Feierstimmung. Die Leute redeten, tranken, gestikulierten heftig und äußerten wilde Voraussagen, Versprechen und Drohungen. Sie spürte die Angst, die in der Luft lag.

Célie stieg die Stufen zu Georges' Dachzimmer empor und tastete sich durch das Halbdunkel. Oben angekommen, klopfte sie energisch an die Tür.

Georges öffnete. Die Kerze hinter ihm auf dem Tisch gab so wenig Licht, daß sie ihn nur an den Umrissen seines Kopfes erkannte.

»Célie?« Er war sichtlich überrascht. »Was ist passiert?« Er trat einen Schritt zurück, um sie hereinzulassen.

Sie schloß die Tür hinter sich. »Bürger Briard ist heute nachmittag bei uns gewesen. Und er ist der, den wir suchen!«

Er blieb abrupt stehen und drehte sich dann langsam mit großen Augen zu ihr um.

»Du warst gerade gegangen«, erzählte sie. »Er ging sehr behutsam vor, und es dauerte ewig, bis ich endlich merkte, wer er war. Aber er sieht dem König wirklich verblüffend ähnlich. Er wäre der perfekte Doppelgänger.« Sie zögerte.

»Was ist?« drängte er aufgewühlt, geradezu ungläubig. Sie konnte zu wenig von seinem Gesicht erkennen, um seinen Ausdruck zu deuten.

»Ich fand ihn … sympathisch«, sagte sie schnell. »Es ist zu dumm. Ich habe nur einige Minuten mit ihm gesprochen, und doch tut es mir im Herzen weh, wenn ich daran denke, was ihm zustoßen wird. Und er weiß es natürlich.«

Er schwieg. Es gab nichts zu sagen.

»Aber wir haben die Pässe nicht«, fuhr sie fort und fühlte sich ganz elend, daß sie ihm das nicht ersparen konnte. »Ich habe noch mal im Zimmer von Saint-Félix nachgesehen, nachdem Menou alles durchsucht hatte, aber dort sind sie nicht. Er muß sie mitgenommen haben … damit sie nicht gefunden werden. Falls die Sektionsleiter morgen noch auf ihrem Posten sind, werden sie ihn ohne Papiere nicht durchlassen. In alle Himmelsrichtungen werden sie ihm ihre Leute hinterherschikken.«

»Ich weiß. Es besteht eine geringe Chance, daß wir in der allgemeinen Aufregung durchkommen, aber ich bezweifle es. Sansons Korb wird Köpfe fordern, und es werden eine Menge rollen müssen, um den des Königs zu ersetzen. Jeder, der Paris verläßt, wird verdächtig sein, insbesondere dicke, ältere Herren, die krank und nervös aussehen.«

Die Lage schien aussichtlos. Sie fror in diesem unwirtlichen Raum, der kaum noch von dem schwächer werdenden Winterlicht erhellt wurde, das hinter die Dächer zurückwich. Nur das Knarren des Gebälks und der Regen, der an die Scheibe klopfte, war zu hören, sonst herrschte vollkommene Stille. Sie schienen entrückt von dem gehetzten Treiben und der aufgeladenen Stimmung auf der Straße, doch der Hoffnungslosigkeit konnten sie sich auch hier nicht entziehen – und schon gar nicht dem Hunger.

»Woher können wir neue Pässe bekommen?« fragte sie leise. »Können wir es wagen, sie selbst zu fälschen? Wird man sie so genau prüfen?«

Er antwortete ohne Zögern. »O ja, das wird man. Daran denken sie zuerst. Die Papiere müssen echt sein, mit einer Unterschrift, die keiner anzuzweifeln wagt.«

»Wir können wohl kaum Robespierre bitten!« stellte sie bitter fest. »Er mißtraut allem und jedem. Erst würde er alles bis ins kleinste Detail erfahren wollen, endlose Fragen stellen und schließlich seine Unterschrift verweigern.« Sie dachte an das böse, gnomenhafte Gesicht mit seinem alles verzehrenden Fanatismus. »Er ist davon besessen, die ganze Weit zu läutern. Wenn man ihn läßt, wird er immer so weitermachen, bis niemand mehr übrig ist. Manchmal frage ich mich, ob er überhaupt sieht, daß er es mit Menschen zu tun hat, Menschen mit Gefühlen, die man nicht nach Belieben verletzen oder betrügen darf!« Plötzlich fühlte sie eine unglaubliche Wut in sich aufsteigen, die sich noch steigerte, als sie Monsieur Lacostes Gesicht vor ihrem inneren Auge sah, der Robespierre so blind vertraute und ein solches Maß an Hoffnung in einen Mann setzte, der weder ihn noch sonst jemanden als Menschen aus Fleisch und Blut wahrnahm, als Menschen, der zu körperlichem Leid fähig war und dessen Träume enttäuscht werden konnten.

»Genauso sinnlos ist es, uns an Marat zu wenden!« fügte sie hinzu. Alles, woran er denken kann, ist Blut – Ströme von Blut, ganze Meere davon. Die einzigen, an denen ihm etwas liegt, sind die Anhänger der *Commune* – und die können an nichts anderes denken als an ihre leeren Teller!«

»Was den armen Teufeln kaum zu verdenken ist«, entgegnete Georges mit unerwarteter Milde. Er hockte ihr gegenüber auf der Matratze. »Wenn jemand in Frage kommt, dann Danton. Er hat immer noch seine fünf Sinne beieinander und ist am ehesten noch ein Mensch wie du und ich – zugänglich für die Nöte anderer. Und er ist ein Patriot, der nicht in seine Träume verliebt ist, sondern der Realität ins Auge sieht. Das ist genau das, woran es den anderen mangelt.« Ein kleines, ironisches Lächeln spielte um seinen Mund. »Hast du schon mal etwas von Rousseau gelesen, Célie?«

Sie zögerte. Sollte sie die Wahrheit sagen? Madame de Staël und ihre Freunde hatten oft genug von ihm gesprochen. In höchsten Tönen hatte sie die Größe, Sensibilität und Originalität seiner Ideen gelobt. Selbst jene, die mit seinen Ansichten nicht übereinstimmten, waren bis ins kleinste mit seinem Werk vertraut. Ein Großteil der Träume der Revolution lebte von einem Idealismus, wie Rousseau ihn vertrat, dem Glauben, daß die Weit eine bessere würde, wenn man den von Natur aus reinen Mensch richtig erziehen und von Unterdrückung und Ungerechtigkeit befreien würde. Célie hatte gehört, daß Robespierre wie zahllose andere Revolutionäre – mit Ausnahme Dantons – ein glühender Verehrer Rousseaus war.

Doch wenn sie Georges etwas vormachte, würde er sie zweifellos durchschauen. Schlagartig wurde ihr bewußt, wie wichtig ihr Georges' Meinung war. Die Schulden der Vergangenheit waren getilgt. Sie hatte bewiesen, daß sie Mut, Loyalität, Fantasie und Geistesgegenwart besaß. Aber entgegen ihren Erwartungen fühlte sie sich nicht befreit. Es traf sie immer noch, wenn er sie für unwissend oder dumm hielt oder merkte, daß sie einer Sache nicht gewachsen war.

»Du hast ihn nicht gelesen«, antwortete er für sie.

Die Röte stieg ihr ins Gesicht. Warum hatte sie nicht geradeheraus gesagt, wie es war? Sie war wütend auf sich selbst. Wie dumm von ihr!

»Nein«, sagte sie rasch. Natürlich hatte sie nichts von ihm gelesen! Sie war eine Dienstbotin. Woher hätte sie Zeit und Gelegenheit nehmen sollen, um philosophische Werke zu studieren! Warum fragte er überhaupt? »Ich dachte nur gerade daran, was ich von anderen über ihn gehört habe. Um besser zu verstehen, was geschieht, wäre es wahrscheinlich wichtig, etwas von ihm zu lesen. Aber ich glaube nicht, daß es mir gefallen würde.«

»Es würde dir ganz sicher nicht gefallen«, sagte er mit einem Grinsen und einem Anflug verzweifelter Erleichterung; für einen Moment vergaß er wohl den Ernst der Situation.

»Vielleicht doch!« Die Worte waren heraus, ehe sie sich eines Besseren besinnen konnte.

Immer noch lächelnd, schüttelte er den Kopf. »Nein, bestimmt nicht. Du kennst das wirkliche Leben viel zu gut, um dich für Leute zu erwärmen, die herumlaufen und sich platonisch ineinander verlieben, um dann miteinander wehzuklagen, zu diskutieren und sich gegenseitig zu bemitleiden, die aber niemals etwas so Natürliches tun würden, wie einander zu berühren. Jedermann ist unzufrieden, ohne zu wissen, warum. Ihre Seelen hungern, aber keiner hat soviel Verstand oder Instinkt, zu begreifen, daß die Liebe mit ihrer Kraft und allem, was dazugehört – Lachen, Weinen, Süße und Irrsinn – die Antwort auf vieles ist.«

Wärme durchflutete sie. Gesprächsfetzen, die sie mitgehört hatte, fielen ihr ein. Zu gern wollte sie mit Georges' Gedanken mithalten und etwas erwidern, das seine Anerkennung verdiente. Es war das erste Mal, daß sie ihn von Liebe sprechen hörte. Sie brannte darauf, zu erfahren, was er sagen würde, und fürchtete sich zugleich davor. Alles, was sie noch von Rousseau wußte, war, daß er von Gefühlen redete, die sie nicht verstand und die nicht das hielten, was sie sich erträumte.

»Ich denke, bei ihm lieben alle einander?« fragte sie.

Verächtlich machte Georges eine wegwerfende Handbewegung. »Sie meinen nicht wirkliche Liebe – Liebe, die gibt und froh macht und jede Art von Erfüllung bereithält, sie meinen bloß Seelenqualen, die immerzu auf der Reise sind und niemals ankommen. Wie auch immer, jedesmal, wenn sie kurz davor sind, tatsächlich etwas zu tun, halten sie inne und fangen an, seitenlang zu philosophieren!«

»Vielleicht liegt das ja daran, daß er Philosoph ist?« fragte sie, weniger um Rousseau, sondern vielmehr um Georges zu verstehen. »Ich meine, das wird doch schließlich auch von ihm erwartet, oder?« Sie erinnerte sich, wie einer von Rousseaus glühenden Bewunderern in Madames Salon von der Reinheit seiner Figuren, der Vornehmheit ihres Charakters und ihrer Keuschheit geschwärmt hatte. War Georges der gleichen Meinung?

»In Abhandlungen sicher«, antwortete er und sah ihr ernst in die Augen. »Nicht im richtigen Leben. Worin liegt der Sinn, alles zu wissen, wenn man es nie in die Tat umsetzt? Es ist, als kochten sie unentwegt, ohne jemals zu essen.«

»Oh ... ich verstehe.«

»Nein, das tust du nicht.« Er berührte sie leicht, so leicht, daß sie kaum mehr spürte, als daß seine Hand ihren Arm streifte. »Aber du würdest es sicher verstehen, wenn du Rousseau liest.« Er sprach sehr leise. »Aber verschwende lieber nicht deine Zeit.«

In ihrem Kopf wirbelten Gedanken durcheinander, die sie nicht zuende zu denken wagte, Fantasien, die nichts mit der Liebe zu tun hatten, der Rousseaus Träumer nachhingen, sondern mit der Liebe, von der Georges sprach und die stark, innig und wirklich war.

Doch die Zeit drängte. Sie zwang sich, die Gedanken beiseitezuschieben.

»Können wir Danton denn einfach so fragen?« Sie holte ihn zu den drängenden Fragen der Wirklichkeit zurück. Es blieben nur noch zwölf Stunden, und er hatte recht: – ohne Pässe konnte der Plan nicht gelingen. Briard würde sein Leben ganz umsonst opfern. »Wir werden ihm die Wahrheit sagen müssen, nicht wahr?«

Nachdenklich sah er sie an und wog seine Antwort ab.

»Ja«, sagte er schließlich. »Einen anderen können wir nicht fragen. Er würde es ohnehin erraten. Es ist klüger, gar nicht erst so zu tun, als wollten wir ihm etwas vormachen. Ich werde gleich gehen.« Er richtete sich auf.

»Nein!« widersprach sie heftig. »Es ist besser, wenn ich gehe. Er wird wissen, wer du bist. Oder du könntest aufgehalten werden, bevor du überhaupt die Gelegenheit hast, ihm die ganze Sache zu erzählen ... die Gründe ... die Wahrheit.«

»Weißt du, wo er wohnt?«

»Ja, natürlich weiß ich das! Alle wissen, wo Danton wohnt!«

Er seufzte und preßte die Lippen aufeinander. Es kostete ihn schreckliche Überwindung, ihr wieder einmal einen solch gefährlichen Auftrag überlassen zu müssen. Als sie ihm zur Flucht aus dem Haus am Boulevard Saint-Germain verholfen hatte, hatte sie zwar gezeigt, wie gewitzt und mutig sie war, aber es hatte nichts daran geändert, daß es ihn nach wie vor schmerzte, sich nicht frei bewegen zu können.

Sie ging zur Tür, weil sie ihm keine Zeit geben wollte, Einwände zu erheben; und sie selbst mußte handeln, ehe sie der Mut verließ.

»Ich komme wieder, wenn ich die Papiere habe.«

»Sei vorsichtig!« bat er sie eindringlich.

Seine Stimme und die Art, wie er hastig Luft holte, ließen sie ahnen, was er gleich sagen würde. Sie wollte es nicht hören. Es würde alles nur noch schwerer machen. Sie öffnete die Tür. »Das bin ich immer.« Mit einem Lächeln ging sie hinaus.

Es war kurz nach neun, als sie den Cours du Commerce erreichte und sich Dantons Haus näherte. Ihr Herz schlug so heftig, daß sie kaum noch Luft bekam, und ihr Magen schlug so wilde Kapriolen, daß ihr ganz flau war. Sie fürchtete sich vor Danton, vor seiner immensen Energie. Es war, als stelle man sich einer entfesselten Naturgewalt, die völlig unberechenbar und in der Lage war, alles dem Erdboden gleichzumachen. Wenn sie ihn falsch eingeschätzt hatte, konnte er veranlassen, daß sie festgenommen und morgen zusammen mit dem König zur Guillotine geführt wurde!

Und wenn sie ihm zuviel verriet, könnte er ihrem Plan zuvorkommen, und alle würden gefaßt: Briard, die Leute, die die Kutsche stürmen sollten, und ... Georges. Dieser letzte Gedanke war unerträglich.

Warum schnürte es ihr dabei die Brust zusammen, so daß es ihr kaum noch möglich war, zu atmen? Es war nur natürlich, daß sie sich um ihn sorgte, sehr sogar – genau wie Amandine! Aber sie war nicht verliebt in ihn!

Er war immer noch der Mann, der er immer gewesen war, zu gutaussehend, zu charmant, zu selbstbewußt und auch in jeder anderen Hinsicht seiner Sache viel zu sicher. Er besaß nichts mehr, kein Geld, kein Land, keine Privilegien. Aber angeborene Noblesse verschwand nicht einfach, indem man die Lebensumstände eines Mannes änderte. Es war ihm in die Wiege gelegt worden, und daran war nichts zu ändern – so wie sie immer die Tochter eines Hufschmieds bleiben würde.

In den Köpfen der Menschen ließ sich Gleichheit nicht einfach so herstellen. Man mußte sie sich verdienen.

Sie stand vor Dantons Tür und zitterte so heftig, daß ihr der Atem wegblieb. Dies war der Augenblick der Entscheidung. Wenn sie erst geklopft hatte, war es zu spät. Los jetzt – sie mußte zu Danton und ihn bitten, die Pässe auszufertigen, die die Flucht des Königs ermöglichten; und dabei – falls es scheiterte – ihr eigenes Leben riskieren. Niemand konnte ihr dann noch zu Hilfe eilen. Niemand würde davon erfahren, ehe es zu spät war.

Sie würde keinen von ihnen wiedersehen – weder Amandine noch Madame Lacoste. Es überraschte sie, festzustellen, wie sehr sie Madame ins Herz geschlossen hatte. Und sie würde Georges nie mehr sehen. Oh, sie hatte nicht nur beweisen wollen, daß sie ebenso mutig war wie Madame de Staël, nein, sie wollte viel mehr! Sie wollte lieben, von ganzem Herzen, mit allen Sinnen und all ihrer Hingabe, sie wollte alles fühlen, was dazugehörte, die ganze Freude und den ganzen Schmerz.

Sie wehrte sich dagegen, in Georges verliebt zu sein, weil er ihre Liebe niemals erwidern würde. Doch während sie zitternd auf Dantons Stufen stand, fühlte sie die Gewißheit, daß es besser war, alles zu wagen und zu scheitern, als es überhaupt nicht versucht zu haben – viel besser sogar!

Sie dachte an die Guillotine und den Karren, der die Delinquenten dorthin schaffte. Würde es schnell gehen? Würde sie in der Lage sein, Haltung zu bewahren, wie es anderen vor ihr gelungen war? Oder würde sie sich der Demütigung aussetzen, hingeschleift zu werden?

Glaubte sie an Gott? Was folgte auf den letzten, alles in Dunkelheit hüllenden Schmerz? Hörte sie dann auf, zu existieren? Lösten sich all die starken Gefühle, die Hoffnung und Liebe in nichts auf? Hatte sich die Menschheit jahrhundertelang in falschen Träumen gewiegt? Oder wartete ein Himmel auf sie, in dem Georges und sie sich vielleicht wiederbegegneten? Dann wäre dieser grandiose, aussichtslose Plan den hohen Preis wert gewesen!

Bernave hatte an Gott geglaubt. Sie erinnerte sich, wie er einmal erwähnt hatte, daß er den König deshalb gern wieder auf dem Thron sähe, weil er sich auch die Kirche zurückwünschte – und mit der Kirche die Sakramente, die Gnade und die Hoffnung, die nur der Glaube an eine göttliche Macht spenden konnte.

Andererseits wußte sie nicht, wieviel von dem, was

er gesagt hatte, überhaupt stimmte. Man mußte nur an das Mädchen denken, an dem er sich vergangen hatte!

Wenn sie sich jetzt auf dem Absatz umdrehte und davonliefe, was wäre ihr Leben dann noch wert? Nichts. Feigheit war ein Betrug an ihr selbst, mit dem sie für den Rest ihres Lebens – jeden Tag und jede Nacht – würde leben müssen.

Sie klopfte an die Haustür und wünschte sich im nächsten Moment, sie hätte es nicht getan.

Es war zu spät, um wegzulaufen. Fast im selben Moment wurde die Tür von einer Frau geöffnet, die etwa in Célies Alter war. Sie hatte ein sanftes, hübsches Gesicht, auf dem eine Ahnung großen, unabwendbaren Unheils wie ein Schatten lag. Fragend sah sie Célie an.

Noch könnte sie entfliehen, irgendeine Ausflucht erfinden. Statt dessen sagte sie mit rauher Stimme: »Ich bin gekommen, um Bürger Danton um einen Gefallen zu bitten. Es geht um eine überaus wichtige Angelegenheit, die sehr drängt, sonst würde ich Euch nicht zu Hause stören.« Sie versuchte ein Lächeln, aber es mißlang.

Gabrielle Danton lächelte. »Ihr habt Glück, Bürgerin. Er ist daheim. Kommt bitte herein.« Sie hielt die Tür weit auf.

Célie trat ein, und die Heiterkeit des Hauses zog sie augenblicklich in ihren Bann. Es strahlte die Behaglichkeit aus, die nur eine Frau schaffen kann, die ihr Heim und ihre Familie liebt und diese mit Freuden umhegt und pflegt. Hier und da erfreute einfacher Zimmerschmuck, bestickte Kissen oder ein bemalter Krug das Auge. Der Duft nach Kräutern und Gemüse durchzog die Zimmer, und nebenan hörte Célie Kinderlachen. Es war, wie Georges gesagt hatte: eine Insel verblüffender Normalität in einer Welt, die in ein Irrenhaus verwandelt worden war.

Sie folgte Gabrielle in den angrenzenden Raum, in

dem ein Feuer im Kamin brannte. Danton hatte es sich auf dem größten Sessel bequem gemacht, die Beine weit von sich gestreckt. Ein zufriedenes Lächeln lag auf seinem großen, häßlichen Gesicht. Célie hatte ihn noch nie aus der Nähe gesehen. Er war jünger, als sie gedacht hatte, etwas über dreißig. Sein Gesicht unter der ungebändigten Mähne war pockennarbig und trug die Spuren der unfallträchtigen Kindheit eines Bauernjungen. Riesig, wie er war, schien er förmlich seine Kleider zu sprengen, doch er hatte nichts Bedrohliches an sich. Hier war er zu Hause, und seine Zufriedenheit übertrug sich auf seine ganze Umgebung.

»Die Bürgerin hier möchte dich um einen Gefallen bitten«, sagte Gabrielle. »Sie sagt, es sei dringend und von äußerster Wichtigkeit.«

»Kommt herein, Bürgerin«, empfing sie Danton freundlich und deutete sofort auf den anderen Sessel. Er dankte seiner Frau und schenkte ihr ein zärtliches Lächeln, das mehr sagte als tausend Worte.

Gabrielle lächelte ebenfalls, dann entschuldigte sie sich. Leise summend steckte sie eine lose Haarsträhne fest und ging in die Küche zurück.

Célie nahm auf dem Sessel am Kamin Platz. Die Vorstellung, daß Krieg ausbrechen und fremde Soldaten in diese heile Weit hineintrampeln, sie plündern und verwüsten könnten, war unerträglich. Um dieses friedliche Leben vor Zerstörung zu bewahren, war kein Preis zu hoch.

Danton sah sie erwartungsvoll an. Sie mußte den Anfang machen. Der heikle Moment, der über Erfolg oder Niederlage entscheiden würde, war gekommen. In Gedanken war sie alles durchgegangen, hatte sich im Kopf die Szene ausgemalt, was sie sagen, was er antworten würde, alle Argumente, die sie ins Feld führen konnte. Nichts davon schien ihr jetzt angebracht. Aber sie mußte irgendwo beginnen.

»Ich habe verfolgt, was die Leute in letzter Zeit reden.« Die Angst machte ihre Stimme heiser und ließ sie hier und da überkippen. Sie verschränkte die Hände in ihrem Schoß, um das Zittern zu verbergen, und grub die Nägel in ihre Handflächen. »Im Konvent, im Jakobinerklub und auf den Straßen.«

Er wartet darauf, daß sie zu dem eigentlichen Grund ihres Kommens kam.

Sie schluckte, dann sah sie auf und suchte seinen Blick. Augenblicklich wurde ihr bewußt, daß sie die Wahrheit sagen mußte. Sonst hätte sie überhaupt keine Chance.

»Ich fürchte den Krieg, Bürger Danton. Wenn die von Monarchen regierten Länder bei uns einfallen, werden wir alles verlieren, was wir durch die Revolution erreicht haben. Nichts davon wird bleiben, und die alten, eingefahrenen Denkweisen werden wieder zum Leben erwachen – wenn nicht schlimmere! Und es werden nicht einmal französische sein.«

Er beugte sich vor. »Das weiß ich, Bürgerin. Glaubt mir, ich kenne die Gefahren! Ich liebe Frankreich über alles.« Die Leidenschaft, Zärtlichkeit und Intensität, die aus seinem Gesicht sprachen, als er das sagte, ließen keinen Platz für Zweifel. »Wir werden unser Vaterland mit aller Macht verteidigen ... und wenn es sein muß, dafür sterben. Mehr können wir nicht tun.«

»Doch, das können wir!« fiel sie heftig ein. Zu ihrer eigenen Überraschung waren alle Bedenken mit einemmal wie weggeblasen. »Wenn wir mit der Hinrichtung des Königs warten, bis wir stärker geworden sind, dann ...«

Ein Anflug von ehrlichem Bedauern überschattete sein Gesicht. »Daran kann ich nichts ändern, Bürgerin. Wenn auch nur die geringste Chance bestanden hätte, das Urteil zu revidieren – ich hätte es versucht. Aber Ihr sagt, Ihr habt gehört, was die Leute im Konvent reden. Dann kennt Ihr die Antwort.«

»Es stimmt, daß das Urteil durch Worte nicht mehr abgewendet werden kann«, stimmte sie zu.

Seine Augen weiteten sich erstaunt, doch er unterbrach sie nicht, sondern wartete, daß sie ihren Gedanken zu Ende führte.

Es war soweit. Jetzt gab es endgültig kein Zurück mehr. Sie holte tief Luft.

»Wenn der König gar nicht erst das Schafott erreicht... wenn er auf dem Weg vom Gefängnis zum Place de la Révolution aus der Kutsche verschwindet...« Sie sah die Überraschung in seinem Gesicht, die wachsende Ungläubigkeit. Würde er sie jetzt verhaften lassen? Entschlossen beeilte sie sich, noch deutlicher zu werden. »Es könnte gelingen! England und Spanien hätten dann keinen Grund mehr, sich gegen uns zu wenden.« Sie beugte sich zu ihm vor und fuhr leise fort. »Dann hätten wir Zeit, in unserem Land für dauerhaften Frieden zu sorgen und der Weit zu beweisen, daß wir in der Lage sind, Frankreich auch ohne König oder Kirche zu regieren – und zwar besser! Wir können genauso gut wie andere Länder für Recht und Ordnung sorgen und unser Volk ernähren! Aber das werden sie erst glauben, wenn sie es mit eigenen Augen sehen!« Jäh brach sie ab. Ihr Herz schlug ihr bis zum Hals. Atemlos wartete sie seine Reaktion ab. Würde er wütend werden – oder sie verstehen?

»Ihr habt Mut, Bürgerin, das muß man Euch lassen«, sagte er schließlich leise und verwundert. »Wie kommt Ihr darauf, daß so etwas möglich wäre?«

Diese Frage hatte sie gefürchtet. Andererseits – nur ein Dummkopf hätte sie nicht gestellt.

»Viele Menschen sehen die gleichen Gefahren wie ich«, erwiderte sie. »Sie sind bereit, ihr Leben zu opfern, und manche lassen sich auch nicht davon beirren, daß es für sie keine Chance gibt, zu überleben, selbst wenn sie erfolgreich sind.« Sie dachte an Briard und fuhr stokkend fort. »Sie lieben Frankreich. Sie lieben unser Volk – und sie wollen, daß alle Errungenschaften der Revolution erhalten bleiben, all das, wofür unzählige Menschen ihr Leben gegeben haben. Sie wollen verhindern, daß österreichische oder englische Soldaten in unsere Häuser einfallen, daß auf unseren Feldern und Straßen fremde Armeen marschieren, denen unser Land völlig gleichgültig ist.«

Danton zuckte zusammen, und Célie wußte, daß es jetzt gefährlich wurde. Sie hatte genug gesagt. Nun war es an ihm, ihr zu antworten. In seinen Augen konnte sie sehen, wie er mit widerstreitenden Gefühlen kämpfte.

»Ihr geht ein hohes Risiko ein, indem Ihr mir all das erzählt, Bürgerin«, sagte er ruhig. »Ihr müßt etwas überaus Wichtiges von mir wollen. Was ist es?«

»Pässe für einen Bürger namens Briard, die ihm gestatten, Paris zu verlassen und in jede Richtung zu reisen, die er wünscht.«

»Briard?« wiederholte er. »Das ist alles? Nichts weiter als Reisepapiere für einen Bürger Briard?«

»So ist es. Joseph Briard.«

»Wird er von der *Commune* gesucht?«

»Nein. Er ist ein ganz normaler Bürger, der krank ist und Paris zu verlassen und zu reisen wünscht.«

Sehr langsam atmete er aus. »Ich verstehe. Und Ihr glaubt, daß mein Name auf seinem Paß verhindern könnte, daß er aufgehalten wird?«

»Ja. Niemand würde es wagen, Bürger Dantons eigenhändige Unterschrift anzuzweifeln«, sagte sie, ihrer Sache sicher. Sie begann zu hoffen. Das Gefühl, auf dem schmalen Grat zwischen Leben und Tod, Licht und Dunkel zu wandern, nahm ihr fast den Atem.

Jeden Moment mußte er die große Entscheidung treffen. Er betrachtete sie mit einem verhaltenen Lächeln. »Ich nehme an, Bürger Briard ist ein älterer, kleiner Herr, Kaufmann vielleicht, der zwischen Stadt und

Land mit irgendwelchen Waren Handel treibt?« Jetzt blickte er Ihr fest in die Augen. »Vermutlich führt er ein Leben, wie es der König getan hätte – wenn ihm vom Schicksal der richtige Platz zugewiesen worden wäre – und nicht der Thron von Frankreich.«

Sie schluckte und nickte.

Im Zimmer wurde es still, nur das Flackern des Feuers war zu hören. In der Küche setzte Gabrielle einen Deckel auf einen Topf, und das harte Aneinanderschlagen von schwerem Metall hallte durch die Räume.

»Sollte Bürger Briard verhindert sein und die Reise nicht antreten können«, fügte Célie beinahe im Flüsterton hinzu, »wird der Paß vernichtet werden – damit er nicht in falsche Hände gerät.« Gespannt beobachtete sie sein Gesicht.

»Ich habe nicht weniger Mut als Ihr, Bürgerin«, sagte Danton leise. »Und ich liebe Frankreich ebensosehr. Ich werde Euch die Pässe ausstellen.«

Sie fühlte eine Hitze in sich aufsteigen, als hätte sie sich zu nahe ans Feuer gesetzt. Eine Welle der Erleichterung erfaßte sie und drohte sie zu überrollen.

»Ich danke Euch, Bürger Danton«, antwortete sie. »Nur wenige Menschen werden ahnen, was wir Euch zu verdanken haben.«

Das strahlende Lächeln, das er ihr schenkte, verwandelte sein Gesicht in eine häßliche Fratze. »Das will ich doch hoffen! Wir müssen nach vorne blicken, Bürgerin! Laßt uns mutig voranschreiten! Zum Teufel mit unseren Gegnern.«

»Zum Teufel mit ihnen!« stimmte Célie zu und versuchte vergeblich, die Tränen zurückzuhalten.

Wenig später nahm sie die Papiere entgegen und steckte sie in ihr Mieder. Dann lief sie auf dem kürzesten Weg zur Ecke Rue Mazarine, um die Frau aufzusuchen, die dort Kaffee verkaufte, und nach Bürger Briard zu fragen. Zehn Minuten darauf stand sie in einem winzigen Zimmer, das auf einen Hof hinausging. Briard, der noch bleicher aussah als zuvor, nahm die Pässe mit dem Ausdruck größter Hochachtung entgegen.

»Ihr seid überaus mutig, Bürgerin«, sagte er feierlich. »Bürger Bernave hat mir viel Gutes über Euch erzählt, aber ich glaube, Eure Courage hätte selbst ihn überrascht. Möge Gott mit Euch sein.«

Sein Wunsch ging ihr überraschend nah. Noch am Tag zuvor, sogar vor einer Stunde noch, hätte sie das kaum für möglich gehalten. Aber in diesem Moment hätte er nichts Treffenderes sagen können. Mit dem Mut der Verzweiflung wagten sie das Unmögliche, und nur das Unvorstellbare konnte ihnen helfen. Sie mußte an eine göttliche Gewalt glauben können, an eine höhere Gerechtigkeit – und an die Hoffnung auf Gnade.

»Auch mit Euch, Bürger«, erwiderte sie aus tiefstem Herzen.

Jean-Paul Marat verließ sein Haus an der Rue de l'École de Médicine, überquerte den Hof und trat durch den Torbogen auf die Straße. Im gleichen Moment schlossen sich ihm zwei Männer an, die ebenso zerrissene und schmutzige Kleider trugen wie er, und folgten ihm, um ihn gegen Angriffe aus dem Hinterhalt zu schützen. Sie hatten die hohläugigen, kupferhäutigen Gesichter der Leute, die in den Gerbereien des Faubourg Saint-Antoine arbeiteten. Jahrelanger Umgang mit ätzenden Säuren und Laugensalzen hatte sie verbrannt, Hunger und Krankheiten hatten sie nicht nur äußerlich zu Wölfen gemacht.

Schweigend fielen sie neben ihm in Trab. Einen Gruß auszutauschen, erschien ihnen überflüssig, denn schließlich waren sie einander vertraut und hatten in jeder Hinsicht ein gemeinsames Ziel. Äußerlichkeiten zählten nicht. Aber möglicherweise zählten die roten Halstücher, die alle drei trugen. Es war anzunehmen, daß die Halstücher eine Bedeutung hatten, als Zeichen galten, daß sie treue Anhänger der *Commune* waren, doch alles andere schien völlig unbedeutend. Sie waren gänzlich unempfindlich gegen die strengen Ausdünstungen ihrer ungewaschenen Kleider – die für sie so selbstverständlich waren wie Tag und Nacht. Daß sie den säuerlichen Geruch des Verfalls wahrnahmen, der Marat überallhin begleitete, den Geruch einer Krankheit, deretwegen sein Fleisch am lebendigen Leib verfaulte, ließen sie sich entweder aus Takt oder Angst nicht anmerken. Vielleicht waren sie auch zu sehr an den Gestank der Gerbereien gewöhnt, um ihn allzu ungewöhnlich zu finden.

Morgen früh würde Louis Capet sterben und ein neues Zeitalter anbrechen. Natürlich würde man sich als nächstes der Girondisten entledigen müssen. Sie waren furchtbar lästig, ein Haufen eingebildeter Idioten, die nur im Weg standen. Marat war der Kopf und das Herz der *Commune*. Alle wirklich bedeutenden Entwicklungen würden von ihm ausgehen. Nicht mehr lange, und er konnte tun und lassen, was er wollte.

Es war kalt und windig. Der Regen hatte aufgehört. Am Himmel über ihnen standen ein paar blasse Sterne, während sich auf dem Kopfsteinpflaster eine dünne Eisschicht gebildet hatte, die das Gehen mühsam machte. Marat bewegte sich mit einem seltsam seitwärts ausschreitenden, halb schlurfenden, halb hüpfenden Gang vorwärts, der ihm das Aussehen eines riesenhaften Frosches gab. Die eiternden Hautfetzen, die seinen ganzen Körper bedeckten, hatten sich auch zwischen den Beinen ausgebreitet. Manchmal hätte er am liebsten seine Qualen hinausgeschrien. Essigbäder konnten die Schmerzen etwas lindern, doch ihre Wirkung hielt nicht lange an.

Er hatte das Gefühl, als ob ihm jemand folgte, und meinte Schritte zu hören, die sich seinem Rhythmus angepaßt hatten, aber immer eine Wegstrecke zurückblieben. Nicht, daß er Angst hatte – er war nur neugierig.

Niemand konnte ihm etwas anhaben. Und selbst wenn es jemand versuchte, würden seine Begleiter das Problem schnell und wirksam aus der Weit schaffen.

Er war auf dem Weg in den Konvent, über die Brücke in die Rue Saint-Honoré. Die Straße wurde von Lichtern aus Fenstern und Läden mehr als ausreichend erhellt, hier und da kamen auch fackeltragende Soldaten oder Kutschen mit Laternen vorbei. Er brauchte sich nur umzudrehen, dann könnte er feststellen, wer ihm da folgte, aber er verzichtete darauf. Wahrscheinlich war es nur jemand, der den gleichen Weg hatte. An diesem Abend waren viele Leute unterwegs. Aufregung und Nervosität lagen in der Luft, eine prickelnde Atmosphäre, als zähle jeder die Stunden bis zum Morgengrauen, wo in einem letzten großen Akt der Tyrannei endgültig der Garaus gemacht würde.

Sie überquerten den Fluß. Unter den Brückenbogen floß das dunkle Wasser geräuschvoll dahin. Er konnte hören, wie es gegen die Pfeiler klatschte, die eiskalten, wirbelnden Strömungen zu einer glänzenden Flut vereint, in der sich vom Ufer her die Fackeln widerspiegelten und wie loderndes Feuer auf geschmolzenem Blei tanzten.

Das leblose, massige Gebäude des Louvre hob sich schwarz gegen den helleren Nachthimmel ab. Marat und seine Begleiter wandten sich nach links. Ein halbes Dutzend Nationalgardisten mit Fackeln in der Hand zogen an ihnen vorbei.

»Guten Abend, Bürger Marat!« rief ihr Anführer und tippte an seinen Hut.

Marat winkte ihnen beiläufig zu und ging weiter.

Sie passierten eine Gruppe gutgekleideter, beleibter Männer, die wohlhabend aussahen. Auch sie erkannten ihn. Selbst wenn sie sein Gesicht nicht im Schein der Fackel gesehen hätten – sein gequälter Gang war unverkennbar.

Einer der Männer tat, als habe er ihn nicht bemerkt und sprach weiter, seinen Blick abwendend.

Marat erstarrte innerlich. In den Jahren, die er in der Einöde als gesellschaftlich Geächteter verbracht hatte, war er so vielen Schmähungen ausgesetzt gewesen, daß er sie mit geübtem Blick erkannte. Er war mit Demütigungen viel zu vertraut, um sie zu übersehen.

Die Männer rückten näher zusammen. Einer von ihnen war so bedacht darauf, Abstand zu halten, daß er beinahe die Mauer streifte, an der sie entlanggingen – lieber verletzte er sich, als Marat zu nahe zu kommen. Ein anderer kaschierte sein nervöses Lachen mit einem Hustenanfall.

Der Wortführer der Gruppe änderte seine Taktik. Er zwang sich zu einem Lächeln, das jedoch viel zu breit geriet und alle seine Zähne zeigte.

Mit zu hoher Stimme sagte er laut: »Guten Abend, Bürger Marat!«

Marat antwortete nicht, blieb aber stehen.

»Ziemlich kalt heute abend«, fuhr der Mann fort.

Marat sah ihn an.

Die Nasenflügel des Mannes bebten, als er den Geruch wahrnahm. Marat konnte sehen, daß er Angst hatte. Sein Atem ging schneller, und er verschluckte sich fast an seinem Speichel. »Lang lebe ... die Republik!« Dann drehte er sich auf dem Absatz um und floh die Straße hinunter, stürzte um die nächste Ecke in eine Gasse und war verschwunden. Marat wußte, daß diese Gasse nicht sein eigentliches Ziel gewesen war. Sie führte nirgendwo hin. Die anderen Männer beeilten sich, ihm in die Sackgasse zu folgen.

Marat ging hoch erhobenen Hauptes weiter und versuchte, so würdevoll auszuschreiten, wie es ihm möglich war. Er wußte nur zu gut, daß sich Furcht und nicht Ehrlichkeit hinter den Worten des Mannes verbarg, und er verachtete ihn dafür.

Dieser angsterfüllte Ausdruck auf den Gesichtern der Leute war Marat wohlvertraut: aufgesetztes Lob, hohles Beteuern von Zustimmung, Augen, die es nicht ertrugen, seinen Blick zu erwidern, und dennoch nicht wegzusehen wagten. Manches Mal fragte er sich, ob es überhaupt Menschen gab, die ihm gegenüber aufrichtig waren. Ständig zwischen Schrecken und Lügen, Schmeicheleien und Ausflüchten leben zu müssen und andauernd mit Leuten konfrontiert zu sein, die sich am Rande der Hysterie befanden, war aufreibend und ermüdend.

Das war es, was er an seiner Geliebten Simone Evrand so schätzte. Sie hatte weder politische Ziele noch Meinungen. Was sie in ihm sah, war nicht der Arzt, der Schriftsteller, der Rächer der Unterdrückten, der politische Aufwiegler gegen den Terror der Girondisten, sondern ein Mann wie jeder andere, mit Gefühlen und Schwächen.

Je näher sie dem Konvent kamen, desto mehr nahm der Lärm auf den Straßen zu. Der Wind trug ihnen den Rauch eines halben Dutzends Fackeln entgegen. Der strenge, aber nicht unangenehme Geruch nach Teer setzte sich in den Kehlen fest.

Marat verließ die Straße und betrat den Konvent. Obwohl er innerhalb seiner Mauern nichts zu befürchten hatte, blieben seine zwei Begleiter dicht hinter ihm. Die meisten der hier Versammelten waren Abgeordnete, wie üblich in hitzige Debatten vertieft und verliebt in den Klang der eigenen Stimme. Sie waren völlig davon in Anspruch genommen, ihren persönlichen Machtkampf innerhalb ihrer Splittergruppen zu führen.

Kurz nach ihnen betrat ein Mann den Konvent, zögerlich und unsicher. War das der Mann, der Marat die ganze Zeit über gefolgt war?

Doch warum sollte er? Marat hatte keinen Grund zu übertriebenem Argwohn. Es war sicher nur ein Bürger wie jeder andere, der darauf brannte, die Debatten zu verfolgen und die Momente mitzuerleben, in denen Geschichte geschrieben wurde.

Ein untersetzter Mann mit schütterem Haar steuerte auf Marat zu. Seine Augen funkelten im Licht der Fakkeln.

»Bürger Marat«, sagte er ernst. »Wenn Ihr so liebenswürdig wärt, mir ein oder zwei Momente Eurer Zeit zu schenken – ich würde Euch gern sprechen.« Seine Worte standen in komplettem Widerspruch zur Realität. Marat war in seinem ganzen Leben noch nicht liebenswürdig gewesen. Unstillbare Wut brodelte in ihm wie Lava und versengte, was auch immer mit ihr in Berührung kam.

»Was wollt Ihr?« fragte er. Er sprach heiser, die Stimme rauh wie ein Reibeisen und mit einer eigentümlichen Mischung unterschiedlicher Akzente. Es war nicht zu verleugnen, daß sein Vater Sarde und seine Mutter Schweizerin gewesen waren. Die englische, italienische, holländische und deutsche Sprache – und natürlich Französisch – beherrschte er fließend in Wort und Schrift.

»Bürger Aulard«, stellte sich der Mann vor.

Ungeduldig gestikulierend wedelte Marat mit den Händen und trat von einem Bein auf das andere.

»Was wollt Ihr?« wiederholte er.

»Euren Rat, Bürger«, erwiderte Aulard. Er schien ihm ein gewisses Maß an Zutrauen entgegenzubringen – wenn er tatsächlich Angst hatte, wußte er sie erstaunlich gut zu verbergen. »So viele unserer gebildeten Männer sind aus Paris geflohen, ganz so, als fühlten sie sich schuldig oder hätten etwas zu befürchten.« Er zuckte die Schultern. »Wer weiß, vielleicht verhält es sich ja so.« Er bemerkte, daß Marat kurz davor war, die Geduld zu verlieren. »Das hat allerdings zur Folge, daß uns Leute mit einer bestimmten Eignung fehlen, sachverständige, belesene Männer, die ihre geistigen Fähigkeiten und ihre Erfindungsgaben auf dem Gebiet der Wissenschaften einsetzen.«

Gegen seinen Willen war Marat interessiert.

Aulard war seine Aufmerksamkeit nicht entgangen. Er wußte, daß seine Artigkeiten ihre Wirkung nicht verfehlen würden. Nicht Macht war es, wonach Marat noch hungerte, davon hatte er mehr als genug, doch nichts könnte jemals seine Sehnsucht nach Ruhm stillen, nach der Anerkennung, die ihm sein Leben lang versagt geblieben war. Er hatte Werke über so breitgefächerte Themen wie Optik, Elektrizität und die Natur der menschlichen Seele veröffentlicht, doch die Académie Française hatte sich stets standhaft geweigert, von ihnen Notiz zu nehmen. Jetzt war seine Vergeltung zum Greifen nah. Nach dem morgigen Tag stand ihm alles offen.

»Wie kann ich Euch helfen?« fragte er Aulard. In seinen Körper kehrte endlich Ruhe ein.

Aulards Mundwinkel umspielte ein winziges Lächeln.

»Ich habe vor, die Behandlung unserer Soldaten, die Amputationen erlitten haben, zu verbessern«, antwortete er. »Doch ich habe vergeblich versucht, die Ärzte an der Medizinischen Fakultät dazu zu bewegen, mir zuzuhören. Sie sind engstirnig und weigern sich, von ihren vorgefaßten Meinungen abzuweichen ...«

Marat nickte.

Aulard wußte nun, daß ihm Marats Aufmerksamkeit sicher war, vielleicht sogar sein Wohlwollen. Es war ein Kinderspiel. Als lockte man ein hungriges Kind mit Süßigkeiten. So mächtig und streitlustig Marat war, so verletzlich war er auch – seine Achillesferse lag bloß. Dabei regierte er doch die *Commune* mit dem Zepter des Schrekkens, und die *Commune* war es, die in Wahrheit Paris beherrschte – und damit ganz Frankreich. Marat brauchte nur die Hand zu heben, und schon fiel ein Kopf.

»Seit zwanzig Jahren haben sie weder etwas Neues gelernt noch erdacht«, fuhr Aulard fort. Er wußte genau, was er sagen mußte. Offensichtlich hatte er sich eingehend mit Marats Werdegang beschäftigt. Er wußte von den endlosen Werken, die sich Marat in gekrümmter Haltung bei Kerzenlicht mühsam abgerungen hatte, achtzehn oder zwanzig Stunden am Tag, so gut wie mittellos, während ihn der Hunger nach Anerkennung bis an die Grenze der Erschöpfung trieb. Verzweifelt forschte er in jeder nur denkbaren wissenschaftlichen Richtung und wurde stets übergangen. Buch um Buch floß aus seiner Feder und erntete nichts als Hohn. Stets mußte er erleben, daß seine Ideen als unzulänglich abgetan wurden.

Er hatte sich als Arzt an Wirkungsstätten über Wasser gehalten, wie sie unterschiedlicher nicht sein konnten: im Haushalt des Comte d'Artois – ausgerechnet – und in dem kleinen Ort Pimlico am Rande von London. Die Sehnsucht nach Anerkennung seines Genies war das Feuer, das ihn antrieb. Die Niederlagen machten ihn bitter, es folgten Streit und Entlassung – und schließlich sogar Verfolgung, nachdem er sich mit den Elendesten aller Elenden, den Hungernden und Besitzlosen, verbündet hatte. Der maßlose, glühende Fanatismus, mit dem er für sie eintrat, wurde von der Ablehnung, die er selbst erlitten hatte, genährt.

Doch das alles lag nun hinter ihm. Niemand würde ihn je wieder zurückweisen.

Aus den Augenwinkeln bemerkte er den Mann, der nach ihm hereingekommen war: ein einfacher Mann aus dem Volk, mit braunen Haaren und der abgetragenen Kleidung eines Arbeiters.

»Eure fachliche Meinung als Mediziner hätte bei weitem mehr Gewicht als die meine«, fuhr Aulard fort. »Wenn Ihr meine Pläne begutachtet, Bürger, und zu dem Schluß kommt, daß Ihr sie für gut befindet, dann würden sie auch von der übrigen Welt ernstgenommen.«

»Ich werde sie mir ansehen«, willigte Marat ein. »Bringt sie morgen zu mir nach Hause.«

»Ich danke Euch, Bürger«, sagte Aulard überschwenglich. »Eure Unterstützung bedeutet mir ungeheuer viel ... mir und den bedauernswerten Männern, die sich für ihr Vaterland aufgeopfert haben.« Sein Gesicht strahlte siegesgewiß, sein Lächeln wurde breiter, und seine Schultern entspannten sich sichtlich.

Der braunhaarige Mann näherte sich Marat, bis er beinahe dessen Ellbogen berührte.

»Werden diese Leistungen auch jenen rechtschaffenen Bürgern zugute kommen, die sich in Paris verdient gemacht haben?« fragte er.

Aulard starrte ihn an. »Wer seid Ihr überhaupt?« herrschte er ihn wütend an. »Ich spreche gerade mit Bürger Marat! Wie könnt Ihr es wagen, uns zu belästigen? Bürger Marat hat nicht um Eure Meinung gebeten.«

»Ich heiße Fernand Lacoste. Warum?«

Aulard ging auf ihn zu.

»Wartet!« bellte Marat und hob die Hand. Er wandte sich an Aulard. »Verhält es sich so? Denkt Ihr auch an die unglücklichen Opfer von Paris? Oder ist Euch nur daran gelegen, Geld und Ruhm zu erlangen?«

»Mir geht es einzig um das Wohlergehen meiner Mitbürger, die im Kampf um die Freiheit verletzt wurden«, erwiderte Aulard salbungsvoll.

Doch Marat ließ sich nicht ein zweitesmal zum Narren halten.

»Gut! Dann wendet Euch an die Armee. Wenn sie Euer Vorhaben gutheißt, braucht Ihr mich nicht. Geht und sprecht mit Bürger Pache.« Er wußte nicht, warum, aber plötzlich hatte er das sichere Gefühl, benutzt worden zu sein.

Aulard konnte von Glück sagen, daß er so glimpflich davongekommen war. Wütend wandte er sich an Fernand.

»Ich werde Euer unverschämtes Verhalten nicht vergessen!« schnaubte er.

»Ihr selbst tätet gut daran, zu vergessen, daß Ihr je hiergewesen seid«, gab Marat zurück. »Ich schätze es nicht, hintergangen zu werden, Bürger Aulard.«

Aulard erblaßte, zögerte noch einen Moment, drehte sich dann aber auf dem Absatz um und eilte davon. Marat blieb mit Fernand Lacoste auf dem Gang zurück. Der Mann schien nervös und aufgeregt zu sein. Er durchbohrte Marat förmlich mit seinem Blick.

»Worum geht es, Bürger?« fragte Marat leise, seine Stimme ein kaum noch wahrnehmbares Zischeln. »Seit den Cordeliers seid Ihr mir schon auf den Fersen. Was wollt Ihr?«

Lacoste wurde blaß, aber er wich nicht zurück. Er befeuchtete seine Lippen.

»Irgend etwas ist faul«, sagte er mit leichtem Kopfschütteln. Er runzelte die Stirn. »Ich weiß nicht, was genau los ist, aber ich glaube, es hat mit dem König zu tun.«

»Mit Bürger Capet«, korrigierte Marat, aber er war hellhörig geworden. Seine Erfahrung hatte ihn gelehrt, Klatsch und Gerüchte niemals zu unterschätzen. Leute wie dieser Mann waren die Augen und Ohren der Revolution.

»Bürger Capet«, wiederholte Lacoste gehorsam. »Ich wohne in einem großen Haus am Boulevard Saint-Germain. Es hat Bürger Victor Bernave gehört.« Er sprach hastig, ohne abzusetzen. Es war wichtig, Marat alles von Anfang an zu erzählen, doch er hatte Angst, seine Aufmerksamkeit zu verlieren.

Marat wußte das und wartete. Wahrscheinlich steckte nichts dahinter, aber man konnte nie wissen.

»Dann hat man Bürger Bernave ermordet«, fuhr Lacoste fort. »Jetzt gehört das Haus meiner Frau.« Er wäre am liebsten im Boden versunken. Marat sah ihm an, daß ihm das gegen seinen Willen herausgerutscht war.

»Was hat das mit Bürger Capet zu tun?« erkundigte er sich.

So nervös Lacoste auch war, er ließ sich nicht einschüchtern und blickte Marat unverwandt an.

»Schon bevor Bernave ermordet wurde, gingen seltsame Dinge im Haus vor. Ich dachte, es hätte mit Gelddingen zu tun. Er war Tuchhändler und sehr erfolgreich. Zu jeder Tages- und Nachtzeit kamen und gingen Leute, um Nachrichten zu überbringen. Und heute hat ein Mann an die Hintertür geklopft und behauptet, er sei Schneider, und Bernave habe ihn beauftragt, für jemanden einen Mantel zu ändern. Und obwohl Bernave tot ist, war er kaum davon abzubringen, daß der Auftrag ausgeführt werden solle.«

Marat begann, die Geduld zu verlieren. Was dieser Mann vortrug, war langweiliges Zeug und ergab überhaupt keinen Sinn.

»Meine Tochter hat ihn die ganze Zeit angestarrt, als traue sie ihren Augen nicht«, erzählte Lacoste. »Sie ist acht Jahre alt. Hinterher habe ich sie nach dem Grund gefragt. Und dann wurde es mir klar!«

»Was? Bis jetzt weiß ich nicht, was ihr wollt.«

»Der König! Bürger Capet! Der Fremde war ihm wie aus dem Gesicht geschnitten! Und der Mantel, den er ändern wollte, war für einen Mann bestimmt, der Paris in den nächsten Tagen verlassen müsse. Ich weiß nicht, was das zu bedeuten hat, Bürger Marat, aber ich dachte, Ihr solltet darüber Bescheid wissen.«

Wilde Gedanken schossen Marat durch den Kopf. Dieser Bürger war also doch kein Wirrkopf. Ein älterer Mann, der aussah wie Louis Capet … Leute, die Pläne schmiedeten und zu ungewöhnlichen Zeiten kamen und gingen. Victor Bernave war gerissen und schlau gewesen – einer, dem man nicht trauen konnte. Gut, daß er tot war.

»Ihr habt recht daran getan, damit zu mir zu kommen«, erwiderte Marat freundlich. »Wem sonst habt Ihr davon berichtet?«

»Niemandem!« beteuerte Lacoste nachdrücklich. »Wem sonst konnte ich mich anvertrauen und dabei wissen, daß er das Richtige im Sinne des Volkes tun würde!«

»Niemandem«, stimmte ihm Marat aus vollem Herzen zu. Ausgezeichnet. Wenn niemand sonst davon wußte und es sich tatsächlich um eine Verschwörung handelte, würde er sie höchstpersönlich vereiteln. Er würde sich einige Männer aus der *Commune* zur Unterstützung holen, Männer, denen man vertrauen konnte. Die Girondisten waren unfähig. Alles, was sie täten, wäre, in endlose Diskussionen zu verfallen, um wie immer nichts, aber auch gar nichts in die Tat umzusetzen. Sie wären viel zu sehr damit beschäftigt, einen persönlichen Gewinn aus dem Ganzen zu ziehen, um zu einer Entscheidung zu gelangen ... würden sich benehmen wie ein Haufen aufgeschreckter alter Weiber, die aufgeregt hin- und herlaufen und übereinander stolpern, wenn jemand ›Feuer!‹ ruft.

Sie waren gierig und unentschlossen. Und Danton hatte noch im Oktober dem König den Tod ersparen wollen! Er war ein ausgemachter Esel ... ein Hanswurst! Danton trug die Revolution auf den Lippen, aber nicht im Herzen.

Robespierre dagegen, dieser eiskalte, armselige Wicht besaß überhaupt kein Herz. Er würde aus dieser Sache nur Ruhm für seine eigene Person ziehen wollen und sie dazu benutzen, eine weitere Stufe auf der Leiter der Macht zu erklimmen,

Marat würde sich selbst um die Angelegenheit kümmern. Den anderen war nicht zu trauen.

»Was habt Ihr sonst noch beobachtet?« wollte er von Lacoste wissen. »Wer kommt? Wer geht? Habt Ihr Gespräche mitgehört?«

Lacostes Augen wurden größer. »Ihr meint, es könnte etwas dran sein?« Seine Stimme klang ängstlich.

»Vielleicht!« erwiderte Marat knapp. Er wollte nicht, daß sich Lacoste noch etwas auf seine Entdeckung einbildete. Am Ende bekäme er noch übertriebene Vorstellungen von seiner eigenen Bedeutung. Marat bedachte ihn mit einem finsteren, glimmenden Blick.

Lacoste erzählte ihm alles, woran er sich erinnern konnte.

»Ich danke Euch«, nickte Marat, als Lacoste geendet hatte. »Zu niemandem ein Wort! Ihr habt das Richtige getan. Und nun geht nach Hause und bewahrt Stillschweigen.«

»Ja, Bürger Marat«, versprach er. Kaum hatte Marat ihn entlassen, machte er auf dem Absatz kehrt und verschwand.

Marat begab sich in die Versammlungshalle des Konvents. In seinem Kopf arbeitete es fieberhaft. Er steuerte nicht auf die Abgeordnetenplätze zu, sondern ging zur Balustrade der Galerie, auf der sich die Zuschauer drängten, um die Sitzungen zu sehen und zu hören.

Wer war unerschrocken und gewitzt genug, den König geradewegs vor dem Fallbeil der Guillotine zu bewahren? Die Royalisten gewiß nicht. Keiner von ihnen hätte den Schneid dazu. Sie waren viel zu sehr damit beschäftigt, ihre eigene Haut zu retten … und ihr Vermögen. Sie hatten alle Hände voll damit zu tun, ihre Nester in England und Österreich auszupolstern – oder wo auch immer sie sich die besten Chancen erhofften, ein komfortables Leben im Exil verbringen zu können.

Er starrte hinunter auf die im Halbrund angeordneten langgestreckten Sitzreihen und das Podium mit den niedrigen Holzstühlen zu beiden Seiten.

Aber wer dann? In Gedanken ging er alle Möglichkeiten durch, dachte an die Machthungrigen, die Unzufriedenen, all jene, deren Treue zur Revolution er sich nicht sicher wahr.

Es mußte mehr als einer sein. Nur eine Gruppe konnte solch ein Vorhaben durchführen. Doch es mußte einen Anführer geben, gerissen und skrupellos genug, auf die tollkühne Idee zu verfallen, den König dem Scharfrichter aus den Händen zu reißen.

Ein Mann wie dieser intrigante Teufel Bernave! Bei ihm hatte man nie gewußt, was er wirklich dachte.

Allerdings war er tot … allem Anschein nach ermordet. Wie überaus interessant! Er mußte unbedingt mehr darüber in Erfahrung bringen.

Die Sitze der Abgeordneten waren nicht nach den Regionen geordnet, die sie vertraten, sondern gruppierten sich ihrer politischen Einstellung nach von links nach rechts. Die Vertreter der konservativsten Strömung saßen am äußersten rechten Rand, die glühendsten Anhänger der Revolution ganz links. Die breite, eher unentschlossene Masse nahm wie ein Berg die Mitte ein, von dem sie auch ihren Namen hatte – die Bergpartei.

Auf der Suche nach bekannten Gesichtern blickte Marat sich um und entdeckte Barbaroux. Sein gutgeschnittenes Profil war unverkennbar. Irgend jemand hatte ihm einmal erzählt, es sei aristokratisch und sehr römisch. Seitdem lehnte er sich immer besonders weit zurück, um es besser zur Geltung zu bringen. Dieser Hohlkopf! Wenn er nur halb so gut reden würde, wie er aussah, hätte er vielleicht etwas bewirken können.

Brissot erschien ihm zermürbt und kopflos, wie jemand, den man auf ein Pferd gesetzt hatte, obgleich man wußte, daß ihm die Kraft für den Ritt fehlte. Früher oder später würde ihm nichts anderes übrigbleiben, als sich mit letzter Kraft festzuklammern und sich forttragen zu lassen, wohin auch immer es dem Pferd beliebte. Marat empfand nur Verachtung für ihn. Er verachtete sie alle. Idioten, Blender alle miteinander.

Er würde es ihnen schon zeigen, morgen, falls es tatsächlich einen Plan gab, den König zu retten. Er, Marat, wäre derjenige, der das Vorhaben vereitelt hätte.

Er sah sich nach Danton um, konnte ihn aber nirgendwo entdecken. Selbst in dieser Menschenmenge hätte er ihn sofort erkannt. Einen Moment suchte er weiter, bevor er Robespierre ausmachte. Das Licht fiel auf sein gepudertes Haar und die unruhigen, flatternden Hände. Er flüsterte gerade jemandem etwas zu. Schwächliches kleines Ferkel. Er behauptete, die Menschen zu lieben, während sich sein hübsches kleines Näschen in Abscheu kräuselte, wenn ihm jemand zu nahe zu kommen drohte! Was für ein Heuchler!

Und dort saß Saint-Just, wie in Stein gemeißelt. Er hätte genausogut eine Büste auf einem Grabstein sein können. Besser wäre es! Genau dort gehörte er hin.

Die Debatte war wirr und schweifte ständig ab. Ohne irgendwelche Höhen und Tiefen zog sie sich dahin. Einige Leute setzten sich auf oder reckten die Hälse. Sie sahen zu ihm hinauf. Man hatte ihn entdeckt. Er lächelte, ohne zu wissen, welch groteske Grimasse sein riesiger, hängender Mund dabei zog.

Morgen um diese Zeit würde er die Bombe hochgehen lassen und verkünden, daß es ein Komplott zur Rettung des Königs gegeben hatte – das von ihm auf brillante Weise vereitelt worden wäre. Das würde sie schon wachrütteln ... nicht nur hier, sondern in ganz Paris – in ganz Frankreich! Die Tage der Girondisten wären dann endgültig gezählt. Das würde sich der armselige Laffe Robespierre nicht ans Revers heften können! Niemand würde ihn auch nur eines Blickes würdigen, und er würde sich winden vor Erbitterung. Marats Lächeln wurde noch breiter.

Neben ihm rückte ein Mann einige Meter von ihm ab. Ein anderer rümpfte die Nase, um gleich darauf sein Gesicht mit einem Taschentuch zu bedecken.

Ein geschäftiger kleiner Abgeordneter sprang mit einem Ruck auf die Füße und huschte zum Podium. Noch während er die Bühne erklomm, begann er das glorreiche, aus Blut geborene neue Zeitalter zu rühmen. Seine Augen waren auf Marat geheftet.

Marat nickte.

Der Abgeordnete sprach vom unmittelbar bevorstehenden Tod des Königs und davon, was für ein triumphaler Tag es werden würde: ein Tag, der die Geburt der Republik, der die Freiheit und Gerechtigkeit für jedermann garantierte.

Marat beobachtete die Girondisten, um zu sehen, ob einer von ihnen den Mut aufbrächte, auszusprechen, was sie dachten.

Mit gequälten, betretenen Mienen saßen sie da und kneteten die Hände, aber keiner erhob sich, um etwas zu sagen. Feiglinge! Genau, wie er es erwartet hatte.

Ein anderer Abgeordneter meldete sich zum Krieg mit Preußen zu Wort und wollte wissen, wie man eine Eskalation vermeiden könne. Er zeigte zumindest einen Anflug von Courage, auch wenn ihm niemand antwortete.

Brissot wandte sich an den neben ihm sitzenden Vergniaud, und einen Augenblick lang dachte Marat, er würde sich erheben, doch es geschah nichts dergleichen.

Er starrte weiter auf das Gesichtermeer hinab. Die Girondisten, in deren Ernsthaftigkeit, Tugend und hochfliegende Ideale so viele ihre Hoffnung gesetzt hatten, saßen zu kleinen, unordentlichen Haufen geschart beieinander. Man brauchte sie nur anzusehen, um zu wissen, wer gerade mit wem gestritten hatte, wer sich beleidigt oder in seiner Ehre gekränkt fühlte. Hinge nicht das Schicksal Frankreichs daran, es wäre zum Lachen gewesen! Sie strebten die Erhabenheit der Senatoren des antiken Roms an, führten endlose Diskussionen und verfaßten unsägliche Abhandlungen. Roland war der Schlimmste von allen: ein säuerlicher, unglücklicher Mann, dessen literarische Ambitionen seine tatsächlichen Fähigkeiten weit hinter sich ließen. Seine Schriften wurden als die erschöpfendsten ihrer Art bezeichnet. Roland nahm es als ein Kompliment, obwohl es keines war. Sie waren so trocken, daß sie ein Pferd zum Würgen gebracht hätten.

Sie alle träumten von literarischer Unsterblichkeit, und ihre Werke waren fast ausnahmslos völlig unverdaulich. Unvermittelt fiel Marat ein, wie wütend sie Bernave gemacht hatten. Manchmal hatte er sich über sie lustig gemacht, doch dahinter hatte sich immer die Ironie der Verzweiflung versteckt. Bernave hatte über diese Dinge nicht hinwegsehen können.

Auch Marat konnte all dem nicht gleichgültig gegenüberstehen. Dafür wußte er zu gut, wie es war, müde und mittellos zu sein, verhöhnt und geächtet zu werden, unter Hunger und Kälte zu leiden, Furcht zu haben, aber keine Waffe, um sich zur Wehr zu setzen. Einmal hatte der Marquis La Fayette dreitausend Soldaten in die Cordeliers geschickt, um ihn wie eine Ratte zu jagen! Allerdings erfolglos.

Und wo war La Fayette nun? Übergelaufen – zu den Österreichern.

Morgen würde Marat ein für allemal seinem Ruhm das Siegel der Unsterblichkeit aufdrücken und die Schritte in ein neues Zeitalter unwiderruflich machen. Doch es mußte auf seine Weise geschehen: den entscheidenden Schlag mußten die Männer der *Commune* ausführen, nicht die nutzlosen Schwätzer des Konvents. Seine Geduld mit ihnen war erschöpft. Wie auch immer das Vorhaben aussehen mochte – ob es nun Victor Bernave oder jemand anderes eingefädelt hatte –, es mußte sich irgendwo zwischen dem Temple und den Stufen zur Guillotine abspielen.

Also das war der Grund, weshalb Bernave ihm von dem Plan der Royalisten, den König aus dem Temple zu befreien, erzählt hatte! Erst jetzt ergab alles einen Sinn!

Bernave hatte den Plan verraten, um seinen eigenen zu schützen!

Er drehte sich um und bahnte sich einen Weg durch die Menge, zurück auf den Gang. Höchste Eile war geboten. Die Qual, die ihm die offenen Wunden an seinem Körper zufügten, war unerträglich, doch er hatte keine Zeit, ihr nachzugeben. Was hatte er in der Vergangenheit nicht schon alles erduldet: Hunger, Kälte, Krankheit und Verfolgung. Noch eine kleine Weile, und er konnte die Früchte seiner Mühen ernten. Allen Ruhm der Welt.

Ohne die Leute, die hastig zurücktraten und ihm mit ängstlicher Miene und an die Nase geführten Händen Platz machten, auch nur eines Blickes zu würdigen, verließ er den Konvent.

Vierzehntes Kapitel

Célie erwachte früh. Gleich nachdem sie am Abend zuvor Briard verlassen hatte, war sie zu Georges zurückgegangen, um ihm alles zu erzählen. Sie hatte ihn vor Kälte zitternd auf der Gasse vor dem Haus, in dem er sich versteckt hielt, im Schutz einer Mauer gefunden.

Die Nationalgarde schien auf ihn aufmerksam geworden zu sein, und es war höchste Zeit, das Quartier zu wechseln. Er hatte nur noch auf sie warten wollen. Während sie unter einem regennassen Dachvorsprung gestanden hatten, war das Getrampel schwerer Stiefel immer näher gekommen. In einem Fenster über ihnen hatte sich bereits der rote Schein von Fackeln gespiegelt.

Er hatte schon zu lange gezögert.

»Lauf!« hatte sie in höchster Angst geflüstert. »Ich werde sie aufhalten. Mir werden sie nichts tun.«

Unschlüssig war er stehengeblieben.

»Lauf!« Energisch hatte sie ihn weggeschoben.

Er hatte ihre Arme ergriffen und sie an sich gezogen. Die Erinnerung an den Duft seiner Haut, seines Haars und die Berührung seiner Lippen war schmerzhaft und süß zugleich. Einen Moment später war er verschwunden gewesen, und kurz darauf war ein Trupp Gardisten mit rot und gelb flammenden Fackeln um die Ecke gebogen.

Hocherhobenen Hauptes war sie ihnen entgegengetreten und hatte sie ruhig angesehen. Sie mußte sich dringend etwas einfallen lassen.

»Was tut Ihr um diese Uhrzeit auf der Straße, Bürgerin?« hatte der Anführer mißtrauisch gefragt. »Ihr gehört nach Hause in Euer Bett!«

»Ich weiß, Bürger«, hatte sie beschämt, doch mit ruhiger Stimme geantwortet. Dann hatte sie lächelnd zu ihm aufgesehen. »Aber da gibt es noch ein anderes Bett, in dem es viel wärmer und schöner ist.«

Der Mann hatte schon zu einer mißbilligenden Bemerkung angesetzt, als er gegen seinen Willen zurücklächeln mußte.

Einer der anderen Männer hatte sogar laut gelacht.

»Geht schon heim, Ihr loses Frauenzimmer!« hatte der Anführer mit einer forschen Armbewegung befohlen. »Die Straßen sind gefährlich. Hier treiben sich gesuchte Männer herum, Feinde der Revolution.«

Sie hatte schon etwas antworten wollen, sich dann aber eines Besseren besonnen. Man konnte sich nie sicher sein, auf welcher Seite die Leute wirklich standen.

»Das werde ich«, hatte sie versprochen. »Gute Nacht, Bürger.«

Sie wußte nicht, wie weit Georges gekommen war, nicht einmal, ob er überhaupt hatte flüchten können. Schließlich war sie völlig erschöpft in einen unruhigen Schlaf voller Angstträume gefallen, in denen sie von allen Seiten eingeschlossen wurde, während sie gezwungen war, mitanzusehen, wie man jemand hinrichtete. Zuerst war sie sich sicher, daß es der König war, doch als sie nochmals hinsah, blieb ihr fast das Herz stehen: Es war Georges.

Nun war es Zeit, aufzustehen. Der 21. Januar war gekommen. Es war soweit. Das Warten hatte ein Ende, und es gab keine Möglichkeit mehr, noch irgend etwas zu ändern. Sie mußte sich auf den Weg machen, um den Männern und Frauen beizustehen, die sich lärmend um die Kutsche drängen und sich schützend vor sie stellen sollten, wenn Briard den Platz des Königs einnahm.

An diesem Tag bat sie niemanden um Erlaubnis, das Haus verlassen zu dürfen. Sie trat einfach durch die Haustür hinaus in den dünnen Nieselregen und ging allein zum Fluß hinunter, über den Pont Saint-Michel vorbei am Palais de Justice und wieder über den Fluß. Sie hielt sich ostwärts, bis sie zum Hôtel de Ville kam, und folgte dann der langgezogenen Rue du Temple, die zu dem Gefängnis führte, in dem der König und seine Familie festgehalten wurden. In der Ferne ragten die vier spitzen Türme des Gebäudes in die Höhe und hoben sich in scharfem Umriß gegen den grauen Himmel ab.

Mit gesenktem Kopf kämpfte sie gegen den Wind an. Seine schneidende Kälte war ihr beinahe willkommen – sie erschien ihr passend angesichts der furchtbaren Dinge, die heute geschehen würden und die ihr wie Blei im Magen lagen.

Der entscheidende Moment war da. Der Plan stand fest, und es gab kein Zurück mehr. Die nächste Stunde entschied über Sieg oder Niederlage, dann wäre alles vorbei. Entweder der König wäre auf dem Weg, die Stadt zu verlassen, oder sie alle stünden gefesselt vor der Guillotine, nur einen Augenblick von dem entfernt, was die Ewigkeit ausmachte: das Nichts – oder Gott.

Die Straßen waren nicht sehr belebt. Die meisten Menschen würden wohl die Strecke säumen, die der König auf seiner letzten Fahrt durch die Stadt nehmen mußte, oder sie würden bereits unmittelbar neben dem Schafott auf der Place de la Révolution stehen, damit ihnen bei der Vollstreckung des Todesurteils auch ja nichts entging.

Sie beobachtete die von Kälte und Hunger gezeichneten Gesichter der Leute, denen man ihre Erregung ansah. Eine nervöse Unruhe lag in der Luft, als stünde allen etwas Neues, Verheißungsvolles bevor. Hatten sie wirklich eine Vorstellung davon, was sich da vor ihnen abspielen würde? Diese Hinrichtung hatte nichts mit all den anderen gemein. Oberflächlich betrachtet würde ein kleiner, dicker, ganz gewöhnlicher Mann in den Tod geschickt werden. Doch gleichzeitig würde ein ganzes Zeitalter untergehen, und mit ihm alles, was daran gut und schlecht, töricht und korrupt gewesen war.

Ob diese Menschen daran dachten, was am Tag danach und in den darauffolgenden Wochen geschehen würde? Wußten sie, was Krieg in Wirklichkeit bedeutete? Ständig in Angst zu leben; Tag und Nacht Hunger zu leiden; auf den Straßen feindliche Soldaten; seine Liebsten zu verlieren und oft genug nicht einmal zu erfahren, was ihnen zugestoßen war und ob sie im Sterben gelitten hatten oder nicht.

Célie hatte den Temple fast erreicht. Düster und massig ragte er im gleichmäßigen, vom Wind gepeitschten Regen in die Höhe. Vor ihr stand ein alter Mann, der weder Hut noch Mütze trug, so daß ihm die weißen Haare am Kopf klebten. Er hatte eine auffällig aufrechte Haltung angenommen und starrte unverwandt auf das Gefängnistor. Seine Wangen waren von der Kälte stark gerötet, doch seine blassen Augen ließen sich nicht beirren. Es war leicht zu erraten, daß er ein Königstreuer war und sehr wahrscheinlich auch Katholik – die stille Verzweiflung in seinen zerfurchten Gesichtszügen und der ungebrochene Stolz seiner Haltung sprachen Bände. Er war hierher gekommen, um den Untergang der Weit mitzuerleben, die in den letzten Jahren Stück für Stück zerbrochen war; mitsamt all der alten Werte, nach denen er gelebt und die er geliebt hatte. Sicher gehörte er noch zu jenen, die fest daran glaubten, daß Ludwig XVI. als König von Gottes Gnaden Frankreich regiert hatte, und daß seine Hinrichtung nicht nur Königsmord war, sondern auch Blasphemie bedeutete.

Célie hoffte, daß er seine Gefühle nicht zu deutlich zeigen würde. Das könnte als Störung der öffentlichen Ordnung geahndet werden und mit großer Sicherheit dahin führen, daß man ihn verhöhnte oder gar verhaftete. Aber vielleicht würde ihm das nichts ausmachen, oder er empfände es sogar als Auszeichnung, als treuer Royalist beschuldigt zu werden.

Sie bewunderte ihn dafür – vorausgesetzt, sie irrte sich nicht in ihm. Obwohl es unklug war – denn wenn er auffiele, hätte das nur einen weiteren sinnlosen Tod zur Folge –, schien ihr die Fähigkeit, mit so viel Beharrlichkeit zu seiner Überzeugung zu stehen, schon für sich genommen ein lohnendes Ziel.

Auf den Straßen, die zur Place de la Révolution führten, standen Nationalgardisten in ihren blauweißen Uniformen mit der dreifarbigen Kokarde Spalier. Sie fragte sich, ob Menou unter ihnen war und was er wohl fühlen mochte: doch sicher mehr als nur den bloßen Jubel über den Sieg der Republik, den höchsten Triumph des einfachen Bürgers über alle Monarchen. Vielleicht würde dies für lange Zeit der letzte Anlaß zum Feiern sein. Wenn sie und Georges und Briard scheiterten, dann hätte der Konvent in einigen Wochen alle Hände voll damit zu tun, Krieg zu führen. Es war die Zeit der großen Versprechungen, doch nun, da sie bald die ganze Macht in Händen hatten, waren sie in der Pflicht, nicht länger nur über Frieden, Gerechtigkeit und Wohlstand zu reden, sondern all das auch zu verwirklichen.

Es waren auch zahlreiche bewaffnete Bürger gekommen, die mit ihren Piken und Gewehren Haltung angenommen hatten. Ob sie wohl blieben, wo sie waren? Oder würde ihnen erlaubt, mit zur Guillotine zu marschieren, jener menschenfreundlich gemeinten Erfindung des Abgeordneten Joseph Ignace Guillotin, dessen Absicht es war, den Tod so schnell und schmerzlos wie möglich herbeizuführen und die oft stümperhafte und ungewollt qualvolle Hinrichtung durch den Strick überflüssig zu machen. In früheren Zeiten war die Enthauptung der Aristokratie vorbehalten gewesen. Heutzutage konnte jedermann in den Genuß des Todes durch das Fallbeil kommen.

In der Menge vor ihr kam Unruhe auf; scharrende Füße und gereckte Hälse verrieten, daß etwas im Gange war. Das Tor zum Temple-Gefängnis war aufgestoßen worden. Ein dicklicher Mann erschien, leichenblaß, kaum mittelgroß. Langsam ging er auf die große, grüne Kutsche zu, die auf der kopfsteingepflasterten Straße wartete. Gütiger Gott – er war Briard wie aus dem Gesicht geschnitten! Ihr Magen krampfte sich bei seinem Anblick zusammen. Sie wäre nicht verwundert gewesen, wenn er auch Briards blaue Augen gehabt hätte, doch war sie zu weit entfernt, um ihre Farbe zu erkennen.

Dem alten Mann vor ihr entrang sich ein Schluchzen.

Célie sah wieder zum König hinüber. Sie hatte ihn noch nie zuvor gesehen. Er ging so langsam, als koste es ihn seine ganze Kraft, einen Fuß vor den anderen zu setzen, ohne zu stolpern.

Zweimal drehte er sich um und blickte zum Gefängnisturm hoch. Der Schmerz, den er fühlte, sprach aus jeder Faser seines Körpers.

»Die Frau und die Kinder sind noch da oben«, sagte jemand hinter Célie. »Aber die kommen schon auch noch dran.« Er spuckte verächtlich aus.

Mit einemmal wurde Célie von rasender Wut erfaßt. Sie hatte nichts für den König übrig. Er hatte nicht mehr Recht auf Leben und Glück als alle anderen, außerdem hatte er sich wie ein Dummkopf benommen. Daß es soweit gekommen war, hatte er zum größten Teil selbst zu verantworten. Doch in diesem Moment, der Stunde seiner Niederlage, war er nur noch ein dicker, bleicher Mann, der sich zum letztenmal auf dieser Welt von seiner Familie verabschiedete. Sie empfand nichts als Mitleid mit ihm und das dringende Bedürfnis, seine Würde gewahrt zu wissen.

Sie drehte sich um und funkelte den Mann wütend an, doch er beachtete sie nicht, und ihr fielen keine Worte ein, mit denen sie an seine Menschlichkeit hätte appellieren können.

Der Regen war stärker geworden, es war bitterkalt. Sie zitterte am ganzen Körper, und ihre Füße waren taub vor Kälte. Bald wäre es soweit, und sie würde sich durch die Menge kämpfen müssen, um zur Kutsche zu gelangen. Möglicherweise würde sie diejenige sein, der es gelang, die Tür aufzureißen. Sie mußte die Augen nach Georges und Briard offenhalten.

Der König stieg in den grünen Wagen, gefolgt von seinem bürgerlichen Diener der Religion, wie Priester in diesen Tagen genannt wurden. Célie hatte gehört, daß es ein Ire namens Henry Essex Edgeworth war.

Zwei Wachen stiegen auf der gegenüberliegenden Seite ein und schlossen die Türen mit einem heftigen Knall. Die Kutsche setzte sich in Bewegung. Die Trommler, die ihr vorangingen, schienen entschlossen, möglichst viel Krach zu machen. Selbst wenn jemand so mutig wäre, ›Es lebe der König!‹ zu rufen, würde es im Trommelwirbel untergehen.

Der weißhaarige alte Mann ging neben dem Wagen her und bahnte sich einen Weg durch die Menge, um mit seinem Monarchen Schritt zu halten.

Célie folgte ihm und mußte sich drängelnd durch die Massen kämpfen, die alle das gleiche Ziel hatten. Der Regen kam nun von hinten; das Kopfsteinpflaster war naß und schlüpfrig. Es herrschte ohrenbetäubender Lärm: Füße stampften, Pferdehufe klapperten, die Menge johlte und schrie.

Mehr als einmal kam Célie der Kutsche so nah, daß sie durch das Fenster sehen konnte, wie der König und der Geistliche in einem kleinen Brevier blätterten und abwechselnd daraus lasen. Sie wußte, daß auch der alte Mann die beiden sehen konnte, denn ihr fiel auf, wie er sich bekreuzigte. Er tat es so verstohlen wie möglich, damit niemand aus der Menge es bemerkte. Plötzlich mußte sie an Bernave denken und den Band von Thomas à Kampis, den er besessen hatte. Ob ihm daraus in seinen dunkelsten Momenten Zuspruch zuteil geworden war?

Sie fragte sich, ob sich auch Marat in der Menschenmenge aufhielt. War er gekommen, um den Höhepunkt seiner Macht auszukosten? Hatte er auch nur die leiseste Vorstellung, was der heutige Tag nach sich ziehen würde? Erwartete er tatsächlich, daß nun eine Ära des Friedens anbrach? In diesem gräßlichen Akt öffentlicher Demütigung und Rache wurde Ludwig nicht etwa für etwas gerichtet, das er selbst getan hatte, sondern stellvertretend für das ganze marode System, das schließlich an sich selbst gescheitert war. Dachte Marat wirklich, daß diese Bluttat den Boden für eine Zeit des Wohlstands und der Gerechtigkeit bereiten könnte? Selbst er mußte doch erkennen, daß dieser kleine, feiste Mann, der mit feierlicher Miene seine Gebete sprach, genauso ein Opfer war wie alle anderen auch.

Und Robespierre? War seine Gier nach Blut ein Teil der ›Reinheit des Volkes‹ die er so sehr herbeisehnte? War er hier, um zuzusehen? Es ging das Gerücht, daß er nie an Hinrichtungen teilnahm. Er empfand den unmittelbaren Anblick von Blut, Angst und Leichen als abstoßend. Was war das für ein Mann, der zwar Todesurteile aussprach, aber nicht den Mut aufbrachte, deren Vollstreckung beizuwohnen?

Die Kutsche bewegte sich in langsamem, gleichmäßigem Tempo vorwärts. Wo war Georges? Sie mußten bald handeln! Jede Sekunde, die verstrich, raubte ihnen kostbare Zeit.

Sie kannte niemanden aus der Gruppe, die sich um die Kutsche drängen sollte. Unter den Gesichtern der Leute um sie herum war das Briards nicht zu sehen. Ein Schauer der Angst überlief sie. War der Plan schon jetzt gescheitert? Hatte Bernave sie doch verraten, und alle anderen außer ihr waren bereits verhaftet?

Gehetzt blickte sie sich um. Wo waren sie alle? Warum handelten sie nicht, jetzt, schnell, ehe es zu spät war und sie zum Place de la Révolution kamen?

Die Menge schob sie mit sich, stoßend, drängend. Selbst wenn sie gewollt hätte, wäre es ihr nicht möglich gewesen, stehenzubleiben. Eine unsichtbare Macht trieb die Massen immer weiter. Célie war völlig hilflos. Männer und Frauen drückten und zerrten, schrien mit wutverzerrten Gesichtern und gereckten Fäusten. Die Menge stieß sie zur Straßenmitte hin, auf die Kutsche zu.

Jemand packte ihren Arm und zog sie mit sich. Mit aller Kraft versuchte sie, sich loszureißen.

»Vorwärts!« Der Befehl war knapp und eindeutig – das war Georges' Stimme.

Mit dem Gefühl unendlicher Erleichterung und Freude, daß er am Leben und bei ihr war, warf sie sich mit ihm in den Strom der Menschen. Nur wenige Meter trennten sie noch von dem Wagen. Jemand streckte den Arm aus, ergriff die Zügel des vordersten Pferdes und brachte die Kutsche zum Anhalten. Die Rufe wurden lauter. Vor Célie tauchte Briards weißer Schopf auf.

Eine Hand kam aus der Menge, bekam den Griff der Wagentür zu fassen und zog mit heftigem Ruck.

»Tod dem König!« rief jemand, und die Menge fiel in den Ruf ein.

Die Tür flog auf. Aus dem Wageninneren blickten angsterfüllte Gesichter. Verzweifelt schrie der Priester auf. »In Gottes Namen, könnt Ihr denn nicht warten, bis wir am Schafott sind?«

Der König schien wie versteinert. Célie war nahe genug, um sein bleiches, fast blutleeres Gesicht zu sehen.

Briard trug die gleichen einfachen, in dunklen Farben gehaltenen Kleider wie der König, über die er einen braunen Umhang geworfen hatte. Er stieg auf das Trittbrett und ergriff den Arm des Königs.

Die Menge hinter Célie schwenkte Piken und Knüppel und bedrohte die Gardisten, die ihnen zubrüllten, endlich weiterzugehen.

Briard beugte sich vor und sprach mit dem König. Mit angstverzerrtem Gesicht sah der Priester von einem zum anderen.

Überall um sie herum herrschten Geschrei und Tumult. Die Kutsche bewegte sich ein Stück vorwärts, um gleich darauf wieder zum Stehen zu kommen. Weiter oben an der Straße gab jemand einen Schuß ab. Eines der Pferde wieherte erschreckt und scheute.

In der Kutsche mühte sich Briard damit, seinen Mantel abzulegen Dann wechselte er einige Worte mit dem König.

Schnell! Schnell! Célie wand sich vor Ungeduld.

Die Zeit schien stehenzubleiben.

Der König schüttelte den Kopf.

Célie wurde zur Seite gestoßen, verlor das Gleichgewicht und fiel gegen eine dicke Frau. Beide gerieten ins Stolpern.

Die Wagentür flog weit auf, und ein kleiner, untersetzter Mann mit weißem Haar und kreidebleichem Gesicht rutschte vom Trittbrett herunter. Hinter ihm schlug die Tür zu.

Célie hatte ihr Gleichgewicht wiedergewonnen und blickte sich verzweifelt um. Die Kutsche hatte sich nicht vom Fleck gerührt. Georges stand einige Meter von ihr entfernt. Er hatte seinen Hut verloren, und sie entdeckte seinen schwarzen Haarschopf sofort.

Dann fiel ihr Blick auf ein Gesicht, das ihr das Blut in den Adern gefrieren ließ: ein Gesicht mit einem kraftlosen, halb geöffneten Mund und schwarzen Augen, die sie anstarrten. Ein schmieriges rotes Tuch hing schief um einen Teil des zottigen Haars. Lächelnd hob der Mann die Hand und gab ein Zeichen.

Mit aller Macht drängte die Menge nun von außen nach innen. Aus der Ferne ertönten Schreie. Eine Gewehrsalve wurde abgefeuert. Die Kutsche machte einen erneuten Ruck nach vorn und blieb wieder stehen.

Marat schrie etwas, das im allgemeinen Durcheinander unterging.

Der weißhaarige Mann, der aus dem Wagen gestolpert war, wurde von anderen gestützt, als könne er sich nicht mehr auf den Beinen halten. Er war von einem schützenden Ring von in Braun und Grau gekleideten Männern und Frauen umgeben, einfachen Leuten, Arbeitern und Handwerkern, die einen Ring um ihn bildeten und versuchten, sich von der Kutsche zu entfernen. Doch von außen her wurden sie von bewaffneten Männern eingekreist, die nach innen drängten.

Célie warf sich gegen die Wagentür.

»Wir holen Euch hier raus!« rief sie, so laut sie konnte, damit Marat sie über das Getöse hinweg hören konnte. »Wir holen Euch!« Sie packte den Türgriff und zerrte daran. Ein heftiger Schmerz durchfuhr ihr Handgelenk, als sich klauenartige Finger darin vergruben und sie mit eisernem Griff festhielten.

Sie sah auf und blickte in Marats höhnisches Gesicht.

Der Anblick schnürte ihr die Kehle zu, und sie brachte kein Wort heraus; übler Geruch, der ihn stets begleitete, drang ihr in die Nase. Selbst hier draußen im Regen überdeckte er noch den Geruch der Kutsche nach Holz und Leder und dem Schweiß der verängstigten Pferde.

Der Augenblick schien ewig zu dauern.

Dann spürte sie, wie jemand hinter ihr versuchte, sie wegzuzerren, und hörte eine Stimme an ihrem Ohr.

»Laß das doch! Du kannst nichts tun. Bürger Marat hat recht … überantworte den König der Guillotine. Das Volk fordert sein Recht!« Es war eine Frauenstimme, die da beschwörend auf sie einredete. Energisch wurde sie weggezogen. Madame Lacoste!

Marat sah von Célie zu Madame.

Wo war der König … wo war Briard? Und das Wichtigste von allem: Wo war Georges?

Marat lockerte seinen stählernen Griff.

»Komm jetzt!« drängte Madame. »Es ist das Gesetz des Volkes. Laß den Leuten ihren Willen!« Sie sah zu Marat auf. »Ich danke Euch, Bürger Marat, daß Ihr dieses Mädchen vor einer Dummheit bewahrt habt. Wir alle haben ein Anrecht darauf, daß der König vor den Augen des ganzen Volkes stirbt.«

Marat ließ Célie los. »So ist es«, bestätigte er. Zu Célie gewandt, sagte er: »Schließt Euch den anderen an, Bürgerin, und laßt Euch das Schauspiel nicht entgehen.«

Célie wich zurück.

Weiter vorn teilte sich die Menge, und die Kutsche setzte ihre Fahrt in Richtung Place de la Révolution fort. Wer saß in dem Wagen? Briard oder der König? Wenn alles gutgegangen war, befand sich jetzt Briard auf dem Weg zur Guillotine. Es mußte einfach Briard sein. Sonst bräche binnen weniger Monate, wenn nicht Wochen, der Krieg über Frankreich herein.

Tränen stiegen ihr in die Augen und liefen ihr im Schutz des Regens über die Wangen. Tief in ihrem Herzen wünschte sie, es wäre der König, der in der Kutsche säße, und Briard befände sich in Sicherheit.

Was hatte Marat hierher gebracht? Bernave mußte sie verraten haben! Die ganze Zeit über hatte er also gewollt, daß man sie faßte – aber während der Tat und nicht vorher. Die Kälte kroch ihr noch tiefer in die Glieder.

Sie wandte sich Madame zu. Die Leute hasteten an ihnen vorbei und ließen sie allein zurück.

»Komm«, forderte Madame sie auf. »Es gibt nichts, was du noch tun könntest.«

Nachdenklich sah Célie sie an. Woher hatte sie es gewußt? Sie konnte es unmöglich durch Zufall herausgefunden haben! Seit wann wußte sie Bescheid? Schon die ganze Zeit über? Am liebsten hätte sie laut losgelacht … und gleichzeitig geweint.

»Komm«, sagte Madame nochmals. »Wir dürfen nicht auffallen. Heute wird Geschichte geschrieben. Es ist das Ende der Welt, wie wir sie kannten. Du kannst es nicht verhindern.«

Wo nur Georges war? Hatte er sich retten können? War es ihr gelungen, Marat lange genug abzulenken?

Zögernd schloß sie sich Madame an, die der Menschenmenge und der grünen Kutsche folgte, und ließ hilflos den Tränen auf ihrem regennassen Gesicht freien Lauf. Was spielte es noch für eine Rolle, daß Bernave sie denunziert hatte? Die Geschichte von dem vergewaltigten Mädchen hätte ihr endgültig die Augen öffnen müssen. Was konnte man von jemandem, der zu solch einer Tat fähig war, schon Gutes erwarten?

Sie fielen immer weiter zurück. Der grüne Wagen war schon fast außer Sichtweite. Madame trieb sie zur Eile an und zog sie über das rutschige Kopfsteinpflaster mit sich. Widerwillig zwang sie sich, schneller zu gehen. Ihre Füße schmerzten, und vor Kälte spürte sie ihre Hände kaum noch.

Endlich kamen sie zu den Tuilerien, vor denen der Hinrichtungsapparat aufgebaut war. Zwischen zwei mächtigen Pfosten, die von der hölzernen Plattform emporragten, hing die dreieckige Schneide des Fallbeils.

Es war halb zehn. Tausende von Menschen hatten sich versammelt. Es schien, als sei ganz Paris zusammengekommen, um diesem letzten, unwiderruflichen Schritt beizuwohnen und mit in die Geschichte einzugehen.

Der Strudel der Massen hatte sie gegen ihren Willen nach vorn geschoben, so daß sie sich fast unmittelbar vor der Guillotine wiederfanden.

Plötzlich wurde es still. Die Kutsche kam einige Meter vor der Guillotine zum Stehen. Die Pferde tänzelten nervös, stampften und traten mit den Hufen auf der Stelle. Eines warf den Kopf zurück und begann aufgeregt mit den Augen zu rollen, als ihm der Geruch von Blut und Angst in die Nase stieg.

Der Wagenschlag öffnete sich, und ein Mann stieg aus – mit sicherem Schritt und hocherhobenem Kopf. Es war nicht Briard. Célie bemerkte es in dem Moment, in dem er auf das Trittbrett stieg. Es war der König. Man hatte ihm die Freiheit angeboten, auch wenn sie Flucht bedeutete, aber um den Preis eines anderen Menschenlebens. Er mußte abgelehnt haben, doch warum er es getan hatte – ob aus Stolz, oder einfach aus Resignation, oder weil er an dem Erfolg des Austauschs zweifelte –, sie würden es nie erfahren.

Drei Wachen traten auf ihn zu – der sandige Untergrund verschluckte das Geräusch ihrer Schritte. Sie schickten sich an, ihm die Oberkleider abzustreifen, doch der König machte sich los und knöpfte seinen braunen Umhang selbst auf. Es regnete kaum noch. Er reichte den Wachen seinen Hut, dann sein Hemd. Kaum hatte er seinen Kragen abgelegt, da ergriffen die Gardisten ihn schon bei den Armen, um ihm die Hände zu fesseln.

Er zog die Hände weg. »Was tut ihr da?« rief er aus. Trotz der unausgesetzten Trommelwirbel drang seine Stimme laut und deutlich durch die feuchte Luft.

»Wir fesseln Euch die Hände«, antwortete einer der Gardisten.

»Ihr wollt mich fesseln?« Indigniert wandte sich der König an den Priester.

Edgeworth schüttelte den Kopf. »Majestät«, sagte er sanft. »Ich sehe in dieser letzten Ungeheuerlichkeit nur eine erneute Bestätigung der Beziehung zwischen Euch und Gott – dessen Gnade Euer Lohn sein wird.«

Aus den Augenwinkeln sah Célie zu Madame hinüber und erkannte das Mitleid in ihren Augen. Ihr war anzusehen, daß sie all dem Guten und Schlechten nachhing, das heute unwiederbringlich verlorenging.

Die Wachen banden dem König die Hände auf dem Rücken zusammen. Einer von ihnen schnitt ihm mit einem Messer das Haar ab, unter dem der nackte weiße Nacken des Königs zum Vorschein kam.

Aus der Menge erhob sich ein Raunen. Jemand schrie etwas. Die Trommeln wirbelten schneller und lauter.

Der König ging auf das Schafott zu und begann, die Stufen der Leiter emporzusteigen. Nur mit Mühe konnte er, gefesselt wie er war, das Gleichgewicht halten, doch als er oben war, trat er mit festem Schritt auf die Mitte des Gerüsts zu. Er bedeutete den Trommlern, innezuhalten. Auf dem Platz wurde es still, nur das Atmen und gelegentliche Flüstern der Leute war noch zu hören. Alle Gesichter waren dem König zugewandt.

Mit lauter und deutlicher Stimme begann er zu sprechen:

»Ich vergebe denen, die meinen Tod herbeigeführt haben, und bitte Gott, daß mein Blut nicht über Frankreich komme. Nur unter Zwang habe ich der Zivilverfassung des Klerus zugestimmt …«

Was immer er noch hinzufügen wollte, ging unter, als ein berittener Offizier einen Befehl brüllte und fünfzehn Gardisten augenblicklich wieder ihren rasenden Trommelwirbel aufnahmen.

Sanson, der Scharfrichter, führte den König mit einem seiner Helfer zu dem erhöhten Brett, auf das vor ihm schon so viele andere gefesselt worden waren. Gehorsam legte Ludwig XVI. von Frankreich sein Haupt auf das Holz.

Sanson zog an einem Strick. Das Fallbeil sauste zwischen den Pfosten herab.

Ein Schrei ertönte, und Célie fühlte, wie sich ihr Magen zusammenzog und ihr Herz so heftig schlug, daß sie zu zittern begann. Ein Mann neben ihr stöhnte auf, als sei er derjenige, den die Schneide getroffen hätte.

Blut spritzte über die Bretter der Plattform, doch der Hals des Königs war zu dick, um mit einem einzigen Hieb durchtrennt zu werden. Es dauerte unaussprechlich lange, endlose Sekunden, bis das Fallbeil mit Hilfe der quietschenden Winde wieder hochgezogen war. Den Zuschauern bot sich ein Bild namenlosen Grauens. Die Zeit stand still. Sansons Arme schienen so langsam zu arbeiten, als bewege er sich unter Wasser.

Dann fiel das Beil ein zweites Mal – der König war enthauptet.

Der jüngste der Wachsoldaten, er war kaum älter als achtzehn, trat vor, packte den Kopf an den Haaren und präsentierte ihn dem Volk, während er wie ein Affe tanzte und mit der freien Hand obszöne Gesten vollführte.

Über und über mit Blut bespritzt erhob sich Edgeworth aus seiner knienden Haltung und wankte die Leiter hinunter. Er glitt in die Menge hinab und verschwand zwischen den anderen braunen und grauen Gestalten. Wie alle anderen Priester in Paris hatte auch er seine Amtstracht abgelegt.

Auf dem weiten, offenen Platz herrschte vollkommene Stille. Die feuchte Luft drang den Menschen in die Kehlen, der Boden unter ihren Füßen war schlammig. Weit und breit nur blasse, regennasse Gesichter; die Mäntel waren dunkel vom Regen. Die Spitzenkragen und Hauben der Frauen hingen schlaff herab.

Sekunde um Sekunde verging, während alle zu begreifen versuchten, was soeben geschehen war. Sogar die Soldaten rührten sich nicht von der Stelle.

Célie blickte sich nach dem Mann neben ihr um. Wie viele Handwerker, trug er eine rostfarbene Lederweste. Sein zerfurchtes Gesicht war von Tränen bedeckt, seine Augen halb geschlossen. Kerzengerade und mit hochgerecktem Kinn stand er da.

Ein heftiges Gefühl von Schmerz und Stolz überfiel sie, vermischt mit einer nicht näher zu bestimmenden Empfindung, die etwas von Triumph an sich hatte. Triumph darüber, daß der König dem Tod mit einem Mut begegnet war, den ihm niemand mehr nehmen konnte. Gleichzeitig empfand sie ein überwältigendes Gefühl der Erleichterung, daß seine Qualen ausgestanden waren. Seiner Krone und der Macht beraubt, seinem Volk Gutes oder Schlechtes zuzufügen, von seiner Familie getrennt und sogar seiner Kleider und Haare entledigt, war nichts übrig geblieben als ein Mensch, dessen Hals zu dick war für die Gnade des schnellen Todes, den Doktor Guillotin im Sinn gehabt hatte. Mitleid bohrte sich in ihr Herz wie ein Messer, was sie gleichermaßen überrascht und verwirrt registrierte.

Dann verwandelte sich das Schweigen in tosenden Jubel. Überall auf dem Platz erschallten wieder und wieder die Rufe: »Es lebe die Republik! Es lebe das Volk!« Hüte wurden in die Luft geworfen. Die berittenen Soldaten schwenkten ihre Helme auf den Spitzen ihrer Säbel, während die Leute sich nach vorn drängten, um Taschentücher und Papierfetzen in die Blutlachen auf dem Schafott zu tauchen.

Ein großer Mann in einem völlig durchnäßten braunen Mantel führte einen blutbeschmierten Finger zum Mund.

»Bitter!« stellte er fest und zog eine Grimasse. »Bah! Scheußlich bitter!«

Den Teil des Schauspiels, der Geschichte machen würde, hatten sie gesehen. Der Rest war Barbarei. Madame und Célie wandten sich ab und bahnten sich ihren Weg durch die Menge, um den Rückweg über den Fluß anzutreten.

Célies Beine waren müde und ihre Füße wundgelaufen, aber der Regen hatte aufgehört, und sie hatte genügend Geld für zwei Tassen Kaffee – falls sie überhaupt jemanden fanden, der an diesem Tag Kaffee anbot. Doch an dem ersten Kaffeeverkäufer gingen sie vorbei, ohne ihn zu bemerken. Daß sie froren und müde waren, fiel angesichts des Gefühls der Bestürzung und des tiefen Kummers, das sie gefangen hielt, kaum ins Gewicht. Sie hatten ihr Leben aufs Spiel gesetzt, um eine bedrohliche Zukunft zu verhindern, und waren gescheitert.

Die Hinrichtung des Königs hatte keine Geburt von etwas Neuem, Größerem bewirkt, und war bar jeglichen erhebenden Gefühls gewesen. Niemand hatte gespürt, daß Fesseln abgefallen und eine glorreiche, neue Freiheit angebrochen wäre. Das einzig wirklich Heroische war die Furchtlosigkeit des Königs selbst gewesen, die beeindruckende Würde, mit der er sich dem johlenden Pöbel gestellt hatte. Als von ihm nicht mehr übrig geblieben war als das Bild eines einsamen, beleibten Manns mit blassem Gesicht, der ohne Hemd und mit abgeschnittenem Haar im Regen stand, war es ihm gelungen, das zu verkörpern, was als das Beste im Menschen gelten konnte. Diejenigen, die nun an seine Stelle traten, mußten sich an ihm messen lassen. Sie hatten die falschen Götter verbannt und schienen nun von allen guten Geistern verlassen.

Fünfzehntes Kapitel

Jenseits des Flusses blies der Wind wieder stärker, und Célie war froh um jeden Schritt, mit dem sie sich dem Boulevard Saint-Germain näherten. Sie merkte, wie sie immer schneller ging. Das Geschrei und die Jubelrufe, die hinter ihnen ertönten, verrieten ihnen, daß sich die Nachricht verbreitet hatte. Der König war tot. Es lebe die Republik! Es lebe die Freiheit und die Brüderlichkeit!

Doch was war Freiheit wert ohne die Sicherheit, vor Ungerechtigkeit, Gewalt und Hunger geschützt zu sein? Freiheit, um was mit ihr anzufangen? Die allerletzten Schranken waren gefallen. Die Menschen konnten tun und lassen, was ihnen beliebte. Kein König, keine Aristokratie regierte mehr das Land. Die Gesetze änderten sich täglich. Und zu allem Überfluß gab es auch keinen Gott mehr, der die auf der Erde zu kurz Gekommenen belohnte und die bestrafte, die zu mächtig oder zu geschickt waren, um von der Gesellschaft verurteilt zu werden. In ihrer Kurzsichtigkeit hatten sie Frankreich in eine ungewisse und schreckliche Zukunft gestoßen.

Der Boulevard Saint-Germain lag fast völlig verlassen vor ihnen, als Célie und Madame Lacoste um die Ecke bogen. Zum erstenmal seit langem standen keine Nationalgardisten vor dem Haus, die Erklärungen verlangten, ehe sie die Bewohner auf den Hof ließen.

Madame ging voraus und betrat die Küche. Niemand war da. Ob die anderen auch zur Hinrichtung gegangen waren, konnte Célie nicht sagen, und Madame verlor kein Wort darüber.

Madame schloß die Hintertür und ging zum Herd.

Ihre nassen Schuhe quietschten leise auf den Bodendielen. Sie legte ein Holzscheit nach und fächelte der Restglut Luft zu, um das Feuer neu zu entfachen. Dann goß sie aus dem Krug Wasser in den Kessel und setzte ihn zum Kochen auf den Herd.

Célie fühlte, wie ihr plötzlich wieder die Tränen kamen. Es schnürte ihr die Kehle zu. Sie mußte blinzeln, um nicht loszuheulen. »Ich hatte den König noch nie vorher gesehen«, sagte sie laut, »nur auf Bildern. Er sah so ... klein aus ... wie ein ganz gewöhnlicher Mensch.« Sie sah sein Bild mit erschreckender, schmerzlicher Schärfe vor sich. »Aber er ist ohne Hilfe auf das Schafott gestiegen, obwohl er gefesselt war und kaum das Gleichgewicht halten konnte. Er hat weder geschwankt, noch ist er gestolpert.«

»Ich weiß«, sagte Madame leise. »Er mag ein Dummkopf gewesen sein, aber niemand hat je behauptet, er sei auch ein Feigling. Er verstand nicht, zu regieren ...« Auch sie sprach stockend. »Doch er verstand, zu sterben – während sein Henker nichts vom Töten verstand.«

Célie blickte zur Seite. »Wir haben uns selbst großen Schaden zugefügt und uns kleinlich und gemein verhalten, und das macht mir angst.«

»Mit Recht«, stimmte Madame ihr zu. »Und jetzt geh und zieh die nassen Sachen aus, ehe du dir den Tod holst.«

Célie zögerte. Vielleicht würde sich keine zweite Gelegenheit bieten, mit Madame unter vier Augen zu sprechen. Wieviel wußte sie?

»Ich danke Euch ...«, sagte sie verlegen. Auf dem langen Weg nach Hause hatten sie kein Wort gesprochen. Célies Gedanken waren verzweifelt um Georges gekreist. Zweifellos hatte Marat versucht, ihn und Briard zu ergreifen. Sie hatte keine Möglichkeit, herauszufinden, ob es ihm gelungen war oder was dann mit ihnen geschehen würde. Daß sie nichts Ungesetzliches getan hatten, wäre Marat mit Sicherheit gleichgültig. Spielte das überhaupt noch eine Rolle?

Madame zuckte die Schultern. Sie hatte Célie immer noch den Rücken zugewandt. Die Geste besagte, daß sie den Dank annahm, aber auch daß das Thema damit für sie erledigt war.

Wie kam es, daß Madame in jenem Moment hinter ihr gestanden hatte? Sie brannte darauf, sie danach zu fragen, und hatte zugleich Angst davor.

»Geh und zieh die nassen Kleider aus«, sagte Madame nochmals.

Unwillig machte sich Célie auf den Weg in ihr Zimmer. Nun, da alles vorbei war, fühlte sie, wie müde und durchgefroren sie war. Was für eine seltsame Vorstellung, daß alles nun der Vergangenheit angehörte. Sie fühlte eine gewisse Leere in sich. Es gab nichts mehr, für das sie kämpfen, um das sie fürchten mußte. Die Rettung des Königs hatte ihr Leben ausgefüllt.

Ihr ganzes Denken war von diesem einen Ziel bestimmt gewesen. Solange es nicht erreicht war, hatte ihr alles andere nichts bedeutet. Nun war alles vorbei, der Plan war gescheitert, und sie hatte das Gefühl, vor dem Nichts zu stehen.

Im Unterrock suchte sie nach einer trockenen Bluse und einem anderen Umschlagtuch, als es an ihrer Tür klopfte.

Sie wartete einen Moment. »Ja?«

Amandine kam herein und schloß die Tür hinter sich. Ihr Gesicht war kreidebleich, die Augen lagen in tiefen Höhlen.

»Ist Georges … wohlauf?« erkundigte sie sich mit heiserer Stimme.

»Ich weiß es nicht«, antwortete Célie. »Der König ist tot. Er wollte die Kutsche nicht verlassen. Und dann kam plötzlich Marat …«

Der Hauch eines Lächelns huschte über Amandines Züge, als habe sie damit gerechnet.

»Nein, ich meine nicht, daß er in der Menge war«, erklärte Célie. »Ich meine, er stand auf einmal neben der Kutsche. Er hat mich sogar angefaßt!« Sie erwähnte nichts von ihrem Ablenkungsmanöver, mit dem sie versucht hatte, Georges und Briard Zeit zur Flucht zu verschaffen. »Er nahm die Verfolgung auf und war Georges dicht auf den Fersen. Doch dann drängten die Leute auf die Kutsche zu, um zu sehen, was dort vor sich ging. Marat konnte sich kaum noch bewegen.«

»Und Georges?«

»Ich weiß es nicht«, sagte Célie erneut.

Amandine blickte zu Boden. »Entschuldige«, flüsterte sie mit tränenerstickter Stimme.

Célie ging rasch zu ihr, legte die Arme um sie und drückte sie fest an sich. Wie gut konnte sie ihr die Angst, die Trauer und Enttäuschung nachfühlen – und nicht zuletzt die bleierne Müdigkeit, die auf allen lastete.

Endlich ließ Amandine ihren Gefühlen freien Lauf und begann zu weinen. Herzzerreißendes Schluchzen schüttelte ihren Körper.

Célie ließ sie weinen, ohne die Kälte zu spüren, ohne an etwas anderes denken zu können als an Amandines Kummer und ihre eigene Angst, daß Georges vielleicht tot sein könnte! Und selbst wenn er noch am Leben war – sie würde ihn niemals wiedersehen.

Schließlich machte sie sich sanft los und griff nach ihren trockenen Sachen.

Amandine riß sich zusammen und putzte sich die Nase. »Es tut mir leid«, sagte sie entschuldigend. »Ich kann den Gedanken nicht ertragen, daß Bernave von Saint-Félix ermordet wurde. Aber wenn er es doch getan hat, muß er einen überaus wichtigen Grund dafür gehabt haben. Er war ein so durch und durch guter Mensch!«

Célie widersprach nicht, obwohl sie sich in diesem Punkt nicht mehr so sicher war. Selbst wenn ihm dieses vergewaltigte Mädchen sehr nahegestanden hatte, vielleicht weil es seine Schwester gewesen war, hätte er doch die Hinrichtung des Königs abwarten können, ehe er an Bernave Rache nahm. Doch sie sagte nichts, sondern erzählte Amandine statt dessen in knappen Sätzen, was sie von Renoir erfahren hatte.

»Vierzehn Jahre alt!« Amandine war entsetzt. »Wer war sie? Seine Schwester?«

»Ich weiß es nicht. Ich weiß nicht einmal, ob es überhaupt eine Verbindung zu Saint-Félix gibt! Es ist nur eine Vermutung. Renoir konnte mir nicht sagen, wer derjenige war, der sich nach Bernave erkundigt hat.«

Amandine preßte die Lippen aufeinander. »So muß es gewesen sein. Wenn Saint-Félix wirklich Bernave getötet hat, dann entweder deswegen, oder weil er von Bernaves Verrat erfahren hatte. Jedes für sich wäre Grund genug, geschweige denn beides!«

Célie sagte nichts. Nichts davon war noch wichtig. Sie zitterte vor Kälte.

Amandine sah sie an. »Komm mit nach unten und trink etwas Heißes. Ich mache dir eine schöne heiße Schokolade. Wir haben noch ein wenig übrig. Bestimmt ist jetzt niemand in der Küche. Komm.« Sie wandte sich zur Tür und öffnete sie.

Nur zu gern folgte Célie dem Vorschlag Amandines. Etwas Heißes würde jetzt guttun, und Schokolade war das Beste von allem.

Amandine hatte sich nicht geirrt, die Küche war leer. Doch Célie hatte die Tasse kaum an den Mund gesetzt, als es an der Hintertür klopfte. Amandine öffnete, und Menou trat ein. Sein Gesicht war von der Kälte, vielleicht auch von den Aufregungen des Tages gerötet, und sein nasses Haar hing wirr um seinen Kopf.

Célies Herz machte einen Sprung. Kam er wegen Georges? Sie und Amandine waren die einzigen Personen, denen er eine Nachricht überbringen würde!

»Weswegen seid Ihr gekommen?« fragte sie mit heiserer, zittriger Stimme.

Sein Gesichtsausdruck war düster und ein wenig verlegen, und Célie las darin eher die Bitte um Nachsicht als die Ankündigung einer neuen Tragödie. Andererseits gab es auch keinen Grund, warum ihm Georges' Schicksal nahegehen sollte.

Erneut wollte sie zu sprechen beginnen, doch ihre Stimme versagte.

»Ich verstehe das alles noch nicht ganz«, meinte er betreten. Hölzern stand er vor ihnen und blickte zunächst Amandine, dann Célie an. Seine Wangen waren hochrot. »Es tut mir leid, aber ich habe immer noch meine Zweifel, was Bernaves Tod angeht.«

Amandines Züge verhärteten sich, ihre Augen funkelten wütend.

»Welche Rolle spielt das noch?« erwiderte sie aufgebracht. »Ihr habt Saint-Félix erschossen. Mehr könnt Ihr ihn kaum strafen. Er ist tot. Was wollt Ihr noch beweisen?«

Menou wirkte ehrlich bekümmert, und für einen kurzen Moment fragte sich Célie, ob es die ungelösten Fragen waren, die ihn bedrückten, oder mehr Amandines Kummer. Sie mußte daran denken, wie sanft seine Hände über Amandines Wäsche gestrichen hatten, als er nach dem Messer suchte.

»Ich brauche den Beweis, daß es wirklich Saint-Félix war, der Bernave umgebracht hat«, erklärte er. »Und sei es nur für mich.«

Amandines Augen weiteten sich. Sie war hin- und hergerissen zwischen Hoffnung und Wut.

Célie beeilte sich, ihr zuvorzukommen. »Wollt Ihr damit sagen, daß er vielleicht gar nicht der Täter war?«

Vorwurfsvoll sah sie ihn an. »Aber Ihr habt ihn dennoch erschossen!«

»Ich war es nicht, der ihn erschossen hat«, korrigierte er sie bedächtig. »Einer der Gardisten schoß auf ihn, weil er weglief. Wäre er stehengeblieben, hätte niemand geschossen.«

Sein bedrücktes Gesicht verriet, daß er sich der Tragik und Fragwürdigkeit dessen, was geschehen war, bewußt blieb. »Doch ich frage mich, ob er nicht aus Furcht die Flucht ergriffen haben könnte, und nicht, weil er schuldig war. Es wäre ja möglich, daß er kein Vertrauen in unsere Fähigkeiten oder unsere Rechtsprechung hatte und dachte, daß wir ihn so oder so verurteilen würden.«

Amandine und Célie schwiegen. Was auch immer sie darauf antworteten, es hätte Zweifel aufkommen lassen, ob sie wirklich bedingungslose Anhänger der Revolution waren.

»Das Messer ist nach wie vor verschwunden«, fuhr Menou fort. »Ich war sogar auf dem Dach. Meine Männer und ich haben das ganze Haus durchsucht. Ich habe alle Nachbarn befragt, ob sich der Täter vielleicht durch eines ihrer Fenster des Messers entledigt haben könnte. Sie hätten es mir gesagt, wenn es aufgetaucht wäre. Niemand wagt ein Messer zurückzuhalten, mit dem ein Freund von Marat ermordet wurde!«

Sie widersprachen ihm nicht.

»Es gibt eine Stelle, die ich nicht überprüft habe – den Dachziegel, den Monsieur Lacoste repariert hat«, meinte Menou. »Das werde ich jetzt nachholen. Das Messer muß noch im Haus sein, ich könnte schwören, daß es niemand hinausgeschmuggelt hat.« Er wandte sich an Amandine. »Könntet Ihr mir etwas geben, mit dem ich den Ziegel anheben kann? Monsieur Lacoste scheint noch nicht zurück zu sein, und der Schuppen ist noch verschlossen. Ich würde ihn nur ungern aufbrechen, aber ich möchte das erledigen, ehe er wiederkommt.«

Amandine sah in der Küchenschublade nach. »Hier ist ein altes Stemmeisen«, sagte sie. »Es ist zwar kaputt, aber dafür könnte es noch taugen.« Sie reichte ihm das Werkzeug.

»Danke.« Behutsam nahm er das Eisen entgegen.

»Aber bringt es wieder zurück«, ermahnte ihn Amandine. »Ich benutze es, um die Herdplatten anzuheben.«

»Natürlich«, nickte er.

»Ich komme mit Euch«, sagte Célie. »Ihr werdet sicher Hilfe brauchen, und sei es nur, um das Fenster zu öffnen. Es klemmt.«

Er wollte protestieren, überlegte es sich dann aber anders und erlaubte ihr, ihn auf den Dachboden zu begleiten.

Menou hielt das Fenster auf, während Célie vorsichtig auf das regennasse, schlüpfrige Dach kletterte und sich mit kalten Fingern an die Ziegel klammerte. Auf allen vieren arbeitete sie sich mühsam in Richtung First vor. Immer wieder rutschten ihre Füße ab, wenn sie sie bei einem neuen Schritt mit ihrem Gewicht belastete. Sie steuerte auf den Teil des Daches zu, an dem sie den Ziegel vermutete, der zu der undichten Stelle im Kinderzimmer geführt hatte.

Menou kletterte hinter ihr her. Wenn sie plötzlich ausrutschte und fiel, würde sie ihn sehr wahrscheinlich mitreißen. Ob ihm das bewußt war?

Stück für Stück näherte sie sich dem First. In den Regen begannen sich Graupel zu mischen. Der Dachreiter, der den Giebel der Dachgaube zierte, stach wie ein schwarzer Dolch in den grauen Himmel. Dort, über dem Schlafzimmer der Kinder, mußte die schadhafte Stelle gewesen sein, die Monsieur Lacoste repariert hatte.

»Hier!« rief sie Menou zu, während sie die Dachziegel absuchte. »Irgendwo hier muß es gewesen sein.«

Menou hatte sie erreicht. Sein Gesicht war naß vom Regen, sein Haar klebte ihm am Kopf und auf der Stirn.

»Ich sehe die Stelle«, sagte er. »Der Ziegel dort ist heller als die anderen. Aber ich weiß nicht, wie ich ihn entfernen kann, ohne ihn zu beschädigen – und wir haben nichts, um ihn zu ersetzen.«

Célie zitterte vor Kälte. »Irgendwo muß das Messer sein!« beharrte sie. »Ich bezweifle ebenfalls, daß Saint-Félix Bernave erstochen hat. Aber wer immer es auch war, er muß das Messer irgendwo gelassen haben! Es muß eine starke Klinge gewesen sein, zum Griff hin fast dreieckig. Ich habe die Wunde gesehen.«

»Wie ein Bajonett«, pflichtete er ihr bei.

Sie drehte sich vorsichtig zu ihm um. »Genau!«

»Oder wie das hier?« fragte er leise und schaute das Stemmeisen in seiner Hand an.

Sie folgte seinem Blick und sah ihn dann an. »Ja, nur … dieses hier ist kaputt. Die Spitze ist abgebrochen. Und Ihr habt doch Monsieur Lacostes gesamtes Werkzeug durchsucht … auch die Farb- und Lacktöpfe und alle anderen möglichen Verstecke.«

Er schwieg, tief in Gedanken versunken.

Die Temperatur sank merklich. Um sie herum prasselten Hagelkörner auf die Dachziegel. Wenn sie noch lange hier aushielt, wären ihre Hände so steif, daß sie sich nicht mehr festhalten könnte. Der Wind war stärker geworden und trieb die Wolken mit Macht an der schwarzen Gaubenspitze vorbei. Von dort fiel das Dach schnurgerade zur Seitengasse ab.

Da wußte sie es.

»Da!« sagte sie mit klappernden Zähnen und machte eine Bewegung mit dem Kopf.

»Was?«

»Die Giebelspitze!« antwortete sie. »Sie ist nicht so wie die anderen! Wenn man sich die Farbe wegdenkt, ist es das Blatt von einem Stemmeisen! Seht nur! Das Messer war gar nicht unter dem Ziegel – es war die ganze Zeit hier, wo jeder es sehen konnte!«

Einen Moment lang verharrte er wie vom Donner gerührt, dann balancierte er vorsichtig zur Gaube. Von Kälte geschüttelt, hielt Célie den Atem an, während er sich langsam vorarbeitete, bis er nur noch einen Meter von der Spitze entfernt war.

Als er zu ihr zurückkehrte, sah sie seinem Gesicht an, was er sagen würde.

»Ihr hattet recht!« meinte er zähneklappernd. »Und jetzt schnell nach unten, bevor wir noch vom Dach fallen!«

Er stieg durch das Dachbodenfenster und half ihr hinein. Eindringlich sah er sie an.

Sie hielt seinem Blick stand. Saint-Félix war tot – daran war nichts mehr zu ändern, und auch die Trauer um ihn war nicht zu mildern. Aber hatte Amandine nicht wenigstens das Recht, zu wissen, daß er unschuldig gewesen war?

»Um Amandines willen?« bat sie ihn. »Es ist schrecklich, jemanden zu verlieren, den man so sehr geliebt hat. Auf diese Weise könnte sie wenigstens ihre Träume bewahren.«

Er nickte. »Träume sind von unschätzbarem Wert. Sie halten ein ganzes Leben lang, und manchmal sind sie alles, was wir haben.«

Sie fanden Amandine noch in der Küche. Sie stand am Herd und drehte sich zu ihnen um, als sie hereinkamen.

Célie kam Menou zuvor.

»Amandine, wir haben den Beweis gefunden, daß Saint-Félix nicht der Mörder war. Er ist nur weggelaufen, weil er wußte, daß man ihn in Verdacht hatte und daß er nichts vorweisen konnte, was für seine Unschuld sprach.«

Amandine blickte auf und wandte sich langsam mit großen, rotgeränderten Augen Menou zu. Mit rauher Stimme fragte sie: »Was meinst du?«

»Der Mörder benutzte ein Stemmeisen«, erklärte Menou. »Er plazierte es an die Stelle einer alten Giebelspitze. Mit schwarzer Farbe bemalt, unterschied es sich kaum von den anderen.«

Amandine blickte die beiden an, während in ihrem Inneren ein Tumult der Gefühle losbrach, für den es keine Worte gab.

Ein leises Pochen an der Hintertür durchbrach die Stille. Menou ging zur Tür und öffnete. Ein älterer, in Braun gekleideter Mann stand mit regennassem Haar auf der Stufe und blickte sie mit seinen blauen Augen freundlich an.

Célies Herz schlug schneller.

Es dauerte einen Moment, ehe Menou ihn wiedererkannte.

»Bürger Lejeune? Was führt Sie hierher?«

Briard blickte an ihm vorbei und suchte Célie. »Ich bin gekommen, um mich nochmals für Eure Freundlichkeit zu bedanken und zu sagen, daß ich den Herrn selbst gesprochen habe. Er hat sich nun doch entschieden, in Paris zu bleiben. Ich glaube, er war der Ansicht, daß sein Fortgehen zu viele Leute in Bedrängnis stürzen würde.«

»Es ist … es ist gut«, stammelte Célie. »Ich danke Euch, daß Ihr Euch die Mühe gemacht habt, es mich wissen zu lassen. Und …« Wie konnte sie nur etwas über Georges erfahren?

Briard lächelte. »Dank Eurer Zuvorkommenheit war ich in der Lage, einen anderen Kunden zu finden, der zwar in der ganz und gar unzuträglichen Umgebung von Saint-Antoine wohnt, aber dennoch ein wirklich reizender junger Mann ist. Ich danke Euch für Eure Empfehlung.«

Saint-Antoine! Nun hatte sie Gewißheit, daß er lebte, und sie wußte sogar, wo er sich aufhielt. Sie konnte nicht anders, als befreit zu lächeln. Am liebsten wäre sie Briard um den Hals gefallen, aber er hätte es vielleicht als ungehörig empfunden, und außerdem – wie sollte sie das Menou erklären?

»Vielen Dank! Ich – ich meine ... gern geschehen, Bürger.«

Er wollte eben etwas erwidern, als vom Hausflur her Fernand die Küche betrat. Seine Kleider waren trocken, doch sein Haar klebte ihm naß am Kopf. Monsieur und Madame Lacoste folgten ihm auf dem Fuße. Möglicherweise hatten sie die Stimmen in die Küche gelockt, doch war es wahrscheinlicher, daß sie auf einen Kaffee oder eine heiße Schokolade hofften. Monsieur und Madame sahen Menou überrascht an.

»Was wollt Ihr?« verlangte Monsieur Lacoste zu wissen. »Es ist vorbei. Geht und sorgt auf den Straßen für Ordnung.«

Madame sah Fernand an, der hinter ihm stand und mit offenem Mund Briard anstarrte.

»Ich dachte ...«, begann er und wandte sich abrupt Célie zu. Er wollte noch etwas sagen, doch dann überlegte er es sich anders.

»Ihr dachtet, er sähe auf fatale Weise dem verstorbenen Louis Capet ähnlich«, ergänzte Célie, die Worte zwischen den Zähnen hervorstoßend. »Da habt Ihr recht. Aber nun, da Bürger Capet tot ist, ist das wohl kaum noch von Bedeutung, oder?« Sie sah ihm fest in die Augen – und ihr wurde plötzlich ohne jeden Zweifel klar, daß nicht Bernave, sondern er es gewesen war, der Marat von dem Plan erzählt hatte.

Es mußte ihr wohl anzusehen sein, denn er wurde blaß und wich ihrem Blick aus.

Zu Briard gewandt, sagte Célie: »Danke, Bürger Lejeune. Wir wollen Euch nicht länger aufhalten. Guten Tag.«

Er verstand. Mit einer leichten Verbeugung verabschiedete er sich: »Guten Tag.«

Madames undurchdringlicher Blick ruhte auf Célie.

»Nun?« sagte Monsieur Lacoste ungeduldig zu Menou.

Doch es war Amandine, die ihm mit kaum verhohlenem Zorn in der Stimme antwortete. »Er will Gerechtigkeit, Bürger Lacoste! Genau wie wir.«

»Das wollen wir doch alle«, seufzte er stirnrunzelnd. »Der König ist tot, und eine neue Republik wurde geboren – ist das nicht genug für einen Tag?«

»Nein. Ich verlange Gerechtigkeit für Bürger Saint-Félix«, zischte Célie. »Ich will, daß sein Name vom Mord an Bernave reingewaschen wird. Und ich will, daß Ihr für seinen Tod zur Rechenschaft gezogen werdet!«

Alle erstarrten und sahen sie verständnislos an.

Monsieur Lacoste verzog keine Miene. »Ich? Ich habe nichts mit Saint-Félix' Tod zu tun.« Mit einer heftigen Bewegung deutete er auf Menou. »Der da hat ihn auf dem Gewissen – weil er weggelaufen ist, nehme ich an.«

Amandine keuchte beinahe – so heftig atmete sie. »Er ist weggelaufen, weil Menou dachte, er habe Bernave ermordet, und weil er seine Unschuld nicht beweisen konnte! Doch Euch wäre das möglich gewesen!«

Fernand sah seinen Vater an.

Marie-Jeanne war unbemerkt in die Tür getreten.

Madame ließ Amandine nicht aus den Augen.

»Was willst du damit sagen?« fragte Fernand. Er wandte sich an Menou. »Wart Ihr es, der all das aufgebracht hat?«

»Möglich«, räumte Menou ein. »Seht Ihr, ich weiß, was geschehen ist, und aus welchem Grund. Ich wollte einfach nur das Messer finden. Auch wenn ich schon so lange danach gesucht hatte, es mußte hier irgendwo sein.«

Monsieur Lacoste wurde kreidebleich, aber ließ sich sonst nichts anmerken.

»Ihr wollt doch nicht etwa meinen Vater verdächtigen?« Fernand trat neben ihn. »Das ist absurd! Warum sollte er Bernave etwas antun wollen?«

Amandine fuhr zu ihm herum und stieß hervor: »Weil er entdeckt hatte, daß Bernave nicht für die *Commune* als Spitzel arbeitete, sondern für die Royalisten!« Ihre Lippen war ausgetrocknet, ihre Wangen vor Erregung gerötet. »Ihr konntet ihn ja schlecht anzeigen, denn dann hättet Ihr das Haus verloren.«

Menou schüttelte leicht den Kopf, eine tiefe Falte auf der Stirn. Mit überraschend sanfter Stimme begann er zu sprechen: »Die Tat war sehr geschickt und wohlüberlegt ausgeführt. Zunächst verbreitete er das Gerücht, daß in diesem Hause Lebensmittel gehortet würden, in der Hoffnung, daß es zu einem Tumult käme und daß sich die aufgebrachte Menge Zugang zum Haus verschaffen würde.« Er hob die Hand und bedeutete Fernand, ihn nicht zu unterbrechen. »Alles war perfekt arrangiert, und alle hätten es für eine der üblichen Plündereien mit tragischem Ausgang gehalten, doch Bernave verhielt sich mutiger als erwartet, und die Eindringlinge wichen zurück.«

Amandine zitterte vor Erbitterung, die Hände zu Fäusten geballt und in die Seiten gestemmt.

Menou warf ihr einen kurzen Blick zu und wandte sich dann an Monsieur Lacoste. »Möglicherweise habt Ihr befürchtet, daß jemand mit einer Fackel kommen könnte. Nicht einer der Eindringlinge stand hinter Bernave, als Ihr ihn erstochen habt. Das war mir recht bald klar, und auch daß keiner der Soldaten auf der Straße ihn erschossen haben konnte. Aber ich ging immer von einem Messer aus. An ein Stemmeisen hätte ich nie gedacht ... bis ich es heute abend endlich gefunden habe.«

In der Küche herrschte Totenstille. Von draußen drang das leise, helle Gluckern des Regens herein, das alle anderen Laute übertönte.

»Auf dem Dach«, fuhr Menou bedächtig fort, und aus

seiner Stimme klang etwas wie Bewunderung. »Nicht etwa unter einem Dachziegel. Das hatte ich zuerst vermutet, ohne daß ich fündig wurde. Wie schlau von Euch, vorher einen Ziegel zu lockern, damit Ihr Grund hattet, aufs Dach zu steigen. Ihr habt das Eisen nicht dort versteckt, sondern es schwarz angemalt als Giebelspitze auf das Dach gesteckt, wo es jedermann sehen konnte – oder niemand!«

Fernand schluckte. »Wenn es stimmt, daß Bernave sich gegen die *Commune* verschworen hatte, dann hat er den Tod auch verdient! Dann ist mein Vater ein Held und kein Verbrecher. Ihr solltet ihm dankbar sein, anstatt hierherzukommen und ihn zu drangsalieren.«

»Es ist nicht meine Absicht, ihn zu drangsalieren«, erwiderte Menou. »Und ich habe auch nicht vor, ihn zu verhaften.« Er machte eine kleine Geste mit der Hand. »Wie Ihr seht, bin ich allein gekommen. Aber das ist nicht der Grund, weshalb er Bernave getötet hat.« Er schaute Monsieur Lacoste fest in die Augen. »Ihr habt bei allen möglichen Leuten Erkundigungen über Bernave eingezogen. Ich weiß nicht, wann Ihr das erste Mal über diese alte Geschichte gestolpert seid, aber das spielt jetzt auch keine Rolle mehr. Aber ich habe davon erfahren. Ich wollte wissen, wer sich so für Bernave interessiert hatte, und warum.«

Wütend starrte Monsieur Lacoste ihn an.

»Ich war in Vincennes, wo Bernave früher lebte«, berichtete Menou weiter. »Und ich habe die Gerichtsakten aus jener Zeit gefunden und gelesen. Wäre ich an Eurer Stelle gewesen, hätte ich vielleicht genauso gehandelt. Aber Ihr hättet es nicht so weit kommen lassen dürfen, daß Saint-Félix auch noch sterben mußte.«

»Aber warum?« fragte Amandine mit erstickter Stimme. »Warum habt Ihr Bernave dann umgebracht? Was um alles in der Welt kann so wichtig sein, daß Ihr dafür auch Saint-Félix' Tod in Kauf genommen habt?«

Aller Augen ruhten auf Monsieur Lacoste.

Er sah Amandine an, Schultern und Kopf leicht vorgebeugt. Als er endlich mit heiserer Stimme antwortete, war er von so erbittertem Haß erfüllt, daß er am ganzen Körper bebte. »Weil er ein schlechter Mensch war!« Verächtlich spuckte er die Worte aus. »Er war abgrundtief schlecht und hat den Tod verdient. Ich bedaure es, daß ich ihn nur einmal töten konnte. Wenn es mir möglich gewesen wäre, hätte ich ihn ein dutzendmal oder hundertmal umgebracht und mit Vergnügen mitangesehen, wie er stirbt. Wie gern hätte ich in sein Gesicht geschaut, wenn ihm klar geworden wäre, wer ihn tötet, und warum!«

»Wovon sprichst du da? Was redest du für einen Unsinn?« fragte Marie-Jeanne verständnislos.

»Es tut mir leid«, sagte Monsieur Lacoste zu ihr, und einen Augenblick lang wurden seine Züge so weich, als meine er es auch so. »Aber du kanntest ihn nicht, wie ich ihn kannte. Wie solltest du auch. Ich wünschte, du müßtest es nie erfahren, doch daran ist Amandine schuld – und dieser Menou mit seiner ewigen Fragerei!«

»Was denn nur? Was weißt du, das wir nicht wissen? Und wieso?« Marie-Jeanne war bestürzt und gekränkt zugleich.

Lacoste schüttelte den Kopf, sein Blick war schmerzerfüllt. »Bevor du auf der Welt warst, bevor Fernand geboren war, verging sich Bernave an einer Vierzehnjährigen.« Er sah in ihr verstörtes, aschfahles Gesicht. »Es tut mir leid – aber es ist wahr. Er hat dafür fünfzehn Jahre im Gefängnis gesessen, doch in meinen Augen konnte er seine Tat nie wieder gutmachen.« Seine Stimme war nun tränenerstickt. »Weil dieses Mädchen nämlich meine Frau war! Er hat sie geschwängert – das Kind, das sie bekam, warst du, Fernand! Ihre Familie hat sie verstoßen, aus ihrem Leben, aus ihrer Welt, aus der Gesellschaft, in die sie hineingeboren war!« Er neigte sich vor und biß die Zähne zusammen. »Aber das ist nicht alles, Marie-Jeanne – du bist seine Tochter, und Fernand ist sein Sohn! Denk nur! Er hat es zugelassen, daß ihr heiratet – was wider die Natur und für sich allein ein gräßliches Verbrechen ist –, und er stand daneben und ließ es lieber geschehen, als euch die Wahrheit zu gestehen!«

Marie-Jeanne hob die Hände, als wolle sie ihn von sich stoßen – und mit ihm die ganze unerträgliche Wahrheit. »Woher willst du das wissen? Du irrst dich! Du mußt dich irren!«

»Ich irre mich nicht!« In seinem Blick und seiner Stimme lag nicht die Spur eines Zweifels. Unbändiger Haß brannte in seinen Augen. »Ich wurde mißtrauisch, als er Saint-Félix ständig mit den gefährlichsten und schmutzigsten Aufträgen losschickte – ich vermutete, daß es mit den Royalisten und der *Commune* zu tun haben könnte –, und ich fragte mich, wieso er Saint-Félix derart ausnutzte und wieso er sich das gefallen ließ. Dann traf ich Leute, die auch aus Vincennes stammen. Sie haben es mir gesagt. Es ist die Wahrheit – quäl dich nicht mit Zweifeln. Er war ein durch und durch schlechter Mensch. Du mußt dich damit abfinden und ihn vergessen!« Wütend schlug er mit dem Arm in die Luft.

Fassungslos und wie betäubt wandte Marie-Jeanne sich ab.

Fernand machte einen Schritt auf sie zu, doch dann hielt er inne. Auch er war völlig verstört. Was ihm eben eröffnet worden war, hatte binnen Sekunden sein ganzes Leben in Stücke gerissen und zerstört. Er schien in sich zusammenzusinken, als wäre er innerlich völlig gebrochen.

»Du hast richtig gehandelt, Papa«, sagte er betreten. »Ich hätte das Gleiche getan, wenn ich es gewußt hätte.« Er sah seine Mutter an und betrachtete sie mit einer Mischung aus Erstaunen und Mitleid. Eigentlich wollte er etwas sagen, doch ehe er die Worte formen konnte, hatten sie sich auch schon wieder verflüchtigt. Was sollte er seiner Mutter auch sagen, die ihn bei einer Vergewaltigung empfangen hatte und dann gezwungen gewesen war, im Haus ihres Peinigers zu leben? Tränen liefen ihm über das Gesicht. »O Gott! Ich wünschte, ich hätte ihn getötet! Ein kurzer Stich ins Herz wäre mir nicht genug gewesen!«

Amandine schlug die Hände vors Gesicht, dann sah sie langsam zu Lacoste auf.

»Ich kann verstehen, daß Ihr Bernave getötet habt«, sagte sie bedächtig. »Niemand kann Euch einen Vorwurf machen – auch ich nicht. Ihr habt recht, er war böse – ein Ungeheuer! Aber daß Ihr zugelassen habt, daß man Saint-Félix für den Mörder hält, verzeihe ich Euch nicht.«

Madame hob den Kopf, das Gesicht unbewegt wie eine Maske, nur in ihren Augen loderte ein seltsames Feuer. Als sie zu sprechen begann, lagen in ihrer Stimme der Schmerz und die Qual eines ganzen Lebens.

»Und doch hast du den Falschen umgebracht, François. Es war nicht Bernave, der mir Gewalt angetan hat. Damals war es dunkel. Ich hatte Angst und war außer mir. Meine Familie wollte nichts mehr mit mir zu tun haben. Die Kirche nahm sich meiner an. Erst als ich dem Mann später wieder begegnete, erkannte ich ihn. Aber da hatte man Bernave bereits den Prozeß gemacht und ihn verurteilt. Ich ging zur Äbtissin, aber sie wollte nichts davon wissen. Niemand wollte die Wahrheit hören.«

»Aber er hat gestanden!« fuhr Lacoste dazwischen und schüttelte den Kopf. »Du weißt nicht, was du da redest! Du warst doch noch ein Kind! Wie sollst du das noch so genau wissen!«

Schmerzerfüllt sah sie ihn an. »Ich weiß, daß er gestanden hat! Zwei Männer liebten dieselbe Frau, Laura –

doch sie entschied sich für den anderen, den, der mich vergewaltigte! Bernave liebte sie so sehr, daß er die Schuld auf sich nahm, damit der andere ein freier Mann blieb – und sie ihn heiraten konnte ...«

»Heilige Mutter Gottes!« entfuhr es Fernand.

»Das kann nicht sein!« rief Lacoste heiser, aber im selben Moment sah er an ihrem Gesichtsausdruck, daß es die Wahrheit war. In ihren Augen las er das Entsetzen, die innere Qual, die so groß war, daß es außerhalb seiner Macht lag, sie zu verstehen. »Aber wer war es?« rief er aus. »Wer war es? Wer hat dir das angetan?«

Alle schauten sie an.

Célie fröstelte, sie fühlte Übelkeit in sich aufsteigen. An Madames Blick erkannte sie, daß die Antwort schrecklich sein würde.

»Jacques Saint-Félix«, antwortete Madame mit einer solch haßerfüllten Verachtung, daß ihre Worte die Luft zu zerschneiden schienen.

Lacoste war sprachlos.

Amandine wollte aufschreien, doch der Schrei blieb ihr im Hals stecken.

Endlich brach Célie das Schweigen. »Aber wieso kam Saint-Félix dann ausgerechnet hierher, in Bernaves Haus?« fragte sie leise. »Und warum in Gottes Namen nahm Bernave ihn auf? Saint-Félix muß doch gewußt haben, daß Bernave der letzte auf der Welt war, der ihm vergeben würde!«

»Du irrst dich«, flüsterte Madame und sah ihr fest in die Augen. »Genau das war der Grund, weshalb er kam. Laura war gestorben, und da erst, als es längst zu spät war, erkannte er, was er sich selbst angetan hatte. Er hätte alles dafür gegeben, einst im Himmel – oder was es sonst war, worauf er hoffte – wieder mit ihr vereint zu sein, doch er hatte seine Seele verpfändet. Er suchte Vergebung, wollte Buße tun. Er war zutiefst verzweifelt.«

»Und Bernave ...?« fragte Célie mit rauher Stimme.

Aller Zorn verschwand aus Madames Zügen. Statt dessen trat ein eigentümliches, leidenschaftliches Strahlen auf ihr Gesicht. »Bernave verzieh ihm«, sagte sie so leise, daß es kaum zu hören war. »Er willigte ein, Saint-Félix seine Schuld tilgen zu lassen, und gab ihm die schlimmsten Aufgaben, die unmöglichsten, schmutzigsten und gefährlichsten Aufträge. Saint-Félix war es gleichgültig, ob er dabei sein Leben ließ – ich glaube sogar, daß er den Tod manchmal regelrecht suchte –, doch am Schluß verließ ihn der Mut, wie auch früher. Wenn es darauf ankam, lief er weg.« Voller Mitleid sah sie Amandine an. »Es tut mir leid. Er war intelligent und geistreich und hatte große Träume, aber er war nicht der Mann, für den du ihn gehalten hast. Anders Victor Bernave. Er war ein guter Mensch, der beste, den ich je getroffen habe.«

Zögernd wandte sie sich Fernand zu. »Ich wünschte, er wäre dein Vater gewesen, aber er war es nicht. Doch es war sein Geld, das dich ernährte und kleidete, als mich meine Familie verstieß. Er gab mir alles, was er besaß, bevor er sich dem Gericht stellte. Der Richter hielt das für recht und billig. Alle dachten, das sei eine angemessene Entschädigung, und niemand ahnte, daß es Großherzigkeit war.«

Fernand schaute sie an. »Du hast ihn geliebt, nicht wahr ...?«

Es zu leugnen wäre sinnlos gewesen. Nur zu deutlich war ihr anzusehen, was sie für Bernave empfunden hatte – es war, als fielen all die Jahre von ihr ab, und was hervortrat war die Frau, die sie einmal gewesen war: schön, leidenschaftlich und allein.

Célie sah von ihr zu Monsieur Lacoste. Er rang nach Worten, doch der Aufruhr der Gefühle in seinem Inneren war zu stark und zu furchtbar, um die anderen daran teilhaben zu lassen. Rabenschwarze Dunkelheit hatte ihn umfangen, ein Abgrund hatte sich aufgetan, um ihn ganz zu verschlingen.

Die Enttäuschung, mit der Amandine kämpfte, war bodenlos und löschte alles Denken und alle Worte aus. Völlig bewegungslos stand sie da und schwankte leicht, als ob nur ihre äußere Hülle geblieben sei, während ihr Wille zu leben, zu überleben, sie verlassen hatte.

Menou betrachtete sie mit unverhüllter und ängstlicher Zärtlichkeit, doch er war klug genug, sie für den Moment sich selbst zu überlassen.

Monsieur Lacoste taumelte aus der Küche und schlug die Tür hinter sich zu. Dann hörten sie, wie sich seine Schritte auf dem Hof von ihnen entfernten.

»Er kommt wieder«, sagte Marie-Jeanne unsicher.

Madame Lacoste hob den Kopf. »Nein, das glaube ich nicht«, widersprach sie. »Nicht jetzt, und vielleicht nie mehr.«

Ratlos blickte Fernand von Amandine zu seiner Mutter, dann zu Célie. »Was sollen wir tun?« fragte er.

»Nichts«, erwiderte Madame und erhob sich mühsam, als laste ein großes Gewicht auf ihr. Sie ging zu Amandine und nahm sie in die Arme. »Den Mann, den ich liebte, habe ich an den Tod verloren, und den Mann, den ich geheiratet habe, an einen Abgrund von Schuld, aus dem er vielleicht nie wieder herausfindet. Du hast den Mann, den du liebtest, an die Wirklichkeit verloren. Es hat ihn nie gegeben. Es tut mir so leid.« Mit einer unendlich mitfühlenden Geste strich sie über Amandines blondes Haar, als tröste sie ein verletztes Kind.

Über Amandine hinweg sah sie Célie an.

»Du hast Mut, viel Mut. Wenn du an etwas glaubst, bist du zu allem bereit. Ich habe dich beobachtet. Du liebst Georges. Gestehe es dir endlich ein, sonst verlierst du das eine, woran dir wirklich liegt. Versuche, nicht in der Vergangenheit zu leben, dir aber auch nicht zuviel von der Zukunft zu erhoffen. Du hast gezeigt, was in dir steckt. Vergiß das nicht. Verschenke nicht, was du gewonnen hast.« Ihr Blick wanderte zu Menou und kehrte wieder zu Célie zurück. »Geh, solange du kannst. Ich weiß nicht, was François vorhat. Er hat nichts mehr zu verlieren und keinen Gott, auf den er hoffen kann. Ich kümmere mich um Amandine.«

Célie zögerte.

»Geh«, wiederholte Madame energisch. »Wir wissen nicht, was uns der Morgen bringt. Der König ist tot, und es wird nicht lange dauern, dann bricht das Chaos über uns herein. Ich fürchte, daß uns nichts erspart bleiben wird. Krieg, Hunger, noch mehr Gewalt. Halte fest, was dir lieb und teuer ist. Laß dich nicht beirren. Nimm etwas zu essen mit und das Geld, das in Bernaves Schreibtisch liegt. Er mochte dich. Es wäre ihm sicher recht, wenn du es bekommst.«

Célie blickte Marie-Jeanne fragend an.

Marie-Jeanne nickte mit Tränen in den Augen.

»Danke«, flüsterte Célie. Sie ging zu Amandine, küßte sie auf die Wange, dann drehte sie sich um und ging zur Tür hinaus. Sie atmete einmal tief ein und lief los, so schnell sie konnte.

Zwei Stunden später rannte sie die Treppe eines Hauses im Faubourg Saint-Antoine hinauf und riß die Tür auf. Georges stand über den Herd gebeugt da. Er richtete sich auf und wandte sich um. Sein Gesicht begann zu strahlen, als er sie erkannte.

Sie ließ ihre Tasche zu Boden fallen und lief in seine Arme. So fest sie konnte, drückte sie ihn an sich, als wolle sie ihn nie wieder loslassen.

Er legte seine Arme um sie. Dann neigte er seinen Kopf zu ihr hinab und küßte ihre Wange, ihre Augen und ihren Mund. Sie erwiderte seinen Kuß mit tiefer Innigkeit und wußte genau, was Madame Lacoste gemeint hatte. Gleichgültig, wohin sie gehen sollten oder was ihnen widerfahren würde – sie wünschte sich nichts anderes, als bei ihm zu sein und ein reines Gewissen zu haben. Ein Gefühl unendlicher Glückseligkeit begann in ihr aufzusteigen, das sie nach und nach ganz erfüllte, bis nichts anderes mehr zählte.